宝井其角と都会派俳諧

稲葉有祐

Inaba Yusuke

笠間書院

「義士四十七図　大高源吾忠雄」（明治 28 年・尾形月耕画）

其角は両国橋で赤穂浪士大高源吾（子葉）に出会う。煤竹売に身をやつした子葉は、句を取り交わす中で翌日の討ち入りを仄《ほの》めかし、去っていく。「松浦の太鼓」で知られる場面だが、史実か否か、真相は不明である。

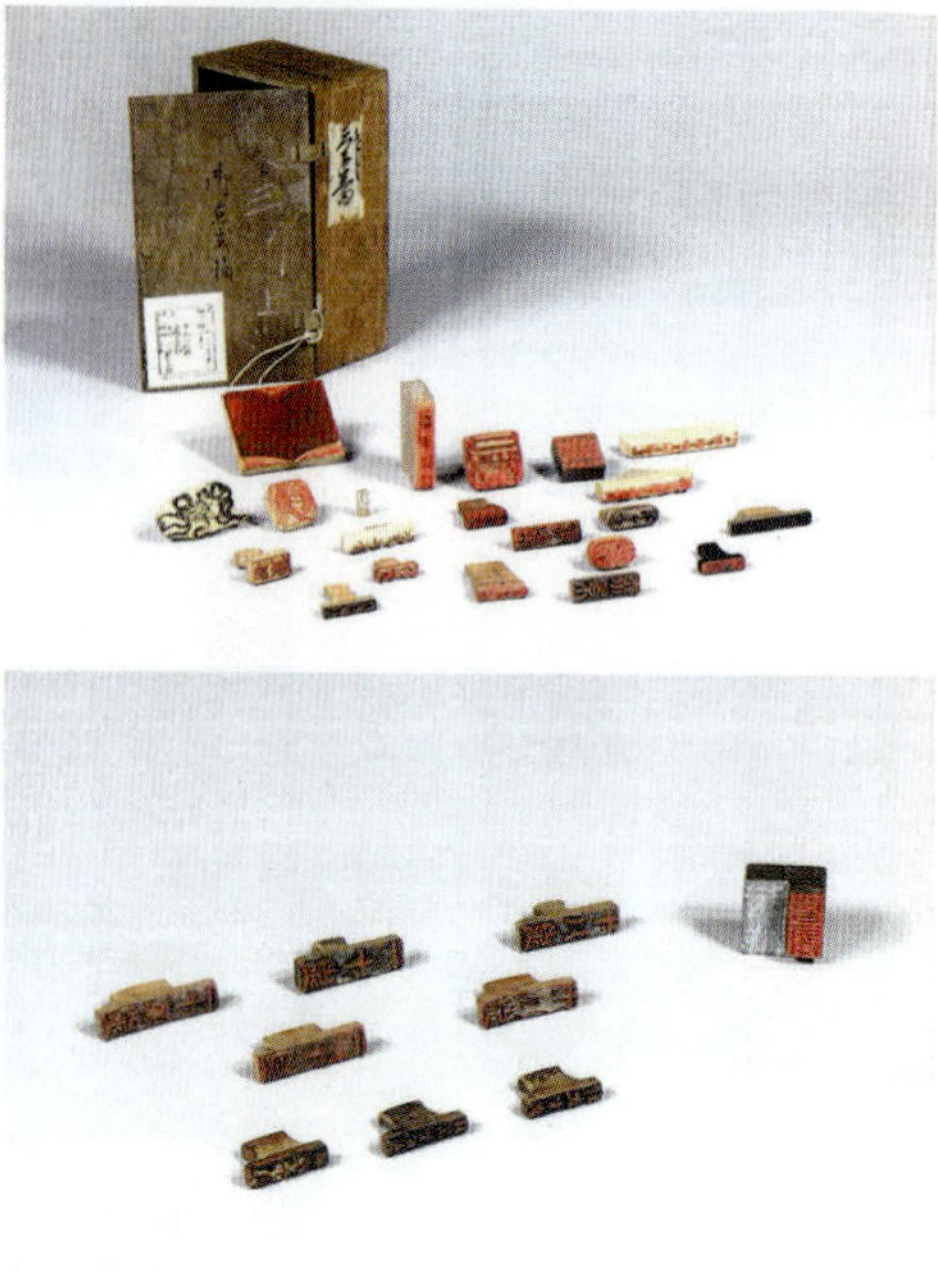

菊貫点印

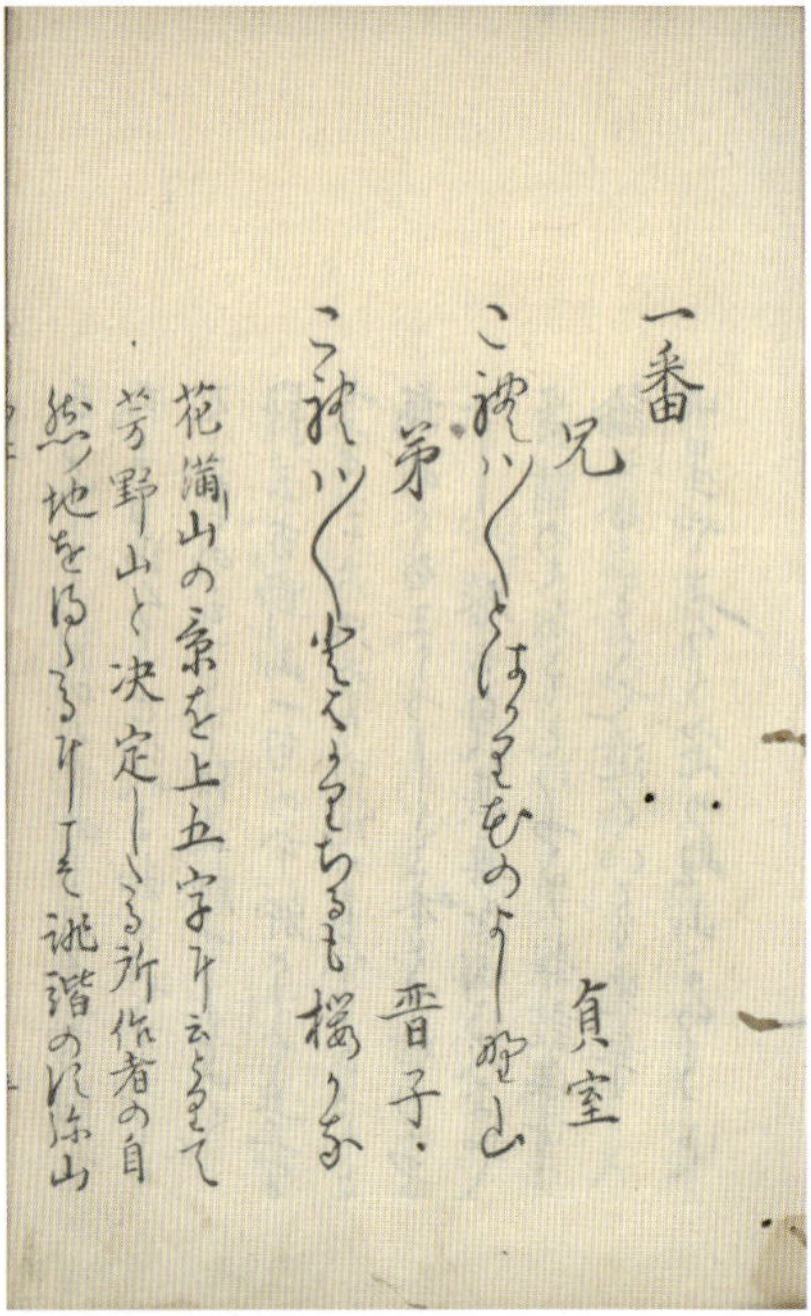

『句兄弟』

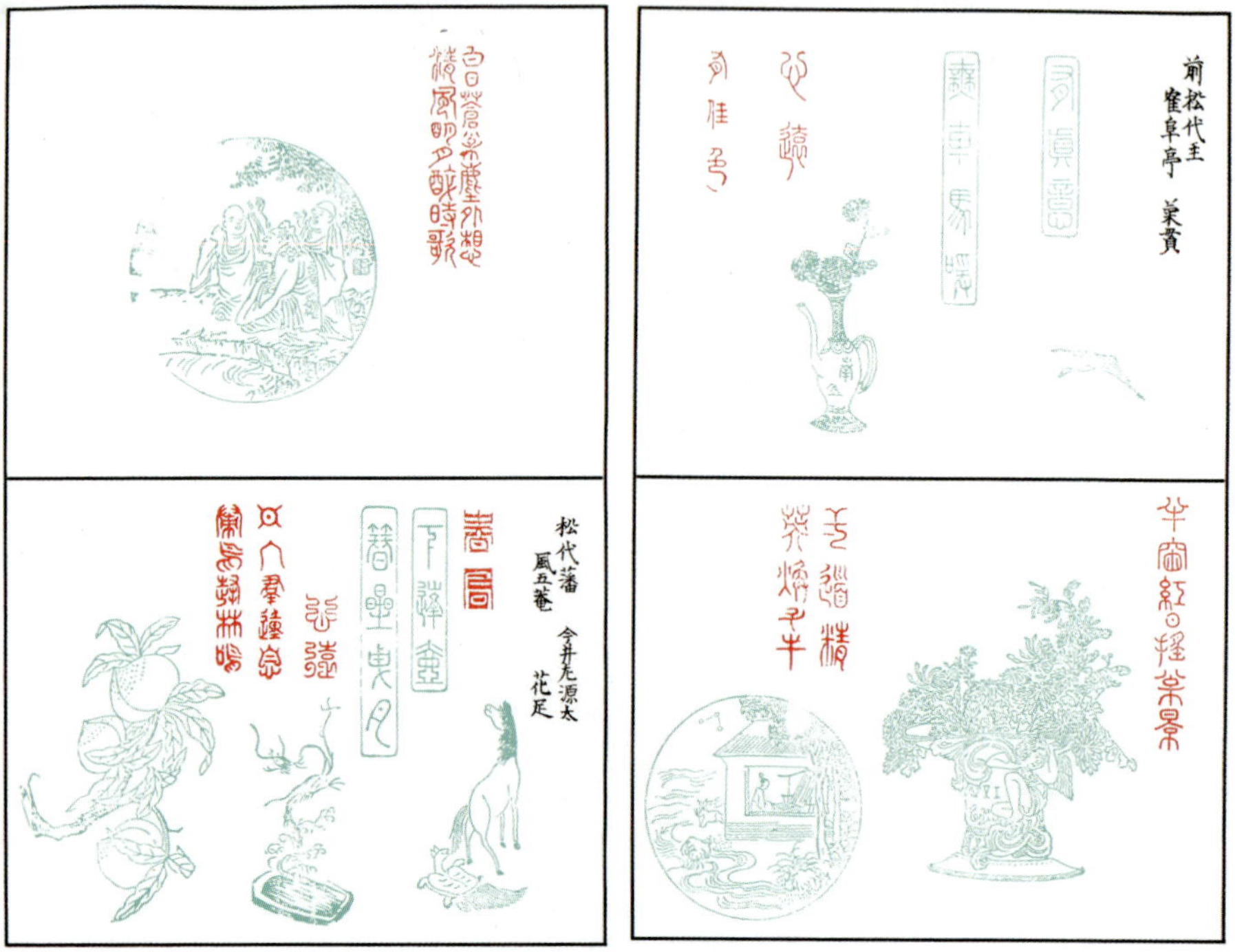

菊貫点譜・花足点譜

宝井其角と都会派俳諧

稲葉有祐

はじめに

元禄七年〈一六九四〉の芭蕉没後、蕉門は、言語遊戯性が高く闊達・洒落で趣向を好む都会派（都市系）と、俗談平話を標榜し平明な句を志向する田舎派（地方系）との二方向に大きく分裂する。前者にいう都市とは特に江戸のことを指し、その代表的な人物が本書で中心に論じる蕉門最古参の俳人、宝井其角《たからいきかく》（寛文元年〈一六六一〉～宝永四年〈一七〇八〉）である。

諸国を旅した師芭蕉や地方系の支考らと異なり、其角は都市江戸に定住し、流行の発信地であった悪所（新吉原遊廓・芝居町）を拠点の一として活動を展開する。同時代の儒者、梁田蛻巌《やなだぜいがん》（俳号、亀毛）は次のように評している。

東都ノ晋子出テ二于其（筆者注・芭蕉）門一ニ而青キ二於藍一ヨリ者ナリ。（中略）晋子帯ビ二妻児一ヲ、莞シ二塩米一ヲ、使ヒレ酒ヲ、啖《くら》ヒレ肉ヲ、毎ニ往二‐来ス軟紅ノ街中一ニ。**其作、新奇壮麗、**不下以二先師ノ枯澹一ヲ為上レ範ト。蓋、能ク得テ二翁之心一ヲ而不ルレ践《ふ》マ二翁之跡一ヲ者、是又非二世俗境中ノ人一也。

（『三上吟』元禄十三年〈一七〇〇〉序）跋文）

「晋子」とは其角の別号。他に螺舎・狂雷堂・狂而堂・宝晋斎・渉川等と号する。蜕巖によると、其角は「軟紅街」（繁華な都会）を舞台に、芭蕉の枯淡な味わいとは異なる「新奇壮麗」な作風で人々を魅了した。いわゆる「出藍《しゆつらん》の誉れ」（『荀子』「勧学」）で、師をも凌ぐ実力を持ち、その教えを深く理解しつつも、敢えて同じ道を歩まなかったという。よく知られた資料であるが、芭蕉自身も「師ガ風、閑寂を好てほそし。晋子が風、伊達を好てほそし」（去来・許六稿『俳諧問答』元禄十一年〈一六九八〉奥）と述べており、「閑寂」に対する華やかな「伊達」が其角の持ち味とされる。「其角は同席に連《つらな》るに、一座の興にいる句をいひ出て、人々いつとても感ず。師は一座その事なし」（『三冊子』「黒冊子」元禄十五年〈一七〇二〉成）と記されるように、俳諧の座においても両者のあり方は対照的で、当意即妙な句作に其角の本領がある。一例を挙げてみよう。

ある御方より、あさがほかきたる扇に、さんのぞまれ侍りて
舜草《あさがお》や扇の骨を垣根哉　其角
と書て奉りけるに、かさねてまた、軍絵《いくさえ》かいたるあふぎに、さんのぞませ給ふ。再《ふたたび》はとも申かねて
涼風や与一をまねく女なし　同
（『末若葉《うらわかば》』元禄十年〈一六九七〉刊）

「舜草や」句は、朝顔の描かれた扇面に賛を請われた折に詠んだ句である（「舜」は「蕣」と通用。ただし、ここでは草冠を分字している）。扇の骨を垣根に見立てることで、絵の朝顔が蔓を伸ばし、骨に絡みつくかの如き幻惑に襲われる。二次元の画を三次元の世界へと立体化させる、真に巧みな手際といえよう。だが、この「ある御方」は

さらに其角に賛をねだる。今度は軍絵の描かれた扇面であった。「二度も賛句を詠むことはできない」とは辞退しづらい状況である。そこで其角は軍絵・扇から『平家物語』那須与一の逸話を連想、「平家方の船上に扇を掲げ、射よと与一に手招きした美女もおりませんので」と、返答を込めて見事に一句を仕立て上げた。「涼風や」の語も扇の賛として的確で、機転が利いている。絶妙な切り返しに、座に居合わせた連衆はさぞ喝采に湧いたことであろう。同門俳人が「晋氏其角、器極めてよし」(『俳諧問答』「同門評判」)と評したことは大いに首肯される。

其角は豪放磊落《らいらく》な人柄で社交性に富み、例えば貞享元年〈一六八四〉には、蕉門の高弟ながら西鶴の大矢数興行(一昼夜二万三千五百句)の後見を務めるなど、交友範囲が極めて広い。いま少しその周辺を眺めてみると、画師 英《はなぶさ》一蝶、書家佐々木玄龍・文山兄弟、儒者の人見家(必大・午寂)や先に挙げた蜆巖らがおり、官営事業の盛んであった元禄バブルの潮流に乗って巨万の富を得た紀伊国屋文左衛門(俳号、千山)は門人の一人。歌舞伎役者では当時「関東三幅対」(『役者舞扇子』元禄十七年〈一七〇四〉刊)と呼ばれた初代市川団十郎(俳号、才牛)、中村七三郎(俳号、少長)、中村伝九郎らと交流する。「老のたのしみ」(『神代余波』弘化四年〈一八四七〉序、所引)によると、二代目団十郎は幼少期に一蝶・其角に手を引かれて新吉原遊廓を訪れたという。遊興の場で詠まれた句は数多い。また、元禄十五年〈一七〇二〉の吉良邸討ち入りで江戸市中を騒がせた赤穂浪士も其角と雅交を重ねている。事件後、その赤穂浪士を引き取り、保護した松平定直《さだなお》(伊予松山藩主。俳号、三嘯)は其角のパトロンであった。かように其角は元禄期江戸文化の中枢たる位置にいる。

加えて、

鐘一ツうれぬ日はなし江戸の春 (『宝晋斎引付《ひきつけ》』元禄十一年〈一六九八〉刊)

越後屋にきぬさく音や衣更《ころもがえ》　（『うき世の北』元禄九年〈一六九六〉刊）

と、高成長期の江戸を活写した点も看過できない。寺院に据えられる鐘でさえ日々需要があるとする「鐘一ツ」句には、経済の活性化した江戸の賑わいが彷彿とする。「越後屋に」句は「現銀（金）掛値なし」の画期的な商法が反響を呼び、大繁昌した日本橋本町（後、駿河町）の越後屋呉服店を詠んだもの。其角は俳諧によって江戸の繁栄を謳歌している。

あま店の商人の云、五穀・きぬ・わた・器物・材木に至るまで、皆々上方よりくだる。**東より上方へ向ん物はといふに、其角が誹諧であらふと申き**。　（『誹諧よりくり』元禄十六年〈一七〇三〉刊）

元禄期、文化の中心地は言うまでもなく上方である。だが、右に記されるように、文運東漸《とうぜん》以前の新興都市江戸において、伝統ある上方に唯一対抗できたのが其角流の俳諧であった。

其角没後、享保期には門弟達を中心として江戸の俳諧宗匠組合、江戸座が結成され、江戸点取俳諧を推進する。理知的で娯楽的要素の強い点取、特に難解性を伴いつつも都会的な其角流の「洒落風」は、江戸市民に大いに受け入れられ市中を席巻、大流行を巻き起こした。注目すべきは、この門流から、俳諧中興の雄、与謝蕪村が輩出されることである。蕪村は早野巴人《はじん》門。其角の孫弟子に当たる。蕪村も其角の句を愛読し、「其角が句集は聞えがたき句多けれども、読むたびにあかず覚ゆ」（『新華摘』寛政九年刊〈一七九七〉刊）と、当意即妙であるが故の難解性を指摘しながらも、飽きることのない句の面白さを称美している。一方、江戸座点取俳諧から新文芸の川柳

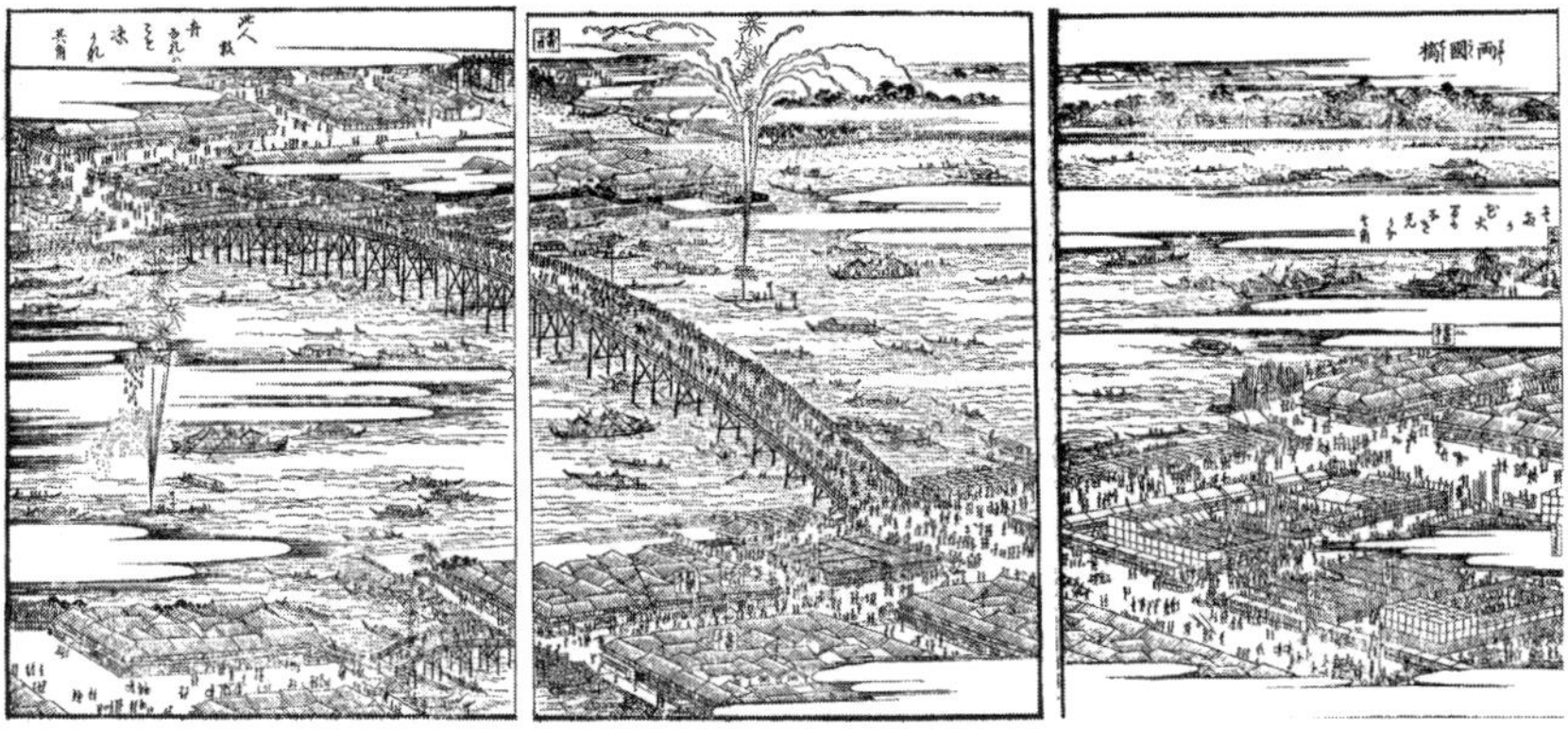

【図１】『江戸名所図会』巻一「両国橋」
両国橋　千両が花火間もなき光かな　其角
此人数舟なれバこそ涼かな　其角

が派生していくことも特筆すべきだろう。洒落本・黄表紙といった戯作にも江戸座俳人は多々登場している。

其角の人気は絶大なもので、江戸きっての通人、山東京伝が私淑したことはよく知られる。大江戸を報じた【図１】『江戸名所図会』（天保五年〈一八三四〉、同七年刊）を見ても、その挿絵部分に採用された其角句は二十五句にのぼり、芭蕉の十三句を凌ぐ。いわば《江戸》を体現した人物として、俳諧はもとより、江戸文芸・文化に大きな足跡を残している。

しかし、近代に入ると、《江戸》のシンボル的存在である点、芭蕉の作風・あり方と著しく異なる点が大きな枷となる。

まず、近世という時代そのものに対する近代からの目について見てみよう。中野三敏氏（「十八世紀江戸の文化」『日本の近世』中央公論社、一九九三年）は、近代における対近世への態度は明治期・大正期・昭和期・大戦後で四変しているという。以下、要約すると、明治期において、近世は乗り越えるべき最喫緊の問題であり、明かな否定対象であった。大正期に入っても、一部で江戸懐古趣味が生じるものの、近代化の意識は熾烈化していく。昭和期になると、ようやく江戸を客観視できるようになるが、その場合も主に非近代として批判的な捉え方がなされる。大戦後、漸く江戸再評価が行われるようになるが、それはあくまで近世の中に近代の萌芽を選び出し、評価するといった姿勢が顕著であり、「真に「近世」的なるものは終始否定され続けて」きたのが現状と説いている。前述したように、其角は正にこの「真に「近世」的なるもの」の代表格に相当する人物である。

右のような時代相の問題に加え、近代におけるアカデミズムの立場をも視野に入れた井田太郎氏（「抱一・其角のかたられ方—近代における文学史構築と江戸ノスタルジーのはざま」『江戸文学』第三十号、二〇〇四年六月）の指摘がある。氏によると、言語遊戯性の強い其角俳諧は、近代的な俳句観、特に子規の客観写生の概念とは相容れないもので、子規と親交のあった東京帝国大学教授、藤井乙男《おとお》が掲げ、後の俳諧史の基礎となった「真誠の表現」（「俳諧史概論」『俳句講座』第一巻、改造社、一九三二年）を第一とする求道的文学観から逸脱していたために、「堕落」と位置付けられたという。藤井の文学史観は、芭蕉・蕪村を二大ピークに据えて構築されたものであり、俳諧を「閑寂なるべき」ものとする見方からは、江戸趣味・都会的情調は否定すべき負の要素となってしまう。さらに、井田氏は、子規の表現論を受け継いだ次世代の俳人達が吉原を根城にした其角に「幇間」というレッテルを貼り、その人格をも否定した事実に言及している。確かに、其角自撰句集『五元集』（延享四年〈一七四七〉刊）春・夏部の輪講をまとめた『其角研究　上』（アルス、一九二二年）を見ても、作品鑑賞にあたり、其角に対するバイアスが幾重にも掛けられていることが容易に見てとれる。句の解釈が難解なところ、また、師芭蕉の変風に従わず作風を異にする其角を論難した去来・許六ら京・近江蕉門の側からの評価が研究上重視されてきたという経緯もこれに拍車を掛けた。そして、其角の門弟第一世代の活躍する享保期においては、潁原退蔵《えばら》（「俳諧史の研究」『岩波

講座　日本文学　三』岩波書店、一九三一年）によって「暗黒時代」と断じられてしまう。こうして、其角、江戸座は俳諧の研究史から脱落していく。

藤井乙男の規定した俳諧史観に対し、其角が研究史上、再評価される兆しを見せるのは、中野氏の見取り図の如く戦後に入ってからである。早く、鈴木勝忠氏（「其角」『国文学解釈と鑑賞』第二十巻第一巻、一九五五年一月）は従来の其角の評価が「芭蕉時代の彼を蕉風の展開という立場から眺めるのに限られ、彼の晩年の変風時代は、単に謎的な奇怪な作風に墜ちてしまった。（日本文学大辞典など）とたゞ一二行で片付けられるのが常道となって」いるという問題点を指摘、江戸座を含め、研究の必要性を説いている。そのような中にあって、今泉準一氏（『元禄俳人宝井其角』桜楓社、一九六九年。『芭蕉・其角論』桜楓社、一九八三年、他）は其角俳諧の本質や難解さを「即興性」という視点から捉えようと試みた。氏の研究は其角俳諧を全面的に肯定する立場を取っており、その意味で先駆的であった。ただし、氏の論の中核をなす「即興性」の定義や評価については抽象性が高く難解な側面が見受けられ、現在においても議論の余地を残すものとなっていることは否めないだろう。

とはいえ、以後、例えば延宝・天和期には其角が芭蕉を牽引し、先行する存在であったと説く辻村尚子氏（「其角のこころみ—『田舎之句合』から『俳諧次韻へ』」『連歌俳諧研究』第百四号、二〇〇三年二月）の論、田中善信氏（『元禄の奇才　宝井其角』（新典社、二〇〇〇年）による伝記が出、その他、個別研究を含め、其角を再評価する機運は高まってきている。近年には、其角最後の撰集『焦尾琴』（元禄十四年〈一七〇一〉刊）の精細な注釈（池澤一郎他「『焦尾琴』注解（その一）」『近世文芸　研究と評論』第八十三号、二〇一二年十一月）も開始された。

其角流俳諧の本質的理解なくしては、江戸文芸史・文化史に大きな欠落を生み出しかねず、これを総合的に考察する意義は決して小さくない。このような意図のもと、本書は第一部「其角俳諧の方法―〈唱和〉の潮流をめぐって―」、第二部「点印付嘱《てんいんふぞく》の意義―俳人達のステイタス―」、第三部「都会派俳諧の諸相」とし、其角と都会派俳諧を句作法、師系伝承の制度、社会背景・文化的事象との関わりといった三つの側面から考究する。

第一部「其角俳諧の方法―〈唱和〉の潮流をめぐって―」では、俳諧における発句対発句、個と個との、句作法としての〈唱和〉について論じる。蕉門の始動した延宝・天和期には漢詩文調の俳諧が流行を見せたが、句体として漢詩文を模すにとどまる他の作者達と違い、芭蕉・其角は漢詩作法に着目し、それを範とすることで俳諧における〈唱和〉の方法を確立させる。第一部は蕉門の形成・展開に新たな視座を設け、さらに其角の流れを汲む都会派俳諧へと連なる史的展開を明示し、〈唱和〉という一つの大きな潮流を解明する試みである。

第一章「憧憬としての追和」では、延宝・天和期の芭蕉周辺の詩的営為を、朝鮮通信使来聘に伴い詩文が熱狂的に応酬された江戸文壇の雰囲気、時代風潮を視野に入れつつ位置付ける。新風を模索する芭蕉・其角は、李白・杜甫らに代表される詩人の文化世界に思いを馳せ、句題（漢詩句の題詠）や漢詩作法の和韻・追和（先人との和韻）を取り入れ、俳諧における方法としての〈唱和〉を案出する。この〈唱和〉という方法を視座に持つことで、深川芭蕉庵での隠逸のポーズや詩人への追懐、京俳人との交流も、その一環した時代の運動の中にあるものと把握できるようになる。

そして、貞享・元禄期、芭蕉・其角の積極的な挑発によって、先人への追和のみならず、同時代人同士の唱和が江戸から地方へと大きく波及する。第二章「挑発としての唱和」では、江戸・地方俳壇の反応を軸に考察し、個人同士の方法としての〈唱和〉が、結果的に芭蕉と門人達といった一対一以上の複数による唱和となり、次第に俳壇的な動きに発展することを指摘する。一方、其角は江戸で唱和を推進、発句の唱和を明確に表現するため、撰集の配列法を模索している。この配列法の問題と、芭蕉の旅の象徴となる〈時雨〉をテーマとした門人達との餞別・留別吟の唱和応酬とが相俟って、蕉門の代表撰集『猿蓑』（元禄四年〈一六九一〉刊）巻頭、〈時雨〉の句群が生み出されることに言及する。元禄七年〈一六九四〉の芭蕉終焉に際しては、追善のための追和句が門人達によって数多く詠まれた。

さて、この〈唱和〉の方法の確立・展開に大きく寄与したと考えられるのが、発句と発句とを番え、個性と個性とをぶつけ合う句合という形式である。句合は『祇園奉納誹諧連歌合』（明暦二年〈一六五六〉刊）が最初期のものとされ、判者季吟の周辺で盛んに行われる。季吟に師事した風虎（磐城平《たいら》藩主、内藤義概《よしむね》）は度々句合を開催、また、『貝おほひ』（寛文十二年〈一六七二〉成）を著し、風虎のサロンに出入りしていた季吟門の芭蕉も同様にこれを重視する。蕉門は第一章で扱う『俳諧合』（延宝八年〈一六八〇〉刊）、第二章で扱う『蛙合』（貞享三年〈一六八六〉刊）をはじめ、他派を圧する質・量の句合を催している。

〈唱和〉という側面から見て、蕉門の句合中最も注目されるのが、元禄七年〈一六九四〉に其角の試みた「句兄弟」句合（『句兄弟』同年序、所収）である。第三章「方法としての「句兄弟」」で取り上げるこの句合は、古今諸家の兄句と、それを元に詠んだ弟句とを番えるという特異な形式のもので、従来から兄、弟の二句間の等類が問題となり、志田義秀氏（「俳句の奪胎と剽竊」『俳句と俳人と』修文館、一九四二年）が「其角が斯くいふその自作句を見ると、果して等類を逃れ得るものか剽窃圏内に踏み込んでゐないかを疑はしめるものが少なくない」と断じて以来、失敗作との評価が下されている。第三章では第一章・第二章を踏まえ、この「句兄弟」が和歌における本歌取・贈答や、漢詩における和韻・追和、先人の詩を改め、新意を出す点化句法を応用した、斬新な〈唱和〉の方法だったことを論証し、芭蕉没後、四散する蕉門に向けて上梓された俳書として『句兄弟』を再評価する。

第四章「「句兄弟」の受容」では、「句兄弟」受容を史的に概観する。其角の提唱した「句兄弟」は俳壇に反響を呼び、江戸座俳人達に連綿と継承されていく。第四章は、大名文化圏や、京の蕪村ら上方俳壇の動向にも目配りしつつ、「句兄弟」が江戸を中心とする都会派俳諧の代表的な方法として定着し、明治期まで命脈を保つことを明らかにする。都会派俳諧において、〈唱和〉という方法は時代を貫通して有効に機能している。

第二部「点印付嘱の意義—俳人達のステイタス—」は点印の付嘱（委譲《いじょう》）について論じる。点印とは、高点を争う点取俳諧の際、宗匠が批点する時に用いる印章をいう。其角は点印【図2】に種々の趣向を凝らして江戸市民を魅了、特に隠し点「半面美人」が大人気を博したことはよく知られる。其角の点印は没後、門人達に付嘱され、その影響力の大きさとも相俟って、俳壇的地位を示す一つのステイタスとなっていく。第二部では、其角から貞佐に付嘱された「花影欄干上」・「新月色」・「廻雪」（本書ではⅠ類印と呼称する）と、秋色の後、湖十に付嘱された「一日長安花」・「洞庭月」・「越雪」（Ⅱ類印と呼称する）の二系統の伝来調査を軸に、通史的な視点から江戸座の活動を俯瞰し、付嘱の文化的背景を明らかにする。

第一章「点取の展開と点印」では、都会派俳諧の中で大きな比重を占める点取俳諧と点印についての概観をする。点取は和歌の時代からあり、俳諧においても当初は添削指導の一環として行われていたが、元禄に入り爆発的な流行を見ると、点取競争そのものに興味が移行、宗匠達もそれに応えるかのように意匠を凝らした点印を考案していく。加えて、第一章は享保期に結成された江戸座についても解説をする。

第二章「其角の点印、貞佐系Ⅰ類印の付嘱」では、大和郡山藩柳沢家歴代当主の文事や公用記録等を所蔵する柳沢文庫（大和郡山市）の資料群の中から、Ⅰ類印とその付嘱に関する証書を紹介し、そこから判明する江戸座の俳諧と大名文化圏との関係について考察する。これまで、其角・貞佐伝来の点印が有佐へと付嘱されたことは

『鳥山彦』（享保二十一年〈一七三六〉刊）の記事によって知られていたが、それ以後の行方を伝えるものはなかった。当該証書は、Ⅰ類印等が、月村こと大和郡山藩主、柳沢保光《やすみつ》（後述、信鴻《のぶとき》の息）の手に渡るまでの詳細を示している。

第三章「其角の点印、湖十系Ⅱ類印の付嘱」は、初世以下、「半面美人」印、Ⅱ類印を付嘱した歴世湖十（〜六世）の事蹟・活動を調査し、彼らが〈其角正統〉の名の下に点印を複製して門人に与え、伝授権を掌握し続けるシステムを築き上げていたことを明らかにする。これは、点印そのものを委譲していく、第二章で述べる貞佐系Ⅰ類印の伝来とは全く異なる形式である。そして、六世の背後には、Ⅱ類印を付嘱された数多の大名俳人がいたことを指摘する。

第二章・第三章を通して見えてくるのは、点印が最終的に大名文化圏に取り込まれていることである。例えば、井田太郎氏の一連の論考（「江戸座の参加者―葵足編『安永九年春帖』からみえるもの」『近世文芸研究と評論』第六十二巻、二〇〇二年六月、「江戸座と姫路藩家老―『祇国短冊帖』について」『近世文芸研究と評論』第六十五巻、二〇〇三年十一月、他）が酒井家（姫路藩）を対象として詳細に論じたように、大名文化圏が江戸座俳諧へ与えた影響は大きい。そこで第四章「点印と大名文化圏」では、その大名俳人達の活動に目を向ける。

全国から大名の参集する武士の首都江戸では、早くは磐城平藩内藤家がサロンを形成し、元禄期に入っては其

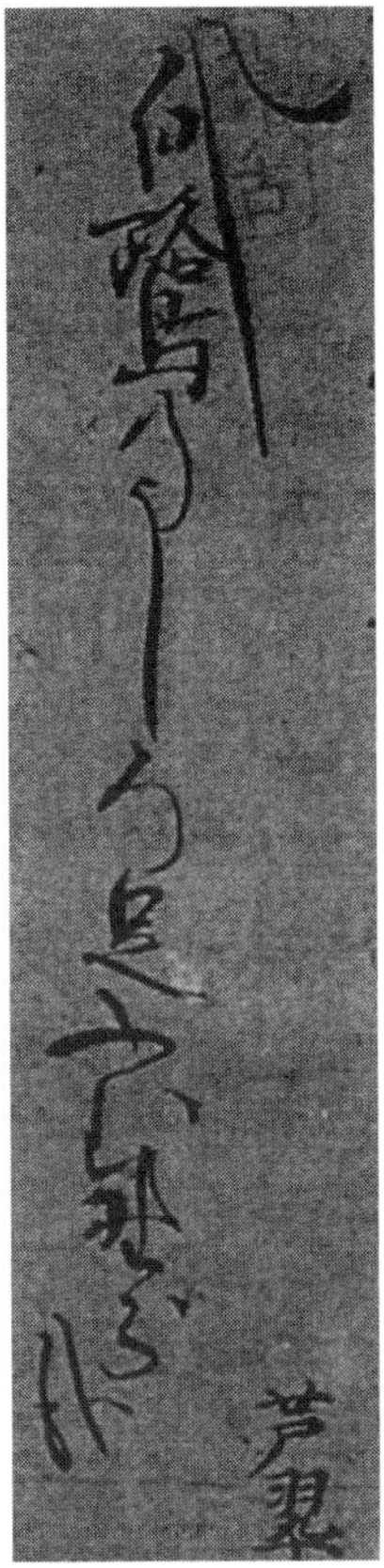

【図2】其角初期の点印「掉舌」・「羽遣の」発句批点巻（井波町立図書館蔵）

角が伊予松山藩の庇護を受けるなど、俳諧師と大名家との密接な繋がりが確認される。中でも寛延三年〈一七五〇〉に『武《む》玉川《たまがわ》』の大ヒットを飛ばした紀逸は大名貴顕から人気が高く、その点印を欲する者も少なくなかった。点取に特に熱を挙げたことで知られるのが、米翁《べいおう》（大和郡山藩主、柳沢信鴻）である。米翁は点取を愛好するだけでは飽きたらず、自らも趣味性の高い点印を作成し、批点に興じた。また、真田宝物館（長野市）には米翁の甥にあたる菊貫《きくつら》（松代藩主、真田幸弘《ゆきひろ》）愛用の点印が現存している。第四章は、柳沢家・真田家の文事を中心として大名文化圏での点印の展開について考察することで、点印付嘱の機能と文化的意味を解き明かす。

第三部「都会派俳諧の諸相」では、社会背景・文化的事象との関連に重心を置き、表現技巧の分析、景物受容の解明、俳人の活動と交友圏の調査を通じて作品群に立ち現れる種々相を精察し、其角晩年の「洒落風」と呼ばれる俳風や都市江戸に結び付く俳諧の実態を理解する礎としたい。

第一章「「闘鶏句合」の構想」では、備中松山藩主、安藤信友《のぶとも》（俳号、冠里）主催、其角判「闘鶏句合」（宝永元年〈一七〇四〉成）を扱う。本句合は単に勝敗を決するのみにとどまらず、点印による全六段階の評価が書き記されており、宝永期における判者其角の志向を知る上で欠かせない資料といえる。加えて、構成・設定に様々な趣向がなされ、判詞には知的興味を刺激する都会的な言語遊戯性が溢れている。「闘鶏句合」の構想を探ることにより、都会派俳諧の本質の一側面が明らかとなる。

第二章「江戸俳諧と「初午」」は、江戸の都市としての急成長と稲荷信仰の飛躍的な普及を背景として大いに賑わいを見せた「初午」という行事の展開について概観する。もちろん、「初午」は上方でも行われているが、元禄期、江戸特有の「初午」が其角によって注目され、句に詠まれるようになる。以後、享保期には江戸の俳人達によって「初午」をテーマとした一枚摺、撰集が刊行、宝暦期には集大成的撰集『江府諸社俳諧たま尽し』が上梓される。俳諧を軸として「初午」の広がりを展望することで、江戸市中の繁栄が浮かび上がってくる。

第三章「赤穂義士追善への視線―七回忌集『反古談』―」では、赤穂浪士の俳人としての顔、其角ら江戸宗匠との交流について整理し、その上で吉良邸討ち入りから浪士が義士・〈忠臣〉として偶像化されていく過程を俳諧文芸の側から捉える。周知のように、討ち入りはその行為や幕府の対応を含め賛否の分かれる事件であり、当時、これに当て込んだ歌舞伎は即刻停止を命ぜられるなど、非常にデリケートな問題となっていた。しかし、宝永六年〈一七〇六〉、将軍家宣《いえのぶ》就任の大赦により状況は一転していく。第三章では、新資料の紹介を兼ね、江戸市民らの浪士への視線を追う。

第四章「昇窓湖十伝」では、化政・天保期の江戸座俳人、六世湖十（昇窓）の事蹟を調査、報告する。江戸座俳人にとってパトロンたる大名との繋がりは安定した座側運営のために欠かすことの出来ない死活問題だが、御三卿清水家に仕えていたという経歴を持つ昇窓の交友範囲は広く、強大な権力を持つ幕閣ともパイプラインを結んでいる。昇窓の活動を通して、江戸座俳人が大名文化圏に果たした役割について考察する。

過密・流動する人口を抱え、人と人との交錯、複雑な絡み合いが生じる都会では、俳諧連句の社交的な性格が極めて有効に働くことになろう。元来、俳諧のエスプリは唱和・問答の機知にあるといえるが、その唱和性を、其角は発句においても意識的に方法化する。追和・唱和から「句兄弟」へと発展する〈唱和〉の方法は、都会という環境・文化に立脚してこそ存分に発揮される。また、その機知性は、「闘鶏句合」において縦横無尽に表出されていく。点印を取り巻く人間模様からは、都市ネットワーク・大名達の交遊や江戸座という組織の特性があぶり出される。俳諧による人々の繋がりは、江戸市民に衝撃を与えた赤穂事件をめぐっても確認できるだろう。

社会状況を踏まえ、作品の背後に横たわる都市江戸に密着した生活・歳事や教養、そして俳人達の実態・動向、史的展開を捉えることによって、豊饒な世界が立ち上がってくる。本書の狙いは、其角と都会派俳諧の史的な意義を示し、新たな価値体系構築への一つの指針を提示することにある。

目　次

第三部　都会派俳諧の諸相

【引用凡例】

一、旧字及び異体字・俗字等は適宜通行の字体に改めた。
一、私に清濁を付し、適宜句読点を補った。
一、適宜平仮名にて振り仮名を付した。
一、明らかな誤記と見られるものには正字を（　）内に傍記した。誤脱と見られる部分にはその旨を（　）で示した。
一、便宜上、適宜傍線等を付した。
一、参考とした主な翻刻・影印は巻末に掲げた。
一、漢詩文の訓読は主に次に挙げる文献に拠り、一部私に補ったところがある。なお、尾形仂編『別冊国文学　八　芭蕉必携』（学燈社、一九八一年）「典拠（漢詩文）」を参考とした。

『和刻本正史　晋書（一）』（長沢規矩也編、汲古書院、一九七一年）所収『晋書』（元禄十四年〈一七〇一〉刊）、『和刻本経書集成　第一輯』（長沢規矩也編、汲古書院、一九七六年）所収『五経』（寛永五年〈一六二八〉刊）、『和刻本中国古逸書叢刊　第十九巻』（金程宇編、鳳凰出版社、二〇一二年）所収『標題注疏小学集成』（万治元年〈一六五八〉刊）、『和刻本諸子大成　第十一輯』（長沢規矩也編、汲古書院、一九七六年）所収『荘子鬳斎口義』（寛永六年〈一六二九〉印）、『和刻本漢詩集成　第二輯』（長沢規矩也編、汲古書院、一九七五年）所収『分類補注李太白詩』（延宝七年〈一六七九〉刊）、同第四輯（一九七五年）所収『杜少陵先生詩分類集註』（明暦二年〈一六五六〉刊）、同第九輯（一九七四年）所収『白氏長慶集』（明暦三年〈一六五七〉刊）、同第十二輯所収『増刊校正正状元集註分類東坡先生詩』（明暦二年〈一六五六〉刊）、同第十三輯（一九七五年）所収『東坡先生詩集』（正保四年〈一六四八〉刊）、同第十四輯（一九七五年）所収『山谷詩集注』（寛永六年〈一六二九〉刊）、『山谷詩集』（寛永十二年〈一六三五〉刊）、同第十七輯（一九七七年）所収『陶靖節集』（明暦三年〈一六五七〉刊、寛文四年〈一六六四〉印）、架蔵『魁本大字諸儒箋解古文真宝』（元禄二年〈一六八九〉刊）、『和刻本文選　第二・三巻』（長沢規矩也編、汲古書院、一九七五年）所収『六臣註文選』（慶安五年〈一六五二〉刊）、『和刻本漢籍随筆集　第十七輯』（長沢規矩也編、汲古書院、一九七七年）所収『氷川詩式』（万治三年〈一六六〇〉刊）、『北村季吟古註集成　第二三・四巻』（新典社、一九七八・九年）所収『和漢朗詠集註』（寛文十一年〈一六七一〉菱屋治兵衛刊）。

第一部　其角俳諧の方法

——〈唱和〉の潮流をめぐって——

序

延宝初年、江戸俳壇は俄に活気づき、急激な成長を遂げる。契機となったのは延宝三年〈一六七五〉の宗因の東下である。宗因に発句を請い受けた松意一派が上梓した『江戸《えど》俳諧《はいかい》談林十百韻』（同年刊）が時流に乗って大評判となり、新風はまたたく間に江戸を席巻、既に点者として地盤を固めていた調和・蝶々子らもこれに抗しがたく、

今、江戸に俳諧談林とて九人の点者出で、自ら梅翁の的流と称し、人もなげにいひちらす。江戸中、大方、其風に帰したり。（『俳諧或問《わくもん》』同六年刊）

との活況を呈する。赤坂溜池の藩邸に宗因を招いた風虎（磐城平《たいら》藩主、内藤義概《よしむね》）は当時、維舟、季吟の門流にあたる幽山や似春、さらに上方下りの若手俳人達に交流の場を提供しており、風虎サロンを介しての宗因との邂《かい》逅《こう》に、多くの俳人達が刺激されていく。同年五月に催された宗因歓迎の俳諧百韻興行に、幽山の手引きで一座す

る機会を得た桃青（芭蕉）もその一人である。

また、風虎は十回余に及ぶ句合を主催、新進の俳人にも句を徴して研鑽《けんさん》の機会を与えた。延宝五年〈一六七七〉閏十二月、任口・維舟・季吟ら判、参加者六十名を誇る『六百番誹諧発句合』には芭蕉・素堂・言水《ごんすい》らが名を連ねている。次いで、同年冬の信徳下向を皮切りに、翌六年秋に春澄、同年冬に千春《ちはる》・千之《ちゆき》と、若手京俳人がこぞって江戸を訪れた。東西の新勢力は交歓を重ねつつ、延宝六年〈一六七八〉三月の信徳編『江戸三吟』以下、「江戸」の名を冠した俳書を陸続と出板し、新興都市江戸の繁栄を謳歌する。

一方、上方俳壇は貞門・談林間の論争が激化、宗因の『蚊柱百句』（延宝二年〈一六七四〉刊）をめぐる論争の後も、革新派、京の高政編『俳諧中庸姿《つねのすがた》』（延宝七年〈一六七九〉刊）に端を発する論難合戦が鳴りやまず、混迷の様相を見せ、次第に閉塞に向かう。そして放埒な談林末流は大胆な定型破壊へと歩を進めていく。

十七字につまりたる句は先づ下手らしく文盲也とて、態《わざわざ》いひてもいはでもの詞を加はへて余す程に、歌一首より長くなりて、しかも一句の落着せぬことおほかりし。其の比の句に

花をかづく時や枯たる柴かゝの歩も若木にかへる大原の姿

（『祇園拾遺物語』元禄四年〈一六九一〉刊）

右は『祇園拾遺物語』編者の松春が延宝末年を回顧しての言である。句は黒木などを都に売りに出る大原女《おはらめ》を詠んだもの。枯柴を運ぶ年増の大原女も、花の散る中では歩みが若々しく見えることであろう、花びらが散りかかることで、枯柴が若木となって返り咲いたかと見紛うように、との意であるが、松春が述べるように、延宝末期には定型で句を詠むのは時代遅れと認識される風潮があり、無闇やたらと言葉を続けることに注力されている。

乾裕幸氏[*1]の論によって句体面からこの動きを捉えると、宗因が先駆けとなった謡曲調の俳諧による「謡曲詞章の熱狂的な摂取」が「爆発的に〈口頭の文学〉性を助長せしめ」、節回し、リズムといった音声面（聴覚）から字余り・字足らずの破調を生み出した。そして、それがエスカレートしつつ、一方で漢字の表意性や訓点等の記号の使用といった「言語の視覚映像性の開拓」へと興味の重心が転換していく。その極端な例を『安楽音《あんらくのこゑ》』（延宝九年〈一六八一〉刊）から次に挙げる。

為《タメ》二古帝《コテイノ》一。血《ケツ》-書《シヨ》不《フ》如《ジヨ》帰《キ》経施《セ》主《シユ》杜《ト》-鵑《ケン》　　玄鶴

粤《コヽニ》薬子媏我――ツタヘテ――五位――六位　　似船

共に音声的には五七五の定型に近いながら、一・二点や熟語を示す記号を付し、漢字のみで構成された玄鶴の句、句中に系図を挿入する似船の句は、紙面上の視覚効果が狙われている。このような定型破壊運動が熾烈化する過程で、漢語を多用する破調表現が特色の漢詩文調の俳諧は招来された。

其角を筆頭とする芭蕉一門が俳壇に躍り出たのは、正に漢詩文調が流行の兆しを見せ、江戸俳諧が台頭する延宝八年〈一六八〇〉のことであった。前年に万句興行をこなして宗匠立机した芭蕉は一門を挙げて『桃青門弟独吟廿歌仙』（延宝八年〈一六八〇〉四月刊）、『俳諧合』（其角自句合「田舎之句合」同年六月序、杉風《さんぷう》自句合「常盤屋《ときわや》之句合」同年九月跋、

共に芭蕉判）を立て続けに刊行する。翌九年七月になると京の信徳らの『七百五十韻』（同年正月刊）を次ぎ、呼応した『俳諧次韻』（延宝九年〈一六八一〉刊）、天和三年〈一六八三〉には初の蕉門俳書、漢詩文調を基調とした『みなしぐり』を世に送り出していく。いわば、漢詩文調を母胎として、蕉門は始動する。

　では、その漢詩文調から芭蕉らが摑み取ったものは一体何か。行き詰まりを見せた貞門・談林の手法は、雅文芸（古典）を俗文芸である俳諧に取り込み、雅俗の落差に諧謔を生じさせるものであった。対し、漢詩文調は晦渋・佶屈な面を持つ過度期的なものながら、杜甫ら詩人達に倣った清貧志向を生み出し、高踏的な詩趣をもたらした点で、従来から蕉風の展開に重要な役割を果たしたと評価されている。

いづく霽《しぐれ》傘を手にさげて帰る僧　　芭蕉
（『東日記《あずまのにき》』天和元年〈一六八一〉六月刊）

富家喰《ハクラヒ》二肌肉《ヲ》一、丈夫喫《ハキツス》二菜根《ヲ》一。予《ハ》乏し。

雪の朝独リ干鮭を噛み得タリ　　芭蕉（同）

石枯て水しぼめるや冬もなし　　芭蕉（同）

張読「閑居賦」（『和漢朗詠集』）の

蒼茫《タル》霧雨《ノ》之晴初《レノメ》。寒汀《ニ》鷺立《テリ》。重畳《セル》煙嵐《ノ》之断処《ル》。晩寺《ニ》僧帰《ル》。

との詩句を踏まえ、侘しい時雨の風情を描き出した「いづく霽」句、朱熹撰『小学』第六外篇「善行」の詞「汪信民嘗《テ》、人常《ニ》咬《ミ》二得《バ》菜根《ヲ》一、則百事可《シト》レ做《ス》」を踏まえ、隠遁生活の中で感得した自足の境地を吐露する「雪の朝」句、蘇東坡「後赤壁賦」（『古文真宝』後集）の一節にある

水落《チ》石出《ヅ》

の「石」と「水」とを錯綜[*2]させつつ、冬の荒涼感を滲み出した「石枯て」句は、いずれも過度期的な要素を残しながらも、確かに談林とは一線を画している。其角が「俳諧に詩をのべた」（「田舎之句合」序文）と宣言するように、芭蕉らの漢詩文調は単なる破調とは厳密に区別されねばならないのである。ただし、その革新性は表現や理念にとどまっていない。これを方法の面から見てみると、どうだろうか。

本書第一部では、芭蕉らが影響を受けた漢詩作法（和韻・追和）に着目し、それらに倣い考案された俳諧の方法としての〈唱和〉という観点から考察する。ここでいう〈唱和〉とは基本的に一対一、個と個とのものを指している。和韻とは、先行する他人の詩に、同一の韻を用いて和す方法である。例えば野間三竹の『文体明弁粋抄』（寛永十九年〈一六四二〉刊）に

○和韻詩

按《ズルニ》和韻《ノ》詩有《リ》レ三-體。一《ニ》曰《ク》依《ル》レ韻《ニ》、謂《フ》下同《ク》在《テ》二一韻《ノ》中《ニ》一而《シテ》不《ルヲ》中必《シモ》用《ヒ》上レ其《ノ》-字《ヲ》也。二《ニ》曰《ク》次《グ》レ韻《ニ》、謂《フ》下和《シテ》二其原韻《ニ》一而先

後次第皆因《ルヲ》上レ之《レニ》也。三曰《ニ》用《クフ》レ韻、謂下用《テ》レ其《ノ》－韻《ヲ》而先後不《ルヲ》上レ必《シモ》－次《ガ》也。

と記されるように、原作と同一の字を同一の順に用いる次韻、順にこだわらずに用いる用韻、同一の韻に属する他の字を用いる依韻の三種から成る。追和は先人の詩に対する和韻のことで、『山谷詩集注』（巻十七）に

東坡和《スルコト》二陶淵明詩《ガヲ》一凡《ソ》一－百－有九－篇。追－和《スルコトハ》二古－人《ヲ》一自《リ》二東坡一始《レリ》。

とあるように、蘇東坡が創始者とされた。東坡は、特に陶淵明の詩に和した「和陶詩」が知られる。*3 一例として、陶淵明の「擬古九首　其一」（『陶靖節集』巻四）と、それに追和した東坡の「和《ス》二擬古九首《ヲ》一」（『東坡先生詩集』巻三十二）を挙げてみよう。まず、陶淵明の「擬古　其一」は次の通りである。

栄栄《タリ》窓下《ノ》蘭　　密密《タリ》堂前《ノ》**柳**
初《メ》与レ君別《レシ》時　　不レ謂《ハ》行《テ》当《ニ》レ久《シト》**久**《カル》
出《ツ》レ門《ヲ》万里《ノ》客　　中道逢《テフ》二嘉**友**《ニ》一
未《ルニ》レ言《ハ》心相酔《フ》　　不レ在《ルニ》レ接《スル》二杯**酒**《ヲ》一
蘭枯《レテ》柳亦衰《フ》　　遂《ニ》令《シテ》二《ム》レ此《ノ》一言《ヲ》**負**《カ》一
多謝諸少年　　相知不二忠**厚**《ナラ》一
意気傾《ク》二人命《ヲ》一　　離隔復《タ》何《ニカ》**有**《ン》

右は、古体詩の形式に擬したもので、かつて共に隠棲を約した友人達が、図らずも新王朝の南宋に仕えてしまい（「中道逢《テフ》二嘉友《ニ》一」）、その別離以来久しくなることを思う主旨の詩である。二句目の「堂前柳《ノ》」とは陶淵明の家の前に植えられていたという五柳樹のこと（『陶靖節集』「五柳先生伝」）。咲き誇る蘭が季節の移り変わりに従い枯れ果ててしまうところに時の推移が読み取れる。そこには失意も含まれているのであろう。この詩に追和し、東坡は「和《ス》二擬古九首《ヲ》一」を詠じる。

有レ客扣《ク》二我《ガ》門《ヲ》一　繋《グ》レ馬《ヲ》門‐前《ノ》**柳**
庭空《シテ》鳥雀散《シ》　門閉《テ》客《ノ》立《コト》**久**《シ》
主‐人枕《ニシテ》レ書《ヲ》臥　夢《ム》二我《ガ》平‐生《ノ》**友**《ヲ》一
忽《チ》聞《ク》剥‐啄《ノ》声　驚‐散《ス》一‐盃《ノ》**酒**
倒《ニシテ》レ裳《ヲ》起《テ》謝《ス》レ客《ニ》　夢覚《テ》両《カラ》愧‐**負**《ス》
坐談雑《ニ》二今古《ニ》一　不レ答二顔愈**厚**一
問《フ》レ我《ニ》何《レノ》処《ヨリ》来《ルト》　我来《ル》二無‐何‐**有**《ヨ(リ)》一

偶数句末尾（ゴシック部分）の「柳」・「久」・「友」・「酒」・「負」・「厚」・「有」が全て同一の字、同一の順で淵明詩に押韻しているので、これは次韻的な用法の追和と考えられる。詩は、久しく会っていない友人を夢に見ていた折も折、現実の来訪があり、大いに喜んだという意で、二句目の「門‐前柳《ノ》」は先の「五柳樹」を意識した表現である。友人との別離の思いを述べた陶淵明に共鳴し、対して再会の場面を詠むことによって、淵明詩に応答しつつ、連なろうとする。韻のみならず、内容面においても追慕が見られる追和である。

この和韻・追和を俳諧に応用した〈唱和〉の方法は、先行作品に触発され、感興を深めることで新たな詩境を開拓するという点で、貞門・談林のパロディとは方法に決定的な差異が見られる。もちろん、俳諧という文芸ジャンルは、複数人で巻かれる連句それ自体が唱和性を持つものである。しかし、客（発句）・亭主（脇）のような関係ではなく、先行作品の作者を追慕・思慕しつつ、発句に発句をぶつけることで対等の関係性を生み出し、〈唱和〉するところにこの方法の意義がある。

周知のように、先行作品との共感・共鳴という面からすると、尾形仂氏[*4]に、芭蕉（庵）を中心とした同時代の連衆、杜甫・蘇東坡をはじめとする中国の詩人や西行・宗祇・長嘯子《ちょうしょうし》らといった先人達との「詩心の交響」を「座（時間、空間を隔てた文芸的連帯の場）」という運動体で捉える卓抜な論がある。しかし、鈴木勝忠氏[*5]の

> やはり、「座」は当座性・問答性をもつ「即座」に限定し、拡大させない方が適確さを保つのではあるまいか。（中略）「座」を極端に拡大すれば、文学活動すべて、さらに、言語活動そのものが座となり、視点の意味を喪失してしまうことになる。

との批判のように、「座」は連句の場に限定して考えるべきであり、「交響」という把握も概括的なものであったため、いささか論旨に曖昧さを残す結果となった。そこで、発句対発句の〈唱和〉という方法から尾形氏の論を捉え直していく。

このような観点に立つと、延宝期に頻出する「古人の名」を詠み込む句を分析する中で、芭蕉らの漢文学習の成果として、漢詩作法の一体「人名」と古人を追和する漢詩人の姿勢、そして「擬」から「和」へと移行する時代の動きがあるとする佐藤勝明氏[*6]の指摘は傾聴すべき点が極めて多い。確かに芭蕉らの漢詩人達への追慕は甚だしいものがある。ただし、本書ではそれが一過性の姿勢に止まるのではなく、方法として確立し、模索を重ねつつ脈々と継承されていくことを明らかにする。

注

＊1 乾裕幸「謡曲調と漢詩文調」（『連歌俳諧研究』第四十五号、一九七三年八月）
＊2 本間正幸「「錯綜法」と天和・貞享期の俳諧―蕉門の用例を中心に」（『連歌俳諧研究』第百三号、二〇〇二年八月）
＊3 小川環樹氏『中国詩人選集　第六巻　蘇軾　下』（岩波書店、一九六二年）によると陶淵明に次韻（追和）した「和陶詩」は六十首あまりという。『東坡先生詩集』巻三十一はその「和陶詩」で構成されている。また、芭蕉らの私淑した深草の元政にも陶淵明詩「乞食」に和した「乞食和陶」（『艸山続集』延宝二年〈一六七四〉刊、巻二十一）がある。
＊4 尾形仂「座の文学」（『座の文学』角川書店、一九七三年）
＊5 鈴木勝忠「尾形仂著『座の文学』」『連歌俳諧研究』第四十七号、一九七四年八月）
＊6 佐藤勝明「「古人の名」の詠み方―芭蕉句「世にふるも」の意図をめぐって」（『連歌俳諧研究』第百十一号、二〇〇六年九月）

第一章　憧憬としての追和

はじめに

延宝八年〈一六八〇〉四月、『桃青門弟独吟廿歌仙』が日本橋榑正《くれまさ》町の本屋太兵衛より刊行される。同書は前年に宗匠立机した芭蕉とその一門が自らの存在を世に披露する目的で編まれたもので、その意識・意欲の高さを

桃青の園には一流ふかし　（同書中、嵐蘭歌仙挙句）

と鼓吹している。[*1] 続き、同年九月には門弟の其角編「田舎之句合」・杉風編「常盤屋之句合」（共に芭蕉判。以下〈田舎〉・〈常盤屋〉と略記する）を併せた『俳諧合』が刊行される。矢継ぎ早に一門の作品集を世に送り出す芭蕉は、〈常盤屋〉跋文において、

詩は、漢より巍にいたるまで四百余年、詞人・才子・文体三たびかはるといへり。倭歌の風流、代々にあらたまり、俳諧、年々に変じ、月々に新也。

と、『文選』（巻五十「宋書謝霊運伝論《ガノ》」）の「自《リ》レ漢至《マデ》レ魏《ニ》四百余年。辞‐人・才‐子・文‐体三変《(タ)ビズ》」との文言を引き、漢詩における作風の変遷を視野に収めつつ、日々に改まる俳風の変転を述べる。同跋文で「今の風躰」として強く推進されたのが「詩の躰」（後出〈田舎〉序文）、即ち漢詩文調の俳諧である。そして天和三年〈一六八三〉に其角の活動が本格化、同年六月に初の蕉門撰集にして漢詩文調の代表作『みなしぐり』が上梓される。同書後序で其角は次のように宣言する。

嚙《テ》二古人貧交行之《ノ》詩《ヲ》一吐而戯序《ニス》
翻《セバ》レ手《ヲ》作《リ》レ雲《ト》覆《ヘバ》レ手《ヲ》雨　紛々《タル》俳句何《ゾ》須《ケン》レ数《フ》
世不《ヤ》レ見宗鑑《ガ》貧時《ノ》交《ハリ》　此道《ノ》今人《ノ》棄《ステヽ》如《シ》レ土《ノ》

凩よ世に拾はれぬみなし栗

杜甫の「貧交行」に擬え、同詩の承句「軽薄」を「俳句」に、転句「君」を「世」、「管鮑」を「宗鑑」に変えつつ、其角が『みなしぐり』で指し示そうとしたものが、俳諧の「道」であった。

天和期に流行した漢詩文調は、漢語を多用する破調表現を取り、自身を杜甫や李白といった詩人に擬するなど、中国の漢詩及び詩人らに学ぼうとする、いわば模倣期の俳諧といえる。では、蕉風の目指した俳諧の「道」とはどのようなものなのか。従来、『みなしぐり』は芭蕉の跋文から論じられるが、*2 編者其角の記す後序の持つ背景もまた、吟味されなければならない。

本章では、延宝・天和期における蕉門の活動として、芭蕉の深川隠棲の問題に触れつつ、其角の〈田舎〉、『俳諧次韻』（延宝九年〈一六八一〉刊）、『みなしぐり』の巻尾を飾る「詩あきんど」歌仙に焦点をあて、その方法が句題、漢詩を範とする和韻・追和（先人の詩との和韻）にあることを指摘し、あわせて『みなしぐり』後序の意義を明らかにする。

第一節　句題という方法

〈田舎〉は「螺子」こと其角（〈田舎〉中では「ねりまの農夫」と「かさいの野人」）の詠んだ句をもとに作成された二十五番の発句合である。〈田舎〉の刊行された延宝八年〈一六八〇〉時における芭蕉らの俳諧観、句作の基本方針は、次に挙げる嵐雪序文に明確に打ち出されている。周知のように、序文全体は当時流行の『莊子《そうじ》鬳斎《けんさい》口《く》義《ぎ》』を意識した文体である。

桃翁、栩々斎《くくさい》にゐまして、為に俳諧無尽経をとく。東坡が風情、杜子がしやれ、山谷が気色より初て、其体幽になどらか也。ねりまの山の花のもと、渭北の春の霞を思ひ、葛西の海の月の前、再江東の雲を見ると。螺子此語にはずんで、農夫と野人とを左右に別ち、詩の躰五十句をつゞる。（中略）遠くきく、大江の千里は、百首の詠を詩の題にならひ、近所の其角は、俳諧に詩をのべたり。あゝ千里同腹中なる事を知ル。

実線部によると、桃翁（芭蕉）が説き起こした「俳諧無尽経」（俳諧観）とは蘇東坡・杜甫・黄山谷らを範としたものだという。*3 確かに、〈田舎〉中に蘇東坡（第十四番、第二十三番）、黄山谷（第三番）の詩を題材としたものがある。杜甫、李白の詩を扱った番は見当たらないものの、序文中波線部で「ねりま」・「葛西」の風景に、杜甫の「春日ニ憶フ二李白ヲ一」（『杜少陵先生詩分類集註』巻二十一）の一節、

渭北春-天樹ノ　　江東日-暮雲ノ

から渭北と江東とを持ち出し、重ね合わせている。「春日ニ憶フ二李白ヲ一」は、杜甫が渭北から遥かなる江東にいる李白を偲んで詠んだ詩であり、実際には、〈田舎〉は先の蘇東坡・杜甫・黄山谷に加え、李白をも意識していたことがわかる。この四人は杜甫から李白へ（「春日ニ憶フ二李白ヲ一」）、黄山谷から蘇東坡へ（後述「古詩二首上ル二蘇子瞻ニ一」）などと詠まれた唱和詩のシンボルとして出されたのだと考えられる。唱和についての詳細は後述するが、このような芭蕉の「俳諧無尽経」を聞き、「螺子（其角）」は「詩の躰」を綴った（点線部）と序文にはある。

芭蕉の説いた「俳諧無尽経」に基づく「詩の躰」は、「幽になどらか」な句体の俳諧であるという。それは〈田舎〉と対になる杉風の〈常盤屋〉で芭蕉が跋文に

誠に句々たをやかに、作新敷く、見るに幽也。思ふに玄也。是を今の風体と言はんか。

と述べる「たをやか」、及び「幽」、「玄」即ち「幽玄」と同意だと考えられる。「たをやか」、「などらか」はともに表現のなめらかなさまをいう。[*4]〈田舎〉中、「幽玄」と評価するのは第五番である。

左持
徳利狂人いたはしや花ゆへに杜
右
桜狩けふは目黒のしるべせよ
徳利をいだいて、花にたはぶるゝ狂人、深切也。又、目黒が原の遠のさくら、尤やさし。上野・谷中のさくらを見つくしたる体、言葉の外にあらはれたり。両句、幽玄、差別なし。

典拠らしい典拠は見当たらない番であるが、花見を題としたことは疑いない。左句は、花に浮かれ、愛で、盃を重ねての酔狂を詠んだもの。右句は、上野・谷中の桜を見尽くし、さらに目黒まで桜狩に出かけようという風流である。左句は、花を愛する狂人の心を深く推し量り、「いたはしや」と共感を示した点が「深切」で、「幽玄」として評価される。右句は、優雅な風流心（「やさし」）を言外の余情として表現した点が「幽玄」として評価される。芭蕉のいう「幽玄」が余情（「深切」、「言葉の外にあらはれたり」）と、優美さ（「やさし」）を要素として持つことがわかる。「幽になどらか」とは、表現の優美さ、奥深さ、穏やかさを言ったものと考えられる。題詠には「歌は題の心をよく心得べきなり」（『俊頼髄脳』永久三年〈一一一五〉頃成）との伝統があるが、題への深慮から「幽になどらか」な句体が生まれる。この背後に漢詩の詞を穏やかにとる伝統、例えば連歌論書『かたはし』（文明十三年〈一四八一〉奥）にある

以古詩寄合にすれば詞こはくなる也。心得て詞さのみあらはれざらんや可然らん。上手はこはりたる詞もやさしくいひなす也。あら〳〵しく取なせば、古詩を覚えたるがあだとみゆる也。

との説や、発句を「長高く幽玄に打ひらめに無きように」（『至宝抄』天正十四年〈一五八六〉成）作る伝統が見える。*5

では、この「詩の躰」は、いかにして生み出されたのか。序文（二重線部）によると、それは『句題和歌』（別名『千里集』寛平六年〈八九四〉成）で和歌の世界に新境地を拓いた大江千里に倣うことでなされたという。句題とは、『作文大体』に「句題、古五言七言詩中、取下叶二時宜一句上也。又二新題一也」とあるように、漢詩の詩句を題とすることである。例えば『句題和歌』中の

咽《ブ》レ霧《ニ》山鶯《ハ》啼《クコト》　尚《ホ》少《シ》

山高みふりくる霧にむすばれや鳴鶯の声のまれなる

の和歌を見てみると、句題となっているのは元稹の「早春尋《ヌ》二李校書《ヲ》一」（『和漢朗詠集』）の一節で、朝霧の奥から咽ぶように山の鶯が鳴く、その声も間遠なのは早春のせいだ、という意。大江千里の『句題和歌』は概して漢詩

そのままの翻案という向きが強いが、このように俳諧に句題という方法を応用したことが画期的だった。
わかりやすい例は、句題めかした前書が付された第二十四番である。

左勝
題山家之糠《ヌカ》味噌
閑居の糠みそ浮世にくばる納豆はなど
右
寄貧《ヒン》家之冬夜
夢猶さむし隣家に蛤を炊《カシ》く音

葉しやうがの森の木がらし吹あれて、枯々なる蓼の林にかくれ、ぬかみそ壷に入て、乾坤を忘れたる隠士、世間寺無用房ヲ笑ふ成べし。右の句、貧家にして冬夜をわぶるの体、寒苦をふせぐにたらず。尤哀深きといへども、隣家の蛤より、当前のぬかみそを愛せんにはしかじ。

左句は、題から隠者を想起し、檀家に納豆を配り歩く俗僧を嘲笑した句（判詞実線部）、右句は、題から隣家の暖かい蛤汁を炊ぐ様子を想像し、それと自家の抜き差しならぬ貧寒とを対照させて詠んだ句で、判詞（波線部）に「貧家にして冬夜をわぶるの体、寒苦をふせぐにたらず」とある。発句が題と密接に関わりあうことが確認できる。
第十三番では、前書という形はとらず、判詞によって漢詩が指摘される。左句、

袖の露も羽二重気にはゐぬもの也

の判詞に「貴人の心に秋至らずと作れる詩の心を思ひよせられたるや」とある。羽二重のような高級品を着る人には、秋の愁いに涙することなどないのだろうとの其角の句に、芭蕉が白居易詩「早入クテ二皇城ニ一贈二王ノ留守僕射ニ一」（『白氏長慶集』巻三十五）の一節、

悲-愁ハ不レ到貴-人ノ心

を指摘したものである。判者にも句題という方法を意識し、其角の句中から積極的に詩を見出そうとする姿勢のあることが理解される。

〈田舎〉における句題の特徴は、先に挙げた大江千里の『句題和歌』のような単なる翻案、説明に終わるものではなく、題を充分に咀嚼《そしゃく》した、詩、詩人への追慕にある。第三番左句

宿の梅椵《モミ》いかばかり青かつし

には、黄山谷の「古詩二首上ル二蘇子瞻ニ一」（『山谷詩集』巻一）の

烟雨ニ青カツシガ　已ニ黄也

に対する問い掛けがある。黄山谷の詩は左遷の憂き目にあった蘇東坡に贈ったものである。詩句は、五月雨に青かった梅の実も、既に黄色になり時期を迎えたと、梅に比喩して蘇東坡の才学の円熟をいう。其角はそれを踏まえ、早春の庭先の景に引き付けて、では、梅の花咲く今、椴の木の青さもどれほどのものだったでしょうと問い掛ける。判詞には「其体つよくして優有」とある。「青かつし」と漢詩の訓読を使いつつ、「いかばかり」と優美に思いやったところが評価される。

第十七番右句は

芋をうへて雨を聞風のやどり哉

である。判詞には「芋の葉に雨をきかんは、誠に冷《すさま》じく淋しき躰、尤、感心多し。是、孟叔異が雨の題にて、檐声和《シテ》レ月落《ツ》二芭蕉一と作れる気色に似たり」とある。

檐声和《シテ》レ月落《ツ》二芭蕉一

とは、『錦繍段』に見える「夏雨」と題する詩の一節で、詩には、雨後の月の光と相和し、響きあうように芭蕉から滴り落ちる雨垂れが詠まれる。判詞は、芭蕉ではなく芋の葉を打つ雨滴と風音が重なり聞こえる軒先を詠んだ其角句が、孟叔異の詩と類似することを指摘する。これも句題から連想しての転化だと考えられる。

そして、詩の世界から句を作ることを、其角は「詩人ゆるせ」という。第二十三番左句を次に挙げる。

　　詩人ゆるせ松江《ズンガウ》の河豚といはんに

判詞は「金沢のあそびたのしいかな。けふの薄ク暮に網をあげて、状《カタチ》松江のかとんを得たり」とある。これは蘇東坡の「後赤壁賦」（『古文真宝』後集）の一節、

　　今者《ケフノ》薄《ハク》暮《ボニテ》挙網《ヲ》得《タリ》魚《ヲ》。巨《キヨ》-口細-鱗《ン》状《チ》如《シ》松-江之《ノ》鱸《スズキノ》（中略）赤-壁之遊楽《シ》乎。

を踏まえたものである。松江は中国の鱸の名産地で、詩句は、良夜に松江の鱸に似た魚を得たが、酒がないという場面である。其角の句は行楽の地金沢（武蔵国）で松江の鱸ならぬ河豚《ふぐ》を得、それを肴に酒を飲もうというもの。「松江の鱸」を「松江の河豚」と詩句を通俗化させ、河豚を肴に一杯呑もうという詩句のアレンジを、蘇東坡に「ゆるせ」と呼び掛けたのである。そこにまた詩人への慕情が見られよう。

このように、其角は句題という方法を用いて漢詩の世界を俳諧に取り込もうとした。そこには古詩の言葉を取るだけでなく、理智的な句作の中に追慕の心情を含ませ、雅俗の交錯を楽しむ芭蕉らの志向が見える。それは俳諧における漢詩の詩情の発見と共鳴ともいえる動きである。

第二節　虚構の空間、泊船堂

延宝八年〈一六八〇〉冬、芭蕉は突如として点業を廃し日本橋から郊外の深川に活動の拠点を移す。その実質的な理由は諸説あり未だ解決を見ないが、芭蕉自身は

ここのとせの春秋市中に住み侘びて、居を深川のほとりに移す。長安は古来名利の地、空手にして金なきものは行路難しと云ひけん人のかしこく覚え侍るは、この身の乏しき故にや。

柴の戸に茶を木の葉掻く嵐哉

（『続深川集』、寛政三年〈一七九一〉序）

と、深川の草庵での生活を描く中で、実線部、白居易の「送ル三張山人ノ帰ルヲ二嵩陽ニ一」（『白氏長慶集』巻十二）の一節、

長安ハ古来名利ノ地　空-手ニシテ無ㇾバ金行-路難シ

に言及している。白居易詩は、都会の名利追求に疲れ、去っていく地方出身者の侘びしさを謳《うた》ったもので、芭蕉の「柴の戸に」句も前書を併せて解すると、都会生活に身をかこち、失意の中での移住だったということになる。

ただし、延宝九年〈一六八一〉刊行の『ほの〴〵立』では、芭蕉の

枯枝に烏とまりたりや秋の暮

の句が「当風」、つまり流行最先端の句として採り上げられ、『俳諧関相撲』（天和二年〈一六八二〉刊）を見ても、桃青は「世になる当俳名匠」に名が挙げられている。名声という面から見ると、都会からの敗残が原因となったとは単純に受け取ることができない。では、この深川移住をどう捉えるべきか。

例えば、白石悌三氏[*6]は「資産のない芭蕉が点業を放棄したら、衣食住の一切は門人の喜捨に仰ぐほかない。こうした転身が支持者である「桃青門弟」たちに無断でなされたとは思えない」と述べ、深川の草庵が「芭蕉個人の居住空間である以上に、「共同幻想」をつむぎ出す新風の拠点として象徴的な意味あいを帯びた」、「いわば「桃青門弟」ぐるみの「あそび」」の場であったと説いている。この「共同幻想」という観点を糸口として、再び同年刊行の〈田舎〉・〈常盤屋〉に目を向け、以下、この時期の芭蕉らに顕著に見られる、江戸の町に唐土の文化世界を幻想し虚構化する姿勢について考察する。

右の『続深川集』の例では、前書で江戸と長安とを対比し、且つ、白居易詩の心情に自らの境遇を重ね合わせるように句が詠まれていた。前節で見たように、〈田舎〉序文にも

　ねりまの山の花のもと、渭北の春の霞を思ひ、葛西の海の月の前、再江東の雲を見ると。

と練馬と葛西とを渭北、江東に擬え、漢詩の世界に思いを馳せる芭蕉の言があった。〈常盤屋〉芭蕉跋文では

（前略）倩《つらつら》神田須田町のけしきを思ふに、千里の外の青草は、麒麟につけてこれをはこばせ、鳳の卯（卵）は糠《ヌカ》に

> うづみ、雪の中の茗荷、二月の西爪（瓜）、朝鮮の葉人参、緑もふかく、唐のからしの紅ィなるも、今此江戸にもてつどひ、風、たうきびの朶《エダ》をならさず、雨、土生姜をうごかさねば、青物の作意時を得て、かいわり菜の二葉に、松茸の千とせを祈《イノ》り、芋のはの露ちりうせずして、さゝげのかづら長くつたはれらば、そらまめをあふぎて、今此ときをこひざらめかも冬爪《カモフリ》。

と、神田須田町、青物市の光景に中国の霊獣、麒麟や鳳凰を登場させ（実線部）、季節外れの「雪の中の茗荷、二月の西爪」（波線部）には孟宗竹の故事（『蒙求』）、王建「華清宮」（『三体詩』）の一節、

> 二月中旬既進《ニ》レ瓜《ヲ》

を踏まえた想像世界を重ね合わせ、繁昌を大げさに宣言する。そして点線部のように、朝鮮と中国と、緑と紅とを対比させつつ、『論衡』（巻一「是応」）の文言「太平之世、五日一風、十日一雨、風不レ鳴《ラサ》レ条《えだヲ》、雨不レ破《ラ》レ塊《ヲ》」を踏まえながら、江戸の天下泰平を謳うのである。[*7]

一方、延宝期には老荘思想が大流行、芭蕉らも『鬳斎口義』を手引き書として『荘子』の思想・表現を学んでいた。『桃青門弟独吟廿歌仙』に神仙趣味が横溢していることは楠元六男氏[*8]に指摘がある。これらと並行する形で顕在化してくるのが隠逸への志向である。先に挙げた〈田舎〉第二十四番では、「題山家之糠味噌《ヌカ》」を前書とした左句、

閑居の糠みそ浮世にくばる納豆はなど

の登場人物を「乾坤を忘れたる隠士」（判詞）としていた。同番右句では「寄貧《ヒン》家之冬夜」が題となっている。「閑居」、「貧家」はともに寂びた風情の象徴である。このように、都会の喧噪を離れ、侘びしく貧寒に耐えつつも、風流に隠遁《いんとん》する者に対し、好意を寄せていく。〈田舎〉第十六番左句では

分限者になりたくば。秋の夕昏をも捨よ

とまで決意表明をする。世俗の利に聡い金持ちに成りたければ、三夕《さんせき》の和歌で知られる「秋の暮」の風情を感じる心をも捨て去らなければならない。これは清貧の生活を営み、風雅に生きるとの宣言であり、そこに其角の姿勢が明確に出ている。井上敏幸氏[*9]が説くように、慶安三年〈一六五〇〉、中国の仙人・隠者について記した『有象《うぞう》列仙伝』が和刻されたことを端緒として、野間三竹の『古今逸士伝』（万治四年〈一六六一〉刊）、林読耕斎《どっこうさい》の『本朝遯史《とんし》』（寛文四年〈一六六四〉刊）、元政上人の『扶桑隠逸伝』（同年刊）・『本朝列仙伝』（貞享三年〈一六八六〉刊）と、本邦における隠逸伝の大流行が巻き起こっていた。井上氏[*10]は、芭蕉の深川移住が、このような隠逸志向の風潮を背景とした、隠者に憧れて、それに「生身の「自分」を代入する」行為であったと分析している。

そして、中国幻想・隠逸趣味に杜甫への追慕が加わることで、深川三又の「泊船堂」が誕生する。真蹟懐紙「乞食の翁」句文（天和元年〈一六八一〉十二月末成）を次に挙げる。

泊船堂主　　華桃青

窓含西嶺千秋雪
門泊東海(呉)万里船
我其句を職(識)て、其心ヲ見ず。その侘をはかりて、其楽をしらず。唯、老杜にまされる物は、独多病のみ。
簡素茅舎の芭蕉にかくれて、自乞食の翁とよぶ。
櫓声波を打つて腸氷る夜や涙（以下略）

冒頭に掲げられた詩句は杜甫の「絶句　其三」の転・結句で、「泊船堂」の堂号もこれに由来する。芭蕉が引用した部分は、浣花渓《かんかけい》にあった杜甫の草堂の窓からは千年消えることのない西嶺の雪が眺められ、成都から呉に下る船は悉く前を通っていくとする意。芭蕉は波線部のように杜甫と自身とを比較し、「多病」の我が身をかこつのであるが、泊船堂からの眺めについて、俳文「寒夜の辞」（『夢三年』所収、寛政十二年〈一八〇〇〉刊）で

深川三またの辺リに艸庵を侘て、遠くは士峯の雪をのぞみ、ちかくは万里の船をうかぶ。

とも述べている。泊船堂の眼前には行徳船（江戸と上総国行徳を結ぶ）が行き交う小名木《おなぎ》川が流れ、隅田川に出れば大型船が盛んに往来していた。そこで芭蕉は深川の草庵から望まれる富士山の雪、眼前の河川を漕ぐ船に、「西嶺千秋雪」、「東呉万里船」といった浣花渓の草堂からの眺望を二重写しにし、杜甫詩に因む「泊船堂」との堂号を付け、「華桃青」と、三文字の中国式の名称を用いることで、現実の深川に杜甫「絶句　其三」の世界を幻視する。

つまり、泊船堂とは、杜甫を追慕し、自らがその堂主に擬態して風雅の侘びの生活を演じるための舞台装置だったとすることができる。*11 その三叉で、芭蕉は「櫓声波を打つて」句を詠む。句は、冬の夜、波の上をわたって聞こえてくる櫓のきしる音に耳を傾け、貧寒の悲愁に涙するという意で、佶屈な文体が自らの孤独感を強調している。ただし、「やゝ暮過るほど、月に坐しては空き樽をかこち、枕によりては薄きふすまを愁ふ」（「寒夜の辞」）といった泊船堂での生活実感は、あくまで杜甫詩に代表される漢詩文の世界への憧れから生じたものであったと考えられる。*12

芭蕉が杜甫を追慕し深川に隠棲するに至り、句題の方法とも相俟って、詩人への擬態が一門にも「共同幻想」として広がっていく。例えば、芭蕉は、北鯤と山店の持参した芹の飯を見て「金泥坊底の芹にやあらむと、其世の侘も今さらに覚ゆ」（『続深川集』）という。これは杜甫詩「崔氏東山草堂」（『杜少陵先生詩分類集註』巻二十二）の一節、

飯《ハ》煮《ル》㆓青泥坊‐底《ノ》芹《ヲ》㆒

の「青泥（長安の駅名）」を意図的に「金泥」とし、芹飯を賞美しつつ、杜甫気取りで侘びに興ずる擬態である。擬態は作句状況を示す前書の表記にも及ぶ。自らを詩人めかすために前書を擬漢文化するのである。深川での生活を描いた句は

富家《ハ》喰《クラヒ》㆓肌肉《ヲ》㆒、丈夫《ハ》喫《キツス》㆓菜根《ヲ》㆒。予《ハ》乏し。

雪の朝独リ干鮭を噛み得タリ　芭蕉　（『東日記』天和元年〈一六八一〉六月刊）

と、隠逸、清貧が基調となる。そして、中核となる門人らも隠逸、清貧志向に共振すべく、前書を擬漢文化することで興趣を増幅させていく。

月ハ明ナリ小艇宿ス二三俣ニ一
夕人をしがらむ風の盛川　杉風　（『東日記』）

題江戸八景
住べくばすまば深川ノ夜ノ雨五月　其角　（同）

秋夜話二隠林一
雨冷に羽織を夜ルの蓑ならん　其角　（『むさしぶり』天和二年〈一六八二〉刊）

杉風の「夕人を」句は、月の名所深川三又、船舶佇む芭蕉庵周辺の夕景を漢文体で示した前書であり、其角の「住べくば」句は、中国の名所、瀟湘八景の内「瀟湘夜雨」をもとに「深川夜雨」を設定したもの。「八景」は、日本では特に延宝六年〈一六七八〉に『扶桑名勝詩集』によって集成されて以来続々と考案されており、[*13]其角はその流行に乗じて作句したと考えられる。「雨冷に」句は、秋の夜長、草庵における語り合いの場を漢文体の前書によって設定し、そのようなところでは、立派な羽織も寒さをしのぐだけの夜の錦ならぬ「夜の衾」だとする句である。

さて、このような杜甫への追慕・漢詩人への擬態から、方法に展開が生じていく。

茅舎《ノ》感
芭蕉野分《のわき》して盥に雨を聞夜哉　　芭蕉（『むさしぶり』）

は、泊船堂での生活を「蕉雨閑情」に基づき詠んだ句である*14が、禹柳の『伊勢紀行』（安永三年〈一七七三〉跋）には「老杜茅舎破風の歌あり。坡翁ふたゝび此句を侘て屋漏の句作る。其世の雨をばせを葉にきゝて独寐の艸の戸」との前書で掲載される。この前書は、貧窮生活を詠んだ杜甫詩「茅屋為《メニ》二秋風《ノ》一所《ル》レ破《ラ》歌」（『杜少陵先生詩分類集註』巻十三）の

床-床屋漏無《テシ》二乾処《ケル》一　雨-脚如《ニシテ》レ麻未《ノダ》二断-絶《セ》一《ズニ》

や、後にその詩情を汲んだ蘇東坡「次《ス》二-韻朱光庭喜《ガ》レ雨《ニ》一」（『東坡先生詩集』巻十一）の

破屋常持《ニス》レ傘《サンヲ》　無《シテ》レ薪欲《カシ》レ爨《カント》レ琴《ヲ》

といった清貧の系譜に、さらに芭蕉が連なろうとして詠じた二重の追慕である。杜甫のみを意識した「茅舎ノ感」から、蘇東坡に目を向け、追慕しての詩作へと力点を移動、芭蕉の創作態度に変化が認められる。その蘇東坡から芭蕉一門が学んだのが、古人の作品に後人が和韻する追和という方法である。

この東坡へは、其角や其角の父、東順も追和を試みている。

和《ス》二古詩一
瑟ヲ焼て水鶏ヲ煮ル夜酒淋し　　其角　　（『みなしぐり』）

破屋なれども傘を用ひず
夕顔の雨もりさせぬ荒屋かな　　東順　　（同）

其角句の前書には古人の詩に追和した旨が明確に示されている。即ち、先に挙げた蘇東坡「次二‐韻《ス》朱光庭《ガ》喜雨《ニ》一」の一節「無《シテ》レ薪欲レ爨《カシカント》レ琴《ヲ》」である。蘇東坡は雨漏りのする破屋に傘を差し、薪のないために琴を燃料として炊事の用とするが、其角はその詩を受けつつ、自分は琴の中でも大型の瑟を焼き、水鶏を煮て、飯ならぬ晩酌の肴としようと追和する。東順句は、雨漏りがするので家の中で傘を差すという東坡詩の一節「破屋常《ニ》持《ス》レ傘《サンヲ》」を踏まえつつ、それを「破屋なれども傘を用ひず」と裏返した句題で、東坡に対し、荒《あば》ら屋ながら、我が家では屋根に夕顔の蔓が伸び、雨漏りを防いでいるとしたもの。漢詩と俳諧では文芸ジャンルも違うが、他人の作品と共鳴し、それに和するという方法こそが、芭蕉らが中国文学から摂取した大きな一つの成果であった。

第三節　東西の呼応『俳諧次韻』

延宝五年〈一六七七〉から七年にかけて、京の若手俳人が相継いで東下し、盛んに東西の交流が行われる。まず、信徳が延宝五年〈一六七七〉冬から翌年春にかけて滞在、続いて春澄《はるずみ》が六年秋に、千春《ちはる》と千之《ちゆき》、信徳が同年冬から翌春にかけて江戸に滞在し、赤坂溜池の風虎サロンを交流の場として活動する。当時の江戸俳壇は風虎のサロンと、江戸貞門、江戸談林三つ巴の状況であるが、中でも風虎のサロンには、流派を越えた交流があった。[*15]加えて、この頃には才麿・言水《ごんすい》も江戸に居を移している。延宝五年〈一六七七〉開催、参加者六十名を誇る風虎の『六百番誹諧発句合』のメンバーで確認すると、右に芭蕉と友人の素堂、左に京都の千之、千春、春澄、そして言水の名が見出せる。千春・千之・春澄はまだ下江していないので、おそらく文通による参加であろう。京と江戸との交歓は信徳と芭蕉、素堂との『江戸三吟』（延宝六年〈一六七八〉三月刊）をはじめ、春澄編『江戸十歌仙』（同年刊）と続き、以下、東西を意識した俳書が次々と刊行されていく。江戸俳壇の内部でも才麿、言水が各々の編著『坂東太郎』（延宝七年〈一六七九〉刊）、『東日記』（同九年刊）に序文の贈答をするなど、互いの親交を深めており、特に言水は『東日記』前後に芭蕉、其角らとも大きく接近する。[*16]

さて、延宝九年〈一六八一〉正月、信徳、如風、春澄らは京俳人八名で興行した百韻七巻と五十韻一巻を収める『七百五十韻』を刊行する。同書は、山下一海氏[*17]によって、前年刊行の『桃青門弟独吟廿歌仙』に応じ、信徳らが新風を誇示したものと位置付けられる俳書である。巻頭百韻冒頭部分を次に挙げる。

江戸桜志賀の都はあれにけり　信徳
　東叡山の麓なる春　如風
孔子堂朝だつ霞鳥鳴て　春澄（以下略）

信徳は平忠度の

　さゞ波や志賀の都は荒れにしを昔ながらの山桜かな　（『千載和歌集』巻一）

の和歌を踏まえ、京俳壇を荒廃した志賀大津の都に見立てて謙遜しつつ―事実、上方では京の高政編『俳諧中庸姿《つねのすがた》』（延宝七年〈一六七九〉刊）をめぐる貞門・談林の熾烈な論難合戦が繰り広げられていた―、一方で江戸桜は満開であると新興の江戸俳諧を賞賛する。如風は発句から、桜の名所である上野東叡山を連想し、第三の春澄は当時上野忍ヶ岡にあった林家の私塾弘文館（昌平黌《しょうへいこう》の前身）を付けている。これらはいずれも江戸を象徴する題材といってよいだろう。そして末尾の五十韻で次のように「挨拶」をする。

八人や誹諧うたふ里神楽　如泉
（中略）
　挨拶を爰では仕たい花なれど　（正）長
又かさねての春もあるべく　（常）之

発句の「八人や誹諧うたふ」とは『七百五十韻』の連衆八名を暗示したもの、末尾部分は来春の再会を期すとのメッセージである。これらを第一百韻の冒頭部分と合わせて考えてみると、『七百五十韻』とは、帰京した信徳が、今度は京若手俳人を引き連れて威勢を示し、江戸を褒め称えつつ芭蕉らを挑発した書であったことが理解される。延宝六年〈一六七八〉、信徳は三月に芭蕉、素堂との『江戸三吟』を出板、同年八月には『七百五十韻』の連衆でもある政定・仙庵と『京三吟』を刊行し、盛んに江戸と京との橋渡しを行っていた。『七百五十韻』もその活動の延長線上にある。

『七百五十韻』の出板は好評で、延宝九年〈一六八一〉秋、木因宛芭蕉書簡では「一、七百五十韻、爰元にはや無ニ御坐一候。其元より京へ可レ被ニ仰遣一候」と、早々の品切れが報じられている。この『七百五十韻』を受け、芭蕉らが同延宝九年七月に刊行したのが『俳諧次韻』である。同書表紙には「追京七百五十韻二百五十句　俳諧次韻　江戸桃青」との題簽が付されており、『七百五十韻』に追随する企画であることが明示される。「又かさねての春もあるべく」(『七百五十韻』)との挑発に応じ、その「かさねての春」に先んじ、芭蕉らは同年秋に早々の返答をしたということになる。句風は談林調を残す信徳らの『七百五十韻』から漢詩文調へと大きく変化しており、ここにまた京俳人への対抗心、新風への意気込みが感じられる。『俳諧次韻』の冒頭部分を次に挙げる。

表題

晋《ノ》伯-倫伝《フ》ニ酒-徳頌《ノヲ》一。楽-天継以《ニス》ニ酒-功讃《ノヲ》一。青酔《ヱツテ》レ之続《ニグ》ニ信-徳《ガ》七百-五-十-韻《ヲ》一二百五十句

挨拶を爰では仕たい花なれど

又かさねての春もあるべく　　桃青

鷺の足雉脛長く継添て

這《コノ》句以《テ》二荘子《ヲ》一可《シ》レ見《ツ》矣

其角（以下略。全五十韻）

表題は、晋の劉伯倫の「酒徳頌《しょう》」を継いだ白居易の「酒功讃」に倣い、酩酊しつつも信徳の『七百五十韻』を次ぎ、二百五十韻を作ることで京・江戸両俳人の千句を成就するとの芭蕉の宣言になっている。それも、単純に新たな二百五十韻を作成するのではなく、書名ともなった漢詩作法の「次韻」（和韻の一つ）を俳諧に応用し、『七百五十韻』の末尾を芭蕉発句の前に掲げ、続きを足していく形式での興行である。俳諧における「次韻」が本書のテーマなのである。発句は、其角の脇句が『荘子』から解釈せよと指示することからわかるように、『荘子』駢拇《べんぼ》編の

彼《ノ》正々《ニシテナル》者《ハ》、不レ失《ハ》二其《ノ》性命《ノ》情《ヲ》一。故《ニ》合《フ》者《ヲモ》不レ為レ駢《ト》。而《シテ》枝《アル》者《ノヲモ》不レ為レ跂《ト》。長《キ》者《ヲモ》不レ為レ有《リ》レ余《ト》。短者《ヲモ》不レ為レ足。是《ノ》故《ニ》**鳧《ノ》脛《ハ》雖《ドモ》レ短《ト》、続《カバ》レ之《ヲ》則憂《ン》。鶴《ノ》脛《ハ》雖レ長、断《タヽバ》レ之《ヲ》則悲《ン》。**故《ニ》性《ノ》長《ヲモ》非レ所《ニ》レ断。性《ノ》短《ヲモ》非レ所《ニ》レ続。無レ所レ去レ憂《ヲ》也。

（『荘子鬳斎口義』）

との挿話（ゴシック部分）を踏まえたもので、鴨の足が短くとも継ぎ足すべきではなく、鶴の足が長くとも短く断ち切るべきではなく、自然の生まれつきのあり方に従うべきだとの『荘子』の主張を受け、「鶴」を「鷺」に、「鴨」を「雉子」に変えながら、「とはいうものの、すらりと長い鷺の足を断ち切ることなく、それにさらに短い雉子の足を継ぎ足してみた」との意。芭蕉の得意は、「鷺」を『七百五十韻』、「雉子」を『俳諧次韻』に喩《たと》えな

がら、しかしそれらを足してみると、連句としては正式な千句になるのだから、これこそが自然のあり方だと開き直ったことにある。あくまで「次ぐ」という方針から、芭蕉の句には、発句として不安定な「て」留めが用いられた。この『俳諧次韻』の趣向は、同一の字を同一の順に用いる漢詩作法の次韻とは厳密にいうと方法が異なるが、例えば『詩律初学抄』（山本洞雲著・延宝六年〈一六七八〉刊）が

他人ヨリ我ニ寄タル詩ノ韻字ヲ和シ、又意ノ意ヲモ和スルヲ和韻ト云。是ハ贈答ノ詩ナリ。

と説く贈答という性格、また同書中「又其人ヘノ挨拶ノ意ヲ作ルモアリ」と説明する和韻の挨拶性を重視しながら、俳諧のジャンルで応用した結果であり、他人の作品群に呼応し、「次いで」いく行為が、画期的なのであった。『俳諧次韻』での応答性は、次の例からも見て取れる。「春澄にとへ」百韻の冒頭と末尾とを次に挙げる。

雁にきけといふ五文字をこたふ。
春澄にとへ稲負鳥《いなおうせどり》といへるあり　其角
ことし此秋京を寐覚て　才丸
（中略）
葉伝ひて寸竜花に登るかと　（桃）青
如泉法師が春力あり　（揚）水

前書は、『七百五十韻』第五百韻の発句、

雁にきけいなおほせ鳥といへるあり　　春澄

に応じてのものである。春澄句は、古今三鳥として秘伝となっている稲負鳥も、同じ鳥類の雁に聞けば何かわかるだろう、という意。其角はそれに対し、ならば春澄はもう既に雁から稲負鳥の答えを教えてもらっているだろうから、問うてみようとし、さらに才麿も脇句で、では、今年の秋、即ち今から京まで春澄に聞きに行こうかと、江戸から京に思いを馳せる。挙句では、『七百五十韻』の連衆、京金蓮寺に真珠庵を結んでいた如泉に挨拶を送るという周到さを見せている。前節では杜甫、蘇東坡といった古人への追和について考察したが、『俳諧次韻』では、漢詩作法を俳諧に応用した、江戸・京の同時代人同士での応酬が交わされるのである。[*18]

では、このような文芸活動・漢詩文の隆盛を考えるにあたり、ここで江戸文壇の状況について巨視的に眺めてみると、芭蕉らの活動に連なる、大きな「うねり」があることに気付く。以下、詩壇を端緒に要点を述べる。上野洋三氏[*19]は、詩の流行すべき契機に、林家周辺の詩の唱酬、渡来した黄檗《おうばく》僧との贈答応酬、朝鮮通信使来聘《らいへい》の三点を挙げ、延宝中頃からの流行の原因を同様の見地から説く。寛文前半期に設置された林家における学寮五科中の詩科の存在や、黄檗趣味の続行、綱吉の将軍就任による通信使の再開である。特に朝鮮通信使来日のことは天和二年〈一六八二〉に『朝鮮人来朝記』が刊行されるなど、巷間でも話題となった。「其際《ノ》、林野坂木之鴻儒老、筆語唱和頗多《ルシ》」（「東使紀事」）と記されるように、通信使一行と多くの日本の儒者、各地の文士とは漢詩・漢文によって唱酬、筆談を行うことで互いの交流を深めており、それらの記録を集めた『和韓唱酬集』（同年刊）も出板されている。

この当時の文人の活動について、代表的な例として林家一門の人見竹洞を挙げてみると、天和二年〈一六八二〉夏、明末清初の大乱を避けて来日した心越《しんえつ》禅師に面会、禅師の西湖の十景詩に感激して和韻を試み（『竹洞全集』七絶の巻）、同年に朝鮮通信使と応接して滄浪と親交、交流の具として詩が活用される。「水竹処居」と呼ばれる別墅《べっしょ》での詩作交流も名高い。[*20] これらの活動には、竹洞の師事した石川丈山が、羅山・鵞峰・読耕斎らと盛んに和韻（次韻）の応酬をし、陳元贇《ちんげんぴん》と交流、朝鮮通信使とも唱和していたこと（『覆醤集《ふしょうしゅう》』[*21]寛文十一年〈一六七一〉刊）が少なからず影響しているだろう。

詩は、つまり、唱和のための詩である。上野氏[*22]は、延宝中頃から貞享・元禄にかけて、前出山本洞雲『詩律初学抄』、榊原篁洲《こうしゅう》『詩法授幼抄』（延宝七年〈一六七九〉）、貝原益軒『初学詩法』（同八年）といった啓蒙学者による入門作法書、村田通信『詩林良材』（貞享四年〈一六八七〉）、橘桂洲『詩学類語』（同五年）、古市剛『芳林詩田』（元禄三年〈一六九〇〉）といった簡訳版類書が刊行され、詩作者人口が拡大、俗化流行の兆しが見られると指摘するが、一方、延宝八年〈一六七七〉に京の漢学者、熊谷荔斎《くまがいれいさい》が、先人の作品に和した詩を集めた『千家詩』[*23]に注を付け『鼎鐫《ていせん》註釈解意懸鏡千家詩』として出板したことも、唱和・和韻に対する世の需要に応えたものであろう。そして、水戸藩に仕えた叔父卜幽軒《ぼくゆうけん》との関係からか、竹洞は延宝・天和期以降、水戸家のサロンに積極的に関わることになる。[*24]

水戸家のサロンは明暦三年〈一六五七〉より着手する『大日本史』編纂のために招聘された学者たちを核として構成され、林家と並び江戸文壇の中で大きな位置を占める。江戸に登城し聘礼の儀を終えた朝鮮通信使一行が帰国するにあたり、饗応役となった水戸光圀《みつくに》とも和韻の応酬をするといった一幕もあった。[*25] 例えば、光圀は「奉レ送リ下朝-鮮-国東-山尹-公ノ使シテ二日-本-国ニ一帰ルヲ上」で

万-里労《シ》二来-聘《ヲ》一　三-韓尋《ツグ》二旧-**盟**《ヲ》一
衣-冠皆駭《ヲドロキ》-矚《ミ》　草-木亦《モ》知《ル》レ**名**《ヲ》
遽-爾《トシテ》己《ニ》臨《ミ》レ別《ニ》　黯-然《トシテ》不レ尽《サ》レ**情**《ヲ》
郷-人若相《シ》-問《ハヾ》　文-物属《ス》二昇-**平**《ニ》一

と、通信正使の尹趾完に遠路を経ての公務を労い、慌ただしく意を尽くせぬままの別れを惜しむ。尹趾完は「敬《テ》次《デ》二送-別《ノ》韻《ヲ》一奉レ呈《シ》二水-戸-侯常-山源-公詞《ノ》-案-下《ニ》一」で

薄-儀来《テ》賀《ス》レ慶《ヲ》　大-信豈申《ニカサネンヤ》レ**盟**《ヲ》
未《ダ》レ入《ザルニ》二扶-桑《ノ》界《ニ》一　先《ヅ》-聞《ク》二水-戸《ノ》**名**一
周-旋仰《ギ》二懿-範《ヲ》一　委-曲荷《フ》二深-**情**《ヲ》一
臨《テ》レ別《ニ》仍相-勉《ム》　但《タヾ》宜《シク》《ベシ》レ賛《ス》二太-**平**《ヲ》一

と、ゴシックで示した光圀詩の偶数句末尾「盟」・「名」・「情」・「平」を次韻しながら感謝の意を表し、光圀の懿徳、天下泰平を讃える。尹趾完詩の場合では、内容面においても光圀詩との贈答となっていることがわかる。この時、光圀は副使の李彦綱、従事官の朴慶後へも詩を贈っており、その返答も、同じく偶数句末に同一字を同一順に用いた次韻詩であった。

　ところで、山本春正、清水宗川を中心とし、戸田茂睡らをも吸収する自由な空気を持っていた水戸家サロンの歌会についても看過できない動きがある。上野氏は先の熊谷荔斎の交遊を巡って、寛文・延宝期の京文壇の詩作者と、先の『七百五十韻』の作者とが極めて近いところに居たことを示唆したが、[*26] その荔斎も水戸家の文事を伝える山本通春の『文翰雑編』に延宝五年〈一六七七〉八月以降度々現れるのである。これは俳壇の動向とも重なるところがある。なぜならば、既に指摘があるように、風虎も水戸家のサロンに参加し、これを模範として自身の文化事業を推進するからである。[*27] 風虎は通信使の館伴《かんばん》（接待役）を仰せつかっており、深川に移り江戸文壇の末端に位置した芭蕉らも、この大きな流れの中にいた。『七百五十韻』に

　道広く朝鮮人も来るとなり　（如）風
　秋長老の時なるかな時　（政）定

と、如風句が謡曲「呉服《くれは》」の「和国異朝の道広く」という詞章を踏まえ、「異朝」を「朝鮮」と明示するのは朝鮮通信使来日の盛り上がりをいったものである。そして、

　破—**蕉誤**ッテ**詩**の**上**を**次**グ　嵐雪
　朝鮮に西瓜ヲ贈る遥ナリ　芭蕉
（『みなしぐり』「花にうき世」歌仙）

と、破れ芭蕉（即ち芭蕉その人）は、脚韻を踏まねばならないのに、まだ不慣れなので語頭を継いでしまったと嵐雪が詠み、それに対し芭蕉が「朝鮮」の語を付け、通信使との唱酬の一場面を滑稽化したのも、その手段となった次韻に対する強い興味を示している。このような時代潮流を背景として、『七百五十韻』・『俳諧次韻』といった撰集の企画がなされ、さらに発句による古人への追和とも相俟って、同時代人同士による発句対発句の直接の唱和を生み出していく。

草の戸に我は蓼くふ蛍かな　　其角　　（『みなしぐり』）

和《ス》二角《ガ》蓼蛍《ノ》句《ニ》一

あさがほに我は食《めし》くふおとこ哉　　芭蕉　　（同）

これらは其角・芭蕉各人の自画像を描いた句と見てよいだろう。漢詩における和韻の方法を吸収し、芭蕉は其角の「蓼くふ蛍（夜な夜な遊び惚ける物好き者の意）」に対して「我は食くふおとこ（朝に起床し、ごく普通の生活を送る男の意）」だと応じながらも、対立的に唱和する。単なる同調ではなく、唱和しつつも独自性を打ち出すところに唱和性の持つ本質を垣間見ることができるのである。

第四節　「詩あきんど」歌仙の追和

天和三年〈一六八三〉、初の蕉門撰集、其角編『みなしぐり』が刊行される。同書は漢詩文調の俳諧が最高潮に達し、延宝・天和期に模索された句題・追和の方法が集大成される俳書であり、発句、連句を混合して四季順に配列するという斬新な編集にも意気込みが感じられる。[*28]『みなしぐり』中には、これまで見てきたような、

　　酔登テル㆓二階ニ㆒
酒ノ瀑布《タキ》冷麦の九天ヨリ落ルナラン　　其角

　　臨ム㆓素堂ガ秋池ニ㆒
風秋の荷葉二扇をくゝる也　　其角

　　赴ク㆓泊船堂ニ㆒塗中ノ感
波道黒《クラ》し夕日や埋む水小舟　　揚水

と自らを詩人めかし、前書で擬漢文化した句が少なからず収載され、中国詩人を追慕した

　　憶フ㆓老杜ヲ㆒
髭風ヲ吹て暮秋歎ズルハ誰ガ子ゾ　　芭蕉

憶《フ》二李白《ヲ》一

月ヲ見て東坡ハ雪に身投けん　才丸

と言った句群も確認される。前者は杜甫詩「白帝城最高楼」（『杜少陵先生詩分類集註』巻二十三）の

杖《テ》レ藜《ヲ》嘆《ズル》レ世《ヲ》者《ハ》誰《ガ》子《ゾ》　泣-血迸《シメテ》レ空《ニ》回《ス》二白-頭《ヲ》一

を踏まえ、白髪頭に血の涙を流し、虚空に向って時世を慨嘆《がいたん》する男から「髭風を吹いて」と錯綜*29しつつ、暮れ行く秋を嘆賞する隠者を詠んだもの。後者は李白詩「把《テ》レ酒《ヲ》問《フ》レ月《ニ》」（『分類補注李太白詩』巻二十）の

今-人不レ見古時《ノ》月　今-月曽経《テフ》照《スコトヲ》二古-人《ヲ》一

古-人今-人若《シ》二流-水《ノ》一　共《ニ》看《テ》二明-月《ヲ》一皆如《シ》レ此《ノ》

を踏まえ、悠久の昔から人々を照らす月に古人との共鳴を感じつつ、水面に映る月を取ろうとして水死したという李白を想い、大雪中、堂を作り四壁に雪景を描いた蘇東坡も雪に身を投じたか、と詠んだものである。白居易詩「隣女」（『白氏長慶集』巻十九）を題として詠んだ

效《フ》二白氏之隣女《ノ》題《ニ》一

二星私《ヒソカニ》憾《ム》となりの娘年十五　　其角

もある。詩句の

嫂《タル》-婷十-五勝《レリ》二天仙《ニ》一　白-日《ノ》姮-娥早-地《ノ》蓮
何《レノ》処《ニカ》　閒《しずカニ》　教《シテ》《メン》二鸚鵡《ヲ》語《ラ》一　碧-紗窓《ノ》下繍-牀《ノ》前

を踏まえ、深窓の娘のイメージを江戸の長屋に移しつつ、少女が牽牛・織女の恋物語に夢を馳せ、羨む様子を描き出す。特に白居易のものには、他にも詩の一節を題としたものが多く、例えば「江南謫居十韻」(『白氏長慶集』巻十七)では

憂《テハ》方《ニ》知《リ》二酒《ノ》聖《ヲ》一、貧《シテハ》始《テ》覚《ル》二銭《ノ》神《ヲ》一
花にうきよ我酒白く食黒し　　芭蕉

などがある。前書は、憂いを晴らすには酒が一番良く、貧に際して金の有難味を知るという意であり、世間の人々が憂世ならぬ浮世と謳歌する中、濁り酒、玄米を食べて清貧の生活をするのだ、という意の「花にうきよ」の句とよく響きあう。各句、前書によって漢詩の世界が効いている。これらの前書も、先人への追和という潮流の中からの産物である。そして、芭蕉・其角らが特に心酔したのが、周知のように杜甫であった。その杜甫に大胆に

追和した作品が芭蕉・其角両吟の「詩あきんど」歌仙で、中でも、前書を含め、其角の詠み込んだ「曲江」の詩情は鮮烈である。同歌仙前書と発句・脇、名残裏の花の座・挙句は次の通りである。

酒債《サイ》尋常往《ク》処《ニ》有
人生七十古来稀《ナリ》
詩あきんど年を貪《ル》酒債《サカテ》哉　其角
冬湖日暮て駕《ノスル》レ馬《ニ》鯉　芭蕉
（中略）
詩あきんど花を貪《ル》酒債哉　同
春湖日暮て駕《ノル》レ興《ニ》吟　蕉

前書は杜甫詩「曲江二首　二」（『杜少陵先生詩分類集註』巻二十二。以下「曲江」）の詩句（顔聯）である。この詩の全体は

朝回《ヨリかえりテ》日-日典《テ》二春衣《ヲ》一　毎-日江-頭尽《シテ》レ酔《ヲ》帰《ル》
酒-債尋-常行《ク》処《ニ》有《リ》　人-生七-十古-来稀《ナリ》
穿《ツ》レ花《ヲ》蛺-蝶深-深《トシテ》見《ヘ》　点《ズル》レ水《ニ》蜻-蜓款-款《トシテ》飛《ブ》
伝《フ》レ語《ヲ》風-光《ト》共《ニ》流-転《シテ》　暫-時相《ヒ》賞《ゼン》莫《レ》二相-違《スルコト》一

で、仕事が終わると毎日着物を質に入れて曲江の辺で酒を飲み酔いを尽くす、どうせ長生きするものも滅多にいないのだから、私はこの曲江の自然と共に生きたいものだ、という内容である。「曲江」の一節を題とし、発句がこれを受ける構成となる。一見して分かるように、この歌仙は首尾が一、二字ずつ差し替えてリフレインされる特殊な構造である。このリフレインは、『桃青門弟独吟廿歌仙』中、螺舎（其角）歌仙にも見られるもので、其角が推進していた構成法と考えられる。*30

ただし、「詩あきんど」歌仙には前書を「歳暮」とする草稿の存在が知られる。即ち、もともとは「曲江」を前書とした題詠ではなく、『みなしぐり』所収時に題詠へと改変したことになる。しかし、「酒‐債尋‐常行《ク》処《ニ》有《リ》／人‐生七‐十古‐来稀《ナリ》」と前書を改変すると、発句の季が不明確となる。季は従来「年を貪ル」とされ、阿部正美氏*31はこれを「徒に年を貪って、間もなく年が明ければ又一つ馬齢を加へる」と解するが、「草稿の最初の前書は『歳暮』とあって、句中に季語がなくとも、その季節や内容は分るやうになつてゐた」、「其角が『虚栗』に収めるに当つて杜詩を前置にした為にその点がぼやけてしまつたのである」と述べる。歌仙としては前書の改変による季語の問題があるわけだが、以下、成立過程を追って、方法の面から論ずる。

草稿時の発句、

歳暮

詩商《アキンド》年を貪酒債《サカテ》哉　（其）角

は前書「歳暮」を受け、年末の感慨を吐露する（以下、歌仙の引用は草稿による）。

年々の悔
子をもたばいくつなるべきとしのくれ　其角　（『続虚栗』貞享四年〈一六八七〉刊）

坐右ノ銘
行年や壁に恥たる覚書　其角　（『続の原』貞享五年〈一六八八〉序）

不分当春作病夫
酒ゆへと病を悟る師走かな　キ角　（『皮籠摺』元禄十二年〈一六九九〉刊）

と、其角は往々にして年末に自らを省みており、「年を貪酒債《サカテ》」にも、酒を飲み徒に日を送ったと、一年を思い返す姿が描写される。「酒債《サカテ》」の表記は「酒手（酒の代金）」と「酒債」（酒の借金）を二重義とする表現。「曲江」の首聯、頷聯、

朝回《ヨリテ》日‐日典《テ》二春衣《ヲ》一　毎‐日江‐頭尽《シテ》レ酔《ヲ》帰《ル》
酒‐債尋‐常行《ク》処《ニ》有《リ》　人‐生七‐十古‐来稀《ナリ》

を踏まえ、サカテと読ませることで「曲江」の酒の代金を作る場面「朝回《ヨリテ》日‐日典《テ》二春衣《ヲ》一」を想起させ、「酒債」と表記することで「酒‐債尋‐常行《ク》処《ニ》有《リ》」を想起させたものである。酒の代金、サカテとは通常「酒手」、「酒直」（『易林本節用集』慶長二年〈一五九七〉以降刊）、「酒代」（『時勢粧』寛文十二年〈一六七二〉奥）と表記されるもので、「酒債」とは表記されない。振仮名によって意を約《つづ》める二重義は「詩あきんど」歌仙で意識された方法だったと見られ、『みなしぐり』所収にあたり、同歌仙の第三、

鉾鈍き夷に関をゆるすらん　　同（芭蕉）

の「鉾」の字を、楯の意の「干」の字にホコ（矛）とあてた「干《ホコ》」へと改変した例もある。「年を貪」も年を惜しみ、馬齢を重ねるという二重義で、かつ季を表したものと解される。「詩あきんど」句は「（はや年も暮れである。）杜甫ではないが、思えば今年も、私、俳諧の詩あきんどは酒を貪り飲んで日々酔い暮らし、年末ともなれば酒代も積もりに積もっていることだ。人生を七十歳まで生きるのは稀だというから、ままよ、短い人生を好きな酒と詩（俳諧）に送ろう」と解釈できる。

脇は芭蕉の

冬湖日暮て駕《ノスル》レ馬《ニ》鯉　　（芭）蕉

である。「曲江」を受け、芭蕉は杜甫詩「昼夢」の

桃花気暖《ニシテ》眼自《ラ》酔《ヒ》　　春渚日落《テ》夢相《ヒ》牽《ク》　（『杜少陵先生詩分類集註』巻二十三）

を踏まえ、[32]杜甫の詩情を増幅し、其角を挑発する。さらに発句と相俟って、脇句にある日常の生活風景が「曲江」の首聯の世界を作り上げるのだが、それは同時に発句・脇から頷聯「酒債尋常行《ク》処《ニ》有《リ》／人生七十古来稀《ナリ》」の意を後退させ、季を消失させることでもある。

歌仙は進み、終盤に至って発句・脇がリフレインする。[33]

詩商花を貪る酒債哉　　同（其角）
春湖日暮て駕レ興吟　　蕉

は各々「花を貪る」、「春湖日暮て」、「駕レ興吟」とあることから、挙句で杜甫詩「奉《ル》レ寄《セ》二別《レ》馬巴州《ニ》一」（『杜少陵先生詩分類集註』巻二十三）の

知《ヌ》君未《ダ》レ愛《セ》《コトヲ》二春-湖色《ノヲ》一　　興《ハ》在《リ》二驪-駒白-玉-珂《ニ》一

や「登《ル》レ楼《ニ》」（『杜少陵先生詩分類集註』巻二十三）の

日‐暮聊為《カス》二梁甫《ノ》吟《ヲ》一

の世界を加えつつ、発句・脇の句形をもとに変奏して、「曲江」後半部へと繋げたものといえる。*34 この方法は「曲江」の前半部に対して後半部を次いでいくため、聯句《れんく》的な発想だと考えられる。当時は聯句説を収める『新撰増補対類』（寛文三年〈一六六三〉刊）や入門書『聯句初心鈔』（寛文十一年〈一六七一〉刊）の刊行以来次第に高まり、『眠《みん》寤集《ごしゅう》』（天和二年〈一六八二〉刊）上梓に至った聯句熱上昇の気運にあったのであり、『みなしぐり』もまさにこの影響下にある。*35

そして、歌仙を巻き終わった後、前書が改変される。その理由は、脇によって後退する「曲江」の文脈を、頷聯「酒債尋常行処有《クニリ》／人生七十古来稀《ナリ》」によって補完するためと考えられる。前書と発句・脇によって「曲江」前半部を表現できれば、終盤で表現した後半部と完全に対応するからである。発句の「酒債《サカテ》」に対して、前書に「酒債《サイ》」と振り仮名を付すことで、酒債と酒代とをそれぞれ示す。そして、編集過程で、表面上不明確となった季は、四季順配列という構成に委ねられた。

では、杜甫への追和に託した「詩商」の語には、どのような意図があるのか。『みなしぐり』に

千家の騒人、百菊の余情

菊うりや菊に詩人の質《カタギ》を売《ル》　其角

の句がある。菊売は、菊を売ってはその美しさを人々に広め、賞美させる。多くの騒人（詩人）達を唱和に誘う

ように、菊売が菊に「詩人の質（気質）」を売っているという。もちろん、「千家」、「百菊」[*36]は「多くの」という意で用いられてはいるが、「千家の騒人」の語には先に挙げた『千家詩』のことも意識されているのであろう。百花繚乱咲き誇る菊に多様多彩に展開する唱和の詩とが擬えられている。ただし、菊売を、職業俳諧師の一面にある売文行為と捉えた点で「詩商」と共通する発想が認められる。つまり、「詩商」とは、詩を鬻《ひさ》ぎ、かつ唱和を誘う詩人としての其角の自己規定なのである。

其角の父東順は藩医であった。其角は医師を継がず、俳諧師の道を選ぶ。それは、世俗的な栄達を求めず、貧しさの中にあっても俳諧に生きようとしたということである。背景には、不遇なうちに境涯をおくった、杜甫をはじめとする詩人の境遇に共鳴し、追慕したということがあろう。杜甫への追和がその表明である。このように杜甫に追和して貧楽を共有するところに『みなしぐり』「詩あきんど」歌仙の方法がある。

まとめ

延宝八年〈一六八〇〉、『桃青門弟独吟廿歌仙』、『俳諧合』を世に出した芭蕉・其角は句題の方法を確立、漢詩人への擬態を経て、それを古人への追和の方法として発展させつつ、朝鮮通信使との贈答・応酬といった時代思潮に乗って同時代の俳人とも唱和の道を拓く。中には宗祇《そうぎ》の

世にふるは更に時雨のやどり哉　　宗祇　　（『新撰菟玖波《つくば》集』明応四年〈一四九五〉成）

に追和するにあたり、先人の詩句を改め新意を出す漢詩作法「点化句法」を採り入れた*37

手づから雨のわび笠をはりて
世にふるもさらに宗祇のやどり哉　　芭蕉　（『みなしぐり』）

も詠まれた。この句には「坡翁雲天の笠を傾、老杜は呉天の雪を戴く。草庵のつれ〴〵、手づから雨のしぶ笠をはりて、西行法師の侘笠にならふ」との前書の付された真蹟懐紙（天和二年〈一六八二〉冬推定）が残る。「坡翁雲天の笠」とは、例えば『中華若木《じゃぼく》詩抄』（寛永十年〈一六三三〉刊）所収、江西の「東坡戴笠図」に「東坡ガ南方へ流サレテアル時ニ、不思議ナ笠ヲ衣《キ》テ蛮村ニ伶俜《サマヨ》ウ」とあるように、流謫した海南島で被っていたとされる南方風の笠のことで、画題としても知られる*38。「老杜は呉天の雪を戴く」とは、『詩人玉屑』所収の

笠《ハ》重《シ》呉天《ノ》雪　　鞋《ハ》香《シ》楚地《ノ》花

の詩句による。本章で見た杜甫、蘇東坡への追慕が、以後、芭蕉の旅の象徴となる「笠」を介して西行、そして旅に生きた宗祇へと連なっていく。そして、聯句的な「詩あきんど」歌仙でのリフレインは、追和の一バリエーションであった。芭蕉の『みなしぐり』跋文には「宝の鼎に句を煉《ネッ》て竜の泉に文字を冶《キタ》ふ。是必他のたからにあらず。汝が宝にして後の盗人ヲ待」とある。「後の盗人ヲ待」と、漢詩の「三偸」*39を踏まえ、後人に追和の輪が広がることを期待するのである。

一方、芭蕉跋文には「白氏が歌を仮名にやつして」とある。宮崎修多氏[*40]は古文辞以前の狂詩を詠物、詠史、賛から論ずる中で、林家、特に鵞峰に国史編纂の大命が下って後、詩作の規範意識に加え、詩の題材も和様化の一途を辿ることとなり、いわば林家によって「漢詩の日本化」といったスローガンが打ちだされていたことを指摘する。芭蕉らが漢詩の世界を「幽になどらか」（〈田舎〉）に表現し、自らの生活に引きつけて「やつし」、追和した淵源は、大きく見るとこのような林家の動きの一端に接続するものかもしれない。

冒頭に挙げた『みなしぐり』後序での

凩よ世に拾はれぬみなし栗

は、杜甫詩「貧交行」に擬した詩を句題とする句だといえる。「世に拾はれぬ」とは「貧交行」の「此《ノ》道今人《ノ》棄《ステ》、如《シ》レ土《ノ》」に対応する。後序では、「道」とは「不《ヤ》レ見宗鑑《ガ》貧時《ノ》交《ハリ》」のことだという。『みなしぐり』刊行直前、俳壇には「紛々《タル》俳句」の形容に相応しく、読者の目を惹き、評判を得ようとしていたずらに新奇、異風を追う俳諧師が少なくなかった。その結果、新旧両派による俳諧論争が激化する。対して、宗鑑の人物像[*41]を重視し、清貧裡に追和・唱和し、遊ぶことが俳諧の「道」なのだ、と後序の文脈を読み取ることができる。東下し、芭蕉らと交遊した連衆、信徳・千春・才麿・言水らもその賛同者と見られよう。

注

＊1　ただし、白石悌三氏「蕉門の形成と展開―芭蕉没年まで―」（『芭蕉講座　第一巻　生涯と門弟』有精堂出版、一九八二年）

が述べるように、参加者二十名（追加の館子を入れると二十一名）の全員が文字通り「桃青門弟」であったかは疑わしく、連衆の三分の一は同書を限りに姿を消す。おそらく芭蕉の後援者で巻頭を飾る杉風・卜尺らによる企画であり、螺舎（其角）・嵐亭（嵐雪）・嵐蘭あたりが実質の主力メンバーということになる。石川八朗氏「門弟廿歌仙」（白石悌三・乾裕幸編『芭蕉物語』有斐閣、一九七七年）は、寛文から延宝にかけて重徳や元隣らが熱心に独吟集を刊行、特に前者のものは全て二十人の作者を揃えた集となっていることから、それらに刺激され、芭蕉も、形だけでも二十名の作者を集める必要があったと指摘している。本文及び＊18に述べるように、『桃青門弟独吟廿歌仙』は、後、『俳諧次韻』といった重徳の絡む企画へと繋がっていく。

＊2　跋文の諸説については佐藤勝明氏「『みなしぐり』跋文考―天和調時代の芭蕉の俳諧認識をめぐって」（『和洋女子大学紀要』第四十二集、二〇〇二年三月）に詳しい。

＊3　「蘇東坡」と「風情」、「黄山谷」と「気色」といった詩人と語句との対応が『荘子鬳斎口義』によることは石川八朗氏「芭蕉の杜甫受容小論―「杜子がしゃれ」を手がかりに―」（『語文研究』第三十六号、一九七四年二月。『日本文学研究資料叢書　芭蕉Ⅱ』有精堂、一九七七年に再録）に指摘がある。

＊4　「たをやか」、「など（だ）らか」は、例えば「優深くたをやかなり」（『無名抄』建暦元年〈一二一一〉以降成）、「詞なだらかにいひくだし、きよげなるはすがたのよきなり」（『詠歌一体』弘長三年〈一二六三〉成ヵ）、「頓阿はかかり幽玄にすがたなだらかに、ことごとしくなくて、しかも歌ごとに一かどめづらしく当座の感も有りし」（『近来風体抄』嘉慶元年〈一三八七〉成）と使用される。

＊5　句合序文の発言は、和漢聯句で「所詮太白・子美・東坡・山谷などが風流を和に取成す」（『撃蒙抄』延文三年〈一三五八〉成）ことを説く二条良基の和漢聯句の説に酷似する。『九州問答』（永和二年〈一三七六〉成）の「詩ノ心ヲ取事」の項に

も同様の記事があり、「詩の詞を取は殊更幽玄にやさしき事を取べし」とある。

＊6　＊1中、白石氏論文。

＊7　延宝八年〈一六八〇〉は、現実には全国的な飢饉・江戸の大火が相次ぎ、後水尾《ごみのお》上皇が崩御、そして五代将軍綱吉の即位とそれに伴う武断的な専制体制が確立する時期にあたる。つまり、緊張の走る、鬱屈した社会状況の中、芭蕉らは漢詩人に憧憬し、江戸の町に中国漢詩文の世界を想像しながら、その文化的雰囲気に連ろうとしていたことになる。

＊8　楠元六男「『桃青門弟独吟二十歌仙』試論―神仙趣味・竹斎趣味を中心にして―」（『立教大学日本文学』第四十一号、一九七九年一月。『芭蕉、その後』竹林舎、二〇〇七年に再録）

＊9　井上敏幸「隠逸伝の流行―十七世紀の文学思潮―」（『芭蕉と元政』国文学研究資料館、二〇〇一年）

＊10　井上敏幸「蕉風の確立と展開」（『岩波講座　日本文学史　第八巻』、岩波書店、一九九六年）。また、上野洋三氏「深川芭蕉庵」（『芭蕉物語』有斐閣、一九七七年）も芭蕉の深川での活動は「虚構の草庵」での文芸的擬態だったと指摘、楠元六男氏「蕉門の言語空間―「江上の破屋」考」（『日本文学』第五十三巻第十号、二〇〇四年十月。『芭蕉、その後』竹林舎、二〇〇六年十月に再録）も一連の移住を「隠者劇」と評している。

＊11　広田二郎氏「古人の俤」（加藤楸邨編『芭蕉の本　第二巻　詩人の生涯』角川書店、一九七〇年）は「特に深川の三股を選んだのは、やはり杜甫絶句に描く眺望の条件にかなう地に心ひかれたものといわざるを得ない。更にいえば、移居そのものが杜甫のそれに倣うものであったと思われよう」と述べ、「杜甫詩は当時芭蕉が愛読していた『聯珠詩格』では開巻二首目、『唐選絶句百人一詩』では巻頭一首目に据えられて」いたことを指摘している。なお、戸田茂睡の『紫の一本』（天和三年〈一六八三〉刊）は三叉について次のように記している。

両国橋と崩れ橋の方と向島の方と、三方に水汐わかれたる故、爰を三つまたと名付たり。初は夏むきの遊舟爰にかけて、殊更月の夕は清光の隈なき事を悦び、酒に対してうたひ、月に乗じて吟ぜし所なり。（中略）実にや、秋の水漲来て舟のさること速に、夜の雲おさまりて月の行くこと遅しと楽天がつくりしは、大方此所なるべし。月湧て大江に流ると杜子美が云ふたは、よい見立じやと陶々斎嬉しがる。

茂睡によると、三方に水の分かれる三叉は風光明媚な月の名所、行楽地であるとともに、頻繁に水害に見舞われる所でもあり、それはあたかも郢展（茂睡が白居易とするのは、『和漢朗詠集』中、郢展詩が白居易詩に挟まれる形で配列されていることに起因する錯誤であろう）の「汴水東帰即時」の一節、

秋《ノ》水張《ミナギリ》来《テ》船《ノ》去《コト》速《カナリ》　夜雲《ノ》収《リ》尽《テ》月《ノ》行《コト》遅《シ》

や、杜甫の「旅-夜書《ノ》-懐」（『杜少陵先生詩分類集註』巻十六）の一節、

星垂《テ》平-野闊《ク》　月湧《テ》大-江流《ル》

といった漢詩文の世界を彷彿とさせる地であった。

＊12　芭蕉の深川移住については、これに先立つ延宝七年〈一六七九〉、不忍《しのばず》池畔へ退隠した素堂からの影響も考えられる。堀信夫氏「素堂と江戸の儒者」（『俳文芸の研究』角川書店、一九八三年）によると、素堂は延宝六年〈一六七八〉に長崎に遊学、そこで多くの中国の文人・詩人・高僧・商人らと接触しようと積極的に活動し、「中国の名勝佳境に対する憧れや、中国の文物に対する興味は、さらに一層強く刺激され」ていたのだという。堀氏は中国風の頭巾（後、「笈の小文」の旅の折に芭蕉に餞別として贈られる）や端渓《たんけい》硯を購入したのもこの時のことかとする。この素堂の上野移住が長崎からの帰江直後であることを考えると、芭蕉がそれに触発されて漢詩人（特に杜甫）に擬態し、深川への移住を試みたと捉えることに妥当性が生じてくる。その他、清水茂夫「素堂の俳諧（三）―元禄時代以降―」（『山梨大学学芸学部研究報告』第六号、一九五五年十二月）は芭蕉と素堂が閑寂を好むという点に着目し、時期的な問題も含め両者の隠栖の関連性について言及

する。

＊13　堀川貴司『瀟湘八景　詩歌と絵画に見る日本化の様相』（臨川書店、二〇〇二年）

＊14　尾形仂氏（『座の文学』角川書店、一九七三年）の指摘するように、漢詩における「蕉雨閑情」を取り入れた先行作としては、「芭蕉」を「芋」へと置き換えた其角の

芋をうへて雨を聞風のやどり哉　（〈田舎〉第十七番右句）

がある。

＊15　檀上正孝「内藤風虎の文学サロン」（『国文学攷』第四十三号、一九六七年六月）

＊16　宇城由文氏「延宝期江戸俳壇の一面―言水の撰集活動を中心として」（『無差』創刊号、一九九四年一月。『池西言水の研究』和泉書院、二〇〇三年に再録）は言水編『江戸弁慶』（延宝八年〈一六八〇〉刊）では交流の見られない芭蕉一門が『東日記』で七名、特に其角が二十八句もの入集を見ることから、言水と芭蕉との接近に其角の介在があった可能性を指摘する。

＊17　山下一海「蕉風の推移　達成」（『芭蕉講座　第二巻　表現』有精堂、一九八二年）

＊18　木村三四吾氏「俳諧七部集初版本考二『春の日』」（『ビブリア』第四十七号、一九七一年三月。『俳書の変遷―西鶴と芭蕉』八木書店、一九九八年に再録）は京江戸俳人達の間で互いに分韻百韻を巻く談合が、書肆重徳も絡めた形でなされていたことを述べ、加えて貞享二年〈一六八五〉の『広益書籍目録』に

一　京七百五十韻
一　次韻二百五十匀　江戸ヨリ七百五十匀ニ次之
一　同つるいぼ　芳賀一晶　右ノ二百五十匀ニ次之

と記載されることから、『俳諧次韻』にはさらに一晶が呼応し連句を次いでいた可能性があることを指摘する。木村氏は『つ

るいぼ』を「まだ世にしられぬ未見の書」とするが、雲英末雄氏「俳諧書肆の誕生―初代井筒屋庄兵衛を中心に―」（『文学』第四十九巻第十一号、一九八一年十一月）によると、同書は大野洒竹旧蔵。『俳諧大辞典』（伊地知鐵男他編、明治書院、一九五七年）「俳諧蔓付贅」の項（高木蒼梧氏）に解題が執筆されており、

　俳諧句集。半一。一晶著。延宝九年一六八一刊。寺田重徳板。桃青が信徳の『七百五十韻』に継いだ二百五十韻に、更に一晶が独吟で百五十韻を追継したもの。句々奇峭。その初めの句、

　　文王の車蟷螂力なく
　　　這句以二史記一可レ見矣

とある。『つるいぼ』の発句は『史記』蟷螂の斧の故事を踏まえたもので、それを説明する体を採る脇句は明らかに『俳諧次韻』での其角脇と同趣向。木村氏の説は首肯すべきもので、これらは三幅対の唱和の作品だったと考えられる。

＊19　上野洋三「詩の流行と俳諧」（『文学』第四十一巻第十一号、一九七三年十一月。『芭蕉論』筑摩書房、一九八六年他に再録）

＊20　大庭卓也「『水竹深処』考―人見竹洞の別墅と江戸詩壇」（『近世文芸』第六十八号、一九九八年六月）

＊21　『覆醬集』は広く流布し、特に序文で丈山を「日東李杜」と評することは著名。『冬の日』（貞享元年〈一六七四〉刊）にも次の一連がある。

　　秋水一斗もりつくす夜ぞ　　芭蕉
　日東の李白が坊に月を見て　　重五

なお、右の重五句は丈山に加え、前句作者、李白ならぬ日本の桃青（芭蕉）への挨拶も意識したものであろう。

＊22　＊19同。

＊23　『千家詩』の和刻本は正保三年〈一六四六〉、寛文七年〈一六六七〉刊本の他、多数出板され、「先づ千家詩、唐詩訓解な

どを見、兼て聯珠詩格を読べし」（『童訓学要抄』元禄八年〈一六九五〉刊）、「周南、召南の詩、蒙求の本文五百九十八句、性理字訓の本編、三字経、千字類合、千家詩などの句、みじかくおぼえやすき物を教ゆべし」（『和俗童子訓』宝永七年〈一七一〇〉刊）のように、入門書として推奨される。

＊24　大庭卓也「人見竹洞と東皐心越―竹洞伝の一齣」（『語文研究』第八十二号、一九九六年十二月）

＊25　李基秀・仲尾宏編『大系朝鮮通信使　第三巻』（明石書店、一九九五年）

＊26　上野洋三「『茘斎詩文集』の漢和俳諧」（『国語国文』第四十二巻六号、一九七三年六月）

＊27　加藤定彦「内藤風虎伝拾遺―父子の確執と歌歴を中心に」（『立教大学日本文学』第八十五号、二〇〇一年一月）

＊28　広田二郎「『虚栗』論」（『国文学解釈と教材の研究』第二十二巻第五号、一九七七年四月）

＊29　広田二郎氏『芭蕉の芸術―その展開と背景―』（有精堂、一九六八年）四十七頁に「錯綜法」（漢詩における倒置的表現）によるとの指摘がある。俳諧の「錯綜法」については本間正幸氏「「錯綜法」と天和・貞享期の俳諧―蕉門の用例を中心に」（『連歌俳諧研究』第百三号、二〇〇二年八月）に詳述される。

＊30　其角歌仙を次に挙げる。

脈を東籬の下にとって本艸に対すと、美子が薬もいまだうつけを治せず。

月花ヲ医ス閑素幽栖の野巫の子有

春草のあたり大きな家の隣

（中略）

雲をゐり霞を刻み皮を去

竹斎門下にうらゝ坊某

前書は、陶淵明の自適の生活を賛美した「飲酒　其五」（『陶靖節集』）の

採《テ》二菊《ヲ》東籬《ノ》下《ニ》一　悠然《トシテ》見《ル》二南山《ヲ》一

という一節を踏まえる、句題の先駆といえるものである。また、前書は『海道記』（貞応二年〈一二二三年〉成）冒頭部「白河の渡、中山の麓に、閑素幽栖の侘士《わびびと》あり」を踏まえており、出家遁世の道を歩む『海道記』の主人公、「閑素幽栖の侘士」に対して、発句は「月花」という風雅に遊ぶ「野巫の子」を詠んだ句。歌仙終盤ではこれを変奏して、雲霞と戯れながら、藪医師竹斎の門人になると詠んでいる。この「野巫の子」・「竹斎門下」の「うらゝ坊某」は、膳所藩医であった父の家業を継がず俳諧に熱中する自己に対するある種の後ろめたさを表現した其角の自画像であり、これがやがて俳諧師となる決意としての『みなしぐり』「詩あきんど」に転移していく（拙稿「「樽うた」の系譜」『二松俳句』刷新十四号、二〇〇二年七月）。本間正幸氏「初期蕉門撰集における構成意識―『俳諧次韻』『冬の日』を中心に」（『成城国文学』第五号、一九八九年三月）のよると、『俳諧次韻』においても首尾照応のリフレインが見られるとし、特に其角が付句によって一座を盛り立て、芭蕉のリフレインを誘発したと指摘する。なお、「月花ヲ医ス」句の前書の「美子」とは古代中国の名医華陀を指す「華子」の誤であり、其角が『海道記』寛文四年〈一六六四〉板本の誤刻「美子」のままに読んでいたことは＊29中の広田氏『芭蕉の芸術―その展開と背景―』に指摘がある。

＊31　阿部正美『芭蕉連句抄　第三篇』（明治書院、一九七四年）

＊32　＊29・＊30中、広田氏『芭蕉の芸術―その展開と背景―』一〇三頁、他。

＊33　リフレインについて、『新續芭蕉誹諧研究』（岩波書店、一九三三年）は「名残の裏のあたりからそこへ落して行かうとしてゐる所があるやうに思はれる」とする。また、草稿の推敲跡を見ると脇句「駕二馬鯉一」の一、二点がレ点に（「馬ニ鯉ヲ駕スル」から「馬ニ駕スル鯉」に）改められおり、挙句「興ニ駕ル吟」に語調を合わせる意識も窺える。

＊34　広田二郎『芭蕉と杜甫―影響の展開と体系―』（有精堂、一九九〇年）

＊35　尾形仂「和漢俳諧史考―句附成立素因に関する一考察―」（『連歌俳諧研究』第一巻第二号、一九五二年二月。『俳諧史論考』桜楓社、一九七七年）に再録）

＊36　「百菊」は『滑稽雑談』（正徳三年〈一七一四〉序）に「古云、足利将軍家光源院義輝公、御園に植られ、御寵愛ありて、よし景・藤孝両人に贈りし百種の菊あり、世に云百菊は此種ならし」とあり、その百種を列記する。『本草綱目』にも「菊凡百種」とある。また、菊には「採テ二菊ヲ東籬ノ下ニ一／悠然トシテ見ル二南山ヲ一」（「飲酒　其五」）という隠逸のイメージが広く浸透しており、貞享三年〈一六八六〉に刊行された『菊譜百詠図』は巻頭に陶淵明の像を掲げている。

＊37　楠元六男「其角流の消長―享保期における思想史と俳諧」（『江戸文学』第二十六号、二〇〇二年九月。『芭蕉、その後』に再録）。点化句法の詳細については第一部第三章第二節参照。

＊38　狩野一渓著『後素集《こうそしゅう》』（元和九年〈一六二三〉成）にも画題として「東坡笠屐《りゅうげき》図」が記載される。その他、東坡と笠については『誹諧絵文匣《えぶんこ》』注解抄　江戸座画賛句の謎を解く』（加藤定彦編、勉誠出版、二〇一一年）「東坡」を参照。

＊39　『初学詩法』（延宝八年〈一六八〇〉刊）には「詩に三偸有り。一に曰、語を偸む。二に曰、意を偸む。三に曰、勢を偸む。語を盗は最拙し」とあり、以下例が挙がる。その他、第一部第三章第二節参照。

＊40　宮崎修多「国風・詠物・狂詩―古文辞以前における遊戯的漢詩文の側面―」（『語文研究』第五十六号、一九八三年十二月）。加えて、鈴木健一氏「詩に和す和歌」（『近世堂上花壇の研究　増補版』汲古書院、二〇〇九年）は中世後期、五山僧らによって漢詩に和した和歌、和歌に和した漢詩が作成されていたことに言及しつつ、その傾向が一段と激しくなった近世詩壇において、最も多くの詩歌の贈答をこなした人物が羅山であったとする。鈴木氏によると、羅山は中院通村・木下長嘯子《ちょうしょうし》・松永貞徳・小堀遠州・伊達正宗・石川忠総《ただふさ》・佐河田昌俊・脇坂安元らと和歌・漢詩の応酬（『羅山先生集』万治

二年〈一六五九〉跋、寛文二年〈一六六二〉刊）をしており、安元には羅山の漢詩に和した和歌（『八雲藻』近世初期成）も見出せるという。

＊41　宗鑑の清貧は

風寒し破れ障子の神無月　（柿衞文庫蔵「宗鑑自画賛」）

宗鑑が姿を見ればがきつばた　（『犬子集』寛永十年〈一六三三〉刊）

などの句に見られる。「宗鑑貧時交」について、後序が四季順配列の末尾に据えられたことを考慮すると、『寒川入道筆記』（慶長十八年〈一六一三〉成）に記載される逸話が注目される。歳末、宗鑑が「不弁（貧困）」であった時に

としくれて人ものくれぬこよひかな

と句を詠むことで、人々が「此発句をあはれがりて」、正月の用意を持ち集ったという。特に典拠を特定せず、清貧の宗鑑像を大きく捉えることで足りるところだが、俳諧による心の交流という点では、其角の意図するものと軌を一にするものだろう。

第二章　挑発としての唱和

はじめに

野ざらしを心に風のしむ身哉
（『稿本野晒《のざらし》紀行』貞享二年〈一六八五〉頃成）

貞享元年〈一六八四〉八月、芭蕉は右の句を詠み、翌年四月末の江戸帰着まで、九ヶ月に及ぶ旅に出る。この旅には大きく見て二つの目的があった。一つは前年六月二十日に没した郷里の母の墓参。もう一つは地方俳壇進出への足掛かりを作ることである。

芭蕉が地方俳壇に目を向けた背景について、尾形仂氏[*1]は天和期の圧政と飢饉・火事などの災厄による都市俳壇の凋落《ちょうらく》があったとする。三千風《みちかぜ》、言水《ごんすい》や江戸俳壇の一翼を担ってきた調和ら有力俳人は次々と地方俳壇の経営へと方向を転換しており、三都の宗匠十八人（『俳諧関相撲』天和二年〈一六八二〉刊）に数えられていたとはいえ、芭蕉がこの時、俳諧師としての切実な問題に直面していたことは否めない。其角も芭蕉に先立つ二月十五日に上京し、前年（天和三年〈一六八三〉）に刊行した『みなしぐり』の手応えを探っている。

では、新天地を求める芭蕉、その後も江戸を拠点に活動する其角は、いかにして地方俳壇へと勢力を伸ばしていったのか。本章では、撰集の編集・配列の問題も含め、芭蕉・其角と地方俳壇との交流について、漢詩作法を応用し俳諧に導入された、先人との追和・同時代人との唱和（和韻）という方法から捉え直す。そして、前章に見た個人同士の唱和が、互いに挑発しあうことで芭蕉と各地門人達との間といった対複数の唱和となり、漸次《ぜんじ》大きなうねりとなって『猿蓑』（元禄四年〈一六九一〉刊）巻頭の句群に結晶する経緯を解き明かす。そして、芭蕉の終焉に至るまで、其角が良き伴走者として大きな役割を果たしたことを明示する。

第一節　木因との蕉風宣布

旅の出立にあたり、李下は

芭蕉野分《のわき》その句に草鞋《わらじ》替へよかし　　李下　　（真蹟巻子「処々酬和の句」）

を餞別吟に贈る。「千里に旅立ちて、路粮《みちかて》を包まず」、「野ざらしを心に」（『稿本野晒紀行』）云々とあるよう、実際に路銀が乏しいという事情もあったのかもしれない。しかし、李下は

茅舎《ノ》感

芭蕉野分して盥に雨を聞夜かな　　芭蕉　（『むさしぶり』天和二年〈一六八二〉刊）

に唱和し、同句、ひいては天和期の蕉門俳諧を地方俳壇に示すよう旅立ちを鼓舞する。前章第二節に述べたように、芭蕉句は、禹柳の『伊勢紀行』に「老杜茅舎破風の歌あり。坡翁ふたゝび此句を侘て屋漏の句作る。其世の雨をばせを葉にきゝて独寐の艸の戸」との前書があり、杜甫の「茅屋為《メニ》二秋風《ノ》一所《ル》レ破《ラ》歌」、蘇東坡の「次二-韻《ス》朱光庭喜《ガ》雨《ニ》一」に追和して清貧の風狂を気取った句であった。そこで芭蕉は李下句に対して

月と紅葉を酒の乞食　　蕉

と脇を付け、風狂の旅への意欲を見せる。

天和二年〈一六八二〉三月二十日付木因宛芭蕉書簡によると、芭蕉の西上は同天和二年四、五月頃にも計画されていた。大垣で舟問屋を営んでいた木因は、芭蕉と同じく季吟門。美濃・尾張俳壇の先導的存在で、以前から芭蕉の指導を仰いでいる熱田の桐葉（前号木示）は木因の門人と目される。今回の旅程も、木因と連絡を取り、周到に準備されていたものと考えられる。芭蕉は郷里伊賀上野以外にも旧知の名士を訪れながら、そこを拠点として土地の俳人と俳諧に興じていく。

八月末より伊勢山田で約十日間逗留した風瀑も、芭蕉が頼った俳人の一人である。風瀑は師職家として江戸の伊勢屋（檀廻人の宿泊所）との間を頻繁に往来し、貞享元年〈一六八四〉六月、帰省の際には芭蕉から

　芭蕉翁、をとゝし、予（筆者注・風瀑）に餞して
　忘れずば佐夜の中山にて涼め
（『丙寅紀行』貞享三年〈一六八六〉刊）

の餞別吟を贈られている。*2 また、編著『一楼賦《いちろうのふ》』（同二年刊）の後見を其角が引き受けるなど、蕉門とは極めて親しい間柄にある。

　談林期、伊勢では神風館（足代弘氏、外宮 権祢宜《ごんのねぎ》）一派が盛んだったが、その他にも、天和の大火（天和三年〈一六八三〉）に類焼した芭蕉庵再興に協力した勝延もいた。この折、芭蕉来訪に反応したのは、伊勢の神職の俳人、雷枝である。

　　い勢やまだにて、いも洗ふと云句を和す。
　宿まいらせむさいぎやうならば秋暮　　雷枝
　ばせをとこたふ風の破がさ　　芭蕉
（『稿本野晒紀行』）

雷枝は西行谷で詠まれた芭蕉句、

　芋洗ふ女西行ならば歌よまむ
（同）

に和韻、『撰集抄』で知られる西行と江口の遊女との和歌の応酬を踏まえ、「西行ならば」の措辞を用いて「もしあなたが西行ならば宿をお貸ししますが」と戯れかかる。和韻を受けた芭蕉は「自分は西行ではなく〈ばせを〉と名乗る俳士で、名のごとく破れた笠を被っております」と脇句で応じ、雷枝との親睦を深め、その邸宅に一宿する。

九月末、芭蕉は大垣に到着し、

　　武蔵野を出づる時、野ざらしを心に思ひて旅立ちければ

死にもせぬ旅寝の果てよ秋の暮　　　　　　　　　　　　　　（同）

と安堵の色を見せる。滞在中、嗒山・如行ら大垣俳人と連句を巻きつつ、その後、十一月上旬には木因同道で伊勢桑名郡多度《たど》権現に参詣する。この時、木因が知友の伊勢・尾張俳人に芭蕉を紹介する予定であったことは、『桜花《おうか》文集』所収の句文「句商人」（貞享元年〈一六八四〉成）の次の句により分かる。

　　伊勢の国多渡山権現のいます清き拝殿の落書。武州深川の隠泊船堂芭蕉翁、濃州大垣勧水軒のあるじ谷木因、勢・尾廻国の句商人、四季折々の句召され候へ。

伊勢人の発句すくはん落葉川　　　　木因

右の落書をいとふの心、

宮守よわが名を散らせ木葉川　　　　桃青

「勢・尾廻国の句商人」を称する木因は、川に流れる落葉を掬い取るように、伊勢俳人の発句（言の葉）を目利きしてやろうと声高らかに宣言し、句を拝殿に書き付ける。一方、芭蕉は木因の大げさな売言葉に、思わず書き付けられた私の名を、葉がバラバラに散っていくように、消し去って下さいと謙退しつつも、下五「落葉川」に対し「木葉川」と語調を合わせて唱和した。

木因の積極的な言動は、以前からの交遊に加えて、『みなしぐり』の成功によるところも大きいと考えられる。*3「句商人」といった木因の発想は、前章で考察した『みなしぐり』巻末歌仙の其角発句、

　詩あきんど年を貪ル酒債哉

を明らかに意識したものであるし、同句文冒頭には次の句も載る。

　侘び人二人あり。やつがれ姿にて狂句を商ふ。（後略）

　哥物狂二人木がらし姿かな　　木因

杜甫の「曲江二首」を前書にして「詩あきんど」と自己規定した其角に対して、木因は、諸国を廻り「狂句を商ふ」自分達の姿を「やつがれ姿」の「哥物狂」と呼ぶ。加藤定彦氏*4は『みなしぐり』所収句の中に「単なる滑稽に終わることなく、古典を近世の庶民世界に移し替えることで今までにない詩性＝〈ヤツシ〉の美を獲得しつつ

あった」句の含まれることを指摘し、特に「詩あきんど」という語に「〈ヤツシ〉の精神が見事に凝縮されている」と述べる。そこで木因はその〈ヤツシ〉美を能・狂言を背景とする「物狂」に擬態することで表出させ、ワキ（アド）の登場場面の如く自己演出する。

そして芭蕉もまた、木因の「哥物狂」句に触発され、同月、熱田桐葉亭から名古屋に入る折、狂歌を詠みながら都落ちした竹斎《ちくさい》と、その郎党にらみの介のイメージを重ねて次の句を詠み、唱和する。

名古屋に侘住して狂句
凩の身は竹斎に似たる哉　　ばせを　　（「句商人」）

このような発句対発句の唱和は、先行する句の詩情を増幅させながら、さらなる展開を生み出していく。

第二節　『冬の日』の衝撃

笠は長途の雨にほころび、帋衣はとまり〳〵のあらしにもめたり。侘つくしたるわび人、我さへあはれにおぼえける。むかし狂哥の才士、此国にたどりし事を、不図おもひ出て申侍る。
狂句こがらしの身は竹斎に似たる哉　　芭蕉

貞享元年〈一六八四〉冬、尾張を訪れた芭蕉は右の発句を詠み、荷兮《かけい》・野水《やすい》・重五・杜国・羽笠・正平ら当地の連衆に衝撃を与える。句は、俳諧狂句に身を悩まし、そのため凩に吹きさらされたように落ちぶれた我が身は、まるで名古屋で「天下一の藪医師」の看板を掲げた竹斎のようですとの意[*5]で、先に見た木因の句文「句商人」では詞書の位置にあった「狂句」の語を発句の内に組み入れ、破調を生じさせての改作である。前書も大幅に改変され、竹斎のヤツシという風狂のポーズを前面に押し出して長大化している。竹斎は『伊勢物語』の主人公昔男のヤツシであるとの信多純一氏[*6]の論もあり、前出加藤氏[*7]は芭蕉句が構造として二重のヤツシとなっていることを指摘する。さらに、「侘つくしたるわび人、我さへあはれにおぼえける」の部分は

月をわび身をわび拙きをわびて、わぶとこたへむとすれど問人もなし。なをわび〳〵て

侘てすめ月侘齊が奈良茶哥

（『俳諧一葉集』文政十年〈一八二七〉序）

と、侘びの風狂を極端に推し進めた延長線上に位置するものといえる。句の改変について、田中善信氏[*8]は芭蕉をもてなした亭主役である野水が狂歌を嗜んでいたことに言及し、同じく狂歌を詠んだ竹斎を引き合いに出しつつ、対して自分の玩ぶ俳諧狂句はこのようなものだと具体的に自らの志向する風体を示したものと説いている。つまり、句は、ヤツシという方法によって文芸的擬態をした芭蕉からの、名古屋連衆、特に野水に対しての強烈な挑発であった。そこで、脇句で野水がヤツシ姿の芭蕉に

たそやとばしるかさの山茶花《さざんか》　　野水

と鮮やかに応酬して〈ヤツシ〉美を顕現させ[*9]、以下、『冬の日』（貞享元年〈一六八四〉刊）の計五歌仙が巻かれることとなる。この『冬の日』が綿密な配慮の上に構成されていることは島居清氏[*10]により指摘されている。夙《つと》に注目されてきたのが、右に挙げた巻頭での芭蕉・野水の付合と、第五歌仙の「霜月や」歌仙末尾、

水干を秀句の聖《ひじり》わかやかに　　野水

山茶花匂ふ笠のこがらし　　うりつ

との首尾照応、リフレインである。「山茶花」・「笠」・「こがらし」を詠み込んだ羽笠句は明らかに「狂句こがらしの」歌仙の発句・脇を意識したものであり、野水の「水干を」句も巻頭句での芭蕉の擬態を捉え直し、「秀句の聖」と賞賛した句と受け取れる。このリフレインは、前章第四節で考察した『みなしぐり』所収、其角・芭蕉両吟「詩あきんど」歌仙に代表され、特に其角によって強力に推進されていた構成法である[*11]。

また、『冬の日』には、芭蕉を迎えた尾張連衆が『みなしぐり』所収の芭蕉発句を受け、連句中の付句によって唱和するという手法が試みられている。例えば、「狂句こがらしの」歌仙には次のような付合がある。

しばし宗祇《そうぎ》の名を付し水　　杜国

笠ぬぎて無理にもぬるゝ北時雨　　荷兮

杜国句の「宗祇」から「笠」、「時雨」を連想し、さらにその「時雨」の風情に「無理にもぬるゝ」という荷兮の

風狂的姿勢は、宗祇の

世にふるは更に時雨のやどり哉　　宗祇　　（『新撰菟玖波集』明応四年〈一四九五〉成）

から「ぬけ」の技法によって「時雨」の語を表面的に消しつつ、追和した芭蕉の

手づから雨のわび笠をはりて
世にふるもさらに宗祇のやどり哉　　芭蕉　　（『みなしぐり』）

に対する積極的なアピールと捉えることのできるものである。「笠」は、「野ざらし紀行」において、

此海に草鞋《わらんじ》すてん笠しぐれ　　（『稿本野晒紀行』）
かさもなき我をしぐるゝかこは何と　　（同）
市人よ此笠売らう雪の傘　　（同）
年暮ぬ笠きて草鞋はきながら　　（同）

と詠まれた題材で、西村真砂子氏*[12]は野水の「かさの山茶花」、羽笠の「笠のこがらし」といった一座をあげての「笠」の句への参加が、〈旅する風狂人〉芭蕉のシンボルとしての「笠」を定着させていった点に『冬の日』の意

義があると述べている。さらにいえば、「笠」は天和二年〈一六八二〉冬推定の「世にふるも」句真蹟懐紙に「坡翁雲天の笠を傾、老杜は呉天の雪を戴く」云々と記されるように、杜甫・東坡との追和においても象徴的に機能していた。その他にも、「はつ雪の」歌仙中の

霜にまだ見る蕣の食　　杜国
野菊までたづぬる蝶の羽おれて　　芭蕉

の杜国句は明らかに芭蕉句、

和《ス》二角《ガ》蓼蛍《ノ》句《ニ》一
あさがほに我は食くふおとこ哉　　芭蕉　（『みなしぐり』）

を意識しての句作と考えられ、越人の『俳諧冬の日槿華翁之抄』（稿本・享保初年～同八年成）も「是ハ芭蕉の発句ニ、朝顔ニ我ハ食喰ふ男哉と云句を、前陰遁の志の句なれバ、翁へ挨拶に取て付たる也」と指摘している。「あさがほに」句は其角の

草の戸に我は蓼くふ蛍かな　　其角　（『みなしぐり』）

に唱和したものであった。森川昭氏[13]は「あさがほに」句が『みなしぐり』公刊前から名古屋俳壇で好評を得ていたことを報告しており、『冬の日』連衆の間でも注目され、取り沙汰される句であったと推測している。加えて、杜国の「霜にまだ」句と芭蕉の「野菊まで」句の付合は『稿本野晒紀行』の

　花の咲みながら草の翁かな　　勝延
　　秋にしほるゝ蝶のくづをれ　　蕉

と、それぞれ前句となる杜国の「蕣の食」、勝延の「草の翁」が芭蕉を指したと考えられる表現である点、それに芭蕉が「蝶」を付けるという点で発想として似たものがある。[14]では、芭蕉が自らを暗示する語句を含む前句に繰り返し「蝶」を付けた意図は何か。そこで再び『みなしぐり』を見ていくと、「詩あきんど」歌仙中に次の一連を見出すことができる。

　芭蕉あるじの蝶丁《タヽク》見よ　　角
　　腐レたる俳諧犬もくらはずや　　蕉
　鰥々《ホチホチ》として寐ぬ夜ねぬ月　　角

其角の「芭蕉あるじの」句は『荘子』に傾倒し「胡蝶の夢」の蝶と戯れる芭蕉庵主の姿を述べたものだが、問題はそこからである。芭蕉は世に横行する「腐レたる俳諧」を強烈に批難、其角は自分達の模索する新たな俳諧に

熱中し、夜も眠れないとしている。即ち、閉塞した俳壇に対する、『みなしぐり』刊行時における芭蕉・其角の熱情が直接的に綴られたのがこの一連だった（同書後序には「紛々《タル》俳句」との語もある）。つまり、芭蕉は『みなしぐり』の読者である俳人達に、其角の「芭蕉あるじの」句を想起させることで、これらのメッセージを喚起せんとしたと推察される。杜国・勝延に対しては「羽をれて」、「蝶のくづをれ」と謙遜の表現を用いているが、俳諧に対する芭蕉（と其角）の激しい自負が、旅を通して地方俳人達に示されていく。それは自らの新風を示し、唱和の方法によって次々と挑発していった姿勢と合致するものである。

そして、『冬の日』もまた大きな反響を呼び、*15「蕉風開眼の書」へと位置付けられていく。

第三節　「古池や」句の反響

日の春をさすがに鶴の歩みかな　江戸 其角

（『貞享三年歳旦引付』）

貞享三年〈一六八六〉正月、其角は宗匠立机し、右の句を立句とした文鱗・枳風との三つ物をはじめ、李下・仙化らを加えた三つ物などや、芭蕉・嵐雪・去来・素堂らの発句を収載する歳旦帳を出板する。

次いで同年閏三月、芭蕉、素堂ほか蕉門諸家が深川芭蕉庵に会して行ったという全二十番（追加一句）の句合『蛙合《かわずあわせ》』が刊行される。主催はおそらく第一番、第二十番の作者、庵主の芭蕉、編者の仙化、板下を書いた其角の三名であろう。跋文によると、判詞は同席した諸家の衆議判を仙化が書き留めたという体裁だが、在京の去来（第五番右）など、それに参加できない者もいるため、芭蕉ら主催者に委ねられた部分も多いと考えられる。

連衆には先の其角歳旦帳入集メンバーが、揚水を除いて悉く揃っており、傾向として左方に芭蕉及び蕉門古参、右方に文鱗・枳風をはじめとする、新たに参入した其角門の俳人がそれぞれ配されることから、其角独立の支援・披露が目的の一つにあったと見られる。

句風は天和期の漢詩文調・破調を一新した貞享連歌体となっており、石川八朗氏[*16]は『蛙合』を「『みなしぐり』以降の新風へ魅力を感じ、新たに参加する者が理解のために説明を求め、それに芭蕉らが応じた」ものと位置付けている。では、芭蕉と、新進気鋭の宗匠として立った其角が『蛙合』で提唱したものは何か。

『蛙合』の発端について、第一番で次のように説明する。

左

古池や蛙飛こむ水のおと　　芭蕉

右

いたいけに蝦つくばふ浮葉哉　　仙化

此ふたかはづを何となく設たるに、四となり六と成て、一巻にみちぬ。かみにたち下にをくの品、をの〳〵あらそふ事なかるべし。

判詞にある「ふたかはづ」とは、池に飛び込む蛙を詠んだ芭蕉の左句、浮き葉の上に手をついてうずくまっている蛙を詠んだ仙化の右句を指す。この二句を「何となく」番えたところ、四句、六句と増加して、言い換えると二番、三番と競うように番いが出来ていき、一書に纏《まと》まったとある。つまり、当初から句合が企画されていて、各々の句を集めたのではなく、芭蕉・仙化の第一番に呼応して、順次二句ずつの番いが集まり、成立したのが『蛙合』だということになる。これが『蛙合』第一の特色である。

第二の特色として注目されるのは、この句合には、左右の句が有機的な関係を持つ対となっているものが多いことである。例えば第一番では、池に飛び込み、着水する瞬間の蛙（左句）と、浮き葉に座る蛙（右句）を番えて対照させている。

左

うき時は蟇《ヒキ》の遠音も雨夜哉　　曽良

右

こゝかしこ蛙鳴ク江の星の数　　其角

右に挙げた第二十番では、物憂い時には遠くで鳴く蟇蛙の低い声がいっそう雨夜らしく沈んだ気分にさせるという左句と、入り江に鳴く無数の蛙と入り江に映る無数の星とを取り合わせた右句を番え、日も落ちて、聴覚が冴え渡る夜に響く蛙の声を、雨と晴とに分かちつつ、「遠音」・「こゝかしこ」と対照させている。

左右句の対照を考える上で示唆的なのは、第十二番である。

左持

よしなしやさでの芥《あくた》とゆく蛙　　嵐雪

右

竹の奥蛙やしなふよしありや
左右よしありや、よしなしや。　　破笠

叉手《さで》網にかかり、芥とともに流れに身をまかせる蛙を詠んだ嵐雪の左句、竹藪の奥深くから鳴く蛙を詠んだ破笠の右句は、それぞれ異なる世界ではあるが、左句「よしなしや（つまらない）」と右句「よしありや（わけがある）」との語句で対照が狙われ、さらに嵐雪、破笠両者の息の合った応酬に判詞が「左右よしありや、よしなしや」と戯れかかっている。*17

全二十番、四十句に過ぎない『蛙合』の中で、特徴的な語句を対照させた第十二番の例は、前出石川氏が指摘するような、「左右どちらかの作者が先ず作ったものを、もう一方の作者が見て、それに対照させて句を作った」との作句経緯を想定させる。もちろん、全ての番《つが》いがそのように詠まれたとすることはできないが、先の『蛙合』第一の特色とも考え合わせると、ここに一つの『蛙合』の編集意図が見えてくる。つまり、芭蕉・仙化の第一番に感応し蛙の句が続々と詠まれた『蛙合』は、その中から対照的な対となるものを敢えて番えることにより、芭蕉を先導者として、呼応し競い合いながら互いに興じる方法を提示し、さらに機知性の溢れる判詞を付して、その唱和の輪を広げようと挑発したものではないか。『蛙合』での唱和への誘いは、次に挙げる不卜の追加からも看取できる。

鹿島に詣侍る比、真間の継はしにて

継橋の案内顔也飛蛙　　　　　不卜

句は、不卜が鹿島神宮へ参詣した折、手児名伝説で知られる真間の継橋で詠まれたものとされる。ただし、この句が『蛙合』の末尾に据えられることで、前章第三節で見たような、延宝九年〈一六七八〉の『俳諧次韻』以来掲げられていた句を「継ぐ」というテーマについて、芭蕉の「古池や」句を想起させる「飛蛙」が「案内」するという裏の意をも含ませつつ、さらに番うべき句の唱和を呼び込むのである。

事実、反響は翌年三月刊行の尚白編[*18]『孤松《ひとつまつ》』に即座に見られる。『孤松』は二十七か国、三〇七人の発句二五〇二を収め、近江を中心に加賀、若狭、京、伊勢の作者が参加する大部な撰集である。巻頭は不卜で、芭蕉・其角句が続く。中で入集第一位一九三句を誇る、加賀の一笑が芭蕉らに熱烈に呼応する。『孤松』所収の蛙の句全三十二句中、一笑の作は

あちらむきこちらむきたる蛙かな　　加州金沢　一笑
雨の木に落てはのぼる蛙かな　　同
竹の樋の雫目見出す蛙かな　　同
足ゆるく水をはなるゝ蛙かな　　同
飛程に蛙の一つ小川哉　　同
半身の蛙優なり岸根草　　同
岸根なる小草くはゆる蛙かな　　同

水うてば草の中より蛙かな　同
壁土に蛙よごれし朝かな　同
何のむや日南の蛙胸おかし　同
雨だれや蛙の并ぶ軒の下　同

の計十一句に及ぶ。その内八句もが「かな留め」を用いている。石川真弘氏[19]が指摘するように、「かな留め」は貞享期蕉風の句形上の特徴で、『蛙合』においても全四十一句中二十九句に用いられている。また、石川氏は『孤松』に『蛙合』第二番左の素堂句、

雨蛙こは高になるもあはれ也

が入集するため、『孤松』の蛙句は『蛙合』の後に詠まれたものとする。これらのことから、一笑の句作は芭蕉らの蛙句に呼応したものとみて間違いはない。

加越俳壇と近江の関係は商業輸送のルートに乗って既に貞門の時代に始まり、特に加賀俳人の『孤松』参加には乙州《おとくに》の仲介があったとされる。[20] 乙州は天和三年〈一六八三〉に尚白に入門、尚白を介し蕉風に接した俳人で、伝馬役または問屋役という家業（『蕉門諸生全伝』文政中期頃成）の関係、伯母が金沢の原田家に嫁していたことなどから、近江・金沢を頻繁に往復している。一方、『蛙合』第十五番右句を詠んだ蕉雫は加賀金沢の句空編『柞原集《ははそはら》』（元禄五年〈一六九二年〉刊）に一句入集、『続別座敷』（同十三年刊）で「加州　蕉雫」として六句、『そ

この花』（同十四年刊）で「カヾ　蕉雫」として一句入集しており、加賀に関係の深い人物と見られる。乙州・蕉雫によってもたらされた芭蕉らの句、そして方法が一笑を触発し、『孤松』での呼応を生んだのだろう。一笑は他に、『冬の日』で世にアピールした芭蕉の「狂句凩の」句に呼応したかと推定される凩の句を、『孤松』所収の凩句全十句中、

よし野にて
凩に絵馬かぞへむ蔵王堂　　一笑

以下八句を詠んでいる。荻野清氏[*21]が、既に談林風な作風から脱化し、「単に時の動きに順応したといふ以上に、むしろ時風の尖端に立つ作品を残した」と評するように、一笑は卓越した詩才の人物である。芭蕉の挑発に、一笑は敏感に反応したのだと考えられる。

第四節　「蓑虫」と素堂・一蝶

『蛙合』は公刊され世に広められたものであるが、この時期、芭蕉は身近な知友らにむけても発句による挑発を行っている。特に、盟友素堂と芭蕉との文事は思わぬ発展を遂げることとなった。

ばせを老人行脚かへりの頃

簑むしやおもひし程の庇より
　この日、予が園へともなひけるに
蓑虫の音ぞきこへぬ露の底
　また、竹の小枝にさがりけるを
みの虫にふたゝび逢ぬ何の日ぞ
　しばらくして、芭蕉の方より
みの虫の音を聞きに来よ草の庵
（『素堂家集』享保六年〈一七二一〉序）

冒頭の「ばせを老人行脚かへりの頃」とは、芭蕉が貞享四年〈一六八七〉の鹿島紀行から帰庵した頃のことを指している。一番目の「簑むしや」句は、『とく〳〵の句合』（享保二十年〈一七三五〉刊）に「康頼入道の都帰りのころ、思ひしほどにもらぬ月かげと詠じ給ふて、おもひしほどのと云れたるけしき有るにや」と解説されるように、平康頼が藤原成経・俊寛とともに流されていた鬼界が島から帰還した折に詠んだ

ふる里の軒の板間に苔むしておもひしほどはもらぬ月かな
（『平家物語』巻三）

を踏まえる。句は、和歌に詠まれている荒廃した山荘の苔むした板葺きの屋根を自庵の庇に置き換え、そこに簑虫がぶら下がっているのを目にしたという意であるが、ここで「簑むし」は笠と蓑とを着た旅人芭蕉の姿をも意味している。古郷に帰ってきた人（＝康頼）の視点から詠まれた和歌を、旅人（＝芭蕉）を迎え入れる側の視点へ

と移行させながら、「おもひしほど」という詞を用いて、そろそろ鹿島から戻るだろうと予期した通りに友人が帰ってきたという喜びが表現された。次いで素堂は芭蕉を自庵に招き入れ、二番目の「蓑虫の」句を詠む。こちらも式子《しよくし》内親王の

跡もなき庭の浅茅に結ぼほれ露の底なる松虫の声　（『新古今和歌集』巻四）

の和歌を踏まえたもので、句は、人の訪れのない庭の草に降りた露の底で松虫が人待ち顔に鳴くと和歌にあるが、我が草庵では松虫ならぬ蓑虫が庇に下がっており、折しも蓑を着た芭蕉が尋ねてきてくれた、鬼の子と呼ばれ、「ちゝよ、ちゝよとはかなげに鳴」（『枕草子』第四十一段）くと伝えられる蓑虫の鳴き音は全く聞こえないけれども、との意である。そして、草庵中の竹の小枝に再び蓑虫を発見し、さらに三番目の「みの虫に」句を詠む。句の「ふたゝび逢ぬ何の日ぞ」には、蓑虫に幾度も出会う偶然と、芭蕉に再会したその日の嬉しさが重ね合わされている。これらは、例えば『みなしぐり』での「荷葉十唱」に代表されるような、素堂の句作の特色ともいえる連作形式のものである。

続き、詞書には「しばらくして、芭蕉の方より」と記され、芭蕉の「みの虫の」句が掲載される。図らずも芭蕉から贈られてきた句は、あなたのところで蓑虫の鳴き音が聞こえないようでしたら、是非愚庵で一緒に蓑虫の鳴き声に耳を澄ませましょうとの誘いであった。

この「みの虫の」句に触発された素堂は、今度は「蓑虫説」を作成、芭蕉に贈り、「蓑虫」の興趣を増幅させていく。発句唱和からの新たな展開である。「蓑虫説」には数種の自筆本、諸本が存在し、幾度かの推敲・揮毫

が認められるが、便宜上、「貞享至南日丁亥」云々と識語が記され、最終稿と目される蚊足清書本[*22]（天理大学附属天理図書館綿屋文庫蔵）の本文冒頭を次に挙げる。

まねきに応じてむしのねをたづねしころ

素堂主人

みのむし〳〵。声のおぼつかなきをあはれぶ。ちゝよ〳〵となくは、孝のもつぱらなるものか。いかに伝へて鬼の子なるらん。清女が筆のさがなしや。よし鬼なりとも瞽叟を父として舜あり。なむぢはむしの舜ならんか。

みのむし〳〵。声のおぼつかなくて、かつ無能なるをあはれぶ。松むしは声の美なるがために、籠中に花野をなき、桑子はいとをはくにより、からうじて賎の手に死す。

みのむし〳〵。無能にして静なるをあはれぶ。胡蝶は花にいそがしく、蜂はみつをいとなむにより、往来おだやかならず。誰が為にこれをあまくするや。（以下略）

素堂は芭蕉の「音を聞きに来よ」という誘いに受け、（実際には蓑虫は鳴く昆虫ではないが）その蓑虫の鳴き音についての故事来歴を披瀝することから説き起こす。第一段では先述の『枕草子』を引きつつ、父親を慕い鳴く蓑虫を孝養の志厚い中国虞の聖帝舜（『史記』「五帝本紀」）に擬え、第二段でその鳴き声が覚束なく無能だからこそ、松虫や蚕のように捕らえられることもないと、「無用の用」に代表される『荘子』の思想へと展開、第三段に至り、あくせくとせず清閑な暮らしを営む蓑虫の「無能」ぶりに共感を抱いていく。その蓑虫の姿は、「無芸にして只此一筋につながる」（『笈の小文』宝永六年〈一七〇九〉奥）、「終に此一すぢにつながれて、無能無才を恥るのみ」（「幻住庵記」『猿蓑』元禄四年〈一六九一〉刊）と自らを語った芭蕉にとっても同様の共鳴を催させたと見て間違いはないだろう。第五段では

みのむし〳〵。漁父の一糸をたづさへたるに同じ。漁父は魚をわすれず、風波にたえず。幾度かこれをときて、さけにあてんとする。太公すら文王を釣のそしりあり。子陵も漢皇に一味の閑をさまたげらる。

と、蓑虫が糸を垂れる姿から漁父を想起し、「漁父　其二」（『蘇東坡詩』）の一節、

漁父酔《ヒテ》簑衣《ニシテ》舞《フ》　酔裡《ニモ》却《テ》尋《ヌ》二帰路《ヲ》一

との、酒に酔った漁父が簑を着て舞う場面を連想、そして太公望の故事（『史記』「斉太公世家第二」）に言い及び、さらに釣りの最中に見出され、光武帝に仕えた厳子陵（『後漢書』第八十三巻「逸民列伝第七十三」）を引き合いに出して、「閑をさまたげらる」という世俗の生活を厭いつつ、そこから隔絶された隠遁生活を賛美する。この「閑」は芭蕉、素堂らが隠栖するに際し非常に意義を見出していた語[*23]であり、例えば『むさしぶり』（千春編・天和二年〈一六八二〉刊）では、延宝八年〈一六八〇〉に移り住んだ深川芭蕉庵での閑雅な生活について、

芭蕉の閑ヲとふ

扉凝付て氷の心かくれ庵　　　　昨雲

花桃丈人の身しりぞかれしは、いづれの江のほとりぞや。佛は教し宿に先立てこたえぬ松と聞えしは、誰をとひし心ぞや。閑人閑をとはまくすれど、きのふはけふをたのみ、けふもまたくれぬ。

行ずして見[*24]五湖煎《いり》蠣の音を聞　　　　素堂

と詠まれている。素堂の「行ずして見」句は前書で「いづれの江のほとりぞや」と、わざと隠栖の地を知らぬ振りをし、藤原定家の

おもかげは教へし宿に先だちてこたへぬ風の松にふく声　　（『拾遺愚草』）

を踏まえつつ、「閑人閑をとはまくすれど」と述べながらも、句で隠者然とする者同士、芭蕉庵に赴かずとも、そこで中国古代の湖、五湖の煎牡蠣を食べるような中国めかした生活をしているのは御見通しですよと親愛の情を述べている。芭蕉の「みの虫の」句も『続虚栗』（貞享四年〈一六八七〉刊）では前書を「聴閑」と改められており、閑寂を味わうことこそが、彼らの草庵生活における風雅であった。そして素堂は「蓑虫説」末尾において「又以男文字述古風」と記して

蓑虫々々　落入牕中　一糸欲絶　寸心共空

似寄居状　無蜘蛛工　自露甘口　青苔粧躬
従容侵雨　飄然乗風　栖鴉莫啄　家童禁叢
天許作隠　我憐称翁　脱蓑衣去　誰識其終

との漢詩を据えた。詩は、蓑虫の様態を描写しつつ、末尾で「天許作隠　我憐称翁」と芭蕉の「隠」の生活への称賛を述べて「かつしかの隠士素堂」と署名し筆を擱いている。[*25]

　この「蓑虫説」を贈られた芭蕉は「蓑虫説跋」を執筆、応酬し

　草の戸さしこめて、もの〻侘しき折しも、偶簑虫の一句をいふ。我友素翁、はなはだ哀がりて、詩を題し文をつらぬ。其詩や綿をぬひ物にし、其文や玉をまろばすがごとし。つら〳〵みれば、離騒のたくみ有に〻たり。又、蘇新黄奇あり。

と称揚、さらに「蓑虫説」に用いられた和漢の故事を読み解きつつ、「翁にあらずば誰か此むしの心をしらん。静にみれば物皆自得すといへり。此人によりてこの句をしる」と、程明道「秋日偶成」（『明道文集』）の「万物静ニ観ルハ皆自得」を踏まえながら、「閑」の生活から感得された芭蕉句への素堂の深い理解に賛辞を送る。尾形仂氏[*26]は貞享期の芭蕉と素堂との間には「等質の教養をもった者同士として、知的共有財産を作者がいかに有効に利用しつつ新しい俳諧の世界を拓いているかを看破、礼賛するとともに、作者の利用しなかった詩材を配することによって作品の詩情を増幅し変奏する」といった「連衆心による読み取りかた」が暗黙の内に了解されていたと述べる。

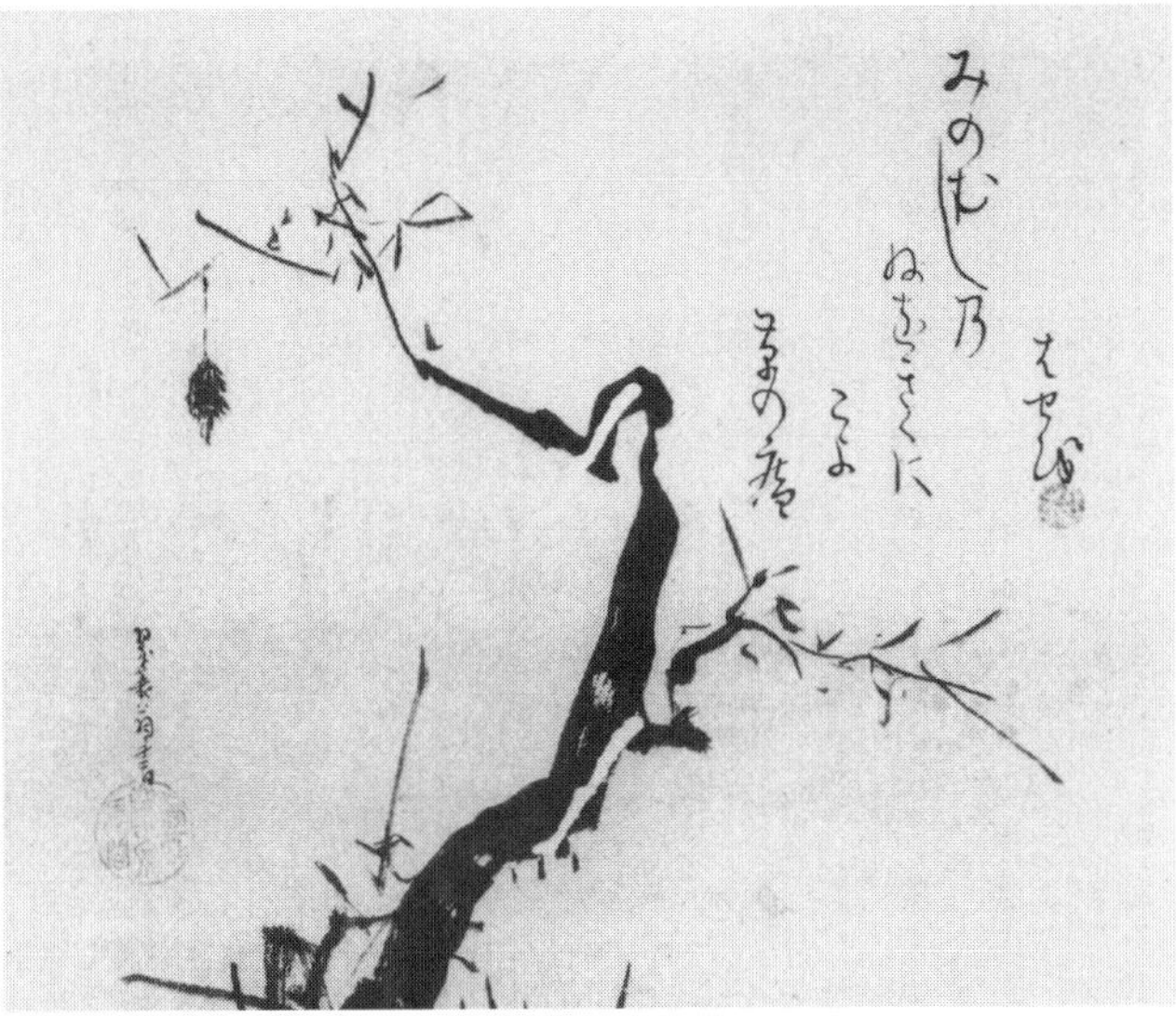

【図1】芭蕉賛・一蝶画「蓑虫の」発句画賛（天理図書館綿屋文庫蔵）
「みのむしのねをきゝにこよ草の庵　ばせを（印・桃）　翠袁翁書（印・趣在山雲泉石間）」

この「蓑虫」をめぐる応酬においても、この「連衆心」によってお互いの作品世界が広げられていく。*27

そして、この雅交は文芸のみに収束するものではなかった。「蓑虫説跋」には次のようにある。

> こゝに何がし朝湖と云有。この事を伝へきゝてこれを画。まことに丹青淡して情こまやか也。こゝろをとゞむれば虫うごくがごとく、黄葉落るかとうたがふ。みゝをたれて是を聴けば、其むし声をなして、秋のかぜそよ〳〵と寒し。猶閑窓に閑を得て、両士の幸に預る事、簑むしのめいぼくあるにゝたり。

画師多賀朝湖こと英一蝶がこれを伝え聞き、枯れ木にぶら下がる蓑虫の画【図1】を認《したた》めるのである。一蝶の画には芭蕉が「蓑虫の」句を揮毫《きごう》し、賛とした。ここに、芭蕉・素堂（と清書者、蚊足）・一蝶による発句・俳文・漢詩文・書画という異色のコラボレーションが現出した。

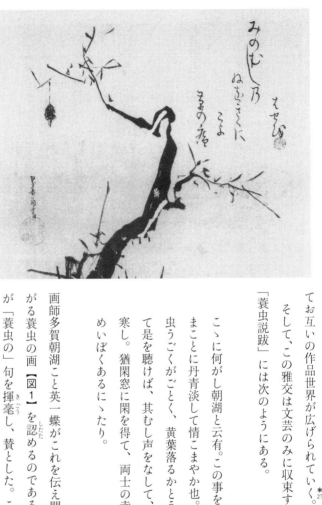

第五節　『続虚栗』の配列法

貞享四年〈一六八七〉十一月、其角は『蛙合』参加者を中心に構成された『続虚栗』を刊行する。『続虚栗』では、配列面における、より効果的な唱和の表現が工夫される。例えば『みなしぐり』では、其角の句、

草の戸に我は蓼くふ螢かな　　其角

と、それに唱和した芭蕉句、

和ス二角ガ蓼螢ノ句ニ一
あさがほに我は食くふ男哉　　芭蕉

はそれぞれ夏の部、秋の部と異なる部立に配されており、唱和の醍醐味が殆ど生かされていなかった。そこで新機軸として採用されたのが、唱和する二句を並記する配列法である。以下、これを並記配列法と呼ぶこととする。

たのみなき夢のみ見けるに
うたゝねのゆめにみへたる鰹かな　　其角

その夢に戯ル
下部等に鰹くはする日や仏　　嵐雪
（『続虚栗』）

貞享四年〈一六八七〉四月八日に没した其角の母、妙務尼に対する諸家の追悼句の後に載る一連である。この直前には

初七ノ夜いねかねたりしに
夢に来る母をかへすか郭公　　同（其角）

との其角の追悼句が載る。「うたゝねの」句は、毎夜見続ける亡き母の夢に、思わず旬の好物鰹[*28]が出てきてしまったと苦笑して詠んだものである。鰹は生臭物であるため、喪中には決して口にできない。そこで嵐雪は、其角を労り、仏事を一通り済ませた忌明けの日こそ、本人はもちろん、法要の諸事に奔走してくれた下僕達にも供養として鰹を食べさせられると「下部等に」句を詠んだ。「その夢に戯ル」と前書を付すことによって、嵐雪が其角の心情を察し、句の「夢」・「鰹」を利用しながら唱和したと読むべき配列となる。このように、其角は配列法による唱和の複式化を試みるのである。

聴閑
蓑虫の音を聞に来《コ》よ艸の庵　　芭蕉

聞にゆきて
何も音もなし稲うちくふて螽《いなご》哉　嵐雪

前節で考察した「蓑虫の」句について、『続虚栗』では前書「聴閑」とあるだけだが、実は「あつめ句」には前書「くさの戸ぼそに住わびて、あき風のかなしげなるゆふぐれ、友達のかたへいひつかはし侍る」とある。句は草庵で蓑虫の鳴き声に耳を澄まし、ともに閑寂を味わおうと、素堂のみならず、複数人に向けて呼び掛けられたものなのであった。*[29]

嵐雪句も、「蓑虫を聞に行辞」（『嵐雪文集』安永三年〈一七七四〉序）では「性のさはがしきにはなに恋しとも聞えず、聞事にもあらじ。（中略）かれが情と閑人の閑と猶々閑のすぐれたるなるべし。虫よ、翁のかしましからむ、鳴そ」とある。閑寂な詩世界に誘おうとする芭蕉に対し、嵐雪は世俗の喧噪に低徊する自身を、稲をむさぼり喰らう螽に譬えながらも、芭蕉とはやや距離を置きつつ唱和する。このような成立事情を割愛し、『続虚栗』では芭蕉の誘いに嵐雪が応じたことを「聞にゆきて」の前書によって示す。『続虚栗』の並記配列法は、唱和句、被唱和句を短い前書によって連結させ（そのために些《いささ》か句意が分かりづらくもなるが）、唱和がもともと持っている豊かな興趣を提示する画期的な表現法なのである。それは其角・芭蕉に嵐雪が唱和するという、江戸蕉門の中心人物による実験的且つ最先端の試みであった。

加えて『続虚栗』では、和韻・次韻した発句を立句に連句を巻くという形式が採用される。例えば、寛文六年〈一六六六〉に和刻本が刊行され、以来板を重ねた『文体明弁』によると、漢詩の和韻には、原作と同一の字を同一の順に用いる次韻、順にこだわらずに用いる用韻、同一の韻に属する他の字を用いる依韻の三種がある。また、

『詩林良材』（貞享四年〈一六八七〉刊）は、和韻と、和韻の一種である次韻とは「同事」であるが、和韻が「本詩ノ心ヲ受テ挨拶」、「返答」するものであるのに対し、次韻は「只韻字ヲ次デ用バカリニテ詩ノ心ハ何ニテモ作」り、「挨拶モ入ラヌ」ものもあるとする。漢詩作法上、当時の理解として、韻字・挨拶性の有無に和韻と次韻との差異があったと考えられる。これらを踏まえて、以下、俳諧における和韻・次韻について考察する。

次に挙げるように、連句を伴う和韻には唱和の相互関係を明確化し、強調する面が見られる。

対客

我店の霜迄見たし月の色　　好柳

和好柳子

人をみん冬のはしゐも夕涼み　　其角

をのが酒債をのこす鯆《ふぐ》売　　好柳

塩風に羽かく鳶の松たれて　　由之

好柳は、店先で日が暮れても客人との話は尽きず、いっそ霜の降りる時間まで月を愛でて、ともに楽しみたいとの風狂を詠む。和韻した其角句の前書「和好柳子」により、好柳句前書の「客」は其角を指すことになる。好柳句の風情を受けて、其角は「人をみん」句で、往来を眺めながら、冬であるけれども、夏の夕涼みのような興趣があると主人に応じる。和韻した句は先行する句の句形、或いは語句を詠み込みつつ応答しながらも、対立的に独自性を打ち出す点に特徴がある。例えば、先の其角「草の戸に我は蓼くふほたる哉」句を受けて「和」した芭蕉の「あさがほに我は食くふ男哉」句は、句形を似せながら、「我は」と、被唱和句とは対立的に自らの境涯を詠んでいる。好柳との和韻においても、其角は店主に対して「客」の視点で和韻している。韻字の面から検討すると、傾向として、「人をみん」句は「我店の」句に対して「見」るの語を用いた用韻的な用法、「あさがほに」句は句の構成を「草の戸に」と同様にしつつも語句を替えた依韻的な用法ということができる。

そして好柳は、酒の肴河豚を売る身の自分は売り上げよりも酒を呑んでしまい、むしろ酒債の方が嵩んでしまうと脇句を付ける。[*30] 和韻に連句を伴う形式で注目されるのは、被唱和者が和韻を受けて、唱和句に対し脇句で再答する点である。第一節で挙げた芭蕉・雷枝の「芋洗ふ女」をめぐる和韻もこの形式を用いたもので、挨拶性が積極的に発揮されたことは既に確認した。

次韻では、脇句が被唱和者ではないため、その意味で比較的挨拶性は稀薄である。

　艸庵を訪ける比

永き日も囀たらぬひばり哉　芭蕉

原中や物にもつかず鳴雲雀《ひばり》　同

　と聞えけるに次て申侍る。

啼〳〵も風に流るゝひばり哉　孤屋

烏帽子を直す桜一むら　野馬（以下歌仙）

「永き日も」句は春の日永に囀《さえず》り暮らす雲雀を詠んだもの、「原中や」句は西行の

心性定まらず

ひばりたつ荒野に生ふる姫百合の何につくともなき心かな　（『山家集』）

を踏まえ、原中で無心に鳴く雲雀を詠んだものである。配列上、芭蕉句は二句一連とするのが妥当だろう。「と聞えけるに次て申侍る」と前書した孤屋の句は、鳴きながらも春風に流されていく雲雀であり、「永き日も」句の一日中囀る雲雀、「原中や」句の原中に鳴く雲雀から連想して詠まれたと考えられる。野馬は春風に流される雲雀から、風の強さを思い描き、謡曲「烏帽子折」を背景に烏帽子桜をイメージし、吹き飛ばされそうな烏帽子を直すと脇句を付ける。

次韻の特徴は、先行する句の世界を発展させる点にある。例えば、次韻をテーマとする『俳諧次韻』（延宝九年〈一六八一〉七月刊）では

晋《ノ》伯-倫伝《フ》二酒-徳頌《ノヲ》一。楽-天継《ニス》二酒-功讃《ノヲ》一。青酔《ヱツテ》レ之続《ニグ》二信-徳《ガ》七百-五十-韻《ヲ》一（二百五十句）

挨拶を爰では仕たい花なれど
又かさねての春もあるべく　　桃青
鷺の足雉脛長く継添て
這《コノ》句以《テ》二荘子《ヲ》一可《シ》レ見《ツ》矣　　其角（以下略。全五十韻）

と、『七百五十韻』（同年一月刊）の末尾を冒頭に掲げ、それを次ぐ体裁で桃青（芭蕉）が句を詠む（脇句は被唱和者の信徳ら『七百五十韻』の連衆ではなく、其角である）。ただし、『みなしぐり』「花にうき世」歌仙の付句中、

破蕉誤ッテ詩の上を次グ　　嵐雪

ともあるように、次韻は「上を次グ」等と、先行作品を部分的に受けるので、必ずしも句形を類似させていない。「啼〳〵も」句も句形を類似させずに、先行句の景を発展させたものである。

また、韻字の面から見ると、「原中や」句と「啼〳〵も」句とは下五を同一の「ひばり哉」とするが、「永き日も」句は下五が「鳴雲雀」で、厳密には同一の字を同一の順に用いる次韻とはいいがたい。逆に「芋洗ふ女」句に和韻した雷枝の「宿まいらせむ」句は、同一の位置（中七）に同一の語句「西行ならば」を用いている点に注目すると、次韻として分類すべきものといえる。用韻、依韻でも同様であるが、漢詩と俳諧とのジャンルの相違もあり、韻字に関してはあくまで傾向として捉えるにとどめるべきかと考えられる。

発句による和韻・次韻が明確に示された用例は多くないため厳格な定義はしかねるが、被唱和者による脇句における挨拶性[*31]と形式の面から以上のような差異が認められる。

『続虚栗』後も江戸蕉門の間では発句による唱和が活発に行われる。『花摘』（元禄三年〈一六九〇〉奥）では被唱和句を前書によって示すという方法も見られるようになる。

うつくしきかほかく雉のけ爪かなと申たれば

蛇くふときけばおそろし雉の声　　翁

「万おそれおほく哀なる物とぞいひならはし侍る」（『山之井』正保五年〈一六四八〉刊）と、古来から哀れなるものと言い習わされていた雉子の鋭い爪に着目した其角の「うつくしき」句に唱和し、哀れさの反面、蛇を喰うという雉子の野生のたくましさを詠んだ芭蕉の句で、旅中からの文通の句であろう。『花摘』の句日記を見ると、この他にも発句対発句の唱和が時を置かず試みられていることが確認できる。[*32]

第六節　唱和・競吟『句餞別』

貞享四年〈一六八七〉十月十一日、「笈の小文」の旅に出る芭蕉は、其角亭での餞別会で、『続虚栗』冬の部巻頭を飾る留別吟、

旅人と我名よばれん初霽《はつしぐれ》　　芭蕉
亦さゞん花を宿〳〵にして　　由之

を披露する。この句は『三冊子』（安永五年〈一七七七〉刊）「赤冊子」に「心のいさましきを句のふりにふり出して、よばれん初しぐれとは云しと也」とあり、はやり立つ旅心を表現したものとされる。前出、

世にふるは更に時雨のやどり哉　宗祇（『新撰菟玖波集』明応四年〈一四九五〉成）

と詠んだ宗祇を慕い、「手づから雨のわび笠をはりて」と前書しつつ、「ぬけ」の手法により時雨という語を抜いて

世にふるもさらに宗祇のやどり哉　芭蕉（『みなしぐり』）

と追和した芭蕉は、〈時雨〉に「旅」・「無常」・「人生」といった象徴を見出していた。その上、貞享元年〈一六八四〉の旅では

霧しぐれ富士をみぬ日ぞ面白き（『稿本野晒紀行』）
此海に草鞋すてん笠しぐれ（同）
かさもなき我をしぐるゝかこは何と（同）
草枕犬も時雨ゝかよるのこゑ（同）

と立て続けに〈時雨〉を詠み、その詩情に風狂を加味、増幅させている。「旅人と」句の高揚感は、その延長線上にあり、由之の付けた脇句は第二節で見た『冬の日』におけるリフレイン、

たそやとばしるかさの山茶花　野水（第一歌仙「狂句こがらしの」の巻　脇句）

山茶花匂ふ笠のこがらし　　　　　　うりつ

（第五歌仙「霜月や」の巻　挙句）

を受けての餞である。

「笈の小文」の旅に意気込む芭蕉に、門人達から数多の餞別吟（漢詩・和歌・発句）が贈られる。それらを一書にまとめたのが『句餞別』（貞享四年〈一六八七〉稿、寛保四年〈一七四四〉刊）である。『句餞別』には、芭蕉の旅や句を意識して詠んだ句が散見する。

例えば、貞享元年の旅を懐古した句がある。

俳諧説て関路を通るしぐれかな　　　　　　曽良

はこね山しぐれなき日を願ひ哉　　　　　　由之

右の二句は、その旅で箱根の関を越える際の

霧しぐれ富士を見ぬ日ぞおもしろき

が念頭にあろう。曽良は、再度の西上で新たな門人達を導く芭蕉の姿を、由之は、晴天の内に箱根八里の難所を越えることができるよう願って〈時雨〉を詠む。また、

凩の吹キ行クうしろすがた哉　嵐雪

が、『冬の日』巻頭の

狂句木がらしの身は竹斎に似たる哉　芭蕉

を踏まえ、旅立つ芭蕉の後ろ姿に重ねたものであろうことは、『句餞別』に

冬の日を猶したはるゝほまれかな　渓石

とあることからも類推される。その他、

霜遠くちいさき笠のあさ日哉　荻風

朝〳〵の紙小《(衣)》やおもき松の霜　李下

の「笠」、「紙小」など、風狂の旅を表象する器物を詠み込んだ句も目立つ。

簑虫もるすを鳴らん霜の庵　　北鯤

北鯤は、秋、鳴く音を聞きに来いと友人を誘った

蓑虫の音を聞に来よ艸の庵　　芭蕉

をめぐる素堂・芭蕉・嵐雪らの唱和（第四・五節参照）に参加しつつ、冬、蓑笠に身を包んだ芭蕉の旅立ちと、その留守となる庵に残された蓑虫を詠む。

『句餞別』の中で注目されるのが、中七を「〜ん」として「旅人と」句に語調を合わせた次の〈時雨〉句である。

江戸桜心かよはん幾しぐれ　　濁子

時雨々々に鎰借り置かん草の庵　　挙白

葉下のすきもの、をの〳〵句あり。なにがしの君は、よしのをこめて思ひをのべ、あるは人をしてこれをおくる。あさな〳〵の紙小の霜、かさねていはんもおこがましけれど

ぬきんいでゝおくり申さんしぐれ哉　　文鱗

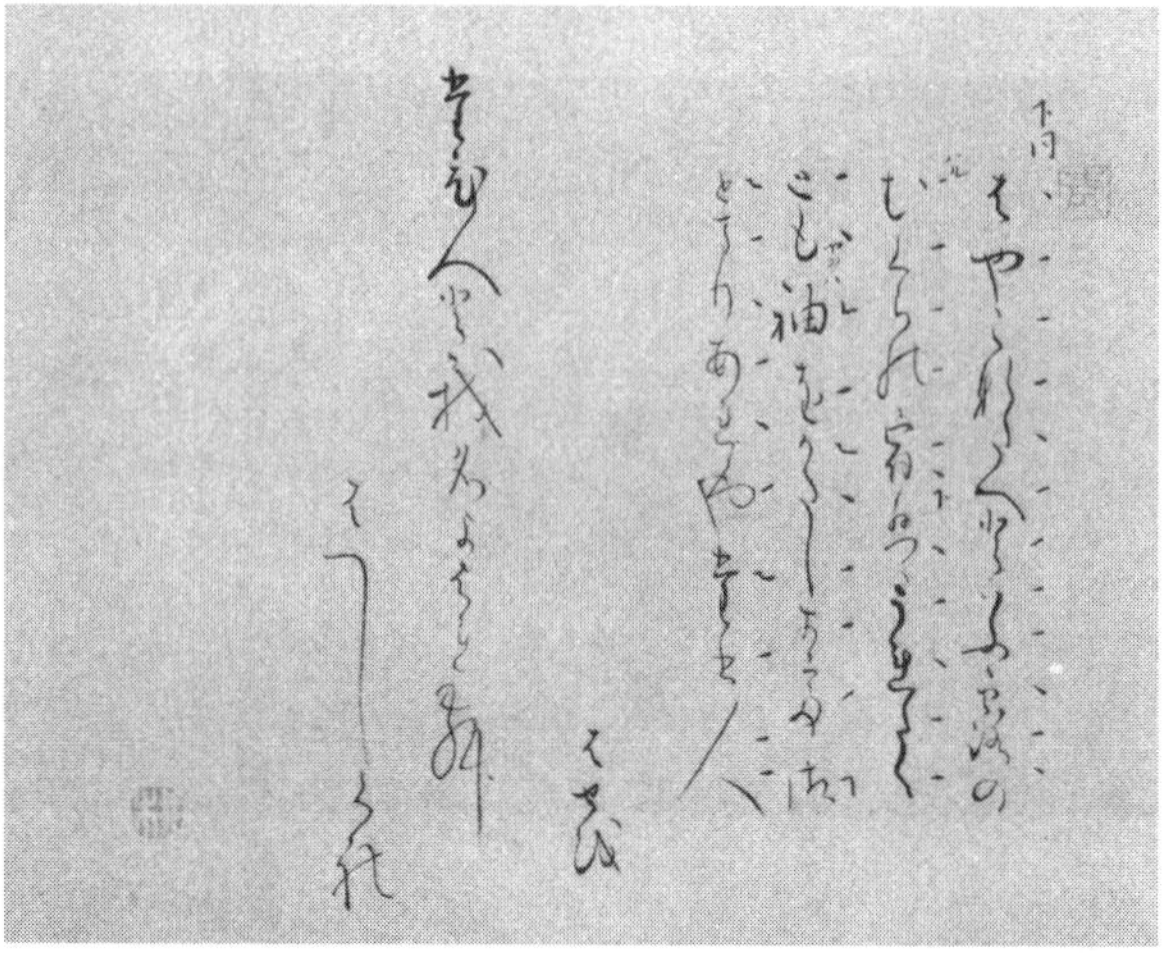

【図2】芭蕉筆「はつしぐれ」句懐紙
「(印・青) はやこなたへといふ露のむぐらの宿は、うれたくとも袖をかたしきて、御とまりあれや、たび人　たび人と我名よばれむはつしぐれ　ばせを（印・桃）」

「旅人と」句には謡曲「梅が枝」の一節を借りて前書とし、それに節譜（胡麻点）を施した真蹟があり【図2】、節をつけて謡われるよう配慮されている。当時、芭蕉と江戸連衆の間で謡曲をもどく風流の姿勢が生み出されていたとの堀信夫氏[*33]の指摘もある。我先と詠まれたこれら餞別句は、軽やかなリズムに乗り、風狂の旅に心浮き立つ芭蕉を思いやって詠み交わされたと考えられる。「旅人と」の句を謡いつつ旅立つ芭蕉の姿を彷彿させる、

うたひゆく時雨の笠か雪の笠　翠桃

はその最たるものである。とすると、其角の餞別吟、

冬がれを君が首途《かどで》や花の雲　其角

も、「旅人と」句同様、謡曲「西行桜」の一節に節譜を付し前書とする、

毘沙門堂の花盛、四王天の栄花も是にはいかでまさるべき。うへなる黒谷・下河原。むかし遍昭僧正のうき世ヲいとひし

花頂山、鷲の深山の花の色、枯にしつるの林までおもひしられて哀なり。(譜点略)

観音のいらかみやりつ花の雲　　　　ばせを　　　(貞享三年〈一六八六〉真蹟懐紙)

しかるに花の名だかきは、先初花を急ぐなる、近衛どのゝ糸桜、見わたせば柳さくらをこきまぜて、みやこは春のにしき散乱たり。(譜点略)

花のくもかねはうへのか浅くさか　　　ばせを　　　(同四年真蹟懐紙)

を意識したものか。*34 今回の芭蕉の旅の目的は、露沾《ろせん》の餞別吟、

旅泊に年を越てよしのゝ花にこゝろせん事を申す。

時は秋吉野をこめし旅のつと　　　露沾　　　(『句餞別』)

が示すように、桜の名所、吉野山の景趣を探ることにある。そこで、まだ冬枯れの江戸を発ち春に訪れる吉野の桜はさぞ見事であろうと、其角は「西行桜」を下敷きにし、満開の浅草・上野の桜を賞美した芭蕉の二句に対して唱和したということになる。

このように、餞別を題としながら、門人・知友達がそれぞれ芭蕉の先行作品に波状的に競吟・唱和した作品群が『句餞別』なのである。*35

そして旅の先々で芭蕉は留別吟の「旅人と」句によって挑発、熱田の桐葉亭では、笠に雪の積もる旅姿を目の

当たりにした如行がその風雅に応じた。

　芭蕉老人京までのぼらんとして、熱田にしばしとゞまり侍るを訪ひて、我名呼ばれんといひけん旅人の句を聞き、哥仙一折。

　旅人と我見はやさん笠の雪　　如行子

（『如行子』貞享四年〈一六八七〉成）

如行は、「初零」を「笠の雪」に（中七・下五を含めて）変奏し、風狂の旅人とはやしましょうと芭蕉を迎え入れる。

第七節　尾張再遊

「旅人と」句には、謡曲に擬した風流と、「旅」を含意する〈時雨〉の追求という二つのテーマが顕著であり、それらは方法としての唱和とも密接に関連してくる。本節では、特に前者を採り上げつつ、尾張蕉門と芭蕉らとの交流や配列法について考察する。

貞享五年〈一六八八〉三月、能のワキ僧を気取り、*36 吉野へと歩を進める芭蕉は万菊丸こと杜国と伊勢で合流する。その心の弾みが、次に挙げる唱和を生み出した。

　　乾坤無住同行二人

吉野にて桜見せうぞ檜木笠

吉野にて我も見せうぞ檜木笠　　万菊丸　（『笈の小文』宝永六年〈一七〇九〉刊）

詞章の掛け合いにも似た両句は、[37]並記配列法により、効果的に強調されている。

この芭蕉・杜国の際だった高揚感の背景には

これは〳〵とばかり花のよし野山　　貞室　（『ひともと草』寛文十一年〈一六七〇〉刊）

の名吟で知られる貞室の十三回忌（貞享二年〈一六八五〉）追慕がある。母利司朗氏[38]によると、貞室遺稿、貞恕補『新玉海集』（同年序）に句を投じた其角らには、貞室に対する、風狂人としての偶像化が行われていたという。『蠹《しみ》集《しゅう》』（同元年序）「村樗」歌仙に

遊士《アソビオ》と我は和泉の堺なる　　才丸
月の名に行く貞室が琵琶　　其角

と、風流人たる貞室の姿が詠まれるのはその一例で、芭蕉も『鹿島紀行』（同四年成）などで貞室を追慕している。そこで、芭蕉は吉野の実景に対した折には「かの貞室が是は〳〵と打なぐりたるに、われいはん言葉もなくていたづらに口をとぢたる、いと口をし」（『笈の小文』）と、風雅の伝統に参入しようとしつつも、圧倒されて句を詠むことができない程の衝撃を受けた。[39]

この貞室追慕と謡曲受容と並記配列法とが、芭蕉の挑発と相俟って、尾張蕉門の反響を呼ぶことになる。尾張蕉門の主導者、荷兮を中心に編まれた『阿羅野《あらの》』（元禄二年〈一六八九〉序）は貞室を破格に優遇した撰集である。宗祇、宗鑑、守武をはじめ、貞門・談林俳人の句を大量に採用する中、巻頭を飾ったのが貞室「これは〳〵」句であり、それを受ける冒頭「花」三十句の最後には芭蕉を据えるという意識的な構成となっている。貞室への追慕は次の一連に顕著である。

　岐阜にて
おもしろうさうしさばくる鵜縄哉　　貞室
　おなじ所にて
おもしろうてやがてかなしき鵜舟哉　　芭蕉
　おなじく
鵜のつらに篝こぼれて憐也　　荷兮
　同
声あらば鮎も啼らん鵜飼舟　　越人

貞室の句は謡曲「鵜飼」の詞章「隙なく魚をくふ時は、罪も報ひも後の世も忘れはてて、おもしろや」を踏まえ、長良川の鵜飼の「さうし」、つまり十二本の鵜縄で見事に鵜を操る手並みを賞讃した句である。『玉海集』（寛文七年〈一六六七〉刊）では「濃州長良河にて十二艘の舟ごとに、をの〳〵十二羽づゝつかひ侍るをみて」との前書がある。芭蕉は同じく謡曲「鵜飼」の「ふしぎやな、かがり火の燃えても、かげの暗くなるは、思ひ出でたり、月になりぬるかなしさよ」をも踏まえ、眼前に打ち興じていた鵜飼も終わり、篝火も消えて、今までの華やかさは次第に人間の業《ごう》の深さ（殺生戒を犯す）に包まれていくと、時を推移させつつ追和する。「おもしろう」、「鵜…哉」の部分を用いた掛け合い的な追和は効果的で、貞室への追慕を表現するのに成功している。

『阿羅野』で注目されるのは、芭蕉句に続き「おなじく」、「同」と前書した荷兮、越人の句が並記されることである。この句群を、乾裕幸氏[*40]は、尾形仂氏[*41]の提唱する「座（時間、空間を隔てた文芸的連帯の場）」の「交響」に言及しつつ、「荷兮・越人の句は芭蕉の俳情に共鳴してさまざまに反芻した所産」だと述べる。句の成立順は明らかにならないが、荷兮、越人がそれぞれ鵜や鮎に焦点を絞りつつ、鵜飼の哀《かな》しさを詠み込んだことを考慮すると、芭蕉の寂寥に共感したものと考えられる。乾氏の指摘を踏まえ、方法の面から捉え直すと、貞室句に芭蕉が追和し、荷兮・越人が芭蕉に触発されて唱和を重ね、競い合って詩情を増幅させたものといえる。別々のものとして詠むのとは違った〈唱和〉の妙味は、このように四句並記されることによってはじめて感得されるといってよいであろう。

尾張蕉門が唱和の方法に刺激を受けていたことは、『阿羅野』員外巻頭所収の素堂発句による脇起こし歌仙にも確認できる。素堂はかつて江戸随一の桜の名所、上野山の麓、不忍池畔に住んでいた頃、桜の咲く時節には毎朝、桜が気に掛かり、当時、人口に膾炙していた佐川田喜六[*42]の

　　吉野山花待つ頃の朝な〳〵心にかゝる峯の白雲　　（『集外歌仙』寛文五年〈一六六五〉二月以前成）

を実感をもって感賞していた。野水の

麦喰し雁と思へどわかれ哉

の句も、芭蕉から知らされた時には等閑に聞き流していたけれども、先頃、郊外に居を移してはじめて実感をもって嘆賞することとなった。そこで、餌の麦や咲く桜にも未練なく北に渡っていく雁を

麦を忘れ華におぼれぬ雁ならし　　素堂

と詠み、雁に対する惜別の情を野水と共有、唱和したのだという。

そうした体験・経緯を綴った素堂の句文を人づてに届けられた野水らは感激のあまり、幾度も吟じ返し、素堂の句を立句として歌仙を巻いた。脇句は、去っていく雁を名残惜しく見送る、野水の

手をさしかざす峰のかげろふ　　野水

で、被唱和者に対して唱和者が脇を詠むという、先に見た和韻の方法が用いられる。江戸の素堂に対する共感が示されたと考えられるものである。

江戸、尾張の交流を見る上で、貞享五年〈一六八八〉秋の上京時、其角が名古屋を訪問し、九月十七日、荷兮宅で歓待を受け滞在、京・大坂を廻った後も再び尾張に立ち寄るなど、荷兮ら尾張蕉門と親交を深めたことも重

要である。髙橋庄次氏[*43]は『続虚栗』に特徴的な、同語反復を用いた句が『阿羅野』にも多く見られることを指摘する。また、『続虚栗』の並記配列法が『阿羅野』で踏襲され、貞室・芭蕉らの一連の〈唱和〉を効果的に演出していたことは先に確認した。『阿羅野』巻六で、野水が白楽天の詩句を題として「詩題十六句」を催したことも其角の「田舎之句合」における句題の方法（第一部第一章第一節参照）を深化させたものと見てよいだろう。[*44]尾張蕉門に与えた其角の影響は少なくない。

さらに『阿羅野』の芭蕉序文には、江戸・尾張蕉門の交流を支援し、蕉風拡充を願う思いがあったことが、浜千代清氏[*45]により指摘されている。旅中に尾張を訪れて唱和を誘う芭蕉・其角や、書信を通じて唱和を誘う素堂の働きかけに、尾張蕉門は大いに触発された。唱和の方法は、地方との連携を強固にし、門葉を拡大する手段として有効に機能したのである。

貞享元年〈一六八四〉の旅を端緒に、貞享・元禄期における唱和の潮流について概観してきた。旅中、芭蕉は唱和の方法によって各地の俳人を挑発、一方、其角ら江戸蕉門は特定の題（蛙・蓑虫・餞別）によりながら、次々と芭蕉句に積極的に唱和し、加賀の一笑をはじめとする地方俳人の呼応を喚起する。尾張蕉門は「笈の小文」の旅中にあった芭蕉を再び迎え入れ、『冬の日』での雅交に続き、其角の考案した並記配列法をも併せて導入、貞室・芭蕉との四句一対となる〈唱和〉を生み出していった。

第八節　〈時雨〉の競吟『猿蓑』

芭蕉の旅において〈時雨〉は極めて重要な意味合いを持っている。第六節で触れたように、芭蕉にとって〈時雨〉は「旅」・「無常」・「人生」の象徴であり、『みなしぐり』での「世にふるも」句から、『続虚栗』での「旅人と」句へと、次第に詩情が増幅されていった季題である。この〈時雨〉が元禄二年〈一六八九〉、「奥の細道」の旅を経て*46、郷里伊賀へ向かう途次に詠まれた

初しぐれ猿も小蓑をほしげ也　　　　　芭蕉

の句を巡り、新たな展開を見せる。以下、この句を収める元禄四年〈一六九一〉五月刊行の『卯辰集《うたつしゆう》』、同年七月刊行の『猿蓑』の二つの撰集から述べる。

まず、『卯辰集』を編纂した加賀蕉門北枝の動向から考察する。元禄二年〈一六八九〉七月十五日、芭蕉は「奥の細道」の旅の途次、金沢に入る。芭蕉の来遊を受けて北枝ら加賀連衆が入門。同地では『蛙合』に熱烈に呼応した一笑の死（前年没）を知り、慟哭しつつ、

塚もうごけ我泣く声は秋の風　　　　（『西の雲』元禄四年〈一六九一〉刊）

と追悼吟を手向ける一幕もあった。金沢を後にした芭蕉は北枝を同道し山中温泉へと歩を進め、曽良餞別の三吟（芭蕉・曽良・北枝）歌仙を巻く。その際の夜話が北枝によって『山中問答』*47（嘉永三年〈一八五〇〉年、或いは文久二年〈一八六二〉刊）として筆録された。その北枝が、旅の途上にある芭蕉に贈ったものが新蓑である。

翁に越路の蓑を送りて
白露も未《まだ》あら蓑の行衛かな　加州 北枝
（『あめご』元禄三年〈一六九〇〉刊）

白露の置く季節になるので、少しでも師芭蕉のためになればと贈ったこの蓑は、今後、師とどのような旅路を辿ることになるか、それは定かではないが、と、芭蕉の旅先を案じつつ北枝は送り出す。句は、「白露」に「知ら（ぬ）」、「未あら蓑」に「まだあら（ぬ）」を掛けている。

八月二十一日、芭蕉は無事「奥の細道」終焉の地大垣に到着。九月六日には伊勢参宮へと旅立ち、郷里伊賀に帰省、そして湖南大津の幻住庵に入る。幻住庵には、「木曽の檜笠、越の菅蓑計、枕の上の柱に懸たり」（『猿蓑』所収、「幻住庵記」）と、北枝の贈った蓑が柱に掛けられた。[*48] このような経緯から、芭蕉は贈られた蓑への謝意に鼓舞の意を込めて、「初しぐれ」句を編者北枝に送ったと考えられる。そして、加賀連衆は、その芭蕉の挑発に応じていく。「初しぐれ」句が収められた『卯辰集』は、北枝が貞享五年〈一六八八〉七月に没した楚常の遺稿を増補し、芭蕉来遊の余韻裡《り》に編纂した撰集である。草稿は現存しないが、安東次男氏[*49]によると、同書中、芭蕉、其角はじめ各地蕉門諸家の句はおそらく北枝の追補で、その他、乙州も芭蕉と加賀蕉門との連絡役となり編集に関与・尽力している。同書には、先の北枝「白露も」句も「翁に蓑をおくりて」との前書で掲載されていた。『卯辰集』には全十一句の〈時雨〉がある。

伊賀へ帰る山中にて
初しぐれ猿も小蓑をほしげ也　翁

奥山は猿一声にしぐれけり　幽子
乱山に日影あるあり夕時雨　紅尓
しぐれけり頓てその儘春でなし　牧童
古地蔵しぐれ催す巷かな　小松《こまつ》斧卜
ふり初て日中〳〵の時雨かな　句空
しぐれきゝ時雨聞夜の時雨かな　梅露
徳利さげて賤の子うたふ時雨哉　四睡
垣あれて菊のうら見るしぐれかな　洞梨
　とかく悲しき時
ひへながら打寐て時雨きくばかり　北枝
十月にふるはしぐれと名をかへて　同

芭蕉を除くと、作者は牧童・句空・四睡・北枝が金沢、斧卜が小松の俳人。紅尓も加賀国の人である。洞梨は他書に名を見出せないが、梅露は友琴編『色杉原』（元禄四年〈一六九一〉刊）、丿松《べつしよう》編『西の雲』（同年跋）、句空編『柞原集』（元禄五年〈一六九二〉刊）、同編『北の山』（同年序）と加賀俳人の手になる撰集に入集するので、同じく加賀の人と推測される。幽子は『北の山』、『柞原集』に名が見える。六々庵三十六編『猿丸宮集』（元禄六年〈一六九三〉序）に「越中幽志」とある人物と同一人か（幽志は友琴編『鶴来酒』元禄五年〈一六九二〉序、同編『卯花山集』同七年序などに入集）。ともあれ、このように、『卯辰集』の〈時雨〉句の主要なメンバーは芭蕉と加賀（或いは加越）俳人で形成されたといえる。

では、芭蕉の句に対し、彼らはどのように反応したのか。「初しぐれ」句に続く幽子句、紅尓句はそれぞれ「奥山」、「乱山」（高低入り交じり重なり合う山々）の〈時雨〉を詠み込んでおり、両句ともに前書の「山中にて」を踏まえると考えられる。特に幽子句の「猿一声」が芭蕉句に照応するように構成されることから、これらは一句一句の前書を用いずに、撰集の配列で唱和・呼応を表現した並記配列法と見ることができよう。つまり、幽子は人里離れた「奥山」に謙退の意を込め、「初しぐれ」句という「猿一声」が響き渡ることにより、加越地方に〈時雨〉が降ったと、蕉風宣布に帰伏した寓意を込めたのである。紅尓は「乱山」の「日影」で、新風を指し示す芭蕉を暗示し、〈時雨〉を詠み込んで挨拶したととれる。斧卜句の「古地蔵」も、古風に染まっていた自分達が蕉風に帰したことを寓意したのであろう。「初しぐれ」句に直接唱和したといえないまでも、連日降り降らずみの〈時雨〉を詠んだ句空句、一句の中に三度も〈時雨〉の語を繰り返し強調する梅露句や、北枝の二句なども、芭蕉に応じたものと推察される。

ただし、『卯辰集』の企画は当初芭蕉の意想外だったらしい。桜井武次郎氏[*50]によると、『卯辰集』には『猿蓑』の柱となる「初しぐれ」句や

先頼む椎の木もあり夏木立

句が入り、しかも「奥の細道」中、草稿状態の句も含まれていたため、芭蕉は『卯辰集』の刊行を出来るだけ遅らせ（元禄三年〈一六九〇〉十二月句空宛書簡、同四年北枝宛書簡）、一方で計画していた文章編を反古にしてまで『猿

蓑』刊行を急がせるという事情があった。即ち、『卯辰集』には芭蕉の全面的な指導があったとはいえず、配列の方法としても『阿羅野』の踏襲[*51]で過渡期的な要素が強く、新機軸を打ち出すものとはならなかった。

さて、『卯辰集』刊行の二ヶ月後の七月三日、『猿蓑』は上梓される。「俳諧の古今集」と称されるこの『猿蓑』は芭蕉の「初しぐれ」句で巻頭を飾るため、冬の巻から始まる変則的な編集方法が採用された。「初しぐれ」句は全体の構成を決定付ける程に重視されたのである。

ここで、「初しぐれ」句を詠んだ後の芭蕉の動向についても少し触れておきたい。先述したように、芭蕉は「奥の細道」の旅の後、伊賀に帰省するのだが、「初しぐれ」句を詠んだ直後の伊賀配力亭で

人〳〵をしぐれよやどは寒くとも　（土芳遺稿『芭蕉翁全伝』）

句を詠んだことは注目される。なぜなら、この句で芭蕉は、配力亭に集った路通ら門人を、我とともに〈時雨〉の詩情を味わおうと挑発したと考えられるからである。そしてその後、芭蕉は幻住庵での生活に入る。井田太郎氏[*52]は「幻住庵記」を精読・分析し、「先頼む」句の「椎」の解字として「集」という象徴性があることを指摘、幻住庵に門人達への求心的役割を読み取っている。『猿蓑』撰にあっては嵯峨の落柿舎に移り去来・凡兆と極めて綿密な編集作業を行うが、この幻住庵での門人達との雅交、唱和の集大成が、『猿蓑』冒頭〈時雨〉十三句で最高潮に達する。次に挙げるのは、巻頭「初しぐれ」句の前書の如き体裁で配された其角序文である。

誹諧の集つくる事、古今にわたりて、此道のおもて起すべき時なれや。（中略）我翁行脚のころ、伊賀越し

ける山中にて、猿に小蓑を着せて、誹諧の神を入たまひければ、たちまち断腸のおもひを叫びけむ。あだに懼るべき幻術なり。これを元として此集をつくりたて、猿みのとは名付申されける。是が序もその心をとり魂を合せて、去来・凡兆のほしげなるにまかせて書。

「誹諧の神を入たまひければ」云々とは、芭蕉が猿に感情移入し、旅姿の象徴の一つである蓑を猿に着せることで、〈時雨〉の中でも最も賞翫すべき〈初時雨〉の詩情に猿を同化させ、「哀猿断腸」の詩的伝統を鮮やかに俳諧の世界に転生させたということだろう。其角は「初しぐれ」句を蕉門の面目をほどこすものと評価し、「幻術」と絶賛する。その上で「これを元として此集をつくりたて」た、つまり『猿蓑』が『蛙合』同様、芭蕉句を核として成立したことを宣言する。〈時雨〉の詩情を深めていく芭蕉らが、唱和の最大の協力者、其角に序文を依頼した意味は極めて大きいといわざるを得ない。*53 そして、其角は芭蕉の伴走者として、「初しぐれ」句に次ぐ第二句目で、近江・京を舞台とした〈時雨〉への共振を門下一同に「あれ聞け」と呼びかける。

初しぐれ猿も小蓑をほしげ也　　芭蕉
あれ聞けと時雨来る夜の鐘の声　　其角
時雨きや並びかねたる魦《いさざ》ぶね　　千那
幾人かしぐれかけぬく勢田の橋　　僧 丈草
鑓持の猶振たつるしぐれ哉　　膳所 正秀
広沢やひとり時雨るゝ沼太郎　　史邦

舟人にぬかれて乗し時雨かな　尚白
　伊賀の境に入て
なつかしや奈良の隣の一時雨　曽良
時雨るゝや黒木つむ屋の窓あかり　凡兆
馬かりて竹田の里や行しぐれ　大津 乙州
だまされし星の光や小夜時雨　羽紅
新田に稗殻煙るしぐれ哉　膳所 昌房
いそがしや沖の時雨の真帆片帆　去来

降り初める〈時雨〉の中、鐘の音が響く。それは、堅田の「鮒ふね」（千那句）、「勢田の（唐）橋」（丈草句）といった句に照らすと、近江八景の一つ「三井の晩鐘」以外には考えられない。近江八景（矢橋《やばせ》帰帆・唐崎夜雨・粟津晴嵐・三井晩鐘・勢田夕照・堅田落雁・石山秋月・比良暮雪）とは、中国の瀟湘《しょうしょう》八景に擬えた新興の景勝地である【図3】。矢橋や勢田が交通の要所であったこともあり、東海道の見所として定着した。また、寛文十年〈一六七〇〉には海北友雪が『近江八景図巻』を制作し、『扶桑名勝詩集』（延宝八年〈一六八〇〉刊）では羅山らが漢詩（八景詩）を詠むなど、画題・詩題としても知られる。湖南地域は京の郊外行楽地としても発展する。[*54]

其角句の鐘の音を発端に、近江八景を髣髴《ほうふつ》とさせる景が、第七句目、尚白句（「矢橋の帰帆」）まで描き出される。近江・京作者の句は交互に配列され[*55]、以下、第八句目、元禄二年〈一六八九〉十月六日、芭蕉を追って伊賀に入った曽良句を挟みつつ、今度は凡兆句の大原女の売り歩く黒木を積む家屋、乙州句の伏見竹田など、京伏見郊外に

【図3】「近江八景図」（近江八幡市長命寺蔵）・元禄六年〈一六九三〉

舞台を移し、末尾の第十三句目、去来の「いそがしや」句で再び湖南の遠景を映し出す。このように、配列法を存分に駆使した『猿蓑』冒頭には、芭蕉と随行者曽良の旅姿を点景として描き出しながら、近江・京の壮大な〈時雨〉絵巻が展開される。それは、「古人も此国の春を愛する事、おさ〱都におとらざる物を」（『去来抄』宝永元年〈一七〇四〉頃成）、「爰は東西のちまた、さゞ波きよき渚なれば、生前の契《チギリ》深かりし所也」（『芭蕉翁行状記』元禄八年〈一六九五〉刊）と、近江の地に並々ならぬ思いを寄せる芭蕉の紡ぎ出した俳諧の名勝詩とも捉えられる。

尾張蕉門（荷兮は離脱している）や、千那をはじめとする近江蕉門、編者去来・凡兆ら京蕉門と交流を重ね、一門の要に位置する其角は、主唱者芭蕉の意を体し、スポークスマンの役割を引き受けて、〈時雨〉の競吟、合作を牽引し、『猿蓑』を「此道のおもて起す」撰集にまで押し上げていった。その功績は特筆に値するものがある。

第九節　芭蕉終焉と『枯尾華』

元禄四年〈一六九一〉十月二十九日、三年ぶりに江戸に帰着した芭蕉は、「奥の細道」の旅とその後の漂泊生活で衰え果てた自らの姿を

ともかくもならでや雪のかれ尾花　　翁

（『北の山』元禄五年〈一六九二〉刊）

と詠んでいる。『雪の尾花』（延享三年〈一七四四〉奥）掲載の真蹟写しには前書に「（前略）重てむさし野にかへりし比、ひとゞ〳〵日々草扉を音づれ侍るに、こたへたる一句」と記されており、帰江したばかりの芭蕉を日本橋橘町の仮寓に訪う人は絶えなかった。其角もまたその中の一人であり、芭蕉は「めづらしくうれしく、朝暮敲戸の面〳〵に対して」（『己が光』元禄五年〈一六九二〉刊）日を送った。

明けて元禄五年〈一六九二〉、膳所・京の門弟らの歳旦がそれぞれ芭蕉の眼に適うものであったことは同年二月十八日珍碩宛芭蕉書簡に報じられているが、中でも「且又其角三つ物、京・大津驚き入り候由、大慶に存じ候」（同書簡）と、とりわけ話題を浚ったのが其角の三物であったという。そしてその春、次のような句々が詠まれた。

富花月。
艸庵に桃桜あり、門人にキ角・嵐雪有。
両の手に桃とさくらや草の餅　　芭蕉翁

菓子盆に芥子《けし》人形や桃花　其角
桃の日や蟹は美人に笑るゝ　嵐雪
かゝる翁の句にあへるは人々のほまれならずや。おもふに、素人の句は青からんものをと人やいふらん、
おもふらん。
しろしとも青しともいへひしの餅　兀峰《こつぽう》
（『桃の実』元禄六年〈一六九三〉跋）

芭蕉の句は「両手に花」の譬えを踏まえ、春の景物として珍重すべき桃・桜の両方を手に、折からの雛祭りを草餅で祝おうとの意であるが、前書に記されるように、それは桃・桜に比する門人其角・嵐雪を称賛したものでもあった。「両の手に」句を受けた其角は、華やかな雛人形（即ち蕉門一同）が並ぶ中では、自分など菓子盆の上にでも置かれた、雛祭りの飾りの小さな小さな罌粟（豆）人形のようなものですと返答する。また、嵐雪は桃の節句と同日に行われる風習のあった潮干狩りを連想し、「両手に花」から、おめかしをして磯遊びに出かける「美人」を登場させ、自分は晴れの日にも関わらずこそこそと磯辺に顔を出し、物珍しさに笑われてしまう蟹のようなな、滑稽でちっぽけな存在ですと応じる。飯田正一氏*56の説くように、これら其角・嵐雪句には芭蕉句に対する謙退の意が含まれるとするのが妥当だろう。さらに一連のやりとりを踏まえた上で、『桃の実』の編者で其角・嵐雪に指導を受けた兀峰は、其角・嵐雪に比べると自分は素人で青二才であると卑下しながらも桃の節句の菱餅を詠んで芭蕉句に唱和せんと試みる。*57其角の教えのもと、方法としての唱和は、江戸で定着を見るのである。
　同年五月中旬、第三次芭蕉庵が竣工、芭蕉は橘町から深川へと移る。江戸の門人知友に加え、草庵には彦根の許六、出羽の呂丸、膳所《ぜぜ》の珍碩など遠来の客も訪れて賑わいを見せるが、一方、翌六年三月に甥の桃印が死去、

心身消耗し、七月には一ヶ月の面会謝絶を行う一幕もあった。仲秋から復帰し、野坡・利牛・孤屋ら越後屋手代グループと新風「かるみ」への思索を深めつつ、元禄七年〈一六九四〉五月十一日、最後の旅へと出立する。以下、芭蕉の終焉について、追和という観点から述べ、本章の結びとする。

江戸を出た芭蕉は旅の途次、名古屋で離反の動きを見せていた荷兮らと再会し旧交を温めつつ、同月末、郷里伊賀に到着。閏五月半ばから七月上旬までは湖南と京に滞在するが、九月九日、勢力を争い敵対状態にあった洒堂（珍磧）と之道との仲裁のため大坂に入る。大坂到着の翌晩から悪寒・頭痛を催しながらも句会をこなす。二十九日に至って泄痢により臥床。以後、日々病状が悪化し、十月五日、之道宅より「南御堂前の静かなる方」（『芭蕉翁追善之日記』元禄七年〈一六九四〉成）へと移された。すぐに膳所・大津・伊勢・名古屋はじめ各地門人に芭蕉の急が報ぜられ、七日、正秀・去来・乙州・木節・丈草・李由らが相継いで大坂に馳せ参じている。

一方、其角は九月六日、岩翁・亀翁らとともに江戸を出立、京を目指していた。[*58]其角が江戸を離れることは滅多になかったが、今回の目的は、次章で取り上げる『句兄弟』（元禄七年〈一六九四〉序）出板に関する京井筒屋での所用であろう。其角は東海道を上り、十六日には桑名から伊勢へ、二十三日には奈良へ赴き、二十九日吉野、十月二日に高野山を廻り、和歌浦・吹上・吹井へと向かう。十日には船で堺へと渡った。この間の九日十日頃、芭蕉は和泉淡《たん》の輪《わ》辺まで来ている其角へと書簡を認めるが行き違ってしまう。十一日になって大坂に着いた其角が芭蕉の急を知り、夕刻、病床に駆けつける。奇跡的な対面の後、十二日申の刻、芭蕉臨終。其角らはその日の夜船で遺骸を義仲寺へと移し、十四日、埋葬を終える。以後も其角は義仲寺に籠もり、門弟筆頭として「芭蕉翁終焉記」を芭蕉の位牌の下にあって執筆、芭蕉追善集『枯尾華』を編纂し、井筒屋より刊行する。

『枯尾華』刊行までの間、芭蕉の追善興行は相継いで行われた。『枯尾華』から拾っていくと、十月十八日には大津・膳所・京・摂津・伊賀連衆四十三人の門弟による初七忌追善百韻をはじめ、江戸では二十二日に嵐雪一門の追悼歌仙、桃隣・杉風・曽良や野坡ら深川連衆による追悼歌仙が巻かれ、翌二十三日には湖春や素龍、露沾らに深川連衆の加わった追悼歌仙、同日、主を留守にした其角亭での、其角門下による追悼歌仙が行われた。十一月十二日の初月忌には桃隣、嵐雪も義仲寺へと馳せ参じ、参集していた各所の門人と百韻を巻く。『枯尾華』には追加として六七日の惟然、京・近江蕉門らの追悼歌仙も掲載される。十一月十六日には三十五日追善興行が桃隣らによって行われている。

その他にも各地から追悼句が寄せられていく。句の中には、例えば、

野ざらしの句や十余年々の霜　　涼葉

のように「野ざらし紀行」の

野ざらしを心に風のしむ身哉

の句を懐旧するものや、大きな反響を呼んだ『冬の日』巻頭、

狂句こがらしの身は竹斎に似たる哉　　芭蕉
たそやとばしるかさの山茶花　　野水

を踏まえた

山茶花の散煩はぬうき世哉　木や我峰

山茶花を塚の頼みに植もせん　太洛

さゞんくはや難波へ向てつかみざし　一雀

亦たそやあゝ此道の木葉掻　湖春

も詠まれていった。数ある追悼句の内でも、特に目立つ季題が、やはり〈時雨〉である。『枯尾華』中、〈時雨〉句は全三十一句収められる。

初しぐれ笠より外のかたみなし　薯子

笠を泣時雨なつかし北南　井づゝや望翠

猿みのゝ袖のしぐれや行嵐　　伊セ路艸

著子、望翠は旅のシンボルである「笠」を詠み、路艸は芭蕉の〈時雨〉に新展開を与えた『猿蓑』巻頭「初しぐれ」句から、その「猿の小蓑」の袖が時雨（涙）で濡れているとする。

木曾寺のゆめになしたる時雨哉　　大っ木枝

時雨にもさめぬ別れや夢咄シ　　素イ

五十二年ゆめ一時のしぐれ哉　　ちり

これらの「夢」の語は、「芭蕉翁終焉記」に

旅に病て夢は枯野をかけ廻る

また、枯野を廻るゆめ心ともせばやと申されしが、是さへ妄執《もうしゅう》ながら、風雅の上に死ん身の道を切に思ふ也と悔まれし。八日の夜の吟也。

とある芭蕉の辞世をも視野に入れ、追和した吟と考えられる。「枯」という語を受けた句も多く見られ、

芭蕉〳〵枯葉に袖のしぐれ哉　小川風麦

には「芭蕉」、「枯」、〈時雨〉といった語句が詠まれている。芭蕉の旅の終焉としての〈時雨〉は

一生を旅の仕舞の時雨かな　井づゝや為酔

に端的に表現されているが、芭蕉の〈時雨〉が旅に生きた宗祇への追慕、

手づから雨のわび笠をはりて
世にふるもさらに宗祇のやどり哉　芭蕉　（『みなしぐり』）

から始まったことを考えると、素堂の

深草のおきな（筆者注・元政《げんせい》上人）、宗祇居士を讃していはずや、友《トモ》二風月《ヲ》一、家《ニス》二旅-泊《ヲ》一と。芭蕉翁のおもむきに似たり。

旅の旅つゐに宗祇の時雨哉　素堂

は実に芭蕉その人のあり方を指し示した追和となり得ている。[*59]

では、其角はどうであったろう。「芭蕉翁終焉記」で「ともかくもならでや雪のかれ尾花　と無常閉関の折々はとぶらふ人も便なく立帰て、今年就中老衰なりと歎あへり」と記すように、其角の眼には久々に江戸に帰着、疲労困憊しながら「閉関」に至った芭蕉の姿が印象的だったらしい。自ら取り仕切る十月十八日興行、大津・膳所・京・摂津・伊賀連衆四十三人の門弟による初七忌追善百韻の発句として手向けられたのは、この「ともかくも」句に追和した

なきがらを笠に隠すや枯尾花　　晋子

であった。師の最期を旅の象徴「笠」によって華麗に演出しつつ、一方でその実なる姿を見据え、〈時雨〉ではなく「枯尾花」と追和した点に、其角の深い思いが推し量られよう。

注

＊1　尾形仂『野ざらし紀行評釈』（角川書店、一九九八年）

＊2　対して風瀑は貞享三年〈一六八六〉閏三月の帰省にあたり、芭蕉の「芭蕉野分」句に唱和した

深川は菫さく野も野分かな　　（『丙寅紀行』貞享三年刊）

を詠み、別れを惜しんでいる。

＊3　『みなしぐり』には、「天和二年〈一六八二〉三月二十日付木因宛芭蕉書簡」で「且貴翁御発句感心仕候。猫を釣夜、其

気色眼前に覚候」と芭蕉に絶賛された木因の

柳ざれてあらしに猫ヲ釣ル夜哉

が入集する。嵐の夜、家の中での徒然に柳の枝を釣り竿に見立て、猫と戯れるとの意の木因句は、「外」の風雨吹きすさぶ様子と、「夜」、家の「内」での風狂を描いた点で芭蕉の「芭蕉野分」句と同じ構造となっており、芭蕉句に唱和したものと目される。同書簡に「来る卯月末五月之比は、必上り候而可レ得二御意一候」と大垣行の予定（ただし翌年に延期）が告げられていることを考え合わせると、旅立ちに際し、李下が「芭蕉野分」句に和しつつ、「その句に草鞋かへよかし」と送り出したのは、その終着地に木因がいることを意識してのことであったか。

＊4　加藤定彦「ヤツシとしての俳諧―蕉風を中心に―」（『国語と国文学』第七十九巻十二号、二〇〇二年十二月）。なお、石川真弘氏「天和期の蕉風俳諧―『虚栗』の世界―」（『蕉風論考』和泉書院、一九九〇年）は『みなしぐり』の刊行された天和期に「侘び」と「艶冶」という二つの志向性が認められるとし、一見矛盾するかに見えるこれらの関係は中国詩人から清貧・閑雅の風とともに「艶冶」の風を学び、「風流或いは風狂の詩精神」が共通して発露されたためと指摘する。石川氏の論を受け、加藤氏は『みなしぐり』跋文から、「侘び」と「艶冶」が相互補完する中に、和漢の古典詩歌を「仮名にやつ」す方法があることを導き出している。

＊5　句の「狂句こがらしの身」の部分については諸解あるが、ここでは

消えわびぬうつろふ人の秋の色に身をこがらしのもりの下露　（『新古今和歌集』巻十四）

等に見られる「身をこがらし」という歌語の表現を転じたものとする上野洋三氏（『新日本古典文学大系　七〇　芭蕉七部集』岩波書店、一九九〇年）の説を受け、解釈した。

＊6　信多純一「にせ物語絵『伊勢物語』―近世的享受の一面」（『にせ物語絵　絵と文／文と絵』平凡社、一九九五年）

＊7　＊4中、加藤氏論文。

＊8　田中善信「「狂句こがらし」考」（『高知女子大学紀要』人文・社会科学編第二十五号、一九七七年三月）

＊9　郡司正勝氏『風流の図像誌』（三省堂、一九八七年）は「かぶきの「やつす」という視覚の造形の、もっとも典型は、笠を冠ることであった」と述べる。＊4加藤氏は郡司氏の論を受け、野水の脇句が「客《まれびと》の正体＝〈風流〉を直ちに見破」ったものだとしつつ、「もっとも、芭蕉は高貴な生まれではないから、ヤツシ気取りといった方がむしろ正確」と指摘する。

＊10　島居清「『冬の日』の構成」（『親和国文』第十四号、一九七九年十二月）。『冬の日』のリフレインについて、宮本三郎氏「『冬の日』成立前後より『春の日』まで」（『共立女子短期大学紀要』第十号、一九六六年十二月）は「霜月の」歌仙の花の座が三句引き上げられていることから、「山茶花」の揚句はあらかじめ用意されていたのではないかとする。

＊11　リフレインの端緒となったのが、第一部第一章注＊30で挙げた『桃青門弟独吟廿歌仙』（延宝八年〈一六八〇〉刊）の螺舎（其角）歌仙である。同歌仙の挙句「竹斎門下にうらゝ坊某」は医師東順の長子、其角の自画像ともいえる表現だが、辻村尚子氏「其角のこころみ―『田舎之句合』から『俳諧次韻』へ―」（『連歌俳諧研究』第百四号、二〇〇三年二月）に天和期、発想力において其角が芭蕉を先行するとの指摘がある通り、ここで既に桃青（芭蕉）門弟としての自らを「竹斎門下」と言い換えている。そして蕉門結成当初から其角によって試行錯誤されてきた歌仙中でのリフレインが、芭蕉と尾張連衆との邂逅《かいこう》を経て、俳書全体の構成としてのリフレインに発展していったことは芭蕉の編集意識を考える上で注目される。

＊12　西村真砂子「「笠はり」の世界―シンボル「笠」の成立過程」（『国文学』第二十四巻第十三号、一九七九年十月）

＊13　森川昭「「知足宛幸秋書翰考」（『連歌俳諧研究』第六十号、一九八一年一月）

＊14　＊10中、宮本氏論文。

＊15　森川昭氏は「新出芭蕉評巻二点をめぐって」（『文学』第四十五巻第五号、一九七七年五月）及び「冬の日前後の芭蕉と

知足」（『連歌俳諧研究』第五十五号、一九七八年七月。『下里知足の文事の研究』和泉書院、二〇一五年に再録）で、『冬の日』成立直後に巻かれたと推測される鳴海連衆による芭蕉評「絵屏風や」歌仙に

水冷しく石井とばしる
傘をかたげて帰る霧暮て

と、芭蕉・野水による『冬の日』巻頭を意識した付合が載ることを指摘する。『冬の日』に見られた、連句中の付句によって芭蕉発句に唱和する方法は他にも確認され、例えば『春の日』（貞享三年〈一六八六〉刊）でも「芋洗ふ女」句に唱和した

朝熊おるゝ出家ぼく〳〵　雨桐
ほとゝぎす西行ならば歌よまん　荷兮

との荷兮付句がある。元禄期以後の例は深沢眞二氏の「「めづらしや」歌仙注釈」（『和光大学表現学部紀要』第四号、二〇〇四年三月。『風雅と笑い　芭蕉叢考』清文堂、二〇〇四年）に再録）、同氏「芭蕉携行の句帳」（『国語と国文学』第九十三巻第四号、二〇一六年四月）等に指摘がある。

＊16　石川八朗「『蛙合』管見」（『近世文芸』第二十七・八号、一九七七年五月）

＊17　『蛙合』の判詞は、句の勝敗よりも、句と判詞が一体となった文芸世界を意図している。それは乾裕幸氏「『貝おほひ』の批評性と創作性」（『初期俳諧の展開』桜楓社、一九六八年）が指摘する『貝おほひ』（寛文十二年〈一六七二〉刊）判詞の「戯興的創作精神」の延長線上に位置するものと考えられる。

＊18　尚白の芭蕉入門は貞享二年〈一六八五〉頃（『歴代滑稽伝』正徳五年〈一七一五〉跋）。『孤松』で、尚白も其角の「日の春を」句に

春の日にいそがぬ蛇のあゆみ哉

と唱和している。

＊19　石川真弘「『孤松』をめぐって―『野ざらし紀行』の作風に及ぶ―」（『大谷女子大国文』第十一号、一九八一年三月）

＊20　桜井武次郎「加賀俳壇の蕉風化―塚も動け我が泣く声は秋の風―」（『芭蕉物語』有斐閣、一九七七年）、同氏「加賀蕉門と近江蕉門」（『芭蕉・蕪村・一茶』雄山閣、一九七八年）

＊21　荻野清「「塚も動け」考」（『芭蕉論考』養徳社、一九四九年）。また、一笑については李炫瑛氏の詳細な研究（「小杉一笑の俳歴」『日本文学』第五十巻第九号、二〇〇一年九月）が備わる。

＊22　檀上正孝「素堂作「蓑虫説」の諸本と推敲過程（一）」（『俳文芸』第六号、一九七五年十二月）。なお、西村真砂子・檀上正孝両氏による「加賀文庫蔵「蓑虫辞」、その他―素堂作「蓑虫説」の諸本と推敲過程（二）―」（『俳文芸』第十号、一九七七年十二月）に紹介される都立中央図書館加賀文庫蔵「蓑虫辞」には、一巻を収める箱の蓋裏に、これを編集した梅人の

　　みのむしの巻たづねこよ草の庵

の句が記されている。

＊23　深沢眞二「芭蕉の「閑」―語意の分析と解釈―」（井上敏幸・上野洋三・西田耕三編『元禄文学を学ぶ人のために』世界思想社、二〇〇一年。『風雅と笑い　芭蕉叢考』に「蓑虫と蝉」として改稿再録）

＊24　広田二郎氏「素堂と老荘―延宝～貞享期―」（『専修国文』第五号、一九六九年一月）によると、「行ずして見…聞」とは、『老子』「不出戸章」第四十七の「不レ行《カ》而知《リ》、不レ見而名《ク》」の「知」を「見」に置きかえ、「名」の変わりに「聞」としたものである。

＊25　『三冊子』「黒冊子」には「ある禅僧、詩の事をたずねられしに、師の曰、詩の事は隠士素堂といふもの、此道にふかき好ものにて、人も名を知れる也。かれつねに云、詩も隠者の詩風雅にて宜と云と也」との芭蕉の言が記されている。なお、

素堂の一座した貞享二年〈一六八五〉六月「涼しさの」百韻には

　蓑虫の狂詩作れと泣くならん　芭蕉

との芭蕉句が出てきており、「蓑虫」という題材から詩作する契機の一となった可能性が考えられる。

＊26　＊1同。

＊27　このような文事が生まれた背景の一として、素堂が葛飾阿武《あたけ》へと移住した影響が挙げられる。この移住は荻野清氏「山口素堂の研究」（『芭蕉論考』養徳社、一九四九年）が貞享二年〈一六八五〉四月から同四年十一月の間に行われたと推定するもので、芭蕉のいる深川と隣り合わせの地に移ったという点でも重要だが、一方、大庭卓也氏「山口素堂と江戸の儒者をめぐって」（『連歌俳諧研究』第百六号、二〇〇四年二月）の指摘するように、林鵞峰門下であった素堂が幕府儒官の林葛廬《かつろ》（林読耕斎男、林晋軒養子）や、牛島に「水竹深処」と称する別荘を営み詩作の場とした人見竹洞と交渉を深めていた点で注目される。儒者との交流という面から言うと、例えば、堀信夫氏「素堂と江戸の儒者」（『俳文芸の研究』角川書店、一九八三年）が紹介する竹洞の「三潭印月硯記」（『竹洞全集』巻十三）には、素堂が延宝六年〈一六七六〉の長崎遊学の際に購入した端渓《たんけい》硯を、素堂と同じく葛飾に居住していた明の高僧心越《しんえつ》禅師が鑑定して「三潭印月」と命名、さらに林鳳岡《ほうこう》によって銘が揮毫されたとの逸話が記される。芭蕉と素堂の間でも、貞享三年〈一六八六〉八月、芭蕉庵の米櫃である瓢の命名を頼まれた素堂が漢文による「瓢之銘」を作成、それを受けて芭蕉が俳文「四山の瓢」（『随斎諧話』文政二年〈一八一九〉刊）を綴り、「隠士素翁に乞うて、これが名を得さしむ」と記して

　もの一つ瓢はかろきわが世かな

の句を詠むといった雅交が催されている。複数人で協同・贈答し合いながら作品化するという「蓑虫」をめぐる応酬も、これらの延長線上にあると考えられる。

＊28　鰹は江戸人の嗜好によくあい、特に初鰹が珍重された。貞享三年〈一六八六〉五月には初物の魚を高値で取引することが禁じられる（『徳川禁令考』）ほど初物賞翫の機運が高揚する。

＊29　素堂、嵐雪の他にも、貞享五年〈一六八八〉春には伊賀の土芳が芭蕉から面壁《めんぺき》達磨の画賛として「蓑虫の」句を与えられた。土芳は句に因み自庵を「蓑虫庵」と命名している（『庵日記』同年三月の条）。

＊30　「酒債」の語は『みなしぐり』「詩あきんど」歌仙、其角発句中にある象徴的な語（サカテと読ませる特殊な用例。第一部第一章第四節参照）で

　艸の戸の馬を酒債《サカテ》におさへられ　　翁　（『続虚栗』「旅人と」世吉）
　あつぶすま夏の酒債《サカテ》と諷ひけり　　千那　（『いつを昔』元禄三年〈一六九〇〉刊）

と、踏襲する俳人の現れる程影響力があった。好柳句はそれを踏まえての其角への挨拶（唱和）だった可能性がある。

＊31　なお、先人への和韻である追和では、当たり前のことながら、被唱和者による応答は発生しない。

＊32　芭蕉は旅を通じて唱和の方法を地方俳壇へと波及させ、共鳴者を獲得していく。『花摘』四月二十七日の条には

　　膳所へ行く人に
　獺の祭見て来よ瀬田のおく　　芭蕉

の句が載る。「獺祭」は魚を捕え、岸に並べる獺の習性を、正月の先祖の祭りに見立てたもので、陰暦一月十六日から五日間をいう（『礼記』「月令」）。「瀬田のおく」は瀬田川の奥で、膳所の下流にあたる。『泊船集』（元禄十一年〈一六九八〉刊）許六書き入れでは前書に「酒堂餞別」とあり、句は酒堂に贈ったものであることがわかる。酒堂は「見て来よ」との師の誘いを忠実に実行し、

　獺をたしかに見たり冬ごもり　　酒堂　（『俳諧勧進牒』元禄四年〈一六九一〉跋）

と報告している。

＊33　堀信夫「芭蕉の名所歌枕観と蕉門の連衆―『笈の小文』の旅を中心に―」（『国語と国文学』第五十一巻十号、一九七四年十月）

＊34　『末若葉《うらわかば》』（元禄十年〈一六九七〉刊）には、「観音の」句に「かねは上野か浅艸かと聞えし前の年の春吟也。尤病起の眺望成べし。一聯二句の格也。句ヲ呼テ句とす」との注記がある。

＊35　其角も『続虚栗』冬の部巻頭で「旅人と」句を立句とする芭蕉・其角ら十二吟四吉、続き露沾・素堂・嵐雪といったごく親しい俳人の餞別吟十七句（ただし、句形に『句餞別』と異同がある）に限り掲載する。

＊36　尾形仂『松尾芭蕉』（筑摩書房、一九七一年）

＊37　これを漢詩作法から見ると、点化句法的な唱和として捉えることができる。点化句法については第一部第三章第二節参照。なお、杜国は芭蕉とともに吉野の花を愛でたことを

春は芭蕉翁と同じく吉野の花、須磨・明石の朧月に杖を引（中略）越人が方へ申つかはしける。

年の夜や吉野見てきた檜笠　（『鵲尾冠』享保二年〈一七一七〉序）

と越人に伝えている。

＊38　母利司朗「貞室と芭蕉」（『国語国文』第六十五巻五号、一九九六年五月）

＊39　白石悌三「「絶景にむかふ時はうばはれて不叶」の意味」（『語文研究』第十九号、一九六五年二月）

＊40　乾裕幸「『阿羅野』の時代」（『俳文芸』第六号、一九七五年十二月。『ことばの内なる芭蕉　あるいは芭蕉の言語と俳諧性』未来社、一九八一年、他再録）

＊41　尾形仂「座の文学」（『座の文学』角川書店、一九七三年）

＊42　『風俗文選』（宝永三年〈一七〇六〉刊）「芳野賦」に、「佐川田喜六があさな〳〵、貞室老人のこれは〳〵までかぞふる

に中〳〵いとまなからん」とある。

＊43　高橋庄次「『あら野』をめぐる問題」（『文学』第四十一巻第十一号、一九七三年七月）

＊44　幸田露伴『評釈曠野　上』（岩波書店、一九四八年）によると、これらの「詩題」は、藤原定家と慈鎮とが百首和歌の句題とした白楽天の詩句を、寛文頃に刊行された『六家集』をもとに野水が選び出したものである。野水の句が単に白詩のみを受けたものではなく、定家・慈鎮の和歌をも視野に入れて詠まれていたことは池澤一郎氏「『あら野』巻六、野水詩題十六句について」（『雅俗往還―近世文事の詩と絵画』若草書房、二〇一二年）に指摘がある。

＊45　浜千代清「『阿羅野』序・私解」（『俳文学研究』第三号、一九八五年三月）

＊46　『おくのほそ道』においても発句唱和の例が見られる。武隈の条では、芭蕉は

　武隈の松みせ申せ遅桜と、挙白と云ものゝ餞別したりければ

　　桜より松は二木を三月越シ

と、挙白の餞別吟に唱和し、遅桜を見ることは出来なかったが、その桜の時期から待ち望んだ武隈の松を三月ごしに見ることが出来たと詠んでいる。

＊47　『山中問答』奥書で北枝は芭蕉の

　　山中や菊は手折じ湯の匂ひ

を挙げ、「山中温泉にして翁の物がたり給へることゞも、あら〳〵書とゞめ侍る」と記すが、『俳諧草庵集』（元禄十三年〈一七〇〇〉序）によると、その後、再び山中を訪れて桃妖所持の「山中や」句の真蹟を眼にし、

　山中入湯のころ、やどのあるじ桃妖子に乞て、翁の菊は手折じの形見を拝す。

　　なつかしや菊はたおらじ湯の匂ひ

の追和句を詠んでいる。

＊48　大河良一氏『改訂加能俳諧史』（清文堂出版、一九七四年）六〇～六一頁に載る「某年九月十六日付秋湖宛北枝書簡」によると、芭蕉から白露の句を称美、この蓑に漂泊の心を忘れずにいるとの主旨の手紙を受け取り、北枝は

露清く翁になれし蓑見たし

の句で返答したという。

＊49　安東次男「『卯辰集』という撰集」（『芭蕉の本』第五巻、角川書店、一九七〇年）

＊50　桜井武次郎「加賀蕉門と近江蕉門」（『芭蕉・蕪村・一茶』雄山閣、一九七八年）

＊51　並記配列法が『阿羅野』によって新展開を見せたことは第七節において述べたが、『卯辰集』が『阿羅野』から影響を受けていたことも指摘されている。＊50桜井氏は「（筆者注・『卯辰集』に）荷兮・越人・野水の各二句のほかに尾張の胡及・旦藁・昌碧の入るのは、『阿羅野』以来の縁であろう。『阿羅野』には小春七句、一笑四句、北枝一句が既に入集しており、また『卯辰集』が宗鑑・宗因・貞室の句を収めるのも、『阿羅野』にならったからにほかならないと思われる」と述べる。

＊52　井田太郎「幻住庵記考―『猿蓑』巻六という場所」（『国語と国文学』第八十八巻第五号、二〇一一年五月）

＊53　序文には去来・凡兆の依頼によると記されるが、実質は芭蕉の指示によるものであろう。周知のように、芭蕉は『猿蓑』編集に深く関与している。また、序文の「おもて起すべき時なれや」に呼応させた巻二巻頭句、

有明の面おこすやほとゝぎす　　其角

もあり、配列・構成について其角との間で打ち合わせがあったと推察される。

＊54　青柳周一「十七・十八世紀における近江八景の展開―近世の名所の成立をめぐって―」（『近世の宗教と社会1　地域のひろがりと宗教』吉川弘文館、二〇〇八年）

＊55　高橋庄次「『猿蓑』発句部の唱和模様構造―時雨一連と行春一連の照応―」（『俳文芸の研究』角川書店、一九八三年）

＊56　飯田正一「「両の手に」考」（『近世文芸　研究と評論』第二号、一九七二年五月）

＊57　白石悌三氏「洒堂の東下」（『芭蕉物語』）によると、兀峰の「しろしとも」句や前書は『深川集』（元禄六年〈一六九三〉刊）巻頭の

青くてもあるべき物を唐辛子　　芭蕉

を意識したものだという。

＊58　「江東区芭蕉記念館開館二十五周年記念特別展　俳諧の流れ―宗鑑・芭蕉・蕪村　そして一茶―」（於江東区芭蕉記念館、二〇〇六年四～七月）に、次に挙げる其角筆「木母寺に」句文が展示された。

みやこの月をかねておもひよりぬるを、風雨にさへられて旅行をのべしかば、今更さそはるゝ方もなくて、人々のなぐさむ所うらやまれぬるまゝに

木母寺に歌の会ありけふの月　　晋子

「木母寺に」の句は『句兄弟』所収「随縁紀行」巻頭の句であり、同紀行中にも「思の外の風雨に旅行をさえられて」とあるが、当初、其角は八月十五日までに京に入る予定であったことがわかる。「随縁紀行」は江戸出立から芭蕉の難波逗留を知り、其角が一行から離れるまでを記した亀翁の日記といい、「京洛歓遊之間冬夜対酌之暇令校合吟了」と、京で其角が校合したものである。師の臨終に立ち会うことのできた仏縁にあやかり「随縁」と命名される。

＊59　素堂は芭蕉の七回忌に際しても

翁の生涯、風月をともなひ旅泊を家とせし宗祇法師にさも似たりとて、身まかりしころもさらぬ時雨のやどり哉とふるめきて悼申侍りしが、今猶いひやまず。

時雨の身いはゞ髭なき宗祇かな　　素堂

（『冬かつら』元禄十四年〈一七〇一〉刊）

と、〈時雨〉と「宗祇」とを面影にして追善句を詠んでいる。

第三章　方法としての「句兄弟」

はじめに

元禄七年〈一六九四〉末、あるいは八年に入って、其角編『句兄弟』が京井筒屋より刊行される。上中下の三巻、上巻が其角自判になる全三十九番「句兄弟」の句合（以下、原則として「句兄弟」もしくは「句合」と略記する）で、書名はこの句合に因む。中巻に十巻の連句と芭蕉の「東順伝」、下巻に「随縁紀行」と「句兄弟追考六格」を収める。「句兄弟」とは、貞室・季吟・立圃や宗因・西鶴といった貞門・談林の先達、曲水・杉風・杜国・許六・去来らの蕉門俳人など、古今諸家の句と編者其角の句を番うものであるが、両句の優劣を競う体のものではない。「兄」の句と、それをもとに其角（第三十九番のみ芭蕉）が詠んだ「弟」の句を並べて挙げ、解説する形式である。杉浦正一郎氏[*1]は句合について、形式上から

一　句を左右に分つて並べているに過ぎないもの
二　句の優劣のみをつけて判詞をつけないもの
三　判詞のみをつけて句の優劣をきめぬもの
（甲）　判者が句主にはばかつて勝負をつけるのを避けたもの
（乙）　他の何らかの意図をもつて殊更に優劣をつけずとも可なりとするもの
四　句の優劣も定め、判詞も備わつているもの

の四種に大別（「三」はさらに二種に細分化）し、一方、作者・判者によっても

一　全部自分の句を番えて自分で判をするもの
二　他人の句に自分の句をいくつか交えて判をするもの
三　片方を全部他の人々の句とし、片方を全部自句とするもの
四　全部他人同士の句を番えて判をするもの
五　全部ある一人の人の句で、之を番えて判をするもの

の五種に分類できるとする（番号・記号は私に付した）。氏に従うと、「句兄弟」は形式上、「三」の「判詞のみをつけて句の優劣をきめぬもの」かつ（乙）「他の何らかの意図をもつて殊更に優劣をつけずとも可とするもの」に、作者・判者としては、全三十九番中三十八句が其角の弟句、一句が兄句なので、ほぼ「片方を全部他の人々の句

とし、片方を全部自句とするもの」にあたり、兄句と、兄句から派生した弟句とを番えるという点において、句合の中での特異性を持つ。

「句兄弟」で、弟句を案じる際にとられた方法が「反転」である。「反転」とは、句合序文に「おほやけの歌のさま、才ある詩の式にまかせて、私に反転の一体をたてゝ」と記されるように、伝統ある「公」の和歌・漢詩における式法を範にし、其角自身が「私」に考案した俳諧独自の手法とされる。

「句兄弟」は、例えば先の杉浦氏が「他人と自分との類句を兄弟にわけて等類論をするため」に催されたと説くように、これまで兄・弟の二句間における等類が問題とされ、句作者の立場から見た等類回避の方法と理解されてきた。[*2] しかし、以下に論ずる如く、「句兄弟」の狙いは、類似句を単なる等類として否定するのではなく、句の作意を正当に評価するという享受者側の姿勢を養う点にあり、その上で、敢えて類似句を積極的に詠むことの意義を見出している。

本章では、この「句兄弟」(及び「反転」)が、第一部第一章・第二章で見てきた〈唱和〉の方法をさらに発展させ、前面に打ち出した試みであることを論ずる。門人の許を往還し唱和を挑発する芭蕉と異なり、其角は江戸にほぼ定住し、業俳としての活動を展開した。推進する方法としての〈唱和〉と、直面した批点時の類句問題が交叉したところに誕生したのが「句兄弟」であることを明らかにしつつ、和歌・漢詩の方法と対比しながら、〈唱和〉し番えることの面白さを提示する。

第一節　作者の視点と読者の視点

点ハ転ナリ転ハ反なりと註セしによりて案ズルに、句ごとの類作、新古混雑して、ひとりことぐくには諳《ソラン》じがたし。然るを一句のはしりにて聞なし、作者深厚の吟慮を放狂して、一点の付墨をあやまる事、自他の悔、旦暮にあり。されば、むかし今の高芳の秀逸なる句品三十九人を手あひにして、おかしくつくりやはらげ、おほやけの歌のさま、才ある詩の式にまかせて、私に反転の一体をたてゝ、物めかしく註解を加へ侍る也。此後俳諧の転換、その流俗に随ひ侍らば、一向壁に馬なる句体なりとも、聊の逃道を工夫して、等類の難をのがれぬべし。尤、古式のゆるしのごとく、貴人、少人、女子、辺鄙の作に於ては切字ひとつの違にして、当座の逸興ならしめんは祝鮀が佞なかるべし。*3 此道の譬喩方便なれば、諸作一智也。諸句兄弟也とちなめるまゝ、遠慮なく書の名とし侍る。

右に挙げた序文では「句兄弟」を思い立った動機（実線部）が述べられる。「句ごとの類作、新古混雑」とは、「句兄弟」に先立つ『雑談集』（元禄四年〈一六九一〉刊）にも

今や誹諧の正風おこなはれて、心の上に功をかさね、何事も一句に云とらぬと云事なし。然れども、是をこれぞと手に取て覚へたる人はなくて、只、句作をあやかり、行形《イキカタ》をまね、それかこれかと紛ラはしきばかり成《なる》聞とり法問也。

と述べられる俳壇の現状を言ったもので、未熟な作者の安易な模倣、追随を嘆いた言辞である。其角は、例えば、

むめがゝにのつと日の出る山路かな　　芭蕉　　（『炭俵』元禄七年〈一六九四〉刊）

を聞き、深く案ずることなく師を真似て擬態語を乱用する深川連衆に対し、「深川伺公の門人、すつと・くはつとなどさま〴〵古翁の辞を似せ候。古翁ののつとは、古翁の言葉ぬしにてよろしく候。其外の似せものめら、何之分もなく、そつと・ちつとなど申候」（「元禄八年〈一六九五〉一月二十九日付許六宛去来書簡」）と憤慨している。世には軽薄に感じられる句が氾濫していた。

しかし、一方で、指導者である宗匠、点者側にも、軽率な誤解によって不本意な付墨（評点）をする恐れがあった。其角は貞享三年〈一六八六〉には宗匠立机、以後も点者として活動する業俳の立場にある。「句ごとの類作、新古混雑して、ひとりこと〴〵くには諳じがたし」（実線部）と記すように、世にある句を全て網羅的に記憶することなど不可能であり、「一点の付墨をあやまる事、自他の悔、旦暮にあり」（同）と、付墨を誤ること、具体的には等類問題に抵触しているか否かの判断を見誤ることは、実際に起こっている。それは業俳としての生活に支障をきたしかねないことであるし、被点者にとっても「悔」となる。そこで、この「悔」を引き起こした原因が「作者深厚の吟慮を放狂」したことにあると其角は考える。「放狂」とは、白楽天詩に

粗豪《ニシテ》酒放《チヌ》レ狂《ヲ》　　（『白氏長慶集』巻十六「四十五」）

詩‐酒放‐狂《シテ》猶《ヲ》得《タリ》レ在《ルヲ》
（同巻三十三「同二夢得《ト》一酬下牛相公《ノ》初《テ》到《ルトキ》二洛中《ニ》一小‐飲《シテ》見《ニ》上レ贈」）

と見える語で、調子に乗って度を過ごすといった意であろう。「作者深厚の吟慮を放狂」するとは、作者の凝らした意図をきちんと理解することなく、出鱈目勝手な解釈をする意と推察される。具体的には、「一句のはしりにて聞な」す、つまり、句の表面的な解釈によって即断し、類似句に対する安易な等類批判を振りかざすこと*4を指している。

序文は、点者としての等類批判の陥穽を、動機とともに述べたものと見ることができる。このような陥穽を回避し、警鐘を鳴らさんとして其角の考案したものが「句兄弟」であり、「作者深厚の吟慮」をして見せたのが「反転」の手法だったということになる。

では、其角は作者と享受者、つまり読者との問題をどのように考えていたのか。序文において、「此後俳諧の転換、その流俗に随ひ侍らば、一向壁に馬なる句体なりとも、聊の逃道を工夫して、等類の難をのがれぬべし」（波線部）と述べている。「壁に馬なる」とは、無理押しを意味する諺「壁に馬を乗りかける」のことで、「壁に馬なる句体」とは、一見して無理な、等類だと難じられても仕方のない句のことを意味する。其角は、世の俳諧観が自分のように転換すれば、たとえ「壁に馬なる句体」であっても、「聊の逃道を工夫」することによって、等類だと難じることはなくなるとする。ここで注意すべきは、其角の意図する文脈が、作者側が「聊の逃道を工夫」して「壁に馬なる句体」の句を詠まないようにするというのではなく、読者の側から「壁に馬なる句体」に対して等類と断定しないよう、解釈としての「聊の逃道を工夫」せよと言っていることである。

それならば、其角のいう「読み」の「転換」とはどのようなものなのか。その具体例として示したのが「句合」

第一番である。

一番

兄

これは〳〵とばかり花のよし野山　　貞室

弟

これは〳〵とばかりちるも桜かな　　晋子

花満山の景を上五文字に云とりて、芳野山と決定したる所、作者の自然ノ地を得たるにこそ、誹諧の須弥山なるべし。花のよし野山と云に対句して、ちるもさくらといへる和句也。難云、吉野山一句の本体として上五文字七字までは只ありの詞なるべし。ちるもと桜のうへにうつしたる本意、逃句なるべし。答云、句は其興を聞得べき也。景情はなるゝといふ事、雑談集に論ぜるごとく也。近くいはゞ、先年、明星やさくら定めぬ山かづらと云し句、当座にはさのみ興感ぜざりしを、芭蕉翁吉野山にあそべる時、山中の美景にけをされ、古き歌どもの信を感ぜし叙《ツイデ》、明星の山かづらに明残るけしき、此句のうらやましく覚えたるよし、文通に申されける。是をみづからの面目になしておもふ時は、満山の花にかよひぬべき一句の含はたしか也。尤、花の前後を云時は、聊も句心をあやまるべからず。沈佺期が句を盗む癖とは等類をのがるゝ違有。

第一番では、咲き誇る吉野の桜の見事さを感嘆とともに詠んだ貞室の句を兄とする。判詞の「芳野山と決定したる所、作者の自然ノ地を得たるにこそ、誹諧の須弥山なるべし」とは、兄句の吉野山に応じ、仏教で世界の中心とされる須弥山を出して貞室の手際を絶賛したもの。その兄に番えられた弟句に対し、論難がなされる。「ちるもと桜のうへにうつしたる本意、逃句なるべし」、即ち、弟句は花を賞美し、吉野山を愛でる気持ちを散る桜に移行させたというが、上五中七までそっくりそのまま兄句と同じ語で詠み、満開の桜から散る花を単純に発想して軽くあしらった（「逃句」）だけで、等類と断じられても仕方のない句だとの批難である。[*5][*6]

これに対し、其角は「句は其興を聞得べき也。景情はなるゝといふ事、雑談集に論ぜるごとく也」（実線部）と返答する。この「雑談集に論ぜるごとく也」とは、『雑談集』にある、木曽路の絶景を実際に旅したばかりの百里が、其角の

小男鹿やほそき声より此流レ

の句を聞き、木曽の谷川で妻鹿を呼ぶ牡鹿を実見した時の景が眼前によみがえると話したので、旅に出られない其角はうらやましく思った、というくだりである。ここで句に表現された世界と、その世界を享受する楽しさが示される。「景情はなるゝ」とは、詠まれた景に情感が伴わないことである。この挿話は実景を体験してはじめて情感が湧くこと、また、実景を体感したために、句の情感を、作者を超えて理解できた読者の例である。其角の言わんとする論難への返答は、句を享受するに際し、読者はその面白味を積極的に見出すべきであり、表面的な即断の「読み」によって句の価値を見損なってはならないというところにある。

続く「明星や」句に関する部分では、「当座にはさのみ興」を感じなかった芭蕉が、吉野山に身を置いたとき、朦朧とする満開の桜と見分け難く山の端にかかる暁の雲を描いた「明星や」句の真価を初めて知ったことが記さ

れる。体験によって句の景と読者の情が一致したのである。これを根拠に、弟句について「満山の花にかよひぬべき一句の含はたしか也」（波線部）と述べ、桜の散る姿を描く弟句を読む場合にも、「これは〳〵」との措辞から兄句の「満山の花」を称美する含みを読み取り、それを活かして重層的な「読み」をするよう要請している。否定的な「読み」からの転換、積極的な「読み」を導入することによって句の真価・魅力を掬い取ることができるという。そして、「尤、花の前後を云時は、聊も句心をあやまるべからず」（点線部）と、句兄弟として兄句と「和」（判詞）し、響き合いつつも、落花を詠んでいる弟句それ自体の個性を強調している。

では、作者の側としては、いかに「作者深厚の吟慮」を錬っていくのだろうか。

二番

兄

地主からは木の間の花の都かな　　拾穂軒

弟

京中へ地主のさくらや飛胡蝶

老子名高き句也。反転して市中の蝶を清水の落花と見なしたる也。木の間と云字にたてふさがり侍るを、漸こてふに成て、花の間を飛出たるやうに覚ゆ。先後の句立たしか也。飛花の蝶に似たる、蛺蝶飛来過レ墻《ヲ》去《ル》、却《テ》疑《フ》春色《ノ》在《リト》ニ隣家《ニ》一。作例多く聞ゆれども、予、京の一字を心かけたれば、尤、難有まじ。

拾穂軒（季吟）の兄句は、「あら〳〵面白の地主の花の気色やな。桜の木の間に洩る月の」（謡曲「田村」）と謡われる桜の名所、清水寺地主権現の木の間から見える京の町を詠んだものである。判詞に「木の間と云字にたてふさがりて侍るを」（実線部）とあるのは、「木の間」という措辞に、籠の中にいるような閉塞感があるというのであろう。其角はそれを逆方向に案じることで市中の蝶を地主権現の落花に見なし、弟句を詠む。判詞に「漸こてふに成て、花の間を飛出たるやうに覚ゆ」（波線部）とあるのは、開放感を求めて、兄句の桜の花びらが次第に蝶へと変化していく着想が、時間の推移とともに表現されたことをいう。判詞に作例として王駕「晴景」（『三体詩』）の転句・結句、

蛺蝶飛来過ㇾ墻《ヲ》去《ル》　却《テ》疑《フ》春色《ノ》在《リト》ㇾ隣‐家《ニ》

を引くように、このような発想の先例は数多くあるが、花の都京を舞台としたことに腐心した旨を述べている。

これらは其角のいう「作者深厚の吟慮」の実践にあたるものである。

五番

兄

雨の日や門提て行かきつばた　信徳

弟

簾まけ雨に提来る杜若

杜若雨潤の一体、時節いさぎよく云立たれども、難じていはゞ、雪中の梅花をかざし、闇夜につゝじを折ル

流俗の句中にはらまれて、一句の外に作うすし。されば向上の句に於ては題と定めずして其心明らかなるたぐひ多かる中に、杜若、景物の一品なれば、異花よりも興を取ぬべくや。雨の杜若とおもひ寄たらんは句作のこなしにて、手ぎは有べき所也。老功の作者を譏りていふにはあらず。門さげてゆくと見送りし花の、我宿に入来る心に反工して、花の雫もそのままに、色をも香をも厭ヒけるさまを、すだれまけと下知したるなり。往と来との二字にして力をわかちたると判談せん人、本意なかるべし。問答の句なるゆへ、つのりて枳《き》棘《きよく》の愚意を申侍る。

信徳の兄句は、門口を雨に濡れながら杜若を提げて歩んでいく情景を詠んだものである。この句を、判詞は「雪中の梅花をかざし、闇夜につゝじを折ル」（実線部）といったような通俗的な発想[7]であり、時節はすっきりと表現されているが、趣向には乏しいとし、最上の「杜若雨潤」の風情を詠むにはまだ案じる余地があると述べ、「門さげてゆくと見送りし花の、我宿に入来る心に反工して、花の雫もそのままに、色をも香をも厭ヒけるさまを、すだれまけと下知したるなり」（波線部）と解説する。「反工」とは辞書類に見当たらない語であるが、「問答」（判詞）とあることから考えると、発想をひっくり返して作を凝らすことであろう。つまり、雨中、門の外に杜若を提げ歩む人が見えるという「他」として客観的に詠まれた兄句を受け、その杜若が我が家に届けられるように着想を逆転させ、「自」と関わる形で弟句を詠む。その際、兄句に詠まれた杜若そのものが雫もこぼさず、色も香も損なわれないように大切に扱われている様子でやってくるのを、心待ちにしていたかのように、「簾まけ」と、よりインパクトのある命令形によって表現したところに弟句の自慢がある。

この両句について、判詞に「往と来との二字にして力をわかちたると判談せん人、本意なかるべし」（点線部）

とあることは注目される。兄句の「提て行」という「往」と、弟句の「提来る」という「来」との相違だけだと判断するようでは弟句の面白味がわかっていない、というのである。[*8]「句兄弟」の意図が、等類批判よりも、むしろ類似句に対する積極的な評価、等類と見られる句にどれだけの魅力を見出せるかという、生産的な方向への転換にあることは明白であろう。他にも「句兄弟」中に「全く等類ならず」（第三番）など、等類に関する言辞は散見されるが、それはあくまで等類批判に拘泥する読者への老婆心から出たものと捉える必要がある。「句兄弟」は、敢えて兄句の発想を転じて新たな趣意の類似句を案じて〈唱和〉し、それを番えることで別の世界を創造する面白さを提示している。これは延宝・天和期より芭蕉・其角が推進した方法としての〈唱和〉の具体を示したものと位置付けることができる。

弟句の「吟慮」には、第一に、兄句の表現をいかに読み取るかという読者の視点、第二に、兄句と同じ季題や素材を扱いながら、いかに弟句を作るかという作者の視点がある。読者即作者というありかたにおいて、連句に似ており、俳文芸の特性が極めて有効に発揮されている。

第二節　漢詩作法と「反転」

弟句を案出する「反転」とは、具体的にはどのような方法なのだろうか。序文に「おほやけの歌のさま、才ある詩の式にまかせて」とあることから、従来より「反転」は和歌、漢詩文との関わりを中心に論じられる。そこで、本節では、漢詩文、特に梁橋著の漢詩作法書『氷川《ひょうせん》詩式』を基にして考察する。『氷川詩式』は当時和刻本（万治三年〈一六六〇〉刊）が出され、『句兄弟』跋文を草した沾徳の『誹林一字幽蘭集』（元禄六年〈一六九三〉刊）に参考書目として掲載される書である。『句兄弟』下巻所収の「句兄弟追考六格」も『氷川詩式』巻三の「健句」・「新句」・「清句」・「偉句」・「麗句」・「豪句」から発想を得たものであり、其角が同書から受けた影響は大きいと考えられる。「反転」について語ったと見られる「点ハ転ナリ、転ハ反なり」（序文）の出典は未だ詳らかにされていないが、石川八朗氏*9が『其便』（元禄七年〈一六九四〉序）所収の其角句に付された「点化句法」との前書から「点」が「点化」であることを導き出したことを手掛かりに、以下、まずは「点化」という方法を端緒として検討していく。第一番を次に挙げる。

一番

兄
これは〳〵とばかり花のよし野山　　貞室

弟
これは〳〵とばかりちるも桜かな

句の解説については前述の通りであるが、ここでは判詞（前出）末尾に記された「沈佺期が句を盗む癖とは等類をのがるゝ違有」から見ていきたい。「沈佺期が句を盗む癖」とは、『氷川詩式』（巻十）「学詩要法下」が「詩ニ有リ二三‐偸一」とし、「偸語」・「偸意」・「偸勢」の三つの詩作法を説く中で、「偸意」に初唐の詩人、沈佺期の詩を例示することによる。該当部分を挙げる。

偸《ぬすムハ》レ意《ヲ》、事雖《トモ》レ可《ト》レ罔《ユ》、情不レ可レ原《ゆるス》。如《キ》下柳渾《(惲)ガ》太‐液微波起《ル》長‐楊高樹《ノ》秋、沈佺期《ガ》小‐池残‐暑退《ク》高‐樹早‐涼帰上《ト云ガ》、是《ナリ》也。

『氷川詩式』によると、「偸意」とは、先人の詩情・詩意をそのまま取り入れながら、詩の言葉を巧みに替えて独自の詩を詠出する方法で、同書（巻十）に

不《シテ》レ易《ヘ》二其《ノ》意《ヲ》一而造《ス》二其《ノ》語《ヲ》一、謂《ヲ》二之換‐骨《ト》一

と解説される「換骨」の作法に相当すると考えられる。同書に挙がる具体例を見てみると、宮中の太液池に（秋風が吹き始めて）波が立ち、長陽宮に植わる木々が初秋の季節を迎えたとの柳惲詩「従《ヒ》二武帝《ニ》一登《ル》二景陽楼《ニ》一詩」の一節、

太‐液微波起《ル》長‐楊高樹《ノ》秋

を踏まえ[*10]、沈佺期が視点を微妙に転換しつつ、「酬《ユ》下蘇員外味玄《ガ》夏晩寓《ニ》二‐直省中《シテ》一見《ニ》上レ贈《ルニ》《ラ》」に

小‐池残‐暑退《ク》高‐樹早‐涼帰

と、残暑の退いた御苑の小池や高木に帰ってきた初秋の涼風を詠む如くである。「沈佺期が句を盗む癖とは等類

をのがる丶違有」との其角の言は、宮廷の池と高樹によって初秋を感じさせるという柳惲の詩と同じ趣意を用いた沈佺期と比べると、自らの「これは〳〵とばかり」との弟句の方が、先行作の措辞に拠りつつも、満開の桜から散る桜へと趣意を大きく転換させており、面白かろうとの自讃から発せられたと考えられる。つまり、沈佺期以上に「等類」と難ぜられるべきものではないとの主張である。*11

そして、『氷川詩式』（巻十）に

詩-家有《リ》二換-骨法《ノ》一謂《ル》用《テ》二古-人意《ノヲ》一而点-化《シテ》之使レ加《ヘ》レ工《ヲ》

と記されるように、「換骨」の方法の一つが前人の詩を改め、新意を出す句法「点化」*12である。『氷川詩式』巻三では、次の具体例が挙がる。

点二-化《スル》古-人《ノ》詩《ヲ》一句《ノ》法

春-水船如《シ》二天-上坐《ニスルガ》一　老年花似《タリ》二霧-中看《ノニ》一　此《レ》杜甫点二-化《ス》佺其《ガ》詩《ヲ》一

雲-白《ク》山-青《シ》万余里　愁《テ》看《ル》直-北是《レ》長-安　亦杜甫点二-化《ス》沈佺其《ガ》詩《ヲ》一

それぞれ、杜甫「小寒食舟中作《ニシテル》」の頷聯・尾聯で、共に沈佺期の詩を点化したとある。『杜工部草堂詩箋』（巻三十七）の

春水船如天上坐　唐、沈雲卿詩。船如天上去魚似鏡中懸。又、船如天上坐人似鏡中行。　雲白山青万余里　沈雲卿詩。雲白山青千万里、幾時重謁聖明君。

との注記によると、春の水にゆらゆらと浮かぶ船は、まるで天を漂っているかのようだとの杜甫詩頷聯の「春-水船如《シ》㆓天-上坐《ニスルガ》㆒」は、沈雲卿（沈佺期）の詩句「船如天上去、魚似鏡中懸」、又は「船如天上坐、人似鏡中行」、尾聯の「雲-白《ク》山-青《シ》万余里」は、沈佺期の詩句「雲白山青千万里」を踏まえての発想であるという。*13 この「点化」を俳諧に応用し、其角は第一番に見えるような、兄句と重なり合うが如き弟句を詠出していく。

点化的な作句法においては、一文字の変更が句の死活に係ってくる。第三十六番を次に挙げる。

三十六番

兄

風まつはきのふをきりの一葉哉　望一

弟

井の柳きのふを桐の一葉哉

風一声の秋にかよひて、きのふを限といへる空の色、目にみぬ望一が作意にて驚かし侍るに、そのあたりの柳までもさそひてちれる風の力は、昨日とけふのかはりあり。（中略）井の柳きのふは桐の一は哉とすれば句の筋もまがらねど、をの字を目あてにして兄弟の句立を分たり。一字の妙は趣の微を含ムもの也とかや。灯火の影をとるがごとし。てにはの取やうすべて同じ。

兄句は、盲人の望一が、風の音を聞き取り、桐の一葉が風に散ってしまったことを悟るとの主題を、「きのふをきり」の部分に「桐」と「（昨日を）限《きり》」との掛詞を用いて表現した点に得意がある（判詞実線部）。これを受けて其角は、昨日散った桐一葉に誘われるように井戸端の柳が散っているとの句意で、兄句と同じく「桐」と「限」の掛詞を用いた弟句を詠じる。判詞（波線部）がいうように、もし、中七を「きのふは桐」とすると、句意としては直接的な表現となって理解しやすくなるが、掛詞の妙が失われ、桐の葉に触発されて柳が散るという有機的な連関性もなくなってしまう。これらは句意・句形によって応じる以上に、掛詞を作り出す「を」一字が生命となり、通い合う句兄弟なのである。「句兄弟」では、他にも第七番、第十八番、第二十八番で当時あまり用いられなくなった「いいかけ」に言及されており、其角好みの言語遊戯的な機知の再評価がなされている。

判詞（点線部）は続けて『氷川詩式』（巻九）「学詩要法上」からの引用を挙げる。「一字の妙は趣の微を含ムものの也とかや」（点線部）とは、『氷川詩式』が「詩有《ニ》二四則《リ》一」として

一‐字之《ノ》妙所‐二以含《ノ》趣《スル》一之微。

と、一字の用い方の巧みさや優れた点は興趣の微妙な違いを含むところに顕れると説いた部分を受けている。「灯火の影をとるがごとし」（同）とは、『氷川詩式』が「詩有《ニ》二十科一」とする中で、その内の「境」を解説して

境者《ハ》、耳‐聞、目‐撃、神‐遇、意‐会、凡接《ソシテ》二于形‐似声‐響《ニ》一皆為《ナス》レ境《ヲ》也。然《シテ》達《シテ》二其《ノ》幽‐深玄‐虚《ニ》一、発而為《シテ》二佳‐言《ヲ》一。遇《テ》二其《ノ》浅‐深陳‐腐《ニ》一、積《テ》而為《ス》二俗‐意《ヲ》一。復《タ》如《シ》二心之《ノ》於レ境《ニ》心境之《ノ》於《ルガ》一レ心《ニ》。心之《ノ》於《ハ》レ境《ニ》如《シ》二鏡之《ノ》取《ルガ》一レ象《ヲ》。

境《ノ》之於《ハ》レ心《ニ》如《シ》二灯《ノ》取《ルガ》一レ影《ヲ》。

と述べる部分。即ち、似ているように見えても全ての物には「境」があり、それを詩でいうならば、「境」が奥深く幻惑するような境地のものであれば素晴らしい詩となって、浅はかなものでは俗っぽくなる。そして、詩における「心」と「境」との関係性は、鏡が像を映し出し、灯火が影を作り出すようなものだと述べている。心を表象しつつ、心そのものとは異なるものとして詩の本質を説明・例示している。このような詩論を受け、先行作品を絶妙に作り替える点化の方法を摂取し、敢えて際どく点化して句作することが、「句兄弟」の醍醐味の一つなのである。

ところで、「句兄弟」は単純に同じ素材を詠んだ句や類似する句を番え、その差異を論じただけのものではない。基本的に、兄句と弟句との〈唱和〉であり、兄句に弟句を番えるところにポイントがある。第三十八番では追和から発想を得、兄句作者への思慕を含みながら、聯句的に和す方法が示される。

三十八番

兄

風かほれはしりの下の石畳　　　　　　轍士

弟

冷酒やはしりの下の石だゝみ

一句の涼味をたづぬるに、人皆苦《シム》二炎熱《ヲ》一、我愛《ハス》二夏日長《ノヲ》一、薫風自レ南来、殿閣生《ス》二微涼《ヲ》一、東坡を百世の師として云る也。空にあふぎ地をはらばひ、半時も絶（堪）がたき炎暑のさまさながらに思ひ合て、ともに起臥せし事迄なつかしく覚るに、とひかはせし入集の願も頼もしく、甕《モタイ》を撫て辛吟をなぐさむる返書に及びぬ。（中略）石上に詩を題して緑苔を払ふといふたのしみをわすれず。

右においては、兄句の作者轍士との交流を追懐[*14]して弟句が詠まれている。轍士との交遊の記憶は「空にあふぎ地をはらばひ」以下、波線の部分に明らかである。弟句は、兄句が「風かほれ」と、夏の暑さに涼を望む意を詠んでいることから、『氷川詩式』（巻二）「聯句体」に出る蘇東坡の「足《ス》二柳公権聯《ガ》一レ句《ヲ》」、

人《ハ》皆苦《ム》二炎‐熱《ニ》一　我《ハ》愛《ス》二夏‐日《ノ》長《キヲ》一　唐文宗
薫風自《リ》レ南来《ル》　殿‐閣生《ス》二微‐涼一　柳公権
一《タビ》為《メニ》二居‐所《ノ》移一　苦‐楽永相《タ》‐忘《ル》
願《クハ》‐言《ワン》均《フシテ》二此《ノ》施《ヲ》一　清‐陰分《ン》二四方《ニ》一　蘇軾

に準えて案出される。判詞中の引用は、その詩の首聯、頷聯で、『氷川詩式』の割注に示されるように、それぞれ唐の天子文宗と柳公権の聯句（『唐詩紀事』所収）である。文宗の詩句は、人は皆焼けるような夏の猛暑に苦しむが、自分は夏の日の長いことを好ましく思うという意。柳公権は、南風が青葉に薫り、宮殿には涼味が生じていると、文宗の居住する宮殿の様子を継いで詠んでいる。『東坡先生詩』中、同詩「引」（巻二十五）の

与レ文-宗聯-句、有レ美而無レ箴《シン》。故《ニ》-為《ニ》足《シ》二-成《ス》其-篇一

との言によると、この柳公権の句では、君子に対しての箴（戒め）の意が含まれておらず、天子との聯句として不完全であるという。そこで蘇東坡が頸聯・尾聯に、宮殿での清涼感を炎熱に苦しむ人民の上にも及ぼしたいものだとの句を「足」して、詩意を正しくした。先人の聯句に後世から参加することで詩を全きものに完成させたのである。

加えて、判詞には「東坡を百世の師として云る也」（実践部）と述べられる。これは、東坡（子瞻）が海南島に流されていた間、陶淵明を追慕し、その詩に追和[15]していたことを詠んだ黄山谷の「子瞻謫《セラル》二海南《ニ》一」に出る文言で、『山谷詩集注』（巻十七）に

東坡和《スルコト》二陶淵明詩《ガヲ》一凡《ソ》一百有九篇。追-和《スルコトハ》二古-人《ヲ》一自《リ》二東坡一始《レリ》。

と記載される。これらをまとめると、文宗・柳公権の聯句を後世から継ぎ、一方で陶淵明に追和した東坡に倣い、其角も轍士句を次いで和し、弟句を詠んだ[16]ことになるのだが、実はこの「反転」にはもう一ひねりある。其角は兄句の「はしりの下の石畳」から「石上に詩を題して緑苔を払ふ」（判詞点線部）と、旧友について歌った白楽天の「送《テ》二王十八帰《ガルヲ》一レ山寄《ニセ》二-題仙遊寺《シキニ》一」（『白氏長慶集』巻十四）の頸聯、

林間暖《ニメテ》レ酒焼《ヲ》二紅葉《ヲ》一　石-上題《ニシテ》レ詩掃《ヲフ》二緑苔《ヲ》一

を連想している。つまり、夏の楽しみは薫風だけではないといって、兄句の表現に脱落している要素として、秋、紅葉を焚き火にして酒を燗するとの詩句にも思い至り、それを夏の「冷酒」に転じつつ、轍士への親愛の情を込めて充足させた。漢詩の方法と発想を縦横に駆使した其角の手腕が見て取れる一番といえよう。

第三十七番では兄句から反転するにあたり、「続腰格」（『氷川詩式』）が用いられる。

三十七番

兄

丸合羽はらはぬ雪や不二の山　　僧 吟市

弟

青漆を雪の裾野や丸合羽

古代に、丸合羽、雪打はらふ袖もなしといふ形によりて、中七字にはたらき見えたり。手をつめたる句形なれども、続腰の格ともいふべくや。

「続腰格」とは、首聯が上句・下句同士照応し合う中二聯（頸聯・頷聯）を呼び起こし、さらに首聯と尾聯との照応を図る作法である。『氷川詩式』（巻七）は次のように解説し、実作例として杜甫の「春望」を挙げる。

続腰者ハ首聯起ス㆓中ノ二聯ヲ㆒。然シテ中ノ二聯、各相ヒ照応ス。頸聯ノ上ノ句ハ、応ズ㆓頷聯ノ上ノ句ニ㆒。頸聯ノ下ノ句応ズ㆓頷聯ノ下ノ句ニ㆒。

中《ノ》二-聯相続《ヒク》。謂二之《ヲ》続腰《ト》一。結-聯要《ハス》レ応《ズルコトヲ》二頸-聯《ニ》一。

其角は、この方法を句の反転に応用する。第三十七番兄句は雪を頂く富士山を擬人化したもので、中七に藤原定家の

駒とめて袖うちはらふかげもなし佐野のわたりの雪の夕暮　（『新古今和歌集』巻六）

の古歌を効果的に取り入れ、「袖」という語を表面上から消しつつ、富士山の様子を描写した句である。弟句は、この兄句の中七・下五を『氷川詩式』にいう中二聯とし、「袖」に対して上五・中七で「青漆を雪の裾野や」と、青々とした富士山の「裾」野を詠み、さらに下五に「丸合羽」の語を据えることで、兄句上五との首尾を照応させている。判詞に「手をつめたる句形なれども」（波線部）とあるのは、兄句で「袖」の語が「抜け」となっているのに加えて、弟句でも「不二の山」の語が「抜け」となっていることを指すと考えられる。この弟句での「抜け」は、兄・弟両句が密接に関係し合っているからこそ、理解可能となる。

また、句の構造について「一-字血-脈《ノ》格」から解説する番もある。「一-字血-脈《ノ》格」とは、『氷川詩式』（巻七）に

一-字血-脈者《ハ》起-聯生《ズ》二一《ヲ》有《ル》レ意字《ヲ》一。中《ノ》二-聯皆此《ノ》字行《ル》二乎其《ノ》中《ヲ》一。故《ニ》謂《フ》二之血-脈《ト》一。

と記される方法で、続く

此与《レト》二一‐字貫‐篇一不レ同《ラ》。彼《ノ》一‐字是着《ハレル》レ力《ヲ》字。此《ノ》一‐字是有《ハレル》レ意字。

との説明によると、一字の勢いを詩に巡らせる一字貫篇とは異なり、意味のある文字により句を組み立て、その意が詩全体を有機的に巡って働いている詩を指すものである。

二十二番

兄

人さらにげにや六月ほとゝぎす　　宗因

弟

蕣に鳴や六月ほとゝぎす

杜甫に一字血脈の格あり。尤、意味ある字より句をたてゝ、その字、詩中をめぐるゆへに名付たる也。その格よりして一句血脈の格をたて、人さらにといふ懐感の老哀を古声に指あてたる也。あさがほのはかなき折にふれて、卯花橘の香めづらしき初声の、いつしかに聞ふるされて老となりぬるを取合て、老愁の深思をとぶらひぬれば、新古の差別なく、一向に俳諧の血脈体と申べくや。若き事なしといふ一意の、句中をめぐりぬるにて聞なすべし。はかなき音を一意にたてゝ、血脈流連すべくや。

判詞（実線部）に「杜甫に一字血脈の格あり」とあるのは、『氷川詩式』中、「一‐字血‐脈ノ格」の実作例として杜甫詩「晴」を例として挙げることによる。

久‐雨巫‐山暗《シ》　新‐晴錦‐繍《ノ》文
碧知《ハル》湖‐外《ノ》草　紅見《ハル》海‐東《ノ》雲
竟―日鶯相《ヒ》―和《ス》　摩《テ》レ霄《ヲ》鶴数《く》―群《ル》
野‐花乾《テ》更《ニ》落《ツ》　風‐処急《ニ》紛‐紛

「晴」は、長雨のため薄暗く見えた巫山が、晴れ上がるとともに錦の織物を広げたような美しい姿を一挙に現したとの叙述から始まり、以下、洞庭湖に生える草の青さ、海に棚引く夕焼け雲、終日鳴き交わす鶯、群れ飛ぶ鶴、雨の雫の乾いた野の花とその花びらが描き出されていくというように、巫山の美景（頷聯）を掲出することで、全体が息づく如く構成されている。

其角は、判詞（波線部）で「一字血脈格」について解説し、それを俳諧の格に採用して宗因の兄句の解釈に適応させる。其角によると、兄句で一句全体に働く重要な「一字」となっているのは、上五の「人さらに」である。上五で、人間はよりいっそうだ、と提示しながら、その上で、初夏に初音を聞かせた時鳥が、気付けばもう六月の老いさらばえた鳴き声になった、とすることで、若かりし頃の懐旧の念を呼び起こし、老いへの憂いを深める効果を上げている。弟句では、朝に咲いてもすぐに凋んでしまう朝顔を上五に据え、その儚さを提示しつつ、四月の卯の花、五月の橘、そして朝顔と、花による季節の移ろいを暗示させながら、六月の時鳥の鳴く音を詠じる。

なお、判詞（二重線部）に記される「一意」とは、『氷川詩式』（巻七）「一意格」に一-意者ハ自リ二頸-聯一以テ至テ二末聯ニ一、一-句生ジテ二一-句ヲ一、而全-篇ノ旨趣如シ二行-水流-水ノ一。

と解説されている。右に挙げた三十六番の兄句・弟句は、ともに上五が一句全体を生成し、「若き事なし」という主題を貫通させ、有機的に血脈を流れさせた句兄弟であったということができる。

第三節　本歌取と「反転」

『句兄弟』序文には「おほやけの歌のさま、才ある詩の式にまかせて、私に反転の一体をたてゝ」とあった。そこで、石川八朗氏[*17]は、漢詩の点化句法に加え、「反転」を和歌における本歌取と同様の方法として捉え、それが歌学に通じる沾徳との交流から生じたものだったと指摘する。沾徳は、水戸家に招かれて江戸歌壇の中心人物となった山本春正の門人。『句兄弟』跋文で「原詩本歌の要を見せて、背を敲ひていはゞ」と述べ、

又、さよ更るまゝに汀やこほるらむ遠ざかり行志賀の浦舟、とよめるに、志賀のうらや遠ざかり行波間より氷て出る有明の月、と家隆卿のよめるも、皆是、全体、言葉を外に求めずして、風体たぐひなき物歟。又、在原友于《ともゆき》は、時雨には立田の山も染にけりから紅に木の葉くゝれば、と読り。是は叔父業平の歌とおなじ事にて、その曲なし。かゝる境を分べき事、句の従横顚倒、自得のうへならでは得がたき物成べし。

と、本歌取について作例を挙げて解説している。夜が更けるにつれ、水際から凍っていく琵琶湖畔の景を詠んだ快覚の「さよ更る」歌（『後拾遺和歌集』巻六。ただし、同集は末尾「志賀の浦波」）を本歌取した家隆の「志賀のうらや」歌（『新古今和歌集』巻六）は、その景にさらに冷え冷えとした光を放つ月を描き出したもので、二條良基の『愚問賢注』（貞治二年〈一三六三〉成）では「本歌の心をとりて、風情をかへるうた」の歌例として挙がる。一方、在原業平の

　ちはやぶる神代もきかず龍田川からくれなゐに水くゝるとは　（『古今和歌集』巻五）

を本歌とした友于の「時雨には」歌（『歌枕名寄』巻八）は、顕昭の『顕注密勘』（承久三年〈一二二一〉以降成）に「此友于、時雨にたつたの河を染めさせつれば、からくれなゐに木の葉をなして川をくゞらせたれば、たゞ同じことにて侍る歟」、さらに「友于は行平卿の息也。業平逝去の後、舅が歌をかすめよむ歟。親経縁者の近歌盗み取ること、此頃の遺恨に侍るを、古き人も侍けるこそくちをしけれ。この歌、かくれたる所なし」と評されるもので、業平の奇抜な表現を掠《かす》め盗った歌として批難され、本歌取とは認められなかったものである。このように、沾徳は和歌での例を挙げながら、句を「反転」する際の注意を喚起している。

　さて、本歌取とは、先行作品の歌詞を自歌に採り入れ作歌する技法で、『愚問賢注』に「本歌をとる事、万葉の歌を古今にもとりて侍れども」とあるように、既に『古今和歌集』の時代に試みられている。ただし、「古く人の詠めることばをふしにしたる、わろし」（『新撰髄脳』平安中期成）と、古歌に用いられた詞を自歌の重要な部分に詠み入れることは控えるべきと考えられ、「古歌を本文にして詠めることあり。それは言ふべからず」（同）と、

方法として否定的に取り扱われる。『俊頼髄脳』〈天永四年〈一一一三〉成〉の「歌をよむに、古き歌によみにせつれば悪きを、いまの歌、よみましつれば、あしからずとぞ承る」との記事を見ても、「詠み増し」が条件とされており、方法そのものについては慎重な扱いで、積極的に評価されていなかった。しかし、俊成が奨励し、新古今時代に盛況を呈するに至り、定家によってその理論が確立される。定家が『詠歌大概』〈建保・貞応頃成〉で掲げたのは、次の三点である。

①　於二古人歌一者多以二其同詞一詠レ之、已為二流例一。但、取二古歌一詠二新歌一事、五句之中及二三句一者頗過分無二珍気一、二句之上三四字免レ之。

②　詞以レ旧可レ用　詞不レ可レ出二三代集先達之所用一。新古今古人歌同可レ用レ之。

③　猶案レ之、以二同事一詠二古歌之詞一頗無レ念歟。以レ花詠レ花。以レ月詠レ月。以二四季歌一詠二恋・雑歌一、以二恋・雑歌一詠二四季歌一、如レ此之時無下取二古歌一之難上歟。

①は、本歌から採る歌詞の長さ〈多くても二句を三、四字〉を限ること、②は三代集時代の名人の歌を採ること、③は主題を変更すること。③については『毎月抄』〈承久元年〈一二一九〉成〉で「春の歌をば秋・冬などによみかへ、恋の歌をば雑や季の歌などにて、しかもその歌を取れるよと聞ゆるやうによみなすべきにて候」とも述べている。

ところで、藤田真一氏[*18]は「本歌取りの主体はあくまで自己の歌であり、句兄弟における主体はまず兄の句である」とし、「本歌取りのように積み重ねて新意を求めるのではなく、兄とは別の方向に新たな世界を作る」のが「反転」であり、「手法を和歌ではなく、漢詩の句法に見出した所以」だと論じている。では、「反転」と本歌取とは、一体どのような関係にあるのだろうか。以下、まずは定家の本歌取との比較・検証をする。

『詠歌大概』における①に対しては、「句合」第一番での「これは〳〵とばかりちるも」句に代表される、兄句と同じ語句を多分に使い、敢えて類似した表現を取ろうとする点化句法を用いた弟句があるため、方法として合致しない。

②の時代の限定について、和歌では他に『後拾遺和歌集』までとするもの（『愚問賢注』等）、『新古今和歌集』や『堀川院百首』（康和年間頃成）までとするもの（『近来風体抄』元中四年〈一三八七〉成）と説がわかれるが、基本的には「近代の歌とるべからず。冥加なし」（『和歌庭訓』正中三年〈一三二六〉成）という立場である。連歌においても、『連歌新式』（応安五年〈一三七二〉成）が『新古今和歌集』以来の作者を取るべきでないとし、『堀川院百首』の本歌までと規定―『僻連抄』（康永四年〈一三四五〉成）では「堀川院の百首の作者まで取なり」、また、宗祇の『吾妻問答』（文正二年〈一四六七〉成）には「作者は堀河院の時代迄を本とせり、集は新古今までを取り」とある―しており、宗養は『新勅撰和歌集』・『続古今和歌集』の十代集までを許容しつつも、作者に関しては三代集入集者以外を認めていない（『宗養より聞書』）。いずれにせよ、兄句を古今諸家から取る「句兄弟」とは異なるといえる。

③の主題の変更もまた、「句兄弟」には当てはまらない。第三番を次に挙げる。

三番

兄　　　　　　　　　　　　　　素堂

又是より青葉一見となりけり

弟

　亦是より木屋一見のつゝじ哉

遊子行ク二残月ニ一とかや。花におぼれし人の、春の名残を惜みけん心をうたひける也。予が句、うたひにたよらずして、青葉一見といふ花のかへるさをとゞめしゆへ、全く等類ならず。となりけりとは素堂が平生口癖なれば、是を格には取がたし。つゝじと云題にて、夏にうつらふ花の名残有べし。此句、意味はかはる事なし。下五字の云かへにて強弱の体をわかつもの也。

素堂の兄句は、『俳諧向之岡』（延宝八年〈一六八〇〉刊）では中七・下五が「若葉一見と成にけり」の句形で載る。初出時の延宝期には謡曲調が大流行しており、素堂の句も、例えば、

これは諸国一見の僧にて候。われ此間は都に候ひて。洛陽の名所旧蹟残りなく一見仕り候。又これより東国行脚を志し候。（謡曲「杜若」）

これは諸国一見の僧にて候。我此程は都に候ひて。洛陽の寺社残りなく拝み廻りて候。又これより南都に参らばやと思ひ候。（謡曲「頼政」）

との「又是より」・「一見」や

都辺はなべて錦となりにけり。なべて錦となりにけり。（謡曲「小塩」）

露も木の葉も。散りぢりになり果てて。残る朽木となりにけり。（謡曲「遊行柳」）

などの「となりにけり」という詞章を用いたことを趣向とする。判詞（実線部）もまた、謡曲「二人静」の「遊子残月に行きしも。今身の上に白雲の。花を踏んでは同じく惜しむ少年の。春の夜も静かならで。さわがしき三吉野の。山風に散る華までも」に拠りながら、兄句に花が散り、春が暮れるのを惜しむ風情が含まれていることを指摘する。その上で、兄句は、さて、これからは青葉を楽しむことができるのだと、新緑の季節への期待を詠むのである。

ただし、判詞（点線部）によると、兄句の「となり（に）けり」とは、作者素堂の口癖でもあるので、詩格とは扱いがたいという。そこで、判詞に「予が句、うたひにたよらずして」（波線部）・「下五字の云かへにて強弱の体をわかつもの也」（破線部）と、其角は兄句の下五「となり（に）けり」の語を用いず、謡曲の詞章を強調しない形にして「反転」する。弟句は、これからは植木屋[*19]に晩春の躑躅を一面に見ることだとの意。注目すべきは、判詞に「此句、意味はかはる事なし」（二重線部）とあることである。両句が春の名残を惜しみつつ、やがて夏を迎えるという季節感を表出した点で主題の変更はなされていないということであり、定家の説く本歌取とは実態が異なる。やはり、「反転」と定家の本歌取とは、似て非なる関係のものということができる。

では、序文にある「おほやけの歌のさま」とは、どのような方法を指すのか。やや入り組んだ例ながら、第二十九番から考察する。

二十九番

兄

舟梁の露はもろ寝のなみだ哉　　秋色

　弟

船ばりをまくらの露や閨の外

牛島といふわたりに捨人あり。そのかたを問て、日くれて帰る時、ちいさき舟にのる。川くまのさびしきに月すみのぼり、水の面もくもりなきにおぼつかなく、こがれ行まゝ、しばしもまどろみて*[20]といふに、船頭の、枕にとおしへぬるかたによりて、打臥たれば、うきふねのかたしく袖をおもひやる心地しつるを云る也。それを閨の外と云かへぬるは、ひとりは臥シ、独はふさで、枕のつゆもさしむかひたる泪ぞかしとこたへし也。返しとある歌の筋なるべし。

判詞によると、秋色の兄句は、牛島に住む世捨て人を訪ねての帰途、小舟の中で眠気に襲われ、船頭から船梁を枕にせよと教えられたので横になった折、『源氏物語』浮舟巻、薫が浮舟に思いを馳せる次の一場面を連想しての吟だという。

大将、人に物のたまはんとて、すこし端近く出で給へるに、雪、やう〳〵積るが、星の光におぼ〳〵しきを、闇はあやなしと思ゆる匂ひ・有様にて、**衣かたしき、今宵もや**と、うち誦し給へるも、はかなき事を口ずさみにの給へるも、怪しく、あはれなる気色、そへる人ざまにて、いと物深げなり。

宮中での作文会が降雪・強風で中止になり、宿所で星の光をかすかに見やりながら、薫の口ずさむ「衣かたしき、

今宵もや」とは

　　さ莚に衣片敷きこよひもや我を待つらむ宇治の橋姫　　よみ人しらず　（『古今和歌集』巻十四）

の和歌を指しており、薫が、宇治に住む浮舟はきっと今夜も一人さびしく待っているのだろうと思いやる心境を重ね合わせた表現となっている。そこで秋色は、同じ女性として、薫に想われる浮舟の身に成り代わり、舟梁に置く露は、恋人（薫）を一人待ち侘び、共寝を願って流す涙なのですと兄句を詠む。

ただし、判詞を通して物語の筋を追うと、兄句（浮舟）の涙は、複雑な背景を持つ事がわかる。例えば、判詞「ひとりは臥シ、独はふさで」（点線部）と、「うきふねのかたしく袖をおもひやる心地しつるを云る也」（波線部）には、宿所で「衣かたしき」の和歌を吟じる薫の横で

　　事しもこそあれ、**宮は、寝たるやうにて**、御心騒ぐ。おろかには、思はぬなめりかし。**かたしく袖を、我のみ思ひやる心地しつるを**、同じ心なるも、あはれなり。わびしくもあるかな。かばかりなる本つ人をおきて、我が方に、まさる思ひ、いかでか、つくべきぞと、ねたう思さる。

と、匂宮が横臥して寝たふりをしながら浮舟に対する薫の情の深さを知り、浮舟に強く想いを寄せるのは自分だけではなかったと焦燥感を募らせる場面が重ねられる。そして、判詞冒頭、牛島からの帰途、船上から眺めやる、澄んだ月が水面を明るく照らし出す情景描写（判詞実線部）には、『源氏物語』浮舟巻で、匂宮が宇治の隠れ家に

浮舟を連れ出す、

いとはかなげなる物とあけくれ見出だす、**小さき舟に乗り給ひてさし渡り給ふ程**、はるかならん岸にしも漕ぎ離れたらんやうに心細く思えて、つと、つきて抱かれたるも、いとらうたしとおぼす。**有明の月澄みのぼりて水の面も曇りなきに**、これなん橘の小島と申して、御舟、しばしさしとゞめたるを見給へば、大きやかなる岩のさまして、ざれたる常磐木の影しげれり。

との場面がさりげなく滑り込まされている。この後、匂宮と浮舟は宇治の居所対岸の隠れ家に船を着けて耽溺の二日間を過ごすことになるのだが、判詞には、さらに匂宮との密会を暗示させる語句が散りばめられていく。判詞「枕のつゆもさしむかひたる泪ぞかしとこたへし也」（二重線部）は、隠れ家での一夜が明け、「ひき繕ふ事もなく、うち解けたる様を、いと恥づかしく、まばゆきまで清らなる人に**さし向ひたるよ**とおもへど、紛れむ方もなし」（『源氏物語』浮舟巻）と、しどけない格好ながら、浮舟の目に眩しく映る匂宮と差し向かいになっていたことを踏まえており、加えて、物忌みと称して過ごした麗しい二日間も終わりを告げ、「その程、かの人に見えたらばと、いみじき事どもを誓はせ給へば、いとわりなきこととおもひて、**答へもやらず、涙さへ落つる気色**」（同）と、匂宮から薫に逢うことのないよう誓約を求められ、返答できずに涙したことを裏返した表現でもあると考えられる。そこで今度は其角が薫の立場から、秋色の兄句に対して弟句を詠んでいく。即ち、さも私（薫）を待っているかのように詠み掛けられた兄句（浮舟）の「涙」ですが、船梁を枕として流した「涙」は、実は「閨（＝宇治の薫の居所）の外」、つまり宇治の隠れ家から帰る途次での「涙」なのでしょうと答える（判詞二重線部「こたへし也」）。

「閨の外」と言い放つ下五は、密会露見の後、「貴方が心変わりしているとも知らずに、ただ、私を待っていることだろうとばかり思っていました」とのメッセージを突きつけ、浮舟に死を決意させた

波越ゆるころとも知らず末の松待つらむとのみ思ひけるかな

の歌にも迫る切迫感を生み出している。この弟句について、判詞には「返しとある歌の筋なるべし」（破線部）とある。和歌における返し歌ということである。[*21] 返し歌は「贈答」[*22] ともいい、『八雲御抄』は「是は歌を返すを云。極て大事なる事也」とし、「詞を具してかへす事も有、心は同じ事なれど詞をかへても返す」ことであるとする。物語世界の歌のやりとりを想定し、男と女との立場に身を置いて、兄句へ積極的に応答することで、弟句は物語の織りなす美・面白味を表出するのである。

もう一例、第二十番を見てみたい。

二十番

兄　　　　　　　　　　　　　　　　　　　　　赤右衛門妻

啼にさへ笑はゞいかにほとゝぎす

弟

さもこそは木兎笑へほとゝぎす

赤右衛門妻の兄句は、「啼」（泣く）声でさえ賞翫される時鳥が、笑ったならばどんなにすばらしいであろうかという意。判詞には「朝じめり肌にとをりて、霧雨ほのくらき樫の木のうらに、みゝづくのとまりて日影をにくむさま成を、色々の鳥の笑ひ寄に、時鳥のまじりて飛けるを、おかしく思はれて、笑はゞいかにと云るをふとおもひ出侍りて」とある。霧雨の降る樫の木に朝日を避ける様子でいる木菟《みみずく》を見付け、その木菟を小鳥たちが笑うように囀《さえず》る（「梟—小鳥笑」『俳諧類船集』延宝五年〈一六七七〉序）中、時鳥が交じるように飛んでいたことに興を催し、兄句の「笑はゞいかに」という問いに答えようと、弟句を詠む。句は、時鳥が、いかにも他の小鳥たちとともに木菟を笑うことよとの意。判詞に「かの妻に笑へるを見しと答しを興也」と記されるように、第二十番でも、兄句に応えることが趣向とされた。

　この「贈答」は、『八雲御抄』では本歌取（「古歌をとる事」）とは別に立項されているが、時代が下り、『和歌用意條々』（正応五年〈一二九二〉以後成）になると本歌取の解説中に含まれるようになり、『愚問賢注』では、本歌の取様として

一、つねにとるやうは、本歌の詞をあらぬものにとりなして上下におけり。
一、本歌の心をとりて、風情をかへたるうた
一、本歌に贈答したる体
一、本歌の心になりかへりて、しかも本歌をへつらはずして、あたらしき心をよめる体
一、たゞ詞一を取りたる歌

が挙げられている。右に『井蛙抄』の「本歌にかひそひてよめり」といった方法が加わり、俳諧では季吟の『埋木』（明

暦二年〈一六五六〉刊）に踏襲されていく。このように、本歌取における「贈答」は、元禄当時でも常識的に知られた方法であったと考えられる。

そして、「贈答」の中でも注目されるのが「鸚鵡返し」である。「鸚鵡返し」とは、『俊頼髄脳』に「本の歌の心詞をかへずして、同じ詞をいへるなり」とあり、一字二字を差し替えるだけで同じ歌を返すことをいう。『和歌色葉』（建久九年〈一一九八〉成）は「鸚鵡がへしといへるは、別の詞をそへずして、くちまねをしてかへす也。鸚鵡といふ鳥は人のものいふくちまねをたがへずするものなれば、かれにたとへていへる也」と説明する。前節で、点化句法によって兄句と極めて類似した句形を持つ弟句について触れたが、これらを和歌の側から見ると、「鸚鵡返し」の「贈答」と捉えることができる[*23]。

以上を踏まえて「句合」序文の「転ハ反なり」を検討すると、この「反」とは返し歌の意ではないだろうか。「反」の字について、『奥義抄』は「かへす、或はならふ、或はそむくとよめり」と説明するからである（正保版『新訓倭玉篇』にも「反　カヘル　ソムク　カヘス」とある）。

前述の通り、弟句は兄句をもとに案出されるが、それはさらに連句的な発想法とも重なってくる。兄句の作品世界から異化することが、即ち「反転」である。連句ではそれを「転じ」という。俳諧特有の「一体」を立てようとした其角が、漢詩、和歌の方法とともに、連句の「転じ」を応用したことは充分に考えられる。付合手法にいう「四道」における分類を考えてみても、兄句から発展的に詠む「添」、兄句の世界を補って詠む「随」、兄句と対比的に詠む「逆」、兄句と離れるように詠む「引放」として、それぞれの弟句を理解することができる。「転」じるように弟句を詠み、番う。とすると、「反転」を説明した序文の「点ハ転ナリ、転ハ反なり」とは、「点化」（漢詩）は「転じ」（連句）なり、「転じ」は「かえし」（歌）なりとも解釈し得るだろう。「反転」は、発句（兄句）に発句

〈弟句〉を「転じ」て「かえす」方法といえる。

兄句の世界を受け、読者即作者として弟句を詠むことで「句兄弟」は唱和性を生み出す。その唱和性を取り込みつつ、番わせる句の作者自身が判詞を綴るという斬新な作品世界から、第三の読者に兄句と弟句との類似を有機的な関係として捉え直させ、新しい視点を提供する。兄句作者に「老巧の作者を譏ッていふにはあらず」（第五番判詞）としながらも、物言いをつけて競合する。「句兄弟」は、硬直化した等類批判に対して、〈唱和〉の基本形である二句一対に限定し、先行作に果敢に挑むことの楽しさを示すものであった。閉塞した等類問題を打開し、読みと創作の可能性を切り開くこの「句兄弟」は、当時において十分評価すべき試みであったと結論することができる。

まとめ

「句兄弟」が成立した元禄頃、江戸では知的興味を刺激する点取俳諧が大流行する。その盛況ぶりを芭蕉も

此方俳諧の体、屋敷町、裏屋、背戸屋、辻番、寺かたまで点取はやり候。

（元禄五年〈一六九二〉五月七日付去来宛芭蕉書簡）

と伝えている。点取の隆盛を背景に、深川連衆を冷遇した『其袋』（元禄三年刊〈一六九〇〉）に端を発する江戸蕉門の確執は、嵐雪の点取への関与、深川連衆の上梓した『別座敷』（元禄七年〈一六九四〉五月刊）への批難により

決定的になっていた。深川連衆の作風は名古屋、伊賀（元禄七年〈一六九四〉閏五月二十一日付杉風宛芭蕉書簡）や上方（同年七月十日付曽良宛芭蕉書簡）で注目される。横行する点取に対して芭蕉が「其中にも其角は不〻紛居申候」（前掲去来宛芭蕉書簡）と述べるように、其角は勝敗目的の俳巻には点を掛けなかったようだが、深川連衆との作風の違いは明らかであった。そのために上方蕉門は其角に不信を抱くようになる。元禄七年〈一六九四〉夏に交わされた「贈晋子其角書」中の芭蕉との対話に、去来が

ことに角子は世上の宗匠、蕉門の高弟なり。かへつて吟跡の師とひとしからざる、諸生のまよひ、同門のうらみすくなからず。

と述べる如くである。また、許六も其角に評を仰いだが、大半が自己評価と食い違い、不信を募らせる（『俳諧問答』所収「俳諧自讃之論」、元禄十一年〈一六九八〉奥）。以上のような俳壇の状況下、元禄七年〈一六九四〉八月五日に『句兄弟』の序文は認められる。五月十一日、芭蕉が大坂の洒堂と之道とを調停するため、旅に出た直後である。序文執筆後の九月六日、其角は亀翁らと京に向けて出立する。出板を企図し、『句兄弟』草稿を携えての上京と目される。旅中、十月十一日、芭蕉の急を聞き、其角は大坂へ向かう。対面ののち、翌十二日、芭蕉没。この其角の旅は、師の臨終に立ち会うことのできた仏縁にあやかり「随縁紀行」と命名された。

さて、唯一、其角句を兄とする「句兄弟」巻尾の第三十九番には、その芭蕉の句が兄として収載される。

三十九番

兄
声かれて猿の歯白し岑の月　　晋子
弟
塩鯛の歯茎も寒し魚の店　　芭蕉

是こそ冬の月といふべきに、山猿叫《ンデ》山月落と作りなせる、物すごき巴峡の猿によせて岑の月とは申たるなり。沾衣㆑声と作りし詩の余情ともいふべくや。此句感心のよしにて、塩鯛の歯のむき出たるも冷じくやおもひよせられけん。衰零の形にたとへなして、〽老の果〽年のくれとも置れぬべき五文字を、〽魚の店と置れたるに、活語の妙をしれり。其幽深玄遠に達せる所、余はなぞらへてしるべし。此句は猿の歯と申せしに合せられたるにはあらず。只かたはらに侍る人、海士の歯の白きはいかに、猫の歯の冷じくてなどゝ、似て似ぬ思ひよりの、発句には成まじき事どもに作意をかすめ侍るゆへ、予が句先にして、師の句弟と分ヶ、其換骨をさとし侍る。師説もさのごとく聞え侍るゆへ、自評を用ひずして句法をのぶ。この後反転して、猫の歯白し・蟹の歯いやしなどと侍るとも、発句の一体備へたらん人には等類の難ゆめ〳〵あるべからず。一句の骨を得て甘き味を好まず、意味風雅ともに皆をのれが煉磨なれば、発句一ッのぬしにならん人は尤兄弟のわかちをしるべし。

兄・弟両句は『晋家秘伝抄』[*24]に「換骨反転の事」の例として挙がるものである。其角の兄句は下五を「冬の月」ではなく「岑の月」として、「巴峡哀猿」の詩情、例えば、巴峡に響く猿声が人に涙を誘うとの巴‐東ノ三‐峡巫‐峡長シ　猿‐鳴テ三声涙沾スレ裳ヲ　（『円機活法』「猿猴」の項「鳴クレ峡ニ」）

とあるような詩の余情を醸し出したところに得意がある。そこで芭蕉がこの句を高く評価し、冬の店先に並ぶ塩鯛の剥き出しになった歯茎という、兄句の「冷《すさま》じ」（判詞）さに共鳴する詩趣を以て弟句を詠んだかと其角は推測する。続く判詞で「海士の歯の白きはいかに、猫の歯の冷じくてなど」（実線部）云々と、単なる語句の模倣・安易な発想から句作しようとする人を嗜めるのは、前述（第一節）第一番での論難への返答と同様、句の詩趣を読み取ろうとしないことを指摘しての発言である。等類・盗作と一線を画す「句兄弟」を「句兄弟」たらしめる点は、兄・弟間にいかに有機的な詩的関係性を築けるかにある。だから、逆説的になるが、其角句の哀猿の詩趣を読み取り、芭蕉の至った詩境の如く感応し句作したのならば、先のように「猫の歯白し」・「蜑の歯いやし」（波線部）としても、それは構わないと許容する。句形の類似が問題なのではない。弟句を詠むに際し、最も重要なのは、兄句の「吟慮」を自らの内で「煉磨」し、「発句の一ッのぬし」[*24]（判詞）になることなのである。

　これまで、第一部第一章・第二章で芭蕉と其角による〈唱和〉の方法について論じてきたが、「句兄弟」は、いわばその理論的な集大成であり、また一方で、俳風の問題も含め、亀裂の走る当時の蕉門諸士に対する、門弟筆頭其角からの〈唱和〉という指標の提示でもあったのだろう。「句兄弟」巻頭、巻軸にあたる第一番、第三十九番の判詞や句に芭蕉の名を出し、師の称賛を得たことを記すことの意味は決して軽くないと考えられる。且つ、「句兄弟」中、第二十二番では、兄句に其角の父、東順の句を挙げて「思ひの外の追善也」（同番判詞）と[*26]し、また、第三十四番でも前年の元禄六年〈一六九三〉に没した西鶴の句を兄として「折にふれては顔なつかし、今は故人の心に成ぬ」（判詞）と追懐するなど、句の世界に留まらぬ、兄句作者への追慕が認められる。末尾に据えられた芭蕉・其角の唱和は、予期せぬ芭蕉の死に直面することによって、師追悼の意味合いを帯び、機能していくこととなる。

注

＊1　杉浦正一郎「芭蕉句合考序説―「貝おほひ」以前の初期句合の文芸精神史的意義―」（『芭蕉研究』第二輯、芭蕉研究会、一九四三年）

＊2　先行研究では唯一、高橋庄次氏「『句兄弟』における反転句法の掛合い〈二句対〉」（『芭蕉連作詩篇の研究』笠間書院、一九七九年）が「掛け合い」の唱和という見地から、「句兄弟」を『阿羅野』の系譜に位置付けるが、「句兄弟」の意図や意義、読者や作者の問題に踏み込んだものではない。

＊3　『雑談集』には「高位の人の取あへず思ひ出給へる句、少年・少女・遊女・禅門などの折にふれたる事云出しは、心と心とのむかひあへる故、等類ある句も聞ゆるされ侍り」との記事が載る。貴人や子供、遊女や僧侶らの折々の吟、心から詠じられた偽りのない表現においては、等類は問題にされないという。そのため、「句兄弟」序文では「祝鮀が佞なかるべし」と、雄弁によって知られる衛の祭官祝鮀（『論語』「雍也第六」）のような口才（＝優れた句を詠む才能）がなくとも構わないのだと続けている。

＊4　例えば、『去来抄』（宝永元年〈一七〇四〉頃成）によると、其角は凡兆の

桐の木の風にかまはぬ落葉かな

の句について、芭蕉の

樫の木の花にかまはぬ姿かな　（『俳諧吐綬鶏』元禄三年〈一六九〇〉刊）

と等類であると難じたところ、言葉の続き方（句の構成）が似ているだけで句意は異なるとの反論を凡兆から受けている。

＊5　序文の「譬喩方便」、第一番中の「決定」・「自然」といった仏教の用語と響かせた表現。

＊6　『誹諧小式』（寛文二年〈一六六二〉序）によると、「逃句」とは、連歌の「逃歌」を俳諧に適応させた語。「逃歌」とは、連歌で三句続けて同一歌を引用することが出来ないため、三句目で依拠する、言い抜け可能な別の歌を言う（『僻連抄』他）。また、『俳諧十論』（享保四年〈一七一九〉刊）には「風雨・寒暖のあしらひをいへば、遁句は軽く」云々とあり、難しい句などを軽くあしらい、付けた句とされる。ただし、「句兄弟」では、等類であることの言い逃れだといった批難の意を多分に含んでいると考えられる。

＊7　これらは、例えば、『和漢朗詠集』中、

折《テ》㆓梅花《ヲ》㆒挿《セバ》㆑頭《ニ》　二月之《ノ》雪落㆑衣《ニ》　（「子日」の項「子日序《ノ》」橘在列）

夜‐遊人《ノハ》欲《ス》㆓尋‐来把《テント》㆒　寒‐食家《ノニハ》応《ベシ》㆓折《リ》‐得《テ》‐驚《ク》㆒　（「躑躅」の項「山‐石‐榴艶《ニシテ》似《タリ》㆑火《ニ》」源順）

と見られ、前者は謡曲「高砂」、後者は謡曲「雲雀山」の詞章にも採られている。

＊8　其角が蛇足だとは思いながら（判詞中「枳棘の愚意を申侍る」）、このような説明をしたのは、第五番が「問答の句」だったからである。『詩法要略』（享保二年〈一七一七〉刊）の解説によると、「問答ノ句ト云フアリ。誰《レ》其《レカル》穫《ゾ》者婦與姑《ト》ト云ヒ何《レノ》日東帰《ニランノ》花発《ヒラク》時ト云フ類、上四字ニテ問ヒ、下三字ニテ答ルナリ」とのことである。『氷川詩式』巻三「問答句法」には杜甫詩「大麦行」の一節「誰当《カ》㆑穫《ニゾ》者婦《ト》与《ト》㆑姑」他が例示される。つまり、其角は、兄句と弟句との、問うと答えるとの関係を示そうとしたといえる。

＊9　石川八朗「『句兄弟』の方法」（『語文研究』第二十七号、一九六九年六月）

＊10　『梁書』「列伝第十五」は「太液蒼波起」とし、『氷川詩式』とは異同が見られる。

＊11　もちろん、これは沈佺期のように、方法として意図的に意を偸み詩を詠むことと、図らずも類句を詠んでしまうこととは異なる次元の問題なのだという前提に立った上での発言と考えられる。

＊12　なお、「点」は『大漢和辞典』（大修館）に「けす。なほす。又、けし。なほし」とあり、「文字の抹消。字句の訂正」との解説がある。「点化」もこの用法によった熟語であろう。また、荒井健氏『中国詩人選集　第二集第七巻　黄庭堅』（岩波書店、一九六三年）によると、黄庭堅は古人の詩に発想を借りて詩作することを「点鉄成金」と称し、「換骨奪胎」とともに後世の作詩の金科玉条とされた。

＊13　但し、沈佺期の詩句は「人疑天上《テ》坐《ス》、魚《ハ》似《タリ》二鏡中《ニ》懸《カルニ》一」（「釣竿篇」）、「両地江山《ノ》万余里」（「遥《カニ》同《ズ》二杜員外審言《ノ》過《ルニ》一レ嶺《ヲ》」）として知られており、『杜工部草堂詩箋』の引用とは異同がある。

＊14　轍士編『我が庵』（元禄四年〈一六九一〉刊）中「往年、其角のぼりしに」云々との記述によると、元禄初年には両者の間に親交が結ばれていたらしい。『雑談集』には

時雨もつ雲の間にあへ酒のかん　　轍士
と未来の句文通せらる折ふし
時雨くる酔やのこりて村時雨　　キ角
と過去の心をつぶやきて、一巻の首尾とゝのひけるに、かの文開合セて、爰浪花津とへだゝりしに、かよふこゝろのをかしといひけり。

と、時雨の風情に一杯呑みたいので、急いで燗をつけようとの轍士句が文通で送られてきた折、同句が「未来」のことを詠んだ点に着目し、自らは酒を呑んでいたところに時雨が降ってきたと逆転させて「過去の心」で応え、江戸・大坂と隔たりながらも、唱和によって共感を得たとの喜びを伝えている。また、元禄七年〈一六九四〉夏、江戸に下った轍士は其

角宅に宿泊（『誹諧此日』同年刊）、編著『いと屑』（同年跋）に序文を依頼している。

＊15　序の＊3にも述べたように、小川環樹氏『中国詩人選集　第六巻　蘇軾　下』（岩波書店、一九六二年）によると陶淵明に次韻（追和）した「和陶詩」は六十首あまりある。

＊16　第十二番判詞に兄句の「けしき（気色）」を「つぎ（次ぎ）」、弟句を詠んだとあることもそれを裏付ける。

＊17　＊9同。

＊18　藤田真一「蕪村反転の法―または句兄弟について―」（『連歌俳諧研究』第六十三号、一九八二年七月。『蕪村　俳諧遊心』若草書房、一九九九年七月に再録）

＊19　弟句に詠まれる「木屋」とは、江戸第一の植木屋、代々続く染井の伊藤伊兵衛のことであろう。伊兵衛（三之丞）は、元禄八年〈一六九五〉、園芸書の嚆矢となる『花壇地錦抄』を刊行し、園芸の発展に寄与した人物。時代は下るが、『続江戸砂子温故名跡志』（享保二十年〈一七三五〉刊）巻五「四時遊観」に「千草万花おほきが中に、つゝじ霧嶋幾億株の限りなく地に錦を布、空は毎花に五色の雲を見せたり」と、その躑躅の見事さが記されている。

＊20　高橋文二氏『王朝まどろみ論』（笠間書院、一九九五年）によると、「まどろむ」行為は王朝時代の女性のあり方を象徴するものだという。判詞においても、『源氏物語』引用に続いて「まどろ」むことにより、王朝期の雰囲気を醸し出す効果を上げている。

＊21　「返し」は、例えば『句兄弟』に先立つ『萩の露』（元禄六年〈一六九三〉刊）にも確認することができる。

信濃にも老が子はありけふの月　其角

とかく書つゞけて病床をうかゞひ侍るに、返し

子と姨とたがかへて見んけふの月　東順

父、東順の危篤に際し、信濃から駆けつけた弟のことを詠んだ其角の句を受け、東順は信濃から姥捨山を連想、そして

我が心なぐさめかねつ更級やをばすて山に照る月を見て　　よみ人しらず

（『古今和歌集』巻十七）

の歌を想起しつつも、姨捨山の月ならぬ、我が子と眺めることのできた今日の名月に大変心慰められると「子」、「けふの月」の語を踏まえながら返答している。

＊22　久保木哲夫氏「「唱和歌」考」（『日本文芸思潮論』桜楓社、一九九一年）によると、和歌の世界における「唱和」と「贈答」は、主に詠歌の場、詠者の人数によって区別されるが、本書でいう〈唱和〉は特に「贈答」に対する「唱和」という意ではない。他者の詩歌に応じて自らも詩を和すことの意で用いる。なお、『八雲御抄』「返事体ノ事」には「我よりまさる人の歌」・「同じ程の人」・「我よりおとりたる人の返事」など、本歌の作者にまで留意した記述が確認できる。

＊23　追和、和韻も「韻ヲ和スト云フ時ハ先ノ詩ノ意ヲウケテ挨拶カ返答カノ気味アルベシトナリ」（『万物異名詩法掌大成』享保五年〈一七二〇〉刊）と定義され、『詩法要略』に「唱詩ノ意ニ返答ノ意ヲ第一トスベシ」とあるが、和歌における「本歌の同じ心にあて、さぞかしといふ」、「和のかへし」（『和歌色葉』）などもこれらの〈唱和〉に相応しい方法である。そして追和という観点から見るならば、「過去のすぐれた和歌の世界に身をおいて歌を作る」（『和歌大辞典』明治書院、一九八六年）大伴家持の追和歌を「句兄弟」への系譜として考えるべきであろう。

＊24　湖十系統の其角伝書。季吟から芭蕉に伝わり、其角へと受け継がれた教えに増補を加え、湖十（初世）が筆写したとされ、安政はじめに永機が書写したものとの機一識語（明治三十四年〈一九〇一〉）がある。元禄十年〈一六九七〉の其角奥書が記載されるが、ただし、当時における湖十（初世）と其角との交流は確認されない。第二部第三章及び同注＊6参照。

＊25　其角は『雑談集』で「発句・付句ともに句の主に成事得がたき也」としつつ、「慥成句の主といはれん様に心得べし」と述べる。また、同書では「句の主」の具体例に芭蕉の「梅が香に」句を挙げ、「師ののつとは誠ののつとにて、一句の主也」

と、他に代え難いことを称賛している。

＊26『句兄弟』に芭蕉の「東順伝」を収めたことも、父追善の意からなされたことだと考えられる。

第四章 「句兄弟」の受容

はじめに

其角が『句兄弟』（元禄七年〈一六九四〉序）上巻で考案した「句兄弟」は、古今諸家の句を「兄」句とし、その「兄」の発想を転じた其角の「弟」句（最後のみ芭蕉句）を番えるという特異な形式の句合（全三十九番）である。弟句を詠じる際には、和歌における本歌取・贈答や、漢詩における和韻、先人の詩を改め、新意を出す点化句法を応用した「反転」と呼ばれる俳諧独自の方法が駆使される。第一部第三章において、兄句から発展的に弟句を詠む点、贈答・和韻（追和）の方法に兄句作者に対する思慕・追慕が含まれる点に着目し、この「句兄弟」を発句と発句、個と個における積極的な〈唱和〉の方法として捉えるべきことを論じた。

元禄七年〈一六九四〉の芭蕉没後、蕉門は美濃派・伊勢派に代表される軽妙平俗な句風の地方系、言語遊戯性が高く趣向を好む都市系（都会派）に大きく二分されるが、「句兄弟」は後者、特に江戸座（享保期に結成された江戸の俳諧宗匠組合）をはじめとする其角系俳人に大きな影響を与える。また、江戸座の流れを汲む蕪村の一門にも、句会の探題として「句兄弟」を採り入れるなどの意欲的な活動が見られる。

そこで本章では、上方、さらに、江戸座俳人を庇護し、サロンを提供した大名文化圏の動向に目配りしながら「句兄弟」を史的に概観する。そして、「句兄弟」が、江戸座を中心とする都会派俳諧の代表的な方法として機能し、時に複雑化しつつも連綿と継承されていたことを明らかにする。

第一節　「句兄弟」の方法と同時代の反響

まず、「句兄弟」について確認しておく。「句兄弟」が漢詩、和歌から得た方法だということは、『句兄弟』上巻、其角自序に「おほやけの歌のさま、才ある詩の式にまかせて、私に反転の一体をたて丶、物めかしく註解を加へ侍る也」と明示されている。漢詩作法の中でも特徴的な点化句法を用いた例が「句兄弟」句合の第一番である。

兄

これは〳〵とばかり花のよし野山　　貞室

弟

これは〳〵とばかりちるも桜かな　　晋子

花満山の景を上五字に云とりて、芳野山と決定したる所、作者の自然ノ地を得たるにこそ、誹諧の須弥山《しゆみ》なるべし。花のよし野と云に対句して、ちるもさくらといへる和句也。是は〳〵とばかりの云下しを反転せし

もの也。（後略）

其角の弟句は、満開の吉野山を詠んだ貞室の兄句を反転し、散る桜を詠んだもので、「和句」（判詞）する時に、兄句と同じ「これは〳〵とばかり」の語を敢えて用いたところに「句兄弟」としての趣向がある。

逆に、疎句的な意味合いを持つ唱和の例が巻尾の第三十九番である。

兄

声かれて猿の歯白し岑の月　晋子

弟

塩鯛の歯茎も寒し魚の店　芭蕉

其角の兄句は、「巴峡《はきょう》哀猿」の叫びを剥き出した歯に視覚化し、さらに峯の月を取り合わせたもので、芭蕉はそれを寒々とした店先の塩鯛の歯茎へと転じて弟句を詠んでいる。句形というよりも、句の「冷《すさま》じ」（判詞）さを重視しての「反転」である。

また、「句兄弟」には「返しとある歌の筋なるべし」（第二十九番判詞）とある、和歌から導入された「贈答」がある。「贈答」とは「詞を具してかへす事も有。心は同じ事なれど詞をかへても返す」（『八雲御抄』）方法である。

さらに、例えば第二十三番のように、追善の意を込めたものもある。

兄

夏しらぬ雪やしろりと不二の山　東順

弟

雪に入月やしろりとふじの山

元禄六年〈一六九三〉に没した父東順の兄句と、それに対する其角の弟句である。兄句の、夏の富士の山という情景から秋の富士の山へと季を変え、「月―忍ぶいにしへ」（『俳諧類船集』延宝五年〈一六七七〉序）との連想によりつつ転じて追和したもので、判詞には「思ひの外の追善也」とある。後述するように、この追慕・追善という性格が、以後の受容に大きな意味を持つことになる。

さて、元禄七年〈一六九四〉の芭蕉の死に際し、蕉門俳人は一堂に会して互いに親交を深める機会を得る。そこで交流の具としての発句贈答の有効性が発揮された。この贈答の方法に特に興味を示したのが京の去来である。[*1] 去来は自身が後ろ盾となった浪化編『ありそ海・となみ山』（元禄八年〈一六九五〉刊）について、元禄八年〈一六九五〉一月二十九日付許六宛去来書簡で

此度の集（筆者注・『ありそ海・となみ山』）に贈答の句を撰入候而、一興に可レ仕与《と》奉レ存候。尤、穴勝に秀句ならずとも、此は贈答を興にと存候。

と述べ、同書の趣向が江戸・京をはじめ、各所の俳人の贈答にあるとして、返句の方法を解説している。同書か

ら、唱和の一例を挙げる。

芭蕉翁の七日〳〵もうつり行あはれさ、猶無名庵に偶居してこゝちさへすぐれず、去来がもとへ申つかはしける。

朝霜や茶湯《トフ》の後のくすり鍋　　丈草

かへし

朝霜や人参つんで墓まいり　　去来

芭蕉没後、丈草は心喪三年を決意し、無名庵に入っていた。丈草が去来に贈った句は、朝毎に廟前に茶湯を供えつつも、病がちに送る我が身を詠んだ句である。去来は「かへし」として、「朝霜」に託された寒々しい心境を分かち合い、「くすり鍋」に対して薬用の「人参」を摘んで墓参りに訪れましょうと丈草を気遣う。句を介しての心細やかな交流である。

一方、其角が直接に上方蕉門俳人に「句兄弟」を広めた例もある。『韻塞《いんふたぎ》』(元禄十年〈一六九七〉刊)には

去来が雪の門を題にすえて、晋子に句を望まれける時

十四屋は海手に寒し雪の門　　許六

との句がある。これは去来の

応々といへどたゝくや雪の門　　去来　　（『去来抄』宝永元年〈一七〇四〉頃成）

を題として、つまり兄句として弟句を詠んでみよと其角が勧め、許六がそれに応えたということである。許六句は、去来句の「雪の門」を「海手」、即ち琵琶湖のほとりにある大津の総年寄役、十四屋小野総左衛門の邸[*2]の門へとうつし、その厳冬の光景を想像したのであろう。ここには上方蕉門への伝播が見られる。そして、発句対発句の唱和は交流の具としてだけでなく、芭蕉追悼の追和にも盛んに用いられていく（第一部第二章第九節）。

このような〈唱和〉の方法「句兄弟」は、特に其角の影響下にある江戸で浸透していった。例えば、『末若葉《うらわかば》』（元禄十年〈一六九七〉刊）に次のようにある。

拙叟《せつこう》入湯のころ、るすをとひて
白雨やもりをとむれば鼠の子　　（其角）
と申出たれば、弟して
白雨やもりさす人の落た顔　　闇指

湯治で不在の拙叟宅を訪れた。其角の句は、そこで突然夕立が降ってきたため、雨漏りを止めに拙叟宅の屋根裏に上がった折、図らずも子鼠に出会ったというもの。闇指句の「もりさす」とは雨漏りを塞ぐ意で、『御湯殿上日記』天正三年〈一五七五〉三月十日の条に「おなじくくろどの御やねのもりをさゝせらるゝ」、『大淵代抄』（慶安二年〈一六四九〉刊）に「家ノ漏リヲ指シ軒端ノコボル、ヲ再興シタヤフナコト」云々と出てくる語。其角句を受け、闇指はすかさず、その雨漏りを止め、なんとか落ち着いた人の表情を捉え、応酬し戯れる。

『焦尾琴』（元禄十四年〈一七〇一〉刊）からも例を挙げる。それは其角の

一日長安花

鐘一ツうれぬ日はなし江戸の春　（『宝晋斎引付《ひきつけ》』元禄十一年〈一六九八〉刊）

に唱和した一連である。其角句の前書は、科挙を終えての晴れ晴れとした解放感を詠んだ孟郊「登科《とうか》後」（『孟東野詩集』巻三）の一節、

一日看尽《クス》長安《ノ》花

を踏まえ、華やかな江戸の春とその繁栄を唐の都長安に擬しながら謳歌する句となっている。

長安の夜遊、寄晋子

鐘ひとつ買てかけたりけふの月　周東

長安の花を洞庭の月にうつされし周東の吟をうけて、三兄弟にちなむ。

かけて猶鐘はさへたり後の月　　　　専仰

周東は前書で、爛漫たる長安（江戸）の花を見尽くし、きっと夜の遊宴を開いていることでしょうと其角に挨拶し、自身は「うれぬ日はなし」とされる鐘を買い、鐘楼に掛けて八月十五夜の月を愛でておりますと、秋の季へと転換して返答する。これを受けて、専仰が句の前書に「長安の花を洞庭の月にうつされし周東の吟」と記しているのは、元禄十一年〈一六九八〉に新刻した其角の点印「一日長安花」、「洞庭月」からの連想と相俟って、周東句の「鐘ひとつ買てかけたり」に瀟湘八景の「遠寺晩鐘」、「けふの月」に同八景の「洞庭秋月」の詩趣を看取しているからと考えられる。そこで専仰は、湖上に響く鐘の音が冴え渡る中、私は九月十三夜の名月を賞美するのですと句を継いでいった。「三兄弟」とあるように、これらは三句一連となる「句兄弟」である（但し、配列として併記はされていない）。このように、〈唱和〉の方法は江戸俳壇の中枢を担う其角を軸として推進される。

そして、宝永四年〈一七〇七〉に其角が没した際には、特に「句兄弟」、「反転」などの語句は用いられないが、例えば『類柑子』（同年跋）では、歌舞伎役者、村山万三郎を連れ添って楽しむ花見を詠んだ

妓子万三郎を供して
その花にあるきながらや小盞　　　　其角　　　　（『いつを昔』元禄三年〈一六九〇〉刊）

や、幼くして帰らぬ人となった次女への追悼、

宝永三戌十一月廿二日妙身童女を葬りて
霜の鶴土にふとんも被されず　（『五元集』延享四年〈一七四七〉刊）

といった其角句を受け、

あるきながらといふも夢になりて
ちる花ももとの雫や小盃　千江
霜の鶴土に蒲団もかけられずと子を悲しみし人も、ともに流水、むなし。
親も子も同じふとんや別れ霜　秋色

と、散る花の如き命の儚さ―因みに、万三郎も「はしか」で夭折している―、先立つ愛子の許へ向かった其角への思いなど、追悼の意を込めた追和句が次々と詠まれていった。一周忌集『斎非時《ときひじ》』（同年成）では、其角が新吉原遊廓裏手、周辺に乞食の居住地のある大音寺近くを通った折に詠んだ[*3]

遊大音寺
梅が香や乞食の家ものぞかるゝ　其角　（『続虚栗』貞享四年〈一六八七〉刊）

に追和し、

梅が香や昔をおもふ乞食好　　岩翁　（『斎非時』宝永五年〈一七〇八〉成）

が詠まれている。生前、其角は

我身
乞食かな天地ヲ着たる夏衣　　同（其角）　（『みなしぐり』天和三年〈一六八三〉刊）

と、乞食であるがために得られる天衣無縫さを我が身のことに重ね合わせており、元禄三年〈一六九〇〉には三蔵という乞食に俳諧指導（批点）して「乞食の師となり候事（中略）此道の満足御さつし可被下候」（同年加生ら宛其角書簡）と述べた上で、『花摘』（同年刊）にその記事を載せつつ、

あまさかる非人貴し麻蓬　　其角

の句を掲載するなど、乞食に対して並々ならぬ興味・共感を持っていた。岩翁句に「乞食好」とあることを考えあわせると、その其角の人柄をも偲びつつ、追和したものかもしれない。なお、七回忌集『石などり』（正徳三年〈一七一三〉刊）では、前出其角の「梅が香や」句を掲げた後、其角句に詠まれた「梅」に直に連なるかのように「其

梅に」と前書[*4]して

いつを梅風を残して法事鐘　冠里
他屋敷のむめの雫ぞ塗枕　専吟
むめが香や用心ゆるき藪の風　百里

他、計九句の梅の句を併記している。このような追和を重ねながら、其角追善は享保期の二十三回忌を迎えることになる。

第二節　享保期の模索と継承

享保十四年〈一七二九〉の其角二十三回忌を契機に、同十六年には『末若葉』（元禄十年〈一六九七〉刊）に倣った超波編『落葉合』、翌十七年には『新山家』（貞享二年〈一六八五〉成）に倣った二世湖十編『犬新山家』、同二十年には『花摘』（元禄三年〈一六九〇〉奥）に倣った同編『続花摘』と、其角系俳書が陸続と出版される。この其角顕彰の潮流に乗り、享保二十年〈一七三五〉に貞佐編『梨園《なしのその》』（成立は同十六年）、翌二十一年に魚貫《うおつら》編『新句兄弟』が刊行された。

其角二十五回忌追善集『梨園』は、別名『続句兄弟』という（貞磨跋文）。午寂序文に「晋子そのかみ述作するところの句兄弟有り。門人桑々畔貞佐子、すなわちそのひそみに倣いて、以て晋子が句を摘みて兄と為し、自己の句を以て弟と為し、尚且つ之を継ぐに旧交同游の輩とともに歌仙を賦して」とあるように、『梨園』では、発句と発句による「句兄弟」にとどまらず、例えば、

梅が香や乞食の家も覗かるゝ　晋子
むめ咲や乞食の窓も南むき　貞佐
隔ぬ水のさそふ沢苣　舞蛟
竿馴るゝ魚も地虫も上手にて　大蛟
豆腐きれたら疾戻おれ　貞佐
作樹の肘より膝へ暮の月　舞蛟
鵜五間雲ちらと見へ　大蛟（以下歌仙）

と、梅の香りに誘われ、その樹下にある乞食の粗末な家も、ふと覗かれたという其角の兄句（前出）を掲げ、それに追和して乞食の家の作りを具体化し、南向きの窓のうららかさを詠んだ貞佐の弟句を立句として、さらに追善の歌仙を巻くという、「句兄弟」による其角追善と、歌仙による追善興行を併せた効率的な形式を採用する。[*5]貞佐が「師、世にありし時、人口に唱られし句々廿五をとり出て、試に是にまたちなみよれるは物めかしや」（同書序文）と述べるように、『梨園』は二十五回忌に合わせ、全二十五の其角句を追和する企画である。とはいえ、厳密には「句兄弟」に基づく歌仙は二十四で、残りの一は、おそらく其角の

角文字やいせの野飼の花薄　其角（『其袋《そのふくろ》』元禄三年〈一六九〇〉序）

を立句とした百韻を指すのであろう。同百韻の前書には、「角文字や」句を「句の主に成て、一功規模の発句なり」と評し、俳諧における制詞に相当すると説く『滑稽弁惑原俳論《こつけいべんわくげんはいろん》』（宝永四年〈一七〇七〉奥）の言を引用しているので、この百韻のみ師の句を特に尊重して、敢えて弟句を詠むことを控えたと考えられる。*6 もう一例を挙げておく。

扇のほねをかきね哉といひ遣しけるに、又所望有ければ
二本めは与市もこまる扇かな　晋子
二本めも其角こまらぬ扇哉　貞佐（以下貞佐・蓮之両吟歌仙）

この「句兄弟」は、扇の賛として

ある御方より、あさがほかきたる扇に、さんのぞまれ侍りて
舜草《あさがお》*7や扇の骨を垣根哉　其角（『末若葉』）

の句を詠んだ其角が、再度句を求められて、扇から那須与一を想起し、その困惑した心境を詠み返答した兄句*8と、困惑しつつも鮮やかに句を詠んだ其角の手際を賞讃する貞佐の弟句である。このように其角を讃え、直接弟句を詠んで応じるという形式は、その顕彰をアピールするのに極めて有効だったと評することができる。*9

『新句兄弟』は「句兄弟」句合に倣い、諸家の発句を「兄」、編者魚貫の句を「弟」として番え、編者自身が判詞を書き、各番それぞれの「句兄弟」について平易に解説した全六十二番の句合である。魚貫は江戸浅草蔵前の札差《ふださし》、大口屋長兵衛。心祇、雪堂の号でも知られる。蔵前の札差連、水光（初世祇徳）・莎鶏・為邦らとともに四時観派《しじかんは》と呼ばれ、平明な句風を志向するが、後述のように、『新句兄弟』においては技巧的な句も披露している。兄句作者には四時観派、親交のあった麦阿（柳居）・宗瑞・素丸・蓮之・咫尺らの五色墨派《ごしきずみは》、魚貫の同族で十八大通として知られる蔵前の札差、暁雨《ぎょうう》（大口屋治兵衛）・空翠（大口屋八兵衛）といった遊俳に加え、沾洲・青峨・湖十・超波・存義・米仲ら数多の江戸座俳人の名が見える。大尾を芭蕉との唱和で飾る其角の「句兄弟」句合を意識し、巻末、第六十二番の兄句に魚貫の師事した祇空（其角門）の句を据える構成となっている。この『新句兄弟』では、「反転」の仕方が複雑化する。

第三十一番

兄

蚊の多くある家も旅のうきね哉　　徳茂（A）

弟

蚤虱翁に似たる旅寝かな　（魚貫）（B）

あしの葉をかりふく賤の山里に衣かたしき旅寐をぞする、ぶん〳〵とおのが文字よむ蚊の声は、うきにうきたびねなるべし。

蚤虱馬の尿《ばり》つく枕元（C）、是を思ひよせて申侍る。

兄句の旅情を「反転」するにあたり、蚊の飛び交う旅寝の宿を詠んだ兄句から芭蕉の

蚤虱馬の尿する枕もと　（『おくのほそ道』）

の句を想起し（ただし中七「馬の尿つく」とする）、間接的に介在させて弟句を詠むという方法である。つまり、A→C→Bという「反転」の図式となる。さらに、弟句に、他者の句の一部を詠み入れる例もある。

第五十四番

兄

厄払ひをのれが厄も同じ海　　羅千（A）

弟

厄払ひ果はありけり海の音　（魚貫）（B）

人のやく、おのれがやくはらひ果たる西の深き海も、いかに浅くやは。果てはありけりは言水が秀句をななを残さむが為に一の句をかへて中侍る。其句、

凩の果てはありけり海の音（C）

羅千の兄句から魚貫が弟句を詠む時、「言水が秀句をなを残さむが為に」（判詞）、言水の句を大幅に詠み入れる。

これもA→C→Bの図式となる。つまり、『新句兄弟』の特徴として、弟句を詠む際、兄句以外の句を介在させて「反転」するといった、技巧的な模索が見られるのである。この「句兄弟」の複雑化は、技巧に趣向の重心を置くという享保期江戸俳諧特有の言語遊戯的側面をよく現している。そこで、作風の面からも特徴を確認しておきたい。

第四十七番

兄

蜂の巣や寒山じつと工夫物　　栢莚

弟

蜂の巣や拾得いかん暫時待テ

いにしへより寒山はいかなる画師も箒もてる形ばかりかけり。仍蜂の巣に取合たる箒、じつと工夫物とはいへり。其上拾得の名もたて入たる事、むつかしき句風、なま〳〵の人の及ぶべき事かは。一句一人の作意たるべし。予、是にすがりて、さま〴〵工案し侍れども、蜂の巣にゐんある言葉は侍れど、其名よろしき言はなし。さりながら、やみべき事にも侍ねば、ふつゝかなる言葉を擔ひ出して、一句に問答して、拾得に寒山の名をたて入たり。万の事、ふたゝびに及ぶ事ははじめよりすぐれ侍るといへど、是ばかりは前の工夫に此後も及ぶまじや。

栢莚《はくえん》（二代目市川団十郎）の兄句は、唐代、豊干《ぶかん》禅師に師事した超俗の僧、寒山《かんざん》・拾得《じつとく》を題材とする。蜂の巣を前に、寒山がじっと思案をめぐらせているという句意で、判詞によると、一般に寒山の図は箒を持つ姿で描かれるが、それに春の季語「蜂の巣」を取り合わせ、「じつと工夫物」に拾得の名を詠み入れたところが趣向。寒山の脱俗的・高踏的な漢詩文の世界を日常的な世界へと転化させている点が見事であり、その技巧を凝らした句作について、魚貫も判詞で「むつかしき句風、なま〳〵の人の及ぶべきことかは。一句一人の作意たるべし」（実線部）と賞讃している。これに唱和した魚貫の弟句は、兄句の寒山に「すがり」[*10]（波線部）、句の表面に拾得の名を出しつつ、「いかん暫時」に寒山の名、さらには団十郎の見得を切る場面「暫《しばらく》」をも複雑に詠み入れ、応じる。これらは非常に手の込んだ手際であり、『新句兄弟』の目指す方向性が技巧面の模索にあったことを明らかにしている。[*11]

また、「句兄弟」の複雑化とともに、雪中庵系の『若水』（元文五年〈一七四〇〉再刻）には「句兄弟」の、享受者における視点の問題と、複数化の問題が提示される。

句兄弟にはあらで、姿の似たるまゝ両翁の佳詠をならぶ。次に野章は時候もたがひ、かたく憚あれど、

君火たけよき物見せん雪丸げ　ばせを（A）

君見よや我手入るぞ茎の桶　嵐雪（B）

戯れに君手をおろせ初鰹　吏登（C）

前書にあるように、確かに『続虚栗』に前書「対友人」として出る芭蕉の句、『其袋』に前書「冬の日客をもてなす」として出る嵐雪の句は、それぞれ「句兄弟」を意図した句ではない。が、ともに友人をもてなす（雪転がしをする・茎漬けを振る舞う）という主旨と、「君」「見せん」「見よ」という呼びかけが共通する句で、吏登は一句の共通点を見付け、並べつつ弟句を詠む、つまり第三者が享受者の視点で「句兄弟」を発見し、その上で追和する。A・

Bの兄句に和した弟句Cという図式だと整理できる。

いつのとしか木者庵を訪侍しに、祖翁の秀作に弟の句せしとて見さしむ。予も其章侍りとてかいつけしを今思ひ出て

いざゝらば雪見にころぶ所まで　翁（A）
ころぶ気のつかぬ間を雪見哉　鼠肝（B）
ころんでは又おきあがる雪見哉　吏登（C）

右は雪にころぶという題材を軸として、芭蕉の兄句に鼠肝（木者庵・初世湖十）、吏登がそれぞれ過去に詠んだ弟句を披露し合い、記したという例で、AにB、AにCと追和した図式となる。複数化については、例えば本章第一節、『焦尾琴』での「三兄弟」においても触れた問題ではあるが、兄句を起点に配列として併記することで、紙面に〈唱和〉の輪が広がっていくことが明示され、印象付けられている。

以上のように、享保期、「句兄弟」の方法は様々な模索を重ねつつ、継承されていった。享保末年から寛延にかけて、祇空（享保十八年〈一七三三〉没）、貞佐（同十九年没）を筆頭に、次々と江戸俳壇の重鎮が他界し、著しい世代交代を強いられるが、*12 特に江戸座俳人達は、これを句作法の基礎として説き、普及に努めている。『ばせを』（宝暦六年〈一七五六〉序）には貞佐門の超波が馬塵に向けてした句作指導の例が挙がる。

此叟に句案の事の手をひかれつる折しも、蕣や土の上這う大むかしの句を語りて、たゞちかきより句を求

むべしと誹談せしにおもひよせて
蕣や竹の恩知る其むかし　　馬塵

超波が初学の者に兄句となる句を示して、「たゞちかきより句を求むべし」（前書）と教示し、それを受けて馬塵が句作を実践する。*13 馬塵の句は竹にすがって伸びた朝顔の蔓に託して師恩を詠んだものである。また、超波自身も

黄菊白菊その外の名ハなくもがなとありし嵐雪が心をさぐりて
黄菊まで夜は白菊に戻りけり*14　　（『俳諧清水集』天明八年〈一七八八〉刊）

と詠んでいる。指導という形をとって、「句兄弟」が着実に根付いていく様子が確認できる。

宝暦十一年〈一七六一〉、一句立の高点付句集『武玉川』（初編・寛延三年〈一七五〇〉～十五編・宝暦十一年〈一七八一〉）の大ヒットで知られる江戸座（其角座）の紀逸が没した際には、「句兄弟」と音の通ずる追善集『句経題《くきょうだい》』（同年成）が編纂された。同書には、関口芭蕉庵に句碑の現存する紀逸の代表作、

二夜啼ひと夜は寒しきりぐ〵す　　紀逸　　（『夜さむの石ぶみ』宝暦三年〈一七五三〉刊）

に追和した

其先自生庵（筆者注・紀逸）のきり〴〵すの句、今さらの様に思ひ出て

二夜降る一夜は悲し五月雨　　岸社子

一夜は寒しきり〴〵すとは、紀逸世の耳に残されし也。今又此句を思ひ出ていたむ事になりぬ。

時ならず寒き一夜やほとゝぎす　　買明

の句が詠まれている。紀逸句は、ひとり寝の憂き思いで過ごした霜夜を詠んだ藤原良経の

きりぎりす鳴くや霜夜のさむしろに衣かたしきひとりかも寝む　　（『新古今和歌集』巻五）

を踏まえつつも、「二夜啼ひと夜は寒し」とすることで、その翌日には恋人の到来があったことを暗示させる句である。岸社子・買明は逆に、昨日まで命永らえていた紀逸の突然の訃報を耳にしての悲しみを「一夜は悲し」、「寒き一夜や」と表現し、追悼している。

第三節　大名文化圏への波及

江戸座俳人を通じて、「句兄弟」の方法は、パトロンである大名文化圏へと波及する。例えば、米翁こと大和郡山藩主、柳沢信鴻《のぶとき》がいる。*15 米翁は安永二年〈一七七三〉に致仕、二世青峨や米仲に師事して、駒込染井山荘（現・

六義園）で俳諧に旺盛な活動を続ける。米翁の息もそれぞれ俳諧を嗜み、山荘に菊貫《きくつら》（信濃松代藩主、真田幸弘）・銀鵞（姫路藩主、酒井忠以《ただざね》）ら大名俳人が訪れるほか、江戸座の多彩な俳人が出入りして、米翁のサロンは一大文化圏を形成し、その交流の具として「句兄弟」が活用される。『宴遊日記』安永三年〈一七七四〉三月二十日の条を以下に挙げる。

○背松より文、百員二巻来、返簡認印つかハす。背松句に
　　烏より早き桜の夜明かな
　　　其兄弟に
　　烏より遅き蛙の日暮かな

米翁の句は前書に「其兄弟に」とあることから、背松の句の夜明けの桜に対して、日暮れの蛙の声を詠んで応じた弟句であると理解できる。天明六年〈一六八六〉刊行の『蘇明山荘発句藻』では前書を「背松のもとより、烏より早き桜の夜明哉といふ句を見せたまふ。その弟にとて」とする。大名文化圏の人々は俳諧だけでなく和歌、詩歌にも長じ、例えば柳沢家では和歌は日野家、漢詩は細井平洲に師事しており、贈答酬和をよく心得ていたために「句兄弟」の受容について積極的だったのだと考えられる。同書には、其角がパトロンの松平定直（伊予松山藩主）の不惑の賀会に侍座した折、大名家らしい厳かで清廉な趣の梅見を詠んだ

　四十の賀会し給ふ傍に宴遊侍坐しければ

御秘蔵に墨を摺らせて梅見哉　　其角　（『焦尾琴』）

を、上巳の節句へと転じ、

晋子が墨をすらせし梅の頃もすぎぬ。
御秘蔵に駕をかゝせて雛見哉

と詠むなど、大名文化圏に深い関係を持っていた其角に対する愛着の情も見出すことができる。

銀鵞の場合には

杖突坂を越るとき翁の句にすがりて
歩行ならむ杖つき坂を籠すゞし　（『玄武日記』安永七年〈一七七八〉五月二十二日の条）

と、参勤交代で東海道を杖突坂まで来た時に、

歩行ならば杖つき坂を落馬哉　（『笈の小文』宝永六年〈一七〇九〉刊）

と、そこで落馬したとの芭蕉句を想起し、それに「すがり」、引き合いにしつつ、馬ではなく駕籠に乗る軽快さ

を詠んでいる。そして、銀鵞の弟で其角に私淑していた屠龍こと酒井抱一の『浮瀬貝太郎帖』[*16]（寛政三年〈一七九一〉序）にも、曲水の酒宴に際し、

御手元とは存候得共、師の坊の御盃、隅田玉川の水を廻せとの仰いなみがたく、いさゝか此貝の銘に対し、其角があとより参れを反転して

曲水の後詰は是に貝次郎　庭柏子屠竜

と、其角の

汐干なり尋ねて参れ次郎貝　（『類柑子』）

を「反転」して詠んだ句が存在する。其角句は、潮干狩りの折に付近の茶屋で一杯引っ掛けているのだろう、『曽我物語』（巻一）で知られる大盃、次郎貝に因みつつ、戯れて詠んだものである。

さて、この大名文化圏において、特に注目される作品が歴翁編『歴翁二十四歌仙』[*17]（安永六年〈一七七七〉序、写本）である。撰者の歴翁（別号、百童）こと佐竹北家第五代当主義邦《よしくに》は、角館城代（正式には所預《ところあずかり》）として藩政にあたった人物である。歴翁は江戸座宗匠、主に江戸談林七世の一陽井素外《いちようせい》（宗因座）に師事し、書簡による添削を受けており、安永四年〈一七七五〉四月二十四日には西鶴の大矢数に倣って辰の中刻から酉の刻までに七百韻の独吟を催す（『七百韻』同年成）など、角館にあって精力的な活動を展開する。息の素盈《そえい》（北家第六代当主、義躬《よしみ》）、公佐《こうさ》（二

世。義躬の弟、千種長貞《ながさだ》）はじめ藩士の駒木根投李も俳諧に興じ、サロンの趣を呈している。*18

『歴翁二十四歌仙』の序文を認めたのは、江戸座の平砂である。本書は同序文に

　むかし、子晋子、反転の一体を立れば、吾佐翁、師弟として続ィで吟じて、兄弟の序ィでをなせり。こゝに羽の歴翁君、古を慕ひ、今に移さむとてや、前格に倣ひて廿四句を作せる。

とあることからわかるように、先に見た貞佐の『梨園』に、さらに和した作品、つまり其角・貞佐の「句兄弟」を掲げ、それらに対して歴翁が第三の弟句を詠み継いで追和し、さらに独吟歌仙を巻くという遊びの雰囲気の強い作品で、方法としては、主に「句兄弟」に歌仙を附属させた『梨園』の方法と、「句兄弟」を複数化した『若水』の方法の上に立つものである（その他、諸家の四季発句六十四を収める）。同歌仙は、歴翁の自跋に「予が狂吟せしは、安永丙申の夏」と記されていることから、安永五年〈一七七六〉の興行。本書の総歌仙数が二十四なのは、『梨園』での「句兄弟」を全て網羅するからで、或いは、この歴翁による催しは、安永五年〈一七七六〉が其角の七十回忌にあたっていたことに起因するのかもしれない。歴翁が本書序文の執筆を師の素外ではなく、平砂に依頼したのは、貞佐門正統として相応しかったためだろう。*19 歴翁の詠んだ弟句の傾向について、平砂は序文で

　よりてみるに、その梅・花・蝶・桜・郭公・七夕・摘綿等ハ前二句の品物に拠リ、紙雛一題ばかりハ前二句の時儀を反せり。偏に晋によれるものは鶯・涼・扇・鴫にして、佐にしたがへるものは柳・藻・鰹とみえたり。晋・佐あはせてとれるものは蝉・月・十六夜・雪・蒲団・としのくれ。二子を離れて合せたるは唯端午

なるべく、異姓の弟ともいひつべしや。二本目の扇ハ晋子に返答ときこえ、蕎麦の花のミぞ、転‐換、度《ド》を得。このかミをこのかみとして、独リ発明なるに準ラふべけむ。

と分析する。『歴翁二十四歌仙』巻頭の「句兄弟」は次の如くである。

梅が香や乞食の家も覗かるゝ　　晋子
むめ咲や乞食の窓も南むき　　貞佐
膝抱て乞食も見なむ梅の花　　歴翁（以下、歴翁独吟歌仙。以下同）

前述のように、其角の兄句は梅の香りに誘われ、その樹下の乞食の粗末な家も、ふと覗かれたというもので、『梨園』で貞佐はその間取りを具体化し、南向きの窓のうららかさを詠んでいた。歴翁は両句の「家」・「窓」に対して乞食本人を登場させ、その乞食も眺めて楽しむであろうと梅の花を賞翫する。句の「見なむ」は其角句の「覗かるゝ」、貞佐句の「窓」といった語からの連想だろう。理知的で都会的な発想の作と言え、其角・貞佐の句を一字分上げて敬意を払う書式からは、歴翁の追慕が窺える。

序文（実線部）で「紙雛一題ばかりハ前二句の時儀を反せり」とあるのは

紙びなや碁盤にたてゝまろがたけ　　晋子
紙雛は伊勢物語絵入かな　　貞佐

かミびなや神代の人はかくあらむ　　歴翁

との一連で、其角、貞佐の句が共に『伊勢物語』第二十三段、筒井筒の挿話を踏まえているのに対し、歴翁の弟句が神代の時代まで遡り、古代人の姿へと想像を逞しくしていることをいうと考えられる。また、「二子を離れて合せたるは唯端午なるべく、異姓の弟ともいひつべしや」（波線部）とは

五月雨や傘に釣る小人形　　晋子
売りたさに三升を付る甲哉　　貞佐
飾とて甲にかざす長柄かな　　歴翁

と、端午の節句に飾る兜人形の内、其角が小人形を、貞佐が兜（売れ行きを良くするために市川団十郎の三升紋を入れたとする）を詠んでいるのを、歴翁が、兜人形ではなく、その飾りとしての武具を詠んだことを指している。

次の一連は、平砂序文に「二本目の扇ハ晋子に返答ときこえ」（点線部）とある。

二本めは与市もこまる扇かな　　晋子
二本めも其角こまらぬ扇哉　　貞佐
与市召せ扇に賛[20]にこまらせむ　　歴翁

兄句は前出『梨園』で解説したように、扇の賛を乞われて困惑した其角の句、それでも見事に返答する其角の手腕を讃える貞佐の句であるが、歴翁は弟句で、それではもっと其角を困らせてやろうと戯れかかっていく。

そして、序文に「蕎麦の花のミぞ、転‐換、度《ド》を得」（二重線部）と評される一連、

横雲や所〳〵のそば畑　晋子
よこ雲や海を顕ハす蕎麦の花　貞佐
星月夜だまされまいぞそばの華　歴翁

では、諸所に蕎麦の白い小花が咲き、それが遠目からはそこここに横雲が漂っているように見えるとする其角句、それを受け、今度は一面が蕎麦の花に覆われ、まるで海のように見えると和した貞佐句に対して、歴翁は星の光輝く夜、蕎麦の花には「だまされまいぞ」と、あえて兄句らとは異なる趣向を見せていく。兄句との追和を旨としつつ、競合する「句兄弟」の遊戯性がよく現れている。

　秋田俳壇は、元禄十四年〈一七〇一〉に其角門の其雫（久保田藩家老、梅津忠昭）が帰藩して以来、其角流の俳諧が影響力を持っており、特に武家を中心に江戸座と繋がっていた。[*21] そのため、久保田藩下、角館においても其角俳諧が慕われ、都会派俳諧特有の方法である「句兄弟」を享受する土壌が育まれていた。

　尤も、角館にあって江戸座俳人とパイプを繋ぎ、俳風を摂取した歴翁を米翁、銀鵞ら江戸在住の大名と同列に扱うことはできないだろう。ただし、この『歴翁二十四歌仙』は、この時期の江戸座と地方文化圏との繋がりを考察する上でも重要な位置にあると考えられる。その周辺に、平砂や素外、そして当時秋田俳壇に重きをなした

吉川五明がいるからである。

素外は、天明元年〈一七八一〉、『俳諧類句弁』初編を刊行する。同書は其角の「句兄弟」に触発されて古今の類似した句を集め、その差異を論じるものである。素外の関心は、等類批判からいかに句を弁護するかにある。例えば、

木がらしやある夜ひそかに雪の花　　菊伍
五月雨やある夜ひそかに松の月　　蓼太

を挙げ、両句は同じ「ある夜ひそかに」の語句を用いながらも、それぞれ吹きすさぶ凩の合間に降った雪の静かさを詠んだ句と降り続く雨の合間に出た月の興趣を詠んだ句であり、等類にはならないと解説する。『俳諧類句弁』に例示される句の多くはこのような類句で、〈唱和〉という観点を強く打ち出してはいないが、素外は同書中「又井蛙抄に本歌に贈答したる姿とて出たり。俳諧にもその趣あり」とも述べて「贈答」の方法に理解を示しており、中には意図的な〈唱和〉である「句兄弟」も一部掲載される。例えば、「懐旧・追善にその人の句をたちいれ、或は故人の句を採たるをたしかに見せて模様ともなる事あり」と述べる中で

手づから雨のわび笠をはりて
世にふるも更に宗祇のやどり哉　　芭蕉
祇空箱根に庵せし時

世にふるも更に芭蕉の時雨哉　　淡々
連　世にふるも更にしぐれのやどり哉。又是より前吉野拾遺に御制作
同　世々ふるもさらに時雨のやどり哉

と、宗祇の連歌発句と芭蕉句、そして淡々の追善句を紹介する。素外には「句兄弟」と類句とを混同し、「晋子、句兄弟を著すものはあへてせよとにはあらず」（序文）と述べるなど、積極な〈唱和〉という側面を肯定的に捉えていない節も見受けられるが、[*22]文化十一年〈一八一四〉には『俳諧類句弁後編』を刊行し、類句とその収集・分析に多大なる興味・関心を寄せている。

また、歴翁と交流のあった五明にも「句兄弟」の例が確認できる。

小傾城行てなぶらん年の暮と晋子が例の酔中の吟へ弟句を望れば
うかれ女や師走は誰に靠《よりかかる》　（『塵壷』[*23]寛政五年〈一七九三〉の項）

ものいへば唇寒しの弟句をと望に
口閉てうき世に清し蛎《かき》の水　（『佳気悲南多《かげひなた》』文化元年〈一八〇四〉刊）

前者は『雑談集』（元禄四年〈一六九一〉刊）所収の其角句、後者は芭蕉句の

物いへば唇寒し秋の風　　芭蕉翁　　（『芭蕉庵小文庫』元禄九年〈一六九六〉刊）

に和したものである。この他にも、五明は幾度にもわたり「句兄弟」を試みている。『蓼に螢』（寛政七年〈一七九五〉刊）では

草の戸に我は蓼喰ふ螢哉　　其角　　（『みなしぐり』）
蕣に我は飯くふおとこ哉　　芭蕉　　（同）

の唱和に言及し、その句作法について「其人の句を悟らんとおもふ物（者）は、其人の肺肝に分入て、其魂を奪ふべし」との理解を示し、「予、試に一句を吐べし」と述べて

酒のまぬ眼には光らぬ螢かな

の句を詠んでいる。

このように、角館、歴翁サロン周辺の活動は、地方における「句兄弟」享受の実態を如実に浮かび上がらせる。

第四節　安永・天明期における上方の動向

明和から安永にかけて、京では蕪村、太祇らの三菓社、名古屋では暁台、加賀では麦水など、各々立場を異にしながらも、蕉風復興運動が活発化する。其角顕彰の波もまた、五十回忌を目前にした宝暦五年〈一七五五〉の『雑談集』（元禄五年〈一六九二〉刊）再刻、麦水の『新虚栗』（安永六年〈一七七七〉刊）出板と、次第に盛り上がっていく。[*24]この潮流にあって、各地で「句兄弟」が催された。中でも、江戸座を母体として活動を開始した蕪村の周辺[*25]が意欲的である。

中興期、特に蕪村一門に関しては藤田真一氏[*26]の詳細な論が備わるので、以下、参照しつつ述べる。藤田氏によると、蕪村が「句兄弟」を試みた明確な早い例は、『月並発句帖』に収められる安永三年〈一七七四〉八月十日の句会である。この日の句会では探題に「句兄弟」が採用され、元禄蕉門俳人の句を兄句にして、蕪村・月渓・自笑・几董・田福・我則による「句兄弟」六組、そして句は出ていないが百池が追加として参加する。蕪村の兄句は芭蕉句である。

兄

梅が香にのつと日の出る山路哉　　翁

弟

梅が香に夕暮早き黍哉　　（蕪）村

藤田氏が蕪村の「句兄弟」を「言葉の転換を手だてとして、新たな俳意を求め」た積極的なものだとする評は適切で、蕪村は梅の香芳しい「日の出」に対して「夕暮れ」、「山路」に対して「黍」と、単純ながら春の山の景と情感を上手く捉えて弟句を詠んでいる。この「句兄弟」の方法は蕪村一門の句作に有効に活用された。それは安永六年〈一七七七〉十二月二日付大魯宛蕪村書簡他に「句兄弟」、或いは「反転」の語が散見されることからも確認できる。天明元年〈一七八一〉の蕪村判『十番左右句合』第六番では、秋の「落鮎」を題とする几董の左句、

うらさびて鮎の背みゆる川瀬哉　　董

について、判詞で「鬼貫が句に　夕ぐれは鮎の腹見る川瀬哉、此句、鬼を兄とし腹を背にかへて弟たり。俗諺にいふ背に腹の反転なるべし」と述べ、これが夏の夕暮れ、勢いよく跳ねる鮎の姿を転じた鬼貫句を兄とする句兄弟であることを、「背に腹は代えられぬ」との俚諺を交えて解説している。

そして、蕪村没後には几董により「句兄弟」の方法が継承され（『連句会草稿』など）、月並句会を通じて句作への一つの指針となっていく。加えて、几董主宰「月並句合」（天明六年〈一七八六〉二月分）に蕪村の

鮎くれてよらで過行夜半の門　　蕪村　（『夏より』所収「明和五年〈一七六八〉句稿」）
よらで過る藤沢寺のもみぢ哉　（『蕪村句集』天明四年〈一七八四〉跋）

などの「よらで過」の措辞を踏まえたと考えられる趙舎の句、

よらで過る仁和寺の門や春の月

が選ばれ、その判詞に「夜半一派の口質《くちぶり》得たりといふべし」とあることは注目される。藤田氏によると、これは蕪村一門という共同体に、句作の際に先行する句の一部を用い、変奏するといった「風雅の高揚」があった証であり、尾形仂氏[*27]の説く「座〈時間、空間を隔てた文芸的連帯の場〉」の交響に繋がるものだという。発句に発句を番える「句兄弟」に限らず、広い視野から〈唱和〉の方法を捉える際に傾聴すべき指摘である。

氏の論を補足すると、蕪村らの句作は、古人の句を集めて作詩する、漢詩における集句の方法〈「集句詩者、雑集古句以成詩也」『初学詩法』延宝七年〈一六七九〉序〉を導入し、技巧面での発展を見せる。次に挙げる『几董句稿』「発句集」〈安永二年〈一七七三〉正月~同三年四月〉の例は几董が芭蕉の句と桃隣の句を合わせて作句したものである。

うぐひすの笠おとしたる椿哉　芭蕉
鳥に落蛙にあたる椿哉　桃隣
此二句をあつめて題とす。
鶯の笠かづきたる蛙かな

几董句は、椿の落花を

鶯の笠に縫ふてふ梅の花折りてかざさむ老い隠るやと　源常（『古今和歌集』巻一）

と古歌に詠まれた梅の花笠ならぬ、鶯の椿の花笠だとした芭蕉句と、鳥によって落とされた椿の花が蛙に当たったとする桃隣の句を合わせ、鶯の落とした花笠を蛙が被ったと作句したもの。二句を合わせて句作する方法は、享保期の『新句兄弟』で見られた、〈唱和〉する際に弟句作者以外の句を介在させる方法とは異なる。蕪村周辺の俳人の作風を考える上で看過できない方法である。

ところで、蕪村らが探題「句兄弟」を句会に採用したのと同じ安永三年〈一七七四〉には、『句兄弟』・『新句兄弟』に倣った全二百六番の句合『瓜の実』が刊行されている。蕪村らとも交流のある編者の一鼠、判者の一音はともに涼袋門。師の涼袋は江戸座、特に江戸談林派、旧室や蒼狐と交渉があり、先の素外も当初涼袋の門下であった[28]（後、宝暦十二年〈一七六二〉に破門）。

『瓜の実』の特徴は

いま鼠が句々を己慢にはらからとつがひ、従弟やいとこと合といふとも、こは前に弟句ありて、他より兄の句もとめ、兄弟と継なれば、見る人咎はわれにおほせよ、世には胤異て胤ひとつの兄弟もあり。（一音序文）

とあるように、それまでの「句兄弟」とは逆に、一鼠の句がなってからその弟句に見合う兄句を探すという点にある。そこで、兄句となる先人の句を改めて賞美する、句の再発見がなされる。第一番を次に挙げる。

高野にて
父母のしきりに恋し雉子の声　　蕉翁（A）

うめが香にのつと日の出る山路哉　同（B）
暮るゝまでけふは雉子啼山路哉　（一鼠）（C）

判詞には「鼠、此句を得て、今はた翁の二章を嘆美すといふ」とある。一鼠が「暮るゝまで」の句を得て、そこから兄句を求めるにあたり、雉子から「父母の」句、山路から「うめが香に」句に思い至り、嘆美する。整理すると、C→A・Bの図式である。

第十三番では、三句を兄としている。

眼には青葉山ほとゝぎす初鰹　江戸 素堂（A）
花散てまた後七日はつがつを　浪花 栢舟（B）
うら町に鯛売声や初鰹　同 二柳（C）
人は武士花はさくら木初鰹　一鼠（D）

兄とした句はそれぞれ初鰹を題材としたもので、一鼠は、自句の「花はさくら木初鰹」から栢舟句の桜が散った後の楽しみとしての初鰹、「人は武士…初鰹」から二柳句の武士ならぬ棒手振りの声と、「鰹の盛なるを愛し、鯛の衰を憐む」（判詞）との季節の移ろいを想起し、それでいて青葉、「山には杜鵑、海にははつ鰹と、見・聞・思の三つ」（判詞）を三段切で詠んだ著名な素堂句を挙げつつも、判詞で「鼠が句、素堂の趣を同うすとて、番にあらず。人は武士、花は桜木と称して、扨東武に称する魚は初がつをといへる也」と、弟句なりのこだわりを見せている。これも整理するとD→A・B・Cとなるが、『瓜の実』中には兄句が四句にのぼる番もある（第三十六番）。

このように、『瓜の実』では弟句の情感を分析、分解することで、先人の句の読み直しが試みられた。

また、名古屋の臥央編『暁台句集』（文化六年〈一八〇九〉跋）には

田にしうる声や竹田の痩女と臥央がかづき出て、是におとの句あれといへるに

親なしと答ふ淀野の田螺うり[*29]

と、門人の臥央が「是におと（弟）の句あれ」（前書）と唱和を求め、暁台が句を詠んで答える珍しい例がある。これは兄句作者が自句への唱和を相手に求めたということであり、「句兄弟」が暁台周辺にも浸透したことを意味する。「句兄弟」の方法を推進する蕪村と暁台との親交[*30]は、安永三年〈一七七四〉頃から深められており、「連句会草稿」（『几董句稿』）安永九年〈一七八〇〉二月十六日の探題「句兄弟」では

句兄弟

安永九年作　我につゞくうろたへ者よ春のくれ　暁台

安永八年作　死もせぬいたづら者よ暮の春　几董

が番えられる。流派を異にしつつも、互いに唱和の輪を広げていく活動が安永期には確認できる。[*31]

一方、京から江戸へと進出するにあたり、「句兄弟」を戦略的に利用した人物に蝶夢門[*32]の重厚がいる。重厚は

天明元年〈一七八一〉に江戸を訪れ、江戸俳人と交流を深め『江戸みやげ』（同年刊）を出板、江戸での地盤を築き上げる。そして天明六年〈一七八六〉、自ら再興（明和七年〈一七七〇〉）した落柿舎を弟子の泰渓に譲って、本格的な江戸俳壇への勢力拡大を企図し、江戸に移住する。その披露として出版したのが『句双紙』（天明六年〈一七八六〉刊）である。*33『句双紙』は其角の『句兄弟』や素堂の『とく〳〵の句合』に倣い（重厚序文）、守武・宗鑑をはじめとする古今の俳人や武士・僧侶・茶人・遊女など多岐にわたる、総勢四百四十名との「句兄弟」を収めた集である。江戸俳壇での伝統的な方法に着目し、その影響を見抜いた戦略だと評価できる。ただし、作風は点化句法を強調するような

立かはり大工見にくる牡丹**哉**　　松笙
立かはり菖蒲湯にごす**大工哉**　　（重厚）

などはあるが、概して平明で、疎句的唱和・追和の句も少なくない。また、

夕暮の舞〳〵むしや**木挽町**　　菜陽
ほとゝぎす啼や千筋の**江戸の町**　　（重厚）

のように江戸を意識した「句兄弟」を掲載する傍ら、兄句に江戸を題材とした句を挙げ、それに対比させるよう、弟句で都の風俗に取材した

吉原の門に五尺の菖蒲かな　南郭先生
嶌原や雨夜の梅に薄にほひ　（重厚）

眼には青葉山ほとゝぎす初鰹　素堂
世は**都安らひ祭鉢たゝき**　（重厚）

といった「句兄弟」も見られる。これらは東西遊廓の趣き、江戸初夏の代表的な風物と、今宮神社での春の「やすらい祭り」や空也僧による冬の「鉢たたき」という京の春冬の風物とを対比させたものである。京を舞台とした

露わたる**京**の太鼓や山の上　曲水
横雲に**四条通**の踊かな　（重厚）

下京や雪つむうへの夜の雨　凡兆
北嵯峨や春の雨夜の衣うつ　（重厚）

との「句兄弟」も散見される。こうして、重厚は江戸座とは異なる句風ながら、「句兄弟」をもって江戸俳壇に

積極的に参入していった。

第五節 文化期から幕末へ

文化期[*34]に入り、江戸では素外が『俳諧類句弁後編』を出板、二世存義こと泰里（存義門）が『おやこ草』（文化十三年〈一八一六〉序）を出板する。泰里は京と江戸の俳壇を往来して繋いだ人物として注目される。上方における「句兄弟」流行を誘導したとも考えられるからである。『五畳敷《ごじょうじき》』（明和六年〈一七六九〉刊）によると、

召波子の卜居を訪ひし時、床に、日来にくき烏も雪のあした哉とある翁の真跡を掛られしを見て、新竈の賀を述。

家造りめでたき雪のあした哉　同（泰里）

と、明和六年〈一七六九〉の上京時に訪ねた召波宅で芭蕉句の真蹟を見、その句を踏まえて室寿《むろほ》ぎの句を詠んでいる。泰里の影響により、蕪村が江戸座的な探題方式を句会に採り入れたという指摘[*35]をも考え合わせると、京俳人に対し、江戸俳諧特有の〈唱和〉の方法を用いて臨んだことは、注目に値する。[*36]

『おやこ草』は存義の句を親句、泰里の句を子句として番えた二十三組を四季分類[*37]して収め、師を追慕した書である。弟句を詠んで追和するのではなく、泰里の序文「先師有無庵のほ句に似かよひし予が句を思ひ出しく〳〵て、終に四季合せて」とあるように、其角の「句兄弟」に倣いつつも、既成の句の中から類似性のある句を番え

たものである。

親
家毎にうめの咲たる田舎かな　八十翁 有無庵 存義
子
片里の垣にむつき《襁褓》や梅の花　七十七歳 二世 存義

巻頭では、梅満開の田舎を詠んだ存義の句と、襁褓と睦月とを掛けて梅の花咲く片里を詠んだ泰里の句が番えられる。「同案同体もとより也」（序文）とする『おやこ草』の「句兄弟」ではあるが、句を並記することにより、句と句とが有機的に結び付き、「家毎に」とある存義の句の世界から、襁褓を干す一軒の「垣」を詠んだ泰里の句の世界へと焦点化される効果を生み出している。

さらに、同時期、江戸俳諧と密接に結びついた「句兄弟」の受容は、一見意外とも思われるところにまで裾野を広げていた。

けうは町隣なる成美と前の日より約し置けるに、かれさはりありてやみぬ。さはとて翌の命待ものかはと、ただ独来たりしに、幸、懐に五元集といふもの丶あれば、是究竟の句相手也。

小坊主や松にかくれて山桜　其角
小坊主や親の供して山桜　一茶

見ぬ世の人を友とすといふ、吉田の法師がかけるに効て、けふは晋子が桜を兄として斟酌せば[*38]、けふ一日の一興なるべし。　　　　　　　（「花見の記」）

文化五年〈一八〇八〉三月二十日、一茶は桜の名所上野山を散策する。当初、親交のあった成美とともに出掛けるはずであったが、事情があり単独での花見となった。そこで、懐より『五元集』を取り出し、其角の句を相手に「句兄弟」を試みるのである。掲出した其角の句は、『五元集』に「遊東叡山三句」との前書のある内の一句である。句は、上野寛永寺近辺では、山桜の美景を背景として、その小坊主の姿が松の木の間隠れにちらほらと見えるとの意。この「小坊主」を子供の意と取って、一茶は花見に来た親子の姿を描き出し、「見ぬ世の人を友とす」と『徒然草』第十三段の言葉を引きつつ、興じている。

一茶が其角を強く追慕していたことは、例えば亡き娘への愛情を吐露した『おらが春』中の俳文が、其角の「ひなひく鳥」（『類柑子』）の影響を顕著に受けていることからもよく知られている[*39]。一茶の俳風の直接的な母胎に江戸座の浮世風があったとする鈴木勝忠氏の指摘[*40]があるように、その点、実は両者は近い関係にある。また、一茶の「句兄弟」を考える上では、彼を経済的にも庇護した成美のサロンについて見ておく必要がある。例えば、成美も花満開の上野山で知人を探す折、難解な「謎句」として知られる其角の

饅頭で人をたづねよ山桜　　　　其角　　　　（『末若葉』）

を引きつつ、

上野にてかならず逢むと麦宇といひちぎりしまゝに、木のもとごとに立より尋けるが、すべて似たる人だになし。かの晋子が饅頭で人を尋ねよといひけるを折からおかしくおもひ出て

酒の香に友たづねけり花の影　（『一陽集』天明八年〈一七八八〉）

と、「饅頭」を花見の「酒」へと転換して句を詠む。そして、前出其角の「梅が香や乞食の家も」句に追和して、

和其角梅香作

酔泣の乞食ゆかしや梅のはな　（『谷風草』天明九年〈一七八九〉序）

と「酔泣の乞食」を詠むこともあり、その他、『谷風草』や『厚薄集』（寛政三年〈一七九一〉頃成）には同時代人の俳友との発句唱和も披露している。成美の商家井筒屋の番頭で、文化十一年〈一八一四〉には『其角発句集』を校訂刊行した由誓と親交の厚い一具（乙二門）にも

笠重シ呉天雪

我雪とおもへばかろし笠の上　其角　（『雑談集』）

詩あきんど年を貪ル酒債哉　其角　（『みなしぐり』）

の両句を合わせ、

　晋子が句を翻案して
わが笠の雪に価や句商人
（『断橋思藻』安政二年〈一八五五〉序）

と詠んだ句が確認される。成美サロンには発句による唱和・追和を楽しむ雰囲気があったと見られる。前出「花見の記」は、今後、一茶調を再検討する上で注目される記事である。

このように、其角人気とともに〈唱和〉の方法は広く普及し、江戸文化に深く根付いていく。それは、例えば、戯作者柳亭種彦が

三ツとべばりんきと見ゆる小蝶かな　其角
蝶二ツ狂ふてのぼる鐘《小》楼かな　自

其角の句のたくみなるをきゝて、うらやみて、さる頃よみぬ。月光螢輝のたがひいふまでもなし。
（『柳亭日記』文化五年〈一八〇八〉六月三日の条）

と其角句に触発されて句を詠んでいることからも明らかだろう。

以後も「句兄弟」の方法は脈々と受け継がれ、作例も散見される。ただし、撰集規模で「句兄弟」を扱う俳書が刊行されることはなかった。代わりに、其角の「句兄弟」に倣った、いわゆる見立て絵合、京伝編『絵兄弟』（寛

【図1】『絵兄弟』第一番
一番
兄　万歳
鐘下点地口　才蔵不レ顧二来年一也
かうまた隅田川を見渡したところはどうもいへぬ。しかし屠蘇酒がみんな醒めた。とんと三河なぞにはないけしきだ。
弟　浅妻船
こよひねぬる浅妻船のあさからぬちぎりをたれに又かはすらん
舟梁の露はもろ寝のなみだかな　　秋色
こつちは烏帽子・水干より瓜か西瓜のほうがいゝ。かういつちやァちつと恰好が悪いけれど。

政六年〈一七九四〉刊）が評判となり、追随作、柳亭種員《たねかず》作『滑稽絵姿合』（天保十五年〈一八四五〉刊）、三亭春馬作『絵兄弟絵姿合』（嘉永四年〈一八五一〉序）はもとより、ジャンルを越えて関連作品が続々と出板される。狂歌では四方真顔撰『俳諧歌兄弟百首』（文化十二年〈一八一五〉刊）、芍薬亭長根撰・歌川貞景画の『狂歌絵兄弟』（天保五年〈一八三四〉刊）が刊行[*41]。錦絵では歌麿の「絵兄弟」（寛政十年〈一七九八〉頃）シリーズはじめ、英山の「風流忠臣蔵画兄弟」（文化十二年〈一八一五〉～天保十三年〈一八四二〉）、国貞の「戯絵兄弟」（天保期）・「絵兄弟忠臣蔵」（天保後期）、国芳の「絵兄弟やさすがた」（弘化頃）、三代豊国の「絵兄弟見立七福」（安政三年〈一八五六〉）・「俳家書《しょ》画《が》狂題《きょうだい》」（嘉永元年〈一八四八〉頃）など、枚挙に遑がない。

以上のように概観すると、「句兄弟」が都会派俳諧の代表的な方法として連綿と継承されていたことが明らかとなる。

其角没後の江戸座俳人達は、方法の技巧面を強化し、庇護者である大名文化圏へと「句兄弟」の享受層を拡大していく。和韻、贈答の方法をはじめとする「句兄弟」の社交的な側面、そして遊戯性溢れる主知的な句作の側面が、武士の首都である江戸という都会に必然的に迎え入れられた。同時に、江戸俳人との交流を背景に、江戸座の流れを汲む蕪村を中心として、上方俳壇へも波及する。中には重厚といった、江戸進出の戦略として「句兄弟」を利用する俳人も出現した。さらには素外、一鼠、泰里の試みた類句の再発見、再評価という側面を生み出しつつ、「句兄弟」は明治期まで命脈を保つことになる。

注

＊1　去来は『去来抄』で「杜《牡》年曰、先師の葬に我は食喰ふおとこ哉ト、いか成処に秀拙侍るや。来曰、先師の句は、和角蓼蛍句といへるにて、飽まで巧たる句の答へ也。句上に事なし。こたゆる処に趣あり」と述べ、唱和に対する理解を示している。同書では同巣の句について論じる際、「されど兄より生れ勝たらんハ又各別也」と、「兄」句についても言及する。

＊2　『古典俳文学大系　蕉門俳諧集　二』（宮本三郎校注、集英社、一九七一年）の注による。

＊3　今泉準一氏『五元集の研究』（おうふう、一九八一年）に指摘のあるように、『江戸図方鑑』（元禄六年〈一六九三〉刊）を見ると大音寺周辺に「コツジキ村」との記載がある。

＊4　その他、『石などり』には其角句を挙げた後、「其傀儡を」・「其土筆を」・「其花を」・「其蝶を」・「其雛を」・「其柳を」と前書し、諸家の句が掲載される。

＊5　『梨園』以前の其角顕彰に「句兄弟」＋歌仙を用いたものとしては、『其角十七回』（享保八年〈一七二三〉刊）に

　　名月や畳のうへに松のかげとありしを

　冨てなをとゞまる春や松の月　半岱改若

　竹に銀鞍ふさぐ日の客　淡々

　縄を橋是も田螺の為にして　逸山

　　今工む興物二つあり　玉竿

　四季の香を廊下より来る風の音　沖足

　　鷺に名所を見出す夕暮　玉秋（以下歌仙）

　との例が見られる。

＊6　句の「角文字」は、牛の角に似る「い」の字（『徒然草』第六十二段）を引き出してくる枕詞的な役目を担っており、『葛の松原』（元禄五年〈一六九二〉刊）が「晋子はじめていの字の風流を尽す。古今俳諧のまくらならむとよき人の申され侍しよし」と絶賛するように、画期的な作として知られていた。句は表面上「牛」の語を出さずに、「角文字」と「い」の字によって野飼される牛の姿を想起させている。

＊7　「舜」は「蕣」と通用。『色葉字類抄』（前田本、黒川本）に「蕣　同云　舜」とある。ただし、ここは草冠を分字して表現したもの。『梨園』には「舜草や」句も掲載され、貞佐が弟句を詠んでいる。

＊8　「はじめに」でも挙げたように、「舜草に」句を受けた『末若葉』での其角の二句目は

　　涼風や与一をまねく女なし

　であるが、『梨園』では「二本目は」句を挙げている。

＊9　楠元六男氏「享保期俳壇の周縁—二世団十郎の俳諧」（『享保期江戸俳諧論攷』新典社、一九九三年）は延享三年〈一七四六〉一月の二世湖十（巽窓）の死に際して栢莚が

鶯の暁寒しきり〴〵す　とは晋子生涯の言の葉のとぢめとかや。隣家の巽窓去てすでに一七日。机上にのこれる筆の跡を見るのみ。

窓なりの壁春寒しきり〴〵す　（『栢莚遺筆集』大正六年〈一九一七〉頃写）

と、其角の辞世の句を利用して追悼句を贈ったことについて「其角流のまったき継承者として湖十を意識しておればこそ、こうした句作が可能になるのであろう」、「湖十の追悼句の場合、其角座の代表としての位置付けあればこそ、二世は其角句にのせた追悼句を詠まねばならなかったのである」と指摘する。

＊10　「すがりて」の語は『井蛙抄』に「本歌の心にすがりて風情を建立したる歌、本歌に贈答したるすがたなど、ふるくいへるも此すがたのたぐひなり」と出、「小六ついたる竹の杖、ふし〴〵多き小歌にすがり」（『貝おほひ』寛文十二年〈一六七二〉刊）他、芭蕉も多用する。「句兄弟」句合第十番判詞においても、「干潟の舟と詠たる縁にすがりておもふに」と、弟句を作る際に「すがる」との語を用いている。

さらに宗祇の時雨かなと聞へしにすがりて
又伝の我にもかゝるしぐれ哉　祇丞　（『ふるすだれ』寛保三年〈一七四三〉刊）
辞世の吟（筆者注・「雪解や八十年のつくりもの　鷹一叟乾什」）にすがりて
彼岸へながれて清き雪解かな　長隠　（『もとのみづ』宝暦九年〈一七五九〉刊）

など、「〜にすがりて」という前書は〈唱和〉する際の一つの型となっていく。

＊11　一方、楠元六男氏（「其角流の消長—享保期における思想史と俳諧」『江戸文学』第二十六号、二〇〇二年九月。『芭蕉、その後』

竹林舎、二〇〇六年に再録）は古文辞学隆盛の煽りを受け、宋詩の根本理念である点化句法を用いた俳風が敬雨らによって否定されていくという潮流も存在することを指摘する。

*12　楠元六男「『五色墨』と時代」（『国文学論攷』第二十七号、一九九一年三月。『享保期江戸俳諧論攷』に再録）

*13　『ふるすだれ』にも「夫、故人の吟をたづね求て風雅の柱建となす事、世々の先哲の教也」と、先人の句によって句作する伝統について言及する記事がある。

*14　『俳諧拾遺清水記』（宝暦七年〈一七五七〉刊）では前書がなく、上五「黄菊さへ」と句形の異同がある。

*15　柳沢家と江戸座俳人との繋がりについては花咲一男氏『柳沢信鴻日記覚書』（三樹書房、一九九一年）や本書第二部を参照。

*16　原本戦災焼失、『日本書誌学大系　第四十九巻　島田筑波集　上巻』（加藤定彦編、青裳堂書店、一九八六年）による。

*17　柿衞文庫、及び角館常光院蔵。常光院蔵本は鈴木實氏提供の複写（抜粋）を参考とした。『歴翁廿四歌仙』についての詳細は、拙稿「柿衞文庫蔵『歴翁廿四歌仙』翻刻と解題」（『日本詩歌への新視点』風間書房、二〇一七年）参照。

*18　佐竹北家の文事については、鈴木實氏『佐竹北家三代の俳諧　佐竹義躬の時代前後』（秋田文化出版、二〇〇三年）及び、稲葉有祐・鈴木實「角館佐竹北家（五代〜七代）の俳諧―付・翻刻　仙北市学習資料館寄託俳諧資料―」（平成二十五〜二十七年度科学研究費助成事業（基盤研究（C））研究成果報告書『松代・一関・南部・秋田各藩の和歌活動・俳諧活動による大名文化圏形成の新研究』課題番号：25370223 研究代表：平林香織、二〇一六年三月）参照。

*19　歴翁の跋文によると、平砂への序文執筆依頼を仲介したのは、『歴翁二十四歌仙』に入集する久保田藩江戸留守居役で狂歌作者手柄岡持、戯作者朋誠堂喜三二としても知られる月成《つきなり》こと平沢常富であった。以後、歴翁と平砂との繋がりは『冨士の裾　後編』（寛政元年〈一七八九〉跋、加藤定彦氏蔵）安永六年〈一七七七〉の条、国府の素琴主催、解庵（平砂）点の十題発句合にも確認される。歴翁は同書において「句兄弟五十句二十五組」を詠むなど「句兄弟」に並々ならぬ興味を

見せている。なお、平砂の『俳諧而形集』（明和九年〈一七七二〉刊）にも「唱和」・「懐旧」の項が立項される。「唱和」の項には「贈谷口朝可」、「報水府太田見竜君之書」や「和古狐斎曙漸叟狂歌」といった脚注もあるので、広義的に唱和（贈答）一般を載せるが、「懐旧」の項で、平砂は明和五年〈一七六八〉の芭蕉追善にあたり、

初しぐれ猿も小蓑をほしげなり　　芭蕉　　（『猿蓑』元禄四年〈一六九一〉刊）

を受けて

蓑着てやとはん時雨の猿子橋　戊子年蕉翁忌日懐其旧地作

との句を詠んでいる。

＊20　『富士の裾　後編』安永六年〈一七七七〉の条には『歴翁二十四歌仙』に載る歴翁の弟句が所収されており、そこでは「与市めせ扇の賛にこまらせむ」と句形の異同がある。

＊21　『秋田俳壇史―出羽路　第三十九号特集』（秋田県文化財保護協会、一九六九年）

＊22　藤田真一氏（「蕪村反転の法―または句兄弟について―」『連歌俳諧研究』第六十三号、一九八二年七月。『蕪村　俳諧遊心』若草書房、一九九九年に再録）にも、等類問題にのみ関心のあった素外には、意図的な句作法である「句兄弟」への理解が不足していたとの指摘がある。なお、素外は『俳諧類句弁』中で「初学のうちよりほかの句にすがりて学び覚えし人は生涯規矩をはなれかぬるもの也」と述べており、初学の者に「句兄弟」の方法を推奨した前述超波らの指導法とは一線を画している。

＊23　『秋田俳書大系　吉川五明集』（藤原弘編、秋田俳文学の会、一九七四年）の解説によると、『塵壷』は升屋柳雨が年間句集（原本は所在不明）や諸俳書によって集大成した五明の句文集で、明治三十年〈一八九七〉～三十三年〈一九〇〇〉頃の編集。以下、五明の句集の引用は前出『秋田俳書大系』による。

＊24　宝暦五年〈一七五五〉以後『雑談集』が板を重ねたことは岡本勝氏「其角著『雑談集』諸本管見」（『俳諧攷』島居清編、俳諧攷刊行会、一九七六年）に指摘がある。また、特に麦水の『新虚栗』が構成をはじめとして書型、刊記に至るまで其角の『みなしぐり』を模したことは田中道雄氏「「世」に対する「我」―『新虚栗』刊行の史的意義―」（『アジアの中の日本―その文化と社会に関する総合的研究』一九九一年三月。『蕉風復興運動と蕪村』岩波書店、二〇〇〇年に再録）に指摘がある。

＊25　上方ではないが、早くは結城の雁宕（巴人門）編『合浦誹談草稿』（明和元年〈一七六四〉成）に「句兄弟」句合第五番を許に「趣向は兄弟にて同じけれ共」としながらも、兄句、弟句の強弱について論じた記事がある。実作の例では「日発句集」（明和八年〈一七七一〉四月十三日）で几董が芭蕉の

おもしろうてやがてかなしき鵜舟かな　（『阿羅野』元禄二年〈一六八九〉序）

を継いだ

翁の句に続して

既に悲しく又勇む鵜舟哉

がある。

＊26　＊22中、藤田氏論文。

＊27　尾形仂「芭蕉にとって座とは何か」及び「蕪村調の形成と月並句会」（『座の文学』角川書店、一九七三年）

＊28　一鼠と素外は親交が深く、宝暦九年〈一七五九〉四月には連れ立って奥州への旅に出ている。その折の紀行文『黒うるり』（同年頃成）には、涼袋が出立にあたり、一鼠、素外に

柳陰立よるまではあふぎ哉　涼袋

目のさめる風あてがふて扇哉　涼袋

の句を示し、両者はそれに答えて

答へたてまつりて

こゝゆけどかげさへそへて扇哉　　烏朴（素外）

手のひらに書れぬことを扇かな　　一鼠

と詠むという師弟による贈答応酬が記されている。涼袋編『古今俳諧明題集』（宝暦十三年〈一七六三〉刊）には「送別」・「留別」・「懐旧」などとともに「贈答」が部立に採用されており、『俳諧類句弁』における素外の贈答句への許容は、このようなところに根差したものであったと考えられる。

＊29　清水孝之氏『加藤暁台』（和泉書院、一九九六年）によると、暁台の句は安永八、九年頃の作。

＊30　丸山一彦氏「蕪村と暁台との交渉」（『国文学』第二十三号、一九五八年十月）は蕪村・暁台両者の間に類似句が多いと指摘しており、実態は不明であるが、相互の唱和があったとも想定し得る。なお、白雄が

人の親のからす追ひけり雀の子　　鬼貫

人の親の焼野の雉子打にけり　　暁台

を挙げ、単なる換骨とは違う（「反転なしたる体にて換骨ともかはれり」（『誹諧寂栞』文化九年〈一八一二〉刊）と指摘することは、暁台句を鬼貫句への追和と認めた例と考えられ、注目される。

＊31　暁台が跋文を草した一音編『左比志遠理』には

簾中に花あり、丈にみたず。客中に人あり。とゞむるに日あらず。

美景なし我に五尺の家ざくら　　同（暁台）

返し

　　下臥せり人に五尺のいへざくら　　一音

と、贈答を介した両者の交流も見出すことができる。

＊32　蝶夢は宝暦十三年〈一七六三〉、粟津の文素と協働して芭蕉七十回忌「時雨会」を挙行、その記念集として『しぐれ会』を刊行する。『しぐれ会』は芭蕉忌追善集の典型として以後も天保五年〈一八三四〉頃まで続刊。明和元年〈一七六四〉本『しぐれ会』の文素序文に「世にふるもさらに宗祇のと先達の観相を称嘆せられしも、まのあたり尊まれ侍れば、年々此日をしぐれの開式と名づけて、時雨の句々を廟前にさゝげ奉るものならし」と記されるように、芭蕉の旅の象徴（第一部第二章参照）たる「時雨」の句を奉納したもので、

　　俳諧に古人ある世のしぐれ哉　　几董　　　　　　（天明六年〈一七八六〉本）

など、いわば「世にふるも」句をシンボルとした追和の集成ともなっている。重厚も寛政四年〈一七九二〉に義仲寺住職となり、『しぐれ会』を引継ぎ、同五年に芭蕉百回忌を執行する。『しぐれ会』の詳細については『時雨会集成』（義仲寺編・大内初夫氏監修・一九九三年）を参照。

＊33　竹内千代子「重厚の江戸移住」（『連歌俳諧研究』第八十五号、一九九三年七月）

＊34　因みに、享和元年〈一八〇一〉には、特に「句兄弟」を基調とするものではないが、闌更門の蛙方編『画兄弟』（享和元年〈一八〇一〉刊）が刊行されている。同書は、竹人と近之とが分かち、両家一双のものに表装していた蓑虫庵伝来の芭蕉自筆とされる蕎麦の花の絵を模刻し（同書「絵兄弟の記」）、さらに諸家の蕎麦句や四季発句を収める。

＊35　清登典子「蕪村俳諧の技法と江戸座―月次句会における作句修練に注目して―」（『文学』第五十二巻十号、一九八四年十月。『蕪村俳諧の研究　江戸俳壇からの出発の意味』和泉書院、二〇〇四年に再録）

＊36　泰里は『江戸みやげ』九歌仙中三巻に一座、『句双紙』でも兄句として採られており、重厚との親密な交流が確認できる。

＊37　ただし、夏の部巻頭、

親
ほとゝぎすまた此里や白つゝじ
子
初雁にまた此里は蚊帳かな

に「夏季なければ他季をもて対す」との脚注が付されており、これのみ季を違える。

＊38　原文、酉偏＋「甚」に誤る。

＊39　志田義秀「其角の一文と一茶の一文」（『俳句と俳人と』（東京修文館、一九四二年）

＊40　鈴木勝忠「一茶調の母胎」（『連歌俳諧研究』第三十六号、一九六九年。『近世俳諧史の基層―蕉風周辺と雑俳』名古屋大学出版会、一九九二年に再録）

＊41　便々館琵琶麿撰『狂歌画兄弟』（天保五年〈一八三四〉序）もあるが、これは書名のみの模倣に止まる。なお、「句兄弟」を冠した福森久助の歌舞伎脚本「句兄弟菖蒲帷子《あやめかたびら》」（文化十二年〈一八一五〉初演）も同様。

結

慶応三年〈一八六七〉、十五代将軍慶喜《よしのぶ》により大政奉還が行われ、徳川政権時代は終わりを告げる。翌年に明治と改元、幕府の首都であった江戸は天皇の統治する東京となり、巷では文明開化が盛んに謳われた。煉瓦街の造られた銀座にはガス灯が点《とも》り、散切り頭の紳士達が往来する。街道には人力車が走り、明治五年〈一八七二〉、新橋横浜間に鉄道が開通した。生活・文化的な面での変革も行われ、明治初年には国民教化を目的とした教導職制度が制定、同五年に太陽暦が実施されている。

俳諧文芸の分野でも教導職が設置されて三森幹雄《みきお》らが就任、また、新暦に対応するための試行錯誤が繰り返され、明治九年〈一八七六〉に新たな季題配列を試みた『俳諧題鑑』、次いで同十三年に萩原乙彦《おとひこ》編『新題季寄俳諧手洋灯』が刊行される。同十五年には「開化」を掲げた『俳諧開化集』が世に出された。

さて、第一部では、芭蕉・其角によって考案された俳諧の方法としての〈唱和〉について論じてきた。この方法が蕉門拡充に大きく寄与し、享保以後も江戸を中心として近世俳諧を貫く大きな潮流をなしていたことはこれまで見てきた通りである。では、明治新時代において、この方法はいかに継承されるのか。

本章では旧派宗匠の代表格たる其角堂永機の活動から、[*1] 明治期の句作法としての〈唱和〉について考察し、第一部の結びとしたい。

永機は文政六年〈一八二三〉に下谷で生まれた。父は其角座の点者であった鼠肝。嘉永元年〈一八四八〉刊行の『俳諧觽《けい》』再興本を見ると、同座は宝晋斎（鼠肝）を筆頭に、木髪、湖十（晴窓）、恋稲、山夕、宝井らが並び、その中に善哉庵永機の名が挙がる。永機は同六年に深川座を名乗り（『楪口集』二編。同年奥）、文久三年〈一八六三〉、上野不忍池畔の其角堂で『不忍千句』を興行する。越後敬子氏[*2]が指摘するように、この『不忍千句』は、当時湖十が率いていた其角座の枠を離れて其角堂という其角道統を立ち上げたことを宣言する催しであったと考えられる。

永機の交友圏は華やかで広い。大名家、歌舞伎役者五代目尾上菊五郎はじめ「馬十連」といった通人仲間と交流、特に幕末期には「今紀文」といわれた細木香以《さいきこうい》こと新橋の酒問屋、津国屋藤次郎との親交が厚かった。[*3] 香以は初め逸淵（碩布《せきふ》門）門、後、永機門。[*4] 嘉永五年〈一八五二〉には永機の『楪口集』初編（同年奥）、翌六年に同二編刊行を後援している。香以の取り巻き連について、後年、仮名垣魯文《かながきろぶん》は紀文の連衆と重ね合わせて

> 紀文性来風韻ありて俳号を千山と呼《よび》、当時有（名）高き奇人を愛し、殊に深く交る者、横谷宗眠、英一蝶、書家に文山、**俳師に其角**、津藤《つとう》も又多識にして、文筆の才、世の旦那芸の等類《たぐい》にあらざれバ、香以の雅名都下に聞え、常に風交愛恵する者、雅となく俗となく出入数十名にして、彼紀文が宗眠に比するに彫鐫石黒某、一蝶

に擬す亀交山、**俳諧の句を議するに、田をみめぐりに庵をトす其角堂永機あり。**

（「再来紀文廓花街」第七回、『歌舞伎新報』第百二十三号、明治十四年〈一八八一〉二月六日）

と描いており、永機は、いわば幕末期の其角に擬せられる存在であった。

改元後の明治三年〈一八七〇〉七月、永機は其角の雨乞い説話で著名な向島三囲《みめぐり》神社内に其角堂を結び*5（乙彦編『対梅宇日渉』第六編。同年刊）、同六年に其角の

夕立や田を見めぐりの神ならば　（『五元集』延享四年〈一七四七〉刊）

の句碑を再建する（現存）。この三囲の其角堂には、其角伝来の文台・遺墨（『欠摺鉢』明治十一年〈一八七八〉）、点印「半面美人」（『俳諧みゝな草』同十四年刊）などが収められ、同庵を訪れた依田学海によると、「角が反古どもをもて張りたる古像をすへ」（『学海日録』明治八年〈一八七五〉十二月六日の条）てあったという。『俳諧みゝな草』では、門人の所持する其角関連の遺物も紹介し、其角の年譜考証や発句の注釈を掲載*6、永機は顕彰と合わせて一門の〈正統性〉を巧みにアピールしていく。

其角道統の継承・誇示という点においては『入像供養』（明治十二年〈一八七九〉刊）に注目される記事が載る。同書序文によると、明治十二年〈一八七九〉、永機は長らく行方不明となっていた、露朝（長州藩主、毛利斉熙《なりひろ》）より伝来する嵐雪の木像を発見、それを雪中庵八世梅年に譲渡することにした。

江戸座と雪中庵とは、当初、例えば初世湖十と雪中庵二世吏登《りと》とに見られるような（第四章第二節参照・湖十は

吏登の義兄でもある）親密な交流があったが、江戸座の『江戸廿歌仙』（延享二年〈一七四五〉刊）への雪中庵三世蓼太による論難（『雪颪《ゆきおろし》』宝暦元年〈一七五一〉序）、それに対する雁宕（巴人門）の反論（『蓼すり古義《こぎ》』明和八年〈一七七一〉刊）により確執を生じ、以降、両派は隔絶していた。そこで、永機が木像を贈ることにより、長年の不和が解消されることになる。その折に詠まれたのが次の句である。

嵐雪翁の尊像をこたび雪中庵へ贈にしよしは時雨窓の序に委ければ、別にいハず。

両の手に実を分る日や**桃桜**　永機

（『人像供養』）

句は両派の祖にあたる其角、嵐雪を桃と桜に擬えて賞した芭蕉の

草庵に桃桜あり、門人に其角嵐雪あり

両の手に桃と桜や草の餅　芭蕉翁

（『桃の実』元禄六年〈一六九三〉刊）

を反転・追和しており、自らの〈正統性〉、永機・梅年の友好、其角堂（晋派）と雪中庵との融和・両立を宣言するのにこの上ない効果を発揮している。以後、梅年編『のちふくろ』（同年刊）には永機が「七世孫晋永機」と称して序を贈り、同十五年には永機・梅年共編で『古今図画発句五百題』を刊行、同書中で其角忌・芭蕉忌・嵐雪忌、さらに蓼太翁百回忌追善の句を収めている。このように、永機は雪中庵系に接近、一部取り込みつつ、影響力を拡大する。

梅年は明治十三年〈一八八〇〉に『続一夏百歩』を刊行、[*7]その序文に「晋子翁に花摘あり、湖十叟に続花つみあり、いづれも夏中の百句なり。よりて家翁三世蓼太、深川にばせを庵再建の年、夏中に百句を吐て一夏百歩と号て残せり」云々と記している。これは、其角の亡母追善日発句集『花摘』（元禄三年〈一六九〇〉刊）、二世湖十（巽窓）の同『続花摘』（享保二十年〈一七三五〉序）といった其角及び其角座系統の俳書に言及し、その上で自派雪中庵三世蓼太の日発句集『一夏百歩』（天明五年〈一七八五〉刊）に触れ、その続としたとの成立事情を述べたもので、梅年による其角系道統への配慮が見て取れる。一方、それに触発されてか、永機も同明治十六年に入り、天保五年〈一八三四〉六月廿三日に没した亡母追善の日発句集『新花摘』を編んでいる。同書は言うまでもなく其角の『花摘』を意識しており、編集上の模倣とともに、随所に其角への追慕が見られる。「句兄弟」に関連する記事として、まず五月十六日の条を挙げる。

北六軒が別業に凡兆画讃の一軸をつたへもてり。その句、月も又一二の橋の夜明かなとハ**晋子が時鳥の反転成べし**。

明やすし一二の橋の月にまた　　機

北六軒の別宅で凡兆の画賛を見た折の記事である。永機はその「月も又」句が、伏見街道、橦木町《しゆもく》遊廓付近の明け方の景を詠んだ其角の

ほとゝぎす一二の橋の夜明かな　　（『炭俵』元禄七年〈一六九四〉刊）

を「反転」したものだと指摘し、秋の句へと転換した凡兆句の「月も又」という言辞をも受け、さらにそれを明けやすい夏の夜の月へと転じ返して「月にまた」と詠んでいる。其角・凡兆両者を受けた点化句法的な句作り、そして季に関しての揺り返し方が巧妙で興味深い。

また、『新花摘』には六月六日から九日にかけての江ノ島・鎌倉遊覧の記事が載る。この旅の主催者は蔵書家として知られる紫香、同行者が永機と梅年、そして通人としても名高い呉服商、金屋笠仙こと橋本仙之助。[*8] この紀行は西尾市岩瀬文庫に草稿（永機『旅日記』所収「江ノ島紀行」）が残るが、後に再編集され、同明治十六年中に出板されている。

この『江ノ島紀行』には、其角が箱根木賀山の温泉に赴いた折の紀行『新山家』（貞享二年〈一六八五〉刊）を意識した箇所が見出せる。[*9] 例えば、九日に訪問した建長寺・円覚寺について、

先ニ建長寺ニいたる。我に俗なしといへる夏木立、今に新し。

爰に句なし人に俗なし杜宇　　**香**

紫のふしも受るや桐の花　　仙

円覚寺に入て、開山仏光禅師の像を礼ス。野鳥肩に馴れ、白竜袈裟に現すと新山家に著セしおもかげ、まのあたりに見えて、かたじけなく亦尊し。

と記される。建長寺での「我に俗なしといへる夏木立、今に新し」（実線部）との言は、『新山家』中の其角句

先建長寺にいたる。或人ノ曰、無詩俗了人と
　　爰に詩なし我に俗なし夏木立　　其角

を踏まえる。其角は、梅が咲き、雪が降る情景に接しても詩心が起こらないようでは俗物であるとの方岳「雪梅」の一節、

　　有レ梅無レ雪不二精神一　　有レ雪無レ詩俗二-了人一　　（『聯珠詩格』）

を受け、今の季節では雪は降らないので詩は作れないが、その代わりに建長寺近辺の青々とした夏木立を眺め、風雅な心境を獲得しているのだと句を詠んだ。そこで紫香は、眼前の夏木立の清新さに改めて感じ入り、点化句法的な手際で其角に追和しつつ、時鳥の風流を添える。続く円覚寺での記述は、波線部「新山家に著セしおもかげ、まのあたりに見えて」とあることからもわかるように、『新山家』の文章を引用・要約し[*10]、その世界を追体験して得られた共感を述べた箇所である。この建長寺の句や円覚寺での『新山家』への言及は草稿には記載がない。おそらく、円覚寺が其角の参禅の師、大巓和尚の位牌が収められた重要な場所であること―『新山家』の目的の一つが師の位牌拝礼であった―をも考慮にいれて、旅の主催者、紫香の句とともに推敲時に加えたのであろう[*11]。つまり、永機は『江ノ島紀行』編集に際し、遊覧の中に俳祖顕彰の要素を潜ませたということになる。

永機の活動における最大の芭蕉・其角顕彰は明治二十年〈一八八七〉十一月、近江義仲寺で催された芭蕉二百回忌取越法要である。この時の様子は、二百回忌正当の明治二十六年〈一八九三〉に、其角編の芭蕉追善集『枯尾華』（元禄七年〈一六九四〉）と併せて『元禄明治枯尾華』として刊行されている。

明治二十年〈一八八七〉、永機は堂号「其角堂」と三囲社内の草庵を門弟の機一《きいち》に譲り、金三百円と言われるその嗣号代を持って義仲寺へと出立する。当時の動向を報じた「やまと新聞」（五月二十五日号）によると、五月二十一日のことである。後、永機は北越地方を遊歴しつつ、半年の行脚の末、義仲寺に入る。

法要は導師に三井寺法明院住職敬徳阿闍梨を迎え、十一月二十日（陰暦十月六日）から七日七晩興行された。初日、法要開闢に際し、永機は

なき魂の御出あるは年に五たびとねはん経に見えたり。けふはそのためしを捨て
枯蓮やこゝに浄土の道しるべ　永機

との句を詠じている。参加した大阪の流美らは

なつかしやかたみの椎も冬木立　流美
幾めぐり枯野も夢のしぐれ哉　季鰒
軽からぬ笠のしめりや初時雨　指直
音のして猶なつかしや時雨哉　八千房社中 北叟

湖をめぐりて庭のしぐれ哉　　梅守

と、『猿蓑』（元禄四年〈一六九一〉刊）末尾を飾る

先頼む椎の木もあり夏木立

への追和や、芭蕉の旅の象徴〈時雨〉に共鳴した句群を詠み、追善の意を表する。翌二十一日（陰暦七日）には機一ら門人や梅年が東京から駆けつけ、

わすれずに降はむかしの時雨哉　　機一
ぬれ残る月影見たりはつ時雨　　古雪中梅年*12

との〈時雨〉句が詠まれる。二十二日には徳島の禾陽らも加わっており、その他、各地から続々と俳人達が参集した。機一の談*13によると、連日、参加者は四・五十人を下らなかったという。

二十三日（陰暦九日）、梅年の

凩にうしろ吹るゝ野末哉　　梅年

を立句とした歌仙が巻かれる。これは貞享四年〈一六八七〉十月十一日、「笈の小文」の旅に出立する折、嵐雪が留別吟

旅人と我名よばれん初霽《はつしぐれ》　　芭蕉　（『続虚栗』）

に応じ、旅立つ芭蕉の後ろ姿に重ねて詠んだ

凩の吹キ行クうしろすがた哉　　嵐雪（『句餞別』貞享四年〈一六八七〉稿、寛保四年〈一七四四〉刊）

を踏まえており、*14 雪中庵道統としていかにも相応しい追善句といえる。

そして、最終日の芭蕉忌正当二十六日（陰暦十二日）、追善百韻が詠み上げられる。正式な文台が立てられ、正宗匠を永機、副宗匠を梅年が務め、機一と菟好とが交代で執筆を担当した。碑前に捧げられた同百韻には名古屋の蓬宇、東京の金羅、大阪の無腸らの人気宗匠の句に加え、三升（九代目団十郎）、梅幸（五代目尾上菊五郎）らの句も並び、正に当時の旧派俳壇を挙げての追善となる。永機はその筆頭として法要を取り仕切り、芭蕉の死を看取った其角に成り代わって

なきがらを笠に隠すや枯尾花　　其角（『枯尾華』元禄七年〈一六九四〉成）

に重ね合わせて

枯て後尾花にかゝる雲もなし　　永機

との百韻巻頭の発句を手向けるのであった。

注

＊1　永機の伝記的事項については越後敬子氏による一連の論考（「其角堂永機の俳諧活動―幕末維新期編―」『実践国文学』第七十三号、二〇〇八年三月、「其角堂永機の俳諧活動―明治期編―」（『実践国文学』第八十号、二〇一一年十月、他）にまとめられている。

＊2　＊1中、越後氏「其角堂永機の俳諧活動―幕末維新期編」

＊3　越後敬子氏「其角堂永機」（『江戸文学』第二十一号、一九九九年十二月）及び同氏「其角堂永機の交友圏―細木香以を中心に―」（『実践女子短期大学紀要』第三十三号、二〇一二年三月）参照。

＊4　勝峰晋風『明治俳諧史話』（大誠堂、一九三四年）

＊5　明治三年〈一八七〇〉は、嘉永二年〈一八四九〉に没した父鼠肝の二十三回忌にあたる。年忌に際し、永機は句碑を建立し、鼠肝句に追和して

先考廿三周句碑建立

夜はもとの蛙にわたす田唄哉　　鼠肝翁

田唄だに蛙だに只秋の風　　（『新五元集』）

との句を詠んでいる。

＊6　老鼠肝三十三回忌追善集である『俳諧み〻な草』は「晋子年考」・「晋子句解」を老鼠肝螺窓著と記すが、＊4勝峰晋風『明治俳諧史話』が「永機の父鼠肝はお茶坊主から深川座の点者となつたので、其角の年譜を編むやうな考証的学風の人物と思へない。父の遺稿とは或は思ひ違へた謙遜であるやも知れぬ」と述べるように、永機による仮託の書であろう。その点、越後敬子氏「幕末俳壇と明治俳壇の「断絶」と「連続」―其角堂永機を例にして―」（『国文学解釈と鑑賞』第七十四巻第三号、二〇〇九年三月）も同様の見解を示している。

＊7　『続一夏百歩』には梅年の

名題鎌倉星月夜

荏柄の平太の役市川団十郎、殿中長問答さこそと思はれて大出来〳〵

烏帽子着た鎌倉武士やはつ鰹　　蓼太

が載る。この句には「家翁蓼太が口質《くちぶり》に倣ふ」との注記も付されており、との句を反転したもの。「口質」については、永機も『俳諧み〻な草』恋の部で其角の

初雪に真葛が原のめかけ哉　　晋子

に言及しつつ、

初雪に真葛がはらの妾とは祖先の口質ながら、とし頃、此句のをかしかりければ、しばらくそのほとりにいほりを結びて

白露を真葛がやどの妾かな　　　　　　永機

と詠んだ例がある。この「口質」とは、第一部第四章第四節で蕪村一門を取り上げた折にも出てきたもので、一門の共同体を考える上で重要な語と考えられる。

＊8　草稿に「主、大久保紫香。同行、キ角堂永機・橋華庵竺仙・雪中庵梅年」とある。

＊9　『江ノ島紀行』では冒頭に「行水のとゞまらざる八、風雅の魂とて、今としさつきのはじめ、鎌くら山の青葉見むと、文珠庵の誰かれをうながして出たつ」と五月初旬に出立したように記されているが、これは『新山家』冒頭、「去年病て、ことし木賀山の温泉に愈。（中略）さ月はじめの三日、我野を出るに」云々とある部分を意識しているからで、草稿には「たつ頃は六月六日」と明記されている。

＊10　辻村尚子氏「其角『新山家』の方法」（『近世文芸』第八十三号、二〇〇六年一月）が指摘するように、『新山家』円覚寺の記事は、正確には『沢庵巡礼鎌倉記』中の文章を引用・抜粋したものである。ただし、『新山家』に倣った二世湖十編『犬新山家』（享保十八年刊）も「かの新山家に慈顔うるはしく生ける人に向ふがごとし。野鳥肩に馴れ白竜袈裟に現す。其角先師の書たまへるごとく、倚子に鳩ふたつとまり左りの方を刻み添たり」云々と述べており、これらは其角の記した文章として認知されていたらしい。

＊11　『江ノ島紀行』では、杜戸明神付近の記述において

蜑が名をとへば、そよとこたへたり。那須のゝ八重撫子をおもひ出て

夏の海そよとは風の名成べし　　　　仙

との竺仙の句が掲載される。言うまでもなく、これは『おくのほそ道』那須野の条における

かさねとは八重撫子の名成べし

を下敷きにしての句だが、この部分、草稿では

蜑の名をとへば、そよと答へたり。

ほそよとはすゞしき酒の名なるべし　ゝ（永機）

と永機の句のみが詠まれている。或いは、再編集に際して永機が改作し、芭蕉句を明示しつつ、竺仙の句として掲出したか。とすると、建長寺での紫香の句も永機の代作という可能性が出てくる。

＊12　梅年は明治二十一年〈一八八八〉に雪中庵を九世雀志に譲る。ここに「古雪中」とあるのは『元禄明治枯尾華』刊行時における呼称。

＊13　＊4同。

＊14　嵐雪句の「凩」は『冬の日』（貞享元年〈一六八四〉刊）巻頭の

狂句木がらしの身は竹斎に似たる哉　芭蕉

を踏まえている（第一部第二章第六節参照）。

第二部　点印付嘱の意義

——俳人達のステイタス——

第一章　点取の展開と点印

はじめに

点取《てんとり》俳諧（点取）は都会派俳諧の中で非常に大きな比重を占めている。点取とは、点者（宗匠）に批点を請い、その点数の多寡《たか》を競う遊戯的な俳諧のことをいい、百韻・歌仙・発句・雑俳（前句付等）の各ジャンルで行われた。ゲーム性が強く知的な興味を刺激するため、武士や僧といった知識階級の多い新興都市江戸で大きな反響を呼び、元禄期に向かう経済成長に乗りつつ富裕商人や下層町人まで数多の一般参加者を巻き込んで、大きな社会現象を引き起こした。元禄五年〈一六九二〉、江戸市中の活況と実態を芭蕉が

此方（筆者注・江戸）俳諧之体、屋敷町・裏屋・背戸屋・辻番・寺かたまで点取はやり候。

（同年五月七日付去来宛書簡）

と報じたことはよく知られる。元禄の江戸には空前の点取ブームが吹き荒れていた。

点取で点者が批点する際に用いたのが点印《てんいん》である。点取俳諧では、平点《ひらてん》・長点《ながてん》といった、和歌・連歌で用いられる伝統的な記号で点数が示されたほか、特に高得点の句には点者各人が意匠を凝らした種々の点印が捺される。高点を得た句を華やかに彩り、賞賛する点印は、点取勝負の熱気と相俟って、享受者達を魅了する力を具えていた。

第二部は、この点印の付嘱《ふぞく》に焦点を当てる。付嘱とは[*1]、原義的には仏教語で教義を伝授することをいうが、ここでは門弟に対する点印の委譲《いじょう》を指している。点者の点印付嘱には果たしてどのような意義・背景が見出せるのか、第二部では点印の文化的側面についても併せて考察する。そこで、本章においては、宮田正信氏、鈴木勝忠氏の研究[*2]を参考にしつつ、江戸を中心とした点取俳諧の隆盛に至る史的展開及び点印について概観・解説しておきたい。

第一節　点取の濫觴と変遷

優れた作品に点を掛け、その高評価を示す行為は、和歌では「点合《あ》ふ」（合点）と称し、早くは俊成《しゅんぜい》点になる「右大臣家百首」断簡（治承二年〈一一七八〉）や「仙洞句題五十首」（建仁元年〈一二〇一〉）などに見られ、「為家卿千首」（貞応二年〈一二二三〉）では、為家が定家・慈鎮の両者から点を受けたという例も確認されている[*3]。これらは歌道修練のために行われた点であり、十二世紀初頭に指導的立場の意の「宗匠」、「和歌の宗匠」と言った言葉が確立したことと軌を一にする動きだと考えられる[*4]。『無《む》名抄《みょうしょう》』（承元四年〈一二一〇〉頃成）に「春の歌をあまたよみて寂蓮入道に見せ申しし時、是高間の歌を、よし、とて点あはれたりしかば、書きて奉りてき」と見えるのも、その稽古の一場面としてよいだろう。点は、しかるべき権威がその指導力を発揮し、門弟を上達へと導く道しるべとして機能していた。

ただし、点数化して享受者に示す行為は、指導的な側面だけでなく、各人の競争心を煽り、優劣・点数の多寡へと興味を誘う性格を持つものである。宮廷サロンでは、和歌の点数化に加え、歌合が隆盛して勝敗への関心が強まっていく。一方で、

京鎌倉をこきまぜて、一座そろはぬえせ連歌、在々所々の歌連歌、点者にならぬ人ぞなき。

（『建武年間記』建武二年〈一三三五〉頃成）

と京・鎌倉で連歌が大流行、職業連歌師（点者）も発生し始める。中でも勝負連歌・点取連歌は人々を熱狂させ、二條良基《よしもと》が「勝負の連歌を好むべからず。点をのみ心にかけては連歌の損ずる也」（『僻連抄《へきれんしょう》』康永四年〈一三四五〉成）と警鐘を鳴らすも、「当座人数退散以前、又雌雄を決せんがために、連中悉く帰路を忘て、御点到来を待申」（『梵灯庵主返書』応永二十四年〈一四一七〉成）と、己の点数に一喜一憂する享受者で溢れるような状況となる。この点取連歌からの刺激もあり、中世以降、和歌で点取が盛んに行われ、その集成、点取類聚《るいじゅう》が編纂されるようになる。『点取和歌類聚』（元禄十五年〈一七〇二〉以後成）はその最も整備された書で、後鳥羽院の勅点から霊元院の勅点までの点取和歌が収められている。[*5]

俳諧においても、当初、点は指導のために用いられていた。例えば、貞徳は啓蒙的な観点から、連句に点を掛

けるとともに丁寧に批言（批評の詞）を付して門人を教示、その具体は『正章千句』（慶安元年〈一六四九〉刊）などで公にされている。『俳諧独吟集』（寛文六年〈一六六六〉刊）での林門跡（羅山）の百韻（慶安二年〈一六四九〉五月廿七日批点）に対する「殊外の点数にて候へば、にが〳〵敷御事は御自慢の御心きざし候はんかと心もとなく奉存候。其段よく〳〵御つゝしみ専要ニ候」との言に見られるように、貞徳の批点は、獲得した点数を競い、勝ちを誇るためのものではなく、あくまで俳諧修養の一環としての教授法として認識されている。『滑稽太平記』（延宝・天和〈一六七三～一六八四〉頃成）の「翁（筆者注・貞徳）、誹巻添削の軸料とて」（巻一「馬淵宗畔の事」）、「其後、雛屋立圃《りゅうほ》、世に独立して添削するにも」（同）、「本町に住、添削を事業にて世を過しけり」（巻三「高島玄札の事」）との記事に見られるよう、貞徳や点者として立った門人達の間でも、重点に置かれたのが添削指導であった。

また、貞徳はかつて幽斎の許にあって「まづはきれたり先はきれたり」句に百六十句の前句付（『天水抄』寛永二十一年〈一六四五〉刊）を行ったように、俳諧連句の練習法として前句付を推奨する。『犬子集《えのこしゅう》』（寛永十年〈一六三四〉刊）では貞徳が「一句ニ百五十句」と題してその一部を掲載、併せて徳元・慶友の句も披露している。この前句付にも貞徳が点を掛けていたことは

そのかみ、ある人、長頭麿に点を望み給ひし前句付の中に
ふらりとものゝみえてひつこむ　　　　といふ句に
いつのまに空はくらまのふごおろし　と云有。
老師の長点を合されし句也。ふと思ひ出しまゝ書付。

（『勢多長橋』元禄四年〈一六九一〉刊）

との似船の回想により判明する。これも連句の入門・階梯としての前句付の点と理解できるものである。

だが、出板文化の隆盛と俳書・作法書の刊行、伴う俳諧愛好者の拡大とが相俟って、点者による批点は「境はるけき国里迄も、此道満〳〵て、神変の諺・或は百韻或は千句・発句合・前句付迄、誰も思ひおこせて、しれものの爪印を乞給ひける」（『時勢粧《いまようすがた》』寛文十二年〈一六七二〉序・序文）と全国規模、各ジャンルにおいて行われるようになり、その一方で京・貞門の周辺地域から点取を主とした動きが生じてくる。次に挙げる『高天鶯《たかまのうぐいす》』（元禄九年〈一六九六〉刊）序文は

去る万治年中に、泉州堺に池島氏成之といふ好士有りし。其頃河州小山村に日暮氏とやらん重興と名乗たる能書有りし。此人成之の前句を取初て、六句附といふ事を始られたり。四季の句に恋にても名所の句にても加へて、六句に十銅づゝ集め、褒美といふ事もなく、巻勝《まきがち》にして、河州の誹友是を楽しめり。是ぞ此道の最初なり。

と、万治年間〈一六五八～一六六一〉の泉州河内、重興の前句付（六句付）をその濫觴《らんしょう》とする。或いは、『毛吹草追加』（正保四年〈一六四七〉刊）「追加上」に

点取や言の葉種の花軍　　空存

との句があることからすると、これ以前に水面下で点取俳諧が胎動していたとの可能性が考えられるものの、河

内俳壇における点取への興味はやはり看過しがたい。他に、「賭俳諧」と呼ばれる、同じく重興を中心とした河内の連衆による寛文十二年〈一六七二〉の百韻が知られるからである。[*6] これは点者元順の批点を基礎として、連衆の十人の勝率を再計算して記すなど、点取競争の色彩の極めて濃い資料である。『身の鏡』（万治二年〈一六五九〉刊）に「殊に今時俳諧の点取とて、一句を二銭三銭づつにて、宗匠に見するなれば」云々とあり、ここに出る「俳諧」が俳諧連句を指すのか、前句付を指すのかは不分明ながら、万治年間には既に盛んに点取が行われていたことが確認される。延宝期に入ると、常規・似船・如泉らを中心として四句付・五句付（前句四・五句に一句ずつ付けて競う形式）が起こり、点者・一般作者層の増大を招きつつ京・大坂で加速度的に波及、すぐに江戸へと飛び火した。その似船点「五句付俳諧」清書巻（延宝六年〈一六七八〉・天理大学附属天理図書館綿屋文庫蔵）の評語には、「五句づけと申候ハ、都鄙ともニなをしを令停止候」と記され、添削（なをし）を行わないことによる点取の公平性が掲げられており、享受者にとって勝敗・点数がいかに重要視されていたかが窺い知れる。

第二節　点取と其角点印

上方で隆盛していた点取（前句付）を江戸に持ち込んだのは京の一晶とされる。[*7] 一晶の活動は独立的で特に江戸俳壇と大きく交渉を持つものではなかったが、次いで調和が貞享四年〈一六八七〉より五句付興行を開始（『洗《あらい》朱《じゆ》』元禄十一年〈一六九九〉刊）、毎月二回の月並興行を催して江戸前句付の中心的な存在となる。調和の興行には不卜・不角・無倫・艶士らが参加、今度はその不角が元禄三年〈一六九〇〉に興行を開始し、前句付月次《つきなみ》高点句集『二葉之松《ふたばのまつ》』（同年成）、『若みどり』（同四年成）、『千代見草』（同五年成）を次々と刊行することで江戸点取の素地が形成されていく。会所・取次所の設立や投句の締切日・点料や褒美景品の設定など、興行形態の整備がなされ、全国的なネットワークが形作られるのもこの時期である。不角の門下からは露月、蝶々子らの雑俳点者が輩出されている。

江戸では前句付だけでなく、連句の点取も盛んに行われた。江戸の俳諧師は天和二年〈一六八二〉の『俳諧関相撲』によると幽山・言水・調和・露言・才丸・桃青の六名、貞享四年〈一六八七〉の『江戸鹿子《えどがのこ》』によると雪柴・桃青・一晶・不卜・亀鶴《（其角）》・西丸・調和・林中子・幸入・幽山・露言の十一名、元禄二年〈一六八九〉の『江戸惣鹿子』では雪柴・林中子・幸入が抜け、代わりに工呻・蝶々子・山夕・嵐雪・立志・沾徳《せんとく》が加わり十四名が記載される。点者の生活・活動実態については先学[*8]に研究があるのでそれに譲るとして、ここで注目されるのは、この元禄初期に批点のための点印が案出され、さらにその所持・使用が流行し始めることである。

ここで、点の変遷について整理しておくと、点は、もと和歌や連歌で佳作を選出する際の目印として付された点であった。その延長として、作品に墨で斜線を引いた平点、二重引にした長点の二種類の点が生まれる。俳諧においても引墨《ひきずみ》形式は受け継がれ、平点が一点、長点が二点と点数化される。貞門時代には主に平点・長点が用いられるだけであったが、延宝期に入り、談林が台頭する時代になるとこれが複雑化し、「珍重」、「秀逸」、「褒美」といった批言も点数化される。先に挙げた河内の「賭俳諧」も点者の掛けた平点・長点の他、「讃」を点数として加算乃至《ないし》減点している。

勝峰晋風[*9]は、これらの流れを受けて、元禄期に点数化された批言が点者各人独特の点印へと発展したと説いている。確かに、三都の点者二十五名の批点を比較した俳書『物見車《ものみぐるま》』（元禄三年〈一六九〇〉刊）を見ると、引墨が朱や青など色彩豊かになること（似船点）、〇印を加えたり、乙字形の引墨を施したりと、長点に様々なバリエーションが考案されること、その一連の多様化の中で、点印が出現したであろうことが理解される。

さて、この『物見車』で点印を用いている点者は二名。一人は前句付を江戸に移入した一晶で、「風がまへの点、鳥の印、金羽、雌禽、雄禽ノ印」（『鳥山彦《とりやまびこ》』（享保二十一年〈一七三六〉刊）と呼ばれるものと推測される印の使用が認められる。『物見車』によると、金羽は五点、以下、四点・三点・二点で、その他に黒丸の付された長点が一点半として掲げられる。

今一人が江戸俳壇の雄、点印に関しても後世に決定的な影響力を残した蕉門の其角である。其角の点印は「定推敲」、「掉舌《ちょう》」。「定推敲」とは、唐の詩人賈島が自作の詩の一節を「僧《ハ》推《ス》月下《ノ》門」とするか「僧《ハ》敲《ク》月下《ノ》門」とするか迷い、韓愈の教示により「推」の字に決めたという『唐詩紀事』の故事に由来し、推敲も十分に定まった良句であるとの高評価の意、「掉舌」は盛んに弁舌をふるった力作との意の印である。中国趣味をふんだんに盛り込んだ点印というアイデアは、極めて斬新・風雅な趣向であった。これらは『祇園拾遺物語』（元禄四年〈一六九一〉刊）にも見え、『俳諧呉竹《くれたけ》』（同六年刊）の記述によって換算すると、前者の印が五点、後者の印が四点となる。その他、其角の点には平点に乙の字を加えた「乙」、丸を加えた「長」（これらは点印ではない）があるが、平点が通常一点、長点を二点とすると、点印の捺された句がいかに勝負の行方を左右したかは想像に難くない。

また、同時代、渡来僧の東皐心越《とうこうしんえつ》が水戸家に庇護され、和歌山藩儒の榊原篁洲《こうしゅう》に篆刻《てんこく》の刀法を伝えて、日本における文人篆刻の道を拓くという動きがある。其角の印は篆書体で彫られたものではないが、以後の点者には篆刻の点印が数多く見られ、一方で『篁州印譜』（西尾市岩瀬文庫蔵）に其角と親交のあった書家、佐々木玄龍の印が収められていることから考えると、これらを一つの文化潮流の中にあるものと捉えて大きく外れることはないであろう。

このような点者側のサービスも功を奏してか、江戸の点取熱はさらに高まる。江戸市中の実態について、元禄五年〈一六九二〉二月十八日付曲水宛芭蕉書簡に次のように記される。

> 点取に昼夜を尽し、勝負をあらそひ、道を見ずして走り廻るもの有。（中略）日夜二巻三巻点取、勝たるものもほこらず、負たるものもしゐていからず、いざま一巻など又とりかゝり、線香五分之間に工夫をし、事終而即点など興ずる事ども、偏に少年之よみがるたにひとし。

文中の「線香五分之間に工夫をし」とは、勝負を白熱させるとともに公平性を期すための時間制限のことを指し、「即点」とは、即座に加点しその結果を興ずることをいう。もっとも、芭蕉はゲーム的要素の強い故に文芸性と乖離しがちな点取を嫌悪し、点取を「偏に少年之よみがるたにひとし」と一蹴、前出去来宛書簡でも「さて〳〵浅ましく成下り候」と苦言を呈している。門弟の其角も「誹諧過ての点なれば、其席にまじはりて、是は長、是は丸・珍重などゝ、点にあてゝ目利せらるべきは、本意成まじくや」（『雑談集《ぞうたんしゅう》』元禄五年〈一六九二〉刊）と、点取を座興に過ぎないものと考え、距離を置いて、点の高低に拘泥《こうでい》する風潮には難色を示していた。

だが、急激な大衆化に伴い軽薄な俄宗匠も続出、「今時の点者といふを見れば、きのふまで馬は生類にありまする、牛は闇に二句嫌ふかとたづね、はなひ草、口から四枚も覚えぬ者が、菓子袋に押すやうなる印判をこしらへ、軒号にびくりさせ」（『西鶴織留《おりどめ》』巻三の二「芸者は人をそしりの種」、元禄七年〈一六九四〉刊）と西鶴が揶揄するように、挙って点印を拵え、大仰な軒号を付けては世を跋扈《ばっこ》する。点取作者達は「点者の心をかねて、句ごとにあらぬ工みをめぐら」（『雑談集』）せて点者の撰句傾向を狙って作句し、高点の者に贈られる景品獲得を目的とした偏重主義を生み出していく。点取ブームは、果ては博奕化するまでに至り、特に、前句付は元禄十年〈一六九七〉十二月二十九日に禁令（後、宝永二年〈一七〇五〉一月四日、同五年一月十五日にも）が発せられるまでになってしまう。[*10]

そこで、其角は、元禄十年〈一六九七〉、門下十名の歌仙に加点した『末若葉《うらわかば》』を刊行、指導の具体を公にし、点印を王安石「夜直《やちょく》」の詩句、

月移《シテ》二花影《ヲ》一上《ル》二欄干《ニ》一

を採った十点の「花影上欄干」、白居易「八月十五日《ノ》夜禁中《ニ》独《リ》直《シテ》対《ムカフテ》レ月《ニ》憶二元九《ヲ》一」の詩句、

三-五夜中《ノ》新-月《ノ》色

を採った五点の「新月色」、同じく白居易「胡旋女」の詩句、

廻-雪飄颻《ニシテ》転蓬《ノゴトク》舞《フ》

を採った四点の「廻雪」と改め、その他、丸点の呼称を屯とし、長点も雁の形を模した雁字を加えた。その理由は「その主づかれたる句どもに見安を定め、作者の励みあらしめん」（『末若葉』所収「歌仙了解弁」）ためである。プロの

点者として点取に向き合い、賭博の対象ではなく、俳諧そのものの面白さに目が向くよう軌道修正を試み、点印を用いて各人ならではの個性的な句作を推奨し、賞美と激励を行って、

さし合くりと云れんよりは、作者哉といはれまほし（中略）一句〳〵の新古は見ん人も思ひゆるさるべし。
さしあひ、輪廻《りんね》まゝあり。それも其一句の死活を考へ合て見ゆるし有べし。　（「歌仙了解弁」）

との規範を打ち出そうとしたのである。『末若葉』の高点句には、例えば、

傾城のもとへかよへと馬くれて　（紫紅歌仙）

木のやうに帯しぼりたる花の雨　（闇指歌仙）

と、遊廓を題材とした紫紅句、比喩体の闇指句が取られており、享楽的で一句の巧みさに重点を置く、以後の江戸俳諧の方向性が示されていた。

其角は翌年にも、孟郊「登科後ノ」の詩句から採った十点の「一日長安花」、詩題とされる瀟湘八景の内「洞庭秋月」から七点の「洞庭月」（『佩文韻府《はいぶんいんぷ》』は許渾の詩句とする）*11、柳宗元「答ヘテ二韋中立ニ一論ズル二師道ヲ一書」を出典とする、世俗に異端視される賢者、先覚者を喩えていう五点の「越雪」の点印を新刻する。「一日長安花」は、厳しい科挙試験合格後の晴れやかな気分を詠んだ

一日看尽《クス》長安花《ノ》

に由来するので、日頃の精進の成果が報われたのだ、との其角の親心が垣間見られる印と考えられる。

点印半面美人の字を彫て琴形の中に備へたるを、はじめて冠里公の万句の御巻に押弘め侍るとて

春の月琴に物書はじめ哉

（『五元集』延享四年〈一七四七〉刊）

そして、元禄十五年〈一七〇二〉、点印大流行の火付け役となった「半面美人」印が、冠里こと備中松山藩主（後、美濃加納藩主）安藤信友《のぶとも》の万句興行時に披露される。琴形の中に「半面美人」という字が彫られた印で、およそ二十点の高点に相当するといわれる。『三冊子《さんぞうし》』に芭蕉が「其角は同席に連《つらな》るに、一座の興にいる句をいひ出て、人々いつとても感ず」と述べるように、一句によって座の雰囲気をがらりと変える其角の俳諧は、心地よい緊張感を伴うものであった。一発逆転が可能な「半面美人」印は、俳諧の場が白熱するよう仕掛けた起爆剤であったわけである。この点印は「洒落風」、つまり、一座の中で非常に受ける、反面、連衆でなければ理解できないような難解さを伴った新奇な俳風の句に捺されたという。『鳥山彦』によると、「半面美人」印を得た句は、例えば、

いなましやれと前髪をかく

天井へ大内山を引あげて

と、遊女の口調と所作を詠んだものや、難解ながら、天井まで大内山、即ち宮中のような賑わいで、こちらも豪華絢爛《けんらん》な揚屋《あげや》を詠んだと解されるもので、ともに一座を沸かせる句だったに違いない。「半面美人」印は後に五十点へと点数が引き上げられる。

高点印の使用は、点取勝負を過剰に刺激する面も否定できないため、其角の目論見《もくろみ》は必ずしも成功したとはいえないが、「半面美人」印は爆発的な人気を博し、以後の江戸の点取・点印の方向を決定付けるものとなる。

第三節　江戸座の組織化

宝永四年〈一七〇七〉、其角が没してからは江戸俳壇の中心は沾徳へと移行する。但し、両門には元々比較的自由な交流があり、沾徳が其角の地盤を引き継いだという形になる。その其角・沾徳の流れを汲む門人達が享保年間に入り結成したのが、江戸俳諧宗匠の組合、江戸座[*12]である。

享保期、将軍吉宗の改革によって行政システムが再編成され、諸機構の整備、庶民の教化政策が推進、一方で貨幣・商品経済が浸透し、社会は大きな転換期を迎えていた。江戸俳壇においても、前述のように元禄二年〈一六八九〉に十五名であった点者数が、同十五年には二十九名（『花見車』。ただし故人が六名いるため、実質二十三名）と増加の一途を辿《たど》っており、江戸に定住し門人のみならず数多の点取愛好者達を顧客とするにあたり、過当競争を避け、既得権益を保持するための再編・組織化が必須となってきていた。そこで点業の寡占《かせん》化を目指した江戸座が誕生する。それは、改革による株仲間結成に合わせた動きであり、享保十一年〈一七二六〉の沾徳没後数年の間に沾洲《せんしゅう》を中心として進められたと考えられている。[*13]

『綾錦』（享保十七年〈一七三二〉刊）を見ると、享保当時の江戸点者数は、其角門の貞佐、沾徳門の沾洲はじめ総計三十五名。中には雪中庵系の吏登《りとう》、調和系の和推、貞門の貞山らも含まれるため、この数の全てが其角・沾徳系の江戸座というわけではないが、混在する諸流派の一部を吸収しつつ、次第に俳系から「其角座」・「沾徳座」の二派が形成されていく。座の運営は年番の行司により行われ、加盟には万句興行が条件となる。[*14]

享受者の裾野の大きく拡がった享保期〈一七一六〜一七三五〉、点者各人が独自の点を用いていたことは、例えば『いぬ桜』（享保三年〈一七一八〉刊）所載の編者竜翁（不角門）独吟歌仙に加点した江戸宗匠十七名（沾徳・沾洲・青峨・介我・無倫・山夕・園女《そのめ》・秋色・不角・一蜂・桃翁・白峰・如蕎・三翁・如竜・子廉・白雲）の評一覧を見ても確認できるが、特に興味深いのは、沾涼が『綾錦』で「当時宗匠点印譜」と題した点譜を掲載することである。同点譜には和推・貞佐・山夕・一漁（初世）・貞山・沾山・当国・千翁・沾洲・百洲・桃翁・水国・白峰・不扃《けい》・湖十（初世）・逸志・舞山・来川・成屋・吏登・沾涼・寿角・常仙・今更・青峨（二世）・乾什・永機（二世湖十）・陰威・壺月・尾谷・超波らの点の種類と点数とが隠し点を含めて紹介されている。さらに、沾涼は『綾錦』より四年後の『鳥山彦』で、『綾錦』以降に変更された羊素・老鼠（初世湖十）・湖十（二世）・貞山・和推・存義（但し墨消）・立志（四世）・有佐・幸徳・旧室・晋阿（二世一漁）・長鶴・超波・沾山らの点式についての改訂・補記をしている。点者には基本的に点印の使用が定着しており、読者即ち点取俳諧享受者達の関心もこれらにあったことが窺える。また、『綾錦』には俳諧の師系を示した系図が所載されている。これは徂徠の古文辞学流行による復古思潮の高まりを受け、重要視されてきた俳系の整理（乃至誇示）[*15]を行ったものと見なしうるが、このような動きに伴い、享保期には其角点印をはじめとした諸宗匠の点印の付嘱も行われるようになる（後述）。

一方、其角門の淡々が京に移住、恋句に趣向を凝らす『にはくなぶり』（享保二年〈一七一七〉刊）に代表される作意に富んだ俳書を刊行し、また付句一句の作意性を強め（「一句一評」と称される）、付句独立化を推し進める。*16 そして、『翁草』（寛政四年〈一七九二〉序）が述べるように、朱青を用いて点巻を彩り、一句の点を百点にまで極端に引き上げることで京俳壇を席巻する。終には『俳諧家譜』（宝暦元年〈一七五一〉刊）に見られるような隆志の「天瓊矛」（千点）、丈石の「筑波」（同）といった点の大インフレを引き起こし、点取競争に一気に拍車をかけるのだった。

第四節　江戸座の分裂と座側の形成

享保から延享にかけて、江戸座の中で二度の大きな動揺がある。第一は享保十六年〈一七三一〉の『五色墨《ごしきずみ》』刊行を端緒とする。

享保後期、江戸俳壇は沾洲の比喩俳諧と呼ばれる俳風が一世を風靡していた。それは、例えば、

生肝《いきぎも》を喰ふかとおもふ甘ぼうし　（『鳥山彦』）

との句が最高点「羅浮《らふ》」を得るものである。句は「甘干」と「尼法師」を掛け、柔らかくなった甘干の柿の形は、荼吉尼天《だきにてん》の前身であった夜叉《やしゃ》が喰らったという人間の生き肝に似ており、食べた感触もまたそれと同じであろうとの意。これらの奇矯な句が喜ばれ、人気を博することにより、俳壇には鬼面人を驚かすような付句一句の作意

を偏重する傾向が助長され、三句の渡りや全体の調和は軽んじられるようになっていた。

このような風潮に波紋を投げかけたのが『五色墨』である。同書は、遊俳の長水（柳居）・宗瑞・蓮之（珪琳）・咫尺（寥和）・素丸（馬光）ら五名が相互に歌仙の加点を試みた俳書で、巻頭に前出『雑談集』の「誹諧過ての点なれば」云々といった其角の点取論を掲げ、以下四吟歌仙五巻と、巻末に彼らの兄事する敬雨（祇空）を加えた六吟歌仙一巻を収める。「やすらかにして、蕉門流に沾徳風を少し加へたる、おもしろき俳風なり」（『鳥山彦』）と評された『五色墨』は、沾涼によって「比喩俳諧滅却」の書と位置付けられ、享保十八年〈一七三三〉には札差連の水光（祇徳）・莎鶏（祇明）・為邦・魚貫《うおつら》（心祇）らによる追随作『四時観《しいじかん》』を生み出した。この『五色墨』を期に、蕉風復興運動は始動する。

第二は延享二年〈一七四五〉の『江戸廿歌仙』刊行をめぐる分裂である。発端は寛保四年〈一七四四〉頃、沾洲の跡を継いだ沾山が、隠居した春来（二世青峨）らに加点を請うことを止めるよう決議したことにある。「有無庵存義小伝」（『かれ野』天明二年〈一七八二〉序、所収）によると、それに承伏できない春来門の存義・米仲らは沾徳座を退き、其角座の二世湖十（巽窓）らと結んで『江戸廿歌仙』を出板、沾山らと其角座との対立が鮮明化する。[17]『宗匠点式并宿所』[18]（寛延二年〈一七四九〉刊）には

先年は沾徳座・其角座とて向合て双びて万句興行も有しに、近年、座、別る。退座といひて二ㇾ分に成、互に出合なし。

と記された上で沾徳座宗匠三十一名、其角座宗匠二十六名の点式が掲載されている（但し退隠宗匠四名が載る）。

その後、江戸座には本来の系譜である「座」から分派した「側」が現れ、明和五年〈一七六八〉刊行の『俳諧觽《けい》』初編では其角系統の江戸座（三世湖十（風窓）主催の、狭義での其角座を指す）十九名・存義側二十四名と沾徳系統の浅草座一列二十名・沾山側九名の四座側、独立七名、総計七十九名となる。当時、江戸座の俳諧は「江戸風」・「浮世風」と呼ばれる人事句を中心とした軽妙・洒脱な興趣を持つ作風で、雪門の珪山編『江戸返事』（同年刊）には

　望まれて起請の文にゆきづまり
　　向ふの膝へ我がなみだかな

といった付合が「闊達自在」、「句作の花やか、誠に滑稽」と評され、高点句には、例えば、

　若死をするなと後家のかへりごと

　ひとりづゝ飯喰朱坐のうす明り

が取られていた。また、前句がなくとも理解できる「一句だち」として、

　近眼のなみだ焼香をけす

【江戸俳諧宗匠座側表】

年次	書名	座側	点者名	座側総計	点者総計
天和 2 年（1682）	俳諧関相撲		幽山　言水　調和　露言　才丸　桃青		6
貞享 4 年（1687）	江戸鹿子		雪柴　桃青　一晶　不卜　亀鶴　西丸　調和　林中子　幸入　幽山　露言		11
元禄 2 年（1689）	江戸惣鹿子				15
	花見車		徳元　玄札　未得　立志（初世）　露言　調和　桃青　嵐雪　其角 立志（2 世）一晶　沾徳　山夕　不角　無倫　桃隣　東潮　素彳　常陽 秀和　盤谷　一蜂　介我　神叔　艶士　渭北（淡々）　吐海　専吟　湖月		29 *1
享保 17 年（1732）	綾錦		千翁　周竹　沾洲　山夕　桃翁　一漁（初世）　倫里　当国　湖十（初世） 吏登　貞佐　和推　不扃　青峨　今更　水国　来川　陰威　貞山　超波 百洲　寿角　沾山　乾什　壺月　露牛　常仙　尾谷　逸志　舞山　成屋 永機（2 世湖十）　沾涼　風堂　潭北		35
寛延 2 年（1749）	宗匠点式并宿所	其角座	存義　有佐　平砂（2 世）　米仲　祇丞　楼川　買明　渭北（2 世） 湖十（3 世）　旨原　紀逸　再賀　石腸　珠来　超雪　秀億　丈室（万立） 木啓（吉門）　嘉廷　栖鶴　竹郎（書永）　鶏口　清泉　渉十（柳尾） 庭台　由林　春来　常仙　羊素　秋風	30 *2	61
		沾徳座	沾山　乾什　貞屋　万英　子鷹　中和　社麦　尹督　来示　堅仲　海旭 貞堂　貞因　貞吟　鯉門　英屋　馬山　貞風　雪斎　旧室　晋阿（2 世一漁） 左簾　蒼狐　長隠（3 世一漁）　鶴人　貞暦　貫笠　長堂　良雨　点瑟 文郷	31	
宝暦期	宗匠点式并宿所改訂版	其角座	環山　雲柱　万丁　長鶴　存義　有佐　平砂　米仲　祇丞　楼川　買明 図大　湖十　旨原　紀逸　再賀　田社　珠来　超雪　秀億　万立　吉門 嘉廷　栖鶴　書永　鶏口　清泉　柳尾　庭台　露牙　海如　由林　春来 立志（5 世）	34 *3	70
		沾徳座	沾山　乾什　貞屋　万英　子鷹　中和　社麦　尹督　来示　季大　海旭 貞堂　貞因　瓜頂　鯉門　英屋　催林　金羅　三千武　貞風　雪斎　旧室 亀令　左簾　蒼狐　長隠　鶴人　石鯨　貫笠　岱貝　良雨　点瑟　文郷 積羽　沾涼（2 世）　眠牛	36	
明和 5 年（1768）	俳諧觽初編	江戸座	平砂　湖十　珠来　秀億　吉門　栖鶴　柳尾　芻狗　春堂　木者　貞喬 為裘　金羅　冬渉（初世冬映）　東宇（3 世平砂）　渉十　圃月　牛呑 *4 万立（栖隠）	19	79
		存義側	存義　買明　楼川　百万（旨原）　鶏口　祇丞　図大　温克　在転　祇徳 小知　亀成　田女　秀国　可因　常仙　金洞　逸志（2 世）　葵足　菊堂 古明　雲柱　白頭　夫天	24	
		沾山側	沾山（2 世）　海旭　環山　岱貝　風導　石鯨　不言　紫鳳　子鷹	9	
		浅草座一列	一漁（3 世）　晋阿（2 世）　長隠（2 世）　茨条　貞屋　沾涼　眠牛　五璉 芳竹　宝馬　素外　津冨　花県　尹督　来尓　万英　文卿　寸松　季大 爸梁 *5	20	
		独立	立志　大道　雷魚　抱節　左簾　雪斎　李門	7	
明和 7 年（1770）	俳諧觽続編	存義側	存義　買明　楼川　百万　鶏口　祇丞　多少　温克　在転　祇徳　小知 田女　秀国　可因　常仙　金洞　宗梅　葵足　菊堂　白頭　夫天　保牛 留倫　連馬　祇徳	25	86 *6
明和 7 年（1770）	俳諧觽後編	其角座	湖十　吉門　柳尾　春堂　為裘　冬渉　渉十　歩月　犬養　紀逸　官道 山夕　蝸名　夜庭（太初）　万立（栖隠）	15	
		平砂側	平砂　秀億　貞喬　東宇　牛呑　羽貫	6	
		一漁側	一漁　晋阿　長隠　万英　祇北　雪斎（定乙席）	6	
		沾徳座（本座）	沾山　岱貝　石鯨　風導　不言　紫鳳　子鷹　芳竹　吾山　朴路　瀾台	11	
		乾什側（浅草座）	来尓　寸松　季大	3	
		宗因派	沾涼　五璉　宝馬　素外　津冨　花県　爸梁　乙雉　木丹	9	
		独立	立志　芳水　雷魚　左簾　李門　金羅　石糸　珠来　錦堂　立鼠　桃郷	11	

*1 内、故人 6　*2 内、退隠宗匠 4　春来･常仙･羊素･秋風　*3 内、退隠宗匠 1　春来　*4 牛呑は独立の宗匠だが、「米仲門（其）角座随身」と記され、江戸座中に配列されているため、ここでは江戸座の内に入れた　*5 爸梁の肩書きには「素外門花県の宥後此所追加」と記される　*6 続編と後編は併せて総計とした

他が列記される。ただし、『俳諧觽』初編が「凡高評の句々に神田・浅艸・芝・山の手、其所〳〵によりて句の仕立同じからず」と記すように、地域によって作風が異なるものでもあった。岩田秀行氏*19によると、それは、其角系が神田・日本橋近辺、沾徳系が浅草近辺を拠点としたことに起因するものであり、俳風の相違に加え、其角座には宗匠数三十五名との厳格な人数制限があるのに対して、浅草座にはその規定がなかったために、両座間にはある種の優越・隔壁も生じていたという。

そして江戸座（広義）は、初編刊行の翌々年の『俳諧觽』後編（同七年）及び同続編（同年）を併せ見ると、江戸座（其角系宗匠の派閥としての狭義的な呼称）が其角座（三世湖十（風窓）主催の狭義的な呼称）十五名と平砂側六名に分裂し、存義側二十五名を加えて三座側四十六名、沾徳系統は乾什側（浅草座）三名・宗因派九名・沾徳座（本座・沾山主催の狭義的な呼称）十一名の三座側二十三名に、沾徳座に属しながら「一漁側…共ニ其角坐湖十へ交テ同ス」（同書）と湖十に接近し中間的な動きを見せる一漁側六名を合わせて四座側二十九名、総計七座側七十五名へと分化、それに独立宗匠十一名が加わり、さらに離合集散を繰り返しつつも、安永期〈一七七二〜一七八一〉の盛況に向かっていく。

第五節　江戸座点取の隆盛

江戸座点取俳諧の隆盛は寛延三年〈一七五〇〉の紀逸《きいつ》評『武玉川《むたまがわ》』（初編）以来、多数刊行された高点付句集によって知ることができる。『武玉川』は淡々らが上方で創始した前句を省いて掲載する形式を移入し、江戸での「一句立」

（前出）傾向を決定付けた小本の付句集である。同書は宝暦六年〈一七五六〉には十編、さらに翌七年からは『燕《え》都枝折《どしおり》』と改題して、紀逸の没する同十一年までに五編を数えるほどのベストセラーとなった。

紀逸の快進撃に江戸座宗匠達は挙って跡を追い、三世湖十（風窓）編『眉斧日録《びふにちろく》』（初編・宝暦二年〈一七五二〉刊）が八編（同六年刊）、竹翁編『童の的』（初編・同四年刊）が六編（安永四年〈一七七五〉刊）と続刊、他にも秀国（『歌之介』宝暦八年〈一七五八〉刊）、存義（『紫苑草《しをにぐさ》』同九年刊）、祇徳（『橘中仙』明和元年〈一七六四〉刊）らが争って高点付句集を板行した。『たねおろし』（初編～天明五年〈一七八五〉刊の十一編まで堤亭、翌六年刊の十二編から四世一漁の編）のように、安永四年〈一七七五〉の初編刊行後、各年出板を続けて文化十一年〈一八一四〉には四十編に至るという、比較的息の長い集も出板される。紀逸の『武玉川』、風窓の『眉斧日録』に代表される高点付句集は

> ことに近代の折句は、武玉川・眉斧日録等、誹士秀逸あまた開板あれば、その句の趣向を専用ふる事となりて、判者もこと〴〵くおぼへがたければ、よろしき勝にも出る也。（『豆鉄砲』初編、明和四年〈一七六七〉刊）

と簡便な手本の役割を果たし、愛好者の増加を助長していく。*20

中でも江戸座の機関誌的役割を担ったのが、明和五年〈一七六八〉刊行の初編から天保二年〈一八三一〉までに三十編、嘉永元年〈一八四八〉には再興本も出板された前出『俳諧觿』である。同書は、江戸座宗匠を網羅し、頭注に点者の傾向を掲げて読者の手引きとした『童の的』の形式を発展させ、各派の宗匠を座側別に配列して別号、住所、撰句傾向等を詳述することで利便性を向上させ、大人気を博した。宗匠の退隠や物故、襲名や立机などにも対応し、頻繁に改訂版が出されている。

そして『俳諧觿』後編・続編（存義側のみ掲載）、後編校訂本（安永三年〈一七七四〉刊）や九編（天明六年〈一七八六〉刊・鶏口側のみ掲載）、十三編（寛政九年〈一七九七〉刊）には点者ごとに異なる点印各点の点数を明記し、さらに印影を模刻した点譜[*21]が附録される。画印もふんだんに収めるこの点譜は百花繚乱たる趣を呈し、各点者が己の点業を点印によって巧みにシンボル化していることが了解されるのである。

さて、以上、点取の文芸・点の発生から江戸座点取俳諧までの展開を点印に関わらせつつ概観してきた。点者にとって実用の具として利用された点印であるが、第二節で述べたよう、享保期に付嘱が行われるに至り、師系の象徴として新たに機能することとなる。特に、権威化されたのが、江戸座の祖と仰がれる其角の点印であった。『綾錦』によると、其角の点印は没後、「花影上欄干」・「新月色」・「廻雪」（以下、この三印をⅠ類印と呼称する）は貞佐へ、「一日長安花」・「洞庭月」・「越雪」（以下、この三印をⅡ類印と呼称する）と「半面美人」印は秋色、後、湖十へと二系統に分かれて付嘱されている。

では、其角の点印付嘱から見えてくるものは何か。次章以下、江戸座俳人の活動と、パトロンとして大きな影響力を持っていた大名達の文化圏を視野に入れつつ、貞佐系統のⅠ類印、湖十系統のⅡ類印の付嘱の特質やその時代性、点印の文化的側面について解き明かしていく。

注

＊1　フショクとも読むが、『下学集《かがくしゅう》』（文安元年〈一四四四〉成、元和三年〈一六一七〉刊）に「付嘱《フゾク》　譲与義也」、『日葡《にっぽ》辞書』（慶長八～九年〈一六〇三～四〉刊）に「Fuzocu 知識・教義とか技芸とかを他人に伝えること」とある。また、『綾錦』、

『鳥山彦』では「附属」、『宗祇戻《そうぎもどし》』（宝暦四年〈一七五四〉刊）では「付属」ともあり、表記に関しては厳密な使い分けがなされていなかったと考えられる。

＊2　宮田正信『雑俳史の研究　付合文芸史序説』（赤尾照文堂、一九七二年）、鈴木勝忠『近世俳諧史の基層―蕉風周辺と雑俳―』（名古屋大学出版会、一九九二年）

＊3　『古典文学大辞典　第四巻』（岩波書店、一九八四年）「点」の項（島津忠夫氏執筆）、『和歌大辞典』（明治書院、一九八六年）「点」の項（伊地知鉄夫氏執筆）他を参照。

＊4　西山松之助「宗匠というもの」（『西山松之助著作集、第六巻、芸道と伝統』吉川弘文館、一九八四年）

＊5　樋口芳麻呂「点取和歌類聚と点取類聚」（『和歌史研究会会報』一九六九年十二月）

＊6　榎坂浩尚「小山重興自筆「賭俳諧」」（『連歌俳諧研究』第十九号、一九五九年十二月）。ただし、宮田正信氏「重興の六句付」（『雑俳史の研究　付合文芸史序説』）が指摘するように、実際に金品が賭けられたかは不明。

＊7　宮田正信「江戸の前句付俳諧」（『雑俳史の研究　付合文芸史序説』）

＊8　今栄蔵氏「俳諧経済社会学」（『初期俳諧から芭蕉時代へ』笠間書院、二〇〇二年）、鈴木勝忠氏「俳諧宗匠と興行形態」（『文学・語学』第七十二号、三省堂、一九七四年。『近世俳諧史の基層―蕉風周辺と雑俳―』に再録）、加藤定彦氏「都会派俳諧の展開　蕉風俳諧とのせめぎあい」（『日本の近世　十二　文学と美術の成熟』一九九三年刊、中央公論社。『俳諧の近世史』若草書房、一九九八年に再録）を参照。

＊9　勝峰晋風「点、批点の概念及び点印の解説」（『俳句講座　第七巻』改造社、一九三二年）

＊10　＊8中、今氏「俳諧経済社会学」によると、最も早い前句付の禁令は伊勢の藤堂藩のもので、元禄五年〈一六九二〉三月に発布された。『祇園拾遺物語』は前句付の実態について、

彼前句付に種々の賭《カケモノ》をさだむ。（中略）或、器財《キザイ》・絹布《ケンプ》、其外あやしくばさらなる物を点の甲乙にしたがつて勝を付ヶ、褒美するほどに、人おほくは俳諧をすくには非《アラ》で、彼かけろくに目を付け、老若男女、下部《シモベ》・小童《コワラハ》まで一人して十人二十人の分を付る程に、五百人七百人など云人数にみつ。其中に勝たるはよろこびほこり、まけたるは点者の依怙《エコ》あるやうにいかり腹だち、或は句を得きかぬと失《シツ》をつけ、文盲《モンモウ》也とあざけり諍《アラソヒ》もてゆく。まことに浅ましくなりくだりしことには有けり。

と報じている。点取のジャンルの一つである冠付においても、

近来の冠付は、教へかた先褒美の盞よりも起りて、専人の本心をくるはせ、放財ものにしたり。

（『類柑子』所収「歌の島恋の丸」宝永三年〈一七〇六〉刊）

という有様であった。

＊11　石川八朗「其角の批点について」（『新日本文学大系　第七十二巻　江戸座点取俳諧集』岩波書店、一九九三年）

＊12　岩田秀行氏「江戸座名義考」（『近世文芸研究と評論』第十六号、一九七九年六月）によると、「江戸座」という呼称は明和五年〈一七六八〉の『俳諧觿』初編以前には確認できず、厳密には宝暦・明和あたりに生じたものであり、元来其角系・沾徳系の二つの流れの内、前者の別称として用いられていたという。氏はそれがやがて広義として江戸点取俳諧宗匠全体を指す語となったと指摘する。また、鈴木勝忠氏「宝暦明和期の江戸座俳諧」（『愛知学芸大学研究報告』第五輯、一九五六年一月。『近世俳諧史の基層―蕉風周辺と雑俳―』に再録）が指摘するように、『童の的』五編（安永四年〈一七七五〉刊ヵ）では、存義側に「江戸座」の名称が付けられるなど、「江戸座」の内容は不定であった向きがある。本章では、煩雑になることを避けるため、享保に結成された江戸宗匠組合についても江戸座の呼称に統一した。

＊13　＊8中、加藤氏「都会派俳諧の展開　蕉風俳諧とのせめぎあい」。

＊14　平砂の『俳諧而形集《じぎょうしゅう》』（明和九年〈一七七二〉刊）には、超波（享保十四年〈一七二九〉四月十六日）、有佐（同二十年春）、幸徳（同年）、米仲（元文元年〈一七三六〉五月二十六日）、魚貫（同四年春）、渭北（同年夏）、和専（同五年閏七月六日）、再賀（寛保三年（一七四三）春）、環山（宝暦十二年（一七六二）六月二日）らの万句興行日が記されている。江戸座に加入するためには、万句興行をこなした独立の宗匠でも再度万句を行う必要があったらしく、其角座の紀逸追悼集『句経《くきょう》題《だい》』（宝暦十一年〈一七六一〉刊）に、紀逸の事蹟として「功成て独立の万句を興行し号をたつといへども、猶一統の判者を懇望し侍りて、元文五の年の秋、巽窓をしたひ再一万句の賀筵を成就せし事、いま世に知れる所也」と記されている―この万句については『吾妻舞』（寛保元年〈一七四一〉刊）や『武玉川』九編（宝暦六年〈一七五六〉刊）に関連記事がある―。なお、関如来の『当世名家蓄音機』（文禄堂、一九〇〇年）は、其角座出身で幕末・明治期に活躍した其角堂永機の「宗匠になるにやァ独吟千句をやッたもんで、私まじやァやりましたが、私が弟子の隆賀と梅道の二人を不忍池でした限、其あとァ一人もありません」との言を載せた後に

一、独吟千句興行致候節は、其門人の器量を特とためし、猶又人柄を糺候上、両筆頭（月番の事）に召連罷越、其段
願可申候。

との寛政以来の申合を掲出、千句興行の段取りも解説している。後年になると万句ではなく独吟千句が其角座宗匠となる階梯となっていたことが窺える。

＊15　例えば、沾涼と師系の認識を異にする沾洲は「近年、猥に宗匠の系図を定め板行せしめ、己が世渡にして其血脈を違へ、他国を犯し、胡論（乱）の書あり」（『親うぐひす』享保二十年〈一七三五〉刊・序文）と述べており、『綾錦』の系図や発言はあくまで沾涼側からのバイアスが掛かっていることに注意を払う必要がある。

＊16　深沢了子『近世中期の上方俳壇』（和泉書院、二〇〇一年）

＊17　宝暦元年〈一七五一〉には、同書を雪中庵蓼太が『雪颪《ゆきおろし》』によって批判、江戸座と雪門との対立をも引き起こしている。

＊18　加藤定彦・外村展子編『関東俳諧叢書　第二巻　江戸座編②』（一九九四年、青裳堂書店）に翻刻。なお、『宗匠点式并宿所』には宝暦期の改訂版もある（【江戸俳諧宗匠座側表】参照）。

＊19　＊12中、岩田氏「江戸座名義考」。

＊20　これらは結果として「点とり俳諧の評ものには、古句はらみ句で手柄を顕し」（『無頼《いかん》通説法』安永八年〈一七七九〉刊）、「武家も男女も一こみのはめ句し」（『粋宇瑠璃《くろうるり》』天明五年〈一七八五〉刊）といった「はめ句（はらみ句・他者の句の剽窃、或いは焼き直し）」の温床ともなった。その他の実例は鈴木勝忠氏「はめ句の実態」（『近世俳諧史の基層―蕉風周辺と雑俳』名古屋大学出版会、一九九二年）に詳しい。

＊21　江戸宗匠の点印模刻集は先例に『花得集』（宝暦十年〈一七六〇〉刊）がある。ただし、同書は『綾錦』に掲載された句締めと重なるものがある上、点数も記載されていない。『花得集』は加藤定彦・外村展子編『関東俳諧叢書　第二十一巻　江戸座編③』（二〇〇一年、青裳堂書店）に影印・翻刻掲載。

第二章　其角の点印、貞佐系I類印の付嘱

はじめに

本章では、柳沢家歴代藩主の文事や公用記録など、多数の文献を所蔵する柳沢文庫（大和郡山市）の資料の中から、江戸座俳人の間で継承された点印とその付嘱に関する証書を紹介する。当該資料は、其角の【図1】「花影上欄干」・「新月色」・「廻雪」（以下、この三印をI類印と呼称する）、貞佐の「回文錦字詩」・「玉姿」、平砂の「扶桑第一之好風」

【図1】I類印　元禄十年〈一六九七〉其角批点懐紙「借銭を」の巻（柿衞文庫蔵）

等の点印が、江戸座俳人の手を経て柳沢家の所蔵に帰するまでの経緯を語るものである。これまで、Ⅰ類印・「回文錦字詩」・「玉姿」が其角門の貞佐から有佐へと付嘱されたことは『鳥山彦《とりやまびこ》』（享保二十一年〈一七三六〉刊）の記事によって知られていたが、それ以後の行方を明らかにするものはなかった。

以下、柳沢文庫の蔵する点印譲り状*1を巡り、貞佐門流の活動と点印付嘱の実態、そして柳沢家と江戸座俳人との交渉について考察する。

第一節　其角の点印

資料を紹介する前提として、其角の点印と有佐の点印付嘱までをまとめておく。『物見車《ものみぐるま》』（元禄三年〈一六九〇〉跋）に見られる「定推敲」・「掉舌」が、其角の点印として最も早い例である。以後、元禄十年〈一六九七〉にⅠ類印（『末若葉《うらわかば》』同年序）、翌十一年に「一日長安花」・「洞庭月」・「越雪」（以下、この三印をⅡ類印と呼称する）と点印を改め、同十五年に隠し点「半面美人」が披露される。

其角没後、『綾錦』（享保十七年〈一七三二〉刊）によると、Ⅰ類印は其角から貞佐へ、Ⅱ類印は其角から秋色、そして湖十へと付嘱される。当該資料は貞佐系統に付嘱されたものである。

貞佐は桑岡氏。名を永房。他に桑々畔、平砂、了我等と号する。本材木町に住し、江戸座の重鎮として活躍（三浦若海『俳諧人物便覧』弘化元年〈一八四四〉以後、安政三年〈一八五六〉以前）。Ⅰ類印をそれぞれ五・七・十点とするほか、「回文錦字詩」（十五点）、隠し点の「玉姿」（十八点）を加えて使用する*2（『綾錦』）。「玉姿」は其角の「半面美人」印を意識して刻された印で、『俳諧而形集《じぎょうしゅう》』（明和九年〈一七七二〉刊）中、平砂が「此印は、かの晋翁の極印、半面美人に対して、玉姿の二字をもて彫り用られし也」と解説している。

享保十九年〈一七三四〉九月十二日に貞佐が没し、その点印は門弟有佐に付嘱される。有佐は冨岡氏。露円・露々庵・北梅市（『其砧』寛保元年〈一七四一〉刊・『桑々畔発句集』寛延二年〈一七四九〉刊）等と号する。『江戸廿歌仙』（延享二年〈一七四五〉刊）参加者としても知られる。住居は小石川指谷町（『鳥山彦』）、後に湯島天神表門前（「江都誹諧判者宿坊」延享頃写）に移る。

有佐の点印付嘱は『鳥山彦』に「先師点印附属之。享保廿卯春披露」とあり、享保二十年〈一七三五〉二月二十五日の万句興行の頃で、[*3] Ⅰ類印のほか「回文錦字詩」・「玉姿」が「貞佐点印也」として載る。同年冬、貞佐門弟としての一周忌追悼『隙《ひま》の駒《こま》』を刊行するなど、有佐の活動は旺盛である。『宗匠点式并宿所』（寛延二年序、異本とも）[*4] によると、点印には「秀色」（十八点）が加わり、「玉姿」は二十五点に上昇する。

其角二十三回忌（享保十四年〈一七二九〉）以来、其角追慕の企画書を次々と出板し、活況を呈していた江戸俳壇の中で、貞佐門も

超波・有佐・平砂子の栄え見れば、貞翁が世に鳴し光ならずや。
鳩ふくや敬ふ三つの枝小枝　　局庵
（『三盃酢』元文元年〈一七三六〉刊）

と、有佐・平砂・超波[*5] 三人の実力者によって支えられ、繁栄を誇っている。

第二節　柳沢文庫蔵点印譲り状

有佐以降の点印付嘱を示す資料として、柳沢文庫蔵点印譲り状を以下に翻刻する。

尊師玉印　四つ
点譜　四つ
玉姿　壱つ
并
作り付脇差　壱腰
右之通り、平砂子へ相譲申候。以上。
宝暦七丁丑年二月　北梅社露庵」（A）

右数者、宝暦八年戊寅五月八日、授之。
明和三年丙戌八月十二日、石印四顆・点印五等・木刀一腰、授与于桑岡律佐者也。皐月平砂（花押）」①（B）

晋子伝于貞佐翁雪月花点印三品、并貞翁彫所之回文・玉姿二象之印、名印四象富岡有佐ニ伝ハり平砂に伝貞喬伝ふ処、安永五年丙申、桑岡貞喬死後、門弟会聚遺物取分候節、右伝来之品及吟味候処、石印四之内、三つ并ニ木刀無之。如此者、明和九辰年急火之節、消失之故欤。今石印壱、点印五等、門人柴雨預之。
皐月平砂書記（花押）
回雪　新月色　花影上欄干
回文錦字詩　玉姿　柔條林々　繭臾緒　」（C）

皐月東寓子、先師乃門の栄んことをねがひて、右点印を門人ニ伝へ桑岡の姓を継しめむとす。依而右六ツ乃
外ニ貞喬所持之点印、
勢田の中島平砂翁筆、都合八つ、東寓子へ伝之。
旹天明三癸卯年八月廿五日　甘沢舎柴雨（花押）」②（D）
雪月華　三印　宝晋斎其角
回文錦字詩　桑々畔貞佐
玉姿　同
條記印　同
玄宗貴妃吹笛　独歩庵超波
勢田中島書画共解庵先師　大受（字）林貞喬
其角　貞佐　有佐　貞喬
伝来之印也
右者今度貴叟を以、桑岡氏之再興ニ付授与之者也。
天明三癸卯年　皐月東寓（花押）
晩秋良辰
桑岡了我叟　」③（E）
両頭不著（関防印）
桑々畔貞佐・露庵有佐伝来之、

回文錦字詩并玉姿
右二印、今度賜之。依而、此巻後ニ為証書之。
[扶桑第一之好風]（画印）
此松島図古印、先師伝来也。依為、
扶桑第一之好風
月村所青峨公任　御懇望奉恐授者也。
　于時寛政五年冬　晋其角四世　万葉庵平砂
　　黄鐘良辰　[美叔子]　[皐良珍印]
先年所賜之回文之古印、今度奉応御需者也。
寛政十一巳未載　霜月　万葉庵　」④（F）

書誌を以下に記す。軸装、一巻。四葉（二十七・九糎×二十五・八糎、三十三・七糎、三十五・四糎、三十五・八糎）。一枚ずつアラビア数字で示した。一枚目から順々に継いでいったものと思われるが、二枚目の終わりにある柴雨の花押は三枚目との継ぎ目を跨いで署名されており、この二枚は同時に継がれたものと考えられる。点印は【図2】を参照。筆跡は（A）から（F）として示した四人。（A）は有佐、（B）、（C）は平砂、（D）は柴雨、（E）、（F）は東《とう》寓《う》と見られる。また、適宜濁点・句読点を補った。この譲り状によると、Ⅰ類印*6や貞佐の点印は有佐から平砂、貞喬へと付嘱され、柴雨、了我、東寓を経て月村の所持するところとなったという。次に各々の点印付嘱について解説する。

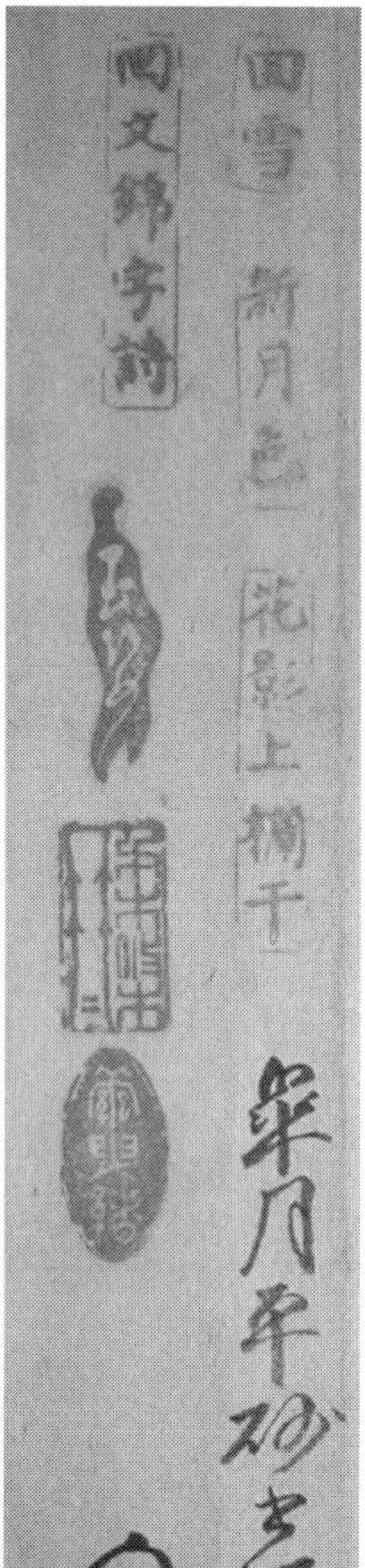

【図2】上・点印譲り状点譜（公益財団法人郡山城史跡・柳沢文庫保存会蔵）下・同点譜「扶桑第一之好風」画印

第三節　平砂から貞喬への付嘱

点印譲り状の（A）によると、有佐から平砂への点印付嘱は宝暦七年〈一七五七〉二月に証書され、翌年四月二十七日の有佐の死を受けて、五月八日に授受が行われる。付嘱された印は計九つである。玉印とあるものは後出する條記印のことと考えられるので、その箇所で述べる。点譜とあるが、ここではI類印と「回文錦字詩」の点印本体を指すのだろう。

平砂は皐月氏、本氏石川氏。新花林、閑花林、方洲と号する。初号は其佐または律佐（『俳諧人物便覧』）。其樹とも号する（『隙の駒』）。平砂の号は師貞佐の号を継いだ二世。日本橋界隈を拠点とし活動する（「江都誹諧判者宿坊」ほか）。『江戸二十歌仙』作者の一人である。元文五年〈一七四〇〉に急逝した超波亡き後、有佐の点印が貞佐門弟の筆頭として、平砂に付嘱されることは納得できる。

ただし、平砂のI類印使用例は現在のところ認められない。平砂の点印として確認できるのは、元文五年〈一七四二〉七月十八日の松下底蛙会「平砂点点巻」（東京大学総合図書館洒竹文庫蔵）に「秀葉」・「列翠実」・「十里聞風声」・「独立亭丶冒歳寒」・「扶桑第一之好風」とあるのが早い例である。*7『宗匠点式并宿所』（異本とも）によると、それぞれ五点、七点、十点、十五点で、他に「松島」（二十点、二十五点）とある。「扶桑第一好風」とは、『おくのほそ道』松島の条「松島は扶桑第一の好風にして、およそ洞庭・西湖に恥ず」を踏まえた松島の図像を伴う点印をいうので、「松島」はこの画印を指すと考えられる。右記の他に『俳諧付合高点部類』（安永三年〈一七七四〉序）に「樹下《コノモト》」（二十五点）・「百山水」（三十点）などがある。*8

なお、点印付嘱に「作り付脇差　壱腰」が付くのは、古今伝授を模し、踏襲することで、形式的な権威化を図ったためだろう。古今伝授は寛永期、御所伝授の頃より金子・太刀・馬・反物などが送られるようになり、礼物が尊重される傾向にあった。*9

次の（B）で、明和三年〈一七六六〉八月十二日、平砂から律佐（二世）へと点印付嘱が行われる。律佐は『増補童の的』五編（明和六年〈一七六九〉成）に「律佐改貞喬　浮世小路福とくいなりの近所」とあり、（C）に出てくる貞喬と同一人物だとわかる。貞喬は桑岡氏。名を令。字を士邦。筬力庵*10・博約斎と号する（『俳諧人物便覧』）。また、大孚林とも別号する（『ばせを』宝暦六年〈一七五六〉序）。

律佐点『誹諧美図《みづ》岐苧《きからむし》』（明和三年〈一七六六〉刊）所収点譜には「如雨」（五点）・「起寒烟」（七点）・「弾筝陌上歌」（十点）・「五畝之宅樹以桑」（十五点）・「蚕婦」（二十点）・「紅錦被」（二十五点）とあるが、その直後に点印付嘱したのであろう、『俳諧觿《けい》』後編（明和七年〈一七七〇〉序）の点譜【図3】によってI類印・「回文錦字詩」・「玉姿」が確認できる。同書の平砂点譜【図3】は「秀葉」・「列翠実」・「十里聞風声」・「独立亭丶冒歳寒」・「扶桑第一之好風」である。

貞喬の活動として大きなものは、安永二年〈一七七三〉八月、其角の『萩の露』（元禄六年〈一六九三〉刊）を校訂し、平砂の跋を付して江戸西村源六・京都西村市郎衛門から刊行したことである。享保八年〈一七二三〉の其角十七回忌にあたり、貞佐は『そのはしら』（同年刊）を編み、その中に『萩の露』を抜粋して収めたが、貞喬はこの全冊を重刻する。貞佐の発句・連句の初めて入集する『萩の露』を再刻することで、桑岡氏継承を宣言したのである。その他にも、これに先立って超波十七回忌追善集『ばせを』に、翠架井超雪とともに跋を寄せるなど、貞喬は活動の地歩を固めていた。*11

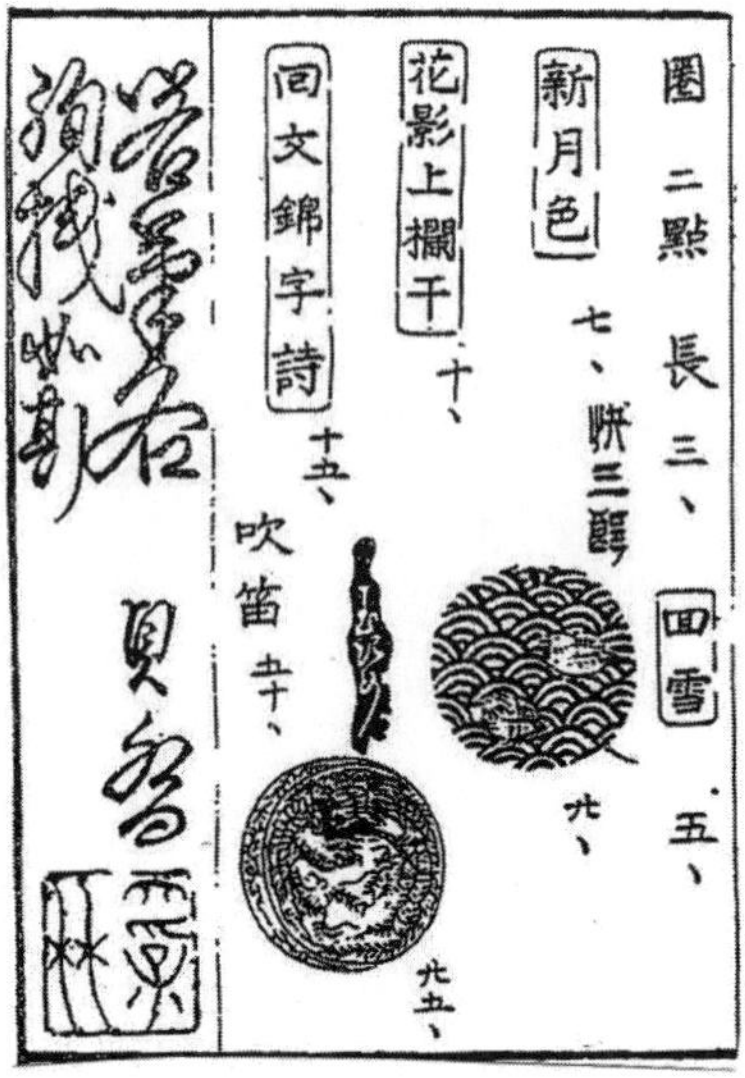
圏 二點 長三、 田雪 五、
新月色 七、
花影上欄干 十、
同文錦字詩 十五、 吹笛 五十、

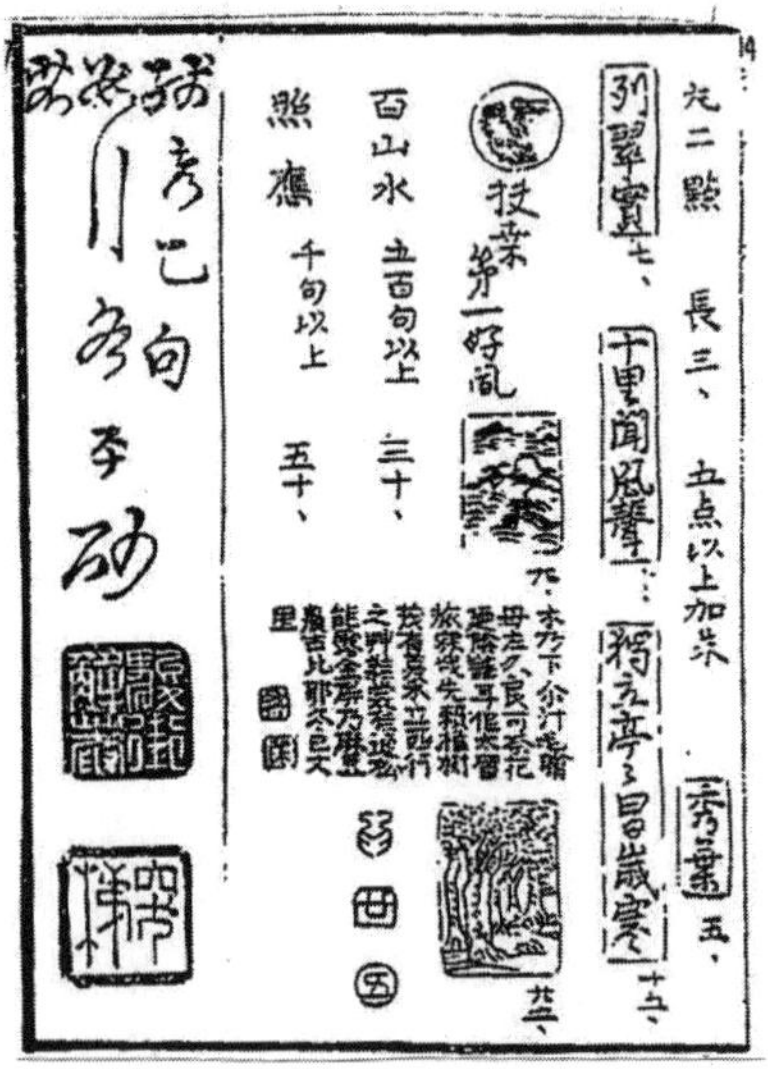

【図3】『俳諧觿』後編　上・貞喬点譜　下・同　平砂点譜

第四節　貞喬の夭折と桑岡氏の再興

しかし、平砂が

門人貞喬、病快きを賀して小集を編たるに云。烟霞《えんか》の痼疾《こしつ》は隠るゝ身の持領発する時は心楽し。

病て後影さす物や月と菊　（『俳諧而形集』）

と記すことからわかるように、小康を得つつも、貞喬は以前から病を抱えていたらしい。（C）に、安永五年〈一七七六〉、貞喬が没した旨が記される。平砂側にとって、次代を担うはずであった貞喬の夭折は痛恨事だったろう。そのため、後継者不在のまま平砂が証書し、一旦、門弟を代表して柴雨が遺品を預かることとなる。甘沢舎柴雨は寛室慮得、栄湊庵栖礎、宙花堂砂暁らと古露庵白抄《はくしよう》追善・遺句集『道の霜』（天明六年〈一七八六〉跋）を刊行した人物である[*12]。

白抄は『江戸の幸』（安永三年〈一七七四〉刊）に肖像が載る俳諧師で、白峯門、また寥和門（『道の霜』柴雨ら序）。「大蔵流能狂言の手だれ」（同米翁序）である。天明五年〈一七八五〉十一月一日に八十歳で没した[*13]。白抄の活動で注目されるのは、米翁こと大和郡山藩主、柳沢信鴻《のぶとき》（第二代当主）のサロンに出入りし、『宴遊日記』に安永六年〈一七七七〉九月三日以来度々登場することである。

米翁は安永二年〈一七七三〉に五十歳で致仕した後、駒込染井山荘（現、六義園）に閑居する。そこで漢詩、和歌や観劇を楽しむ傍ら、二世青峨・米仲に師事し、以前より興じていた俳諧にも旺盛な活動を続ける。米翁の息、鶴寿（信復《のぶあきら》）、啜龍《てつりゆう》（高家、武田安芸守信明《のぶあき》）、米社（高家、六角伊予守広籌《ひろかず》）、珠成（越後三日市藩主、里之《さとゆき》）はそれぞれ俳諧を嗜み、山荘に菊貫《きくつら》（信濃松代藩主、真田幸弘《ゆきひろ》）・銀鵞（姫路藩主、酒井忠以《ただざね》）・清秋（伊勢神戸《かんべ》藩主、本多忠永《ただなが》）ら大名俳人が訪れるほか、指導を受けた珠来・在転はじめ、江戸座の多彩な俳人が出入りして、米翁のサロンは

一大文化圏を形成した。*14 柴雨と白抄、米翁との交渉は、『宴遊日記』の

○白抄より前会点附来る、甘沢会額字染筆請由申来。（安永十年〈一七八一〉四月十一日）
○甘沢会額字を書、揮毫を侍婢に遣ハす。（同十二日）

とある箇所によって確認できる。甘沢会とは柴雨の主催する会で、扁額《へんがく》の揮毫《きごう》を、白抄を介してであろう、米翁に依頼したという記事である。花咲一男氏*15の指摘するよう、特に天明二・三年〈一七八二・三〉頃、米翁と白抄の交流が盛んだった。そして、天明五年〈一七八五〉の白抄の死に際し、『宴遊日記』に

○古露庵白抄、去朝の物故、追善集発句并に序文、砂暁等より請来る。（天明五年〈一七八五〉十一月十日）
○砂暁等より白抄追善集序文のけいびき来る。（同十一日）

など、『道の霜』に関する記事が出る。十一日の「けいびき」は罫引き紙のこと。後、『宴遊日記』に続く『松鶴日記』天明六年〈一七八六〉五月二十一日の条に、『道の霜』完成に伴い、「白抄追善集霜の道《道の霜》出来貰ふ」と記されている。

このように柴雨・盧得・栖礎・砂暁らの活動は米翁サロンの周辺に位置する。平砂側では比較的、牛呑が多く出入りするが、平砂自身の名も米翁在任時の日記『美濃守日記』に寛延元年〈一七四八〉十二月朔日の記事（「夜百行。平砂・木啓・石腸評」）以来散見し、米翁が初号の浦十の名で出板した翌年の歳旦帖（天理大学附属天理図書館綿屋文庫蔵）巻尾に再賀・太祇・湖十らと句を贈っている。『宴遊日記』においても安永四年〈一七七五〉八月三日以来幾度か

顔を出している。貞喬（安永五年〈一七七六〉二月廿九日の記事に「惣評国香・渉十・秋色・貞喬・石腸出点」と出る）とともに平砂側として活動する東寓の名も

○米叔より手紙、月次平砂落巻、東寓、珠成落巻懐紙来る、四月々次下懐紙も来る。（安永十年〈一七八一〉三月二十六日）
○沾堂長屋江来る、結会落巻の東寓・太初持参。（同十二月五日）
○易難月次東寓点懐帋来る、（天明四年〈一七八四〉閏一月五日）
○箕山月次、買明・平砂東寓事懐紙見せに来る。（同六月二十二日）
○晨鶴会平砂懐帋来る。（同十一月二十九日）

などと確認できる。この頃から貞佐系統の点印付嘱の周辺に、柳沢家の存在が見え隠れするようになる。*16

さて、平砂らが貞喬の遺品を整理したところ、石印三つと木刀（「作り付脇差」とあったもの）が紛失していたという。原因の一つとして平砂の考えた理由は明和九年〈一七七二〉の大火である。『徳川実紀』によると、同年二月二十九日未刻過ぎ、目黒坂大円寺から出火し、南風に乗って火災が広がり、白金、麻布、西久保、桜田から和田倉、馬場先、日比谷、そして神田の城門や評定所、伝奏《でんそう》衆の旅館等が焼け落ちる。日本橋本町、石町をはじめ神田、下谷、浅草、さらに千住まで焼け広がり、酉刻には本郷菊坂町から別の火災が発生、駒込、千駄木、谷中に火が燃え移り、東叡山にまで至る。類焼寺社一八七、大名邸一七八、万石以下の邸八七〇五、町数六二四町、死傷者六七六一人にのぼるという。貞喬の住居は当時日本橋瀬戸物町（『俳諧觽』初編・後編。大火後の安永三

年〈一七七四〉成『かゞ見種《みぐさ》』も石町二丁目）なので、被災に伴い、その混乱から印を紛失することは十分に考えられる。妥当な推測だといえる。

残った点印は、Ⅰ類印と「回文錦字詩」・「玉姿」、「柔條林々」と「繭臾緒」である。[*17] この内「柔條林々」とある長方形の印は、次章で條記印と呼ばれる石印だと考えられる。條記印とは、明代よりある印の一種で、左治各官ら官吏の用いた印であり、清代は長方形、銅室、直紐となる。この印は『花得集』（宝暦十年〈一七六〇〉刊）貞佐の項に確認できる。[*18]「繭臾緒」とある印は伝来未詳で、譲り状に「石印壱、点印五等」とある中の「等」に相当するものだろう。

（D）・（E）によると、天明三年〈一七八三〉八月二十五日、東寓は柴雨から点印を譲り受け、門人了我（二世）に桑岡姓を継がせることで、桑岡氏再興を目指したことがわかる。これには、平砂が同年二月二十八日に没したことが大きく影響すると考えられる。

東寓は皐月氏、本姓篠崎氏。初め東寓、後に万葉庵平砂と号する（『俳諧人物便覧』）。住居は日本橋浜町（『俳諧觽』初編、『増補童の的』五編）から、後、品川新宿（『俳諧觽』後編）に転居する。東寓の点印は『俳諧觽』後編の「待境生」（七点）・「玄圃積玉」（十点）・「理長而味永」（十五点）などが知られる。『花紅葉』（明和五年〈一七六八〉成）に平砂点とともに出、『増補童の的』五編や『俳諧觽』初編、後編以下五編（安永八年〈一七七九〉序）、六編（天明元年〈一七八一〉序）と活動が確認でき、七編（天明四年〈一七八四〉序）以降は万葉庵皐月平砂として登場する。

東寓が桑岡氏再興を託した了我とは、点印付嘱の直後にあたる天明四年〈一七八四〉の『俳諧觽』七編に「世諺観　桑岡了我」とある人物である。高点句に「老鼠天《（点）》の心持、当時は東寓点の意味もあり」と評があるのは、東寓が後見していたことに関係するのであろう。

柴雨が東寓に渡したのは、これまでの点印に貞喬所持「勢田中島」と独歩庵超波の「玄宗貴妃吹笛」[*19]とを併せた八顆。「勢田中島」は未詳。「玄宗貴妃吹笛」とは、超波の点譜から確認することができないが、『俳諧觽』後編、貞喬の点譜に「吹笛」（五十点）とあるもの（画印は省略される）をいうのだと考えられる。[*20]

第五節　東寓から月村への付嘱

ところで、『つくりとり』（天明七年〈一七八七〉刊）栖月楼東寓（二世。当時の万葉庵平砂こと東寓の門弟）序に

吾師の点印は、元禄十三庚辰年、午寂老儒の筆をかりて宝晋斎其角造りて、桑々畔貞佐に授与ありしより、閑花林・万葉庵まで正統三呼つたえ来て、今天明七年停[*21]未年まで凡八十八年、世にたぐひなき古印なれば、師の坊に一万句の引墨を進むと、（後略）

と、天明七年〈一七八七〉、東寓が点印継承八十八年の記念賀会を開いたとある。この会は、魚尺の跋に

古平砂の点印の賀会として、今の平砂百韵合の引墨の催しせしに凡二万句余集り、引墨の目のつかれもなふ、依怙贔屓の批判も見へ侍らず。

とあるように、[*22]閑花林皐月平砂の点印を主とした賀会であり、点譜に平砂伝来の「扶桑第一之好風」以下「独立

亭丶冒歳寒」・「十里聞風声」・「列翠実」・「秀葉」の点印を掲出する。

前述したように、天明四年〈一七八四〉以降、東寓は万葉庵皐月平砂を名乗るので、当時（皐月平砂が没し、桑岡氏再興を目指した頃）、東寓に平砂印の付嘱があったのであろう。Ｉ類印の付嘱をしなかった東寓は、桑岡氏を盛り立てながら、反面で桑岡氏とは別に、貞佐門流から、平砂門流の興隆へという師系の枝分かれを企図していたと考えられる。[*23]

しかし、東寓の努力虚しく、桑岡氏再興は果たせなかった。どのような支障があったのかわからないが、了我の活動は『俳諧觿』七編以降、見当たらないのである。おそらく、了我も短命であったかと推測される。結果、時期は不明ながら、点印は東寓が回収することとなった。Ｉ類印などの点印付嘱は宙に浮いたといえる。だが、譲り状によると、事態は思わぬ方向へ向かったことがわかる。（Ｆ）に、寛政五年〈一七九三〉冬、東寓から米翁の嗣子、月村（大和郡山藩主、柳沢保光《やすみつ》。第三代当主）への点印付嘱が記載されるからである。柳沢家のサロンの周辺に位置していた東寓と、月村との交渉は自然に生じたのだろう。特に寛政四年〈一七九二〉には米翁の許に宿泊したり（『松鶴日記』二月十九、二十日）、万葉庵の額に米翁の揮毫を所望したりする（『松鶴日記』二月二十三日）程の関係を結んでいる。

一方、宝暦から明和にかけて、中国からもたらされる印譜は数を増し、篆刻《てんこく》研究が発達、天明四年〈一七八四〉には水戸宍戸《ししど》侯により高芙蓉《こうふよう》が招聘されるに及ぶ。[*24]其角以来の点印流行を受けて、米翁らが点印作成に熱中したことは加藤定彦氏[*25]の指摘するところである。このような潮流にあって、在職中（安永二年〈一七七三〉～文化八年〈一八一一〉）とはいえ、月村は点印への興味を募らせていたと考えられる。[*26]

（Ｆ）によると、月村の「懇望」のため、東寓は点印を「恐授」したという。譲り状には、貞佐・有佐伝来として「回文錦字詩」・「玉姿」の二印と平砂の「扶桑第一之好風」とを付嘱する旨が記される。譲り状を見ると、これら三印のみを付嘱したように見えるが、「改名引付」と呼ばれる四葉の引付《ひきつけ》（柳沢文庫蔵）の一葉に、

点印八類　寛政五年十月青峨　酒道黄昏

さらに「青砂丈」とあり、この時にⅠ類印はじめ貞佐系統の点印を全て付嘱したことがわかる。[*27] 付嘱することになった「扶桑第一之好風」は、平砂号を継ぐ東寓にとって極めて重要な点印である。その重大さは、「回文錦字詩」・「玉姿」の二印の付嘱を証書し、改めて「此松島図古印先師伝来也」と書き起こして、平砂の「扶桑第一之好風」を記す譲り状の書式からも判断できる。

それでは、東寓が師の点印を手放してまで手に入れた見返りとはなにか。「改名引付」の一葉に

寛政五うしのとし　十一月吉日、万葉平砂　弟子入、万里庵青砂と改名。

とある。これは、月村が寛政五年〈一七九三〉十一月、点印付嘱を受けた直後に東寓に弟子入りし、万里庵青砂と改名したことを意味する。つまり、東寓はⅠ類印、貞佐系統の点印と、平砂の「扶桑第一之好風」とを月村に付嘱することで、大名との強力なパイプラインを確保し、自らの平砂門流を維持しようとしたということである。東寓は、次代を担うはずであった貞喬、了我が次々と俳壇から姿を消すという、桑岡氏の衰退を目前にした。東寓にとって、平砂門流の安定は、最優先すべき課題であったと考えられる。平砂側は『俳諧觿』八編（天明六年

〈一七八六〉刊）では牛呑、平砂、双鳧の三名であったが、平砂が柳沢家に特に頻繁に出入りするようになった寛政四年〈一七九二〉の同十一編（同年刊）には平砂、双鳧、東湖、泰周、得器、棲霞、塩車、畔樹、瀾舟、白英、立詠の十一名に増加、寛政五年〈一七九三〉に月村に点印付嘱した後の同十二編（寛政七年〈一七九五〉刊）でも平砂、双鳧、宝井（二世）、千隣、一峨、木髪（二世）、平什、百陽の八名の宗匠が名を連ねている。このように大名文化圏との繋がりは一門の経営に如実に影響する。*28

その後の月村と東寓との親交は、万葉庵平砂（東寓）編『可屋野《かやの》』（享和二年〈一八〇二〉序）に、月村が発句四を贈っていることからも確認でき、年次未詳ながら、「百韻青砂評」（公益財団法人致道博物館蔵）には「秀葉」・「列翠実」・「千里聞風声」・「独立亭丶冒歳寒」、そして「扶桑第一之好風」といった平砂の点印の使用が認められる。同書には「二葉青砂」の印が捺され、月村は「二葉」と、東寓の筆跡を模した字体で署名する【図4・5】。

なお、同博物館所蔵の青峨評「百韻即序」の袋には「寅年ヨリ月邨ト改」とあり、翌寛政六年〈一七九四〉、米

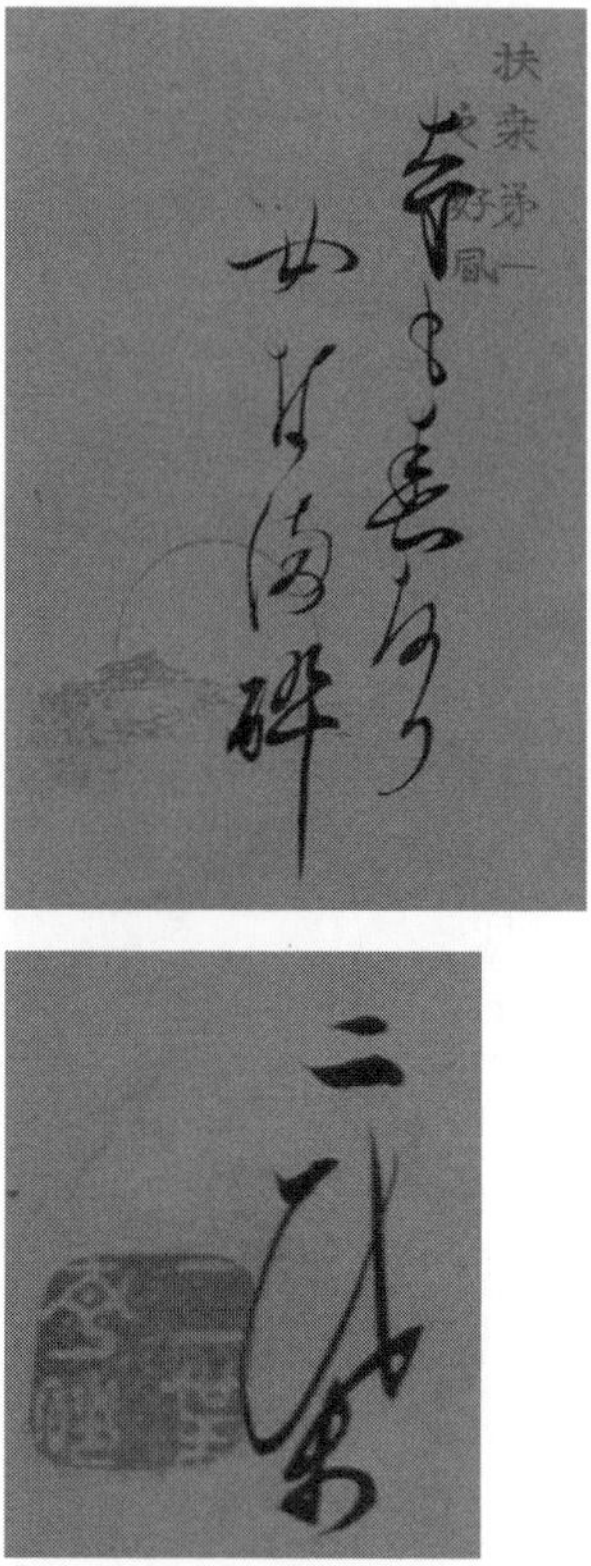

【図4】「百韻青砂評」（致道博物館蔵）書き抜き・署名部分

【図5】「百韻平砂評」（同館蔵）署名部分

翁の別号であった「月村」を継いでいる。月村は東寓に師礼を尽くし、没後も「柳沢家代々過去帳」冬の部に

九日　萬葉庵灑海道士　文化十酉年十一月　皐月平砂叟

と記載し、その一周忌追善集『其炭竈《そのすみがま》』（加藤定彦氏蔵）に紫隠月村として序を寄せる（「亡師」と呼ぶ）。極めて良好な師弟関係にあったようである。

まとめ

柳沢文庫蔵点印譲り状によって明らかになった貞佐門流の活動と実態は、離合集散を繰り返し複雑化する江戸座宗匠の実情を考える上で、興味深いものがある。貞佐系統の点印付嘱は、有佐・平砂の継承以後、超波の点印の一部を加えつつも、師系の一子相伝という意識が強く、事実そのように機能していた。しかし、相続すべき貞喬が夭折し、了我の活動が停止することにより、点印は江戸座宗匠達から、柳沢家（月村）の手に渡ることとなる。それは、柳沢家＝大名文化圏に繋がりを持つことで、かろうじて門流の維持を図らざるを得なかった東寓らの実情を如実に示している。宗匠達の背景に存在する大名という文化圏は、極めて大きな影響力を持っているのであり、再考すべき課題なのだといえるだろう。

月村に付嘱された点印は、諸国の大名や旗本、幕臣、富裕町人や俳諧宗匠らの点譜六百余を貼り交ぜた【図6】『於之波奈嘉々美《おしばなかがみ》』（文化十年〈一八一三〉頃成。「紫隠庵月村」の項）によって確認することができる。ただし、

注目すべきは、貞佐系統のⅠ類印とは別に、月村が「一日長安花」・「洞庭月」・「越雪」といった湖十系統のⅡ類印及び「半面美人」をも入手していることである。異なる師系でさえも自らの文化圏に取り込む大名の俳諧、そして湖十系統の点印付嘱については次章以下に考察する。

【図6】『於之波奈嘉々美』月村点譜

注

＊1　「柳沢文庫収蔵品仮目録」俳諧の部には「宝心斉　晋子其角判　巻一」とあり、一見其角の点巻かと思われるが、実際は点印付嘱証書であるので、便宜上、点印譲り状と呼ぶ。また、井田太郎氏は「江戸座の参加者―葵足編『安永九年春帖』からみえるもの」（『近世文芸研究と評論』第六十二巻、二〇〇二年六月）、「江戸座と姫路藩家老―『祇国短冊帖』について」

『近世文芸研究と評論』第六十五巻、二〇〇三年十一月）の論考中、平砂側と月村とのつながりを示すものとして本章で扱う資料に触れる。

＊2　「回文錦字詩」とは前秦、竇滔の妻蘇氏が、回文詩を錦に織り込んで夫に贈ったという故事（『侍児小名録』。『毛吹草』にも記載）による語である。「玉姿」とは、魚玄機「代人悼亡詩」に

　曽観《テ》二夭桃《ヲ》一想《フ》二玉姿《ヲ》一　帯《ビ》レ風《ヲ》楊柳認《ム》二蛾眉《ヲ》一

とあるように、玉のように美しい姿をいう。いずれも高点句を賞美する語句だと理解できる。

＊3　『老のたのしみ抄』の享保二十年〈一七三五〉二月二十五日の条に「冨岡有佐万句興行、川島やにて予発句、金五十疋遣す」とあり、才牛（二代目市川団十郎）、徳弁（三代目市川団十郎）の句が載る。また、『俳諧而形集』にも

　もろ人の心根つきて蒔や麻　同（筆者注・享保）廿年乙卯春、冨岡有佐継先師之業欲設会筵貶

とある。

＊4　『関東俳諧叢書　第二巻　江戸座編②』（加藤定彦・外村展子編、青裳堂書店、二〇〇一年）の解題によると、初刊に近いとされる第一種本と、宝暦期の改訂版である第二種本とがある。

＊5　超波は清水氏。通称長兵衛。日本橋堺町に住した（『綾錦』）。句の初見は享保八年〈一七二三〉の『そのはしら』に超巴とあるものだが、『俳諧而形集』に

　家照す玉の仕揚や白牡丹　享保十四年巳酉四月十六日清水超波興行

とあることから考えると、享保十四年〈一七二九〉から点者として活動したようである。

＊6　ただし、「廻雪」印が「回雪」と改められている。これについては本書「おわりに」注＊4において述べる。

＊7　「平砂点俳諧巻」（柿衞文庫蔵）、「平砂点帖」（早稲田大学図書館雲英文庫蔵）にもＩ類印の使用は見られない。

＊8　同書には「発句所集点印」として「虬龍盤古根」（十一点）・「亀蛇採二莕」（十二点）・「磊珂修聳多節」（十三点）も載る。

＊9　横井金男『古今伝授の史的研究』（臨川書店、一九八〇年）

＊10　筬力庵の庵号は『俳諧觹』初編（明和五年〈一七六八〉序）〜三編（安永二年〈一七七三〉序）、『たねおろし』初編（安永四年〈一七七五〉刊）、『かゞ見種』（同三年成）などに見える。

＊11　その他の活動として、有佐編『誹諧湯島集』（宝暦二年〈一七五二〉跋）に律佐発句一。沾山編『丁亥歳旦』（明和四年〈一七六五〉・立教大学図書館蔵）に平砂、東寓らと律佐発句一。『俳諧而形集』附録、『萩の露』合刻「題蓷月清吟」に貞喬各発句一。『俳諧小槌』「江戸宗匠名録」（二〇〇七年九月八日、俳文学会東京例会における玉城司氏の発表「近世（江戸）中期俳諧の見取り図—『俳諧小槌』を通してみる近世中期俳壇—」により明和八年〈一七七一〉刊に再定義）にも名が出る。点業は『俳諧觹』初編以後三編、『四季発句帳』（安永三年〈一七七四〉頃成）、『増補童の的』六編（安永四年〈一七七五〉序）、『俳諧雋』（同年刊）、『宝の帖』（安永六年〈一七七七〉奥）などに師平砂とともに名が出る。『俳諧觹』初・後・三編に「平砂点の意味（所）もあり」とあることから考えると、平砂の後ろ盾が大きかったようである。

＊12　『俳諧而形集』附録に砂暁発句五、栖礎発句三。『和漢詞徳抄』（安永九年〈一七八〇〉刊）、『秋のねざめ』（天明四年〈一七八四〉奥）、米翁の私撰高点句集『高点如面抄戌集』（安永頃成、柳沢文庫蔵）「白抄月次」に慮得、各発句一。『米仲発句選』（安永七年〈一七七八〉序）に柴雨発句一。「題蓷月清吟」に柴雨・砂暁・栖礎発句一。砂暁は平砂点『俳諧付合高点部類』を編集し、序文を草しており、平砂との関係の深さが窺われる。また、柴雨の編著、蒼龍舎寿東一周忌追善集『法《のり》の月』（天明元年〈一七八一〉刊）には平砂が跋文を認めている。

＊13　『道の霜』米翁序や『宴遊日記』天明五年〈一七八五〉九月二十二、三日の記事を見ると、白抄は米翁に八十の賀を祝われた二ヶ月後に没する。『俳諧尚歯会』（天明五年〈一七八五〉序）に「八十才　白抄」として発句二入集。

＊14　福井久蔵『諸大名の学術と文芸の研究』（厚生閣、一九三七年）及び花咲一男『柳沢信鴻日記覚書』（三樹書房、一九九一年）

＊15　＊14中、花咲氏『柳沢信鴻日記覚書』。

＊16　岩田秀行氏「江戸座の名称と高点付句集の句風」（鈴木勝忠他『新日本古典文学大系　第七十二巻　江戸座点取俳諧集』岩波書店、一九九三年）は堺町楽屋新道に住んだ平砂側の俳人と役者との交流の可能性を指摘する。平砂の居は「堺丁芝居之裏新道楽屋口ノ向之うら」（『宗匠点式并宿所』①）であり、大変な芝居好きで知られる米翁との交渉が、悪所の文化を通じて近づいた可能性も考え得る。

＊17　「柔條」は柔らかい枝や若い枝をいう。曹植「美女編」の

美女妖《ニシテ》且《ツ》閑《ナリ》　採《ル》二桑《ヲ》岐路《ノ》間《ニ》一
柔條紛《トシテ》冉冉《タリ》　落葉何《ゾ》翩翩《タル》

を踏まえ、桑岡の「桑」に因んだ印だと考えられる。「繭臾緒」も「桑」に縁がある。

＊18　ただし、『花得集』は印影の模写。

＊19　「玄宗貴妃吹笛」は後出『於之波奈嘉々美』「紫隠庵月村」の点譜【図４】にある、男女が笛を吹く画印を指すのであろう。玄宗皇帝と楊貴妃とが二人で一つの笛を吹くという構図は古くから画題として存在し、これを題とした希世霊彦《きせいれいげん》の五言絶句「明皇貴妃並笛図」（康正元年〈一四四五〉作。室町期の『村庵藁《そんあんこう》』、『花上集《かじょうしゅう》』及び『中華若木《じゃぼく》詩抄』所収）が知られる。近世期では狩野派（「玄宗並笛図屏風」文化庁蔵。京都国立博物館『特別展覧会　狩野永徳』図録、二〇〇七年）をはじめ、錦絵（春信「玄宗皇帝楊貴妃図」『浮世絵大系　第二巻』集英社、一九七三年）などにこの画題の作品が散見される。絵手本類では『扶桑画譜』（享保二十年〈一七三五〉刊）、『絵事比肩《かいじひけん》』（安永七年〈一七七八〉刊）などに確認することが出来る。

＊20　超波の点印は『烏山彦』に「秋夕ぐれ」（准句）・「浦苫屋」（十五点）・「鴫立沢」（十点）・「槇立山」（七点）、『綾錦』に「鳳銜」（十八

点・かくし点）・「徳高比君子」（十五点）・「石灘山暉」（十点）・「長州英」（七点）とある。点印三夕（「秋夕ぐれ」・「浦苫屋」・「鴫立沢」）を受け継いだ祇丞、庵号を継承した買明（『ばせを』）とともに超波の師系の一部を貞喬が引き継いだということは、桑岡氏二世としての信用と期待を示すものだろう。貞喬が『ばせを』の跋文を認めたのは故あることだったといえる。

＊21　原本未見。引用は鈴木勝忠編『雑俳集成　三期四　江戸座高点・雑俳集2』（私家版、一九九六年）による。天明七年〈一七八七〉は丁未にあたるので、誤刻或いは誤植か。

＊22　東寓の万句興行に関して、『松鶴日記』天明六年〈一七八六〉九月二十五日、十月八日、十二月二十三日、天明七年〈一七八七〉九月十一日に記事がある。また、『つくりとり』の記事に従うと、平砂の点印は、元禄十三年〈一七〇〇〉に其角発案、午寂筆で、貞佐以来継承されたということになるが、未詳。

＊23　偉人、先哲の墓石の写し約千四百を収める『夢跡集』（山口豊山、天保四年〈一八三三〉頃成）によると、「二世平砂」、「万葉庵麗（灑）海居士」と刻される東寓の墓は、東寓在世中に門人太一庵橋水が建立したもので、三田常林寺の平砂墓（東寓建立）に寄り添うように隣り合って建立されており、師弟関係の濃密さが汲み取れる。現在、平砂、東寓の墓は合葬墓に現存。なお、譲り状に署名として東寓が捺す印は、それぞれ平砂の名「美叔」、字「良珍」が刻まれたものである。

＊24　大和郡山藩重臣、柳沢淇園《きえん》も、初期江戸派として篆刻の普及に勤めた細井広沢《こうたく》に書を師事しており、文化圏として見る時に興味深い。

＊25　加藤定彦「俳諧の点印・点譜と『於之波奈嘉々美』」（『日本書誌学大系　第七十八巻　俳諧点印譜』青裳堂書店、一九八八年）。米翁の点印作成については第二部第四章第三節参照。

＊26　佐藤晩得『古事記布倶路』（寛政三年〈一七九一〉頃成）に「御子甲斐守様（注・月村）御歌を遊ばし、俳諧はつたなきものと一場の茶話に遊ばし候故、米徳の御名は譲らせ給へど御点印は譲らせ給はず」とある。茶話とはいえ、月村が俳諧

を和歌よりも一段低いものと発言したため、米翁の不興を買い、点印を譲渡されなかった。月村が東寓に点印を「懇望」したのも、このような事情があったためだろう。

＊27　月村の藩主時代の日記である『虚白堂年録』（柳沢文庫蔵）の「年録附記」寛政五年〈一七九三〉十月十七日の記述に「此方様（筆者注・月村）より其角印、御名前の分触出申候」とある。そして、その改名記念として、松代藩真田家に廻状を送ったという。ただし、点印譲り状によると、東寓が「回文錦字詩」の点印を譲渡したのは寛政十一年〈一七九九〉十一月だとある。事実、【図7】『俳諧觿』十三編（寛政九年〈一七九七〉序）時には、東寓が「扶桑第一之好風」を除いた平砂伝来の点印と「回文錦字詩」とを所持していることが点譜によって確認できる。『於之波奈嘉々美』になると、「扶桑第一之好風」を除く平砂伝来の点印のみで、「回文錦字詩」はない。なお、「改名引付」、後出「柳沢家代々過去帳」については井田太郎氏のご教示による。

＊28　後、『俳諧觿』二十二編（文化十二年〈一八一五〉序）では橋水が三世皐月平砂（貞佐を含めると実質四世）を襲号し、一方で二世東寓が桑岡艾人と改号して貞佐座を建立、同二十三編（文化十四年〈一八一七〉刊）で桑岡貞佐（艾人軒）を襲号する。ここに至って桑岡氏の再興の望みは果たされた。

※本章をなすにあたり、柳沢文庫には貴重なご所蔵資料閲覧の便宜を図っていただき、翻刻のご許可をいただいた。記して深謝申し上げる。

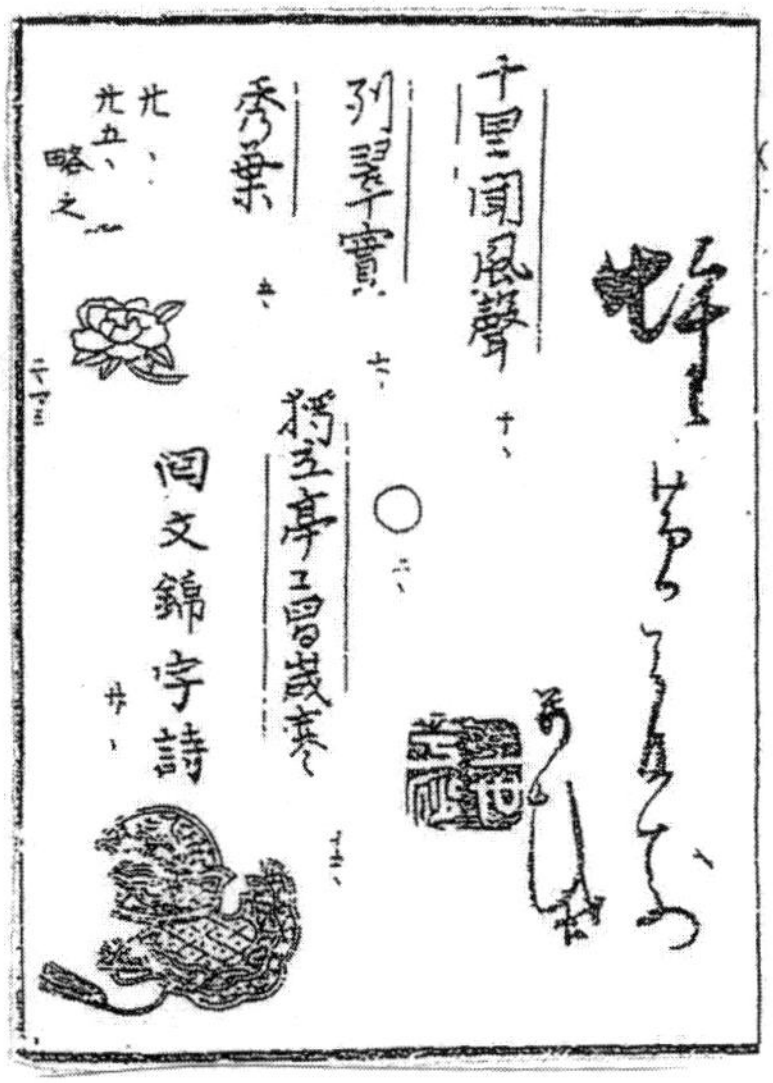

【図7】『俳諧觿』十三編・万葉（東寓）点譜

第三章　其角の点印、湖十系Ⅱ類印の付嘱

はじめに

其角は元禄三年〈一六九〇〉頃から「定推敲」・「掉舌」の点印を使用しはじめ、以後、同十年に「花影上欄干」・「新月色」・「廻雪」に改刻、翌十一年には「一日長安花」・「洞庭月」・「越雪」を新刻する。さらに、同十五年には隠し点「半面美人」を披露して愛好者の作句意欲を大いに刺激、その爆発的な人気が点印作成・使用の大流行を引き起こした。そして其角没後、「花影上欄干」以下三印は貞佐へ、「一日長安花」以下三印は秋色、次いで湖十へと二系統（便宜上、前者をⅠ類印、後者をⅡ類印とする）に分かれて付嘱され、点印は批点のためだけでなく、其角直系の正統性・権威のシンボルとして機能することとなる。

Ⅰ類印の付嘱については前章で整理した。即ち、貞佐門流の有佐・二世平砂に付嘱されたⅠ類印は、後継者貞喬の夭折など紆余曲折を経て、東寓こと三世平砂（万葉庵）門の大名俳人、月村（大和郡山藩主、柳沢保光《やすみつ》。第三代当主）

の手に渡る。この付嘱は月村の懇望によるものであり、其角点印のステイタスは江戸座を後見する大名達の文化圏においても認められたのであった。

一方、Ⅱ類印、「半面美人」印を手中に収めた初世湖十（老鼠肝）・二世湖十（巽窓）は江戸座の一大勢力を形成し、以下、歴世の湖十が其角座を主催、点印付嘱によって〈其角正統〉を継承していく。しかしながら、この湖十系の点印付嘱には不明な点が少なくない。例えば、「半面美人」印について、勝峰晋風[*1]は次のような問題を提起する。

半面美人の点印は琴の略形に四文字を彫入れたゞけのもので、故人永機から伝来したものは現に向島の其角堂にあり、仄聞するに岡野知十氏も同一のものを獲られたさうであるが、『一葉集』の編者幻窓湖中の孫である常陸水戸在の本郷捨吉氏の許で、湖中所持の遺品に此の半面美人の点印があるのを手に取つて見、同一の点印が三個まで現存するのを甚だふしぎに思つた事であつた。

其角座の系譜に連なる明治期の旧派俳人、其角堂永機が「半面美人」印を継承したことはある程度想定できるにしても、なぜ、同一の点印が複数存在したのだろうか。本章では歴世湖十の活動を追いつつ、その点印付嘱の特質、実態について考察する。

第一節　其角から秋色への付嘱

まず、Ⅱ類印と秋色の付嘱について確認しておく。Ⅱ類印に関して、元禄十一年〈一六九八〉の其角歳旦帖『宝晋斎引付』紫之序文に次のようにある。

新梅舒《ノベテ》レ暦《ヲ》点《ズ》二五字之印《ヲ》一。（中略）耀《カシ》二眼《ヲ》於千里之長安《ニ》一、馳《ス》二思《ヲ》於一日《ノ》之花洛《ニ》一。相江波暖《シテ》三《ニス》二於洞庭《ノ》朧月《ヲ》一。
士峰寒残《テ》二《ニス》二於越路《ノ》宿雪《ヲ》一。

改年にあたり、新たに刻された五字、三字、二字の点印はそれぞれ「一日長安花」、「洞庭月」、「越雪」である（其角の点印使用例は【図1】参照）。『宝晋斎引付』はこれら風雅な点印の披露も兼ねていたとみえ、Ⅱ類印の文言を前書とした

一日長安花
鐘一ツうれぬ日はなし江戸の春　　涉川（筆者注、其角）
洞庭月
松風に鶴をよぶ也屠蘇機嫌　　心水
越雪
万歳や山姥つれて山廻り　　枳風

の三物発句を掲載する。

【図1】Ⅱ類印　其角加点「泰平の」の巻（柿衛文庫蔵）

点印半面美人の字を彫て琴形の中に備へたるを、はじめて冠里公の万句の御巻に押弘め侍るとて

春の月琴に物書はじめ哉　（『五元集』延享四年〈一七四七〉刊）

点印流行の火付け役となった「半面美人」印[*2]が披露されたのは、其角門の冠里（備中松山藩主、後、美濃加納藩主、安藤信友《のぶとも》）の万句時である。この万句について、『近世奇跡考』（文化元年〈一八〇四〉序）は元禄十五年〈一七〇二〉春の興行と考証している。

宝永四年〈一七〇七〉の其角没後、Ⅱ類印は秋色に付嘱される（『綾錦』享保十七年〈一七三二〉刊）。秋色は『いつを昔』（元禄三年〈一六九〇〉刊）に

申習ひに

蜆とり早苗にならぶ女哉　女秋色

以下三句が載り、同年頃に其角に入門。其角の死は急であったため、どれだけ正式な付嘱であったかは不明だが、入門以後、其角編の俳書に悉く入集する愛弟子の秋色であれば、極めて妥当なことと考えられる。秋色は門弟の筆頭として、深川泉竜院其角七十七日追善百韻興行を主催し、同冬、沾洲《せんしゅう》、青流とともに其角遺稿を整理して『類柑子《るいこうじ》』を刊行、後、宝永五年〈一七〇八〉二月十日の一周忌には深川芝山庵で追善百韻興行、正徳三年〈一七一三〉二月二十九日、深川長慶寺で追善百韻興行を催し七回忌集『石などり』を刊行、享保四年〈一七一九〉十二月、十三回忌には『類柑子』を再板するなど、師の追善に努めている。

秋色によるⅡ類印の使用は『いぬ桜』（享保三年〈一七一八〉刊）の加点部分、

秋色　万国衣冠拝冕旒　一　位牌
　一日長安花　一　春やむかし
　洞庭月　二　慈悲の帳・悋気
　越雪　五　ワキ・百菊・あつ鬟・城・外の花・神の森

に確認できる。なお、「万国衣冠拝冕旒」は芭蕉葉の画に王維「和ス二賈舎人ノ早朝大明宮之作ニ一」の詩句を刻した秋色の点印である。

第二節　初世湖十老鼠肝と〈其角正統〉

『近世奇跡考』の「其（筆者注、元禄十五年〈一七〇二〉）後廿四年を過ぎて、秋色尼より初代湖十に譲りけるとぞ」との記事によると、秋色の没した翌年にあたる享保十一年〈一七二六〉、湖十はⅡ類印を手にする。秋色の死に際し、点印を付嘱したのがなぜ湖十であったのか、詳細は伝わらないが、秋色七回忌追善集『誹太郎《はいたろう》』（享保十七年〈一七三二〉刊）午寂序文に「嚮《さき》ニ秋色之《ガ》骨肉羅《テ》レ災《ニ》窮散《ス》。糊《クチモラフヲ》二口于木者菴《ニ》一憐恕懇《ロニ》至《ル》」とあり、なんらかの災禍に遭った秋色らは湖十から援助を受けていたらしい。その縁によるのであろう、『綾錦』に「現湖十（略）先師点印、秋色ヨリ附属ス」と記され、点譜には隠し点「半面美人」印及びⅡ類印の「一日長安花」（十点）・「洞庭月」（七点）・「越雪」（五点）が確認できる。

湖十は曽氏、後、深川氏。謙堂、亀休板、木者庵等と称し、後、老鼠肝（老鼠・鼠肝とも）と号する。ただし、『俳家奇人談』（文化十三年〈一八一六〉刊）に

この人容貌異体なり。落髪して髭の長さ尺余、身には法衣を着し、頸には頭陀《ずだ》袋を掛けたり。かく奇怪の出立にて、平生都下を徘徊す。その性冷飲を好んで、天目《てんもく》に酒一湛《たん》をもつて度とす。醒ればまたのむ。ゆゑに人その醒たる時を見る事なし。

と伝えるように、少々癖のある人物であった。

それは湖十の活動が本格化した『二《ふたつ》のきれ』（正徳三年〈一七一三〉刊）からも窺える。同書は、其角の七回忌に参加できなかった湖十が、秋色の『石などり』にもれた句の拾遺として編んだ俳書なのだが、「半面美人」印を披露した句会で、其角発句に湖十が脇を付けたという次のような記事が載る。

半面美人	印	百句下略

春の月琴に物かくはじめ哉　其角
桜にかゆき鶴のいたゞき　湖十（以下略。全二十四句）

これに対し、白石悌三氏[*3]は「元禄十五年の時点で晴れの賀会に、並居る常連をさしおいて初参加の湖十が脇をつとめたとは、にわかに信じがたい」、「邪推するに、これは冠里の脇句をさしかえたものではあるまいか」と疑義を唱えている。『二のきれ』を見ていくと、確かに氏と同様の疑いを持たざるを得ない点がある。例えば、其角からの直接の指導を強調し、「遙二むかしあまりの冬一日、湖十にもの教んとて」との前書を付した

いまくま[*4]を時雨ゝ比はあれぞかし　其角
そぎ袖さむき花の水仙　湖十

や、湖十句に其角が「半面美人」を仄《ほのめ》かした句を付けたとする

男むかしそれよこれよと書たれば　湖十
半面の美に柱あやかれ　宝晋斎

など、俄には信用しがたい記述が散見する。

加えて、Ⅱ類印の語句を前書とした

　一日長安花

極つて鐘売レぬ日は花の留主　　沾徳《せんとく》

　洞庭月

秋毫に紫式部書たりな　　青流

　越雪

越の簑自在にきゆる雫哉　　堤亭

の発句群など、点印に関する記事も目立つ。沾徳句には「右、晋子（筆者注、其角）が鐘ひとつといひし元日の口号による」との注記があり、確かに長安の繁栄を江戸にうつした『宝晋斎引付』の其角句を意識して詠んだものと考えられるが、或いはこれらの題で湖十が出句を依頼したものかもしれない。

さらに言うと、湖十は『二のきれ』刊行の理由を、越路に旅行中で七回忌追善が出来なかったため（同書中の記事「予、踏テ二越路雪難ヲ一経レ月皈ヲ二武陽一」）と述べるが、前年の夏には湖十は名古屋の東鷲歓迎の世吉に江戸で参加しており（『たつのうら』享保十九年〈一七三四〉刊）、後、上方に滞在した形跡（『二のきれ』中の上方や三河・尾張・駿河連衆により贈られた追悼句）はあるとしても、越路に赴いた記事は見当たらない。これは其角点印「越雪」を効かせた文飾なのではないか。つまるところ、『二のきれ』には点印（「半面美人」印やⅡ類印）に関する言及や、湖十による〈其角正統〉との自己主張が、追善という面に勝って目に付くのである。

其角点印、特に「半面美人」印は人気があり、淡々も付嘱を望んでいたといわれる。*5『二のきれ』刊行は、同門俳人に対する牽制であり、自らの存在を〈其角正統〉に位置付けるためのアピールであったと考えられる。*6

点印付嘱後、湖十は其角十七回忌集『月の鶴』（享保八年〈一七二三〉刊）、『其角二十三回忌集』（仮称・享保十四年〈一七二九〉刊、柿衞文庫蔵）を刊行し、着実に其角追善をこなしていく。そして、門人らに「其角点印、秋色預リテ、暫芭蕉家ヲ勤ム。湖十、上方下向之後、秋色ヨリ右之点印、湖十江渡ス」（『宗祇戻』宝暦四年〈一七五四〉刊）と吹聴し、其角点印の後継者たる秋色を、一時的に保管していただけの存在として扱い、あたかも初めから自身が正統の継承者であったかのように振る舞い始める。

第三節　二世巽窓の付嘱と点印の複製

享保十八年〈一七三三〉、永機こと巽窓が二世湖十を襲号、それに伴い初世湖十は老鼠肝に改号する。点印付嘱もこの時で、『鳥山彦《とりやまびこ》』（元文元年〈一七三六〉刊）巽窓点譜には「半面美人」印、Ⅱ類印が記載されている。また、同点譜には「芭蕉」印（十五点・芭蕉葉の画に孟叔異「夏雨」の詩句「檐声和《シテ》レ月落《ツ》二芭蕉《ニ》一」を刻す）が追加される。

巽窓は村瀬氏。甲府の人。江戸で俳諧を湖十に学び、二世襲号の年に師の養子となる（『夢跡集』所収「二世湖十伝」、天保四年〈一八三三〉頃成）。存義・米仲らと結び一世を風靡した『江戸廿歌仙』（延享二年〈一七四五〉刊）の中心人物として知られる。

享保末期は、例えば十七年冬に松琀が父の表徳、羊素を継いだことを筆頭として、十八年春には和推が調和号を、和推の息和交が和推号を継承、如格が四世立志を襲号（『鳥山彦』）、一方、同十八年に祇空、翌十九年に貞佐ら前代の俳人が次々と物故するなど世代交代が著しく、俳系の正統性に対する意識の高まってきた時期である。そのため、『綾錦』・『鳥山彦』で江戸宗匠系譜を掲げた沾涼に対し、系譜の認識を異にする沾洲が『親うぐひす』（享保二十年〈一七三五〉刊）で「近年、猥りに宗匠の系図を定め板行せしめ、己が世渡りにして其の血脈を違へ、他国を犯し、胡論《（乱）》の書あり。悲しき業なり」と批判する事態も起きている。

また、同時期は、享保十四年〈一七二九〉の二十三回忌を契機に盛り上がりを見せた其角の顕彰運動の只中にある。其角を追慕した俳書は数多く出板されており、巽窓も同十八年、旧知の二世才牛（二代目市川団十郎）親子と箱根に遊び、『新山家』（貞享三年〈一六八六〉刊）に倣う『犬新山家』（享保十八年〈一七三三〉刊）を刊行、二十年には『花摘』（元禄三年〈一六九〇〉刊）に倣う句日記『続花摘』を編み、元文四年〈一七三九〉には其角三十三回忌集『角文字』を世に出している。当時、江戸俳諧の祖と位置付けられる其角の存在感は絶大であった。

このような時代潮流にあって、湖十らの所持する「半面美人」印、Ⅱ類印が〈其角正統〉たる物証として並々ならぬ威力を発揮したことは容易に想像できる。巽窓はこの〈其角正統〉という地位と点印を金科玉条として、着々と地盤を固めていく。

ただし、巽窓が勢力を伸ばす過程には、湖十系の点印付嘱における大きな問題を孕んでいた。水戸藩家老の太田湖中（別号、見龍）編『俳諧雪月花《せつげつか》』（元文元年〈一七三六〉序）の巽窓序文を次に挙げる。

　予、木者庵（筆者注、老鼠肝）より其道統を伝ふるに、晋子点印、雪月華の文字を古篆《てん》にうつして考評にあらはし侍りしが、其後、今用る所の楷書、雪月華の印に改む。ふるき盤に、此門に学ぶ人の深知にして家流を継の志あらば、付与しつたへんと思ひし時、水府見竜公、年月の琢磨疎ならず、懇望（た脱か）しまふことひさし。よつてかの篆文の印共に四章珠案に呈す。

同書は、其角流に心酔していた湖中が、其角の「道統」を継ぐ巽窓から点印を譲られた折の賀集なのだが、その序文には瞠目すべき記述がある。巽窓は文脈を巧妙にぼかしているが、其角点印を篆書体に複製して使用していたところ、それを楷書体に改めたので、以前用いていた点印を湖中に譲った、というのである。序文に「晋子点印、雪月華」とあるので、湖中に付嘱された点印にあたるものは、「雪月華」が各々の印字として刻されるⅡ類印と考えるのが妥当であろう。

ここで、湖十襲号、Ⅱ類印付嘱以前の巽窓点譜を『綾錦』に確認してみると次のようにある。

曽　永機　かくし点　沉香亭　月雪　十五　五字　花十　三字　月七
二字　雪五　長　三　丸　二

隠し点の「沉香亭」[*7]、「月雪」（十五点）の他、五字印「花」、三字印「月」、二字印「雪」がある。具体的な印面は記されていないが、これらがⅡ類印の篆書に相当するものか。[*8] ともあれ、どうやら老鼠・巽窓は、点印という「物」によって〈其角正統〉という権威を可視化しつつ、且つ自らの地位、権益を損ねぬよう、点印を複製して門人に譲渡していたらしい。[*9]

点印の複製はⅡ類印のみにとどまらない。『五元集』の編者、旨原《しげん》は「春の月琴に物書はじめ哉」句に

半面の印安藤家に残れり。湖十印はにせものなり。そうかんと云者作る。

と注している。[*10]「そうかん」は鼠肝、即ち老鼠。安藤家とは、「半面美人」印を披露した冠里の安藤家を指す。もし、旨原の発言が正しいとすると、「半面美人」印は其角没後から冠里のもとにあり、世に出ることはなかったことになる。確かに、Ⅱ類印を付嘱した秋色の点譜を思い起こしてみても、現時点では「半面美人」印の使用が認められない。真相は謎ながら、「そうかんと云者作る」という言葉に注目するならば、湖中に付嘱されたⅡ類印の複製問題とも整合性が生まれてくる。[*11]

第四節　三世風窓の其角座経営

延享三年〈一七四六〉の巽窓没後、風窓が三世湖十を襲号する。風窓は江戸の人。初号、木髪。巽窓の養子となり、犬長者・露入道・扇笠院・老鼠・雷吼坊等と号する（『夢跡集』所収「三世深川湖十伝」）。木髪号で『江戸廿歌仙』にも参加している。

風窓の点印付嘱の正確な年代は不明だが、おそらく襲号と同時期であろう。『眉斧日録《びふにちろく》』初編（宝暦二年〈一七五二〉刊）自序に「晋子没後、老鼠これを得て、巽窓、これを風窓につたふ」とあり、同書点譜には「半面美人」印、Ⅱ類印、巽窓の「芭蕉」印が確認できる。ただし、風窓は同序文に「しばらく加ふるに、一二の印章をもてす」

とも述べ、点印の種類を大幅に増加させている。新刻された点印は、同書点譜によると、「藥印」・「蓬莱美人」・「三山」、さらに無条件の勝ち（点譜「得之主不論甲乙可為勝」）を示す「比翼」である。「比翼」は「長恨歌」の詩句

在《リテハ》レ天願《ハクハ》作《リ》二比翼鳥《ト》一　　在《リテハ》レ地《ニ》願《ハクハ》為《ラント》二連理《ノ》枝《ト》一
天長地久有《リテ》レ時尽《クトモ》　　此《ノ》恨《ミ》綿綿《トシテ》無《カラン》二絶《ユルノ》期一

を典拠とする印で、印面には「天長地久」と刻される。他にも、風窓加点の【図2】『霜の庵』（上田市立上田図書館花月文庫蔵）を見ると、秋色の「万国衣冠拝冕旒」印の使用が認められ、『俳諧觽《けい》』後編（明和七年〈一七七〇〉刊）風窓点譜【図3】では「橋立図」（二十五点）、「厳嶋図」（三十点）、「富士図」（四十点）等の点印が用いられる。

前句付を中心とする江戸雑俳の隆盛期にあたる宝暦当時、同じく其角座で、『眉斧日録』に先駆けて高点付句集『武玉川《むたまがわ》』を大ヒットさせた紀逸《きいつ》もまた、例えば最高の二十五点で見ると、「主寿昌」（初編、寛延三年〈一七五〇〉刊）、「不騫不崩」（五編、宝暦三年〈一七五三〉刊）、「王母林」（九編、同六年刊）、「蟋蟀入牀語」（十編、同年刊）、「勤向窓前読」（十二編、同八年刊）とめまぐるしく点印を改め、新味を出している（第二部第四章第二節参照）。点数の褒賞に様々な種類を設け、飽きさせることなく巧みに興味を煽動する風窓の点印は、顧客獲得に極めて有効であったと考えられる。紀逸・万立・秀億・庭台・田社らと各草庵で月次句会《つきなみ》を定期的に興行（『巻藁《まきわら》』宝暦三年〈一七五三〉刊、『誹花笑《はいかしょう》』同七年刊）するなど、風窓は旺盛な活動を見せ、其角座を盛り立てていく。

そして、安永時には、次代、四世湖十のための経営強化に乗り出す。四世の晋窓は始め雪中庵蓼太門で完車と号し、後、風窓門に入った人物で、別号、黄花庵・歓雷・晋吟・孫笑（『夢跡集』所収「四世深川湖十伝」他）。『双《そう》

猨《えん》路《ろ》談《だん》』（安永二年〈一七七三〉刊）の画像【図4】を見てもわかるように、安永期はまだ青年であったようで、将来を見込まれた秀才だったのではないかと推測される。『増補童の的』六編（安永四年〈一七七五〉序）に「其角座老鼠　湖十改　湖十　歓雷改」とあり、同年に晋窓は湖十を襲号、風窓は老鼠と改号する。相前後して点印の付嘱が行われており、『俳諧觿』後編後訂本（同三年刊）の後出晋窓点譜【図5】にⅡ類印が確認できる。[*12]

【図2】『霜の庵』（上田図書館花月文庫蔵）三丁表

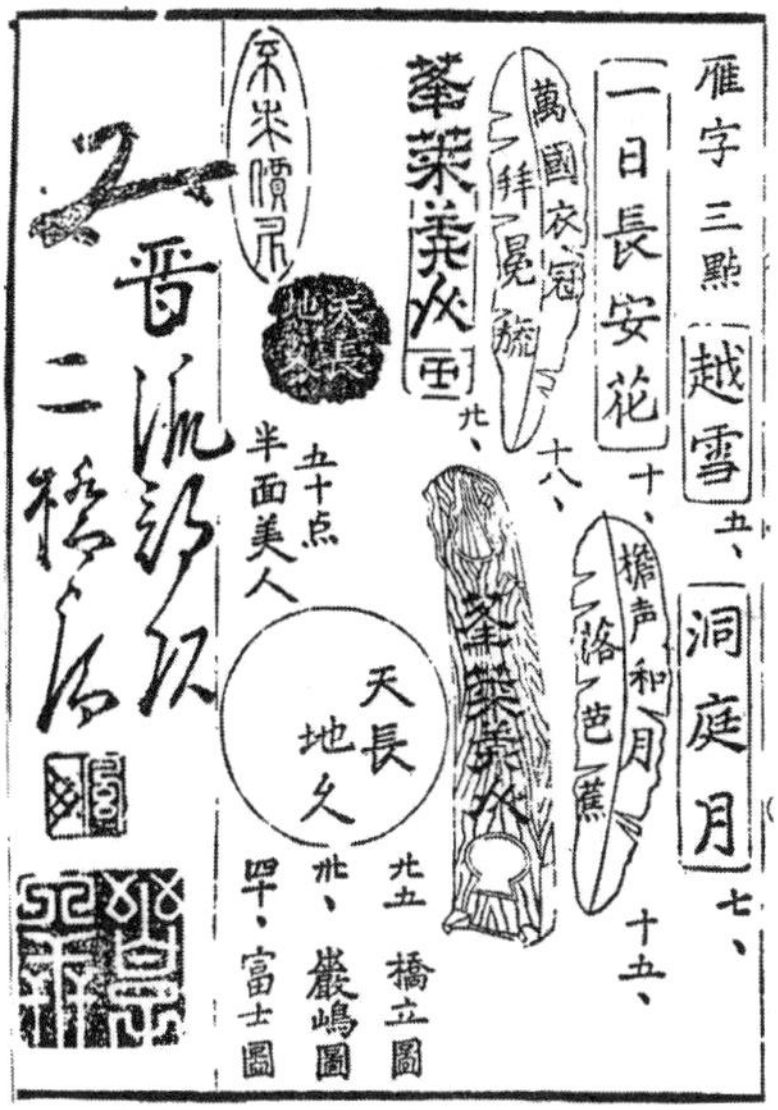

【図3】『俳諧觿』後編・風窓点譜

【図4】『双猨路談』（愛知県立大学長久手キャンパス図書館蔵）・晋窓画像

晋窓完車

夜とてや水に散しは月の雲

月沙画

さらに、風窓は、晋窓に実績を積ませるため、秋色（二世。別号、野菊）連名で『花実集《かじつしゆう》』（同四年刊）を江戸、花屋久治郎から出板させる。自らは後見として、序文に次のような出板経緯を記す。

そのかみ、晋子上京の折から、落柿舎に謁して一編の滑稽あり。ついで誹諧の大意をしめす清談ありしに、遠く是をしらず。爰におゐて秋色・歓雷、そのおもむきをゑらみて、さくら木に模し、天下不朽にしらしめんとす。

即ち、『花実集』は、未だ世に知られていない、其角と去来との俳談を筆記したもので、それを「其角正統　風窓湖十」（序文）が保証付で刊行した、由緒正しい書だとの触れ込みである。風窓の主張が真実ならば、極めて重要な書ということになり、その宣伝効果は抜群だろう。

しかしながら、同書は俳話の大部分が同年三月、京の井筒屋庄兵衛・橘屋治兵衛より刊行された『去来抄』（宝永元年〈一七〇四〉頃成）の論に一致し、しかも同書の去来の言の多くを其角の発言としてすり替えた、其角を権威付けるための偽書とされる。つまり、風窓は、『花実集』を編集させることで、〈其角正統〉としての晋窓を世に認知させようと目論むのであった。

以後も、風窓は其角座の中で実権を持ち続ける。『安永七年歳旦』（富山県立図書館志田文庫蔵）冒頭に「かはらず風窓・晋窓の蓬莱にかざりものして」と風窓の名が挙るのはその証左であるし、同書に

去年は風窓師の印を譲られ、としぐ〳〵の悦、此迄の冥加にも叶たるならん。

ことの葉に実をも結ぶや花の春　　湖明一号鼠開

とあるのは、風窓が点印の伝授権を握り続けたことを示唆する。どの点印かは不明ながら、晋窓ではなく、風窓によって付嘱が行われた事実から、その影響力は依然として大きかったことが窺われる。

そして、風窓の後見になる其角座は、やがて特殊な経営形態をとるようになる。晋窓と同様に、Ⅱ類印の付嘱された宗匠が現れるのである。『俳諧觿』後編後訂本【図5】を見ると、晋窓の他にも秋色、宝井らが楷書体のⅡ類印、恋稲が篆書体のⅡ類印を所持している。湖十らが点印を複製していたことは前述したが、ここで留意すべきは、其角座の宗匠全員に其角の点印が付嘱されたわけではないということである。他に紀逸（二世）、沢来、嵐々らの宗匠が所属するが、彼らはⅡ類印を持っていない。

これらを整理して考えると、其角座は、実権を掌握する〈其角正統〉の風窓を頂点として、その継承者たる晋窓と、Ⅱ類印を付嘱した宗匠、さらにその他の宗匠という組織によって運営されていたと推測される。

宗匠もむかしは万句をして点者になるが法式じゃが、近年は料理を振まふて、こそ〱としまふが法式の様になり、評物といへば番丁へ吉原といふ付合でも、しらぬ皃で高点をかけ、世捨人が牽頭《たいこ》持の行作をして、初春には熨斗目をきて、年始の御しうぎを云込む。

（『当世穴さがし』明和六年〈一七六九〉刊）

宝暦・明和期、町人層の飛躍的な経済成長を背景として、俳諧愛好者の人口は増大、それに伴い、俄《にわか》宗匠が巷に溢れるようになった。対し、風窓は点印という物証で〈其角正統〉の権威を顕示、その点印の複製・付嘱によっ

【図5】『俳諧觽』後編後訂本

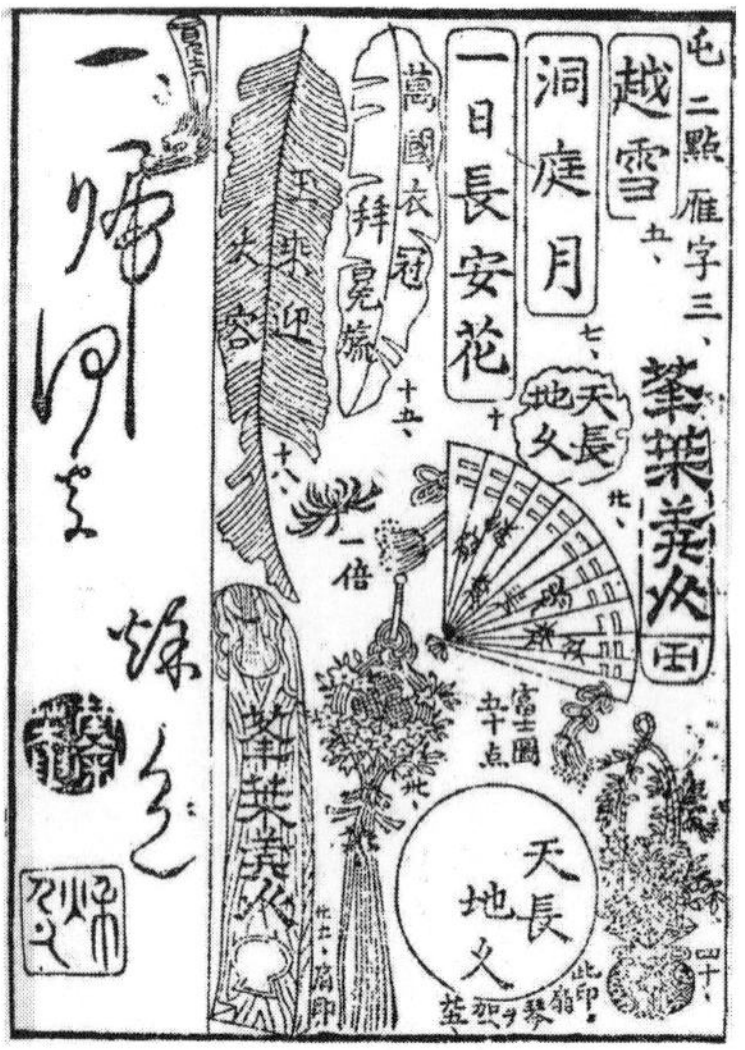

秋色点譜

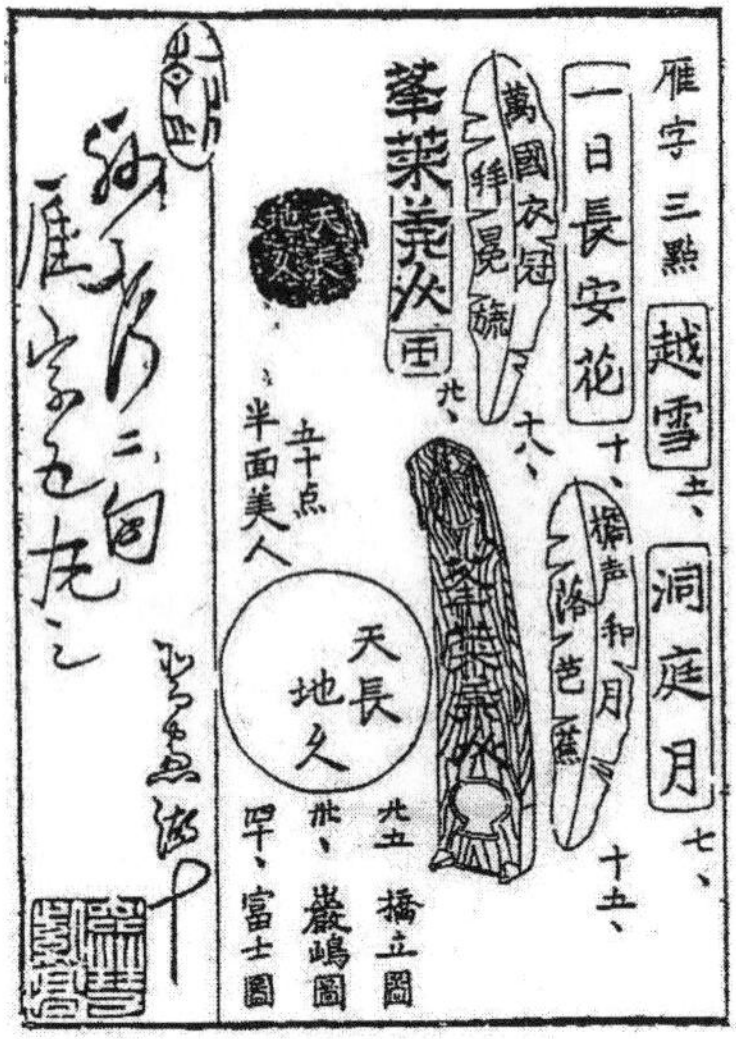

晋窓点譜

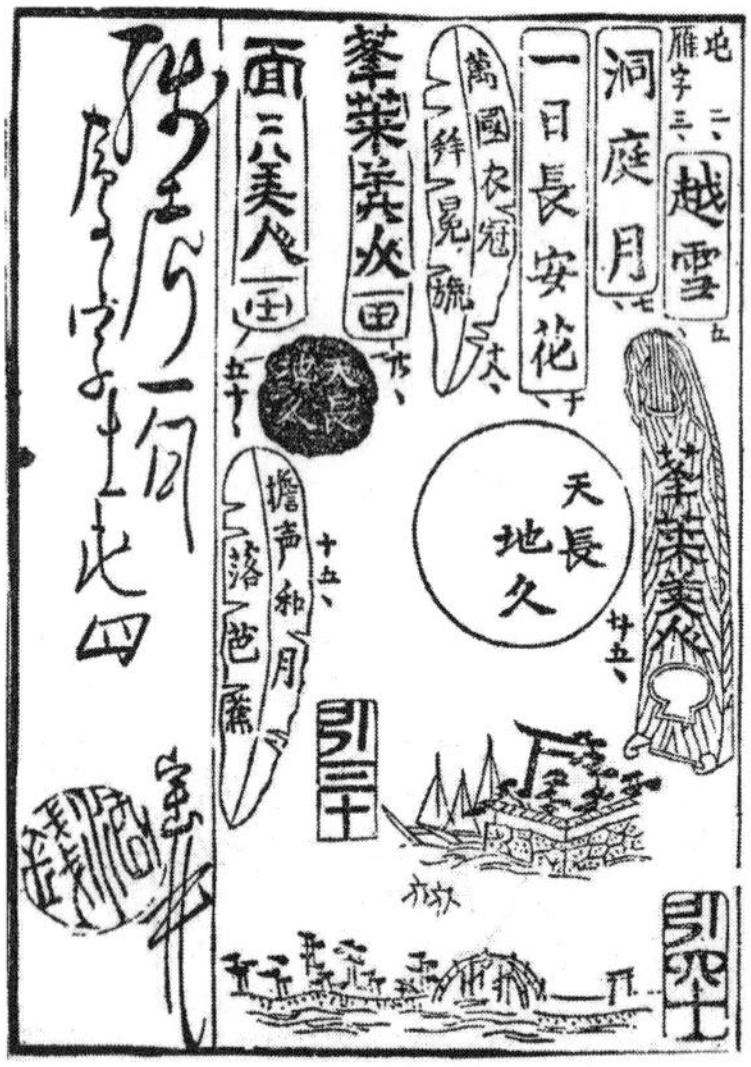

宝井点譜

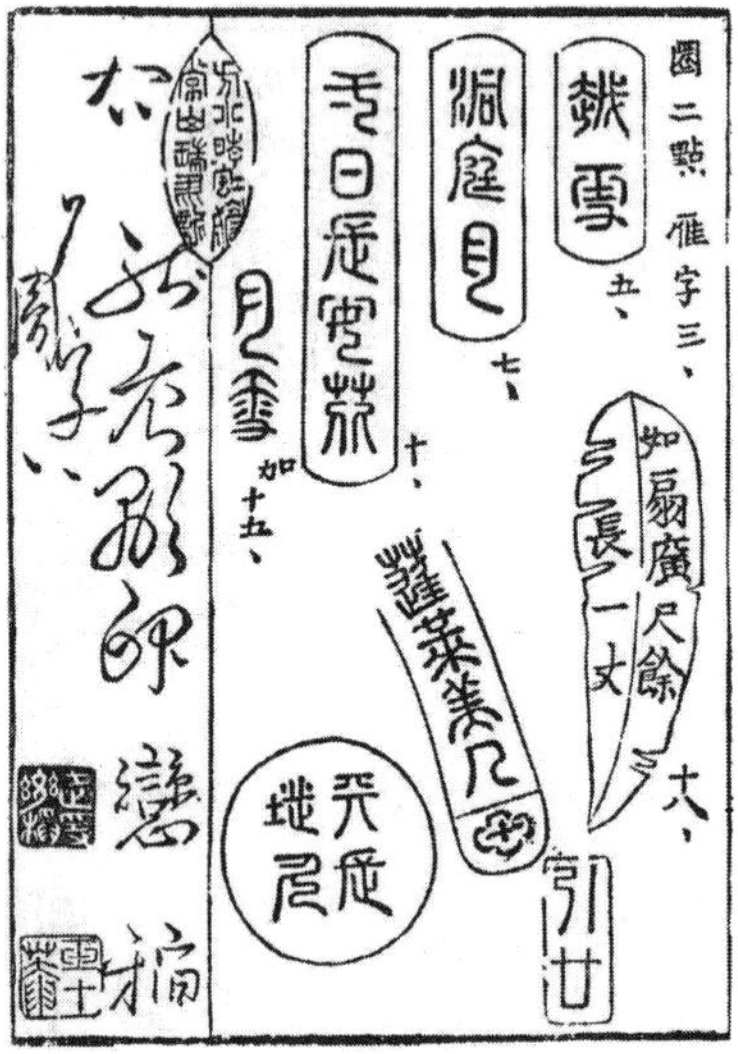

恋稲点譜

て座内の秩序を整え、組織を強化することで、経営の安定を図ったのだと考えられる。

第五節　四世晋窓の夭折と五世九窓

風窓の勝れた経営手腕により順調かに見えた其角座であるが、安永九年〈一七八〇〉、風窓が没したことで事態は急展開を見せる。おそらくⅡ類印を持つ宗匠達の中で均衡《きんこう》が崩れたのだろう。『俳諧觽』六編（天明元年〈一七八一〉刊）に晋窓・野菊・恋稲・宝井・為裘・石腸・吉雲の七名を擁《よう》した其角座は、同七編（同四年刊）にはⅡ類印を付嘱していた宝井・恋稲が離脱、同八編（同六年刊）では同じく秋色、さらに為裘が姿を消し、残る宗匠は晋窓・石腸・吉雲の三名と、一挙に弱体化した（第三部第四章参照）。加えて、寛政元年〈一七八九〉五月二十七日に晋窓も急逝（『夢跡集』）、湖十系は断絶する。*[13] そのため、寛政期には、湖十系統の点印、〈其角正統〉を巡って種々の混乱が生じた。以下、略述する。

晋窓の没した翌年の寛政二年〈一七九〇〉、「半面美人」印等を手にしたのは、白雄《しらお》門の常世田《とこよだ》長翠《ちょうすい》である。『在《あり》し世語《よがたり》』（寛政七年〈一七九五〉刊）によると、白雄は江戸座の春来に師事したこともあったという。*[14] 長翠の点印付嘱はその縁にもよるのであろう。同年七月十四日の信州戸倉社中宛白雄書簡に

弥《いよいよ》御清和奉寿候。然者都久裳坊（筆者注、常世田長翠）事、普窓（晋）湖十なくなり候あとへ贅夫《ぜいふ》（筆者注、入り婿）に遣候。これや其角叟正統にて候。則、其角叟半面美人及点譜も伝ひ候て人もしり候菴にて、此たび点譜ともつくも坊うけつぎ候。御歓可被下候。野老が存寄、つくもが存寄も江戸に蕉風ひろくおこなはれ候便にもと申合候

義に御座候。為御知申度、如此御坐候。頓首。

七月十四日　白雄

と報じている。白雄書簡中波線部の「江戸に蕉風ひろくおこなはれ候便にもと」との文言は、安永・天明頃、江戸座の俳風が蕉風化して、五色墨派との相互交流が見られる[15]という俳壇状況を踏まえての言と捉えることができる。安永九年〈一七八〇〉頃の白雄江戸定住後、門弟達は天明二年〈一七八二〉の春鴻をはじめとして、柴居《しおり》(同三年)、古慊(同四年)、星布(同八年)と相次いで立机し、白雄一門は勢力を拡大していた。長翠の付嘱も其角座の落魄に乗じた戦略であったと考えられる。

しかし、寛政三年〈一七九一〉の白雄没後、長翠は〈其角正統〉よりも白雄の師系を優先し、早々に春秋庵に入ってしまう。そこで、翌四年に其角座が再建され、「ことし、其角伝来の書ならびに点印をうけつぎ、専に其角風をこのむと見へたり」(『俳諧觿』十一編、同年刊)と記される湖十(白雪庵)が宝井(二世)とともに現れる。この湖十は、『俳諧人物便覧』(安政三年〈一八五六〉以前成)に「石腸　白窓、後、白雪菴湖十」とあり、晋窓の没した寛政元年〈一七八九〉に百万座へ移籍した白雪庵石腸(『俳諧觿』十編、同年刊)かと目される。が、『俳諧人物便覧』には「後有故除世代」とも記載されており、石腸は何らかの理由によって五世とは認められなかったらしい。

一方、『俳諧觿』十一編を見ると、一漁側末尾に「嵐々庵　栖隠　大坪　鼠肝」及び「武蔵坊　其角正統　晋　月叟」と、初世湖十の号、鼠肝を名乗る人物や〈其角正統〉を称する月叟が出現する。

鼠肝は雁字庵嵐々(『俳諧人物便覧』)。『俳諧国づくし』(寛政二年〈一七九〇〉刊)跋文によると、元禄十四年〈一七〇一〉生で「六才の時、宝井氏の膝に抱れし人なり。晋子古人と成てのち深川鼠肝に随身す」という。[16] 其角没後、老鼠に師事、他にも淡々と交流した古老俳人で、安永期には風窓経営の其角座にも所属していた。晋窓没後には夫水と本所側を設立（『俳諧觽』十編）、後、寛政四年〈一七九二〉（当時九十二才）に一漁らと合流する。湖十号を継承した石腸と見解の相違があり、対立したということか。

月叟は四世一漁門。『たねおろし』十六編（寛政二年〈一七九〇〉刊）に

　晋子のながれなる松窓主人に入門の歓びをのぶる。

　雨露で増す人の恩あり室の梅　　月叟

とある。〈其角正統〉に強い関心を持ち、一漁（『俳諧觽』十三編、同九年刊で「晋子五世」を称する）や鼠肝に与《くみ》した新参宗匠なのだろう。月叟は宝井氏を名乗り（同十二編、寛政七年〈一七九五〉刊）、篆刻ながら、Ⅱ類印・「芭蕉」印・「万国衣冠拝冕旒」印を入手している（同十三編点譜【図6】）。

右のような混乱は、寛政八年〈一七九六〉十月十二日の鼠肝物故（『新選俳諧年表』）、五世湖十（九窓）の進出によって収束に向かうこととなる。『屠《と》龍《りょう》之《の》技《ぎ》』（文化十年〈一八一三〉刊）所収「みやこどり」（寛政五年〈一七九三〉から八年夏頃に成る）[*17]に「木髪が湖十と名改するに」との記事がある。木髪こと九窓は、白雪庵の其角座消滅後の『俳諧觽』十二編では宝井とともに平砂側に所属し、同十三編で宝井が風窓（二世）を名乗るのと同時に湖十を称した人物。同書点譜【図7】によると、印影が其角や歴世湖十とは異なるが、楷書のⅡ類印・「万国衣冠拝冕旒」印・「芭蕉」印・「蓬莱美人」印・「比翼」印を所持、同十四編（同十年刊）には、宝井を筆頭にしつつ「其角座湖十側」を復興する。[*18]寛政期の江戸俳壇は混迷を極め、「今の俳諧、蜂の如に起、麻の如にみだれて、その糸口をしらず」

【図6】『俳諧觽』十三編・月叟点譜

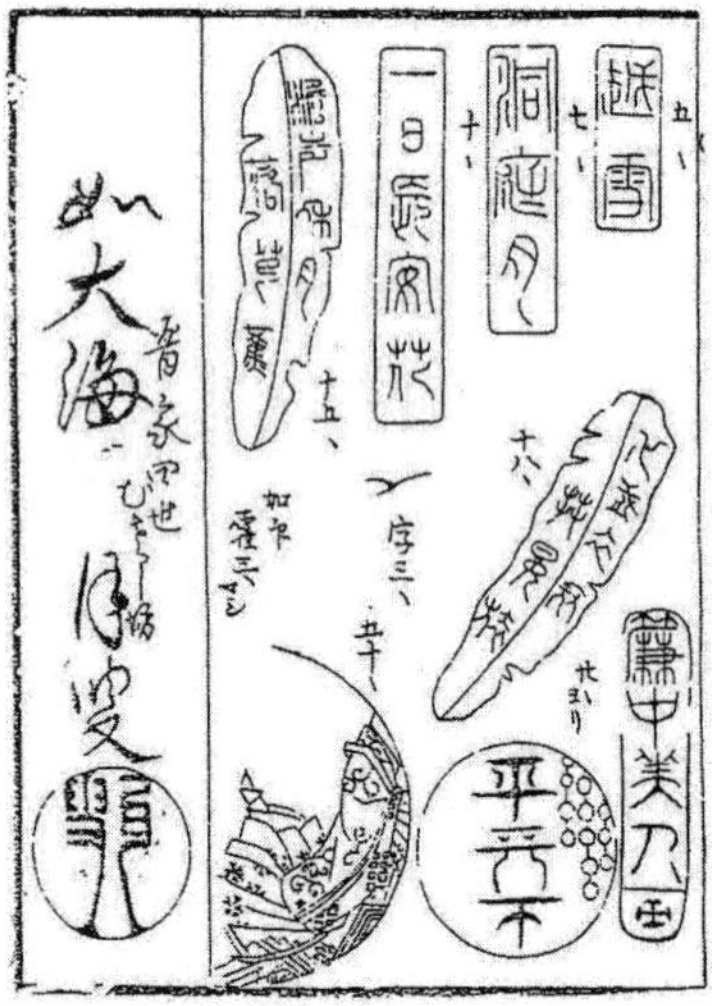

【図7】『俳諧觽』十三編・九窓点譜

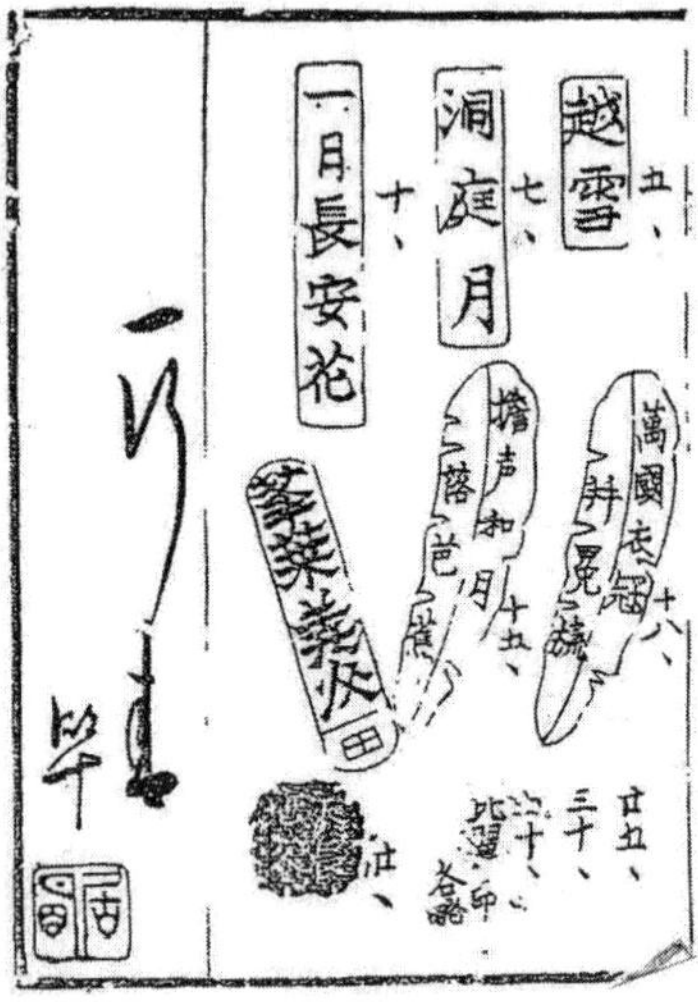

（『軽挙館句藻《けいきょかんくそう》』所収「千束の稲」同十三年正月の条）といった状況であったが、この頃から江戸座内に月叟の名を見掛けることはなくなり、[*19]対立は解消されていく。

第六節　六世昇窓の其角座再興

以上、湖十系統の其角点印付嘱について概観した。歴世湖十は〈其角正統〉の名のもと、点印を巧妙に複製し、それを付嘱（実態としては印字の使用権許可と言った方が適切か）することで勢力の拡充を図っていた。中には風窓のように点印の付嘱によって座内秩序の組織化を試みる者もいた。寛政期に混乱を生じたとはいえ、複製という手段によって「湖十（或いは老鼠）」が伝授権を掌握し続けるこの点印付嘱のシステムは、実力者に統制されるならば、座側運営の有効な方法となる。

享和二年〈一八〇二〉、九窓に次いで湖十を襲号した六世の昇窓は、この湖十系点印付嘱の特質を極めて効果的に活用した人物である（昇窓の点譜は【図8】参照）。昇窓は御三卿の清水家に仕えた経歴があり、豊富な人脈を持っていた。事蹟の詳細に関しては第三部第四章に譲るが、昇窓は数多の貴顕に点印を付嘱、大名文化圏への活路を切り開いていく。

例えば、『湖十句巣』（文化十二年〈一八一五〉から文政二年〈一八一九〉にわたる昇窓の発句書留、東京大学総合図書館洒竹文庫蔵）に

> 文化十二極月廿六日、長州の君江用来る印点并派翁
> の真蹟を奉るとて
>
> 早咲や曳るゝ樹屋も冥加もの

とある。「長州の君」とは大名俳人、露朝（長門萩藩主、毛利斉熙《なりひろ》）を指す（露朝の点譜は【図9】参照）。点印を付嘱され、歓喜した露朝は、自著『はなむしろ』（文化十三年〈一八一六〉跋）の自跋に

> 二世宝晋斎（筆者注・昇窓）が花押を譲りうけしに、そ

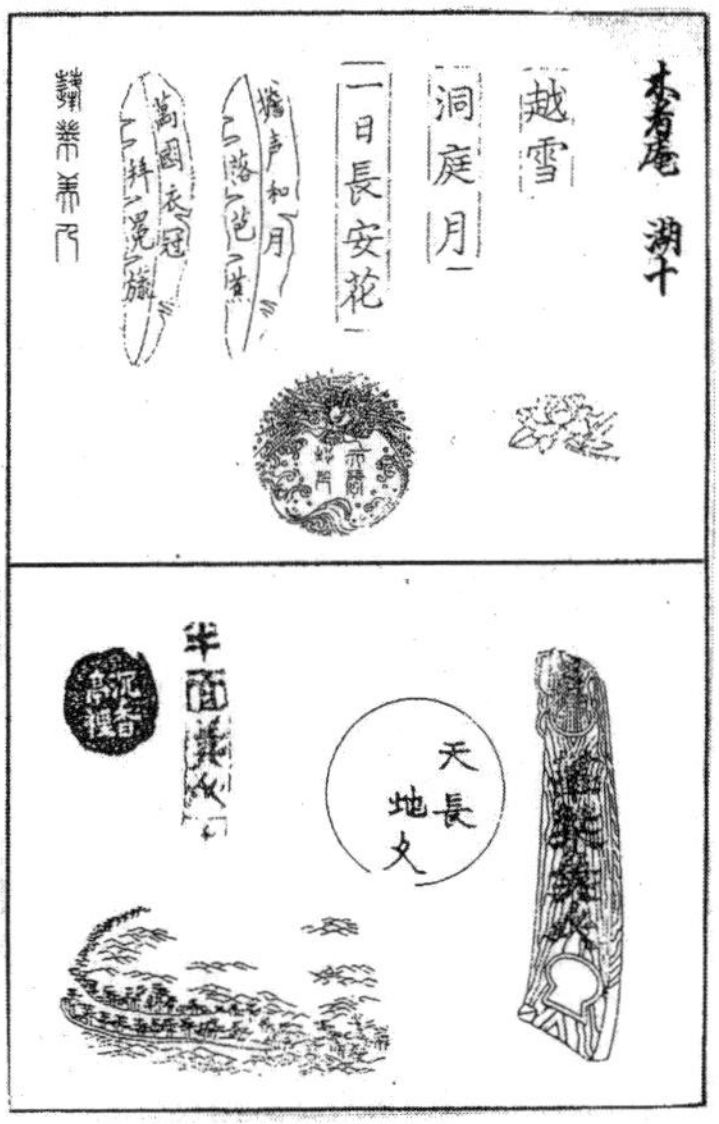

【図8】『於之波奈嘉々美』昇窓点譜

※昇窓の点印使用例は上田市立図書館花月文庫蔵『［逸題俳諧］』（請求番号・俳句140）に確認される。

【図9】『於之波奈嘉々美』露朝点譜

のまゝ蔵し置くも本意なければ、俳友に百の巻を乞集め、
これに押そめて弘るはしとせり。

と記して、いよいよ昇窓に親炙するのである。

他にも、諸国の大名、旗本、幕臣や富裕町人、俳諧宗匠らの点譜六百余を貼り交ぜた俳諧点印譜『於之波奈嘉々美《おしばなかがみ》』（文化十年〈一八一三〉頃成）を見ると、大名階級ではⅠ類印の所持者、月村はじめ、栄枝（上総久留里《かずさくるり》藩主、黒田直方《なおかた》）や維嶽（蝦夷松前藩主、松前章広《あきひろ》）、御高家衆では金稲（大沢右京大夫）ら、総計、実に二十余名にわたり、Ⅱ類印等の点印付嘱のあったことが確認できる（【『於之波奈嘉々美』Ⅱ類印等付嘱表】参照）。「今世は俳諧宗匠二三百人もこれ有よし」（小川顕道著『塵塚談』文化十一年〈一八一四〉成）と点者がひしめく中、昇窓は点印の付嘱によって大名俳人達との関係を築き、門葉の裾野を広げる。同時に、座内の宗匠、螺窓永機、木髪、宝井にも点印を付嘱し、結束を固め、其角座を再び繁栄に導いていく。

そして昇窓は、『六世木者庵湖十伝』（東京大学総合図書館知十文庫蔵）に

【『於之波奈嘉々美』＝類印等付嘱表】

俳号	役職・所属・俗名等	一日長安花	洞庭月	越雪	半面美人	万国衣冠拝冕旒	蓬莱美人	櫓声和月落芭蕉
	（大名貴顕俳人等）							
月村	大和郡山藩主・柳沢保光	○（楷書・枠有）	○（楷書・枠有）	○（楷書・枠有）	○（楷書）			
金稲	御高家衆・大沢右京大夫	○（楷書・枠有）	○（楷書・枠有）	○（楷書・枠有）		○（篆書・枠無）	○（篆書）	
露朝	萩藩主・毛利斉熙	○（楷書・枠有）	○（楷書・枠有）	○（楷書・枠有）			○（篆書）×2（枠有・無）	
春潮	大沢図書	○（楷書・枠有）	○（楷書・枠有）	○（楷書・枠有）		○（篆書・枠無）	○（篆書・枠無）	
蘭眉	府中藩・武井伊藤太	○（楷書・枠有）	○（楷書・枠有）	○（楷書・枠有）		○（楷書）	○（篆書）×2	○（楷書）
行露	曽我伊賀守藩・秋山匠作	○（楷書・枠有）	○（楷書・枠有）	○（楷書・枠有）			○（篆書・枠無）	
松宇	百人組与力・岡田惣右衛門	○（楷書・枠有）	○（楷書・枠有）	○（楷書・枠有）		○（篆書・枠無）	○（篆書・枠無）	
亀遊	井関弥右衛門	○（楷書・枠無）	○（楷書・枠無）	○（楷書・枠無）			○（篆書・枠無）	
栄枝	久留里藩主・黒田直方	○（草書・枠有）	○（草書・枠有）	○（草書・枠有）	○（草書）	○（草書）	○（草書・枠無）	○（草書）
籍之	和泉屋友兵衛	○（草書・枠有）	○（草書・枠有）	○（草書・枠有）		○（楷書）		
維嶽	松前藩主・松前章広	○（篆書・枠有）	○（篆書・枠有）	○（篆書・枠有）		○（篆書）		○（篆書）
九下	御留守居・井関留之助	○（篆書・枠有）	○（篆書・枠有）	○（篆書・枠有）			○（篆書・枠無）	
里藤	中山勘解由藩・伊藤貢	○（篆書・枠有）	○（篆書・枠有）	○（篆書・枠有）		○（篆書）		
永峨	浪士・古谷伊兵衛	○（篆書・枠有）	○（篆書・枠有）	○（篆書・枠有）	○（楷書）	○（篆書・枠無）		
絲頂	麻生藩・加藤生柔	○（篆書・枠有）	○（篆書・枠有）	○（篆書・枠有）		○（楷書）	○（篆書・枠無）	
湖龍	御目付介・牧野康布	○（篆書・枠有）	○（篆書・枠有）	○（篆書・枠有）				○（篆書）
花国	御徒頭壱番組・岡部秀英	○（篆書・枠有）	○（篆書・枠有）	○（篆書・枠有）		○（篆書）		○（篆書）
一雅	館山藩・大羽弾司	○（篆書・枠有）	○（篆書・枠有）	○（篆書・枠有）				
蒼湖	西尾勝太郎藩・西尾右門四郎	○（篆書・枠無）	○（篆書・枠無）	○（篆書・枠無）			○（篆書）	
是又	北條藩・和合次右衛門	○（篆書・枠無）	○（篆書・枠無）	○（篆書・枠無）		○（篆書）		
永布	朝比奈左近	○（篆書・枠有）	○（篆書・枠有）	○（篆書・枠有）		○（篆書・枠無）	○（篆書・枠有無）	
苫舟	豊岡藩・坂本直記			○（楷書・枠無）				
	（其角座宗匠）							
永機	黄花庵	○（楷書・枠有）	○（楷書・枠有）	○（楷書・枠有）	○（楷書）	○（篆書・枠無）	○（篆書・枠無）	
木髪	凌雲庵	○（楷書・枠有）	○（楷書・枠有）	○（楷書・枠有）	○（楷書）	○（篆書）	○（篆書）	
宝井	風窓	○（篆書・枠有）	○（篆書・枠有）	○（篆書・枠有）		○（篆書）	○（篆書）	

かくて、天保四年の夏、其角より伝へもたる点印ども、弟子の木髪《ハツ》といふにあたへて、みづから江左と名乗られき。

と記されるよう、天保四年〈一八三三〉、後の七世湖十（浣窓）となる木髪（五世）に点印を付嘱し、一門の継承を無事済ませた後に没している。

注

＊1　勝峰晋風「点、批点の概念及び点印の解説」（『俳句講座　第七巻』改造社、一九三二年）

＊2　池田俊朗氏「早野家蔵「其角点巻」紹介」（『俳文藝』第十一号、一九七八年六月）に「半面美人」印の使用が認められる。ただし、印影は未掲載。

＊3　白石悌三「湖十覚書」（『俳文学論集』笠間書店、一九八一年。『江戸俳諧史論考』九州大学出版会、二〇〇一年に改題、再録）

＊4　今熊野のこと。句は謡曲「融」の詞章「今熊野とはあれぞかし」、「まだき時雨の秋なれば」を踏まえる。

＊5　『古典文学大辞典　第四巻』（岩波書店、一九八四年）「淡々」の項（桜井武次郎氏執筆）。また、＊3白石氏によると、淡々は『二のきれ』出句に抵抗感があったらしく、同書の企画が秋色公認のものかと自身の追悼句前書（「此春の撰者（筆者注、『石などり』編者の秋色）の筆をかしたるにや」）で念を押している。

＊6　この他にも、老鼠の素行からは、したたかな戦略が見え隠れする。例えば、其角の伝書とされる『晋家秘伝抄』には「此書は季吟師より芭蕉翁へ伝り、翁より予にたまはる所也。それに古式の三考をくわへて老鼠に筆を執らせ、当流代々の掟

とす」との其角奥書が記載される。季吟から芭蕉、其角へと伝わったとされる秘伝を、老鼠が其角から直接命じられて筆写したとあるのだが、初世湖十が老鼠に改号するのは享保十八年〈一七三三〉。それより二十年以上前の宝永四年〈一七〇七〉に没した其角がこのような奥書を書けるはずがない。この記事も到底信用に値しないものといえる。『俳諧ふところ子』（享保九年〈一七二四〉成）で常磐潭北《ときわたんぼく》が、享保期に氾濫した、秘伝を売り物にする宗匠に対して「此伝受彼秘としひまどはして、宝を貪り、口腹のためにするのみ也」と憂いているが、老鼠の言動は、まさにこの当時の世の風潮に合致するものであった。

＊7　「沈香亭」は玄宗皇帝と楊貴妃が木芍薬を賞して李白を召し、詩を作らせた亭の名で、李白「清平調詞　其三」の詩句が著名（『近世奇跡考』はこの点印を其角印とするが、実際は永機（巽窓）の隠し点である）。

＊8　一方、『鳥山彦』老鼠点譜を見ると、隠し点「不尽」に続き「長安花　十ゝ（筆者注、点）雪月　七ゝ」と記されており、巽窓へ点印を付嘱した後にも関わらず、印面にⅡ類印と関連する文言を使用している。ただし、点譜には「各以レ朱書レ之無レ印」との注記があり、印は用いていないとする。なお、『俳諧一字般若』（明和四年〈一七六八〉刊）の後序に「晋子乃南山白石ハ湖十持伝ふれども、先師を敬するが為に容易に用ることなし」と記されており、湖十らは其角の落款「南山白石」印も手にしていたことがわかる。

＊9　『俳諧雪月花』序文には「四章」の点印が湖中に付嘱されたとある。Ⅱ類印だけでは三類にしかならないが、同書所収の

　三つのものとみに揃ひ、いよ〳〵此道の茂り盛り栄へ久しからんことを賀し侍るのみ

　三つ渡る雁哉帯てん雪月花　　老鼠

から推測すると、もう一顆は其角が長点の代わりとした「雁字」か。「雁字」は江戸座でも多数の俳人が使用している。また、『宗祇戻』によると、「木者庵湖十始之点印付属」として、風光にも「雪月花」が付嘱されたという。

＊10　旨原の口述を門人の牛門が筆記したとの識語を持つ『五元集』を大野洒竹が旧蔵しており、その本を底本として伊藤松

宇が『五元集』（明治書院、一九三二年）を出版している。

＊11　有馬徳氏「幻窓湖中の業績」（『国語と国文学』第三十一巻第十二号、一九五四年十二月）、同氏『幻窓湖中』（筑波書林ふるさと文庫、一九八三年）によると、太田湖中は「芭蕉」印・「半面美人」印も入手したらしく、それらが天明二年〈一七八二〉に近藤湖中（水戸藩士、近藤敬忠助五郎）、寛政十一年〈一七九九〉に幻窓湖中（水戸藩士、岡野重寿の二男）、天保三年〈一八三二〉に杜年、同年の杜年急死を受けて岡野重礼（幻窓湖中二男）に付嘱され、弘化二年〈一八四五〉、本郷則正（養子、幻窓美彦）以後、本郷家に伝来するという。勝峰晋風の見た「半面美人」印の一はこの点印である。猶、『昔の橋』（寛延四年〈一七五一〉跋）に、太田湖中に付嘱された「雪月花」印が子の擇龍《たく》に譲渡されたとの記事があるが、こちらの点印の行方については未詳。

＊12　一方、老鼠と改号した風窓の点譜には「長安花」（十点）、「雪月」（七点）と刻した印が見られる。

＊13　『古事記布倶路』（寛政三年〈一七九一〉頃成）に「○其角は秋色より鼠肝と伝はり、其後湖十に正統連綿たりと雖も、近頃湖十にて暫く絶す」とある。

＊14　長翠の点印付嘱について、矢羽勝幸氏『定本・加舎白雄伝』（郷土出版社、二〇〇一年、九三六〜九三八頁）は『在し世語』の記事に言及し、白雄の「この初学時代と湖十嗣号問題は密接な関係を持つはずである」と述べる。

＊15　例えば、初世宗瑞、柳居に師事した冬渉（初世冬映）は、風窓湖十の門に転じて江戸座の判者となり（『俳諧觽』初編、明和五年〈一七六八〉刊）、後に独立して冬映側を立てた（同三編、安永二年刊）。また、江戸座内に夜庭（太初）らの柳居派が立てられる（同四編、安永五年〈一七七六〉刊）。

＊16　嵐々は初号、雁々。幼少時、酒店伊丹屋で唄った「がん〳〵三つ行く、跡のか、先きのか、甲賀に取らりょ」の歌に因む号で、折から晋子、此の酒店に有て是を聞き、酩酊の余予を膝に招き、風雅の相あり、門人とし雁々と附べしと戯て、鼻紙

のはしに書しるし出行ぬ。

（秋田図書館蔵写本『俳諧うもれ木』所収「贈雁々之名前書」）

とあることからすると、折から居合わせた其角直々の命名という。なお、現在『俳諧うもれ木』原本の行方は不明。翻刻は井上隆明編『佐藤朝四随筆集』（近世風俗研究会、一九八〇年）による。

＊17　玉蟲敏子氏『都市のなかの絵　酒井抱一の絵事とその遺響』（星雲社、二〇〇四年）の指摘。なお、抱一自筆の俳文日記『軽挙館句藻』（静嘉堂文庫蔵）には「みやこどり」が欠落している。所収記事については井田太郎氏のご教示による。

＊18　一方、同じ頃に、「晋子七世」（『類柑子新序』寛政八年〈一七九六〉刊）を称する独立の宗匠、千束《せんぞく》其爪《きそう》（三代目十寸見《ますみ》蘭洲）にもⅡ類印・「半面美人」印が付嘱される（『俳諧觽』十四編）。『近世奇跡考』には「木者菴の寛政壬丑（筆者注、十）年、六世雪窓湖十より其爪菴ニ附属ス」とある。「雪窓」の号は未詳ながら、時期的に九窓からの付嘱か。なお、『河上庵発句集』（文化五年〈一八〇八〉刊）には

晋子篆刻の古印を得て初懐紙より印章を弘め侍る。

元禄の梅が香こゝに鳥の跡

とあり、二世存義（泰里）も其角の印を得ていたらしい。

＊19　『俳諧觽』二十四編（文政二年〈一八一九〉序）の宗因座に一度「むさし坊　宝井月叟」の名が出るが、その他、表立った活動は見当たらない。

※六世湖十（昇窓）以後の湖十系Ⅱ類印の付嘱については、本書「おわりに」において述べる。併せて参照されたい。

第四章　点印と大名文化圏

はじめに

江戸は遊興の地、かりそめにも程遠く火の用心守りて、宿にのみ町人も居れば、毎日毎夜会合して点とりにはげむ。また武士は二年に一度づゝ臰をかへて、白壁の中に気をつむれば、古郷への書状の間は巻〳〵催すによりて、点とり机に重り、点料もむかしの通たち至りて、とりこむ事うるしのごとし。

（『花見車《はなみぐるま》』元禄十五年〈一七〇二〉刊）

寛永十二年〈一六三五〉、三代将軍家光《いえみつ》により参勤交代が制度化（同十九年に譜代にも義務化）され、以後、一万石以上の大名達は家臣団はじめ数多の従者を連れて領地と江戸とを往還することとなる。そのため、江戸は武家の首都であるとともに、各二年ごとに全国の藩主・藩士らが入れ替わる流動的な都市としての性格を帯びるようになっていく。

　このような環境は俳諧宗匠（点者）にとって極めて有益であった。『花見車』がいうように、機知的・理知的な点取俳諧は知識層である武家の徒然《つれづれ》を慰めるのに格好の遊びであり、その上、参勤交代により定期的に人員が替わることで常に新たな客層を開拓することが可能となるからである。さらにいえば、大名達が江戸俳諧に及ぼした影響も看過できない。『俳諧江《え》戸《ど》調《しらべ》』*1が

> （前略）俳道を好まる諸侯には、師と唱ふる外に、親敷出入する俳人三四名は必在て、それに随ふ分家及臣下も、其師に入門すと云傾向で、上の好所下におよぼし、遂に一藩挙て俳人となる例も在て、それが数藩に至り、又旗下或は直参にも同様故に、江戸の俳諧は、過半武士の占る所に成つたものである

と説くように、社交の具としての俳諧という機能と役割、そして需要が江戸には横たわっている。

　早い時期の具体的な例として、風虎こと内藤義概《よしむね》（磐城平《たいら》藩主。第六代当主）のサロンが挙げられる。風虎は後水尾《ごみのお》天皇や烏丸《からすま》光広らの指導を受けて和歌に親しむ一方、俳諧を愛好し、維舟・季吟・玖也ら貞門俳人や宗因とも交渉を持っていた。『御点取俳諧百類集』（万治二年〈一六五九〉成・天理大学附属天理図書館綿屋文庫蔵）では玄札・未得・立圃ら江戸の点者を迎え、側近の磯江勝盛ら九名他と点取を行い、*2また、維舟判『四十番俳諧合』（寛文五年〈一六六五〉成）以下多数の句合を取り巻きの近臣らと開催する。中には、いわゆる小姓騒動の引き金となった松賀族《やから》之《の》助《すけ》（俳号、紫塵）の積極的な参加が見受けられ、俳諧の社交的・政略的側面をも窺い知ることができる。延宝三年〈一六七五〉頃からは幽山（維舟門）・似春（季吟門）が風虎サロンに頻繁に出入、その庇護のもとに

新勢力として台頭したことも注目される。大名と繋がり、後ろ盾を得ることが点者にとって自派勢力の拡大に直結する証左となるからである—若き日の信章（素堂）、桃青（芭蕉）も風虎サロンの周辺にいる—。そして、俳諧の輪は風虎に止まらず、風虎義弟の露葉こと諏訪忠晴《ただはる》（信濃高島藩主。第三代当主）、息の露沾（義英《よしひで》）、露江（磐城平藩主、義孝《よしたか》。第七代当主）、孫にあたる沾城（同藩主、政樹《まさき》。第九代当主）らにも広がっていた。露沾は父に反目し、家督放棄に至るが、[*3] 自身も俳諧サロンを営み、其角・沾徳《せんとく》ら多くの江戸俳人と雅遊を結んでいる。

逆に、江戸宗匠にとってパトロンを失うことの打撃は大きい。云奴こと京極高住《たかずみ》（但馬豊岡藩主）をはじめ多くの旗本衆ら高級武士を一門に引き入れ、延宝期に江戸俳壇の最大勢力を誇っていた調和が天和期になって急激に失墜していったのも、相次いで発生した凶作・飢饉・大火によってパトロンたちが困窮した余波であったとの指摘がある。[*4] かように、江戸という都市においては、大名家・高級武家との関わり合いが点者にとっての死活問題に成り得る。

さて、第二部では第一章で点取俳諧と点印の概要を解説し、第二章・第三章を通じて其角点印の付嘱とその経緯を追ってきた。これまで述べてきた中で、其角点印、即ち貞佐系俳人に伝来した「花影上欄干」・「新月色」・「廻雪」のⅠ類印、湖十系俳人に伝来した「一日長安花」・「洞庭月」・「越雪」のⅡ類印が、いずれも最終的に大名文化圏に取り込まれていたことを確認している。大名への付嘱は江戸座俳人達にとって主催する座側の再建乃至《ないし》繁栄に向かうための手段として有効に働いていたわけであるが、では、大名達にとって点取・点印はどのような文化的意義を持つものだったのであろうか。第四章では特に点印に焦点をあてることで炙り出される大名俳人達の活動と文化について考察する。

第一節　大名点取と其角・沾徳、江戸座

まず、元禄・享保期の江戸俳壇で大きな影響力を持っていた其角と沾徳の周辺を見ておきたい。両人とも、大名と強く結びついた俳人である。以下、主な大名との関係、そして門流の動向を簡単にまとめる。

わが三嘯公、侍従になりて、宝永二年三月廿七日に京使にたち給ふを祝して
藤浪や廿七人草履とり
（『五元集』延享四年〈一七四七〉刊）

石川八朗氏*5が指摘するように、其角は晩年、『末若葉《うらわかば》』（元禄十年〈一六九七〉刊）、『焦尾琴《しょうびきん》』（同十四年刊）の頃から大名との交流が密となり、

我処《レトキハ》二于微官《ニ》一、則不饑不寒、茶-酒之具亦《モ》不レ足《ラ》レ惜。焉幾《ホトンド》惜《ム》三於消-二折《スルコトヲ》我《ガ》平-生ノ之工夫ヲ一。
（『焦尾琴』午寂後叙）

と述べる如く、家禄を食《は》み、安定した生活を得ている。その主君・庇護者となっていたのが三嘯（伊予松山藩主、松平定直《さだなお》）である。伊予松山藩では、早くは江戸定府《じょうふ》の藩侍医、彫棠（後、周東）こと青地伊織が貞享四年〈一六八七〉刊行の『続虚栗』以来其角俳書に入集、元禄元年〈一六八八〉に三嘯世子定仲の傅育《ふいく》係に選ばれ江戸詰《づめ》となり、以後も重職を歴任した粛山（久松貞知）も『いつを昔』（元禄三年〈一六九〇〉刊）以降入集を続けている。三嘯の

入集が『焦尾琴』からとなることを考えると、三嘯は彼らの手引きで其角と相知ったのであろう。前書は宝永元年〈一七〇四〉十二月一日、三嘯が将軍家宣《いえのぶ》の右大将兼任の宣旨に対する謝使を命ぜられ、翌年朝廷へ参内《さんだい》したこと（『寛政重修諸家譜』）を言っており、句はその出立日の三月二十七日を受けつつ、上京する供の行列を藤波の美しさに擬え、祝したものである。

三嘯が参加した点取に「泰平の」歌仙（柿衛文庫蔵）がある。連衆は金毛・串計・三嘯・周東・銀杏。発句を詠んだ金毛は京都の人で、元禄七年〈一六九四〉金毛宛其角書簡によると、周東と交流があったらしい。串計は伝未詳だが、「三嘯と父子あるいは兄弟と言った関係の人」*6と推測されている。銀杏は『住吉物語』（元禄八年〈一六九五〉刊）に「松山 銀杏」とあり、江戸詰めの藩士であろう。三嘯・松山藩家中と金毛による俳諧と見られ、其角は五字「一日長安花」を周東、三字「洞庭月」を金毛・三嘯に与えている。

大名俳人の中で最も其角流俳諧を体得していたのが冠里こと安藤信友《のぶとも》（備中国松山藩主、後、美濃加納藩主。前号、行露）である。「部屋住の身」（『末若葉』）の時から其角と親交を深め、大城悦子氏*7によると、元禄十一年〈一六九八〉の家督相続に際しては其角により賀集が企画されたらしい―その賀集を再編したものが『焦尾琴』となる―。大塚舎秀亭で催された其角判「闘鶏句合」については第三部第一章で考察する。そして、これまで第二部で述べてきたように、元禄十五年〈一七〇二〉、冠里の興行した其角判の万句で披露されたのが其角の「半面美人」印であった（『五元集』）。安政四年〈一八五七〉に雀庵がこの万句を抜粋した『麒麟《きりん》の角《つの》』は戦災で焼失してしまったが、それを披見していた熊谷無漏*8によると、末尾には、総計として

残考八百七　麗人　九十二　五字　三百三十一　参字　七百二十二

双字　千三百十九　雁字　千九百二十五　屯　二千九

と記されていたという。「麗人」が即ち「半面美人」と考えられる。この万句で同印を得た句は、『類柑子《るいこうじ》』（宝永四年〈一七〇七〉跋）に

足跡かはく飛石の露
盛久の長居はたれか気をつけて
梟のかけ声をきく鼓山
御輿はとうに覗く芦売
泥亀焼に松茸の甲
山田守僧都の身こそ寸莎に成レ
双六の筒から直に手を握リ
玉藻が智恵も犬ぎらひ也

の計八句が掲載されている。

其角とは対照的に、点印を用いなかったのが沾徳である。沾徳は「徳、生涯批判ニ花押ヲ不用。朱点ヲ以、句意同称美ス」（『水精宮《すいせいきゆう》』享保十一年〈一七二六〉序）と、専ら朱書して批点した。点は「余朱」・「余毫」・「揮毫」・「即毫」の四種である。沾徳の俳歴は延宝五年〈一六七七〉または同六年頃からで、「弱冠のむかし、岩城の太守風虎君に

親炙して一道伝授成けらし」(『水精宮』)とあるように、磐城平藩内藤家の江戸藩邸、風虎サロンに参加することから始まる。林家や堂上に学び、和漢の学に通じていた人物で、[*9] 露沾から「沾」の一字を賜り、当初は沾葉と号した。出仕が叶い、延宝末年頃には領国の磐城平へ召し連れられることもあったが、天和二年〈一六八二〉の露沾退身、貞享二年〈一六八五〉の風虎物故の後に致仕して同四年、俳諧宗匠となる。立机時には、露沾の従兄弟にあたる信濃高島藩主(第四代当主)、諏訪忠虎《ただとら》(俳号、闡幽《せんゆう》)が

　沾徳万句し侍ける時、巻軸の発句望侍りしかば申つかはしける。
　になひこめ富士をのづから雪まろげ　闡幽
　(『誹林一字幽蘭集』元禄五年〈一六九二〉刊)

との句を贈り、万句巻軸を飾っている(尤も、内藤家と沾徳との関係が切れたわけではなく、同九年には露江によって五人扶持で召し抱えられることになる)。

「合歓堂、余花千句に鼇頭をそへて世に句ぶりを知らせ侍りてより已来、他国の俳も粗これに移りたる」(『江《え》戸筏《どいかだ》』享保元年〈一七一六〉刊、沾洲序文)と、沾徳が『余花千句』(宝永二年〈一七〇五〉刊)を出板して話題を浚い、江戸俳壇の中枢になり始めた頃、点取に熱中し、莫大な資料を残した大名が蘭台(肥前大村藩主、大村純庸《すみつね》)である。例えば、福井久蔵氏[*10]によると、蘭台は襲封した正徳二年〈一七一二〉に現存二十七回、享保五年〈一七二〇〉には四十回近くを興行したという(氏も百数十巻の蘭台俳書を蔵していた)。林若樹の若樹文庫に蔵された点帖は三百点、加えて石井研堂所蔵の点帖など、所在不明で調査の及んでいないものも少なからず存在するが、[*11] 現時点で知られている点帖[*12]の中から、例えば宝永五年〈一七〇八〉の沾徳点のものを挙げてみると、閏正月十九日、五月二十日、

六月十三日、九月十二日、十一月二日、十一月十七日、十一月二十日、十一月二十三日、十二月十二日、十二月十三日の日付が確認され、蘭台が間を開けず句会を催し、沾徳に度々批点を請うていることがわかる。

蘭台公編集、紅梅の句御所望に
紅梅やかの銀閣寺やぶれ墻　　沾徳
（『沾徳随筆』享保三年〈一七一八〉刊）

蘭台には『誰袖《たがそで》』（宝永八年〈一七一一〉刊）、『夜桜』（享保十一年〈一七二六〉刊）の編著がある。後者には沾徳の後継者、沾洲《せんしゅう》が序文を認めている。沾洲も宝永三年〈一七〇六〉七月十六日、同十八日、八月八日の三回に亘り蘭台点取に点者として招かれたことが確認されている。沾洲点の種類は、『江戸筏』では沾徳同様「余毫」・「揮毫」・「余朱」・「朱」・「長」の朱点。『いぬ桜』（享保三年〈一七一八〉刊）所収の句締では「東閣詩情」・「江南梅」・「野梅」の点印へと変更し、『綾錦』（享保十七年〈一七三二〉刊）の点譜では「野梅」を削除しつつ、隠し点（十八点）の「羅浮夢《らふ》」、十五点の「月黄昏」を加えている。「羅浮夢」印を得ることは極めて難しく、『在《あり》し世語《よがたり》』（寛政七年〈一七九五〉刊）に「羅浮といへるは二十五点にして得難し。是を得し人は羅浮振舞といへる事をなして歓ぶ事とす」と記されるほどであったという。

さて、享保期に入ると、各宗匠の点印付嘱が行われるようになる。第二部第二章・第三章において、貞佐系Ⅰ類印、湖十系Ⅱ類印と「半面美人」印といった其角点印について述べてきたが、例えば、本章第三節で触れる青峨系の点印を『綾錦』から確認すると、初世青峨から二世青峨（春来）への付嘱が

古青峨印　薫風自南来　十五　海棠　七
かくし点　金声　十八　高山流水　十　朱　五　長　三　前田青峨

と記載されている。

沾徳系では、沾洲が朱点から点印に移行したのとは逆に、敢えて沾徳の方法を維持する動きが見受けられる。沾山は『綾錦』では「五更」（隠し点・二十点）、「四更」（十五点）・「三更」（十点）・「二更」（七点）・「一更」（五点）・「長」（三点）の点を用いているが、『鳥山彦《とりやまびこ》』（享保二十一年〈一七三六〉刊）では次のような点譜となっている。

改　閏余毫　二十ゝ　余毫　十五ゝ　即揮毫　十ゝ　余朱　七ゝ
朱　五ゝ　長　桂坊沾山　各以レ朱書レ之無レ印如二沾徳点式一

と、「閏余毫」、「余毫」、「即揮毫」、「余朱」といった沾徳風の評語を用いており、「各以レ朱書レ之無レ印如二沾徳点式一」と注記されるよう、沾山が朱書で批点していたことがわかる。この変化を時代相から見てみると、『綾錦』・『鳥山彦』に先立ち、『五色墨《ごしきずみ》』が刊行されたことに思い至る。『五色墨』は柳居ら素人俳人五名が互いに批点し、それを公にした俳書である。楠元六男氏*[13]は、本来、加点・批評は点者がすべきものであったため、『五色墨』の公刊により、業俳、具体的には沾徳の跡を受け継いで俳壇を経営していた沾洲の存在意義が問われることになったと、その史的意義を指摘している。とすると、沾山が沾洲の点を踏襲しなかったのは、沾洲の求心力低下によって生じた沾徳回帰の動きと捉えることができよう。

享保期には、種々の意匠・趣向についての試行錯誤が為されている。一例を挙げると、『綾錦』に挙がる貞佐門超波の点印は次の通りである。

鳳銜　十八　徳高比君子　十五　朱　五　長　三
かくし点　石藴山暉　十　長州英　七　清水超波

隠し点の「鳳銜」とは後趙の武帝、石季竜が詔勅を発布する際、木製の鳳凰の口に銜《くわ》えさせたという『鄴中《ぎょうちゅう》記《き》』の故事による点印である。これが、『鳥山彦』時には次のように改訂される。

秋夕ぐれ　准句　浦苫屋　十五丶　鴫立沢　十丶
槙立山　七丶　朱　五丶　長　三丶　丸　二丶　独歩菴超波

其角に倣って中国趣味の濃い点印を用いる宗匠が多い中、超波は著名な和歌の三夕《さんせき》、

さびしさはその色としもなかりけり槙立つ山の秋の夕暮れ　寂蓮
心なき身にもあはれは知られけりしぎ立つ沢の秋の夕暮れ　西行
見渡せば花も紅葉もなかりけり浦の苫屋の秋の夕暮れ　定家
（『新古今和歌集』巻四）

を印の題材に採用し、新味を出している。

第二節　紀逸点印の争奪戦

江戸座の中では、其角座主催の三世湖十（風窓）が画期的な業績を残している。伝来した其角点印（Ⅱ類印）に種々の点印を加えて点譜を充実させ、さらに後年その点印の付嘱によって座内を序列化、座側経営に効果的に活用して、いわば其角ブランドのフランチャイズ化を確立させている（第二部第三章第四節参照）。

その其角座所属の紀逸《きいつ》も、点印の問題を考える上で見過ごすことのできない人物である。紀逸は椎名氏、また、慶氏。四時庵・硯田舎・十明庵・自生庵・倚柱子・短調斎等と号する。不角門、後、白峰・祇空門。万句興行を経て独立の点者となるが、元文五年〈一七四〇〉、二世湖十（巽窓）に就いて再度万句を催し、其角座に加盟する。寛延三年〈一七五〇〉に前句を省いて掲載した小本の高点付句集『武玉川《むたまがわ》』初編を刊行、大ヒットを飛ばし、江戸座点取を強力に牽引したことで知られる。『武玉川』は、宝暦六年〈一七五六〉には十編、さらに翌七年からは『燕都枝折《えどしおり》』と改題して、没する同十一年までに五編を数える程のベストセラーとなった。

『武玉川』に掲載される紀逸の点印で特徴的なのは、その改刻の多さである。以下に『武玉川』点譜を列記する。

初編（寛延三年〈一七五〇〉十月刊）　点譜　硯田社紀逸
主寿昌　廿五点　四時望楼　廿点　冬嶺秀孤松　十五点
秋月明輝　十点　夏雲峯　七点　春水　五点　雁点　三点　屯　二点

五編（宝暦三年〈一七五三〉初夏刊）　宝暦二壬申年秋改正点譜

不騫不崩　廿五点　胸裏三斗　廿点　清地満夏雲　十五点

玉堂之用　十点　即墨候　七点　結隣　五点　雁字　三点　長　二点

※「清地満夏雲」印は同書中、「清池満夏雲」とも記される。

※三編（宝暦二年〈一七五二〉正月）で「主寿昌」を「不騫不崩」に改印。「不騫不崩　寛延末秋改印」（四編）。

※四編（宝暦二年〈一七五二〉九月）で「四時望楼」を「無尽蔵」に改印。「無尽蔵　四時望楼印申五月改」（四編）。

九編（宝暦六年〈一七五六〉正月刊）　改正点譜

王母林　廿五点　桃李芳園　廿点　開瓊筵坐花　十五点

天倫楽事　十点　以文章　七点　陽春　五点

十編（宝暦六年〈一七五六〉九月刊）　子四月改印

蟋蟀入牀語　廿五点　庭含明月光　廿点　敲窓万玉声　十五点

紅塵一騎　十点　水精盤　七点　搊箏　五点　雁字　三点　屯　二点

十二編（宝暦八年〈一七五八〉刊）　丁丑年霜月改印

勤向窓前読　二十五点　遂平生志　二十点　有女顔如玉　十五点

車馬如蔟　十点　千鐘粟　七点　金屋　五点　長　三　屯　二点

十四編（宝暦十年〈一七六〇〉九月刊）点譜

天長地久　衆妙之門　知美之為義　音声相如　玄牝門　守中

※点数は無記入。

最高の二十五点を例にすると、寛延三年〈一七五〇〉十月時に使用していた「主寿昌」（初編）から寛延四年〈一七五一〉秋「不騫不崩」（三編）、宝暦六年〈一七五六〉正月「王母林」（九編）、同年四月「蟋蟀入牀語」（十編）、同八年十一月「勤向窓前読」（十二編）と、紀逸はめまぐるしく点印を改めている。[*14] その後も点数は未詳ながら宝暦十年〈一七六〇〉九月に「天長地久[*15]」、そして点譜は掲載されていないが、ここでも改印が行われたのであろう、宝暦十一年〈一七六一〉九月刊の十五編には「是天地訣根」、「三珠之部」、「五珠之部」の高点句が挙げられている。

では、なぜ紀逸は新点印を次々と発表していったのであろうか。改印の経緯について、『武玉川』九編序文は以下のように説明する。

点譜はくだんの四時庵に付て、淵明の四時の詩を分て印と成し、手に弄する事久し。さるを邀月台の主人しきりに望せ給へば、止む事を得ずしてさゝげまいらせ侍る。後、硯田舎の硯に寄せて硯の詩句古語をゑらせ給ひ、みづから篆書にうつして、米徳大主より下し給ふを用ひ侍るに、又、青々林の君子よりせちに乞せ給ふに、此点印を奉りぬ。

まず、実線部には、紀逸が点印に自庵の四時庵に因んで陶淵明の作と伝えられた「四時歌」の文言を分割して用いていたとある。紀逸は延享四年〈一七四七〉四月、麹町隼町裏小路（『宗匠点式并宿所』[*16]①寛延二年〈一穴四九〉序）に庵を結び、

あしたゆふべに訪来ませる人〳〵の茶のミ咄も、古人の句立をさぐり、当時の風雅を沙汰し、他の事なければ、月・雪・花・ほとゝぎすもをのづから心の詠めとなり、四壁もとより四節なれバ、名づけて四時庵とハいふなり。

（『平河文庫』延享五年〈一七四八〉刊・序文）

と、俳諧専心の風雅に浸り、四方の壁に四季折々の景物を想起してこれを四時庵と命名する。陶淵明の詩とされる「四時歌」（『陶靖節集』）は

春‐**水**満《チ》㆓四‐沢《ニ》㆒　**夏**‐**雲多**《シ》㆓奇‐**峯**㆒
秋‐**月**揚《ゲ》㆓**明**‐**輝**《ヲ》㆒　**冬**‐**嶺秀**《ヅ》㆓**孤**‐**松**㆒

と、四方の沢に満ちる春水、峨々とした峰を形作る入道雲、中天に輝く月、冬枯れた峰にあって鮮やかに映える一本松と、四季の景物を賞翫したもので、五点の「春水」、七点の「夏雲峯」、十点の「秋月明輝」、十五点の「冬嶺秀孤松」がそれぞれの詩句に依っていることが確認できる。二十点の「四時望楼」は、自庵を中国めかして「楼」

に見立てつつ、四季とともに趣の移り変わる「四時歌」と交錯させた点印であろう。優雅で瀟洒《しょうしゃ》な感覚が認められる。

波線部、この「四時歌」に纏《まつ》わる点印を、「邀月台の主人《ようげつだい》」が熱望するので、「さゝげまいらせ」たとある。「邀月台の主人」とは、甘棠こと松平定温《さだはる》。今治藩主、松平定郷《さださと》（第五代当主）の長子で、元文三年〈一七三八〉に将軍徳川吉宗に拝謁、宝暦四年〈一七五四〉駿河守に任官した人物（ただし、家督相続前の宝暦十二年〈一七六二〉、三十九歳で早世）。紀逸一門が関口芭蕉庵に

二夜啼ひと夜は寒しきりぎ〳〵す

の句碑を建てた折の記念集『夜さむの石ぶみ』（宝暦三年〈一七五三〉刊）に序文を寄せ、「邀月台主　甘棠」と識している。甘棠に点印を譲ったのは、「四時望楼」印を「無尽蔵」印に改めた（四編点譜に「無尽蔵　四時望楼印申五月改」とある）宝暦二年〈一七五二〉五月頃の事と考えられる。

さらに続きを見てみよう。紀逸が別号として硯田舎を名乗ったことは前述した。「硯田」とは、硯を田に比し文章で生活することをいう語で、職業俳諧師としての自身を具象化した号と考えられる。二重線部にあるように、紀逸はこの号の「硯」に因み、例えば硯の別称である「即墨候」（七点）・「結隣」（五点）などを新点印に採用する。その他、十点の「玉堂之用」も「玉堂硯」（『遵生八牋』「高似孫硯箋書式」）[*17]、廿点の「胸裏三斗」は詩文書画の才をいう「胸中墨」に量の多いことの形容「三斗」を加えたもの。これらを篆書に書き記し、紀逸に与えた人物が「米徳太主」であった。米徳とは、次節で詳しく扱う、大和郡山藩主、柳沢信鴻《のぶとき》（第二代当主）。初号を浦十と

いい、寛延二年〈一七四九〉正月十八日に蝦明、宝暦三年〈一七五三〉十一月五日より米徳と改号する（在任中の日記『美濃守日記』に拠る）。致仕後（『宴遊日記』安永二年〈一七七三〉八月二日）に名乗った米翁の俳号で知られる。

そして点線部、その改印をさらに「青々林の君子」が懇願するので譲ったとある。「青々林」は、『無分別』（天明二年〈一七八二〉刊）跋文に「青々林」との署名の後、「紀迪」の印が捺されていることからすると、同書の編者、紀迪であろう。紀迪は烏亭焉馬《うていえんば》主催の咄の会に参加、狂歌においても四谷連に属し、また、加藤千蔭とも交渉があったという活動範囲の広い人物。[18]加藤定彦氏[19]によると、三河国刈谷藩家医の池谷升玄で、東武獅子門ながら江戸座の俳書にも多々入集している。先の『無分別』に米翁や、自邸で咄の会を開催（『万の宝』安永九年〈一七八〇〉刊）していた桂下館沾嶺（出雲広瀬藩主、松平近貞）らが序句を贈っていることを考えると、紀迪が『武玉川』九編の「青々林」と同一人である可能性は高い。ともあれ、紀逸の頻繁に行った改印の理由には、顧客である大名・貴顕との交遊があったのである。『武玉川』三編に大名達が多数入集していることは堀井寿郎氏[20]により指摘されている。同書から名の明らかな者の高点句を抄出する。

喰ふ雪の降る蒸籠　甘棠（不騫不崩之部）
麻上下の世話も寒だけ　蝦明（同）
並んで飛べば憎い人魂　鸞台（同）
帆をかけて来る京の分別　清秋（同）
牛馬に喰立らるゝ八庄司　蜃水（同）

屋根板の飛ぶ冬の白川　　芳樹（望楼之部）
見もせぬ文でげぢ〱を追ふ　　鏡裏（同）
よし原で翌の仏の凄く成　　閑花（同）

甘棠、蝦明（米翁）の他、鸞台は美濃加納侯世子の永井尚俶《なおとし》、清秋は伊勢神戸藩主、本多忠永《ただなが》、蝂水は近江国水口藩主、加藤明熈《あきひろ》、芳樹は新庄藩主、戸沢正諶《まさのぶ》、鏡裏は丸岡藩主、有馬孝純《たかずみ》である。閑花は足利藩主、戸田忠言《ただとき》で、宝暦二年〈一七五二〉二月二日に碑明と改名する（『美濃守日記』）。『蘇明山荘発句藻』跋文で清秋が「延享・寛延の頃は米徳・拾翠・蝂水・甘棠・鸞台・清秋と花にむつび月に語らふ友どち六人なん有ける」と述べているように、寛延期には極めて密接な大名俳人同士による俳諧ネットワークが形成されていた。大名の点取熱は高く、例えば扇裡（三春藩主、秋田延季《のぶすえ》）は自身の高点句書抜部分を集成した、趣味的要素の強い『かなへ集』（宝暦四年〈一七五四〉刊）を公刊している。「俳諧のそれしや、山の手の大だてもの」、「何にもせよ武玉川の売よく、身上を仕上しまで仕内はねました。宗匠の随一随一」（『冬至梅《とうじばい》宝暦評判記』（宝暦九年〈一七五九〉頃刊、巻五）と大評判を取った紀逸は、その大名らの関心を強く引きつけていく。例えば米翁は『美濃守日記』で

江戸状着答書認昨日出ス。鸞・汝よりも来。紀玉川四ヘン遣ス。　（宝暦二年〈一七五二〉十月十九日）
○平河文庫来。　（同三年一月二十七日）
江戸便着。扇裡歳旦帳、キ逸同帳来。七評出点来。　（同五年二月四日）
九より甘棠へ行。米仲・紀佚（逸）・田社・々鼠、倍紀佚歳華集哥仙会也。　（同七年九月八日）

と鸞台・汝章（会津藩主弟、分家当主、松平容章《かたあきら》）に紀逸の『武玉川』四編を贈ったこと、『平河文庫』が送られてきたこと、扇裡の歳旦帖と同日に紀逸の歳旦帖が届いたこと、『俳諧歳華集《さいかしゅう》』（宝暦七年〈一七五七〉刊）に入れるための歌仙会に参加したことなど、紀逸編著に関する言及を記している（宝暦二年〈一七五二〉十月十九日、同五年二月四日は国元での記載）。

　甘棠・鸞台・汝章まいられ、紀逸・田社侍座セしに、市声もおとづれずして客退く。立れたる跡に
　ほとゝぎす鼠塩曳雪の客　（『丁々窩《か》発句集』）

とは清秋主催の会での一齣であるが、紀逸が大名俳人達の列席する俳宴に侍座することも少なからず確認されている。経済的な援助を含め、後見人・パトロンとして庇護してくれる大名達は、江戸座俳人たちにとって重要な存在であった。そのパイプラインを確保する手段として、点印が用いられたというわけである。

　並み居る大名俳人の中で、最も紀逸に親炙していたのが先の甘棠だった。諸侯らの歌仙十余に紀逸点を得て編集された、紀逸一門披露の意味合いの強い俳書『硯の筏』（竹居丹志編・宝暦五年〈一七五五〉刊）では、紀逸の四時庵の庵号を譲られた甘棠が巻頭第一歌仙に選ばれている。今治藩上屋敷は麹町にあり、四時庵と極めて近いという地理的な好条件も大きかったのだろう。[*21] 紀逸は甘棠邸での観月の会に招かれることもあり（『黄昏日記』宝暦十年〈一七六〇〉刊）、両者の交流は密であった。『美濃守日記』宝暦五年〈一七五五〉十月廿五日の条「九半よりツトメ。三家、山王、平河天神、其の外ツトメ。甘棠へ行、百行。キ逸・田社来」との記事によると、米翁が平

河天神を参詣した足で麹町今治藩上屋敷を訪れた折も、紀逸と、同じく麹町に住む田社（『宗匠点式并宿所』②に麹町九丁目西側とある）が藩邸に顔を出している。

さて、ここで一度整理すると、当初紀逸が用いていた「四時望楼」他の点印は宝暦二年〈一七五二〉五月頃、甘棠に付嘱された。代わりに使用し始めた点印は米翁が篆刻したもので、それを青々林に譲った。そこで九編で新印が必要になった[22]ということであった。九編序文の続きを挙げる。

此度の改印は、烏石山人東武隠室の折から心友たるに、花洛に卜居せるかたみとて、李白桃李園に宴する序を書て送られ侍るを便として、そのうちの文字を拾ひて、是に王母林の三字に青高の画図をそへて極印となし、句位を究る事と成ぬ。

「烏石山人」とは、佐々木玄龍・文山兄弟に学んだ書家の松下烏石《うせき》のこと。烏石は江戸古川に住んでいたが、京に居を移す[23]にあたり李白の「春夜宴桃李園序」を揮毫してくれたので、それをもとに点印としたという。

夫《レ》天—地《ハ》者万—物《ノ》之逆旅、光陰《ハ》者百—代《ノ》之過客《也》。而《シテ》浮—生《ハ》若《シ》レ夢《ノ》、為《ナスコト》レ歓《ビヲ》幾《イク》—何《ゾヤ》。古《ノ》—人《ノ》秉《テ》レ燭《ヲ》夜《ル》遊《ブ》、良《マコトニ》有《ル》レ以《ユヘ》也。況《ヤ》**陽**‐**春**召《スニ》レ我《ヲ》以《シ》二煙景《ヲ》一、大—塊仮《スニ》レ我《ニ》**以**レ**文**—**章**《ヲ》。会《シテ》二**桃**—**李**《ノ》之**芳園**《ニ》一、序《ス》二**天倫**《ノ》之**楽事**《ヲ》一。群—季《ノ》俊秀《ナルハ》、皆為《タリ》レ恵—連。吾人《ノ》詠歌《ハ》、独慚《ヅ》二康楽《ヲ》一。幽賞未《ダ》レ已《ヤマルニ》、高—談転《タ》清《シ》。**開**《テ》二**瓊筵**《ヲ》一以**坐**《シ》レ**花**《ニ》、飛《シテ》二羽—觴《ヲ》一而酔《フ》レ月《ニ》。不《ンバ》レ有《ラ》二佳作一、何《ゾ》伸《ベン》二雅懐《ヲ》一。如《モシ》詩不《ンバ》レ成《ラ》、罰《ハ》依《ラン》二金谷《ノ》酒数《ニ》一。

（「春夜宴桃李園序」）

右（ゴシック部分）に見られるよう、同序の文言を採って「桃李芳園」（二十点）・「開瓊筵坐花」（十五点）・「天倫楽事」（十点）・「以文章」（七点）・「陽春」（五点）の印が作成された。紀逸はこれに二十五点の「王母林」（画印）を加え、新点とする。「王母林」は、崑崙山に住むという西王母の許にあり、三千年に一度実を結ぶという不老長寿の桃がなる果樹園、蟠桃園を指すと考えられる。『酉陽雑俎』「支植上」には「王母桃、洛陽華林園内有レ之」と解説されている。

紀逸点印の人気は衰えを見せず、宝暦八年〈一七五八〉の十二編（『燕都枝折』二編）においても大名俳人への譲渡による改印が記載されている。紀逸序文を次に挙げる。

その用ひ来る所の点印を倚絃磚明公のしきりに望せ給へば、固辞なしがたく、玉机の左右に奉り、旧年霜月の半よりの高点をとゞめて一冊となし、燕都枝折の後篇となしぬ。

序文によると、宝暦七年〈一七五七〉十一月に点印を譲られたのは倚絃《いげん》磚明。磚明は『新撰角文字《つのもじ》』（宝暦六年〈一七五六〉刊）、『俳諧歳華集』（同七年刊）では「其時庵」を号するので、この付嘱を期に紀逸の別号倚柱子に倣い、倚絃と名乗ったと見られる。また、磚明はこの付嘱に際し、賀集『はいかいむめの吟』[24]（宝暦十年〈一七六〇〉刊）を上梓する。同書巻頭で、磚明は

玄冬倚柱子より点印を伝て、うへなき宝を得しこゝろに珍重し侍る。

梅咲て吾家や伝ふ匂ひかな　　倚絃子　磚明

とその喜びを梅の芳しい香に託して句を詠んでいる。同書点譜によると、紀逸伝来の印は「搊箏」（五点）・「水精盤」（七点）・「紅塵一騎」（十点）・「敲窓万玉声」（十五点）・「庭含明月光」（二十点）・「蟋蟀入牀語」（二十五点）・「主寿昌」（三十点）で、十編で改印されたものに加え、紀逸が初編で使用していた「主寿昌」も付嘱していたことがわかる。そして「右点譜請得て後、机上に点を分る巻毎の秀句を拾ひて、こゝに顕ハし、燕都枝折の風流を同じうするのミ」と述べるように、磚明はこれらの点印を用いて『武玉川』に倣い「敲窓万玉声」・「庭含明月光」・「蟋蟀入牀語」・「主寿昌」それぞれの点を付けた高点句を掲げている。

同書は巻頭磚明句に続いて

磚明子、紀逸が点印をこひうけて押されけるに、同心の人々ホ句をおくられしに、予も年ごろのよしミあれバ、ホ句せよと望れて

点取よ一枝をきらば梅の華　　米徳

と、以下蘭舟・米峨・米鳳・汝章・沅水・渡舟・蜧水・錦秋・恭社・重周・鵉里・漸十・袖橘・其扇・臺雅・梅社・甘棠・絮水・倚材・台籥・紀影ら大名貴顕の俳人によって詠まれた梅の花に因んだ祝句が壮観に並び、

磚明公子の左右に点印を奉るとて

梅がゝや机の上を大庚嶺　　紀逸

と、紀逸はじめ米仲・再賀・吉門・柳尾・田社ら其角座宗匠の祝句、そして「硨明従者」と肩書した米岑・羽用・硨卿・其由・笑噪・砂蛤・和用・魚容・沾曲・古杖・硨旭の句が載る。次節以下でも詳しく述べることであるが、同書からは大名俳人の交流圏、江戸座俳人との関わり、家臣団と形成されたサロンの存在、そして大名俳人による批点が確認される。

最後に紀逸周辺の大名ネットワークについて、試みに宝暦八年〈一七五八〉の歳旦帖『寅歳旦』（天理大学附属天理図書館綿屋文庫蔵）から一門の様相を窺うと、大名貴顕は甘棠子・蘭舟子・絮水子（豊後日出藩主、木下俊懋《としまさ》）・国字子・硨明子・倚材子・米鳳子・台簫子・紀影子・敬之子・紀翠子・紀仙子・五津子・紀宴子・紀裳子・紀輦子・紀堤子・万稿子・紀婉子・翠雨子・紀祥子・海花子・閑水子・逸府子・雪淀子[*25]（出雲松江藩主、松平宗衍《むねのぶ》。第六代当主）・蜄水子・沅水子・扇裡子・渡舟子・梅社子・朱紘子・楓夕子・李冠子・万母子・木髪子・冨旭子・眠皐子・杉雨子ら計三十八人もの数に上っている。

第三節　米翁の点印趣味

では、今度は視座を江戸座俳人から大名文化圏へと移す。宝暦期に大名達が点印に非常に関心を持っていた事は前節で触れたが、中でも特に熱を上げていたのが米翁である。米翁は江戸座の二世青峨（春来）や米仲・珠来らに師事、安永二年〈一七七三〉に致仕した後も点取に興じ、閑居した駒込染井山荘（現、六義園）には息の鶴寿（信復《のぶあきら》）、啜龍《てつりゅう》（高家、武田安芸守信明《のぶあき》）、米社（高家、六角伊予守広籌《ひろかず》）、珠成（越後三日市藩主、里之《さとゆき》）をはじめ交友のあった数多の大名や江戸座俳人が訪れている。[*26] 家臣団もそれぞれ俳名を与えられ、米翁を中心とした一大サロンが形成されていた。[*27] 退隠後の日記『宴遊日記』・『松鶴日記』には米翁の旺盛な活動の仔細が記録される。安永期はその最盛期で、例えば『宴遊日記』（以下、特に注記しないものは同日記の記事）安永四年〈一七七五〉五月三日の条、

白頭会入句、米駒へ渡す。○**秀国**頼みの江島奉納の句、**珠来**へ添削につかハす。（中略）○**温克**惣評中持の**在転**出点十五点とる**温克**方へ遣ハす。（中略）**夜庭**句合の句、

桃　雛幕や此御館の桃花源
五月雨　五月雨の目がねに青し若葉影
雁　乗合の枕やいたき雨の雁
凩　凩に九輪難面し七大寺

のように、一日の内に何人もの江戸座俳人との雅用をこなすこともざらにあった。花咲一男氏[*28]によると、基本的に米翁は直接句会には行かず、俳諧用人役の家臣、米駒・米魚・米夕・米棠らを遣わせていたという。同三年七月廿二日の条には

廿五日　**冬英**会、廿六日**祇徳**会、廿七日**紫鳳**廿評入句、米駒よび渡す。（中略）○三評、**可因**・**鶏口**出点、米駒出。
○点引。○**温克**、**在転**評初る。
○**鶏口**点　甲　米蛙　乙　萁山　丙　雨秀　○**可因**点　甲　鳥道

乙　米橋　丙　米翁

と、連日予定された点取句会への出句が確認される。鶏口・可因点は、点取勝負の結果である。そして傍線部「点引」とあるように、米翁は点取を愛好するだけでは飽き足らず、『五色墨』連衆のように自らも宗匠然として批点する。それが時には「千句引墨《ひきずみ》」（『宴遊日記』同八年四月二十五日）と、千句に及ぶこともあった。

○昏過北平より百行来、点を押、明日遣す。（同二年閏三月廿一日）

と記されるように、批点にはいうまでもなく点印が用いられる。「百行」とは、例えば同年五月七日の記事に「○珠来より百行即考」とあることから、百韻のことを指すと考えられる。なお、北平とは上野小幡藩主、松平忠福《ただよし》で、同年三月六日にも「○北平より百員点取来、即考返書つかハす」との記事がある。つまり、右は大名俳人の作品への批点であったことがわかる。

年末には各人の年籠百韻の催しがひっきりなしに舞い込み、批点に大わらわとなる。安永二年〈一七七三〉歳末の記事を次に挙げる。

○点初の画八葉書。○菊貫より年籠百員来。○百員引墨、手帋かき、試毫、画そえて元日つかハす。（十二月廿四日）

○汝章より手帋、年籠百員并会津暦来。（同廿五日）

汝章年籠出点、元日に遣す。画を添。（同廿六日）
○米社より年籠百員来、即点、画をそへ元日つかハす。○米社より卅八評入句十五句来。（同廿七日）
○年籠百員出点。（中略）○珠成独吟年籠百韻来。初点画添元日つかハす。（同廿八日）
米吾改青梧より年籠百韻来、即点元旦つかハす。○米徳より独吟年籠百員来、明石持参。○四半過米成来、二百員年籠持参。○珠成より手帋、□（難読）下絵、年籠百員来、三巻共引墨、画を添元旦つかハす。夕がた才魚・目白ノ雪棹よりも年籠来、同断。○今日、終日引墨。○夜元旦開の画五枚写す。（同廿九日）
○鷹吉より年籠百員来、即点。明日画添つかハす。（同三十日）

二十四・五日には菊貫《きくつら》（信濃松代藩主、真田幸弘）や汝章といった大名俳人から、次いで二十七・八日には息の米社・珠成から百韻が届き、即点。二十九日には嗣子の米徳（大和郡山藩主、柳沢保光《やすみつ》。第三代当主。後述の月村）、その他、米吾・米成・才魚・雪棹から百韻が届けられ、「終日引墨」と批点に追われる有様である。三十日の鷹吉は業俳であるが、後に家臣として扶持を受けるようになり、米叔を名乗る俳人[*29]。その他、二十九日の条には周白百韻の高点句も書き留められており、日記には記述されなかったものもあるのだろう。米翁が画を添えたり、汝章が領地の名物会津暦とともに百韻を送ってきたりするなど、年籠百韻には挨拶という性格も強いのであるが、それにしても数が多い。米翁はその後に漸く

園中の太隠嶺に上りて
静けさよ江戸の師走を高みから　（同三十日）

と歳末の静謐《せいひつ》に身を落ち着ける。とはいえ、年を改めては

○逸見青々より年籠百員、米社より来。今夜引墨。画をそへ、明日つかハす。（安永三年〈一七七四〉正月元日）

○年籠三評鷹吉出点、米駒勝。（同二日）

○可美丸より年籠十評来。即点、画出す。（同七日）

と、またしても年籠百韻が届き、批点を続けている。

さて、米翁が批点した点帖について現在確認できるものに、『涼舟』、「袂から」百韻（ともに大阪府立大学総合図書館中百舌鳥山崎文庫蔵）がある。『涼舟』は竹籟独吟に対する宝暦八年〈一七五八〉六月の批点で、後述するように、師米仲から付嘱された青峨系の点印「海棠春」の使用が認められる【図1】。

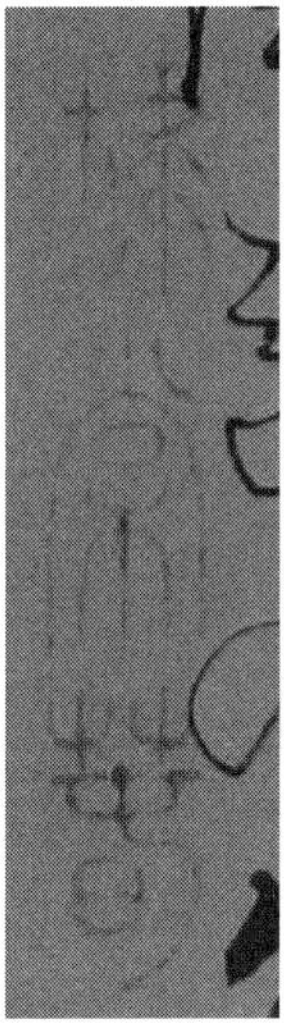

【図1】米翁点印「海棠春」・『涼舟』（大阪府立大学総合図書館中百舌鳥山崎文庫蔵）

「袂から」百韻は安永六年〈一七七七〉季春興行、同初夏開巻、連衆は貫古・栄河・存思・竹由・青玉・吟哦・執筆である。同巻では、点数は詳らかでないが、「二言八墓塢」・「築波山影」・「敷島道」の点印【図2】が用いら

れている。

【図2】米翁点印「二言八墓場」・「袂から」百韻（大阪府立大学総合図書館中百舌鳥山崎文庫蔵）

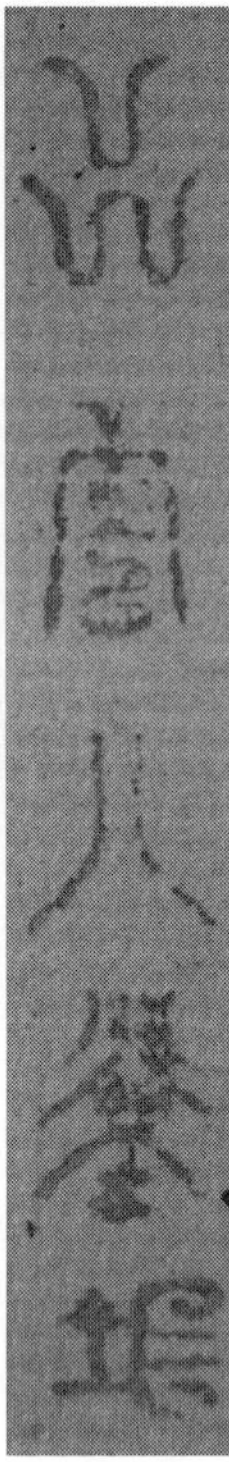

「築波山影」

「敷島道」

『美濃守日記』によると、寛延四年〈一七五一〉九月二十六日の条に「○印点改メ明日社ソヘ文字入遣ス」と、社鼠に点印作成を依頼、十月朔日の条に「○新点出来」とあり、米翁は寛延頃には既に点印を用いていたことが確認できる（早くは『美濃守日記』延享三年〈一七四六〉四月四日の条に「○社鼠より印出来」との記事が見える）。社鼠には別の機会にも頼んでいたらしく、宝暦三年〈一七五三〉六月十七日の条には「○社鼠より印二十二出来々」と記している。上の二十二が全て点印だとしたら相当の量・種類である。以後も米翁は点印を頻繁に変え、趣向を凝らして新味を求めている。時には著名な画家・書家に点印のデザインを依頼することもあった。

○一昨宋子（紫）石より点印の剣・柱杖出来ゝ。彫を園田へ命ず。（安永三年〈一七七四〉七月七日）

○点式の押物、柱杖・剣・鉄笏、薗田より彫出来る。（同三十日）

右の宋紫石《そうしせき》は沈南蘋《ちんなんぴん》の画風を江戸で広め、画壇に多大な影響を与えた人物で、門下からは司馬江漢《こうかん》・蠣崎波響《かきざきはきょう》らを輩出する。紫石は米翁と親しい銀鵞こと酒井忠以《ただざね》（姫路藩主）やその弟忠因《ただなお》（抱一）に目をかけられ伺候、彼らの伯父にあたる松平乗完《のりさだ》（三河西尾藩主。俳号、秀井）とも交流があった。紫石には「剣」・「柱杖」の点印（画印か）を依頼*30、それを園田という人物に彫刻を命じている。

同年九月、米翁は牧夏嶽《かがく》門下、篆刻で名を成した初期浪華派の佚山《いつざん》にも点印の文字の揮毫を依頼する。ここでも園田に彫刻を命じているので、点印一式の作成期間も含めて少し経過を確認することにしたい。

○佚山より点印文字五ツ出来々、直に薗田へ彫申つくる。（九月十五日）
○園田より廿点々印出来々。（二十五日）
園田より十八点ゝ印出来ゝ。（廿七日）
○園田より廿五・三十点の印出来々。○米叔供より直に奥へ召連、お隆烟袋遣す、六半比にかへる、珠成方にて予新点の百員興行。（三十日）

十五日に佚山から届いた点印の文字を園田へ渡し、十日後に二十点印、その二日後に十八点印、さらに三日を経て二十五点印・三十点印が完成した。十五日の条に「点印文字五ツ出来」とあるので、この前にも何らかの印が出来ていたと見える。佚山の字を刻した点印五つに要した期間は計半月を費やした。先の紫石に依頼した印が二十日以上掛かったのは、やはり画印だったからであろうか。とにかくも、米翁は新点印を喜び勇んで披露、珠成の居所に出向き、記念の百韻を興行している。

米翁は屡々《しばしば》正月に点印を改めたようである。安永九年〈一七八〇〉八月の記事を挙げる。

○正月の点印文字を書、呉丹へ彫刻命ず。（八月五日）

○米魚昼より冬英方へ点印の画頼みに行。（同六日）

○冬映返書に点印の万歳の画并三十評名前月次初会点者附来る。（同十二日）

○初点の点印十五点以下彫出来。（同十八日）

○二十点の印呉丹彫、廿五点万歳の印松魚彫、出来。（同二十七日）

これらの記事を見ると、五日に自身が点印の板下を書き、呉丹こと大和郡山藩士の福原伴治[*31]に彫刻を命じ、翌六日には米魚を通じて江戸座の冬映に画印の下絵を依頼、十二日に冬映から「万歳」印の画が送られたことがわかる。十八日に十五点他の点印が完成。二十七日に呉丹の分の二十点の点印が掘り終わる。先の「万歳」印は江戸俳書の彫刻師としてよく見かける岡本松魚に彫りを頼んでいたらしく、同二十七日に出来上がった。天明二年〈一七八二〉十一月二日にも正月の点印を作成、冬映に再び画を頼んでいたようで、「○冬映より点式子日松写来」との記事がある（彫刻を呉丹・松魚が担当）。同四年二月二十七日にも点印を改め、こちらは園田が彫刻をしている。

また、米翁は自身で使用するものだけでなく、様々な人に自ら点印の板下を書き、分け与えている。[*32]前節の『武玉川』九編を思い起こしてみても、紀逸の硯に書いてある詩句・古語の篆書を米翁が自ら写して印に彫らせ、与えたとあった。息の呶龍に点印を作って与えた顛末が『宴遊日記』に出ているので、こちらも参考までに少し追ってみることにする。

○啜龍へ手帋にて点式文字遣す。（安永二年〈一七七三〉六月十九日）
○今朝啜龍点譜を認め、薗田へ雕につかハす。（七月十八日）
○啜龍点の画を写し点譜を書、彫刻につかハす。（同十九日）
○薗田より点印刻出来ヽ。（同廿四日）
○蝋石三ツ求め啜龍か印計珉雪《みんせつ》へ雕につかハす。（同廿八日）
○啜龍点印園田より雕出来々、明日つかハす。半分未出来。○啜龍より百行付合来、春峨へつかハす。啜龍点譜の板出来。○啜龍よりの使に属し点印・点譜つかハす。（同廿九日）
○珉雪より啜龍石印出来々。（安永三年〈一七七四〉四月朔日）

まず、安永二年〈一七七三〉六月十九日に啜龍へ点印に刻む文言を打診、その中から取捨選択があったのであろう、時間を置いた七月十八日に米翁は点譜を認め、園田に彫刻を依頼する。翌十九日には追加で画印も作成し、彫刻に回した。二十四日以降[*33]、薗田から点印が順次届き、二十九日には半分が完成し、点譜とともに渡した。ここまでで十一日を要している。いくつ依頼したのかは判然としないが、薗田の作成分全体では、単純計算でこの二倍の日数で全てが揃うことになろうか。また、二十八日、米翁は別件で蝋石を使った啜龍点印の彫刻を珉雪に依頼している。材質や技術の面などで工程も変わるのだろう。こちらは半年以上かかって、翌三年の四月一日に米翁の許に届けられている。

その他も、例えば安永二年〈一七七三〉四月十三日の条「〇山水を写し珠成点式の文字入るゝ」、同二十八日の条「〇点印出来、珠成へつかはす」や同三年五月十二日の条「〇米社点印判下を書、刻につかハす」等、息の珠成や米社に与えることもあれば、「汝文より此程珠成をもて点式文字たのみ来り、文字を書、手紙にて遣ハす」（天明三年〈一七八三〉正月二日）と、珠成にツテを頼んで請い受けようとする者もいた。米翁に点印をせがむ者は多く、「〇琴橋望みの点印を書遣す」（安永二年〈一七七三〉十一月二十二日）、「〇笠志より点印請ふ、昨日長屋へ来る由」（同十年閏五月二日）といった例が散見するが、変わり種としては、

〇四半頃信門出、九過帰る。自己の花名・茶名、花の師如志が花名并に花の点印の事請ふ。直に考書付遣ハす。点印ハ予が即点の印をつかわす。（天明四年〈一七八四〉四月十九日）

と、信門が自身の華・茶の雅号や、華道の師である如志の雅号と花の点印を併せて求め、米翁が常用の点印を与えたという記事がある。「花の点印」が花形の点印なのか、もしくは花に纏《まつ》わる印字を用いた印なのか定かではないが、いずれにせよ、俳諧とは別の芸道に遊ぶ者が号、さらに点印を請うたという珍しいケースである。

加えて、画印のデザインについても言及しておく。米翁が文字だけでなく点印の画も作成していたことは、例えば『俳諧觹《けい》』十三編（寛政九年〈一七九七〉刊）、岩松の点譜[*34]【図3】の右下にある「米翁画」との記載に明らかであるが、

〇四頃在転・菊堂来。在転三十点々印文字を頼む、珠成に同断画を頼む。（安永五年〈一七七六〉十一月二十三日）

と、師礼をとっていた江戸座俳人、在転に点印の文字揮毫《きごう》を頼んだ折、米翁が珠成にその点印の画を頼んだことは注意される。米翁のみならず、その周辺の人々も、同様の文化的営みをしていたことが判明するからである。この時はどのような画となったか確認できないが、珠成にはその他にも

○米叔点印を書、彫刻申付、書抜押物、業平・小町の画、珠成へ米魚より申遣ハす。

（天明三年〈一七八三〉四月二十九日）

と、米魚を経由して、点帖の末に勝句を掲載する書抜部分に捺すための画印、それも業平・小野小町の画を指定して珠成に依頼している―ただし描き上げるも書き直しを命じられる（同年五月三・四日の条）―。加えて、

○米社手紙、一昨申遣せし米洲点印の清少納言画出来きたる、平素麺も来、干糕遣ハす。○米洲点印板下出来、手紙書明日遣ハす。（安永七年〈一七七八〉一月十四日）

と、米洲（重臣の森伊織）の点印には、米社が担当したと思し

【図3】『俳諧觿』十三編「岩松点譜」

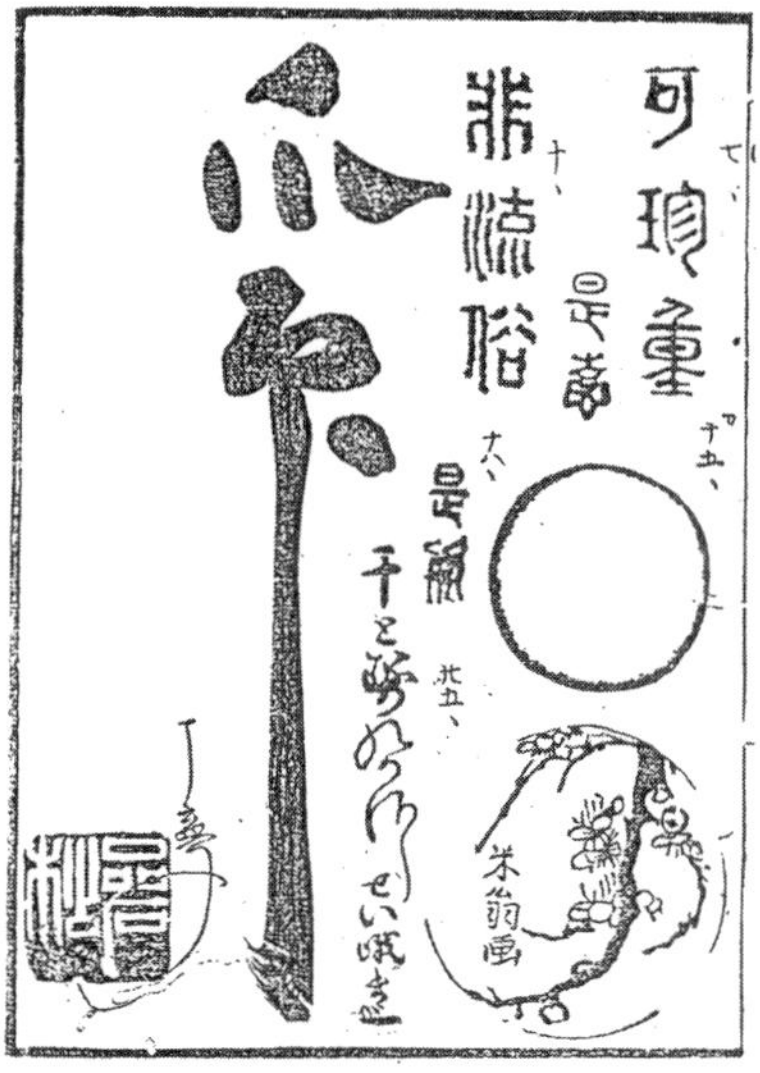

い清少納言の画が描かれていた。これらの記事からは、業平・小町・清少納言と、米翁のサロンで、古典の人物を題材とした画印が流行していたことが窺える。

ともあれ、米翁は点印を作る、そして与えるという行為が楽しくてならなかったようである。師の愛用する点印の厳粛な付嘱、師系を受け継ぐ伝統的な付嘱というよりは、もう少し軽い贈答といった意味合いの行為だったと考えられる。

米翁の点印熱が伝播して、点印譜コレクションを始めた家臣もいる。

昨日米棠諸宗印譜出来持参。序を請ふゆへ書て遣ハし、小冊を俳巡礼と名づけ、奥に
谷汲は芝か神田かほとゝぎす

（『松鶴日記』寛政二年〈一七九〇〉四月三十日）

右によると、米棠が諸宗匠の点譜を集めて一冊にまとめ、米翁に序文を求めたという。『俳巡礼』とあるが、俳諧用人役を務めた米棠は、米翁を後ろ盾として江戸座宗匠らと接する機会も多く、その折々に点譜を収集していたのだろう。加藤定彦氏*35によると、俳巻の批点を依頼した場合、各判者の点譜がないと点数がわからず、点取の勝敗が決められなくなるので、判者側から点譜を渡すことが多いという（俳巻に貼付することもある）。印譜を貰うことは点印そのものを譲り受けるのに比べると格段に容易であるし、次々と点譜のバリエーションが増えていく喜びは大きかったに違いない。加藤氏はこの記事の意義を「当時、俳諧愛好者の中には宗匠連中の印譜をコレクションしたいという欲求をもつ人々がいたことを立証」するものだと説いている。

では、今度は大名達の点印コレクションについて述べてみよう。大名ネットワークは相互のコレクション情報

の交換も可能にしている。まずは銀鵞である。

銀鵞より手帋、点式文字の事、入句の事申来、即答。（安永六年〈一七七七〉三月十六日）

○銀鵞手紙、点印出来、押て見せに来る。丁子肉所請、即答、直に遣ハす。（同七年八月十七日）

安永六年〈一七七七〉には自身の点式の文字（文言或いは書体等に関することか）について相談し、翌七年にはこれと同じ点印かは判然としないが、新点印が出来たので捺印して米翁に披露している。姫路藩邸は大塚にあり、駒込染井とは距離も近いため、銀鵞の名は日記中に散見する。

七頃起行、護国寺内安藤前、幽霊橋、白河侯前にて右道を取、礫川七軒町、大塚姫路侯館裏、大原町、西門より七半過帰る。（同年一月廿八日）

と、外出の折に大塚を経由して姫路藩邸裏を通ることもあり、同日、園中の初紅葉を贈った銀鵞の手紙の末には

大塚ハ隣村なり押紅葉

との句が添えられていた。銀鵞と米翁両者の密な交流の姿が見て取れる。

次に傘露こと赤穂藩主、森忠洪《ただひろ》（第五代当主）の例を見てみる。

○昨日、傘露より、存義が点印を伝ハりし由にて、点を請ふ事の摺物ちらし来る。（同八年四月十七日）

これは傘露が存義の点印を手に入れた事を知らせに来たという記事である。存義は江戸座の中でも一大派閥を形成した大物俳人。傘露はさぞご満悦だったことだろう、披露興行のチラシを米翁に贈ってきている。このように、大名たちは、お互いのコレクションを自慢し合い、刺激し合っていた。それは趣味人同士の楽しいひと時といえる。

江戸座宗匠の点印といえば、前述のように米翁も師に当たる米仲の点印を所持していた。米仲は春来門。第一節で例示した青峨系の点印を付嘱する。米仲の点は、『宗匠点式并宿所』①によると「画精妙」（二十五点）・「金声」（十八点）・「慶字」（十五点）・「高山流水」（十点）・「海棠春」（七点）・「朱」（五点）・「長」（三点）。「金声」・「高山流水」・「海棠春」が付嘱した印である。その米仲について、米翁は先に挙げた同じく春来門の存義と比較しつつ、秋田藩江戸邸留守居役、通人で知られた佐藤晩得に次のように語っている。

存義を高弟の様に覚えたるに左にあらず。存義浪人となり判者となりし時は、米仲未だ素人にて身上も宜かりしゆゑ、尽く世話焼きて春来の弟子となし万句をせしなり。米仲其後不仕合にて世を捨て判者となる。此時は早や存義は余程の先輩となり居たり。依て存義の末座に付たれども、春師の久しき弟子にて趣を得たる事は仲々存義の及ぶ処にあらず。学才も亦存義より立越て見え侍る。此故に海棠春・高山流水の印も米仲に譲りて存義には譲らず。是其の証なりと月村所米翁君の御物語なり。（『古事記布倶路《こじきぶくろ》』寛政三年〈一七九一〉頃成）

存義が先に春来に入門していたため、米仲は先輩にあたる存義の座側に所属することになったのだが、実力は米仲の方が遙かに上で、そのために春来の「海棠春」・「高山流水」の点印が米仲に譲られることになったという。存義の点印を入手した先の傘露の逸話と対比するにも興味深い資料である。

『松鶴日記』天明六年〈一七八六〉十月三十日の条「米仲伝印、玉兎の印のつまみを渡辺に彫直させ、出来」との記事によると、この米仲印のいずれかは判然としないながら、米翁は付嘱を受けていたらしい。一方、明和三年〈一七六六〉六月の米仲物故に伴い、同月中に、牛呑[*36]を願主として菩提寺の三聖山慧然寺（深川）に点印塚が築かれ、そこに米仲印が埋葬されてもいる。『宴遊日記』によると、米翁も安永七年〈一七七八〉三月二十五日に同寺に墓参、点印塚を訪問している。だが、その塚も天明六年〈一七八六〉の洪水で崩潰《ほうかい》、

此程、米仲点印塚、秋の大水にて潰しを筑直すにつき、牛呑方へ申遣し、塚下の旧印十四箇掘出し、持参。

（『松鶴日記』天明六年〈一七八六〉十一月二十五日）

と、再建するにあたり、米翁は牛呑に頼んで十四顆《か》の点印を掘り起し、届けさせるということもあった。翌二十六日に「米仲旧印不用分を返し遣ハす」（『松鶴日記』）と「不用分」を牛呑に返還[*37]、同寺に現存する点印塚の碑面には「天明六丙午十一月再建　河井凡我」とあるので、米翁からこれらの点印が戻った時点で再建が成ったと考えられる。

その後、「保明消息。海棠春、高山流水、新印もつかはす」（『松鶴日記』天明六年〈一七八六〉十二月七日）とあるように、米仲伝印は一時月村こと柳沢保光（保明）が預かっていたようだが、「五前、保光又来り、米仲旧印揃へ、

持参。今日より点譜、米仲押せし如くに定め、点譜彫刻に遣はす」（『松鶴日記』寛政三年〈一七九一〉十月二十六日）と、再び米翁の許に戻され、米翁自身が使用し、晩年に至って晩得に譲られている。『松鶴日記』寛政四年〈一七九二〉二月五日の条に「先師伝印、其外師の印章、一通り函入、晩得に譲る」とある。身辺整理という意味合いも強いのだろうが、これなどは、数多い米翁の点印譲渡の中でも、点印付嘱の意識が見える例として特記できる。

米翁は『米仲発句選』（安永七年〈一七七八〉）序文で「寛延・宝暦の際より俳風漸みだれ、彼硯田坊が武玉川のにごり水を世人の眼にぬりしより、風雅の道、地を払て尽き、法戒大に壊れぬ」と述べるように、安永期末に紀逸流の都会的な俳諧から蕉風・地方系俳諧に興味を移し、その後、点取熱も落ち着き始めた天明期に至って和歌に対する関心を高め、次第に日野家との交渉を頻繁にするようになっていく。

一方、嗣子の月村も俳諧を愛好していたのだが、こちらには点印の付嘱はなかった。その理由を、晩得の『古事記布倶路』は「御子甲斐守様（筆者注・月村）、御歌を遊ばし、俳諧はつたなきものと一場の茶話に遊ばし候故、米徳の御名は譲らせ給へど御点印は譲らせ給はず」と説明する。月村がつい俳諧を和歌よりも一段低いものと失言し、米翁の不興を買ってしまった為に月村に点印が譲られなかったという。

しかし、月村にも米翁の血は流れていた。*38 月村はその後、点印の蒐集《しゆうしゆう》に熱を上げ、貞佐系統、湖十系統、両方の其角点印を揃えてしまう。第二部第二章に見たように、貞佐系統の其角点印は、有佐以後、紆余曲折ありながらも江戸座の二世平砂や東寓こと三世平砂（万葉庵）らが所持していたが、米翁没後の寛政五年〈一七九三〉、当時青峨と号していた月村が万里庵青砂と改号して三世平砂へと入門した際に譲り受けている（「改名引付」柳沢文庫蔵）。

湖十系統の点印は、第二部第三章で見たように複製され、おそらく大名とパイプラインを持つ六世の昇窓によって後に持ち込まれたものであろう。全く異なる師系でさえも、大名文化圏は簡単に取り込むのである。
月村は其角点印を手にした事がとても嬉しかったと見え、藩主時代の日記『虚白堂年録』の「年録附記」寛政五年〈一七九三〉十月十七日の条には

此方様（筆者注・月村）より其角印、御名前の分触出申候。廻状左之通、以廻状致啓上候。只今大御目付中様より御廻状并御相達文書壱通到来ニ付、則写致廻達候廻状早々御常達御留りより松田伝十郎江御返却可被下候。已上。

十月十七日

松平甲斐守内
松田伝十郎
坪井弥太夫
真田右京大夫内
石川新八
池村与兵衛
鈴木弥左衛門

と記載されている。其角点印の入手、青砂への改号を喜び勇んで真田家、つまり菊貫へ廻状を送り、報告した。米翁の継室、即ち月村の母は菊貫の叔母に当たるので、柳沢家と真田家は縁戚関係にある。菊貫もまた点取俳諧に熱心であったので、この知らせを大変興味深く聞いた事と推察される。

第四節　菊貫の点印趣味

菊貫こと松代藩主、真田幸弘は江戸座の太初や雪中庵蓼太に師事、『菊之分根《わけね》』・『菊畠』（ともに真田宝物館蔵）といった総計八万句に及ぶ点取資料を残している。[*39] 別号を白日庵、白日楼、攀月楼、象麿等といい、数多の大名達と交遊した。連日の俳事も記録される『御側御納戸日記』からその一端を窺うと、文化四年〈一八〇七〉十二月二十五日の条、廻章中の「御俳連様」に僊峨公（常陸府中藩主、松平頼前《よりさき》）・五鳳公（小倉藩主、小笠原忠苗《ただみつ》）・冬央公（伊勢桑名藩主、松平忠功《ただかつ》）・月扇公（佐倉藩主、堀田正順《まさあり》）・素襖公（沼田藩主、土岐頼布《よりのぶ》）・鱗長公（姫路支藩主、酒井忠質《ただただ》）・甘棠公（二世。今治藩主、松平定休《さだやす》。第六代当主）・不騫公（府内藩主、松平近儔《ちかとも》）・沾花公（赤穂藩主、森忠賛《ただすけ》。第七代当主）他の計十二人の名が列挙されている。菊貫は一大文化サロンの主人として風流韻事に遊んだ十六歳年上の米翁を特に慕い、『宴遊日記』安永五年〈一七七六〉十月十二日の条に「菊貫の主は予が致仕の年よりしやうそこ一日も懈らず、花よ紅葉よ月よ雪よと訪ひかハせしが」云々と記されるよう、日を開けずに米翁と密接な交渉を持っていた。そこで「真田点印被見」（『美濃守日記』宝暦十三年〈一七六三〉十一月八日）と菊貫から点印を披露したり、「菊貫点印認、手帋にて遣す」（『宴遊日記』安永三年〈一七七四〉四月十二日）と、時に米翁が菊貫点印の文字を揮毫したりと、点印を通じた交流も生まれている。

『御側御納戸日記』には、例えば、

一、松平長門守様より御直書を以百員御引墨御頼被仰遣所、早速御引墨相済、貴冷扇弐本御添被遣候。

（享和二年〈一八〇二〉正月九日）

一、沾嶺様衆より百員御引墨願来。

（文化三年〈一八〇六〉四月十一日）

のように、不騫（松平長門守）や沾嶺（出雲広瀬藩主、松平直寛《なおひろ》）から点を請われることがあり、菊貫も点印を捺して批点することを楽しんでいた—現在、菊貫の点印は真田宝物館に収蔵されている—。そこで本節では、菊貫の点印とそれに纏《まつ》わる文化事象について考察する。

【図4】『於之波奈嘉々美』所収の点譜には、菊貫の点印として「有真意」・「無車馬喛」・「心遠」・「有佳色」・「半窓紅日揺松景」・「弌道精英煥子牛」・「白日蒼松塵外想／清風明月酔時歌」と虎渓三笑・雁・菊と花瓶・西洋花瓶・

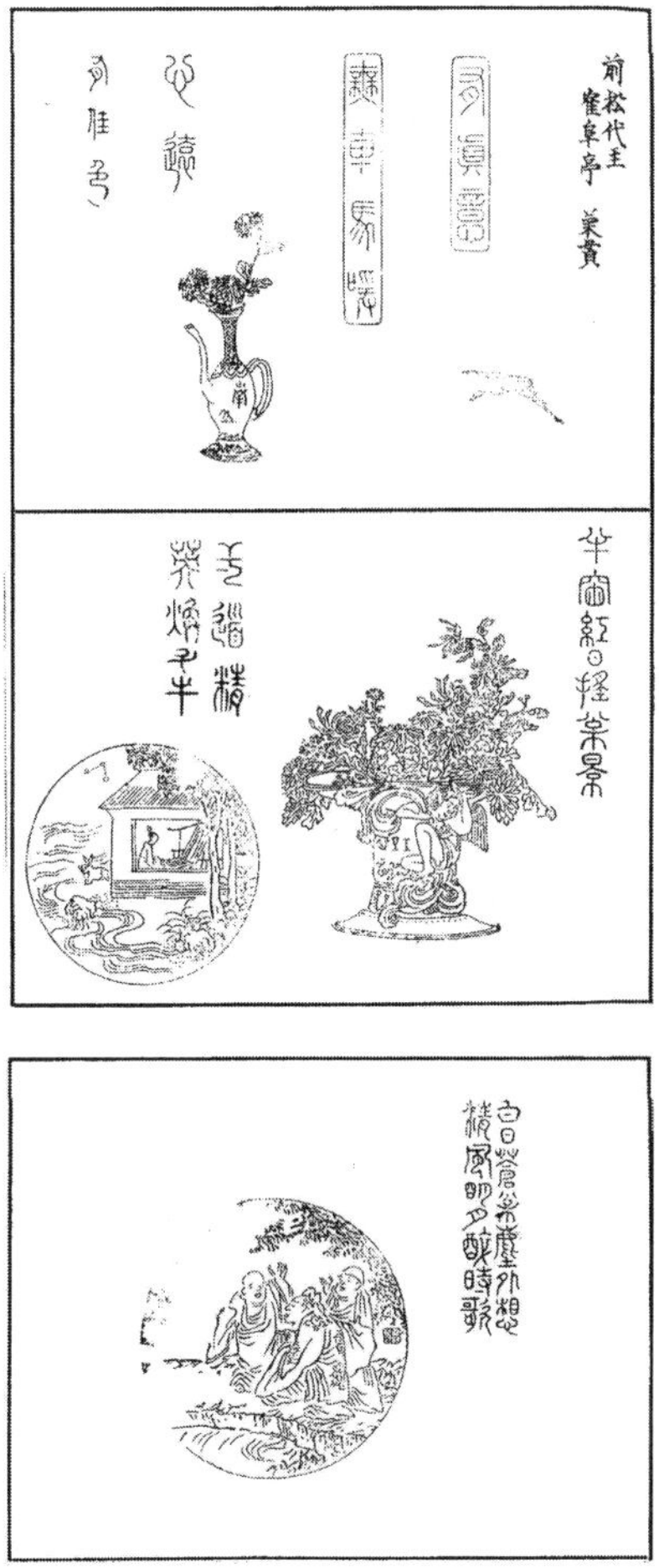

【図4】『於之波奈嘉々美』

織女の画印の計十二顆が掲載される。この内、「白日蒼松塵外想／清風明月酔時歌」とは、菊貫の別号、白日庵、白日楼の由来となった文言で、庚寅の詩「題輞川」の一節を採ったものである。*40

菊貫批点の点帖は現在、次の七種が確認されている。

A　松宇文庫蔵「柱を建て」百韻
B　真田宝物館蔵「笹の葉に」百韻
C　大阪府立大学総合図書館中百舌鳥山崎文庫蔵「うしろ髪」百韻
D　大阪府立大学総合図書館中百舌鳥山崎文庫蔵「金屏の」百韻
E　大阪府立大学総合図書館中百舌鳥山崎文庫蔵「蓬莱に」百韻
F　天理大学附属天理図書館綿屋文庫蔵「手に千代を」百韻
G　肥前島原松平文庫蔵「群つゝの」百韻・余興十二句

これらを調査したところ、それぞれの点数は判然としないが、「有真意」・「無車馬喧」・「心遠」の点印が常用されている事がわかった。「有真意」・「無車馬喧」が銀、「心遠」が朱である。「心遠」は、「無車馬喧」にさらに加点したい時に用いている。

また、最高点の句を掲出し、点者が署名・捺印した「書抜」と呼ばれる部分には、A・B・C・Dが「有佳色」と菊の描かれた書物の画印、「引十八点」の印、E・Fには「有佳色」と菊と花瓶の画印、『於之波奈嘉々美』には未掲載ながら真田宝物館に現存する琴の画印、「引弐十点」の印、Gには「半窓紅日揺松景」、後述する西洋花瓶の画印、「引二十五点」が捺されている。

真田家サロンの文事で面白いのは、家臣らも菊貫より贈られたと思しい点印を持ち、その点印によって一種の文芸共有空間を創造しているところである。『於之波奈嘉々美』に掲出される松代藩士は花足・簣十・呉潭・立左・野十・馬風・葵足・梅人・梅韻の計九人。[41] 花足は右のC、野十はC・Dに参加している。以下、解説する。

花足は本名、金井、後、岩下左源太。『於之波奈嘉々美』では今井となっているが、正しくは金井である。真田幸弘、幸専《ゆきたか》、幸貫《ゆきつら》三代に仕え、町奉行、郡奉行（御勝手手元兼）、天明五年〈一七八五〉には御番入別勤務を勤める。連句に長けていたといい、菊貫の俳諧資料にはよく見かける俳人である。

簣十、呉潭、立左、野十は近習、御側御納戸といった側近である。簣十は本名、伊東伝吾、周久《ちかひさ》（『むらたけの山彦』・『松霍御祝詩歌俳諧名藉』）。呉潭は寺内多宮、忠清（幸弘公六十賀集『千とせの寿詞』）。『真田家家中明細書』には「寛政元年十二月十八日、幸弘公御近習御小姓兼、同十年正月十八日、幸弘公御側御納戸」とある。この二人が近習、寛政十年〈一七九八〉の菊貫の隠居以後は御側御納戸として仕えた者（『御側御納戸日記』）。呉潭の子が立左こと寺内友之進。俳諧を菊貫に学び、文化十年〈一八一三〉六月十一日に幸弘公御近習御雇、文化十一年〈一八一四〉四月十五日に幸弘公御近習として召し出されている（『真田家家中明細書』）。野十こと小野斎二は、『御側御納戸日記』によると、文化三年〈一八〇六〉六月十一日からの勤務である。[42]

馬風こと鎮《しず》日《め》軍記は『松霍御祝詩歌俳諧名藉』に「有利　御前様奥支配」、『千とせの寿詞《よごと》』には「勝勇」とある。梅人は本名、河原左近。寛政十二年〈一八〇〇〉から文政元年〈一八一八〉まで用人を勤めており、藩政の中枢にいた人物（『武鑑』）。この花足はじめ呉潭、立左、馬風、梅人は、文化九年〈一八一二〉四月十四日からの箱根旅行の日記『青葉陰』[43]にも名が出て来る家臣たちである。その他、梅韻は『真田家家中明細書』に「河原廉之助」、

「左京」とあり、天保九年〈一八三八〉二月一日から御奏者として仕えるので、少し時代が下る。葵足は石川本之助、良久（『千とせの寿詞』）。文化八年〈一八一一〉から十二年の間、添役として勤めている（『武鑑』）。

さて、菊貫と、この家臣たちの点印を比較すると、同じ文言の印面がある事に気付く。これを整理する事で見えてきたものが隠逸の詩人、陶淵明の世界である。例えば、世俗の喧噪から逃れ、自然と人間との渾然一体とした境地を詠んだ陶淵明の代表作「飲酒　其ノ五」（『陶靖節集』）から見ていく。

結《ンデ》レ廬《ヲ》在二人-境《ニ》一　**而《モ》無《シ》二車-馬《ノ》喧《シキ》一**
問《フ》レ君《ニ》何《ゾ》能《ク》爾《シカル》　**心—遠《ク》地自《ラ》偏《ナリ》**
採《テ》二菊《ヲ》東-籬《ノ》下《ニ》一　**悠-然《トシテ》見《ル》二南-山《ヲ》一**
山-気日-夕佳《ナリ》　飛-鳥相与《トモニ》還《ル》
此《ノ》中《チ》有二真意一　欲《シテ》レ弁《ゼント》已《ニ》忘《ル》レ言《ヲ》

菊貫が主として用いていた「無車馬喧」（「喧」は「喧」の字に通用）と「有真意」と加点の「心遠」は、この詩の「而《モ》無《シ》二車-馬《ノ》喧《シキ》一」、「心—遠《ク》地自《ラ》偏《ナリ》」、「此《ノ》中《チ》有二真意一」の詩句から採ったものである。【図5】書体は異なるものの、「有真意」は立左、「心遠」は花足も点印に用いている。そして、菊と花瓶の画印も、よく見ると花瓶に「南山」と書いてあるので、著名な「採《テ》二菊《ヲ》東-籬《ノ》下《ニ》一／悠-然《トシテ》見南-山《ヲ》一」の詩句を図案化したものとわかる。

次に挙げるのは、菊花を酒に浮かべ、心ゆくまで解放感に浸るという詩「飲酒　其《ノ》七」（『陶靖節集』）である。

【図5】『於之波奈嘉々美』点譜（部分）

▽「無車馬喧」菊貫

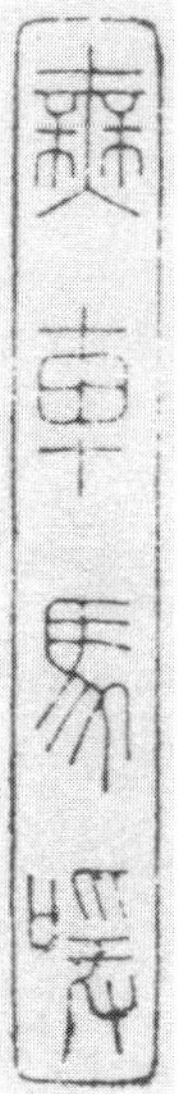

▽「有真意」菊貫

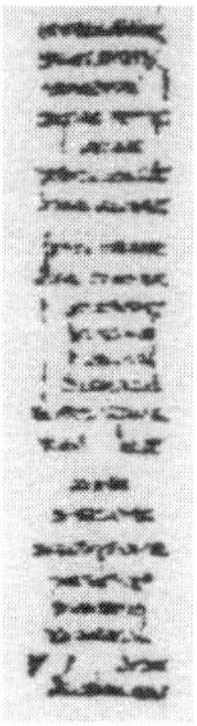

立左

▽「心遠」菊貫

花足

▽画印（菊と花瓶）菊貫

秋-菊有《リ》二佳色一　**裛《テ》レ露掇《ヲトル》二其《ノ》英《ヲ》一**
況《ン》此《ヤレ》忘憂《ノ》物　遠《ル》二我《ガ》遺《ル、》レ世《ヲ》情《ニ》一
・-觴雖《ドモ》二独《リ》進《ムト》一　杯-尽《キテ》壺自《ラ》傾《ク》
日-入群《テ》-動息《ヤミ》　**帰-鳥趨《テ》レ林《ニ》鳴《ク》**
嘯-傲東-軒下　聊《カ》復《マタ》得《タリ》二此《ノ》生《ヲ》一

書抜部分に捺された「有佳色」の印は第一句「秋-菊有《リ》二佳色一」によるもので、菊貫のほか、こちらも書体を異にしながら、【図6】梅人、梅韻が使用している。梅人、梅韻は第二句「裛《テ》レ露掇《ヲトル》二其《ノ》英《ヲ》一」をもとにした点印「裛露掇英」を所持している。梅人はまた、第八句「帰-鳥趨《テ》レ林《ニ》鳴《ク》」も点印化しており、「飲酒　其七」を多く題材

【図6】『於之波奈嘉々美』点譜（部分）

▽「有佳色」菊貫

梅韻

▽「日入群動思　帰鳥趨林鳴」花足

梅人

梅人

▽「裛露掇英」梅人

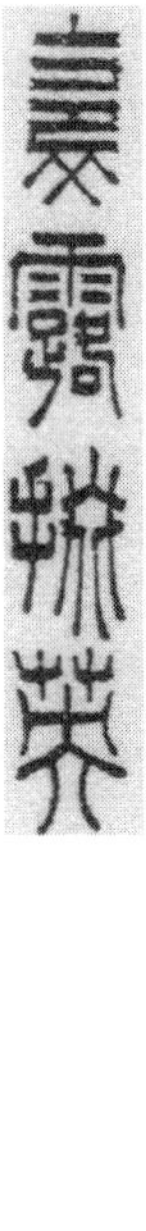

梅韻

▽「幽蘭」呉潭

に採っている。「帰鳥趨林鳴」の点印は真田宝物館に現存しているので、『於之波奈嘉々美』には掲載されていないが、菊貫も用いていた可能性がある。

なお、花足は「帰鳥趨林鳴」の点印を第七句「日入群《テ》・動息《ヤミ》」の点印とともに所持。各人の「帰鳥趨林鳴」は印影が似ているので、あるいは菊貫が点印を複製させ、梅人、花足に与えたものか。

周茂叔が「晋《ノ》陶淵明《ハ》独《リ》愛《ス》レ菊《ヲ》」、「菊《ハ》花《ノ》隠逸《ナル》者也（中略）噫《アヽ》、菊之《ヲ》愛《スルモノ》　陶《ガ》後《ニ》鮮《シ》レ有《ルコト》レ聞《クコト》」（「愛蓮説」『古文真宝』）と評するように、菊といえば、陶淵明とその隠逸の風流が連想される。菊貫は自身の雅号に縁のある陶淵明の詩世界、理想郷への思いを点印に込め、家臣たちと共有していたということになる。とすると、呉潭の点印「幽蘭」も、「飲酒　其《ノ》十七」（『陶靖節集』）の一節、

【図7】『於之波奈嘉々美』点譜（部分）　菊貫

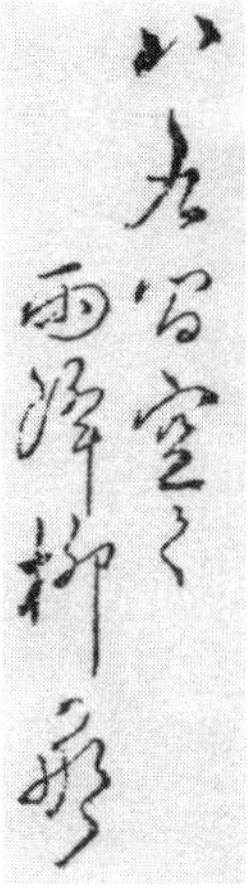
【図8】『於之波奈嘉々美』点譜（部分）　馬風

幽蘭生《ズ》二前庭一　含《ンデ》レ薫《ヲ》待《ツ》二清風《ヲ》一

を踏まえたものと見るべきであろう。

菊貫の画印【図7】には「虎渓三笑」もある。虎渓の三笑とは、中国の晋代、安居禁足《あんきょきんそく》の誓いをたて、廬山《ろざん》を出ずにいた東林寺の慧《え》遠《おん》法師が、ある日、陶淵明、陸修静の二人を見送る際に、話に夢中になるあまり、知らぬ間に廬山との境界となる虎渓を渡ったことに気付き、三人で呵々《かか》大笑したという故事である。画題として著名で、日本では五山僧・狩野派の画師をはじめとして多くの画人たちに好まれた。

馬風の点印【図8】には、芭蕉の句、

八九間空で雨降柳かな

が刻されている。一見、無関係に思われるが、この句は、俗世間との交わりを絶ち、田園生活を謳歌した作品、陶淵明の「帰《ル》二園‐田《ノ》居《ニ》一　其一」（『陶靖節集』）の

方-宅十-余-畝　草-屋八-九-間

を典拠としているので、これも陶淵明を意識した点印だった事になる。

藩主としての政務、特に菊貫は千曲《ちくま》川、犀《さい》川の氾濫《はんらん》に端を発する藩財政極度の窮乏に対し、恩田木工《もく》を抜擢し、その立て直しに奔走している。煩雑な政務を離れ、心を遠く遊ばせた別天地で、自然の真意を掴む。菊貫のサロンは、点印によって陶淵明の世界観を見事に演出し[*44]、点取という風雅の営みを彩っていた。

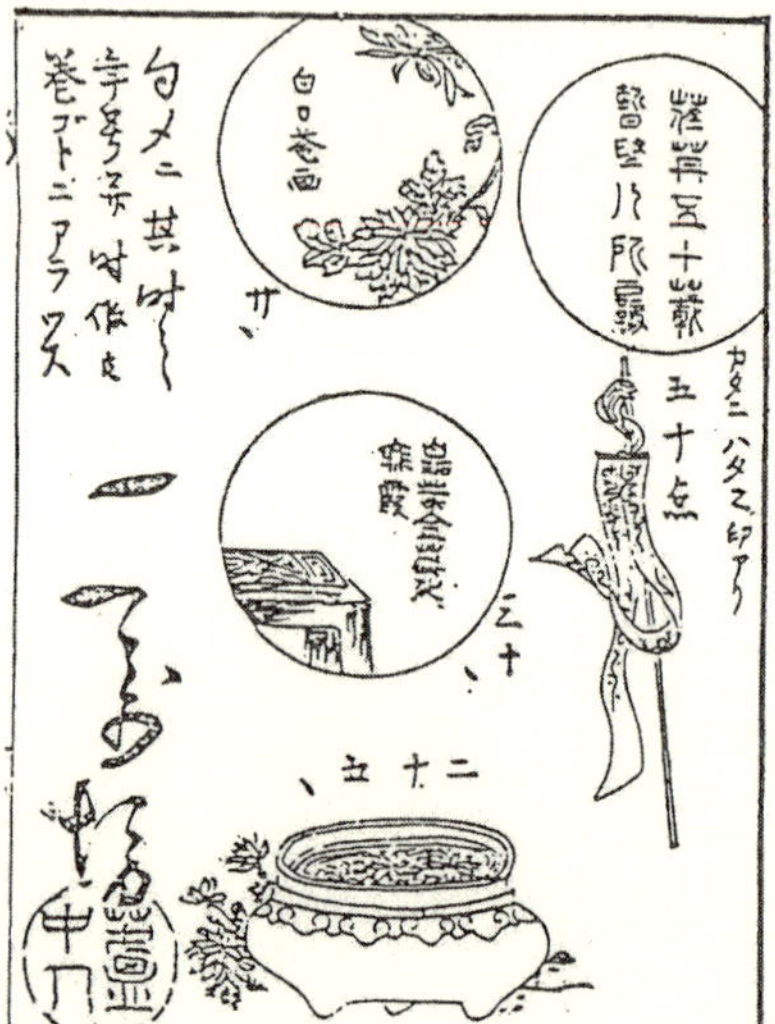
【図9】『俳諧觿』九編「菊堂点譜」

安永九年〈一七八〇〉九月、菊貫の帰藩に際し、菊堂という江戸座俳人が俳諧相手として招聘される。菊堂は点印のデザインを菊貫から贈られる程、菊貫の懇意の宗匠である――【図9】『俳諧觿』九編（天明六年〈一七八六〉刊）の点譜に「白日庵画」の署名のある菊の花を描いた画印が掲載される――。一方、菊堂は染井から便の良い小石川餌指《えさし》町に庵を構えた[*45]（『俳諧觿』初編）ことから、

○今日俳諧につき在転方へ米駒迎に行、風気平臥、来がたき由帰りていふ故、九半頃急に菊堂申遣ハす。○八過菊堂出。

（安永六年〈一七七七〉二月二十九日）

○八前珠来・米叔、珠成へやへ来ゆへ、菊堂呼にやらんと云内菊堂来、八過より珠成へやにて買明、田女両

評百員、西都・米蛙・米駒八吟、四前すみ四ツに帰る。　（安永二年〈一七七三〉十一月二十七日）

と、急な俳席に呼ばれたり、呼び出す前に顔を出したりと、米翁とも親しく接していた。次に挙げる『宴遊日記』安永九年〈一七八〇〉九月二十六日の条は、その菊堂が菊貫に従って松代に出立[*46]するに際し、発句を求めに来た場面である。菊堂は信濃への土産にするため、菊堂、菊貫の号に因む菊の摺物を編集するのだという。

七前、菊堂、暇乞に来る。六義舘にて逢ふ、信濃へみやげの菊のすり物の発句を請ふ故遣ハす。

陶淵明が留守にハあらねど

散らでまて柳も菊も帰庵迄

そこで、松代へ発つ菊堂に米翁が詠んで贈った句には、「陶淵明が留守にハあらねど」との前書きが据えられた。菊と陶淵明との連想は常套ではあるが、ともすると、これなども淵明を風雅のシンボルとして遊んだ菊貫サロンの雰囲気を伝える一齣だったのかもしれない。

まとめ

点取俳諧の得点を示す点印は、隠し点「半面美人」といった其角の画期的なアイデアによって大流行し、各点者は華やかな独自の点印を使用・所持するようになっていく。やがて師匠から門弟へと付嘱され、点印は師系の

【図10】『於之波奈嘉々美』点譜（部分）画印（西洋花瓶）

シンボルとして権威化、中には湖十のように点印をブランド化する江戸座俳人も現れた。そして、パトロンとなる大名文化圏との交流の具、パイプラインとしても活用されることとなる。米翁をはじめとする大名俳人は、時に趣味性の高い点印を作成し、点取に興じる。中でも菊貫のサロンにおいては、点印が隠逸詩人、陶淵明の詩世界を演出する重要な装置として機能していた。

菊貫の点印についてもう一点、時代性というものにも言及すると、『於之波奈嘉々美』には、西洋花瓶の画印がある【図10】。よく見ると、これには菊の花が飾られ、さらにラテン語と天使が描かれている。

享保五年〈一七二〇〉、蘭学に強い関心を持っていた八代将軍吉宗によって漢訳洋書の輸入の禁令が緩和、田沼政権に入り蘭学は興隆期を迎える。菊貫の生きた時代は、西洋からの新たな知識が一挙に流入した時期だった。蘭学者らが目にする蘭書、例えば日本最初の翻訳内科書、宇田川玄随の『内科撰要』（寛政五年〈一七九三〉～文化七年〈一八一〇〉刊）の原本となったヨハネス・デ・ゴルテルの『簡明内科治療』の表紙に見られるよう、医療書や地図の装飾などに、しばしば天使が描かれている。

大橋敦夫氏[*47]によると、松代藩が海外資料を収集し始めたのが寛政期。海外情報の集積が増加するのは、幕府はじめ諸藩でも安永七年〈一七七八〉、ロシア船が松前に通商を求めて以来の事であるから、真田家はかなり早くから海外情報に目を向けていたとの事である。その一端が、点印に現れている。第八代当主幸貫の治世、洋学者、佐久間象山を輩出する松代藩の土壌を考える上でも、興味深い事と思われる。真田宝物館には、本章で述べた以外にも、数多くの点印が残っている。今後の調査により、さらなる事実が見えてくる可能性は少なくないだろう。
点取俳諧という文化行為は、一座し、文芸作品を作り上げるのみならず、連句を批評し、批点し、華やかな点印で飾る、そして、それをまた一つの作品として二次的に鑑賞するという楽しみからなっている。また、物としての点印を作り、さらに贈答するという楽しみも含まれてくる。それは、閑居する大名達にとって、大変有意義な営みであった。

注

＊1　熊谷無漏編、小泉迂外補『俳諧江戸調』（武田文永堂、一九一一年）中「俳諧と諸侯」
＊2　檀上正孝氏「内藤風虎のサロン」（『国文学攷』第四十三号、一九六七年六月）、同氏「風虎内藤義概の生涯（二）」（『広島大学学校教育学部紀要』第Ⅰ部第二十二巻、二〇〇〇年一月）他を参照。
＊3　大村明子「風虎と露沾―父子の確執」（『近世文芸研究と評論』第四十六号、一九九四年六月）
＊4　檀上正孝「岸本調和の撰集活動」（『近世文芸』第十五号、一九六八年十一月）、同「京極高住と江戸俳壇」（『言語と文芸』第六十七号、一九六九年一月）
＊5　石川八朗「其角晩年の生活について」（『語文研究』第十九号、一九六五年二月）。なお、其角は膳所《ぜぜ》本多の藩医として仕えた（芭蕉稿「東順伝」『句兄弟』元禄七年〈一六九四〉序）という父、東順の縁故によってか、凡そ俳諧とは無縁と思しい同藩主本多康命《やすのぶ》の宴席に伺候することもあった（『五元集』）。
＊6　今泉準一・石川八朗・鈴木勝忠・古相正美・波平八郎共編『宝井其角全集』（勉誠出版、一九九四年）「年譜編」注

一四四。

＊7　大城悦子「『焦尾琴』における行露」（『近世文芸研究と評論』第八十三号、二〇一二年十一月）

＊8　＊1同。『俳諧江戸調』は『麒麟の角』中の半面美人印の捺された付合も抄出している。なお、『麒麟の角』は『東京大学総合図書館連歌俳諧書目録』所収「洒竹文庫旧目録所載本中の震災焼失本目録」に掲載される。ただし、「万句夏之二」（大写欠一。請求番号・E32　221）のみ現存。

＊9　小高敏郎「芭蕉と三人の友―沾徳・素堂・安適伝参考―」（『連歌俳諧研究』第二十号、一九六〇年十月）

＊10　福井久蔵『諸大名の学術と文芸の研究』（厚生閣、一九三七年）

＊11　雲英末雄「資料紹介・大村蘭台関係点帖十点」（『近世文芸研究と評論』第七十一号、二〇〇六年十一月）

＊12　岡本勝氏「大名の俳諧一枚摺―大村蘭台とその周辺」（『文学』第六巻第二号、二〇〇五年三月）、白石悌三氏「水間沾徳」（『江戸俳諧史論考』九州大学出版会、二〇〇一年）を参照。

＊13　楠元六男「『五色墨』と時代」（『国文学論攷』第二十七号、一九九一年三月。『享保期江戸俳諧論攷』新典社、一九九三年に再録）

＊14　それぞれの点印の典拠について述べておくと、初編の「主寿昌」は、例えば『晋書』巻十一「天文志」に

老人一星、在二孤《ノ》南《ニ》一、一《ニ》曰二南極一、常《ニ》以二秋分《ヲ》之旦《ヲ》一見《ハル》二于景《ヒノヘニ》一、春分《ノ》之夕《ニシテ》而没《ス》二于丁《ニ》一。見《ル、トキハ》則治平《也》、**主**《ル》レ**寿昌**《ヲ》一。

常以二秋分《ヲ》一候《ス》二之《ヲ》南郊《ニ》一。

と出てくる。「寿昌」は南極老人星、カノープス。福寿・長寿を司るとされるこの星が出現する時には天下が治まるといわれた。三編の「不騫不崩」は『詩経』「小雅」「天保」の一節、月日の絶え間ない運行、崩れることのない終南山を引き合いに、子々孫々の繁栄を言祝ぎ、天子を祝福する

如《ク》二月《ノ》一之恒《ユミハリノ》一、如《ク》二日《ノ》一之升《イヅルガ》一、如《ク》二南‐山《ノ》之寿《ノ》**不**《ズ》レ**騫**《カ、ゲ》**不**《ザルガ》レ**崩**《クヅレ》一、如《ク》二松‐柏《ノ》之茂《モギガ》一、無《ケン》レ不《ルコトチ》二爾《ハ》或《ツガ》一承一。

の文言に依る。十編の「蟋蟀入牀語」は一年の農事を歌った『詩経』「豳風」の一節である。「王母林」は本文参照。十二編「勧向窓前読」は北宋三代皇帝真宗の「勧学文」に由来する印である。なお、十二編時の点印はそれぞれ「勧学文」の文言から採られている。

富《セントカラバ》レ家不レ用レ買《ヒ》レ良‐田《フコトヲ》　　書中自有《ラ》二**千**‐**鐘**《ノ》一**粟**《アハ》一

安《ゼントナラバ》レ居不レ用レ架《ヒ》レ高‐堂《スルコトヲ》　　書中自有《ラリ》二黄‐**金屋**《ノ》一

出《ルニ》レ門莫《ヲレ》レ恨《コト》レ無《コトヲノ》二人一随《ガフ》一　　書中**車**‐**馬多如**《シテシ》レ**簇**《ムラガル》

娶《ルニ》レ妻莫《ヲレ》レ恨《コト》レ無《コトヲ》二良‐媒一　　書中**有**《リ》レ**女顔如**《シ》レ**玉**《ノ》

男児欲《セバトゲント》遂二平‐生《ノ》一志《ヲ》一　　六‐経**勤向**《メテテ》二**窓**‐**前**《ニ》一**読**《ヨメ》

（『古文真宝』）

紀逸はこの内、偶数句部分、書物の効能や存在意義を述べた部分を印としている。

＊15　「天長地久」は風窓も『眉斧日録』初編（宝暦二〈一七五二〉年刊）で用いている。風窓の場合は無条件勝利を意味する印であった（第二部第三章第四節参照）。

＊16　加藤定彦・外村展子編『関東俳諧叢書　第二巻　江戸座編②』（青裳堂書店、一九九四年）に翻刻がある。『宗匠点式并宿所』には初刊時に近い第一種本（①）と宝暦期の改訂版にあたる第二種（②）がある。②に紀逸の点式が「屯　二点雁字　三〽　二字　五〽　三字　七〽　四字　十〽　五字　十五〽　庭含明月光　廿〽　蟋蟀入牀語　廿五〽」とあることからすると、宝暦六年〈一七五六〉九月刊の十編以後、また後述した宝暦七年〈一七五七〉十一月の碓明への付嘱以前の成立であろう。

＊17　広本『節用集』（文明六年〈一四七六〉頃成）による。

＊18　浜田義一郎「江戸狂歌の周辺」（『江戸文藝攷』岩波書店、一九八八年）

＊19　加藤定彦・外村展子編『関東俳諧叢書　第八巻　東武獅子門編②』（青裳堂書店、一九九七年）「二夜歌仙」解題、同『関東俳諧叢書　第二十四巻　東武獅子門編③』（青裳堂書店、二〇〇二年）『無分別』解題。

＊20　堀井寿郎「『武玉川　第三篇』の作者名」（『連歌俳諧研究』第百五号、二〇〇三年八月）

＊21　紀逸の住む平河天神周辺は大名藩邸が密集していた。寛延四年〈一七五一〉、紀逸の後見で『芭蕉林』（天理大学附属天理図書館綿屋文庫蔵）を刊行する台簾も貴顕の俳人と目される。同書紀逸跋文に「貝坂南の台簾公子道に入てせち也」とあるように、平河天神すぐ側の貝坂の南に居住していた。『黄昏日記』にはその邸での交流が語られる。台簾は紀逸の「硯田舎」号を継承（『武玉川』十三編・『両兎林』宝暦八年〈一七五八〉序）。『武玉川』十四編（宝暦十年〈一七六〇〉九月刊）には

台簾君芳席百会を祝して
百艸を取得て薫る硯かな

との紀逸句が掲載されており、俳席の回数は百を重ねたという。

＊22　これに先立つ『武玉川』八編には

長宇子に点印を送る。
根を分ん菊にかへさバきつね川

との句があり、前書によると何らかの紀逸点印が長宇に譲られたという。長宇は二編序文に「慶紀逸編、佐長宇書」、四編序文に「硯田舎紀逸撰、蘭堂長宇書」、五編点譜に「撰点短長斎紀逸、校合鶏田舎長宇」とあり、主に『武玉川』の板下書や校合をしていた人物らしい。その他、蘭長宇の号で四編跋文、十六編（明和八年〈一七七一〉九月刊）序文を認めている。

＊23　烏石は『平安人物志』明和五年〈一七六八〉版によると下魚棚《しもうおのたな》堀川角（西本願寺の寺内町）に居住、書によって西本願寺門跡の師匠格となる。

＊24　改題本に『俳諧八合帆《はちごうほ》』がある。

＊25　宗衍は梅郊こと溝口直温《なおあつ》（新発田《しばた》藩主）、有馬頼僮《よりゆき》（久留米藩主）らとともに風流大名として著名。この三名は恋川春町の『三幅対《さんぷくつい》 紫《むらさき》 曽《そ》我《が》』（安永七年〈一七七八〉刊）のモデルとなった。『宴遊日記』安永七年〈一七七八〉三月一日の条には「今年新刻草双紙、三幅対紫曽我と云本、久留米侯・松江隠侯・溝口隠侯を作りし故板を削られ、当時世に流行を留られし由、幸ヒ八百所持ゆへ取寄せ見る」と記されている。息は茶人としても名高い不昧《ふまい》こと出雲松江藩主の治郷（第七代当主）。

＊26　米翁の点取俳諧を紹介・分析するものとして、井田太郎氏「安永期の酒井抱一の活動─新紹介資料『四時菴丁酉年籠三百韻十五評』『高点如面抄』（丁・戊・巳集）をめぐって─」（『近世文芸研究と評論』第五十八号、二〇〇〇年）がある。

＊27　＊20堀井氏は『武玉川』にも米翁の家臣団が多数入集することを指摘している。各人の俳号は『弓名俳名帳（郡山藩士雅号覚）』参照。

＊28　花咲一男『柳沢信鴻日記覚書』（三樹書房、一九九一年）

＊29　＊28同。

＊30　紫石には「〇点印函下絵芭蕉を紫石へ申遣ハす」（『宴遊日記』安永三年〈一七七四〉九月十一日）と、点印箱の下絵を依頼することもあった。同九月朔日、十二月朔日の記事を見ると、友諒なる人物がこの箱の下地を作成している。米翁の点印箱は凝った設《あつら》えで、「亀岱細工、青貝点印函来」（安永四年〈一七七五〉五月四日）と細工を施したものもある。

＊31　『宴遊日記』〈一七七三〉の条に「〇摺物、伴治彫刻出来。伴治、俳名呉潭と名づけ摺物へ俳名のす」とある。呉丹（潭）については＊28花咲氏『柳沢信鴻日記覚書』に詳しい。『米恩集』（天明二年〈一七八二〉刊）も松魚と二人で彫刻を担当している。後出、松代藩の呉潭（寺

内多宮）とは別人。

＊32　早いものでは『美濃守日記』寛延元年〈一七四八〉十二月二日の条に「子璋大冲頼ミノ印、社鼠より出来遣ス」云々、翌二年九月二十六日の条に「〇子璋へ石印、不如亭（筆者注・篆書体）ノ印遣ス」と、子璋に与えた例がある。

＊33　ただし、安永二年〈一七七三〉七月七日の条に「〇佚山篆書の点印禅板着、園田へ雕を命ず」とあり、二十四日に出来上がったのはこの点印の可能性もある。

＊34　岩松の点印は、もとは雪川こと松平衍親《のぶちか》（松江藩主の不昧の弟）のもの。『為楽庵《いらくあん》雪川発句集』（文化二年〈一八〇五〉刊）「為楽庵雪川発句集拾遺」春之部に

（前略）岩松を音にかえて号し呼ばんに、いと難（筆者注・易難）が頻に乞ひ望けるをとみにゆるし、ことしの新なる趣向なりと、則、可珍重、非流俗の二印をそえて流俗にあらざる処を長く珍重すべしと、此岩松にとらせぬる也。

鶯の巣にうぐひすの子やあらむ

とあり、易難が岩松に改名するにあたり、雪川から「可珍重」・「非流俗」印（『俳諧觽』十三編の点譜に出る）が贈られたことがわかる。つまり、岩松の点譜は雪川と米翁という大名俳人の点印を併せたものということになる。なお、江戸座宗匠が大名俳人に点印を貰い受ける例はこれらに止まらず、例えば『丁々窩発句集』に

こゝに持古したる点印の有けるを、旨原セちに望ければ、名改の寿によせ、はた予が印中に駒形の有ければ、たハぶれて

いくばくの花野や曳んむさし駒

とある。これは清秋の点印を旨原が欲したので与えたというものである。

＊35　加藤定彦「俳諧の点印・点譜と『於之波奈嘉々美』」（『日本書誌学大系　第七十八巻　俳諧点印譜』青裳堂書店、一九八八年）

＊36 牛呑は『俳諧觿』初編（明和五年〈一七六八〉刊）では独立の宗匠で「米仲門角《（其角）》座随身」と記される。同後編（同七年刊）で平砂側に移る。米仲の印字も受け継いだと見え、同書の牛呑点譜には、米仲印とは書体が異なるが、「海棠春」・「高山流水」印が確認される。

＊37 『松鶴日記』には、「米仲旧印不用分」とあるが、では有用の米仲印はどうなったのだろうか。「〇園田に先師の点印を雕せ出来々る。今日より卅点印に改むる」（『宴遊日記』天明五年〈一七八五〉二月廿九日）とあるように、どうやら米翁は米仲の点印の複製乃至改修も行っていたらしい。『於之波奈嘉々美』には大和郡山藩士の柳々軒月仲こと高田東馬に「高山流水」と「海棠春」、燕阿こと上野伴助、燕子庵米仲（加藤定彦氏＊35によると米棠）に「金声」、「高山流水」、「海棠春」の印が確認されるのは、そのような事情によるか。

＊38 月村は単に収集するだけではなく、「八過、再賀来る。古一口仙点印を以彫刻させ、保光より賜りし印を吹聴に来る也」（寛政二年〈一七九〇〉二月十五日）と、米翁のように点印を譲り与えることもしていたらしい。記事は、江戸座の再賀が米翁の許へ、月村より点印を贈られたことを吹聴に来たというもの。

＊39 井上敏幸『近世中・後期松代藩真田家代々の和歌・俳諧・漢詩　文及び諸芸に関する研究　論文篇・資料篇・第一部』（平成十　七年度～平成十九年度科学研究費補助金基盤研究（B）研究成　果報告書、二〇〇八年）、『文人大名　真田幸弘とその時代』（真田宝物館、二〇一二年）

＊40 任清梅・大城悦子両氏のご教示による。

＊41 その他、『於之波奈嘉々美』には酔月楼玉英こと戸川大次郎の点譜に「無車馬喧」・「有真意」・「心遠」の印が捺されている。玉英は伝未詳ながら、松代藩と関係のあった人物と推測される。

＊42 『むらたけの山彦』・『松霍御祝詩歌俳諧名藉』に「野十　御側御納戸　小野重左衛門」とあるのは同一人か。なお、初め

は小野斎と名乗っていたが、『御側御納戸日記』文化三年〈一八〇六〉六月六日の条に「名、斎二と改名。御側御納戸助被仰付候」とある通り、同日に斎二へと改めた。

＊43　玉城司・伊藤善隆「翻刻『青葉陰』（冊子本）」（『近世文芸研究と評論』第五十九号、二〇〇〇年十一月）

＊44　『御側御納戸日記』によると、松代藩邸の庭には菊が植えられ、その盛りには、例えば、

一、御庭菊盛ニ付、今日松平太郎丸様・同次郎様為御振舞、九時過御広式より被成御出候。

一、今日菊之御振舞ニ付、御客之間取払御用意致候事ニ候。（享和三年〈一八〇三〉十月六日）

と、連日（以下十日まで）菊見の席が設けられた。

＊45　後、菊堂は隆慶橋近くに移る（『宴遊日記』安永六年〈一七七七〉二月廿四日、四月朔日）。

＊46　これ以前にも、例えば「菊堂今朝松代へ発足」（『宴遊日記』安永五年〈一七七六〉二月二十五日）など、菊堂は菊貫帰藩時に松代まで赴いた記事が見られる。なお、翌安永六年は「菊堂中湿、此頃不快故、松代へ旅行成がたき由」と、体調が思わしくなく断念している。

＊47　大橋敦夫「松代藩における海外情報の収集―真田宝物館所蔵資料概観―」（『松代』第十二号、一九九九年三月）

第三部　都会派俳諧の諸相

第一章　「闘鶏句合」の構想

はじめに

元禄十七年〈一七〇四〉三月初旬、冠里（備中松山藩主、安藤信友《のぶとも》。前号、行露）邸で「闘鶏」を題とする句会が催された。同月十三日の宝永改元を経て、その句会をもとに其角判「待宵《まつよい》」・「をのが ね鶏合《とりあわせ》」の各三十五番、計七十番の句合「闘鶏句合」[*1]が編集される。この句合は其角生前には刊行に至らず、没後になって遺稿集『類柑《るいこう》子《じ》』（宝永四年〈一七〇七〉跋）下巻、自撰句集『五元集』（延享四年〈一七四七〉刊）「利」巻に二編それぞれが分割して収められることになる。そのためもあってか、本句合は研究上、特に注目されず、また、これを総合的に検討する試みもなされなかった。[*2]

しかし、本句合には、洗練された趣向や知的興味を刺激する都会的な言語遊戯性が溢れており、難解ながら、宝永時における其角の志向を知る上で欠かせない資料と考えられる。本章では、其角の企図とともに「闘鶏句合」

の構想について考察する。

第一節　冠里サロンと「闘鶏句合」

まず、『類柑子』下巻所収「待宵」の冒頭に記された百之序文（原文漢文）の一部を書き下し文で示す。私に補った送り仮名は（　）で示し、適宜濁点・振り仮名を付した（片仮名の振り仮名は原文通り）。

今茲（ニ）弥生之初、公筵芳ニ漱グ之余リ、題ヲ此（レ）ニ取リ、彼（ノ）晋子ヲ延キ襍《まじ》（ヘ）ルニ従輩ヲ以（テ）シテ、恢《おお》イニ俳諧ヲ鼓ス。或（ハ）七歩ニシテ五六調ヲ吐ク有（リ）、或（ハ）十歩ニシテ二三曲ヲ発スル有（ル）間《マヽ》、一ヲ執ル者有（リ）。夜既ニ闌《たけなわ》ニ意《こころみ》始テ、倦（ム）ヲ以（テ）シテ、各《おのおの》搏啄ヲ歇《けつ》シテ、多寡《たか》混合、壱百有卌《しじゅう》奇ヲ積（ミ）テ、公裁其ノ半ニ居ス。（中略）再ビ晋子ヲ煩ハシムルニ逮《およ》（ビ）テ、後ニ偶《ならび》立チ、篇分レ、篇、美名ヲ得テ、勇怯ノ品級、進退ノ点褒判然トシテ、竹ヲ破リ玉ヲ歎ク。[*3]

（傍線部筆者。以下同）

同序文末尾には「甲申暮春下浣、百之叙ス」とある。「甲申」は元禄十七年〈一七〇四〉にあたり、三月十三日に宝永へと改元する。「今茲弥生ノ初、公筵」（実線部）とは、その三月初めに催された安藤家大塚下屋敷、含秀亭[*4]での俳席を指すと考えられ、以下、「闘鶏」を題とし、晋子其角を招いて句会を催した様子が、鶏の縁で「俳諧ヲ鼓ス」（波線部）と描かれる。

闘鶏は古くから宮中で行われ、『日次紀事《ひなみきじ》』（貞享二年〈一六八五〉序）では三月三日の項に「闘鶏　禁裏清涼殿南階ノ前ニ有リ。闘鶏、其ノ鶏、諸家ノ中雲客之ヲ出サル」と記載される。近世期には民間でも度々流行し[*5]、例えば、延宝期には歌舞伎若衆の間で盛んに鶏合が行われた。『難波の皃《かお》は伊勢の白粉《おしろい》』（天和三年〈一六八三〉刊カ）はその様子を次のように伝えている。

まことに、ちかきころよりしやむを蹴あはす事はやり出て、当月などは一羽に付、或は十両、或は五両、ひよこさへ壱歩する道理かな。（中略）まだ高ひものがあるは、嵐が卵を江戸から百両につけさうなといふ。

（「嵐門三郎」の項）

文中の「しやむ」とは、暹羅《シャム》（現タイ王国）より輸入・品種改良された鶏のこと。大きさ二尺余、「性勁剛ニシテ能ク闘フ。倒ト雖モ逃ント欲セズ」（『和漢三才図会《ずえ》』巻四十二、正徳二年〈一七一二〉刊）とあるように、闘争心が強く、闘鶏に適した種の鶏。その成鳥のみならず、卵でさえもが高値で取引されるほどであった。

「鶏合―桃の節句」は付合（『俳諧類船集』延宝五年〈一六七七〉序）で、「闘鶏」は冠里邸での句会の時節に合わせた題であったと考えられる。また、この句会は事前に周到な準備がなされ、計画的に行われたというよりは、序文点線部で曹植「七歩之才」（『世説新語』）の故事を下敷きにしつつ述べられるように、興に乗じて奔放に句が詠まれ、次第に句数を増やしていったものとされる。「七歩之才」は、兄、文帝に七歩の間に詩を作らなければ死罪と命じられた曹植が、その場で兄の無情を嘆く詩を詠んだとの逸話による成語で、転じて優れた詩を素早く詠む才能を意味する。

夜は闌となり、興尽きて各々「搏啄」（句を詠む様を、鶏の縁で啄み、羽打つと表現したのであろう）を止める。句は総計百四十句を数え、冠里はその中に立って裁定した。
　そして、二重線部のように、後日、句合で詠まれた句々を其角が番《つが》え（「後ニ偶立チ」）、判詞を書き、それを二編の句合（「篇分レ」）として再構成し、体裁を整えたと記される。この二編は、序文の「篇、美名ヲ得テ」や、「凡例」（後述）の
　待宵の手三十五合、をのがねの手卅五合とす。小侍従のきみ、少将の尼、いづれもほまれある方人なれば、則、二巻の題号として、物加和の蔵人、筆とり也。[*6]
との記述（実線部）によると、
　待よひのふけゆく鐘の声きけばあかぬ別れの鳥はものかは　小侍従（『平家物語』巻五「月見」）
　をのが音につらき別のありとだに知らでやひとり鳥の鳴らん　藻壁門院《そうへきもんいん》（己が音の少将）（『新勅撰和歌集』巻十三）
の二首の歌から「待宵」・「をのがね鶏合」と名付けられた。波線部、「物加和の蔵人《くらんど》」とは、待宵の小侍従の和歌を受けて
　物かはと君がいひけん鳥のねのけさしもなどかかなしかるらむ（『平家物語』巻五「月見」）

と詠み、喝采を受けた「物かはの蔵人」と呼ばれた人物。同波線部「筆とり」は書記のことで、句合の句々を受けての判者其角の意気込みを示すものである。なお、本句合は「番」ではなく、闘鶏・鶏合に因んで「合」の名称を使用する。また、体裁も特殊で、「待宵」には序文、一合に続き判詞の方針を掲げた「凡例」があり、以下、二合から三十五合までが記される。「をのがね鶏合」は序文の後、三十六合から七十合までが記され、末尾に跋文に相当する「鳥沙汰」*7を載せる。

本句合の参加者と句数を挙げると、以下のようになる。

冠里（五十八）　其角（十）　雪花（九）　百之（七）　習魚（六）
毎閑（五）　辰下（四）　艽月（四）　焉子（三）　右此（三）
笹分（三）　志水（三）　白桜（三）　百猿（三）　立朝（三）
何虹（二）　欣以（二）　唄言（二）　素琴（二）　掉孤（二）
朴芝（一）　幽調（一）　洞滴（一）　言志（一）

主催者の冠里が筆頭五十八句（「をのがね鶏合」中、作者名のない句は冠里句）、以下十句の其角、九句の雪花と続く。これらの入集者について、『元禄時代俳人大観』*8によって宝永期の俳書を確認すると、『夢の名残』（宝永二年〈一七〇七〉序）には焉子・立朝・毎閑・百猿・唄言に「江戸」、『猫筑波集』（同三年序）には焉子・幽調・朴芝・白桜・辰下・素琴・雪花・習魚・志水・何虹に「松山」、『岩壺集』（同四年刊）では何虹に「矢かけ」（備中国矢掛）との所付がある。右の内「江戸」・「松山」両方の所付のある焉子や、『焦尾琴《しょうびきん》』（元禄十四年〈一七〇一〉刊）「うぐいすや」歌仙で冠里と一座する白桜・毎閑らの存在を考えると、これらの多くが備中松山藩士と見て間違いはないだろう。つまり、「闘鶏句合」は冠里とその近臣達による催しということになる。

第二節　隠し点「半面美人」

「闘鶏句合」で特徴的なのは、各合が単に右句・左句の勝敗を記すのではなく、幾つかの評価段階を設けて発句の点取*9とすることで、勝負に刺激を与えつつ、一方で句合全体における各句・各作者の優劣を序列化して明示した点にある。評価については宝永時に其角の使用していた点印（批点の際の印章・第二部第一章他参照）に準じている。「凡例」に次のようにある。

一、**五字**は、**一日長安ノ花**の花やかなる御遊にもとづきて、これを用ゆ。
一、**三字**は、**戴冠文、捕距武**の二ツの徳をあらはして字面を改む。
一、**二字**は、**越鶏の雪**に散乱して、鶴氅《かくしょう》鵞毛《がもう》のあらそひに批す。当時ソ形の点を用ゆべけれども、甲乙の昔のやうに立かへりて、禿尖の力を合セ侍り。

ゴシックで示した五字の点は、厳しい科挙試験に合格した後の晴れやかな気分を詠んだ孟郊「登科後」の詩句、

一日看尽《クス》長安《ノ》花

に由来する「一日長安花」。三字は「戴冠文」及び「捕距武」で、ともに『韓詩外伝』に述べられる鶏の五徳（「文」・「武」・「勇」・「仁」・「信」）の内、「夫レ鶏ハ、頭冠ヲ戴クハ文也。足距ヲ搏ツハ武也」[*10]とあるのによる。二字は「越雪」（柳宗元「答《ヘテ》二韋中立《ニ》一論《ズル》二師道《ヲ》一書」による）で、以下、「雁字」（「雁形乙」とも。前掲「凡例」では便宜上「ｿ」の形で示した）・「屯」と呼ばれる点が用いられた。当時、其角は三字の点印に「洞庭月」（詩題とされる「瀟湘《しょうしょう》八景」の内）を用いているので、これのみを闘鶏の題に合わせて変更したものと見える。各点の基準は『末若葉《うらわかば》』（元禄十年〈一六九七〉刊）「歌仙了解弁」に「五字を向上の句とし、三字を奇工に標し、二字を抜群の句と沙汰し侍る也」と解説されている。

まず、二種類ある三字について、二合から検討する。

二合

御簾まで撮《ツマミ》なをすや花冠リ　　百之

戴冠文とす

左折《ひだりおれ》歌にやはらぐ啄《ツキ》目かな　　里

捕距武とす

左の座に着らるゝ事、大臣の鳥也。爪距《ソウコ》神爽、ことにすぐれたり。（中略）是を文とす。左折、武門源平の威儀たり。（中略）是を勇とす。猶、歌に和らぐとおぼめかし聞え候は、文武兼備して、大平の時を唱ふ成べし。

「戴冠文」を得た百之の左句は、その鶏の優美な佇まいから「大臣の鳥」（実線部）と評された。また、「捕距武」を得た冠里句の「左折」は左折烏帽子《えぼし》のことで、源義家《よしいえ》が用い始めた源氏のシンボルである（『源平盛衰記』巻二十二）。

冠里句は『古今和歌集』仮名序の「男女の心をも和らげ、武士の心をも慰む」をも踏まえているところから「文武兼備して」（波線部）と評されるが、句は闘いに傷ついた武士ならぬ鶏を詠んでいる。「捕距武」には、例えば、後三年の役で左目を射貫かれながらも、怒って矢を引き抜かずに射手の鳥海三郎を探し出し射殺した鎌倉権五郎景正《かげまさ》（『奥州後三年記』）の如く、目を突かれてもやり返せと詠んだ二十五合、冠里の左句、

目啄《つつキ》を当に仕かへせ権五郎

もあり、「戴冠文」の優美さ・文雅の趣に対して、概ね勇壮な句が選ばれたと考えられる。

五字については五十四合、

引色も日比の煤の塒鴾毛《とやつきげ》

との冠里の右句から検討する。同合判詞には「あかしの巻に、秋の夜の月、月毛とかよへる詞、正広《しょうこう》が日頃の袖にといひしに引合せて、向上の得かた」云々とある。冠里句は「鴾（月）毛」の鶏という点に着目し、

秋の夜の月毛の駒よ我が恋ふる雲居を翔《かけ》れ時の間も見む
（『源氏物語』「明石」）

の歌の「秋の夜の月毛」という言葉続きの巧みさを、「日比の正広」との異名をとった源正広の代表歌、

小簾《こす》の戸に一人や月の更けぬらん日比《ひごろ》の袖の涙たづねて
（『三百六十番自歌合』恋雑・二十七番左）

に結び合わせたものだという。戦いに敗れ、煤けた鳥屋《とや》に退却する月毛の鶏の無念さが、流罪の地、明石で不遇をかこち、愛しい紫の上へと思いを馳せて、すぐにでもこの地を去り、都に戻りたいと願う源氏のやるせなさに通っており、「月毛の駒」を鶏に代えつつ、その帰り行く鳥屋に対して、「日比の」（句では「普段飼われている」といった意）という語を使用し、毎夜のように一人涙に暮れ、月夜に自分を待ち続けている恋人の心境を推し量った正広の和歌を暗示した点が評価されたのだろう。「鴾毛」から「月」という景物を想起し、それを機軸にして興趣豊かに表現したところが「向上」との評に繋がったと推察される。*11

さて、本句合で注目されるのが、「凡例」中には記されず、「鳥沙汰」中の句締めでは「麗人　二句」と紹介される、其角の隠し点「半面美人」である。「半面美人」は新奇な俳風、いわゆる洒落風の句に捺されたといわれ（『鳥山《とりやま》彦《びこ》』享保二十一年〈一七三六〉刊）、大人気を博し、以後の点印流行のきっかけを作った印である。

点印半面美人の字を彫て琴形の中に備へたるを、はじめて冠里公の万句の御巻に押弘め侍るとて

春の月琴に物書はじめ哉　（『五元集』）

とあるように、この点印はまさに冠里との交遊の中から生まれたものなのであった。本句合では十六合右句に「半面美人」が記される。

十六合

支毛なく漆ぬりけん惣まくり　雪花

乙字とす

油符《あぶらふ》を鯛合せとぞ恵比寿抱《だき》　里

半面美人印

（前略）油生《フ》の将軍三郎どの、烏帽子桜の陰に釣竿の旗さしあげ給へるに、はゞかりなく推参して鯛の一はねにはねたをされぬ。此そり天下一。

「油符」は『俳諧類船集』に「油―鶏ノ毛色」とあり、油の毛色をした、符（斑点）のある鶏のこと。勢いよく反り返る油符を抱き上げる姿に恵比寿が活きの良い鯛を抱き上げている様を重ねた句で、印象鮮明な見立てが評価されたのであろう、判詞は「此そり天下一」[*12]（波線部）と絶賛している。

なお、二句あるはずの「麗人（半面美人）」は「油符を」句以外見当たらないが、二十八合、冠里の右句、

　バアカとて初め笑ひし鳥は物

が「五字」よりも点が高いと推測される「五字感長」の評価を得ている―句締めはこの句も「麗人」相当としたか―。句は、鶏の鳴き声が思いがけず「ばあか」と聞こえ（判詞「馬鹿と聞ゆるひゞき也ければ」）、人々は初め馬鹿にしていたが、意想外にその鶏の実力は傑出していた（同「此鳥は逸物《いちもつ》也とて」）と、謡曲「鉢木《はちのき》」の詞章「これ見給へや人びとよ。始め笑ひし輩も、これほどのご気色、さぞ羨ましかるらん」を踏まえて詠んだもの。最高評価の句がともに冠里の句であることは、無論、主催者としての立場・大名という身分を考慮して受け取るべきものだが、これらの奇抜な発想・言葉を見るにつけ、其角流の俳諧をよく体得した、冠里の実力も十分に認められる。

第三節　舞台としての**「治鶏坊」**

「闘鶏句合」では、前節で示したような趣向を凝らした句が大勢を占めるが、句合自体の作りも大変手が込んでいる。例えば、句合の初戦、「待宵」一合に次のようにある。

　　一合　左右二字
　一百の餌臼に拝め**治鶏坊**　　冠里
　忠臣に箒のいらぬ羽音かな　　掉孤
五徳の冠者、羽団扇をもつて開いて、東西〱。むかし、玄宗皇帝、乙の酉のとし三月三日に誕生ありしゆへ、唐土のとりをあつめ給ひて、七艸の薺生たつより、やよひの餅草までに、馳走奔走有。やがて桃園に埘づくりして治鶏坊と名づけ、五百人の童子に守らせらる。日本の鳥もその代のためしを引、今日の節会を初めて忠臣の朝を告、閨門の夜を司さどる。一日の計《ゴト》は鶏鳴に有と伝えたり。今度の行事、某仰せうけ給はりて、花鳥の心をやはらげ、列る翅七十番の勝負を記ス。

玄宗皇帝は闘鶏を好み、朝廷と仙洞御所の間に養鶏場「治鶏坊《じけいぼう》」を建てて近衛兵の息子五百人に千数百羽の鶏の飼育と調教に当たらせ、その熱狂ぶりから民間でも闘鶏が大流行したという（『唐代伝奇』「東城不老伝」）。これらは『世諺《せげん》問答』（天文十三年〈一五四四〉跋、寛文三年〈一六六三〉刊）や『日本歳時記』（貞享五年〈一六八八〉刊）に記載され、江戸においても一般に知られるところであった。巻頭にあたる冠里の左句や判詞（実線部）はそれらの故事を踏まえる。冠里句は、百もの餌臼《えうす》に拝跪《はいき》しなさい、治鶏坊の繁栄（皇帝の権勢）を、と詠んだものである。[*13] この治鶏坊は、「待宵」序文に「唐皇此ニ盛ナリ」、「所謂五百児ノ羽儀森々トシテ、其ノ中ニ屯ス」、「をのがね鶏合」序文に「治鶏坊の何某。筆を取て」云々、結びの七十番に「諫鼓苔深ク治鶏坊に塵静也」とも記されている。なお、波線部に関しては第四・五節で述べる。

玄宗皇帝に纏《まつ》わる逸話は、その他にも句合中に散見される。二十四合では右此の左句、

六宮《りくきゅう》の簺《さい》にあづかる毛色哉

が挙がる。句の「六宮」は中国で皇后のいる六つの宮殿、即ち後宮のこと。「簺」は博奕用の賽子をいう（『伊京集』

室町末期成)。判詞には

鸚鵡《おうむ》、局中に飛入て、双六の道を崩したるためし、開元の遺事也。寵愛一身にありと、六宮にならぶ鳥なき美毛、一六のあらそひに気を呑み、目を瞪《ミハ》ツて、転《コロビ》あひかさなりあひ、飛揚反動、心を砕き、もみ簺《ざい》の手づめと見ゆ。(後略)

と記される。判詞は、利発で言葉を解し、諸王との博戯で形勢不利となった玄宗に呼ばれると盤を引っ掻き回し、勝負を滅茶滅茶にしたという、玄宗の飼っていた白鸚鵡「雪衣女《せついじょ》」(『芸文類聚』「明皇雑録」)を挙げつつ、一方で鶏を「寵愛一身にありと、六宮にならぶ鳥なき美毛」(実線部)と楊貴妃に擬えながら、その毛並みを称賛している。

二十一合、洞滴の左句、

鬘毛や兀ものゝしる雲の鬟

の「雲の鬟」とは、玄宗皇帝と楊貴妃の悲哀を歌った白居易「長恨歌」に、貴妃の美しい髪の形容として出る語で、「雲鬢花顔金歩揺」の成語ともなった。同合判詞は大伴家持《やかもち》の

唐人の舟をうかべてあそぶてふ今日ぞわがせこ花かづらせよ　(『新古今和歌集』巻二)

の和歌を引きつつ、「今日ぞわがせこ花かづらせよとたしなみ出たる中に、朱冠兀《サカハゲ》したる老ずまふの雲の鬢とは仰山也」と述べている。句は、鶏冠の禿げた老鶏では、「雲の鬢」のように美しい添え髪を付けても、年不相応でみっともないことだと罵られるよ、の意。

次に十三合を挙げる。

十三合

音をはかる東ゞ合や羽衣の曲　　里

柳が瀬をつかみ合せし鳴尾かな　　右此

左右二字

吾妻合の曲流、音をはかるとの手寄、ひるがへす羽風に目さまし事、彼玄宗のたはぶれには、以てまいつた合せものなり。両岸の柳のみどり、東のかた屋、西の片屋遅速同じからず。其羽、其尾ともに風流陣。

冠里の左句の「羽衣の曲」とは、「長恨歌」に

猶似《タリ》ニ霓裳羽衣舞《ノニ》一

と詠まれた「霓裳羽衣《げいしょううい》の曲」のことである。「東ゞ合」は、駿河国有度浜《うどはま》に天女が降り、舞い遊んだのを舞曲にした歌謡と伝えられ、祭祀に用いられる東国の風俗歌「東遊《あずま》び」を句合に合わせた造語であろう。謡曲「羽衣」

では「少女ハ衣を著しつつ、霓裳羽衣の曲をなし、天乃羽衣風に和し、雨に潤ふ花乃袖、一曲を奏で舞ふとかや。東遊の駿河舞。〳〵。此時や、始めなるらん」と謡われている。句は、清少納言の

　夜をこめて鳥の空音ははかるともよに逢坂の関はゆるさじ　（『後拾遺和歌集』巻十六）

をも踏まえて「音をはかる」としつつ、美しい鶏の音で歌い、舞われる東遊びは、天女の霓裳羽衣の曲のようだとしたもの。判詞実線部では、曲の趣き、工夫が素晴らしく、玄宗皇帝の御遊興によく釣り合いが取れていると述べている。

　さらに、判詞は右此の右句に、慶滋保胤《よしししげのやすたね》「春生逐《テヲフ》二地形《ヲ》一序」の

　東-岸西-岸之《ノ》柳、遅速不レ同《カラ》　（『和漢朗詠集』）

の趣を指摘（点線部）し、両句の羽と尾とを対として「其羽、其尾ともに風流陣」（波線部）と評する。「風流陣」とは、玄宗皇帝と楊貴妃とが、酒宴の余興に宮女らを各百余人ずつ率い、花を打ち合って戦った遊びである（『開元宝遺事』）。「風流陣」は「花軍《はないくさ》」ともいい、『御傘《ごさん》』（慶安四年〈一六五一〉刊）は「正花なり。春なり。これは玄宗皇帝と楊貴妃と立ち別れ、花にて打ち合ひ遊ばれしことといへり」と解説している。五十四合にも、暹羅同士の激しい闘いに旋風が起き、砂塵が舞い散ったとの

相暹羅の勢を飆や花曇リ　習魚

の判詞に「相暹羅の花軍、一もみもみ合せたらば、心もくもるべし」とある。そして、玄宗皇帝の御代、唐の都が長安であったことをも考え合わせると、前出「凡例」「五字」の項に記される「一日長安ノ花の花やかなる御遊」も、この「風流陣」を指しての表現であったか。

このように、「闘鶏句合」の舞台として、唐文化の粋といえる玄宗皇帝の文化世界、壮麗な「治鶏坊」が設定される。以下、句合全体を見通し、テーマとなる幾つかの趣向について、構成面から見ていきたい。

第四節　相撲興行の趣向

「闘鶏句合」の根幹となる重要な趣向に相撲興行がある。元禄期前後、闘鶏が度々流行したことは前述の通りだが、次に挙げる例のように、それは相撲に擬して行われていた。

有時小曝、沙室の鶏をあつめて会をはじめける。八尺四方にかたやを定め、是にも行司ありて、此勝負をたゞしけるに、よき見物のなり。　（『男色大鑑』貞享四年〈一六八三〉刊、巻八「別れにつらき沙室鶏」）

其此、洛中に闘鶏を弄ぶ事昌んにして、老若不別是を興ぜり。去んぬる三月四日、禁裏にて十番の闘鶏有りしを、七八九歳の童共が見学いて、時々是を蹴合わせしが、次第に事夥しく成つて、家々に五十羽三十羽づゝ飼い立て丶、四本柱を立て土俵を双べて、相撲場の如くに補理《しつら》いて日々に是を結構す。

（『前太平記』[14] 貞享元禄頃成、巻三「大地震并彗星事付闘鶏事」）

『俳諧類船集』にも「鶏合―相撲」とある。新田一郎氏[15]によると、近世初期の辻相撲では相手を押し出す勝負の境界線は人方屋《ひとかたや》（相撲場を囲んだ観客の輪）であったが、一方、四方に柱を建てて紐を通す場合もあり、さらにそこから四角土俵が発生、「勝負を決する競技場としての土俵の成立が、相撲の技術に大転換をもたらし」、「元禄から享保ごろには、相撲技術に関する書物が続々と出版されはじめ」、活況を呈したという。『日葡《にっぽ》辞書』には「Cataya すまうを取る場」と説明があり、第三節で触れた十三合では「東のかた屋、西の片屋」と記されていた。その他にも、本句合においては「扶持ずまふ」（八合）、「老ずまふ」（二十一合）、「在郷すまひ」（二十七合）、「唐角力」（二十八合）、「おすまふ」（三十一合）、「座敷ずまふ」（三十二合）、「願角力」（三十八合）、「寒相撲」（四十一合）、「角力」（五十五合）、「相撲」（六十八合）の語が散見され、実際の闘鶏同様、相撲に見立てようとする意識は顕著である。

行司役は判者の其角。「待宵」一合判詞（波線部）で「五徳の冠者、羽団扇をもつて開いて、東西〳〵」と行司の口上を模しつつ、「今度の行事、某仰せうけ給はりて、花鳥の心をやはらげ、列る翅七十番の勝負を記ス」と名乗りを上げる。次に挙げる三合のように、所作も相撲に擬したものである。

三合

広庭に凮の輝《テリ》尾の進み哉　　雪花

乙字とす

叡感もいざすゞなみや志賀の種　　　里

五字トス

風波ともに揮《ハウツ》て、花にうち出の浜輪を廻り、にほのてり尾に尾花なびかせたる手合、其争ひ、君子の鳥にして、上下の貴賤、あれよ是よとまじろぎもせず。行事、心ある者にて、さくらの一枝を折て、右へかざしぬ。それより志賀之助に上こすものなし。

冠里の右句は、謡曲「志賀」の詞章「さゞ浪や、志賀の都の名を留めて、昔ながらの山桜」に拠る。冠里句を受け、判詞で同曲の「これなる山賤を見れば、重かるべき薪に猶花の枝を下り添へ、休む処も花の蔭なり。これは心有りて休むか」云々といった詞章を踏まえつつ、実線部「行事、心ある者にて、さくらの一枝を折て、右へかざしぬ。それより志賀之助に上こすものなし」と勝者に軍配を上げている。ここで「志賀之助《しがのすけ》」とあるのは江戸勧進相撲の祖とされる明石志賀之助[*16]のことで、句合中には十六合判詞にも「大坂に濡髪」、つまり、寛延二年〈一七四九〉、大坂竹本座浄瑠璃「双蝶々曲輪日記《ふたつちょうちょうくるわにっき》」に脚色されたことで知られる濡髪《ぬれがみ》長五郎の名も挙がっている。実在の人気力士を登場させることによって、相撲の雰囲気はより一層演出されていった。

一方で、各句の鶏達も力士に見立てられる。例えば十合、冠里の左句、

名乗せん三枚朱冠《ザカ》をみつの山

について、判詞は「鬢切左右へこきあげ、大前髪つかみたてたる有様、三まいざかの見参と也」と記すが、これ

は『嬉遊笑覧《きゆうしょうらん》』（文政十三年〈一八三〇〉序）巻一下が「又、前髪あるは、額の小鬢さきをそぎて、左右へ鳥の羽をひろげたるやうなる」と解説する元禄期の力士の髪型に合致するものである。

三十八合では

卅八合

白綿付の黒で仕て取ル巳日哉　乙字

桃節につくむほどあり杉の塒《とや》　百之

屯

黒土の男、白綾のふんどししめつけて、望んで出られたるは、願角力にや。（中略）立髪《たてがみ》、杉の葉にはさみなし、胴骨づんぐりとして、四斗《しと》樽のごとく、丸くふとつたり。桃花の酔ざめと、巳の日の精進腹、力量いかゞあらん。

とある。四境《しきょう》の祭（後述）で付けられる木綿《ゆう》のように白い綾の褌《ふんどし》を締める、黒土のように黒々とした色の鶏と、立髪に酒林の材料となる杉の葉を挟み、小柄ながら酒―桃花酒であろう―を入れる四斗樽のように丸々と太った鶏との一番。「立髪」とは、月代を剃らずに総髪をのばした髪形で、寛文から元禄にかけて伊達な髪型として流行し、『色道《しきどう》大鏡』（元禄初年〈一六八八〜〉成）巻二においては「さかやきは立髪を第一とす」と評されている。これらの描写はまさに力士の姿そのものといえる。鶏達には「搗屋出の上白」*17（五合）・「唐崎ひとつ松」（八合）・「八幡黒」

（二十三合）・「鳥の海」（二十五合）といった醜名も付けられた。

次の十五合は、相撲の取り組みを見る如くである。

十五合

角もじや三年爪の弱ぐるま　唄言

屯

とりむすぶ植毛の爪や要石　焉子

乙字

爪にいの字をかけて進み出たるに、力定らずして、膝車とみえたり。年の功、猶〳〵執行すべし。かなめ石、四結を取て、ちつとも動かず。神の力のあらん程はと荒言、尤。

唄言の左句の「角もじ」とは牛の角文字、即ち「い」の字のこと（『徒然草』第六十二段）で、ここでは蹴爪の形をその「い」の字に譬えている。左句は句に「三年」、判詞に「年の功」とあるように、三年もののベテラン（シニア）の鶏で、突進しては足技の「膝車《ひざぐるま》」（実線部）を仕掛けるが、力が不安定で弱々しい。対する焉子の右句は、「植毛の爪」（毛で飾った蹴爪か）をした「かなめ石」なる鶏で、相手の「四結《よつゆい》」（波線部・相撲のまわしの、腰の後ろで結んだところ。四辻）を取り、地震を鎮めるという鹿島神宮の要石《かなめいし》よろしく、どっしりと構えるのであった。

その他、相撲用語も頻出し、十一合の冠里の右句、

入首へ胡椒頭巾[18]の羽風さぞ

には相撲の反り手の一、「鴨の入れ首《いくび》」（『せわ焼草』明暦二年〈一六五〇〉刊、「相撲之話」に記載）が詠み込まれる。この「鴨の入れ首」は、双方が首を相手の脇の下に入れ込み、四つに組んだ状態で、一方が後ろへ体を反らせて相手を倒す技。前出三合判詞（波線部）に出る「手合」とは、『相撲伝書』（享保年間成）によると「手合ひといふは、相撲初発、声を発し、練り合事なり」とのことである。四十九合、立朝の左句、

沼津から足高山や大櫓《やぐら》

では、相撲場に設けられ、興行の開始と終了を太鼓で知らせる「大櫓」が詠まれた。

そして、このような相撲に見立てる趣向が、相撲興行に擬えて組み立てるという「闘鶏句合」の構成に繋がっていく。そこで、「闘鶏句合」（「待宵」・「をのがね鶏合」）の流れを以下に概観する。

前述のように、「待宵」一合は「東西〳〵」との発語で観客ならぬ読者を制し、「今度の行事、某仰せうけ給はりて、花鳥の心をやはらげ、列る翅七十番の勝負を記ス」と口上ならぬ判詞を始める。

勝負は順調に進み、「待宵」終盤戦の三十四合で「既に夕陽、西に成ぬ。あるひはうつばりへ投上ゲ、或は蔵の内へ仕まはれて、犬道、鼠の穴をふせぎ、後日の軍をまつとかや」（判詞）と、暮れ方になったので鶏を片付け始め、後日の再開を期す。続き、「をのがね鶏合」序文に次のようにある。

是より別して勝負をす。（中略）四境の祭の事、第一成べしとて、白綿つけの放ち鳥、東は相坂、南は立田、西は穴生、北は有乳の鎮護をさだめ、先一ッの願書を認らる。治鶏坊の何某、筆を取て（中略）神明納受の志をのべしかば、関の清水にうがひ手水をして、頂礼しけりとぞ。

実線部「（四角）四境の祭」とは、宮城に通じる道の四方の境界（東西南北にどの地をあてるかは諸説ある）において、古来より晨を告げ、邪気を祓う力を持つといわれる鶏に木綿を付けて放つ陰陽寮の祭祀《さいし》（『俊頼髄脳』他）。その鶏に因む「四境の祭」の願書を認めて（同実線部）、「関の清水」*19で身を清め、祭礼としての相撲に臨む（波線部）と、興行再開にあたっての抱負が述べられる。

続く三十六合判詞では、「是よりをのが音の新手、歌仙の左座、ほの〴〵と明わたる空の天鶏《てんけい》に麾《き》をふらせよとの軍配《ぐんばい》はひ曲をつくされたり」と、新たな軍勢の登場が紹介された。

注目すべきは、次に挙げる三十九合の判詞である。

三十九合

くく鳴や胴迄はいる鳥甲《とりかぶと》

捕距武とす

勝鬨《かちどき》に毛並をなをす櫛も哉　素琴

乙字とす

中入して手はじめなるに、女房の後見とは、心得ぬ業也。富士の煙のかひやなからん。力かひなく歯がみせらるゝぞかし。牝鶏晨すれば、わざはい有とこそ伝へ侍れ。象もよくつながれ、鹿必よるといへる詞をしらば、さし櫛も心をつけて、つゝしむべし。力の出る最中なるぞ。

実線部に「毛並をなをす櫛」、点線部に「さし櫛」とある。『古今相撲大全』（宝暦十三年〈一七六三〉刊）、『相撲今昔物語』（天明五年〈一七八五〉刊）によると、元禄頃、西の大関、両国梶之助《かじのすけ》が鬢に小櫛を挿して相撲を取り、それが角《すみ》前髪《まえがみ》の力士達の間で流行したという。梶之助は元禄五年〈一六九二〉九月、大坂勧進相撲を始めた力士（『相撲鬼拳《おにこぶし》』宝暦十三年〈一七六三〉刊）である。素琴の右句は、勝ち鬨を上げるにあたり、戦いに乱れた毛並みを直す櫛が欲しいものだという意。判詞（波線部）はこれを「中入して手はじめなるに、女房の後見とは、心得ぬ業也」、「力の出る最中なるぞ」と厳しく窘《たしな》める。決戦再開早々の三十九合では「中入《なかいり》」してまだ間もなく、気力体力ともに漲っており、ここは威勢良く勝ち鬨を上げるのが当然であろうに、毛並みを女房に櫛で直してもらい、澄ましているとは何事だ、「中入」が明けて、これからが力の入るところ、大事な曲面なのだと叱責する[*20]のである。つまり、「待宵」から「をのがね鶏合」に移行する間には、相撲興行の如く「中入」が設けられていたことになる。

五十八合の右句、

いさかひの別れや唱ふ昼下リ　　雪花

に対する判詞では、「右は楽屋がもめると見えたり。早天からの見物、待艸臥たるに、角力揃はぬは、いかにあかぬ別れとは是」と、力士の楽屋を想定し、何らかの楽屋揉め（句の「いさかひ」）が起こったとのトラブルが示される。早朝からお目当ての力士を楽しみにしていたのに、その楽屋揉めで力士が出て来ず、長丁場の興行ということもあり、観衆は待ちくたびれてしまった。

最終の七十合では、冠里の右句、

出し貝[21]のかくす鶏あり十二揃

の判詞で、「秋の夜の千夜を一夜になせりともこと葉残りて鳥やなかなんと、行司、其貝を桶におさめ」と、

秋の夜の千夜を一夜になせりともことば残りて鳥や鳴きなむ　（『伊勢物語』第二十二段）

の歌を踏まえ、千秋楽をもじりつつ、行司による興行終了が宣言される。句合の末尾「鳥沙汰」では、「黄昏、事おわつて、おの〳〵退出。なをよろこびに余りて、花鳥の後段は唐子合[22]すべし」と、夕刻の退出、そして、実際に開催はされなかったようだが、次回予告までなされるのであった。

第五節　源平合戦の文脈

源平合戦も「闘鶏句合」の要となるテーマの一である。前出「待宵」一合判詞（波線部）では、「五徳の冠者、羽団扇をもつて開いて」と、七徳の舞の内二つを失念し「五徳の冠者《かじや》」と呼ばれた、『平家物語』の作者とされ

る信濃前司行長《しなののぜんじゆきなが》（『徒然草』第二百二十六段）が登場している。『平家物語』について代表的なものを見ていくと、五合では、勝敗を鶏合で占い、壇ノ浦合戦で源氏方に寝返った熊野別当湛増《たんぞう》（巻十一「鶏合」）が、その鶏の羽風によって興奮を鎮めているとの左句、

湛増が汗をしづめし羽風かな　　　　何虹

が詠まれ、判詞で「只白旗につけとの御託宣ありしかども、猶うたがひをなしまいらせて、権現の御前にて、赤白の勝負せしに、赤キは一羽もかたずとかや」と解説される。「待宵」の末尾、三十五合判詞で「源氏十羽を出せば、平家も十羽を出し、源氏三十五をすぐれて、こなたも卅五羽を合せけり」と綴られるのは、倶利伽羅《くりから》峠での決戦（巻七「倶利伽羅落」）を踏まえている。

また、次に挙げる例は源義経《よしつね》の鵯《ひよどりごえ》越坂落としの場面である。

六十六合

撮距《つまみあご》*23 小荷駄奉行に隠れけり　　　　習魚

乙字とす

くは落せ宿《やどり》まとひを蠅払

軍旅の事、聞つくし、いひつくし、書つくしたる中にも、小荷駄がくれの斥候のもの、此陣までつけつ廻しつ、透間かぞゆるは、矮鶏か。

くは落せの事
坂落に、御曹司、馬は主に得て落さんには、損ずまじかりけるぞ。くは落せ、義経を手本にせよとて、先三十騎ばかり真先かけて落、蠅払にせゝり落されたるも理ﾘ也。夜軍はかふこそ、是を分目の軍とたてゝ、秘伝の第一とす。

冠里の右句は鶏にまとわりつく寄生蠅（宿り蠅）を急転直下、源義経の鵯越坂落とし（巻九「坂落」）のように、さあ、はたき落とせとの意。その句の「くは落せ」の語について説明するために、判詞で「くは落せの事」と小見出しが付され、本文引用の体裁が取られている。[*24]

この源平合戦の文脈で特に重要な働きをするのが謡曲である。例えば七合、冠里の左句、

砂渦やつよきに水を一蜆

は、謡曲「頼政《よりまさ》」の詞章「弱き馬をば下手に立てゝ、強きに水を防がせよ」の詞章を踏まえた句だが、同じく「頼政」の「田原の又太郎忠綱《ただつな》と名のつて、宇治川の先陣我なりと名のりもあへず、三百余騎、くつばみを揃へ河水に、少しもためらはず、群れゐる群鳥の翅を並ぶる羽音もかくやと、白波にざつ〳〵と打ち入れて、浮きぬ沈みぬ渡しけり」との詞章を踏まえ、判詞が「俵の末孫、腴太郎と名乗て、立臼《たてうす》に上リ、砂水にむれ入、むら烏の羽音、先陣比類なし」と応えることで、句の謡曲取の趣向が増幅されている。

次に挙げる十九合では、左右句、判詞がそれぞれ謡曲の詞章をふんだんに散りばめ、競合する。

十九合

左右捕距武とす

まくり距《ケ》や同じ枕に十三羽　素琴

手塚めにつるむ所を二けづめ　里

形容、觜術、飛鳥のかけりの手をくだかれたり。かの小男といへば、今さら名のらずとも、一の筆に記す。右は、雌雄の中よきかたらひをへだてられし無念は、今にありと聞ゆ。（中略）さてこそ紅葉葉を分つゝ行ばと、竜田山の錦、羽をひるがへして、名は末代に有明の、一番鶏と記せり。

素琴の左句は謡曲「熊坂」の「面に進む十三人、同じ枕に切り伏せられ」を踏まえ、鶏の奮闘を詠んだもの。判詞（実線部）は、同曲「熊坂、秘術を奮ふならば、いかなる天魔鬼神なりとも、宙につかんで微塵になし」とある「秘術」を鶏の巧みな「嘴術」とし、また、同曲の詞章「然れども牛若子、少しも恐るゝ気色なく、小太刀を抜いて渡り合ひ、獅子奮迅《ふんじん》虎乱入、飛鳥の翔の手をくだき、攻め戦へばこらへず」に拠りつつ、「かの小男（牛若）」に擬した鶏の健闘を称える。

冠里の右句は謡曲「実盛《さねもり》」を基調とし、斎藤実盛が手塚光盛《みつもり》に組み合う場面を闘鶏に重ねた句で、判詞（波線部）は句の「つるむ」から男女の語らいを連想しつつ、同曲「木曽と組まんとたくみしを、手塚めに隔てられし無念は今にあり」、「然れば古歌にも、もみぢ葉を分けつゝ行けば錦着て家に帰ると人や見るらんと詠みしも、この本文の心なり」、「古の朱買臣《しゆばいしん》は、錦の袂を会稽山《かいけい》に翻へし…名は末代に有明の、月の夜すがら懺悔物語申さん」の詞章を踏まえ、大いに勝負を盛り上げていく。

謡曲を用いた趣向の中でも、二十五合の右句、

景清がくろぶしや此壮《ワカ》けづめ　　唄言

に対する判詞は特に注目される。剛健な蹴爪を持つ鶏を、美尾谷《みおのや》十郎との接戦、錣《しころ》引きの場面で有名な景清《かげきよ》（謡曲「景清」で「おそろしや腕の強き」と評される）に擬しての句だが、判詞には「何某も平家の家鶏清とて、翅を双べし兵、老の鶯の泪にくれて、昔忘れぬ手柄咄、此春、ことにくやしからめ」とある。謡曲「景清」の詞章「肩をならべ膝を組みて…なにがしは平家の侍、悪七兵衛《ひようえ》景清と名のりかけ〳〵…昔忘れぬ物語、衰へ果てゝ心さへ乱れけるぞや」を下敷きにしながら、景清を「家鶏清」と当て字で鶏のこととし、混ぜ返しているのである。

二十合、摂津渡辺で義経と梶原景時《かげとき》が激しく対立した逆櫓《さかろ》評定を踏まえる左句、*25

負ケ閧《ドキ》に逆ヵ櫓たてんと切戸引　　欣以

に対する判詞においても、「箭筈《やはず》の景閧が鬢先をあらそふ」と、景時の「時」の字を、句に因み「閧」の字にもじっており、勝負の厳正な講評より、判者自ら茶々を入れ、戯れ遊びながら創作の世界に参加しているといった趣を呈している。後述するが、これもまた「闘鶏句合」の特徴の一つである。

この他にも、源頼政の鵺《ぬえ》退治（二十九合）、富士川の合戦（三十合）など、源平合戦の逸話は句合の諸所に組み込まれ、

鶏の戦いに武士の世界が重ね合わせられていく。四十八合では

四十八合

波を蹴て巴ぞ負し悋気喰　　笹分

乙字とす

鶏作り二人静を合せけり

戴冠文とす

此牝負べきやうなし。七騎が中迄もうたれざりけりとかや。悋気喰とは名の悔ならめ。巴、浪とあること葉こそ、盃をうかめて機嫌よき振廻ならめ。粟津の松原に放されて後、いづち行けん。其場にても大手がらしたり。こなたは三芳野の奥深き菜畠に放されし美鶏なり。衆徒等めしとらむとて其影を作らせて、さがし出して合けるに、努たがはず。さてこそ二人静。

と、巴《ともえ》御前を詠んだ笹分の左句、静《しずか》御前を詠んだ冠里の右句が番えられ、合戦に花を添えていることも趣向と＊26して見逃がせないだろう。武勇で知られ、粟津松原まで木曽義仲《よしなか》に随従した巴御前については判詞実線部、義経と吉野山で訣別した静御前については判詞波線部に記されている。

第六節　『史記』の文脈

「闘鶏句合」には『史記』から材料を得た一群も確認される。尤も、中には『平家物語』に所収、それをもとに謡曲に作品化された逸話も含まれる。例えば、十七合、唐丸の一種、「大鋸《だいぎり》（錐）」が戦いで傷つき、戸板や盾を担架《たんか》にして運ばれる様を詠んだ左句、

大錐《ギリ》の血は型鹿《たくろく》よ戸板楯　　毎閑

では、『史記』「五帝本紀」に記される、黄帝が蚩尤と闘った古戦場「型鹿」が詠み込まれるが、句自体は謡曲「頼政」の「血は型鹿の河となって、紅波楯を流し、白刃骨を砕く」との詞章に拠っている。そのため、趣向としては副次的な性格を持ち合わせていると考えられる。とはいえ、例えば「待宵」序文冒頭部に「闘鶏ノ戯玩尚シ。季郈ガ芥羽金距ノ後、唐皇此ニ盛ナリ」と、『平家物語』には記されていない、昭公二十五年、季平子が羽に芥子を塗り[27]、郈昭伯が蹴爪に金具を付けて闘鶏に臨んだとの故事（『史記』「魯周公世家第三」）が引かれるなど、『史記』独自の逸話も句合中には見られる。そこで本節では、『平家物語』、謡曲とも併せて、『史記』の文脈について考察する。再び「待宵」一合から見る。

一合　　左右二字

一百の餌臼に拝め治鶏坊　　冠里

忠臣に箒のいらぬ羽音かな　　　掉孤

（前略）日本の鳥もその代のためしを引、今日の節会を初めて忠臣の朝を告、閨門の夜を司さどる。一日の計《ゴト》は鶏鳴に有と伝えたり。（後略）

掉孤の右句は、賈島の詩とされる「鳳《ヲ》為《ス》ㇾ王《ト》賦」（『和漢朗詠集』）の

鶏既《ニ》鳴《テ》忠臣待《ツ》ㇾ旦《ヲ》

を踏まえる。詩の「忠臣」とは、晋の霊公を諌めようと夜明け前に参朝せんとしたが、まだ早いので座して仮寝したという趙盾のこと（『春秋左氏伝』）。句は、夜明けを待つ忠臣に聞こえてくるのは、朝を告げるために起き出した鶏達の凄まじい羽音で、「羽—箒」（『俳諧類船集』）とあるように、これならば箒を用いずとも、鶏の羽によって宮中を掃き清めることができるだろうとの意となる。

右に挙げた判詞は、玄宗皇帝の闘鶏や「治鶏坊」に関する文言に続く部分である。判詞実線部では、玄宗皇帝の世を模範として日本でも闘鶏が行われるようになり*28、句の「忠臣」に鶏が朝を告げたように、この「闘鶏句合」も開始されるのだとの開催宣言がなされている。これに続き、開戦にあたって、諺「一日之計ハ晨ニ在リ、一年ノ計ハ春ニ在リ」（『月令《がつりよう》広義』）を踏まえつつ、「一日の計ゴトは鶏鳴に有」（波線部）と述べられる。注意を要するのは、「閨門《けいもん》の夜を司さどる」（実線部）と呼応させて、「一日の計《ゴト》」と、城門の夜明けを司り、一日を始めさせる鶏鳴の計略、つまり、鶏の鳴き真似の得意な食客の活躍で函谷関《かんこくかん》を突破し、秦の追手から逃れることがで

きたとの、孟嘗君「鶏鳴狗盗《けいめいくとう》」の故事（『史記』「孟嘗君伝」）へと巧妙にすり替えられている点である。『史記』の文脈もまた、一合を起点として語られていく。

「鶏鳴狗盗」の故事は六十四合にも見える。

六十四合

畊せりのいさむや桃の花振ひ　立朝

乙字とす

碁盤もていざ函谷へ弥三五郎

（前略）右は、孟嘗君が手のもの、いまだ出ざりしに、其手ふるしとて、あたらしき手をつくしたる鶏術、三千の容を越たり。さてこそ叡覧、人形の名をあげ、飛弾の掾と受領を給りけり。昔のはかりごとは声をはかり、今のたくみ[29]は形を工《ミ》出たり。和漢の通例を以て、宝永の史記にものせぬべし。（後略）

冠里の右句に出る「弥三五郎《やさんごろう》」とは、元禄十三年〈一七〇〇〉に飛騨掾《ひだのじょう》を受領したからくり人形師の山本弥三五郎。[30]句は、碁盤人形を操る巧みな技術を以て、孟嘗君の故事で知られる函谷関へ、いざ向かおうとの意。判詞（実線部）は、孟嘗君の食客が鶏の鳴き真似をして函谷関を開いたのに対し、弥三五郎の当世最新の「鶏術（鶏と勘違いさせる計略のことか）」は、鳴音ではなく人形を使用するものだと述べ、その見事な技を往古の『史記』に比して、新たに「宝永の史記」に記そう（波線部）と意気込むのである。

句合には、「刺客列伝」より予譲《よじょう》・荊軻《けいか》といった刺客も登場する。

予譲は晋の人。趙の襄子に滅ぼされた智伯の仇を討つため、炭を呑んで啞《おし》となり、身に漆を塗り爛れさせて襄子を狙う。仇討ちは露顕しつつも、代わりに襄子の衣を乞い受け、これを切り裂いて後、自刃した。*[31] 予譲は四合に詠まれる。

四合

炭喰の声だにたゝぬねらひ哉　　晋子

乙字とす

十月をかねてなき身と弥生丸　　里

二字トス

予譲が昔を追て、けしからぬ餌ばみ也。其魂此鳥に化して、讎を報へるにこそ、蜀魂のためしにならへるか。血に啼にはあらず。相手を血に鳴せたる兵也。丸は男の通リ称。関のこなたの名将、鎗下の声晩世にひゞきて、其ノ月其ノ日と時をたがへずして信あり。

其角の右句は、炭を突《つつ》いて食べて（予譲のような啞となり）、声さえ立てず（襄子ならぬ餌を）狙っているぞ、との意で、判詞（実線部）には「予譲が昔を追て、けしからぬ餌ばみ也」と記される。判詞（波線部）には続いて「其魂此鳥に化して、讎を報へるにこそ、蜀魂のためしにならへるか」とある。これは、『史記』で予譲が「今、智伯、我ヲ知ル。我、必ズ為ニ讎《あだ》ヲ報イテ死シ、以テ智伯ニ報ゼン。則チ吾ガ魂魄《こんぱく》、愧《は》ヂザラン」と述べたことを受け、帝位を追われ、復位を願いつつも息絶え、その霊魂が不如帰《ほととぎす》と化したという蜀の望帝の故事（『太平寰宇記《かんうき》』、『華《か》

陽《よう》国志』蜀志）へと転じたもので、続き、白楽天「琵琶行」（『白氏長慶集』巻十二）に

杜‐鵑啼テレ血ニ猿哀‐鳴ス

と歌われるように、血を吐いて鳴くとされる時鳥に対比させて、「血に啼にはあらず。相手を血に鳴せたる兵也」（判詞点線部）と、自らが血を吐くのではなく、相手を傷つけ血を流れさせて鳴かせる、猛々しい鶏だと大いに賞賛する。

荊軻は衛の人。燕の太子丹の客となり、秦の始皇帝暗殺を企てた人物。罪を問われて燕に身を寄せていた秦の樊於期《はんおき》将軍の首を携え始皇帝に謁見、その面前まで進むも、毒で焼き付けた匕首《あいくち》を見あらわされ、斬り殺された。

荊軻は二十八合左句に詠まれる。

二十八合

伽（加）昆旦の爪に荊軻が事もしれ　百之

乙字とす

バアカとて初め笑ひし鳥は物　里

五字感長

天上の麒麟、人中の鳳凰といふは、俊傑の高才をさす也。カピタンめとうたはるゝ俚侶のたはぶれ、尤哉。爪に荊軻が力ラをふくんで、敵陣にむかふといへども、つゐに本意をとげずして、八ッ割にさかれ、南蛮料

理もうれうとなりぬ。（中略）距爪は御簾の鉤手《かぎて》に似て、上へついて反たり。起チ舞ヒ不調法にて、力なげに見えしに、唐角力の手どり、我国の鳥はものかは。此鳥は逸物也とて、欄干ゆるぐばかり、どつといはる。

荊軻の匕首は「天下ノ利匕首《りひしゅ》」（『史記』）といわれた趙人徐夫人の匕首で、句の「伽昆旦《かぴたん》の爪」とは、それに匹敵するような希代の鋭い蹴爪をいったものと考えられる。「伽昆旦」は欧州船の船長や出島の阿蘭陀商館長「カピタン」のことで、判詞（実線部）には歌謡「むらた」の「あのかぴたんめ茶屋のそうびやうゑ誓文あき風か」（『若みどり』巻四、宝永三年〈一七〇六〉刊）が引かれている。これは、舶来の鶏のことを指すのであろう。

句は、披露された舶来の鶏の鋭利な蹴爪に、始皇帝を匕首で暗殺せんとし、計画が露見してしまった荊軻の逸話が思い起こされるとする意。ただし、判詞（波線部）の「八ッ割にさかれ」については、謡曲「咸陽宮《かんようきゅう》」の「御門又剣を抜いて、御門又剣を抜いて、荊軻をも秦舞陽をも八つ裂きに裂き給ひ、たちまちに失ひおはしまし」を踏まえたと見るのがよいだろう。『史記』においても「軻八創ヲ被ル」と記されるところであるが、同じく判詞に「欄干ゆるぐばかり」（破線部）とあり、同曲の詞章「荊軻が控へたる、御衣の袖を引断つて、屏風を躍り越え、（中略）闌干を走る心ちして、銅の御柱に立隠れさせ給ひしかば」から「欄干」の語を用いたと推測されるからである。そして、判詞は「伽昆旦」からの連想で横道に逸れ、八つ裂きにされた鶏が「南蛮料理」[*32]となってしまったと憂うのであった。

また、荊軻に纏《まつ》わるもので、『史記』には記載されない逸話を踏まえたものもある。三十二合を次にあげる。

三十二合

切声や背を三ッ伏セのいきり物　　洞滴

左右二字

しやくり出せ手々中矮鶏をさねかづら　　里

三ッ伏のわつぱ、手々中の玉かづらともいふべき利口の手合、針穴兎毫の争ひ、精神をこらしむ。是等、座敷ずまふの随一とす。三ツ指をあぐれば、七尺の屏風に躍リ、片手にのすれば、四面の楚歌に舞とも申すべし。（後略）

洞滴の左句は、切り口上を申し上げ、油断して相手が背を向けたら三伏せ（指三本を内向けに床に付き、伏せる丁寧な礼）からいきり立って襲い掛かるのだとする意で、荊軻が始皇帝に匕首で斬りかからんとする場面を描いたと取ることができる句。判詞の「七尺の屏風に躍リ、片手にのすれば」（実線部）とは、荊軻に討たれそうになった始皇帝が、寵愛していた花陽夫人の琴の音を聞くことを懇願し、花陽夫人は琴を弾じながら「七尺屏風はたかくとも、おどらばなどかこへざらん。一条の羅はつよくとも、ひかばなどかはたえざらん」と奏上、そこで始皇帝が咄嗟《とっさ》に屏風を飛び越えて難を逃れたとの『平家物語』巻五「咸陽宮」（謡曲・古浄瑠璃などに劇化）の故事に拠る。この花陽夫人に関する逸話は、『史記』においては語られておらず、性格としては、前節で述べた源平合戦（『平家物語』）の文脈から見るべきものとも捉えられる。

とはいえ、判詞が波線部のように「四面楚歌」に言及していることは注目される。周知のように、「四面楚歌」は漢の高祖が楚の項羽を打ち破った垓下《がいか》の戦いでの故事（『史記』「項羽本紀」）。楚軍を幾重にも包囲した漢軍の中から聞こえる楚の歌を耳にして、項羽が楚全土が漢に降伏したと悟り、驚き嘆いたという、戦いのクライマックスである。「闘鶏句合」には、漢楚の戦いを巡る逸話も散見される。

二十九合右句、

尾をつゝく虎や栖らん東天光　　毎閑

は諺「虎の尾を踏む」を鶏の縁で「つゝく」ともじっており、これに対する判詞は「虎を養なふのうれへを用心して、高声目ざましく聞えたれども」云々とある。これは垓下の戦いに向かう直前、漢の軍師張良が、項羽との盟約を守り、疲弊した楚軍を帰国させてはならないと高祖に進言した中に出る「虎ヲ養ヒテ自ラ患ヲ遺ス」（『史記』「項羽本紀」）を引くものである。また、六十二合判詞には「竜虎の成、漢楚の争ひ、是を末世の咄とすべし」とある。「漢楚の争い」は言うまでもないが、「竜虎の成」とは、楚が秦軍を撃破し函谷関へと攻め上がるも、先に関中に入った漢軍に阻止されたため、項羽が激怒して函谷関―「鶏鳴狗盗」の故事で知られることからの連想もあろう―を突破した折に、楚の軍師范増《はんぞう》が下した高祖陣営への評「皆龍虎ニシテ五采ヲ成スト為ス」によると考えられる。名高い鴻門《こうもん》の会が開かれる直前の場面である。

そして、次節に述べるよう、漢軍からは「破楚の大元帥（韓臣）」（十一合）・「樊噲《はんかい》」（四十四合）らの名も挙げられていく。*[33]

第七節　史的位置と意義

以上、批点・趣向・構成といった側面から「闘鶏句合」を検討してきた。玄宗皇帝の治鶏坊を舞台とし、相撲興行を軸に、白熱した点取勝負を繰り広げながら源平合戦・『史記』の世界を重ね合わせる「闘鶏句合」は、趣向の凝らされた、極めて構成意識の高い作品であった。

加えて、「闘鶏句合」の判詞には遊びの要素の強い技巧・発想が満ち溢れている。例えば、四十四合を次に挙げる。

四十四合

八の字やさすが寄来て轂醒

左右乙字とす

觜利を母のひかゆる蚯蚓哉　焉子

酔といひ、さむるといふは、好悪の詞にして、心にうつり行あらまし也。朱冠さだまらず、距覚束なきひなどもの、性得自然にしてねらひあふは、父河津殿の俤にや。一万王、箱王、母にのこれり。其母勇を備えて、母衣といふ羽袴をきせたり。たとへば樊噲をもあざむけとの事にや。

焉子の右句は、母鶏が鋭い嘴によって捕らえたミミズを雛に与えようとする様を詠んだものだが、「母」の贈り物という点から連想して、判詞（実線部）は『曽我物語』巻四、父河津祐泰《かわづすけやす》の敵、工藤祐経《すけつね》を討とうと狙う曽我兄弟の、一万（十郎）元服、そして弟箱王（五郎）の箱根山入山に際し、母が小袖・直垂・大口袴を贈る場面を重ね合わせている。判詞に小袖等ではなく「母衣」とあるのは、「母」の語に関連させて、謡曲「夜討曽我」の「かの唐土の樊噲が、母の衣を着替へしは、永き世までの形見とかや。今当代の弓取りの、母衣とはこれを名付けたり」へと連想を繋げているからで、判詞末尾（波線部）には「樊噲をもあざむけとの事にや」と綴られる。判者の旺盛な発想力によって、軍記の古典世界が縦横に引き出されるのである。

このような性格を持つ判詞は、その淵源を辿ると、芭蕉判『貝おほひ』（寛文十二年〈一六七二〉跋）に見出せる。周知のように、『貝おほひ』の判詞は小歌や流行詞を多用し、縁語・掛詞を織り交ぜて享楽的な雰囲気を前面に出した機智奔放なもので、「合せた句以上に遊蕩気分を助長させる」[*34]といわれている。この芭蕉の判詞について、乾裕幸氏[*35]はさらに一歩踏み込み、「勝負の判定を述べるに際しては終始結果の報告だけに主力が注がれ、然るべき理由の具体的説明には殆ど筆が費やされていない」とし、「『貝おほひ』を貫く芸術的統一性は、批評性の脆弱化を代償とする戯興的創作精神を前提とする」と述べる。そして、『貝おほひ』四番右句、

妻恋のおもひや猫のらうさいげ　　和正

に対する判詞が「かの柏木のいにしへ。ねう〳〵となきしわすれ形見。又源氏の宮を。木丁のすきかげに見給しも。いづれも猫の引綱の。おもひ捨がたけれど」云々と『狭衣物語』・『源氏物語』に言及することについて、「恋病の猫が主題の発句からは、到底演繹不可能な判詞の世界」であり、「句主の制作意図を越えて新事実を付会したり発句の世界を拡張したりして、おもしろおかしく仕立て上げた」ものだと指摘する。

判詞が句の世界を押し広げる手法は、例えば『俳諧合』[*36]「田舎之句合」十三番で、左句、

袖の露も羽二重気にはゐぬもの也

に対し、芭蕉の判詞が「羽二重の袖の露は貴人の心に秋至らずと作れる詩の心を思ひよせられたるにや」と、元々は句に詠み込まれていない白楽天「早入《クテ》㆓皇城《ニ》㆒贈㆓王《ノ》留守僕射《ニ》㆒」の一節、

悲-愁《ハ》不㆑到貴-人《ノ》心

の詩世界を重ね合わせるように、『貝おほひ』に限らず、以後も芭蕉・其角らによって常套的に用いられ、[*37] 芭蕉の没する元禄七年〈一六九四〉には其角の『句兄弟』に応用されていく。即ち、同書上巻の句合では、勝敗を決する形式ではなく、古今諸家の句を兄とし、その兄句をもとに其角（一句のみ芭蕉）が弟句を詠むという特殊な形式が採用され、判詞によってその推敲過程が示される。言い換えると、これは単に兄句の世界を判詞で押し広げるだけでなく、さらに発展的に弟句として作品化されたことを意味している（「句兄弟」の方法については第一部第三章参照）。

この延長上に「闘鶏句合」がある。『句兄弟』のように弟句が詠まれることはないが、それに匹敵するほどの奔放な判詞が展開する。次に挙げる十一合はその最たる例である。

十一合

胯くらべ薩摩におゐて扇かな　　百猿

左右乙字

入首へ胡椒頭巾の羽風さぞ　　里

小胯くゞりの手者、汝は一人の胯夫とほめたり。破れかぶれの時に、破楚の大元帥《スイ》と記されたる、それが弟子也。爪立より内胅へうつて、扇長ヶの大兵、琉球の後胤、薩摩守我有といふは、隠岐の小島の荒者也。（後略）

左句は股下から大きさを比べ、扇の丈程もある鶏、それも闘鶏用として知られる薩摩鶏[*38]の勇壮な様を詠んだものであろう。判詞（実線部）はその「胯くらべ」から韓信の股くぐり（『史記』「韓信盧綰列伝」）、さらに「破―扇」（『俳諧類船集』）との付合から「破れかぶれの時」（背水の陣を言うか）、そして「破楚の大元帥[*39]」へと繋げる。また、判詞（波線部）は、「琉球―薩摩」（『俳諧類船集』）との付合から「琉球[*40]」、加えて「薩摩―沖の小島」（同）との付合から、鹿ヶ谷の密議が漏れて俊寛《しゅんかん》・藤原成経《なりつね》とともに薩摩国鬼界ヶ島へ流された平康頼《やすより》の

薩摩潟沖の小島に我ありとおやにはつげよ八重の潮風　（『平家物語』巻二「卒都婆流」）

の和歌を連想し、歌中の「我あり」との名乗りを人名のように取り、官職を付して、薩摩守忠度《ただのり》ならぬ「薩摩守我有」、さらに沖の小島ならぬ隠岐の島の荒くれ者としてキャラクター化する。縁語や巧みな連想、掛詞によって洒落のめし、其角の判詞は読者をあらぬ方向へと導いていく。もはや、本来判詞に課されていたはずの勝負の解説や句に対する批評という域を大きく逸脱しているが、寧ろそれがために縦横無尽の創造性を獲得している―

ただし、「闘鶏句合」の場合、『貝おほひ』等と違い、各番（合）の勝敗ではなく、全体を通じての点取とするため（第二節参照）、判詞とは別の次元で句の優劣は序列化され、個々の句に対する批評性はある程度補完される――。

他にも、「闘鶏句合」は其角俳諧を考える上で示唆的な要素を多々内包している。多用された謡曲取についても言及しておくと、其角は以前からこの手法の有効性を実感していた。万治から寛文・延宝期にかけて爆発的に流行、そして俳壇の混乱・ブームの収束とともに一気に姿を消した謡曲調の俳諧に対し、其角は『雑談集《ぞうたんしゆう》』（元禄四年〈一六九一〉刊）で「十とせあまり此かた誰となくいひやみけるを、風体のうつりかはるにまかせて、只おほかたに思ひくれける折ふし」と、衰退ぶりを気に掛けながらも「諷は俳諧の源氏なり」と言い切っている。その謡曲を利用した表現をするのに、教養のある大名俳人は絶好の相手であった。謡曲は武家の嗜みである。冠里とその近臣からなる打ち解けた雰囲気のサロンは其角にとって発露の場となり、長年の思いが源平合戦というテーマとも絡み合いつつ、軍記『平家物語』に取材した曲の多用という形で表出されながら、「闘鶏句合」に結晶する。

洒落風と呼ばれる其角晩年の作風は難解で、特に地方系蕉門には理解しがたく、支考の『東西夜話』（元禄十五年〈一七〇二〉刊）は「武（筆者注・江戸）の其角が俳諧は、この頃の焦尾琴・三上吟を見るに、おほくは唐人の寝言にして、世の人のしるべき句は十句の中の一、二には過ぎじ」とまで断じている。確かに「闘鶏句合」においても一筋縄でいかない句が少なくなく、其角の判詞はそれに輪をかけて趣向・技巧が凝らされていた。しかし、武家といった知識階級を連衆とし、謡曲や漢詩文をはじめとする古典を踏まえ、さらにそれを異化しつつ展開される「闘鶏句合」の世界は、類い稀なる面白味を有している。

第八節　江戸賛歌・天下祭

さて、「闘鶏句合」に込められた思いや意義は、別の角度からも指摘し得る。本節では、句合中諸所に組み込まれた江戸風俗と時代相から述べる。

六十二合

投打の屐を相手やせつぱ鬨

乙字とす

今日の関籠を狂ふやかしは崎　　　　　　　　艽月

五字とす

伊勢町、小田原町、鶏犬どもの中あしく、木戸を限つて、取合なし。童僕の心も亦しかり。たま〳〵独遊びをすれば、物〳〵のなぶり者とす。年比日頃の意趣を含て、呉越の名主を煩らはしめたり。是たゞ繁花長安の江戸気にして、飽迄にくらひ肥たるゆへ也。（後略）

冠里の左句は、「屐《げき》」（木製の履物・下駄）を投げ付けられ、切羽詰まって戦いの鬨を上げた鶏を詠んだもの。下駄は魚河岸で知られる日本橋小田原町の名物で、『守貞謾稿《もりさだ》』（嘉永六年〈一八五三〉成）巻三十に「また同時（筆者注・宝永）以来、小田原町下駄と云ふあり。表嶋桐の木理《もくり》密なるを用ひ、初めて樫歯を指す。これを蟻さし歯の始めとす。後はけやき歯を用ふ。魚賈の専用なり。小田原町は魚店群居の坊なり」とある。判詞（実線部）に「伊勢町・

小田原町」とあるのは、その「展」から小田原町、そして日本橋伊勢町へと連想を繋げたことによる。日本橋の街並みは「鶏犬相聞ゆ」（鶏と犬の声があちこちから聞こえる、即ち家続きになっている）というように、ひしめき合い、喧噪が絶えない。そして町の様子を、仲の良くない鶏・犬が乱闘しないよう木戸を立てていると描写し、さらに両町の「童僕《どうぼく》（子どもの召使い）」まで仲が悪く、喧嘩を始めては名主に面倒を掛けると、中国の春秋時代、激しく対立した呉王夫差《ふさ》と越王勾践《こうせん》の「呉越」を両町それぞれに重ねつつ述べる。

後年、「火事と喧嘩は江戸の花」と謳われるように、威勢のよい気質は江戸町人の誇りであり、判詞も「是たゞ繁花長安の江戸気にして」（波線部）と、唐の都長安を引き合いに出しつつ称賛している。玄宗皇帝の治鶏坊が「闘鶏句合」の舞台となっていることは第三節に述べた通りだが、繁華を極めた唐都への憧憬が江戸の町に二重写しにされるのである。其角は既に元禄十一年〈一六九八〉の『宝晋斎引付』で

一日長安花
鐘一ッうれぬ日はなし江戸の春　　涉川（其角）

と、五字の点「一日長安花」を句題に用いて、寺の鐘でさえも買い手のつかない日はないと、江戸の経済発展・都市としての隆盛を讃えているが、「闘鶏句合」においてもこれが大いに鼓吹《こすい》された。句合中には、青果市場で知られる神田須田町《すだちょう》も十七合、冠里の右句に

須田町は菜虫ばかりや古戦場

と、その活況が詠まれていく。

句合中には、前述した力士やからくり人形師、山本弥三五郎のように江戸で一世を風靡した人達も（鶏や句に因む形で）登場する。例えば、六十四合判詞に「それは鶴ひだ、是は鶏ひだ也」と記される「鶴ひだ」は、御作事奉行支配、御作事大棟梁を務め、句合前年の元禄十六年〈一七〇三〉に没した二代目鶴飛騨[41]。三十六合に出る「あひる伝兵衛」は寛文・延宝期の道化役者（『松平大和守日記』寛文十一年〈一六七一〉七月十七日の条他）。その他、素性は詳らかにしないが、三十三合判詞に「吾妻にも鴾《トウマ》三左衛門が歌、南京吉兵衛が踊の風流[42]」とある者達も、「吾妻」とあるからには江戸の芸能民と見てよいであろう。

五十六合判詞[43]には

中古、野出の喜三郎と云もの、片腕を切られ、骨に皮引かゝりて、見ぐるしかりしを、鋸にて肚の程より引切て捨たり。桑門となりて、片枝と号ス。

と、喧嘩で片腕を斬られ、未だ腕が落ちずに残るのを見苦しいと鋸で切らせたという「野出《ので》（腕）の喜三郎《きさぶろう》」が紹介される。喜三郎は寛文期の侠客（『近世奇跡考《きせきこう》』文化元年〈一八〇四〉序）で、後年、河竹黙阿弥《もくあみ》によって「茲江戸小腕達引《ここがえどこうでのたてひき》」（文久三年〈一八六三〉年初演）などに劇化されている。

四十九合判詞では「芳野、唐土などが鳥には、翅に薫物し、爪紅粉化粧して、花美ことに人の心をなまめかし、迷はせければ、後、法度[44]に成て、鳥どもみな放ちやりぬ」と、遊女吉野や唐土の飼う華美を尽くした鶏も登場す

る。同合は、左句が

沼津から足高山や大櫓　　立朝

で、判詞では「清見が関取の血脈、原・吉原をかぎりて」と、左句「沼津から足高山」といった東海道筋の地名から原・吉原の宿場が連想され、さらに冠里の右句、

島原へはや人やりの鶏行事

の京の遊廓「島原」の語から、江戸文化の象徴ともいえる新吉原遊廓が仄《ほの》めかされる仕組みとなっている。其角には

闇の夜は吉原ばかり月夜哉　　（『むさしぶり』天和二年〈一六八二〉刊）

と、新吉原の繁栄を詠んだ句もあった。

そして、「闘鶏句合」は江戸の天下祭によって締め括られる。

七十合

一番の勝を佐久間が吹流し　　　　　其角

五字

出し貝のかくす鶏あり十二揃

諫鼓苔深ク治鶏坊に塵静也といふ事、氏の御神の力なれば、勝方一番の祭をつとめ奉る。是は例年見る事ながら、万戸関《トザシ》を忘れたり。出し貝十二、隠し貝十二にして勝負を決す事、十二のかくし勢にあり。此事、委細に申さば、秋の夜の千夜を一夜になせりとも、こと葉残りて鳥やなかなんと、行司、其貝を桶におさめ、剣は箱、弓は袋に、水引をとらせて、鳥の跡を宝とし、正木のかづら永しといへる年の元《ハジメ》に、時の鼓をうちおさめ奉る。

天下祭とは、徳川将軍家の氏神である江戸山王《さんのう》権現・江戸総鎮守である神田明神の祭礼。両祭は隔年で執り行われ、定例として、六月十五日の山王祭では四十五基、九月十五日の神田明神祭には三十六基の山車が巡行する。この巡行は大伝馬町が一番、南伝馬町が二番と決められている。山車は江戸城内にも入城し、山王祭は寛永十二年〈一六三五〉に三代将軍家光《いえみつ》が上覧したとの記録が残る（『徳川実紀』）。神田祭では五代将軍綱吉《つなよし》による元禄元年〈一六八八〉とやや時代が下るが、上覧はほぼ毎年行われ、まさに幕府公認の大祭となる（「闘鶏句合」開催翌年の宝永二年〈一七〇五〉には上覧のための「花圃《かほ》の新殿」も設けられている）。

延宝期の山王祭の活況について、『江戸雀』（延宝五年〈一六七七〉刊）は

同十五日は御氏神山王権現御祭礼、御矢倉に出御まし〳〵御一覧有に、そのまつりの美々しさ、或は引山・

花屋体、錦金襴を張廻して、小歌・三味線・笛・つゞみ・太鼓・かねうちならし、神慮をなぐさめ奉り、又は笠鉾・母衣負人おもひ〳〵の出立、其粧花やかに、羅綾《らりょう》の袂、錦繍《きんしゅう》の裔《すそ》をひるがへし、見物の老若桟敷をかまへ、土民は筵をしき、群集なゝめならず。

と、金襴で飾られた花屋台、笠鉾の曳山《ひきやま》や華やかに着飾る人々、町が音楽で満たされる様子を描写する。絢爛《けんらん》豪華さは日増しに加速し、天和三年〈一六八三〉六月には祭礼における奢侈《しゃし》禁令の町触、貞享四年〈一六八七〉六月十二日にも同趣の町触が発せられるほどであった。一方、元禄六年〈一六九三〉には綱吉が山王祭に金三枚を献じ、以後恒例としている。そして天下祭はよりいっそうの盛り上がりを見せる。[*45]

其角はこの天下祭の先頭を切る第一番、大伝馬町の山車を詠む。この山車の頂きに据えられたのが、山王祭では青黄赤白黒の五彩（俗に油羽）、神田祭では白羽の鶏であった。[*46] 句の「佐久間」とは、大伝馬町一丁目の名主役、道中御伝馬役の佐久間善八のこと。[*47]「吹きながし」は吹貫《ふきぬき》とも呼ばれ、円形（または半円形）の輪に長い絹を張り、竿につけた旗の一種で、それを二輪の台車の中央に据えられた柱に付ける吹貫型の山車が、特に元禄期から江戸祭礼に普及したという。[*48] 句は、「一番」と「佐久間」で大伝馬町を、「吹きながし」で山車を想起させることで、高々と掲げられ、祭礼を引き連れる鶏を暗示させたのである。

この鶏については、『紫の一本《ひともと》』（天和二年〈一六八二〉成）下巻に「祭の露払は山王町なり。伝馬町よりは、諫《かん》鼓《こ》苔深くして鳥驚かぬといふ詩の心の作物定りて出る」、『事績合考』（延享三年〈一七四六〉刊）巻二「山王祭礼之事」に「大伝馬町より太鼓（筆者注・太鼓は唐人装束のものが打つ）の上に鶏の乗りたる出し《山車》を渡し候。台徳公五十三間の御多門より上覧あつて、すなはち上意には諫鼓苔深鳥不驚といふ太平の世をいはひたり。此出しをもつて末代

にいたるまで一番に渡せよとありしより、今にいたるまで上意のごとし」とある。二代将軍秀忠《ひでただ》上覧以来、先頭に定められた大伝馬町のこの鶏は、太平を祝う藤原国風《くにかぜ》「無‐為ニシテ而治ルノ詩」の

刑鞭蒲‐朽テ螢空‐去ル　諫鼓苔‐深シテ鳥不ㇾ驚　（『和漢朗詠集』）

に因み、諫鼓鶏《かんこどり》と呼ばれていた。判詞（実線部）に「諫鼓苔深ク治鶏坊に塵静也といふ事」とあるのはこのことをいったもので、同「氏の御神の力なれば、勝方一番の祭をつとめ奉る」とは、徳川将軍、諸大名の氏神（『江戸名所記』寛文二年〈一六六二〉刊に「諸大名、大かたハ産土《うぶすな》神にておハしませば」）、さらには江戸市民、そして、

山王の氏子として
我等迄天下祭や土ぐるま　（『五元集』）

（右）【図1】『神田明神祭礼絵巻』（神田神社蔵）
（左）【図2】「江戸天下祭図屏風」（本圀寺旧蔵）
※「江戸天下祭図屏風」は、明暦二年〈一六五六〉頃の山王祭を描いたとされる（年代に関しては諸説ある）。掲出部分は山車行列の先頭、大伝馬町諫鼓鶏の山車が常盤橋御門を通過し、城外へ出ようとする場面。

と詠んだ其角自身の氏神としての山王をいうのであろう。判詞は、波線部「是は例年見る事ながら、万戸関《トザシ》を忘れたり」と、その賑わいを語っている。*49

このように、「闘鶏句合」には、江戸の賛歌と受け止められる要素をも根幹に宿している。では、これらの意味することは何か。以下、本章をまとめていきたい。

まとめ――「宝永」への祈り

其角が「闘鶏句合」の編集作業に従事していた元禄十七年〈一七〇四〉三月は、折しも前年の大震災を受けての宝永改元がなされた時期にあたる。『類柑子』「改元の祥吟」に次のようにある。

ことし三月正当三十日、御城に於て革命改歴（暦）の御よろこび申あり。出仕、各午の上刻、

宝永の袷にかはれ米の霜　冠里

（前略）去年の冬、震火溺亡世界国土のくるしみを、西の海へさらりと流して、あらたまのとし、甲申の卯月始めの日、あらたに浴ミし、新タに衣かへたらん。人の心のあらたなるも日ニ新ナリといへる句の心ばえならん。此御句にこと葉をそへ奉るにつけて、天下泰平の奉幣の使に逐つかん事を祈侍る。

三月晦日、冠里は改暦祝賀のため登城（実線部）、その際に「宝永の」句を詠んでいる。波線部に言及のある元禄大地震は、死者約六千七百人、倒壊家屋は約二万八千軒、『徳川実紀』元禄十六年〈一七〇三〉十一月二十二日の

条が

この夜、大地震にて、郭内石垣所々くづれ、櫓多門あまたたをれ、諸大名はじめ士庶の家、数をつくし転倒す。また相模、安房、上総のあたりは海水わきあがり、人家頽崩し、火もえ出て、人畜命を亡ふ者、数ふるにいとまあらず。

と記すように、関東全域に甚大な被害をもたらした大災害であった。さらに、同二十九日には小石川水戸藩邸より出火、風が烈しかったため、大火災へと発展する。火の手は本郷に及び、東叡山まで焼け広がる。そして湯島天神、神田明神、昌平黌をはじめ、神田、そして池端、下谷から浅草鳥越、本所へ飛び火し、回向院、深川霊厳寺の辺までが焼ける。[*50] この時、冠里の備中松山藩筋違橋《すじかいばし》上屋敷は類焼した（『鸚鵡籠中記《おうむろうちゅうき》』同年同月二十九日の条）。また、茅場町に住んでいた其角も被災による避難生活を余儀なくされる。[*51] その苦難を「西の海にさらりと流して」（波線部）行われたのが宝永改元であった。

「宝永の」句は、その改元への期待を述べたものである。三月晦日は立春から丁度八十八夜にあたり、「八十八夜の別れ霜」という言葉があるように、この頃を最後にもう霜は降りない。「八十八」の縁で「米」の語を詠み入れ、震災を暗示する「霜」と決別し、将軍家の御威光が四方にあまねく行き渡る、新たな宝永の御代という「裕にかはれ」との願いが、この句にはある。また、点線部のように其角も冠里と同じく、天下泰平の願いを述べている。

この思いは「闘鶏句合」においても込められた。前出七十合では、天下祭りで天下太平を象徴する諫鼓鶏が詠まれていた。さらに、判詞（波線部）に「是は例年見る事ながら、万戸関を忘れたり」とあるのは、その天下祭の活況を示すとともに、謡曲「小鍛治」において、ヤマトタケルが草薙の剣を振り、「炎も立ち退け」と四方の火を追い払った場面で、「其後、四海治まりて、人家戸ざしを忘れしも、その草薙の故とかや」と謡った詞章を踏まえたもの（同曲に高祖劉邦・玄宗皇帝も登場する）。震災・火災で類焼した冠里の上屋敷に思いを馳せつつも、それを慰め、そして七十合判詞（点線部）で「剣は箱、弓は袋に、水引をとらせて、鳥の跡を宝とし、正木のかづら永しといへる年の元に、時の鼓をうちおさめ奉る」と述べる。「剣は箱、弓は袋に」とは天下泰平をいう成句。[*52]同部「鳥の跡を宝とし、正木のかづら永しといへる年の元」には、『古今和歌集』仮名序で永遠に伝わるものの譬えとして挙げられる「正木の葛長く伝はり、鳥の跡久しくとどまれらば」云々の文言を引きつつ、元号の「宝永」が暗示される。末尾に泰平の御代を言祝ぐことは伝統芸能の慣例だが、「闘鶏句合」が相撲の興行を基に組み立てられたことをも考え合わせると、そこには醜足《しこ》（四股）を踏むことで地鎮とする神事としての相撲、そして改元に対する予祝という側面が、其角によって企図されていたのであろう。

注

＊1　『嬉遊笑覧』が「待宵」・「をのがね」二編の句合を「闘鶏句合」と総称、後、福井久蔵氏『諸大名の学術と文芸の研究』（厚生閣、一九三七年）もこの呼称を踏襲する。

＊2　本句合を「いい意味での奇警の評がこれに該当する一大雄編」、「いわゆる洒落風の其角俳諧が偶然のこの機会を得ていわば結実を見せたもの」と評する今泉準一氏「其角門作家としての安藤冠里」（『俳文芸』第六号、一九七五年十二月）の発言はあるものの、氏も「これについては今回は触れ得ない」とし、それ以上、内容には踏み込んでいない。なお、早稲田大学図書館蔵藤野古白旧蔵書の写本『標註五元集』（書写年不明）巻三、東京大学総合図書館竹冷文庫蔵の写本「鶏合

待よひ　をのがね」（同）に「待宵」・「をのがね鶏合」両句合の注があり（伊藤善隆氏のご教示による）、『五元集』を刊行した旨原の門人、牛門の書き入れのある東京大学総合図書館洒竹文庫蔵本を底本として刊行された『五元集』（明治書院、一九三二年）に「をのがね鶏合」の注が収録されている。各注には異同がある反面、共通する注記も見られる。

＊3　原文送り仮名「歎ムク」。『宝井其角全集』（石川八朗他編、勉誠出版、一九九四年）はこれを「欺ムク」かとするが、「歎」は「噴」と通用するため、名采配をする意と考え「玉ヲ歎《ふ》ク」とする。

＊4　安藤家下屋敷は広大かつ絶景で知られた。後年の資料になるが、『遊歴雑記』（文化十一年〈一八一四〉序）に

安藤対馬守大塚の下屋敷は、広き事、列国諸侯の中一、二といふべし。むかしは屋敷十万坪に及びしとなん。

十万坪とくちで社《こそ》いえみねの松

とある。引用中の句は行露（冠里）・其角・白桜・毎閑による「うぐひすや」歌仙（『焦尾琴』）中の其角付句。

＊5　『大江俊光記《としみつ》』貞享元年〈一六八四〉十一月二十二日の条には「近年とり合時花候。鶏に色々の名をつけ、一羽金五両十両、金二枚三枚の売買也」とある。同二年に生類憐みの令が発布され、同四年には本格化・強化されるが、『御仕置裁許帳』同年七月三日の項に「壱人久兵衛（中略）下船町ニて善兵衛と申者之鶏蹴合候処ニ、馬を引懸候故、鶏を踏殺候由にて、鶏主善兵衛訴来ル」云々とあり、闘鶏が特に全面的に禁止されたわけではないようで、『本朝食鑑』（元禄十年〈一六九七〉刊）巻五にも「古ヨリ闘鶏ノ戯ヲ作ス者ノ久シ。故ニ唐丸・大鋸ヲ畜テ以テ其用ニ当ツ」とある。正徳元年〈一七一一〉五月二十六日に禁令発布（『徳川禁令考』）。

＊6　含秀亭での「闘鶏」を題とした句会に関する資料は他に残されていないため、興行の実態については知り得ない。再構成にあたり其角がどの程度手を加えたかは判然としないが、興行時に見出した趣向を大幅に膨らませた、或いは新たに虚構化した部分は少なくないだろう。

＊7　「鳥沙汰」は「取沙汰」のもじりで『古今著聞《ちょもん》集』巻第二十「承安二年五月東山仙洞にして公卿侍臣以下を左右に分ちて鶏合の事」の鶏合を鶏合のこととして多く引用した内容となっている。

＊8　佐藤勝明・伊藤善隆・金子俊之編『元禄時代俳人大観　第一〜三巻』（八木書店、二〇一一年〜二〇一三年）

＊9　其角が発句の批点をした例に、元禄七年〈一六九四〉頃の「発句批点巻」（井波町立図書館蔵、中村俊定・堀信夫編『俳人の書画美術3　蕉門諸家』集英社、一九八〇年、他所収）がある。

＊10　「捕」と「摶」は通用。『広雅』「釈言」に「捕、摶也」、『釈文』に「捕、本又作レ摶」とある。

＊11　『句兄弟』上巻「句兄弟」句合五番、杜若を題材とした信徳句、

　雨の日や門提て行かきつばた

の判詞に「向上の句に於ては、題と定めずして其心明らかなるたぐひ多かる中に、杜若、景物の一品なれば、異花よりも興を取ぬべくや」とある。「闘鶏句合」五十四合においても趣向を明確にし、且つ、景物を興趣を以て賞美することが重視されたと考えられる。

＊12　「天下一」とは、もと織田信長や豊臣秀吉が優れた職人・産物に対して与えた称号。近世初期には、これを自称し、誇大広告に利用する者が多数現れた（天和二年〈一六八二〉に禁令発布）。判詞は、『俳諧類船集』に「反《ソル》―刀、長刀、生《ナマ》魚」とあることから、反り返る鯛の姿から刀の反り、そして刀工を連想して「天下一」を導き出したのであろう。なお、初代南《なん》紀《き》重国《しげくに》作脇指には「天下一都筑久太郎指レ之」とあり（米原正義「天下一号の再検討」『國學院雑誌』第八十九巻第十一号、一九八八年十一月）、刀の所有者名に「天下一」を付すこともあった。

＊13　「一百」は『説文』に「一百　十十為一百」とある。句の「餌臼」の餌については、判詞実線部に、三月三日誕生（諸説有り）の玄宗皇帝が唐土の鶏を集めなさり、朝、吉方に向かい「唐土の鳥と日本の鳥と渡らぬ先に、七草薺手に摘み入れて」と唱え、

囃しながら叩く正月七日の七草から、「艾餅を食し、桃花酒をのみ、艾餅を親戚におくる」（『日本歳時記』）三月三日まで鶏のご馳走に奔走させたと、日本の風習を絡めて解説している。なお、治鶏坊は朝廷と仙洞御所の間にあるが、判詞では「桃園に塒づくり」と、桃の節句に因み「桃園」にあると設定されている。

＊14　本書は平安中・末期の事変・合戦を描いたものだが、伊勢貞丈《ていじょう》が「時代不相応の事不埒多く故実もなき事多し」（『安斎随筆』天明四年〈一七八四〉成）と述べるように、風俗面から見ると平安期ではなく元禄期のものを多く反映していると考えられる。

＊15　新田一郎『相撲の歴史』（講談社学術文庫、二〇一〇年）中「コラム「土俵の成立」（二一七頁～二一八頁）。

＊16　『古今相撲大全』に、江戸勧進相撲は「寛永元年のとし、明石志賀之助といへるもの、初て寄相撲と号、四ッ谷塩町において、晴天六日興行いたせしが最初なり」とある。ただし、『嬉遊笑覧』は寛永元年〈一六二四〉という年次を寛文元年〈一六六一〉の誤りとし、新田氏＊15『相撲の歴史』（一九五頁）は慶安元年〈一六四八〉の勧進相撲禁令の後、江戸で勧進相撲が行われるのは貞享元年〈一六八四〉以後と述べる。いずれにせよ、『末若葉』に

吟味仕つめた馬士は鴬　　行露
志賀之助男盛の春立て　　（其）角

との付合もあり、寛文元年〈一六六一〉生の其角がその勇姿を実見した可能性は高いか。

＊17　五合右句の

爪距《ツマヨロヒ》脱て米屋へかへりしな

を受け、「鳥屋出の鷹（羽替えをし、初秋に鳥屋を出る威勢の良い鷹）」を米屋出身の鶏に相応しい醜名（「上白」は上等の白米の意）としてもじったもの。句の「爪距」は、例えば季平子が用いた「金距」（『史記』魯周公世家第三。第六節参照）のような蹴爪を武装するための金具を指すと考えられる。「爪―鶏《ニハトリ》、小刀」、「鶏―鎧《ヨロヒ》」（『俳諧類船集』）。

＊18　「胡椒頭巾《こしようずきん》」とは、スリや盗賊が用いた、胡椒で満たされた頭巾。『洛陽集』（延宝八年〈一六八〇〉序）には

胡椒頭巾すりはあやなし年の暮　　梅水軒

の句が載る。元禄期には、大坂聚楽町住の強盗、梅渋吉兵衛が使用したことで知られる（『続著聞集』宝永元年〈一七〇四〉序、『新著聞集』寛延二年〈一七四九〉刊）。

＊19　「関の清水」は古代三関の一、逢坂の関付近にあった清水で、歌枕。「待宵」末尾の三十五合右句には其角の

勝足をひたさば関の清水かな　　晋子

が据えられており、「関の清水」を介して「をのがね鶏合」序文へと接続させる構成意識が看取される。逢坂の関は、鶏に縁のある、清少納言の「夜を込めて」の和歌で知られることから、「関の清水」が句合中の要に配されたと考えられる。六十七合でも、冠里の右句、

逢坂の番でふせぐ御祓哉

が詠まれ、判詞で「逢坂山へかけのぼつて悦びの舞、羽をひるがへす。（中略）関の明神の御前に謹上再拝し奉る」と、逢坂の関近くに祀られた「関の明神」に言及している。

＊20　判詞点線部は

信濃なる浅間の山も燃ゆなれば富士の煙のかひやなからん　（『後撰和歌集』巻十九・詠み人知らず）

の和歌を踏まえて、「女房の後見」を不甲斐ないことだとし、女性が権勢を揮うことで禍が起こる（『書経』「牧誓」に拠る諺「牝鶏晨《ひんけいあした》ス」）ものであり、慎むべきことであると、『徒然草』（第九段）の文言を引きつつ解説している。

＊21　「出し貝」とは、貝合（貝覆の別称）で内側に絵などを描いた三六〇個の蛤の貝殻を左右に分けたうちの、各自が持つ左貝。貝合は右貝を地貝として内側を下にして並べておき、順次一個ずつ出し貝を出し、対となった両片を多く合わせた者

を勝ちとする遊び（『雍州府志』貞享元年〈一六八四〉刊、他）。地貝・出し貝はそれぞれ貝桶に入れる。

＊22 「唐子《からこ》」は中国風の風俗をした子供のことで、室町期、「花鳥」とともに中国からもたらされた画題。狩野永徳「唐子遊図」（東京芸術大学美術館蔵）や狩野探幽「唐子遊図屏風」（宮内庁三の丸尚蔵館蔵）等、主に狩野派の絵師達に描き継がれた。中国の画論・画題を紹介した狩野一渓の『後素集《こうそしゅう》』（元和九年〈一六二三〉跋）「児童」の項「児子会遊図」に「児子多くよりて鳥を合す」云々と記されており、唐子が闘鶏をする図も描かれていた。また、「唐子相撲」も画題（金井紫雲『東洋画題総覧』歴史図書社、一九七五年）。「鳥沙汰」にいう「花鳥の後段…唐子合」とは、一合の「花鳥の心をやはらげ」との詞に対応させつつ、闘鶏・相撲からの連想で画題に言寄せた洒落であろう。

＊23 「撮」は直糺《いきただし》（奉行自身が出席して行う裁判）の時に尋問にあたり参考にした書付。あらかじめ留役などが作成する。また、「距」は『日葡辞書』に「Ago すなわちケヅメ。鶏または雉子の蹴爪」とある。ここでは斥候の鶏が蹴爪で軍旅の詳細を書き付けたことをいうか。

＊24 近世期を通じて繰り返し復刻され、最も流布した延宝五年〈一六七七〉板『平家物語』（『平家物語大事典』東京書籍、二〇一〇年、「絵画」の項参照）には「くは落せ」ではなく「たゞ落せ」とある。「くは落せ」とする与謝野寛他編『日本古典文学全集　平家物語　下巻』（同刊行会、一九二六年）の底本に用いられている嵯峨本系、下村時房刊本の系統の本文が近いか。

＊25 右句は冠里の

風流を勝テ大振羽の黄彩雌《カシハヅマ》

で、判詞には「十八九斗なる女房の、大ふり羽をひるがへして、陸《クガ》の与一を招きしよそほひ、此扇を射たりし事、舟ばたをたゝいてほめもの也」とある。句は、逆艪評定後の屋島の戦いで、那須与一の射抜く扇の的を立てた女房を鶏に見立てたもの。

「黄彩雌」は和鶏で羽が茶色。雌は最上のものとされ、『本朝食鑑』巻五に「今鶏ヲ食フ者、惟黄雌鶏ヲ上ト為ス」とある。「大振羽」は大振袖のもじり。

＊26　「巴」・「二人静」もともに謡曲名。笹分句は謡曲「巴」の「薙刀柄長くおつ取りのべて、四方を払ふ八方払、一所に当るを木の葉返し、嵐も落つるや花の滝波、枕をたゝんで戦ひければ」といった場面を踏まえる。

＊27　季氏、郈氏の闘鶏の話は『春秋左氏伝』昭公二十五年の項、『淮南子』「人間訓」にも出るが、ともに「芥」を「介」（革の甲）とする。

＊28　このような見解は、例えば貝原益軒の『日本歳時記』にも「右にいへる唐の玄宗の故事（筆者注・『世諺問答』、「東城父老伝」の記事による）も、清明の日の事なり。かゝる事にて、我国にも此日鶏合するにや」とある。

＊29　「飛騨の掾」からの連想で「飛騨の匠」を掛ける。同合判詞末尾に記載される「博多は羽形なれば、難波は名二羽とも番へ」とは、「俗説云、むかし、飛騨内匠といふ者、もろこしにわたらんとて、木鳶をつくり、これに乗て筑前を過けるに、かれをにくむものあつて、矢を放ちしが、内匠にあたらず、木鳶の片羽を射きれり。其羽の落たる所を羽形と号す。後に博多とあらたむ」（『広益俗説弁』（享保二年〈一七一七〉刊）巻十三「飛騨内匠が説」）などの俗説に拠っている。

＊30　錦文流《ぶんりゅう》の『棠《からなし》大門《だいもん》屋敷《やしき》』（宝永二年〈一七〇五〉刊）巻二「江南気色の森」に「からくり細工はおやま五郎兵衛其子山本弥三五郎、是を伝て無双の名人となる。一筋の糸をもつて大山をうごかせ、小刀一本を以て形ある物を作りて、是をはたらかしむ。別而水学の術を得、水中に入て水中より出るに、衣服をぬらさず、纔なるはさみ箱にふねを仕込、川水に浮て用を達す。此儀ゐいぶんに達し禁庭におゐて細工の術をゑいらんに備、則細工人に仰付られ、山本飛騨掾源清賢と受領し、翌年雨龍の細工をさしあげ、河内掾に重官任ぜらる」云々とある。弥三五郎については山本和人氏「からくりと浮世草子」（『同志社国文学』第四十五号、一九九六年）に詳しい。

＊31　『誹諧絵文匣《えぶんこ》』注解抄　江戸座画賛句の謎を解く』（加藤定彦編、勉誠出版、二〇一一年）「予譲」の項によると、予譲の逸話は『戦国策』にも記され、『蒙求』「予譲呑炭」によって広く流布したという。

＊32　「南蛮料理」とは、鳥を材とした料理で、『料理物語』（寛文四年〈一六六四〉刊）巻四に

　南蛮料理は鶏の毛を引、頭脚と尻を切りあらひ鍋に入、大根を大きにきり入、水をひた〳〵より上に入。大根いかにも柔らかになるまでたく。さて鳥を揚げ細かにむしり、もとの汁へかけを落とし、又、大根を煮てすりあはせ出し候時、鳥を入さか塩吉、すい口にんにくその外色々薄味噌にても仕り候。妻に平茸・ねぶかなどの入。

と説明されている。句合中、六十九合右句、

　火啄やさなきつゝじに臆病毛　　毎閑

に対する判詞にも「肉《ムラ》を大根にまじへて銀杏に刻まれむも、前世の業因こそ」と、負けた鶏が「南蛮料理」に調理されてしまうような描写がある。

＊33　『史記』の故事をもととし、広く流布した成語も句合中に見られることを言い添えておく。例えば、春秋時代、呉王夫差に会稽山の戦いで破れた越王勾践が臥薪嘗胆《がしんしょうたん》し、ついに復讐を遂げた故事（「貨殖伝」）が七合判詞に「鶴の毛衣をかりて、会稽山に徘徊せしかば」と引かれ、十二合左句、

　裁つけの足に覚悟や錐嚢　　辰下

に「錐嚢中ニ処《お》ルガ如シ」（「平原君伝」）、四十二合左句、

　兵と花もいわぬ歟ト、呼ひ　　何虹

や同合判詞「桃李不言の詩兵と褒美の上からは艸木をなびけたる一言」云々に「桃李物言ハズ、下自ラ蹊ヲ成ス」（「李将軍列伝」）が引かれている。

＊34　萩原蘿月「「貝おほひ」論」（『芭蕉の全貌』三省堂、一九三五年）

＊35　乾裕幸「『貝おほひ』の批評性と創作性」（『初期俳諧の展開』桜楓社、一九六八年）

＊36　付言すると、「待宵」・「をのがね鶏合」二編を収める「闘鶏句合」は「田舎句之合」・「常盤屋句合」二編を併せた『俳諧合』に倣ったものか。なお、「田舎之句合」に影響を与えた西行の自歌合『御裳濯河歌合《みもすそがわ》』も同『宮河歌合』とセットで寛文七年〈一六六七〉に出板されている。

＊37　例えば、『蛙合』（貞享三年〈一六八六〉刊）の判詞（芭蕉・其角らを中心とした衆議判）の特色については石川八朗氏「『蛙合』管見」（『近世文芸』第二十七・二十八号、一九七七年五月）を参照。

＊38　太田辰夫氏「天覧を賜つた天然記念物薩摩鶏について」（『養鶏と養兎』第三巻第四号、一九五〇年四月）によると、薩摩鶏は藩祖島津忠久の時代から飼育された鶏で、性質は慓惇《りつじゆん》無比。闘鶏に用いられ、剣付鳥《けんつけどり》・闘鶏《とどり》とも称された。

＊39　韓信は漢の丞相蕭何《しようか》の推薦で大将となり、楚を討つに際して大功をなした。『通俗漢楚軍談《かんそぐんだん》』（元禄八年〈一六九五〉刊）巻五で、蕭何は韓信を「古今に通じ韜略を諳じて破楚の大元帥とすべき者なり」と高祖に紹介している。

＊40　敢えて「琉球の後胤」を持ち出すのは、『太平記』巻八「四月三日合戦の事」で仁明・光孝朝における天下無双の力士、薩摩氏長の子孫である妻鹿長宗《めがながむね》が「生年十二の春の比より、好んで相撲を取りけるに、日本六十余州の中にはつひに片手にもかゝる者のなかりけり」と評されたことを効かせるか。

＊41　代々の鶴飛騨については＊31『誹諧絵文匣』注解抄　江戸座画賛句の謎を解く』「鶴飛騨」の項に詳しい。

＊42　『江戸惣鹿子《そうがのこ》名所大全』（元禄三年〈一六九〇〉刊）巻四「諸師諸芸」、「からくり人形師並ぜんまい」の項に挙がる「大坂町　なんきん清左衛門」のように、吉兵衛も南京操りであったと推測される。また、「鶤三左衛門」は宝永元年〈一七〇四〉、舞踊の藤間流を立てた藤間勘兵衛の弟、藤間勘左衛門をいったものか。

＊43　判詞は瑞鳥・怪鳥とされる三本足の鳥（鶏）を「鉄輪（五徳）」のようだと詠んだ冠里の右句、

埘込の恨を鐈の鉄輪哉

に対するもので、続き「此意地、あやからせたし」（判詞）と、喜三郎のように足を斬ってしまえと促している。なお、『嬉遊笑覧』巻七に引用される『関東侠客伝』には「腕の喜左衛門といひし者、神田祭礼の屋台の端に乗りしが、野辺の忠三郎といひし目あかしをきり殺せり」とある。山王・神田祭礼については後述。

＊44　元禄十一年〈一六九八〉の奢侈禁令や度々発令された飼鳥の禁令等を指すか。生類憐みの令における飼鳥の禁は、例えば貞享四年〈一六八七〉三月の『江戸町触』では「生鳥類飼置候儀可為無用」とある。ただし、この時点では鶏・家鴨に関しては「にわ鳥・あひるの類、野山にすまざる鳥ハ、放候ても餌にかつへ可申候間、先其分ハ養置可飼そだて、夫々所望之方江可遣事」と、養い育てる義務を課している。元禄十六年〈一七〇三〉二月の『京都町触』には「慰として飼鳥飼魚いたし候事、最前も相触候通堅可為停止候。并鳥籠致売買候儀無用之事」とある。

＊45　作美陽一氏（『大江戸の天下祭り』河出書房新社、一九九六年）は、黎明期の江戸曳山は「室町以来の曳山先進地域であった京都山鉾の様式を取り入れた曳山・笠鉾に、一応江戸独自の曳山である屋台が混在する状態」であったが、貞享・元禄期に入り、江戸型が確立したと指摘する。また、『我衣』（文政八年〈一八二五〉刊）に「やたいと云物、正徳年中迄有之、其始は、寛永頃よりも有れるにや、大ぎやうに成たるは、元禄の頃より初たり」とあり、元禄期には屋台の大型化も行われている。

＊46　正徳四年〈一七一四〉に一度だけ天下祭に加えられた根津権現の祭礼では大伝馬町の山車に黒羽の鶏が乗っていた。

＊47　高山慶子「大伝馬町の馬込勘解由」（江戸東京博物館『調査報告書』第二十一集、二〇〇九年三月）。佐久間家は富み栄え、明暦の大火以前には邸を三階に造り、二階三階は黒塗りで櫛形窓を空け並べて、非常に目立ったという（『落穂集《おちぼしゅう》』巻

三、享保十二年〈一七二七年〉成）。ただし、『御府内備考』巻六十二に「佐久間善八儀者、宝永年中、子細不知家断絶仕、其後馬込勘解由《かげゆ》一手持ニ相成申候」とあるように、宝永期に家が断絶したとされる。

＊48　＊45中、作美氏『大江戸の天下祭り』。

＊49　『江戸惣鹿子名所大全』巻二には、「山王神事作物次第」として元禄時における山車の行列の全容を記録する。先頭第一番は大伝馬町の「大吹貫に烏太鼓」で、以下全四十六番の山車が続く。なお、『改選江戸志』（化政期成）に所載される元禄八年〈一六九五〉『山王祭礼練物番付帳』によると、第一番、大伝馬町の山車だけでも供奉人は総勢三百六十八人となるが、福原敏男氏「『江府山王祭渡物』―近世中期の江戸山王祭史料」（『社寺史料研究』第十号、二〇〇八年十二月）紹介の宝永四年〈一七〇七〉時（推定）の祭礼資料『江府山王祭渡物』（金沢市立玉川図書館近世史料館加越文庫蔵）では五百九十八人と激増している。

＊50　この火事によって両国橋も焼け落ちた。両国橋の惨状については、『文鳳堂雑纂』所収「変異録」（宝永元年〈一七〇四〉成ヵ）に「両国橋詰の弱（溺）死、焼死之者、千人余もあらん。崖下に重り伏す事塁々たり。或ハ幼を懐き、あるいハ老たるを負、其儘ニ倒死したる形勢、目もあてられぬ次第也」とあることからも察せられる。

＊51　「元禄十七年〈一七〇四〉三月十日付紫紅宛其角書簡」に「去冬、震中、空地、板を敷寝候。霜、雪、火事〳〵の逃筋とも、氷風になやまされ」云々とあり、『五元集』には

震威流火しづまりて

妹が子や薑《はじかみ》とけて餅の番

の句が載る。なお、其角の住んでいた茅場町には山王社の御旅所があった。

＊52　「時邁《じばい》」（『詩経』「頌」）の一節、

戢《アツメ》二干-戈一ヲ載櫜《チュブクロニス》二弓-矢一ヲ

に基づく語句で、「干戈を筥に入、弓を袋に入」（『せわ焼草』）など、天下泰平を意味する諺として人口に膾炙した（謡曲「弓八幡」、「金札」ほか）。

第二章　江戸俳諧と「初午」

はじめに

「初午《はつうま》」とは、二月最初の午の日に稲荷社に参詣する風習をいう。京都伏見稲荷大社では、祭神の影向《ようごう》が和銅四年〈七一一〉の二月七日（ただし、諸説あり）の初午の日にあたるとされ、参詣人は持ち帰ると福徳に預かるという稲荷山の神木「験《しるし》の杉」の枝を求めて群集した。『今昔物語集』（巻二十八）には「衣曝《きさらぎ》始午ノ日ハ、昔ヨリ京中ニ上中下ノ人、稲荷詣トテ参リ集ルノ日也」とあり、平安時代には既に盛行していたと伝えられる。五穀を司る宇迦之御魂神《うかのみたまのかみ》を祭る稲荷（稲生）は農耕神で、「初午」も、もとは春の農事に先駆け、豊穣を祈る祭りであったとされる[*1]が、稲荷信仰が——一方で仏教の荼枳尼《だきに》天と習合、さらに商業神・漁業神など、幅広い性格を持つようになり——飛躍的な発展を遂げて広く普及したこととも相俟って、全国各地で活況を呈していく。

中でも、近世期の江戸における「初午」の賑わいは群を抜くものがあった。『守貞《もりさだ》謾稿』（嘉永六年〈一八五三〉成）

巻二十六「二月初午日」の項には次のようにある。

江戸にては、武家および市中稲荷祠ある事、その数知るべからず（武家、および市中巨戸、必ずこれあり。また一地面、専ら一、二祠これあり。これなき地面ははなはだ稀とす）。諺に、江戸に多きを云ひて、伊勢屋[*2]・稲荷に犬の糞と云ふなり。今日、必ず皆、この稲荷祠を祭る。（中略）大坂七月二十四日の地蔵祭に似て、しかも百倍の祭所なり。

百万都市といわれる江戸では稲荷信仰の多様な側面が取り込まれ、各所に社が分祀《ぶんし》された。[*3]そして、稲荷社の祭礼たる「初午」は市中あげての一大行事として定着、子供達が稲荷万年講と称する一種の代参のため、狐の絵馬を手に「稲荷さんの御勧化《かんげ》、御十二銅おあげ」と叫びながら銭を乞い歩く姿や、幕末期、路傍や軒先に掛けられた地口行灯は風物詩となる。

本章では、新興の都市江戸が急成長し文運東漸《とうぜん》する元禄から宝暦にかけての展開を、俳諧における「初午」受容の面から概観する。

第一節　初期俳諧の「初午」

俳諧に詠まれた「初午」を考察するにあたり、まず、貞門・談林の句から確認する。「初午」は『はなひ草』（寛永十三年〈一六三六〉奥）以来、季寄せや歳時記に収録・記載される題材であった。京都・大坂を活動の中心とした貞門・談林俳人の「初午」句は、やはり伏見稲荷大社（稲荷山）を詠んだと考えられるものが大勢を占める。

二月二日三日四日のころ

1　参りなんみやこの辰巳初午に
　　くんじゆして人のおしければ　（一幽）　（『俳諧独吟集』寛文六年〈一六六六〉刊）

2　初むまに人やおしかけの力がは　良次《平柄》　（『崑山集』慶安四年〈一六五一〉刊）

3　初午に鞍つぼ〳〵をかい具哉　政信　（同）

初午

4　青ゆでや杉箸かざす稲荷山　眠松　（『洛陽集』延宝八年〈一六八〇〉序）

5　初午のしるしの箱や地黄煎《じおうせん》　琴風　（同）

1は、喜撰《きせん》法師の

わが庵は宮この辰巳しかぞ住む世をうぢ山と人はいふなり　（『古今和歌集』巻十八）

を踏まえ、「鹿」を「初午（馬）」へと変化させ、京東南（辰巳）にあたる稲荷山を詠んだ句（付句）。2は、稲荷山に参詣人が群集し押しかける意に、「初午（馬）」の縁で馬具の押掛け（面繫《おもがい》・胸繫・尻繫の総称）を掛け、さらに鐙を下げるため鞍橋の居木《いぎ》と鐙の具頭《かこがしら》とをつなぐ馬具の力革《ちからがわ》を詠み入れた句。3の「つぼ〳〵」とは、初午の日に売られる大小の陶器（伝法焼）の内、小型の土器をいい、物を炒ったり、たばこの粉を盛ったりするもの

（『日次紀事《ひなみきじ》』貞享二年〈一六八五〉序）。句意は、この「つぼ〳〵」を「初午」に買うというものだが、これにも馬具の皆具《かいぐ》（鞍・鐙等の馬具一式）が掛けられている。なお、『俳諧類船集』（延宝五年〈一六七七〉序）「焼物」の項に「初午の日うるつぼ〳〵こそ異形なるうつは物也」とある。「つぼ〳〵」は俳諧で好まれた題材と見られ、

つぼ〳〵焼く初午近し夕烟　　宗也　（『坂東太郎』延宝七年〈一六七九〉序）

の作例もある。４は

如月やけふ初午のしるしとて稲荷の杉はもとつ葉もなし　　光俊　（『夫木和歌抄』）
稲荷山杉の青葉をかざしつつ帰るはしるきけふのもろ人　　知家　（『新撰六帖』）

と詠まれた験の杉と、初午の日に飾られる青山飾りとを暗示させつつ、青茹《あおゆで》（生野菜をさっと茹で上げる意）をするため杉箸をかざすとした句。５は、稲荷門前の名産である地黄煎《じおうせん》（地黄の汁を加えて練った飴）の箱こそが参詣の証拠となるもので、それは「験の杉」ならぬ「験の箱」だと詠んだ句である。

その他、『毛吹草』（寛永十五年〈一六三八〉序・正保四年〈一六四七〉刊）には泉州、水間寺の初午詣が挙がる。水間寺は天台宗別格本山。本尊は聖観世音菩薩である。初午詣の際に借銭をして、次年度の「初午」に倍額にして返済する「利生《りしょう》の銭」が有名で、『日本永代蔵』（貞享五年〈一六八八〉刊）巻一に

折ふしは春の山二月初午の日、泉州に立たせ給ふ水間寺の観音に、貴賤男女参詣《もうで》ける。皆信心にはあらず。（中略）其分際程に富めるを願へり。（中略）此御寺にて万人かり銭する事あり。当年一銭あづかりて、来年二銭にして返し、百文請取り、二百文にて相済ましぬ。是、観音の銭なれば、いづれも失墜なく返納したてまつる。

との記載がある。

『増山井』（寛文三年〈一六六三〉奥）には「水間寺初午詣」に加え、「東福寺懺法《せんぼう》」、「本妙寺参」が挙がる。東福寺は京都五山第四位の禅寺で、初午を恒例として懺法が行われた。同寺の懺法は、明兆の描いた三十三幅の観音像を方丈に掲げ、修せられる（『日次紀事』）。東福寺を詠んだ例として、

初午や沓ふみならさう一の橋　　長春　（『洛陽集』）

の句がある。「一の橋」とは、東福寺門前、大和大路の橋である。

本妙寺は『増山井』に「近江也」とあるのみで、詳細は記載されていない。『華実年浪草《かじつとしなみぐさ》』（天明三年〈一七八三〉刊）によると、天台宗の寺院で、信長の比叡山焼き討ちの際に焼亡した寺の一つ。近江三上山の辺りに旧跡があるという。

このように、貞門・談林の俳人達が詠句の対象としたのは、伏見稲荷大社をはじめとする関西の「初午」であり、殊更に江戸の「初午」が取り上げられるということはなかった。また、江戸の俳壇が台頭してくるのは、貞

門・談林が新旧俳人入り乱れての論難合戦に明け暮れ、混迷・閉塞に向かう延宝末期のことだが、そこで陸続と刊行された『江戸新道』（延宝六年〈一六七八〉奥）・『江戸通町《とおりちょう》』（同年跋）・『江戸広小路』（同年成）・『江戸三吟』（同年刊）・『江戸蛇之鮓《じゃのすし》』（同七年刊）・『江戸弁慶』（同八年刊）・『東日記《あずまのにき》』（同九年序）・『むさしぶり』（天和二年〈一六八二〉刊）といった江戸を鼓吹《こすい》する俳書の中にも、江戸特有の「初午」といえるものはまだ見出すことができない。

第二節　其角と「初午」

江戸で稲荷に対する関心が急速に高まるのは元禄期である。蕉門の其角に次の句がある。

格枝絵馬合に
ことし斯螽《かくいなご》ふえたり稲荷山　　其角
（『五元集』延享四年〈一七四七〉刊）

「絵馬合」とは、稲荷社への奉納絵馬を持ち寄り、これを競わせて興ずる会合のことであろう。句は、門弟格枝の自亭での催しに出品された絵馬のあまりの数の多さに驚き[4]、羽音を立てて群がる螽のように子々孫々にぎわしくあれとの「螽斯《しゅうし》」（『詩経』「国風」）の一節、

螽-斯《ノ》羽《ハ》詵《シン》-詵兮《ト》　宜《フシテ》爾《ヂノ》子-孫《ニ》振-振兮《ト》

を踏まえて稲荷信仰の繁栄を祝したもので、『五元集』の旨原注《しげん》*5には「螽は稲子。稲荷の氏子のことなり。此頃よりいなり繁昌なり」とある。

宮田登氏*6の指摘によると、古くは多くが他国からの勧請《かんじよう》という形式をとっていた江戸の稲荷であるが、元禄年間に入ると、近郊農村部を中心として、地域社会に根差した社の中から霊験《れいげん》あらたかとされるものが急増し、俄に信仰を集めたという。確かに、例えば『江戸砂子《すなご》』（享保十七年〈一七三二〉刊）には、元禄十五年〈一七〇二〉四月、夢想があり、榎の椌から眼疾に効能がある水が湧き出したとする高田水《みず》稲荷、元禄年中に長谷川町住吉屋の亭主に狐が憑き、「王子の稲荷は関東の司なり。妻恋の稲荷は江戸のふれがしら也」と言ったとする湯島の妻恋稲荷など、元禄期の説話に関する記事が少なからず録されている。

この信仰の変化について、宮田氏は元禄元年〈一六八八〉に出された「寺院古跡地之定書」と、同五年の町触れが背景にあるのではないかと推測する。前者は寛永八年〈一六三一〉までに起立された寺院を古跡とし、それ以後に建立され、次第に増加してきた寺院を新地寺院と称するとの定書で、後者はその新地寺院の建立を禁止するものである。従来とられてきた寺院保護政策からの大胆な転換が行われることで、諸寺院が財政上、幕府から切り離され、特に檀家を持たない祈祷寺は経営に困窮、その切実な布教手段として寺院内の神仏に新たな霊験を付し、縁日や開帳などを通して町人と結びつこうとした。宮田氏によると、このような動きの中から、江戸町人達の作り上げた新たな神仏、世俗的な神仏が成立する。*7

ここで、地誌における稲荷の記載についても確認すると、『江戸名所記』（寛文二年〈一六六二〉刊）では忍岡《しのぶがおか》・清水・烏森、金輪寺《きんりんじ》（王子）の四ヶ所が挙げられるに過ぎなかったものが、『江戸惣鹿子《そうがのこ》名所大全』（元禄三年〈一六九〇〉刊）では烏森・杉森・妻恋・忍岡・観世・新左衛門・弥惣左衛門・雉子・伽羅・川崎・飛・藪・日比谷・当勘堀・

正法院（下谷国玉）ほか九社の計二十四社と急増している。
右のような状況の下、俳諧の中にも江戸の「初午」が次第に見出せるようになる。次に挙げるのは、新吉原南東隅のはずれに鎮座した稲荷、即ち九郎助稲荷の「初午」を詠んだとされる其角の句である。

吉原の初午
初午や賽銭よみハ芝居から　（『五元集』「拾遺」）

句は難解だが、「賽銭」について、『俳諧類船集』「御簾《みす》」の項に「初午の日、稲荷殿のみすにかかりたる散銭をうくる也」、『日次紀事』にはもう少し詳細に「凡そ群参の男女、神前に投ずるところの散銭、たまたま簾間に留まるものあらば、則ちその人、福を得るとなし、再びその銭を請ひ得て、家珍となす」とある。すると、参詣人がごった返す「初午」で、幸運にも賽銭が御簾に引っ掛かったことを、芝居小屋の木戸番の呼び込みのような大声で知らせる人がいるという意か。「賽銭よみ」とは賽銭を勘定する役目の人のことであろう。あるいは、稲荷社の賽銭箱の近くに芝の生えている場所があり、そこに賽銭読みがいるとも考えられる。『吉原徒然草』*8（宝永六年〈一七〇九〉頃成）には「新町九郎助稲荷、初午の神事とて、三浦の女郎達参られけるに」（下・第六十段）云々とあり、九郎助稲荷は遊客や遊女達の参詣で賑わっていた。また、この日は紋日でもあった。後年の資料ではあるが、『吉原大全』（明和五年〈一七六八〉刊）巻四「吉原年中行事」に、新吉原での「初午」の盛況ぶりが「此夜、江戸丁壱丁め、二丁め、京丁、新丁の通りの中へ、家〳〵の女良の名を書つけたる大挑灯をともす事おびたゞし。（中略）九良助いなり、其外、江戸丁、伏見丁、京丁、松田いなり等のやしろへ、客、女良打まじり、さんけい、はなはだくんじゆす」と描かれている。
其角には次の「初午」句もある。

いの字より習ひそめてやいなり山　（『五元集』「拾遺」）

江戸では「初午」の日に寺子屋に入門する慣わしであった。京・江戸といった大都市をはじめ、各地で寺子屋が本格的に普及するのは元禄年間のことであり、*9 手習いで初めに習う「いろは」の「い」の字を「初午」の縁で稲荷山と結んだこの句も、その隆盛と無縁ではないだろう。其角は、例えば、「現銀（金）掛け値なし」の新商法で販路を一挙に拡大した三井高利の越後屋を題材に

越後屋に衣さく音や更衣　其角　（『うき世の北』元禄九年〈一六九六〉刊）

と詠むなど、流行風俗に非常に敏感な俳人である。江戸の町に賑わう「初午」もまた、其角の目にとまり、いち早く句に詠じられたと考えられる。

第三節　宝永・享保期の俳諧一枚摺

宝永四年〈一七〇七〉、江戸俳壇をリードした其角が没すると、生前から交流のあった沾徳《せんとく》がその地盤を引き継

ぎ、其・沾両門の俳人達が江戸俳諧を推進するようになる。彼らの活動の中で、まず目を引くのは、この頃から本格的に定着してきた俳諧一枚摺に「初午」を趣向とするものが現れてくることである。多数の一枚摺を所蔵する愛知教育大学のコレクション[*10]中の五種をもとに検討する。

宝永年間に出された「初午」に関する一枚摺は二種ある。

①「宝永五年戊子二月十一日［初午］」（請求記号 911.3/H3.S/5C）と称される一枚摺は、発句十九、発句・脇一、三つ物三を収める。巻頭には菊陽・尺樹・仙鶴・秋色・格枝・貞佐の「初午」句が配されており、例えば、先の「ことし斯」句の前書にも出てきた格枝は

若杉の袵《ヲクビ》も涼し稲荷持　　格枝

と詠んでいる。この句は浅草の袵（袖摺）稲荷という江戸の稲荷を詠み込んでいる点が注目される。ただし、この一枚摺は全体的に見ると春興としての性格の強いもので、他に「東初花」、「紅梅」や「新柳」といった題でも句が詠まれている。

②「宝永八年辛卯二月十一日［初午］」（請求番号 911.3/H3.S/11 IC・IIC）は二枚にわたる摺物で、「宝永八年辛卯二月十一日／ことし歳暮の吟をしたるといつとも、今日、御倉の神をすゝしめて、いさゝかこの一篇によろしきはなし」との詞書が付されている。書肆、彫師は吉田宇白。②の入集者は次の通り。

秋色・格枝・沾洲・沾徳・菊陽・序令・青流・十二オ千泉・貞佐・尺樹・立永・琴風・百里・白雲・古璉・巴人・

出紫・南歩・入松・茹毛・東雲・園女・沾洲娘万・沾葉・九皐・専吟・周竹

傍線を付したのが先の①に名の見える俳人。①で巻頭「初午」句を詠んでいた者も、京の仙鶴を除き、皆参加している。特に菊陽・貞佐・格枝は青流・沾洲《せんしゅう》とともに②の「神主別当」として出句しているので、彼らが主催者と考えて間違いはないだろう。つまり、②は①の延長線上にあった催しだったことが窺える。②は巻頭に秋色句、

初午やよみてを笑ふ造《ツクオ》物店　　秋色

を立句とする格枝・沾洲との三つ物を掲げ、以下、「其祭」として日本橋界隈や周辺地域（深川・牛込を含む）の地名[*11]を前書とした第一番から第二十一番までの発句・脇、末尾に「神主別当」の発句を掲載する。一例として第三番を挙げる。

三番　本八町堀三丁目
はつむまや五万十万ひるがへる　　十二オ千泉
殻かしがまし国海苔で候　　貞佐

前書とも相俟って、千泉句には八丁堀での「初午」の大繁盛が描かれる。貞佐の脇句は、八丁堀のすぐ傍を流れ

る隅田川名産の海苔を詠み、芝居の台詞《せりふ》めかして応えた句。②の中には

六番　米沢町

沓越に初午かゆし東福寺　　琴風
濁れば杭をたゝく春色　　菊陽

もあり、必ずしも江戸の「初午」に限定して句が詠まれたわけではないようだが、②は①を発展させて「初午」句のみに特化し、日本橋周辺、江戸の中心地域での繁栄を表現しようとした点に特色がある。

③「享保六丑二月三日［初午］」（請求記号 911.3/H3.S/45C）は書肆・彫師、吉田宇白。也覧の同コレクション中、享保期に出されたとされる「初午」の一枚摺は三種ある。

初午や巌となりし三日汐　　也覧

を立句とする露人・貞佐・湖十・荷十・執筆の六吟歌仙を巻頭に据え、その他、貞佐・露人・湖十らの発句十一を収める。也覧は無倫門（『葉の雫』享保九年〈一七二四〉刊）。

④「［初午］」（請求記号 911.3/H3.S/57 IC・IIC）は二枚にわたる摺物で、享保頃と推定される。鉤玄・沾徳・沾竹・其断・貞佐らの発句四十七、源棟・沾竹・貞佐の三つ物一を収め、入集者には大名俳人、蘭台（肥前大村藩主、大村純庸《すみつね》）の名も見える。

⑤「[初午]」（請求記号911.3/H3.S/23C）も享保頃と推定されているもので、書肆・彫師、吉田宇白。色摺稲荷社図（画者、豈円）が掲載される。「天下同日の祭祀は二月初めの午に限り、京は一社にして江都は王子を司とし、一町に二社三社、中にも九良介と奉申神名は、いかなる御すゐにや」との行輔斎（沾洲）の序文が付されており、松花・虎文・妻木の三つ物一、青峨・沾洲・蓮之・咫尺・晋如らの発句十五を収める。虎文は仲の町茶屋、俵屋佐右衛門。前書でも九郎助稲荷に触れていることから、吉原関係者が主催した摺物かと推測される。

この内、江戸俳諧と「初午」の展開上、重要な位置にあるのが享保六年〈一七二一〉の③である。③は次節で考察する翌享保七年の俳諧撰集と深く関係するからである。

第四節　『徘徊稲荷の祭集』と奈良茂

『徘徊稲荷の祭集』*12（享保七年〈一七二二〉序）は、序文に「享保七壬寅のきさらぎ三日、初午やとて、門脇のわらべども小のぼりさしあげ、おかしき拍子とるなど賑にて（中略）高名好士の佳作、わたくしの一句を書集て、けふ宮所に手向奉るのみ」と記すように、諸家の奉納「初午」句七十余、連句（四十八句一、歌仙二）、和歌三首を収める撰集である。序文に続く巻頭連句の発句・脇を次に挙げる。

奉納

代々祭る村名の七五三や玉椿　泰我

御湯気の霞芳きかな　露人（以下略。全四十八句）

発句は、「初午」に飾られた、村に伝わる注連縄を詠みつつ、代々にわたり変わることのない稲荷への信仰心を「八千代も変はらぬ色をめで」（『山之井』正保五年〈一六四八〉刊）るとされる「椿」に託したものであろう。脇句は神前の大釜で沸かした湯を用いて清める湯立《ゆたて》神事を詠んでいる。この連句の連衆は**泰我**・露人・湖十・貞佐・立志・白雲・与勝・沾涼。その他、集中の歌仙の連衆も見てみると、「けふぞ尾に」歌仙が貞佐（発句）・**泰我**（脇）・露人・湖十・白雲・立詠、「食を好」歌仙が白雲（発句）・**泰我**（脇）・湖十・貞佐・露人・立詠。ゴシック体で示した泰我は、巻頭発句に加え、他の二歌仙でも脇を務めているため、この催しの中心人物と考えられる。また、傍線を付した露人・貞佐・湖十は前節の③（前年の、也覧を立句作者とした一枚摺）に参加している。露人は露沾門（三浦若海『俳諧人名録』）。宝永年間の一枚摺でも主催者の位置にいた貞佐は其角門で、享保期に結成される江戸の宗匠組合、江戸座の中核として湖十とともに活躍。特に貞佐・湖十は両名とも其角の点印（批点の際の印章）を付嘱《ふぞく》して江戸に一大勢力を築いた俳人達である（第二部第二章・第三章参照）。彼らも泰我同様全ての連句に一座していることから、『徘徊稲荷の祭集』は、この三名が泰我を主催に迎え、編集したものと推測される。つまり、同集は、企画として、一枚摺から撰集へと発展したものということになる。

その他の入集者は一漁・沾涼・立志（三世）・如格（四世立志）ら江戸座に属することになる俳人が大勢を占めるが、中には露沾（磐城平《たいら》藩主、内藤義概《よしむね》次男、義英《よしひで》）・沾旭[*13]（福井藩家老、高知席本多修理家第三代、恒久《つねひさ》）や露玉子・松春子といった大名クラスと目される俳人、さらに連歌師昌築らの名も見られる。

では、本集はいかなる撰集なのであろうか。中心人物の泰我を追いつつ、考察する。まず、巻尾を飾る昌築の句には次のようにある。

神田氏の家に稲荷社を祝ひて、二月に神事しければ
初午や誓をきくら千代の宿　　法橋昌築

前書によると、「初午」を催した泰我は、神田氏ということになる（句の「をきくら」は置座）。また、同時代の俳書を見ると、泰我は沾涼編『続福寿』（享保五年〈一七二〇〉刊）、露月編『俳度曲《はいどきよく》』（同七年跋）に「霞芳園　泰我」として各一句入集。*14 これが本集の泰我と同一人物であるということは、

時ハ二月初午、花やかにかゝるかすみのかうばしき園のこずゑまでさかゆくおほん恵み、ふかゝらんかし。
幾千代のためしに引む初午のこゝにいなりの神の恵みは　有隣
初午の幾春かけてこのやどを守らんとての神のちかひは　徴月
打擲てけふぞにぎはふ初午のいたむこゝろを神や守らん　宗竹

の和歌三首の詞書から確認できる（傍点筆者）。
そして、本集が主として泰我亭「霞芳園」の庭稲荷での「初午」を祝ったものであることが、次の例から推測できる。

けふぞ尾に守らせ玉の庭稲荷　　貞佐

奉納幟かすむそら色　泰我（以下歌仙）

貞佐の句は、「初午」の今日、その御利益によって家内を「守らせ給へ」とする意に、美称の「玉」を掛けて庭稲荷を賀したもの。泰我は「霞芳園」の縁で「かすむ」の語で応え、稲荷に飾られる正一位大明神の幟を詠んでいる。「霞芳園」の「霞」・「芳」の語は、巻頭の露人脇句中の「霞芳し」の他にも

霞むなる森芳しや庭禿倉　松叟

いつはあれと草の芳し午の庭　如紅

はやす也霞の中の正一位　湖夕

など（傍点筆者）、いずれも大庭園を思わせる読みぶりで集中に散見され、「霞芳園」に対する詠者の意識は顕著といえる。

そこで、本集の泰我に該当する人物を調査すると、天和三年〈一六八三〉の日光東照宮倒壊に際し、修復工事を請け負い、巨万の富を築いた元禄の豪商、四代目奈良屋茂左衛門こと神田勝豊《かつとよ》（安休）の息、五代目奈良屋茂左衛門、広璘《こうりん》（安知）に行き当たる。この神田広璘が俳号として泰我を名乗るのである（『夢跡集』天保十年〈一八三九〉頃成）。広璘は正徳四年〈一七一四〉に四代目勝豊の遺産（総額金十三万二千五百三十両）の内、七万三百九十両を

相続、[*15]『江戸真砂六十帖』（宝暦頃成）の伝えるところによると、数多の牽頭《たいこ》を引き連れて、新吉原や堺町・葺屋町に昼夜を問わず通い詰め、遊蕩の末、享保十年〈一七二五〉九月三日に三十一才で没した。その豪奢な遊興は『直伝大尽舞《じきでんだいじんまい》』（元文・正徳頃成）に次のように歌われる。

扨其つぎの大尽は、高麗・唐土は存ぜねど、竜宮までもかくれなき、奈良茂の君にとゞめたり。新町にかくれなき、かごやの名とりに浦里の君さまを、始て是を身うけする。深川にかくれなき、黒江町《くろえちょう》に殿たてゝ、もくさん御殿となぞらへて、附そふたいこは誰〳〵、一蝶・みんぶにかくてうや。

奈良茂家は霊岸嶋に大邸宅を有し、[*16]その他各所にも別邸を設けている。「もくさん御殿」とは深川黒江町の別業で、喜多村筠庭《いんてい》の『過眼録《かがんろく》』（江戸後期成）は「遊興をもくろむ処といふ程の事」と解説する。国文学研究資料館に所蔵される「武蔵国江戸東湊町奈良屋神田家文書」の内、「巻絵図（霊岸嶋并諸方抱屋敷絵図）」、「享保二年酉四月造済霊岸嶋居宅絵図」、「東湊町壱丁目弐丁目居宅図面」といった家屋敷に関する図面からは「霞芳園」の名を見出せないが、本集の巻頭連句中には

きな粉ないせか情強く胡麻　貞佐
むつかしの橋の深川むつかしき　沾涼

と深川を詠み込んだ付合がある。これらも広璘＝泰我とする傍証となろう。

また、奈良茂の取り巻きとして英《はなぶさ》一蝶[*17]に続き名の挙がる「みんぶ」は石町四丁目に住した仏師の民部（『江戸図鑑綱目』元禄二年〈一六八九〉刊）。「かくてう」は本石町三丁目に住した村田半兵衛で、俳諧を其角に学び、画を一蝶に学んだため、角蝶と称したという（『声曲類纂』天保十年〈一八三九〉成）。『徘徊稲荷の祭集』には角調なる俳人が

笠原が氏人まねき若稲荷　　角調

との句を寄せるが、或いはこの村田半兵衛かもしれない。

広璘の足繁く通った新吉原遊廓には、来示や逸志・一磨[*18]といった大籬・遊女屋を営む俳人が多数おり、『風俗文集　昔の反古』（延享元年〈一七四四〉刊）「吉原の賦」に「客に謡ふ有、舞有、女郎にもまた糸竹に熟せる有。是を調べ、是をかなづ。或は囲碁・双六・将棋・うた骨牌・茶の湯・俳諧・歌・連歌、其客、其女郎によつて翫ぶ」とあるなど、一般には俳諧は遊芸の一つとして捉えられていた。[*19]其角に学び、『百子鈴』（宝永六年〈一七〇九〉刊）を編纂した千山こと紀伊国屋文左衛門ほどではないにしても、広璘もまた遊興を通じ俳諧を嗜んでいたところ、貞佐や湖十ら江戸俳人が接近、交流を深めたものと推察される。

泰我＝広璘とすると、巻頭歌仙の次の付合にも広璘への挨拶が含まれることになる。

帥を恥たる月の椀中　　泰我
両福者機分も其子高灯篭　　貞佐

正徳四年〈一七一四〉の遺産相続の折、広璘の実弟、安左衛門勝屋も金五万七十両を受け継いでいた。貞佐は、泰我句の「帥」を奈良茂家を統括する広璘の意ととりつつ、莫大な富を築いた四代目奈良茂（勝豊）の子、広璘・勝屋兄弟を「両福者」とし、その全盛を称えるのである。

加えて、『徘徊稲荷の祭集』に入集する歌舞伎役者、芝居関係者についても述べておきたい。

初午屋とは我名也客の幣　角止

初午や取つき立の子のふとり　故一

はつ午や白きおこし[*20]の面白さ　少長

角止は初代中村伝七、故一は歌舞伎作者、堺町仕切り場の初代中村重郎、少長（二世）は二代目中村七三郎である。享保期の江戸俳壇は、初代市川団十郎はじめ数多の役者と親交のあった其角の流れを汲む俳人を核としており、安田吉人氏[*21]の指摘するよう、特に貞佐は役者との交流が密であった。その貞佐との関係もさることながら、重要なのは、広璘が、弟の勝屋とともに芝居の金主となっていたことである。『譚海《たんかい》』（寛政七年〈一七九五〉跋）巻十二に次の記事がある。

○奈良屋某とて有徳成町人有。其子ども、兄を安左衛門、弟を茂左衛門とて、親より十六万両づゝ譲金を得て、おごりに暮しけるまゝ、安左衛門は堺町中村座の金主になり、茂左衛門はふき屋町市村座の金主をして、日々芝居へ入こみ、桟敷を飾り立、芸者・役者などかはる〴〵見舞に来りて、一日の興をつくろひしに、ゐび蔵ばかり桟敷に来らず。（下略）

奈良茂家関連の伝承は、四代目勝豊・長男の五代目広璘・次男勝屋の行跡が混同されることが多く、『譚海』も兄・弟の関係が錯綜しているので、結局中村座・市村座それぞれの金主が広璘なのか勝屋なのか判然としないが、芝居関係者にとって、広璘が重要なパトロンであったことには変わりがない。

　中でも少長は享保七年〈一七二二〉時に十九歳。役者評判記『役者春空酒《とそのさけ》』（同八年刊）には中村座「上々」位の立役者ではあるが、「第一御きりやうすぐれ、ぬれごとよしといへ共、物ごし舌つきにて男めかず」、「とかく芸よりひいきおほく、諸見物ニ引立るやうニ思はれ給ふは、おやごのおかげ、末頼もし〳〵」（同書）と評される。つまり、新進の役者として未成熟で、金主との関係構築が急務とされる時期であった。役者・芝居関係者の入集には、このような現実的な事情が少なからずあったと考えられる。

　パトロンと親交を深めるという点からすると、里村南家の連歌師、昌築の参加にも同様の思惑が見え隠れする。昌築は元禄九年〈一六九六〉から享保十一年〈一七二六〉までほぼ毎年柳営《りゆうえい》連歌に出仕し、享保五年〈一七二〇〉からの三年間、享保九年〈一七二四〉からの三年間は第三を務めた人物である。本集で大名貴顕や高名な連歌師が名を連ねることについて、一つは格式を整えるためと取ることもできよう。ただし、霊元上皇・東山天皇のある種の確執もあって宮廷連歌御会は元禄十四年〈一七〇一〉でほぼ終焉を迎え[*22]、それに伴い連歌師の社会的な需

要は減少傾向にあった。そして享保時には、昌築自身、『無分別之談』[*23]（享保十三年〈一七二八〉成）で

我三十三年の程つとめ、父がつとめし御第三役相続して、午年春までつとめぬ。しかるに細川家合力もへり、其上人々の大願も例なきゆへ相かなはず、年につけつゝ不勝っては増り、借金には責られ、心ならぬながらおほやけを引退ぬ。

と吐露するように、柳営連歌師といえども困窮の憂き目にあっている。昌築の側からしても、広璘とのパイプラインはなおざりにできないものがあったのである。

時代は既に、官営の土木事業が盛んに行われて材木商の紀文や奈良茂ら投機的商人が巨利を得ることのできた元禄が終わり、緊縮財政を旨とする新井白石の「正徳の治」が始まり、そして吉宗の享保の改革が実施されようとしていた。一方、近世中期、屋敷稲荷は江戸の至る所に分祀されて次第に増加[*24]、享保七年〈一七二二〉に江戸に下り、元文三年〈一七三八〉まで江戸に滞在した考槃は「初午」の様子を

初午の日なれば、町〳〵はさら也。やしきのすみ・藪のほとり、こゝかしこのくま〴〵ののぼりちらめき、男女の往来賑はし。

初午や空に淋しき昼の月

（『江戸巡り』元文三年〈一七三八〉成）

と活写している。このような状況の下、貞佐・湖十ら江戸俳人が中心となり、元禄バブルの余韻を残す泰我亭「霞

芳園」での華やかな「初午」は行われる。そして、交流のある歌舞伎役者・芝居関係者や逼迫した連歌師も参加し、編纂されたのが『徘徊稲荷の祭集』だったということになる。

第五節　『江府諸社俳諧たま尽し』の刊行

享保五年〈一七二〇〉、王子飛鳥山[*25]に桜の木二百七十株、翌六年には千株余を植樹するなど、八代将軍吉宗は行楽地を積極的に整備、江戸近郊に多数の名所が成立する。そこで「江戸再発見」ともいうべき気運が高まりを見せ、享保末年には江戸の地誌ブームが沸き起こる。先駆けとなったのは享保十七年〈一七三二〉の沾涼編『江戸砂子』刊行である。『江戸砂子』は『江戸鹿子』（貞享四年〈一六八七〉刊）以来四十五年ぶりとなる本格的な江戸の地誌で、その反響は非常に大きかった。例えば、出板翌年の享保十八年〈一七三三〉、『江戸砂子』を批判した『江府名勝志』が上梓されている。相次いで出板されたそれら地誌の中には、『続江戸砂子温故名跡志』（同二十年刊）のように、江戸の特徴的な行事として「初午」に言及するものも出てくる。同書は

○初午の日　諸所の稲荷の社、或は屋敷・町屋の鎮守の宮に五采の幟をたて、奉幣し、神楽を奏す。とりわけ江府は稲荷の社多き所にて、参詣群集の人、湧がごとし。

と記している。

一方、寛保三年〈一七四三〉、単独の稲荷社として初めて王子稲荷が開帳して以来、同年七月に世継稲荷（飯田町）、

延享元年〈一七四四〉二月に茶木《ちやのき》稲荷（市ヶ谷八幡宮）、宝暦元年〈一七五一〉四月、柳稲荷（浅草寺町正福院）、同二年二月、三囲《みめぐり》稲荷（小梅）、同八年、鈴振稲荷（赤坂）と、各社の開帳が相次ぎ[*26]、稲荷に対する江戸市民の関心は年々上昇していく。個別の稲荷社としては、延享年間には浅草橋場の真崎稲荷への参詣人が年を追うごとに増加（『のちは昔ものがたり』享和三年〈一八〇三〉成、『続飛鳥河』近世後期成）、谷中の笠森稲荷は江戸の流行物を集めた句集『時津風』（延享三年〈一七四六〉刊）に掲載されることとなった。

右のような潮流にあって、宝暦六年〈一七五六〉、江戸の「初午」をテーマとした俳諧撰集、如銑編『江府諸社俳諧たま尽し』[*27]が刊行される。同集は諸家の「初午」句七十余、歌仙三・半歌仙二・三つ物二・和漢連句一を収め、閑紅・巨洲・芦亭・田社ヵ・良信・雪洞らの挿絵も付したもので、各句の前書に題として稲荷社名・所在地等・管轄者名を明記する点、江戸各所の稲荷を網羅的に記載しようとした点に地誌からの影響が見られる。例えば、各社の筆頭に挙げられる関八州の総鎮守、王子稲荷は次のように出る。参考までに、同社は『江戸砂子』では「金輪寺の二三町わき　金輪寺持」、『江府名勝志』でも「王子社より二三町側に在、金輪寺の持也」と記載されている。

〇王子　　武陽魁社　　禅夷山金輪寺持之

はつ午や今年の肩の脱はじめ　　魯川

重複もあるが、採り上げられた稲荷社を本書の記載順に列挙すると、次の通り（括弧内の地名は前書による）。

王子・世継（元飯田丁）・袖摺（砂利ば田丁）・名継（中橋槙丁）・柳森（柳原土手下）・赤羽（赤羽橋）・多久蔵（伝通院境内）・扇（清水御門内　ゆしま天神下）・杉森（新材木丁）・出世（春日丁）・忍岡（東叡山境内）・愛敬（市がや田丁裏）・水（高田戸塚村）・篠塚（浅草御門外）・三崎（水戸橋土手）・西宮（浅草寺内）・千世田（小伝馬丁）・下谷（広徳寺前）・御船蔵（本所）・玉井（弁慶橋近所）・烏森（あたごの下）・霞山（さくら田）・太田姫（駿河だひ）・福徳（浮世小路）・熊谷（浅草寺内）・半田（葛西金町村）・幸（芝切通坂上）・妻恋（湯島）・柳（下谷浅艸通り）・白旗（白銀町一丁メ）・稲荷橋（湊丁）・橋本（霊厳島）・新左衛門（赤坂）・王木（畳丁）・観世（京橋南一丁メ）・三光（はせ河丁）・満穂（深川大工丁）・平尾（麻布宮丁）・穀豊（八官丁）・百済（青山）・金森（かやば丁）・五右衛門（本所扇橋）・餌差丁・高山（下高輪）・旭曜山（上高輪）・九郎助（新よし原）・中富（上槙丁）・御宿（三河丁）・瘡守（巣鴨氷川近所）・長坂（麻布）・伽羅（大坂丁）・笹塚（ゆしま天神社内）・榎（椛丁五丁メ）・産千代（増上寺中）・三囲（三囲山）・佐賀（深川佐賀丁）・小松原（麻布笄橋）・鈴振（赤坂）・長左衛門（小野照崎社地）・池洲（大伝馬三丁メ）・浪除（筑地小田原町）・白旗（白銀一町目）・久国*[28]（麻布谷町）・子安（四谷一里塚）・貴船（品川）・吾妻森（本所亀戸）・玉川（赤坂御門外）・松崎（本郷四丁メ）・清水（柳原）・御橋台（御浜）・国玉下谷（広徳寺前）・烏森（あたご下）・茶の木（市谷八幡社地）・西宮（浅草寺内）・妻恋（ゆしま）・熊谷（浅艸寺内）・椙森五社（新材木丁）・末広（あさ布坂下丁）・薬（川田窪）

これらを地域別に分類すると、王子、日本橋・銀座周辺、麻布・赤坂・芝周辺、神田・市ヶ谷・四谷・牛込周辺、小石川・本郷周辺、湯島・上野・下谷周辺、本所・深川周辺や浅草、その他葛西等の郊外となり、ほぼ江戸全域にわたっていることがわかる。

編者、如銑は宮崎氏（序文）。編著『薬種知便草《やくしゆしるべぐさ》』（宝暦三年〈一七五三〉序）自序文に「予治療ニ志有リ、医官塙先生之机下ニ従事スルコト年有（リ）」（原文漢文）とあり、医家の塙《はなわ》氏に仕えた人物である。塙家は吉田意庵、河野良以、那須玄竹らと「御近習医師（奥医師）」として元和三年〈一六一七〉から元禄六年〈一六九三〉まで出仕した宗悦（直貞）が著名。『武鑑』には元文二年〈一七三七〉まで塙家の名が確認できる。

如銑が塙家に出仕した時期は詳らかでないが、おそらくは享保期を中心とした頃となろうか。享保時、元禄以来の疫病流行を受け、八代将軍吉宗は丹羽正伯、野呂玄丈らをブレーンとして、薬種の見分使派遣、産物帳編纂、小石川薬園等の整備、和薬種改《あらため》会所の設置（享保七年〈一七二二〉）といった医薬政策を推進、享保十四年〈一七二九〉には庶民向けの医書『普救類方《ふきゆうるいほう》』を官刻し、その普及に努めていた。一般にも本草学の実証研究が飛躍的に進展したのがこの時期で、以後、殖産奨励の国家政策を背景に、実証学的研究は物産学、さらに博物学へと発展していく[*29]。先の『薬種知便草』も本草をテーマとした撰集で、各句には『本草綱目《ほんぞうこうもく》』他を参照したであろう薬種の効用、画が付されており、考証的傾向の見受けられる俳書であった。『江府諸社俳諧たま尽し』の網羅的性格・考証への興味は、このような学問の流れを受けたものと考えられる。

ただし、『江府諸社俳諧たま尽し』の編集方針には如銑の縁故・個人的な意向も強く反映されている。本書序文「武陽田安飯田墱後学」との記載によると、如銑は江戸飯田町の人。王子稲荷の次に

○世継　　元飯田丁　　神主吉川式部丞

世も八重に盛くらべん午祭　　　　如郊

と飯田町の世継稲荷が配されるのはその縁によるものであろうし、稲荷社の末尾には

○薬　川田窪　薬王院

はつ午や摘艸はみな薬なり　飯田薬林小松

と飯田町の薬種商と目される俳人[*30]の薬稲荷の句が据えられている。

また、入集者には素人俳人が多く、産千代《うぶちよ》稲荷の項には、如銑の身内と見られる銑車・銑輿・銑棉の次の三つ物も載る。

はつ午や幾代限らじ旗の主　女銑車

土筆をぬさに手ならひの願　小女銑輿

遠霞あひに何やら鳥見えて　女銑棉

この内、銑棉は跋文に「宮崎女銑棉」と署名し、

如月やけふ初午のしるしとて稲荷の杉はもとつ葉もなし

の和歌を踏まえつつ、「されば、きさらぎにもとつ葉もなしと聞えし日は、筆とる事の始と成れるも尊きいさを

しの一つなるべし。我も手ならふことのよせあれば、幸にぬかづき、拝みまつりて」と記して

　　はつ午やいなりのいの字筆はじめ

の句を詠んでいる。三つ物の銑輿の句も考え合わせると、本書は或いは幼い銑輿の寺子屋入門の祝いを兼ねての企画であったか。

　集中には江戸座俳人も数名参加しており、諸社の句に続く「〇大祭」の箇所に次のような句が載る。

　　はつむまや藪に赤旗目の薬　　有佐

　　初午やつくしの筆もをろしぞめ　　紀逸

　　初午や背戸に菜の花さくや姫　　田社

それぞれ、有佐は如銑の家業に纏わる「薬」を詠み込み、紀逸は初午の日の手習い始め、田社は木花咲耶姫《このはなさくやひめ》をもじり「菜の花さくや姫」（如椭・銑輿・銑車のことを指すか）を詠み、編者への挨拶を含んだ句々を送っている。

＊

では、本書に詠まれた「初午」句について、少しく鑑賞・考察をしてみたい。

1　はつ午の俵やおめで多久蔵主　如学

2　はつ午やなびかす旗は源氏雲　巨園

3　所がら《柄》役者びいきや午祭リ　梅舎

4　観音も同座敷けふの午祭り　里敖

5　大門を一の鳥居や午まつり　巨洲

6　影宿す松のひかりや午祭　走馬

7　かさもりや午祭にも土団粉　逸車

1は「おめで多久蔵主」に「おめでたく」の意と伝通院境内の多久蔵主《たくぞうす》稲荷の名とを掛けた句。本書に所収される句は、1のように句中に稲荷名を詠み込んだものや単純な発想の句も少なくないが、中には白旗稲荷を詠んだ2のように、稲荷の名から源平合戦での源氏の旗の色を想起し、源氏から文様の源氏雲へと連想して、稲荷に飾られる幟を詠むという手の込んだ句もある。

また、3〜7では稲荷社の立地や土地柄などを踏まえて句が詠まれる。3は芝居町のある新材木町の杉森稲荷を題とした句、4は浅草寺境内にある西宮稲荷を詠んだ句である。5は九郎助稲荷を題として、新吉原大門を稲荷の鳥居に見立てたもの。6は徳川家康の入府時に勧請されたと伝わる三河町の御宿《みしゆく》稲荷を詠んだ句で、「松のひかり」に松平（徳川将軍家）の威光を重ねている。7は白山御殿跡、大前孫兵衛の屋敷の鎮守であった瘡守《かさもり》稲荷を題に詠んだ句。7の「土団粉」は、『江戸砂子』に「小児の顔・かしらのでき物、此神にいのればふしぎの奇瑞有。願成就の時、土団子といふて土を以だんごのごとくまろめて神前にさゝぐ也」とあるように、瘡守稲荷の風物であった。

次に挙げる二句は、前書に稲荷社の名木や由来の付された例である。

〇平尾　　麻布宮丁　　れんりの木有　同　千蔵寺持

はつ午や人も連理のいろ幟　　銑英

平尾稲荷は連理の紅葉が有名であった。『江戸砂子』に「連理の紅葉あり。根より二尺ほどにて左右へわかれ、五尺ほどしてまた左右の枝ひとつになる」とある。同書によると、この連理の枝は享保期に枯れてしまったが、その傍らに、根から一丈ほどして十文字に行き交う榎木と栗の木もあったという。句は、色とりどりの幟を立てた、連理の枝で知られる平尾稲荷の「初午」に、「連理の契り」さながらの、契りの深い男女が連れ立って訪れるとしたものである。

○熊谷　　浅艸寺内　　照泰坊守之
往し比、熊がへ氏何がし、当社の恵を蒙りしより、世挙りて神号となして、その徳を仰ぐことしかり。
はつ午や此神の名はさくらにも　　　　其友

句の「さくら」とは、稲荷と同じ名を持つ熊谷桜のこと。前書には熊谷稲荷の勧請された経緯について述べられている。これも『江戸砂子』に詳しいので、以下、要約する。

貞享の頃、越前の太守が狩を行うにあたり、熊谷安左衛門は先手の役を仰せつかった。狩りの前夜、熊谷のもとにその地の狐の長が現れ、尾の白い自分の一族の命を見逃してもらえるよう懇願した。翌日、熊谷は太守にこのことを訴え、願いの通り尾の白い狐は狩らなかった。その後、熊谷は浪人して江戸へ下るが、厚恩に報ずるため浅草まで熊谷を追ってきた越前の狐が守護をするようになると、小石川辺の高位の家に取り立てられることとなる。そこで、家内に置いていた稲荷を、狐との縁で浅草寺内に勧請したという。

このような伝承にも、本書が積極的に関心を寄せていることは興味深い。小池章太郎氏*[31]の指摘するように、『江戸砂子』が民俗伝承を重視し、網羅しようとするのに対し、『江府名勝志』は巷間俗説を排除した、実証的な記述態度を取る。もちろん、俳諧撰集ということも考慮すべきであるが、地誌からの影響を見る上では、本書の姿勢は、どちらかというと前者に近いということになるだろう。

最後に挙げるのは、稲荷社名・句意・挿絵が密接に関係し合う、趣向を凝らした例である。

○篠塚　浅草御門外　別当　玉蔵院

はつ午の帆を揚にけり大幟　青眼

篠塚稲荷の由来について、『江戸砂子』は「新田義貞の臣、篠塚伊賀守、流浪し当所にありしが、[*32]故主の祈願のため稲荷を勧請しけると云り」と述べる。篠塚伊賀守こと重広《しげひろ》は武勇で知られた新田義貞《よしさだ》の側近。義貞没後、四国の合戦で北朝方の細川頼春《よりはる》との戦いに敗走、船に乗って隠岐島に落ち延びた。『太平記』（巻二十二）は、その折の様子を「急《いそぎ》此船ヲ出シテ、我ヲ隠岐島へ送《おくれ》ト云テ、二十余人シテクリ立《たて》ケル碇ヲ安々ト引挙ゲ、十四、五尋アリケル檣《ほばしら》ヲ軽々ト推立テ、屋形ノ内ニ高枕シテ、鼾《いびき》カキテゾ臥タリケル」と、篠塚の剛胆な人物像とともに描き出している。句は、初午の日に飾られた正一位大明神の幟を、篠塚の押し立てた巨大な帆柱に重ねたものである。

ただし、この句の挿絵（【図1】）には三升の紋の入った市川団十郎の姿が画かれている。これは、時代から考えると二代目団十郎こと海老蔵であろう。『歌舞伎年表』[*33]によると、海老蔵は寛保三年〈一七四三〉十一月、中村座の顔見世「艤《ふなよそほひ》貢《みつぎ》太平記」一番目大詰の浄瑠璃「篠塚五関破」、寛延三年〈一七五〇〉十一月、市村座での顔見世「帰陣《がいじん》太平記」、宝暦三年〈一七五三〉十一月、中村座での顔見世「百万騎兵《つはもの》太平記」で篠塚伊賀守を演じ、

【図1】『江府諸社俳諧たま尽し』「篠塚」

本書刊行近くの「百万騎兵太平記」では「次に篠塚稲荷と帆に書付けたる海老の舟もりを、（筆者注・初代中島三甫衛門の足利尊氏が、初代中村助五郎の）彦七に申付け、引おろさす」、「（筆者注・二代目吾妻藤蔵の）勾当《こうとう》ノ内侍、宝殿に掛置し海老の舟を、彦七引下ろさんとする時、暫〳〵の掛声して、篠塚伊賀守にて角がつらの出端」との場面がある。つまり、句は前書・挿絵と相俟って、歌舞伎の一シーンを想起させるものとなっているのである。加えて、この句の「幟」には芝居小屋の興業時に出される幟のイメージも付されることになろう。

本書には三升（四代目市川団十郎）・慶子（初代中村富十郎）・梅幸（初代尾上菊五郎）・少長（二代目中村七三郎）・十町（二代目大谷広次）・家橘（九代目市村羽左衛門）といった役者も入集している。*34 篠塚稲荷の「はつ午の」句は、こうした役者への挨拶を含みつつ、当代の流行を取り入れながら、句画一体の技巧的な面白さを発揮した、都会的な趣向の例といえる。

まとめ――その後の「初午」

以上、俳諧という側面から、江戸における「初午」の展開について概観した。元禄期、江戸では稲荷信仰の隆盛に伴い、其角を中心として江戸特有の「初午」が詠まれ始める。次いで、其角・沾徳の流れを汲む俳人達は「初午」の一枚摺を出板、享保期には、その催しの中から、企画として俳諧撰集『徘徊稲荷の祭集』へと発展する動きも見られた。宝永から享保にかけては、特に貞佐の存在が一つの要となっていたように見受けられる。屋敷稲荷の漸増を背景として、貞佐を軸に、江戸座俳人、さらに歌舞伎役者・連歌師らが豪商に接近する。その機縁となったのが、泰我亭での「初午」であった。

宝暦に入り、江戸の「初午」の集大成的撰集『江府諸社《えふしょしゃ》俳諧たま尽し』が刊行される。広く見れば、この頃は物見遊山や縁日・祭礼・見世物や巡礼の旅、湯治、花見など、西山松之助氏のいう「行動文化[*35]」への興味が江戸町人に兆す時期にあたっている。稲荷社への参詣人が増加し開帳の相次ぐこの時期に、江戸各社の「初午」をテーマとして企画された『江府諸社俳諧たま尽し』は、素人俳人である編者の私的な意向が見え隠れしつつも、時流に投じた撰集であったと評することができる。また、ここでも江戸座俳人が後見として関与していたことは、彼らの活動を考える上で留意すべきであろう。

明和期以後も「初午」の賑わいは衰えを見せない。次に挙げるのは、それぞれ江戸座宗匠の古来庵存義、米翁こと大和郡山藩主、柳沢信鴻《のぶとき》の句である。

はつむまや一眼に江戸の八百社《やおやしろ》　（『古来庵発句集前篇』明和三年〈一七六六〉刊）

午の幟方八百里の武蔵野に　（『宴遊日記』安永五年〈一七七六〉二月朔日の条）

『宴遊日記』同年二月四日の条には、米翁の見た江戸の「初午」が次のように綴られている。

○九ツより珠成同道他行、玄関より出。供小枝・大谷・九里・渡辺・石井・梅原。久護稲荷参詣（中略）王子参詣、おびたゞし土物店に稲荷幟一処、肴市場に三処大幟一処、鰻堤小幟二処、大番丁一所、追分生駒稲荷大幟一処、小幟森川迄惣而三処。本郷より加賀裏本郷黒塚稲荷大幟油島参詣（中略）妻乞稲荷参詣、巫女神楽を上る。参詣多し左側小幟広小路迄。小幟惣て三処。広小路松坂や脇より御徒士町三絃溝御徒士丁小幟四処、立花館大幟堀大膳、柳川侯へ来るに行違ふ松前館福山稲荷大。幟、織田館大幟新堀より北行、御堂うちより浅草へ行、伊せやに休む。一文字にも鄽娘在。彼処より梅原を真崎仙石やへ頓而ゆくよし申遣し疳守、大幟西の宮稲荷参詣。爰にても巫女神楽上る。山門あき甚群集、観音参詣。熊谷参詣、裏門より出、餁や脇にかゝり真崎へ行。直に稲荷参詣。桐やに幕うち諸侯奥方参詣の様子、仙石やに休む（中略）今戸辻大幟玉姫いなり夫より吉原へ行。頭巾にて白玉の前を忍び大門に入。中の町賑し。新町辻より九郎助参詣、引返し又中の町へかゝる。京町辻にて松葉屋瀬川を見る。江戸町手前にて扇や女郎連続出来。羽衣を肩へ掛たる打掛を着たるが扇や唐哥也。中町茶や〳〵に嶋台、唐哥を上の札付あり。所謂有景気也。二町目より明石稲荷参詣、引返し江戸丁へ入、又引かへし大門へ出る（中略）感応寺中にて晩鐘聞ゆ。寺前左右紅梅満開伶人町の内。小幟四処笠森参詣三崎稲荷大幟首ふり迄。二処、宇平次庭大幟御手鷹町にて挑灯とぼし、酒井館にて六時拍子木聞ゆ。風西に成寒し。六少過帰廬。

江戸の市中に幟がはためき、神楽が奏され、群集は大挙して各地に祀られた稲荷を参詣する。新吉原遊廓の「初午」もまた華やかである。このような大盛況を受けて、安永十年〈一七八一〉正月十五日には「一、町々稲荷初午之節、大幟・挑灯・篏物等大行ニ無レ之様」云々といった「初午」の華美を禁ずる町触れ（『正宝録続』）も出されることとなるが、一方で稲荷は次第に流行神化し、参詣者が激増していく。その典型的な例が、享和三年〈一八〇三〉以後、数度にわたって大流行を見せた浅草立花家左近将監下屋敷《しょうげんしも》の太郎稲荷である。『享和雑記』（文政年間成）はその賑わいを「言語にも筆紙にも尽くしがたき様子は人々のあたり見たる所也。（中略）時花神《はやりがみ》多しといへ共、凡太郎稲荷の参詣群集程の事は及ばぬ事也」と報じている。

曲亭馬琴が『俳諧歳時記』を刊行したのも同享和三年であった。従来の歳時記が上方を中心として編集されていたのに対し、江戸の行事を重視した点に特色のある同書には、江戸の「初午」が次のように紹介される。

○江戸にても此日、王子・妻恋・三囲・真崎等の社を始とし、武家・市中とも鎮守の稲荷を祀り、灯燭をかゝげ、鼓吹して舞ふ。近くては雲間の霹靂《へきれき》の如く、遠くては蒼海の波濤《はとう》に似たり。江戸の賑ひ耳目《じもく》を驚かすに堪たり。

そして、文化年間から幕末にかけては、当時盛行した月次句合《つきなみ》を通じて諸社への「初午」句奉納が活発に行われ、[*36]明治に至っている。

注

＊1　柳田國男「田の神の祀り方」・「狐塚の話」（『定本柳田国男集　第十三巻』筑摩書房、一九六三年）、「狐飛脚の話」（同書第二十二巻、筑摩書房、一九六二年）。また、『日次紀事』によると、「初午」には農民の参詣が特に多く、門前の家々では百穀・雑菜の種を販売したという。「種―初午まいり」は付合（『俳諧類船集』）。

＊2　伊勢出身の商人の屋号で、江戸店の代名詞。『落穂集《おちぼしゅう》』（享保十三年〈一七二八〉成）に「表に掛る暖簾を見ば、壱町の内、半分は伊勢やと申書付相見候由」とある。

＊3　江戸に稲荷の多い理由は、信仰の多面的な性格もあって、諸説分かれている。例えば、鶴岡春蓋楼氏（「江戸の稲荷について」『江戸時代文化』第一巻第二号、一九二七年三月）は「外来者が江戸に定住するにあたり土地の守護神＝稲荷を祀り込めた」ためとし、野村兼太郎氏（『江戸』至文堂、一九五八年）は明和よりうち続く天災といった社会不安と関係すると説いている。宮田登氏（「江戸町人の信仰」『江戸時代の研究　第二巻』吉川弘文館、一九七三年）は両者の説を挙げた上で、稲荷の「現世利益《りやく》」という側面に注目し、その効験への信仰が流布した結果だと指摘する。また、中里禎里氏（『狐の日本史　近世・近代篇』日本エディタースクール、二〇〇三年）は稲荷の商業神としての性格や、「火除け」と「病気予防治癒」といった利益が大きく関わっていると述べる。

＊4　岩井宏美氏「絵馬の歴史と信仰」（『絵馬―そのすがたと信仰―』群馬県立歴史博物館、一九八三年）によると、近世中期には庶民の間にも、吊懸《つりかけ》形式の小絵馬に加え、扁額《へんがく》形式の大絵馬を奉納する風習が広まっていたという。元禄時には浅草茅町の大坂屋、太田屋といった絵馬屋が知られていた（『江戸惣鹿子名所大全』）。なお、後年の資料になるが、『皇都午睡《みやこのひるね》』初編（嘉永三年〈一八五〇〉刊）上巻には、「初午」の絵馬に連衆が競って奉納句を詠んだとする挿話が載る。

＊5　大野洒竹旧蔵の『五元集』には同書の編者旨原の口述を門人の牛門が筆記したとする注が付されていた。この注は『五元集』（明治書院、一九三二年）に記載されている。

＊6　＊3中の宮田氏論文。

＊7　＊3中の宮田氏「江戸町人の信仰」は、さらに宝永から天明期にかけて「流動的な信仰現象の中心が江戸に形成され、町人主体の宗教組織が固められた」ことを指摘し、享保期の大杉信仰・富士講についても言及している。

＊8　『江戸吉原叢刊　第四巻』（同刊行会、八木書店、二〇一一年）に筆者による翻刻・解題がある。

＊9　石川松太郎『藩校と寺子屋』（教育社、一九七八年）

＊10　「国立大学法人 愛知教育大学 俳諧一枚摺デジタルアーカイブ」（http://www.auelib.aichi-edu.ac.jp/lib/ichimaizuri/）で一般公開されている。

＊11　ただし、第十三番のみ前書「若者中」。参考までに各番の前書を列記すると以下の通り。「本八町堀一丁目」（一番）・「西河岸」（二番）・「本八町堀三丁目」（三番）・「牛込若宮小路」（四番）・「本石町」（五番）・「米沢町」（六番）・「本小田原町」（七番）・「茅場町」（八番）・「本庄《（所）》一ツ目」（九番）・「本町四丁目」（十番）・「深川八幡町」（十一番）・「南新川」（十二番）・「若者中」（十三番）・「本町」（十四番）・「牛込茶店」（十五番）・「かやば町」（十六番）・「ごふく町」（十七番）・「南鞘町」（十八番）・「木挽町七丁目」（十九番）・「御船倉前」（二十番）・「田所町」（二十一番）。

＊12　柿衞文庫マイクロフィルムによる（は一〇三・資料番号五一一六）。『柿衞文庫目録（書冊篇）』（八木書店、一九九〇年）によると、本書は半紙本一冊。

＊13　『臥龍梅《がりょうばい》』（享保十八年〈一七三三〉刊）の名録に「沾旭　本多修理」とある。

＊14　露月が享保九年〈一七二四〉三月から翌年十一月までに刊行した月次集を合本した『句霊宝《くれいほう》』（享保十年〈一七二五〉刊）には句を見出せない。

＊15　勝豊の遺言状は、現在、国文学研究資料館「武蔵国江戸東湊町奈良屋神田家文書」に収まる。奈良茂家の事蹟については鶴岡実枝子氏「「奈良茂家」考」（『史料館研究紀要』第八号、一九七五年九月）に詳しい。

＊16　勝豊の遺言状によると、東湊町一丁目の居屋敷の規模は角埋堀跡三間六尺四寸、同次七間口、同次九間口、同次五間口、総計二十四間六尺四寸。

＊17　『画師姓名冠字類抄』（天保六年〈一八三五〉奥・国会図書館蔵本）には観嵩月《すうげつ》所蔵の一蝶筆「台我宛書簡」の記事がある。同書は「台我」に「奈良屋茂衛門の俳号」と注している。「台我」は泰我の別号か。なお、『画師姓名冠字類抄』の記事については井田太郎氏「英流の書画情報」（『『古画備考』のネットワーク』古画備考研究会編、思文閣出版、二〇一三年）に言及がある。

＊18　綿谷雪・花咲一男補「上総屋一磨」（花咲一男『江戸あらかると』三樹書房、一九八六年）

＊19　『禁現大福帳』（宝暦五年〈一七五五〉刊）では、俳諧は茶湯・挟将棊・琴・三絃・押絵細工とともに嗜むべき遊興の「六芸」に数えられている。

＊20　蒸した糯米を乾かし、炒った興米《おこしごめ》のことで、句は「初午」に鰯、油揚げなどと一緒に供える赤飯に対していったもの。

＊21　安田吉人「享保江戸俳壇と団十郎―『父の恩』を中心に―」（『成城国文学』第六号、一九九〇年三月）

＊22　田中隆裕「宮廷連歌御会の終焉について」（『連歌俳諧研究』第九十二号、一九九七年三月）

＊23　綿抜豊昭氏『近世前期猪苗代家の研究』（新典社、一九九八年）第十二章の注に翻刻がある。

＊24　＊3中の宮田氏「江戸町人の信仰」。『徘徊稲荷の祭集』中にも

はつむまや素人神主幾所　如格
初午や五十三所の庭めぐり　潸十

といった、江戸各所の屋敷稲荷を詠んだと見られる句が載る。

＊25　元文二年〈一七三七〉、飛鳥山は王子権現の別当金輪寺に寄進されることとなる。この経緯については『大岡越前守忠相日記』同年三月の条に詳しい。

＊26　＊3中の宮田氏「江戸町人の信仰」。また、比留間尚氏「江戸開帳年表」（西山松之助編『江戸町人の研究』吉川弘文館、

一九七三年）を参照。

＊27　加藤定彦・外村展子編『関東俳諧叢書　第十巻　江戸編②』（青裳堂書店、一九九七年）に翻刻がある。同書の底本は香川大学付属図書館蔵本。

＊28　＊27『関東俳諧叢書』の注が指摘するように、底本「○久国　麻布谷町　別当覚源院」とある部分が、東京大学総合図書館洒竹文庫蔵本では「○久国　麻布市兵衛丁　越後屋六右衛門奉仕　符水は隠居　伝四郎出之」と改訂されている。

＊29　上野益三『日本博物学史』（平凡社、一九七三年）

＊30　『薬種知便草』にも「飯田薬林大和専之」・「飯田薬林小松三松」・「飯田薬林柳氏三境」らが入集している。小林ふみ子氏は「天明狂歌師の「稲荷三十三社巡拝御詠歌」」（『朱』第五十八号、二〇一五年二月）で、俳人小松を小咄本や春本の作者として知られる飯田町在住の薬種商、小松百亀かと推測し、その大田南畝らとの狂歌活動に触れつつ、「つまり百亀は俳諧世界と狂歌の動きの結節点にいた」人物だったと述べている。

＊31　小池章太郎編『江戸砂子』（東京堂出版、一九七六年）解題。

＊32　『江戸砂子』の頭注には「篠塚伊賀守は畠山重忠が六代の孫にて、武蔵は生国なれば、四国合戦より船に乗て行方しれずとあれど、故園へ帰て隠住けるにや」とある。

＊33　伊原敏郎『歌舞伎年表　第二巻・第三巻』（岩波書店、一九五七・八年）

＊34　付言すると、役者・芝居関係者の稲荷社への信仰心は篤く、江戸三座ではそれぞれ楽屋に祭壇を設け、中村座が銀杏大明神、市村座が正一位大津稲荷大明神、森田座が正一位法故稲荷大明神を祀っていた（『三升屋二三治戯場書留』天保八年〈一八三七〉成、他）。また、初午の日には芝居の楽屋で大部屋役者を中心に稲荷祭りが行われている（『増補戯場一覧』寛政十二年〈一八〇〇〉刊）。

＊35　西山松之助「大都市江戸の特質」（『西山松之助著作集　第三巻』吉川弘文館、一九八三年）

＊36　例えば、飯田町の世継稲荷のものでは、東京都立中央図書館東京誌料に露善の「飯田町世継稲荷初午奉灯句合」が所蔵される。その他、同誌料には雪中庵対山の「飯田町世継稲荷奉灯月並句合」、天来居一逸の「飯田町世継稲荷奉灯月並三句合」といった奉納句合もある。

第三章　赤穂義士追善への視線――七回忌集『反古談』――

はじめに

酒田市光丘《こうきゆう》文庫に所蔵される『反古談』は、これまで注目されることのなかった俳諧撰集である。序・跋が備わっていないため、成立事情が明らかでなかったことも一因としてあったのだろう。しかし、本書冒頭には「春帆《しゆんぱん》七回」と記され、また、書中には子葉・竹平・涓泉《けんせん》といった俳人への言及が散見される。春帆とは富森《とみのもり》助右衛門正因《まさより》、子葉は大高源吾忠雄《ただお》、竹平は神崎与五郎則休《のりやす》、涓泉は萱野三平重実《しげざね》の俳号。即ち、彼らは元禄十五年〈一七〇二〉十二月十四日深夜に本所吉良邸討入を決行し、吉良義央《よしなか》を討って主君浅野内匠頭長矩《ながのり》の遺恨を晴らした赤穂浪士（ただし萱野はそれ以前に自刃）である。そこから、『反古談』は彼らの七回忌集であったということが判明する。[*1] 七回忌にあたるのは、宝永六年〈一七〇九〉である。

これまで、復本一郎氏によって一周忌集とされる『橋南』の存在が明らかにされている。[*2] また、同氏は『俳句忠臣蔵』[3]において、赤穂浪士の俳諧について詳述する。本章では、復本氏の先行研究によりつつ、事件発生から七回忌に至る時代状況を視野に入れながら、『反古談』成立の位置と意義について考察する。

第一節　江戸俳諧と赤穂浪士

俳人の赤穂浪士について、例えば志田義秀氏[4]は、春帆・子葉・竹平・涓泉の他、

大石内蔵助良雄《よしたか》　可笑
小野寺幸右衛門秀富《ひでとみ》　漸之
吉田忠左衛門兼亮《かねすけ》　白砂
岡野金右衛門包秀《かねひで》　放水
茅野和助常成《つねなり》　禿峰
間十次郎光興《みつおき》　如柳

らの名を挙げ、加えて明治二十二年〈一八八九〉、洛東金福寺《こんぷくじ》で行われた芭蕉二百回忌の記念集『閑古鳥』所収の展覧物「三井氏出品」をもとに

堀部弥兵衛《やへえ》金丸《かなまる》　素合

小野寺幸右衛門秀和《ひでかず》　悦貫
武林唯七隆重《たかしげ》　常牧
間瀬久太夫正明《まさあき》　一旦
矢頭《やとう》右衛門七教兼《のりかね》　利方
不破数右衛門正種《まさたね》　業清

の雅号を紹介する。その他、三村次郎左衛門包常《かねつね》のように雅号を持たずに俳諧に遊ぶ者もいた。赤穂浪士（正確に言うと当時は藩士。以下同）の句が確認される最も早い時期の例は、里圃編『誹諧翁艸《おきなぐさ》』（元禄九年〈一六九六〉刊・芭蕉一周忌追善集）であるという。*5

春の野や何につられてうハのそら　涓泉
身のかるき生れ付也種瓢《フクベ》　進歩
素《サ》湯呑ンでごろりとハ寐ル冬の寺　子葉
人の気やゆがまずすねず筋竹　如柳

養父入や男ばかりの糸屋見世　　如柳

蚊柱や蝙蝠破る跡よりも　　竹平

前述のように、涓泉は萱野三平、子葉は大高源吾、如柳は間光興、竹平は神崎則休。進歩は諸説[*6]あるが、『俳句忠臣蔵』は義士四十七人中、吉田兼亮組下で唯一の足軽であった寺坂吉右衛門信行《のぶゆき》と推定している。

先の子葉・春帆・竹平・涓泉が師礼を取ったのは江戸の沾徳《せんとく》で、『文蓬莱《ふみよもぎ》』（元禄十四年〈一七〇一〉刊）には子葉七句・春帆一句・竹平二句・涓泉四句・進歩二句が入集する。内、子葉・涓泉・春帆は、子葉の

宇津の山を越し時

沾徳にまた不通せず合歓の花

を立句とする沾徳・香山・沾洲・仙鶴との七吟歌仙にも参加している。句は、赤穂から下江する折に詠まれたものと見られ、沾徳の別号「合歓堂」に因み、合歓の花を詠み入れて師との再会を喜んでいる。

なお、『誹諧翁艸』を編んだ里圃は磐城平《たいら》藩主、内藤義孝《よしたか》（露江）の兄、義英《よしひで》（露沾《ろせん》）に仕えた宝生沾圃《ほうしょうせんぽ》の能楽の弟子、山本市之丞かとされており、同じく内藤家に仕えた沾徳と近い関係にある。進歩の「身のかるき」一句が『文蓬莱』にも入集することなどを考えると、芭蕉一周忌への赤穂浪士の参加は沾徳の仲介によるものだった可能性が高い。

また、当時の江戸俳壇は沾徳・其角の勢力によって席巻されていたが、両門は対立しておらず、門下が互いに行き来する融和した関係にあった。赤穂浪士の中でも涓泉は其角の『三上吟《さんじょうぎん》』（元禄十三年〈一七〇〇〉刊）に、子葉・竹平・進歩は同『焦尾琴《しょうびきん》』（元禄十四年〈一七〇一〉刊）に句を寄せている。「元禄十五年〈一七〇二〉十二月二十四日付其雫宛其角書簡」には

富森、誹名は春帆。大高源吾、子葉。竹平・進歩と申候も門弟に而御座候。是は赤穂より書通にて、門人に加り候故、面は不存候。

と記載される（詳細は後述）。

藩士の内、最も俳諧に熱心だったのは子葉で、紀行文『丁丑紀行』（安政五年〈一八五八〉刊）を著し、撰集『俳諧二つの竹』（元禄十五年〈一七〇二〉刊）を上梓する。『丁丑紀行』は元禄九年〈一六九六〉に参勤交代で初めて江戸に入った後、翌元禄十年七月九日に江戸を出立し、七月二十五日に播州赤穂に帰着するまでを記した紀行で、途中鴫立庵《しぎたつあん》で三千風《みちかぜ》を訪い（ただし留守）、粟津原では義仲寺の芭蕉墓を詣でたとの記事がある。『俳諧二つの竹』には子葉本人の句が十六句入るほか、春帆・竹平・放水・涓泉・進歩らの句も入集、進歩は子葉・了我との三吟「八町の」歌仙の連衆となっている。

さて、この了我とは、後に貞佐と改める其角門の俳人で、特に同年齢の子葉と親交が厚かった。『俳諧二つの竹』も、上京中であったその貞佐の帰江餞別を兼ねて編集されたものである。『俳句忠臣蔵』は、両者を結び付けたのは、貞佐に先立ち元禄十四年〈一七〇一〉に上京していた沾徳だったかと推測している。『俳諧二つの竹』中には、貞

佐と子葉とが一座を共にする如泉・言水《ごんすい》・常雪・好春・仙水・執筆らとの八吟八句、竹宇・東潮との四吟「麦秋を」歌仙が収められる。この内、放水は貞佐の門弟。貞佐と親交のあった二代目市川団十郎の日記『老のたのしみ抄』には

漸之は小野寺幸右衛門、貞佐物語。放水は岡野金右衛門九十郎事、右は貞佐門人の由。子葉は少いくびにて、いも顔也。

（享保十九年〈一七三四〉五月十日の条）

との記事が見られる。貞佐には『一番鶏』（元禄十四年〈一七〇一〉刊）、『二番鶏』（元禄十五年〈一七〇二〉刊）の撰集[*7]があるが、前者には子葉十二句・放水・涓泉各一句が入集、「栢くるみ」八吟歌仙では子葉・松雨・東流・了我・旦子・放水・松楽・執筆が連衆となっている。後者には子葉二句・放水二句入集、子葉・了我両吟「花咲や」歌仙、放水・水端・旦子・了我・執筆の五吟「出ぬ猫ハ」歌仙が掲載される。

また、『俳諧二つの竹』には「摂州紀行[*8]」と呼ばれる紀行文がある。この紀行中、子葉は才麿・鬼貫《おにつら》・西吟ら[*9]古参俳人を訪問しつつ、

訪涓泉子帰耕

壁を這ふ木綿の虫のもみぢ哉　　子葉

秋風や隠元豆の杖のあと　　涓泉

と、摂州萱野（現、箕面《みのお》市）に帰郷していた涓泉と面会している。当時、子葉は赤穂浪士中の急進派、江戸の堀部弥兵衛・安兵衛、吉田兼亮らとの折衝で赤穂と江戸を行き来しており、その道すがら、涓泉にも各人の動向や意向を伝えていたのだろう。『俳諧二つの竹』もまた、赤穂浪士激動の時期に編まれたものであった。

一方この頃、涓泉は父から吉良家と繋がりの深い大島家へ仕官するよう強く勧められていた。亡き主君への忠義と父親への孝行とに挟まれた涓泉は、後、主君の命日にあたる元禄十五年〈一七〇二〉一月十四日に自刃する。

第二節　討ち入り、その後

元禄十五年〈一七〇二〉十二月十四日深夜、大石良雄以下赤穂浪士四十七名は本所の吉良邸に討ち入った。吉良義央の首級を上げた後、大石らは菩提寺の高輪《たかなわ》泉岳寺へと向かい、一方、吉田兼亮・富森正因は討ち入りを報告するため、口上写しを持参し、大目付の仙石久尚《ひさなお》に出頭する。事件後、浪士は細川綱利《つなとし》（熊本藩主）・松平定直《さだなお》（伊予松山藩主）・毛利綱元《つなもと》（長門長府藩主）・水野忠之《ただゆき》（三河岡崎藩主）のもとに分けて預かりとなる。

この一件に江戸市中は話題沸騰し、各藩の藩士もこれに注目、例えば尾張藩では、『鸚鵡籠中記《おうむろうちゆうき》』の別冊を立ててこれを特集するなどした。[*10] そのような中、其角は書簡を通じて秋田にいる久保田藩家老、其雫こと梅津忠昭《ただあき》に事件の詳報を伝えている。

一、拙者、十五日ニ**隠岐守殿**へ乍病中納之礼罷出、四ツ時より昼迄相詰申候処に、浅野家之首尾、御奉書参候而、家中落着承届申候。暮がたより**仙石右近殿**へ参、是又**伯耆守殿甥**故、深更迄**右近殿**に罷在、御預

之首尾、とくと承罷帰候通。　（「元禄十五年〈一七〇二〉十二月二十四日付其雫宛其角書簡」）[*11]

書簡を見て第一に注目されるのは、事件が其角の交友関係と密接に繋がっていることである。「隠岐守殿」とは松平定直（俳号三嘯）のこと。『五元集』（延享四年〈一七四七〉刊）中、

わが三嘯公、侍従になりて、宝永二年三月廿七日に京使にたち給ふを祝して

藤浪や廿七人草履とり

と、句の前書に「わが三嘯公」と述べるように、定直は其角の庇護者となっていた。伊予松山藩では俳諧が盛んで、江戸定府《じようふ》の藩侍医、青地伊織《いおり》（彫棠。後、周東）や重職を歴任した久松貞知《さだとも》（粛山）が其角門として早くから活動している。

「仙石右近殿」は仙石久治《ひさはる》。[*12]久治は伯耆守久尚の甥にあたり（書簡中「伯耆守殿甥」とある）、『焦尾琴』に入集する玉芙かと推定されている―玉芙を久照とする説[*13]もあるが、いずれにせよ仙石家は其角と近い位置にあったということになる―。

つまり、其角から見ると、赤穂事件は、門人同様に交流のあった子葉や春帆らが引き起こし、近しい関係にある仙石家が管轄し、パトロンの定直がその一部の預かりを引き受けたという構図となる。右書簡によると、其角は討ち入りの翌日十五日、四つ時から昼間まで定直に伺候、暮れて仙石家へ行き、事件の委細を聞いている。

後、松平家に預けられた赤穂浪士は十名。その中には子葉や放水がいた。再び書簡を引く。

隠州方に奥平次郎太夫、応三と申候て、伝八いとこにて候。是も三田の屋敷に罷在十人の内、**大高**を預り候。**その夜も俳談いたし**、酒たべ候へば、気力委申候。

奥平次郎太夫は伊予松山藩士で、応三と号し、『焦尾琴』や『宝晋斎引付』（元禄十一年〈一六九八〉刊）に入集する俳人。預かりの身である子葉は、この応三と俳談をして過ごしたという。『沾徳随筆』（享保三年〈一七一八〉成）によると、

其夜の明方、誰ともなく予が門迄来て届たる書置の中に

山を抜く力もをれて松の雪　　子葉

と、子葉は討ち入りに際して、人に託し、師沾徳のもとに句を届けていたらしい。句は、楚の項羽が垓下《がいか》で漢軍に包囲された時に口ずさんだ「力ハ山ヲ抜キ、気ハ世ヲ蓋フ」（『史記』）により、山をも引き抜く項羽のように意気盛んに立ち回り、いざ討ち死にする際は、その力を出し尽くして松の雪折れの如く果てていこうとの決意を詠んでいる。応三がどのような話を聞いたかは定かではないが、時に周東も浪士らの世話に顔を出すことがあったようで、「岡野九十郎放水、はじめて東へ下、八はしの処を問て、四季咲は牛もくはずやかきつばた、といへりとかや」（『類柑子《るいこうじ》』（宝永四年〈一七〇七〉刊）との談話を自句（放水追善句「八橋に墓をめぐるや春の草」）の前書に添えている。

他家においても、浪士らは預かりの間の慰みに俳諧を催すことがあったと見え、例えば水野家では

宿直の方よりえならぬ匂ひを春風おくれば

春もやゝ萌出る匂ひ蘭の風　　神　竹平

いつ〳〵どこにかへる蝶々　　茅　禿峰

羽子板も終にはしりへ捨られて　　間　如柳

との雅興を行っていたことが同家家臣、東城守拙の『赤城士話』（元禄十六年〈一七〇三〉成）に記載されている。前書及び竹平の句からすると、邸内には芳香を放つ蘭の花が飾られたのだろう。ここには、宿直の者の、浪士への気遣いも看取される。

さて、幕府の裁定が下り、翌元禄十六年二月四日、浪士達は切腹して果てていく。『類柑子』「松の塵」には

春帆最期

寒鳥の身はむしらるゝ行衛哉

子葉末期

梅でのむ茶屋も有べし死出の山

との春帆・子葉の辞世の句、其角らによる

万世のさえづり鸝《り》唇を転じ、黄舌をひるがへす*14

うぐひすにこの芥子酢は涙かな　晋子
　ちる約束や名残ある梅　応三
船頭のけんくはは霞むまでにして　沾徳
　物書捨しあみ笠のうら　此斎
隼の祭見る間や峰の月　周東
　無地には染ぬ千丈の蔦　貞佐

との追悼句が載る。其角句は、美声を響かせる鶯に辛子酢を与えては、辛くて涙が出、声も出せなくなるとの意。

『俳句忠臣蔵』にも指摘があるように、この追悼句は『俳諧二つの竹』中の

卯月の荀(筍)、葉月の松茸、豆腐ハ四季の雪なりと、都心の物自慢に、了我さへ精進物の立かたになれば、東潮・仙水等とうなづきあひて

初堅魚江戸のからしハ四季の汗　子葉

を踏まえている。前書は、都の人の四季折々の特産自慢を聞き、上京した江戸の貞佐までがすっかり精進物の贔屓となってしまったとの意。それに対し、子葉は、初鰹に付ける辛子はよく利いて何時も汗が出てしまう（江戸で食べる初鰹のなんとうまいことよ）と、逆に江戸贔屓となり自慢をするのである。*15　この句を受け、其角は優れた俳

人であった子葉を鶯に擬し、切腹という結末を辛子酢に譬え、俳友を亡くした悲しみを「涙」に託している。これらは追善の「句兄弟」（第一部第三章・第四章参照）となる。此斎は伝不明ながら、以下、応三、周東ら伊予松山藩士、貞佐、沾徳という関係の深い俳人によって追悼が行われた。

切腹の一ヶ月後の三月四日には、沾徳が主催した午寂・其角・横几・凍雲・角吁・堵岩との追善会も行われている。

第三節　『橋南』編集の背景

元禄十六年〈一七〇三〉七月十三日、其角は泉岳寺に足を運ぶ。

文月十三日、上行寺の墓にまふでゝかへるさに、いさらごの坂をくだり、泉岳寺の門さしのぞかれたるに、名高き人々の新盆にあへるとおもふより、**子葉・春帆・竹平**等が俤まのあたり来りむかへるやうに覚えて、そゞろに心頭にかゝれば、花水とりてとおもへど、**墓所参詣をゆるさず。**草の丈おひかくして、かず〳〵ならびたるも、それとだに見えねば、心にこめたる事を手向草になして、亡魂聖霊ゆゝしき修羅道のくるしみを忘れよとたはぶれ侍り。（下略）　（『類柑子』「松の塵」）

あらましを述べると、同日、二本榎の上行寺（現在、伊勢原市に移転）で自家の墓参をした後、伊皿子《いさらご》坂を下り、泉岳寺の門を覗くと、新盆で子葉・春帆・竹平らの亡魂が近くまで戻ってきているように感じた。そこで墓参を申し出たのだが、泉岳寺で許可を出さなかったという。

ここで、なぜ泉岳寺の扉が固く閉ざされていたのか。それは、おそらく赤穂事件の評価が、識者の間で賛否分かれ、定まっていなかったことにもよるのだろう。この点について、以下、少々まとめる。

討ち入りを好意的に見、賛意を表した者の第一に、林鳳岡《ほうこう》の名が挙げられる。鳳岡は元禄十六年〈一七〇三〉に『復讐論』を著し、（法の観点からは処罰が必要であるものの）主君の仇を討った「義士」の行動は儒教の教義に適っており、義挙であると論じる。次いで室鳩巣《むろきゅうそう》も『赤穂義人録』（同年）で、泉岳寺への引きあげの際に姿を消した寺坂を含め、「四十七士」としてこれを讃美する。

対し、荻生徂徠《そらい》は『四十七士の事を論ず』（宝永二年〈一七〇五〉以前成）で、赤穂浪士の討入は公的な敵討ちとはいえず、私の論に過ぎないと断じ、裁きは客観的な「礼楽刑政」に基づくべきだと主張する。また、山崎闇斎《あんさい》門の佐藤直方《なおかた》は『四十六人之筆記』（同年以前成）で、浅野側から切り掛かった刃傷事件において、吉良邸への討ち入りがそもそも敵討といえるかどうかを問題とし、討ち入り後自主的に自害しなかったことを批判している。これを受け、同門の浅見絅斎《けいさい》・三宅尚斎《しょうさい》らが浪士讃美の立場から反論する。

幕府は最終的に側用人柳沢吉保の意見を採用し（吉保は徂徠を抱えている）、切腹という処置を取る。これらはいわば「文武忠孝を励し、可正礼儀之事」（「武家諸法度」天和令）との観点から討ち入りを称揚する徳治主義の立場と、社会秩序を乱したものとして処罰すべきだという法治主義の立場の見解の相違でもあった。[*16] 論争はこれ以後も続き、享保に入って太宰春台『赤穂四十六士論』（享保十七年〈一七三二〉）が出され、発展・加熱していく。

そのため、当局はこの問題に大変デリケートになっており、例えば赤穂事件直後、堺町勘三郎座が「曙曽我夜討」[*17]と題してこれの舞台化を試みたが、三日で停止命令が来たという（『古今いろは評林』天明五年〈一七八五〉刊）。切腹当時の元禄十六年〈一七〇三〉二月にも二月、前々も命ぜられし如く、当時異事ある時、謡曲・小歌につくり、はた梓にのぼせ売ひさぐ事、弥停禁ずべし。堺町・木挽町劇場にても、近き異事を擬する事なすべからずとなり。（『徳川実紀』）

との触書が出されており、この一件に関わることはリスクを負うものであった。

このような状況にあって、『橋南』（宝永二年〈一七〇五〉刊カ）の編集が沾洲の手によって進められていた。『橋南』は発句総数六百六十七、発句作者数二百三十九名余、五十韻一・世吉一・四十句一・歌仙九・三十句一を収める上下二巻の俳書である。本書上巻は、巻頭に

梅咲てはや布施詣かしま船　露沾
此うらにありつねとこそ桐の花　冠里
梅咲やあわへ行馬小毛氈　露江
引渡しそろ〳〵出すや初霞　闡幽

と、露沾、冠里（備中松山藩主、安藤信友《のぶとも》）、露江、闡幽（高島藩主、諏訪忠虎《ただとら》）ら大名貴顕が並んでおり、内容も特に問題になる部分は見当たらない。しかし、下巻には赤穂浪士追悼の意を強く表明した一群が掲載される。沾徳・沾洲・香山・春帆・子葉・涓泉による六吟「うぐひすや」歌仙を挙げた後、次のようにある。

この巻中ノ三士、泉岳寺にとゞまれり。義士わすれがたく、当年追福にこれをもてなして、香花のたよりとす。

君臣塩梅しれる人ハ誰。**子葉、春帆、竹平、涓泉等也。**

なきあとも猶塩梅の芽独活哉　沾徳
うぐひすに此芥子酢はなみだ哉　其角
枝葉迄なごりの霜のひかり哉　沾洲（以下略）

前書には子葉、春帆、竹平、涓泉らへの追悼の意が明確に記されている。沾徳句の「芽独活」は冬から初春にかけて根の尖部に出る紫の苗のことで、「塩梅」には赤穂名産の「塩」を効かせている。以下、赤穂浪士追悼句三十三が並ぶ。注目すべきは、前書で子葉らを「義士」と明言することである。賛否あるにせよ、赤穂事件についての幕府の最終的な判決は、切腹という処罰であった。それに対し、ここまで明確に「義士」と記してしまって問題にならないか。また、巻頭に掲げた大名俳人らに何らかの難が及ばないか。沾洲が編者として公刊を躊躇する姿は、序文類から見て取ることができる。まず、沾徳序文には

難波にもよふ日本橋へ、深川の芦分船のけふ出む、明日いでんの世のかちとりまはし、思案して、はや冬にもなりぬ。立些・暁松・凍雲など、いつまでかくてと、洲子が艸の戸引放せば、宝は代八一車となりて、永代橋を轟かす。

とある。実線部は、沾洲が世相を考慮し悩んでいる間に、もはや冬になってしまった（つまり、一周忌の宝永元年〈一七〇四〉を越えてしまう）ことが記される。そして苦悩する沾洲とは逆に、立些・暁松・凍雲らが遅々として進まない編集に痺れを切らし、出版を促している。先の其角書簡の受取人、其雫の序文はさらに激しい。

　　此集におもひたちしより、雁のゆき帰る事、手鞠にうたふ。俳諧ハ日々夜々に変化して、すがた山姥の如し。
　　沾洲法師の是正に酔臥たるを引起し、胡蘆をゑがく事をいかりて、此筆を頂門の針とす。　其雫序

武家として、其雫は赤穂事件に大きな関心を持っていたと見える。江戸在勤中に子葉らと直接の交流があったことも想定し得る。編集を半ば放棄した沾洲に憤りを感じ、日々変化流行する俳諧の撰集が停滞するのは好ましいことではないと述べつつ、沾洲に強く迫る。『俳句忠臣蔵』が述べるように、この裏には、宝永元年〈一七〇四〉を過ぎては『橋南』が一周忌の役割を果たせないことに対する苛立ちがあるのだろう――沾徳・其雫らの序文が回りくどい言い方になっているのは、出版禁止令等に対するカモフラージュ意識が働いているためと考えられる――。『俳句忠臣蔵』は、『橋南』が江戸期においても稀書となっていたことから、最終的に、沾洲はこの本の出板を自主規制したのではないかと結論付けている。

　江戸俳人達にとって、赤穂浪士は江戸を騒然とさせたセンセーショナルな渦中の存在であり、また、身近な俳友でもあった。複雑な心境を抱いていた者も少なからずいたと推測される。事件発生から間もない時期、当局の監視の厳しい中で堂々と思いを昇華出来ずにいた。そのような背景を考えに入れると、次に挙げる『吉原徒然草』[*18]（宝永六年〈一七〇九〉頃成）上巻第十四段は、彼らの実情をあらわした一条として感慨深いものがある。『吉

原徒然草』は『徒然草』を遊里の内容に逐一パロディ化した書で、其角門、結城屋来示の著作。其角の加筆の可能性が考えられている。

> ひとり灯のもとに好色の文をひろげて、見ぬ人の色をすいしたること、こよなふ慰むわざなれ。文は傾城武道桜のあわれなる巻〳〵、文ほうご、西鶴がことば、一代女。此地の浪人衆のかけるも、いにしへのあわれなる事多かり。

夜の読書（好色本）の楽しみを記した一条である。人気を博していた西鶴の『好色一代女』（貞享三年〈一六八六〉年刊）が挙げられるのは理解できる。しかし、それを押さえ、第一に記されたもの（実線部）が、西沢一風の『傾城武道桜《ぶどうざくら》』（宝永二年〈一七〇五〉刊）なのである。同書は赤穂事件を大坂新町の遊女達による敵討ちという設定へと巧みに変更し、発端から同士の連判、敵の内情視察、討ち入りなど、『介石記《かいせきき》』・『江赤見聞記』・『浅吉一乱記』といった実録類や『堀部武庸筆記』などに見える様々なエピソードを活用し、その顛末を描く、公刊された赤穂事件を扱う小説の嚆矢とされる。[*19] 大手を振って赤穂浪士を語ることができない中、来示ら、つまり其角周辺の江戸俳人達は、『傾城武道桜』を読み、往事を偲ぶほかなかったのである。

第四節　宝永の大赦、七回忌追善へ

宝永六年〈一七〇九〉一月十日、五代将軍綱吉《つなよし》が死去し、家宣《いえのぶ》が新将軍に就任する。これに伴い、二度の大赦が行われた。これに深く関わった新井白石《はくせき》『折たく柴の記』（享保元年〈一七一六〉頃成）によると、対象となった者は総計八千八百三十一名にのぼるという。赤穂藩に関しては、同宝永六年二月三十日に浪士・遺子の赦免、八月二十日に浅野大学《だいがく》の赦免があった。大学は翌七年六月に将軍謁見、九月、房州の新知五百石を拝領して旗本に加えられる。ここに浅野家が再興、事件は落着した。

そこで、これまで幕府の咎めを憚り、大胆な脚色が避けられていた赤穂事件に光が当たり、俄に「赤穂物」大ブームが巻き起こる。*[20] 歌舞伎では同年七月「鬼鹿毛《おにかげ》武蔵鐙」（大坂篠塚座）、同秋「太平記さゞれ石」（京都夷屋座）、「硝《さざれいし》後太平記」（同）が、浄瑠璃では近松門左衛門の「兼好法師物見車」（大坂竹本座）、「碁盤太平記」（同）、紀海音作「鬼鹿毛武佐志《むさし》鐙」（豊竹座）が立て続けに上演される。浮世草子でも江島其磧《きせき》が『傾城伝授紙子《でんじゆがみこ》』（宝永七年〈一七一〇〉刊）でこの事件を取り上げている。

『反古談』の編集は、まさにこの流れの中で行われた。同書は発句総数七十二句余、発句作者六十八名、歌仙二の他、沾徳宛子葉書簡、沾徳の俳文「子葉をいたむこと葉」を掲載する。*[21] 編者は沾徳。『橋南』に較べ、人数・規模は大幅に縮小されているものの、同書は巻頭歌仙から赤穂浪士追悼の意を明言している。

春帆七回忌

主従の鑓をとがひも**春**の草　　沾徳
後をあはせ**梅**に泥酔　　凍雲
鶯の夜は按摩に替るらん　　和推
帆にまぶれたる泊客ども　　喬谷

木に**竹**に茂き世中窓の月　古璉
鯷《ひしこ》の手にて簫ふかすべし　白雲（以下歌仙）

表六句を挙げた。前書から春帆、即ち赤穂浪士の七回忌追善興行であることは明白である。同書中、七回忌に言及する句は多く、

鳴呼忠臣赤士墓
七年をしのぶる雨や花の骨　青流

では赤穂浪士が「忠臣」と位置付けられる。「忠臣」は「赤穂物」でのキーワードの一つとなる。[*22] 沾徳句は、春帆の「春」の語を詠み入れ、武門、浅野家主従の象徴として「鑓」を出しつつ、「鑓頤」（尖った顎）に言い掛けて春帆の面影に思いを馳せたものであろう。

脇句の凍雲は、先に見たように『橋南』出板を沾洲に督促した人物。脇句では子葉の辞世「梅でのむ」句を踏まえ、「梅」を詠み込むことで追悼とする。『反古談』中、「梅」の句は散見され、「鍔」（子廉句）・「破軍の団」[*23]（棹歌句）・「勇気の標」（柳芳句）・「剣の字」（沾谷句）と、武士の面目躍如とする語とともに詠まれている。凍雲は、発句を受けて、「泥酔」と春の宴の様を付けた。

第三の和推句は、梅に鶯の連想とともに其角の子葉追悼「うぐひすに」句からの発想であろう。この句が子葉の「初鰹」句を踏まえることは前述した。子葉を悼む脇句から、其角の子葉追悼句へと連想を繋げている。

「主従の」歌仙中、子葉に関して特筆すべきは

俎箸のとる手わすれて故園きく　(山)夕

宗旦〳〵かたもなき哉　(百)里

との付合が見られることである。子葉は脇屋新兵衛と名を替え、茶人山田宗徧《そうへん》に弟子入りし、吉良邸で催される茶会の時期を探っていたという。宗徧は千宗旦門下、四天王の一人とされる人物。その他、同書中、白雲も

比は梅の文武具茶湯手むけ山

との発句で、文武両道の子葉と茶湯の嗜みについて、館林茂林寺の分福茶釜に掛けつつ言及している。以下、第三では春帆の「帆」、第四句目では竹平の「竹」が句に詠み込まれる。竹平の追悼発句としては、『反古談』中、

竹平子をとぶらふ。

はや七年七々四十うめの花　沾徳

との沾徳句が掲載されている。また、沾洲が

姓と名と四十八手にすミれかな　　沾洲

と、四十七士ではなく「四十八」としているのは、事件前に自刃した涓泉を加えているからだろう。

茅野氏涓泉子は、のがれがたき大義ありて、志を衆に先だちて自殺せし人なり。誹心発明にして、

勝尾寺の樋あはひ寒し荊の花といひて、今に耳底に残せり。

樋あはひは恋にこそねめ藪椿　　同（沾徳）

涓泉の最期については前述した。前書に引用される「勝尾寺の」句は「涓泉一代の句也」（『沾徳随筆』）と絶賛されたもの。「樋あはひ」は、一般には廂と廂との間の狭い空間をいうが、『日葡辞書』は「Fiai　家と家との間に設けられた導管の下にある空間」と、樋の下の場所と説明する。涓泉も『日葡辞書』のように解し、故郷箕面の応頂山勝尾寺の、陽の当たらない樋間の寒さに、茨の花を取り合わせている。沾徳はこの句を思い起こしつつ、自身はその樋間は男女の隠れて会う場所でもあるので、藪椿がその恋に嫉妬し、やぶにらみをしていると追和した。これも、其角の「うぐいすに」句同様、追善の「句兄弟」といえるものである。

『反古談』には、その他にも様々な形で追悼句が載る。

本所二句

鑓の鞘拾ふたとしぞ桃の花　　琴風
二階からみし兵ぞ梅の夢　　古璉

右の「本所二句」は、浪士の落としていった鑓の鞘を拾ったという琴風、二階からその勇姿を見ていたとする古璉の句を対としたもので、討入当時のことを懐古しての詠かと推測される。集中には、浪士達の渡った「橋（永代橋）」（新真句）、「泉岳寺」（青流句）も詠まれている。

春の日や予譲《よじょう》が嘶まだ止ぬ　　連和

予譲は中国春秋戦国時代、晋の人。恩人の仇を討つため、炭を呑んで唖《おし》となり、漆で身を爛《ただ》れさせて敵を狙った。仇討ちは失敗するも、最期に敵の衣を乞い請け、これを切り裂いて自刃する。予譲が出てくるのは唐突な感があるが、これは林鳳岡が『復讐論』で

関門突入蔑二荊卿一　易水風寒壮士情
炭唖形衰追二**予譲**一　薤歌涙滴挽二田横一
精誠貫レ日死何悔　義気抜レ山生太軽
四十六人齊伏レ刃　上天無レ意佐二忠貞一

との詩を詠み、[24] 赤穂浪士を予譲に擬えて讃美したことによるもので、連和は七回忌に当たり浪士の話題が幾度となく出ることを詠む。次のような句もある。

天野屋も後にてぞいへ土筆　（白雲）

「天野屋」とは、赤穂浪士を支援したとされる商人、天野屋利兵衛。事件直後の執筆と目される加賀藩士杉本義隣の『赤穂鐘秀記』巻下には天野屋次郎右衛門の名ながら、大坂の町名主であった天野屋が、鑓二十四本を誂えたため、不審に思った公儀に捕縛され、討ち入り後に子細を自白した話が載る。津山藩士小川忠右衛門の『忠誠後鑑録或説』（宝永六年〈一七〇九〉成）にも大坂惣年寄の天野屋理兵衛が鑓数十本を作り、町奉行松野河内守助義に捕縛されて拷問に掛けられるが、討ち入りまでは決して自白しようとしなかった話が記されている。句もこの逸話を踏まえたものである。

尤も、史実として天野屋と浅野家との繋がりは確認されていない。しかし、義商、天野屋というイメージは、以後、各書・各方面に伝播していく。

まとめ

以上、赤穂事件を軸として、江戸俳諧を取り巻く社会背景の一側面を考察してきた。子葉らは其角・沾徳の俳諧に、一武家俳人として遊んでいた。彼らは、其角門下では「性質律儀にして雅情あり。子葉、春帆をはじめ、

【図1】「其角・子葉邂逅図」

赤穂の士多く親しめり」（『俳家奇人談』）と記される貞佐と特に交流が密であった。しかし、元禄十四年〈一七〇一〉の殿中刃傷によって生活は一変、浅野家再興に奔走することとなる—その間に涓泉は自刃—。

翌元禄十五年の討ち入りは、其角の目から見ると、極めて近しい俳人達の間で起きた出来事であった。一方、賛否を分かち、扱いの難しい赤穂事件は、文芸・芝居の世界が迂闊《うかつ》に手を出すことのできない題材となる。俳諧にあっては、一周忌を企図した『橋南』編集における沾洲の躊躇がそれを物語っていた。

宝永六年〈一七〇九〉の大赦によって浅野家再興が叶い、いわば「赤穂物」が「解禁」される。「義士」・「忠臣」としての赤穂浪士像が定着、個々の逸話に展開を見せながら、江戸に浸透していく。*25 元禄十一年〈一六九八〉に罪を得て三宅島に流され、大赦で江戸に戻ってきた英《はなぶさ》一蝶が描いたとされる【図1】は、討ち入り前日に両国橋で其角が煤竹売りに身をやつした子葉に出会い、

年のくれ水のながれも人の身も　其角
あしたまたまつ其たから船　子葉

と句を取り交わす場面を伝えている[*26]。一蝶は赤穂事件時に江戸におらず、帰江した時には既に盟友其角は没している。其角側からこの逸話を裏付ける資料は一切なく、真偽は未詳といわざるを得ないが、様々な巷説が交錯していく中で、赤穂浪士七回忌追善の意を強く打ち出した『反古談』は公刊された。

以後も「赤穂物」大流行の波は高く、寛延元年〈一七四八〉に至り、竹田出雲《いずも》・三好松洛《しょうらく》・並木千柳合作「仮名手本忠臣蔵」（大坂竹本座初演）で集大成を見せている。

注

＊1　本書について、編者沾徳が『沾徳随筆』中、赤穂浪士追悼句群の末尾に「反故談といふ小集に委書」と記しているが、『反古談』の存在に言及した赤穂事件関連の研究は現在のところ見当たらない。

＊2　復本一郎「完本『橋南』について」（『連歌俳諧研究』第五十八号、一九八〇年一月。『「俳」の精神　芭蕉から井月へ』沖積舎、二〇一三年に再録）。『橋南』上下二巻は復本氏蔵。上巻のみ、天理大学附属天理図書館綿屋文庫に所蔵される。

＊3　復本一郎『俳句忠臣蔵』（新潮選書、一九九一年）

＊4　志田義秀「赤穂義士の俳人」（『俳句と俳人と』修文館、一九四二年）。なお、「三井氏出品」によると、竹平は招斎、如柳は昭定とも号したらしい。

＊5　＊3『俳句忠臣蔵』中、七十二頁に殿田良作氏の指摘として載る。

＊6　例えば、安藤鶴翁「赤穂浪士と俳諧」（『清泉』第四巻第五号、一九六二年）は橋本平左衛門とする。

＊7　両書は宝暦九年〈一七五九〉、貞佐門弟の平砂により『桑岡集』として覆刻される。＊3『俳句忠臣蔵』は『一番鶏』・『二

番鶏』が赤穂浪士関連の俳書であったため、すぐに披見困難な稀覯書になったのではないかと推測している。

＊8　『桑岡集』再録。「摂州紀行」との題名は『二つの竹』にはないが、再録の際、編者平砂によって題名が付されている。

＊9　涓泉の俳交の範囲は広く、兄の紅山(重通)や縁戚にあたるといわれる蘭風も俳諧に遊んだ。「摂州紀行」では、子葉は休計・蘭風に誘われて西吟の落月庵に赴いている。『元禄時代俳人大観　第二巻』(佐藤勝明・伊藤善隆・金子俊之編、八木書店、二〇一一年)によると、涓泉は元禄十四年〈一七〇一〉、和泥らと歌仙を巻き、西吟に点を請うている。なお、涓泉には惟然との交遊が確認される(『駒掫』元禄十五年〈一七〇二〉刊、『花の雲』同年刊)。復本一郎氏のご教示によると、惟然との繋がりは、鬼貫との関係から来るものである。

＊10　高橋寧「忠臣蔵 その虚と実」(『芸能』第三十三巻第十二号、一九九一年十二月)

＊11　赤穂事件関連の其角書簡には、広く流布した文鱗宛書簡ほか、甚だしい量の偽簡が存在する。石川八朗氏「其角晩年の生活について」(『語文研究』第十九号、一九六五年二月)及び石川氏も手掛けた『宝井其角全集』(勉誠出版、一九九四年)や田中善信氏「其雫宛其角書簡の検討」(『近世文芸研究と評論』第五十八号、二〇〇〇年六月。『芭蕉の真贋』ぺりかん社、二〇〇二年に再録)はこれを真蹟とする一方、＊3『俳句忠臣蔵』は書簡中に記される討入後の浪士の道順の誤りや細川家・水野家に預けられた浪士の人数(書簡にはそれぞれ十九人、六人とあるが、実際は十七人、九人)の相違などを根拠としてこれを偽簡とする。尤も、真蹟とする立場からは、これらの情報の誤りが赤穂事件発生直後の混乱を示す証左になるとの意見が出ており、判断には困難がつきまとう。ただし、後述するように、其雫がこの一件に強い関心を持っていたと推測されること、蕪村の『新華摘』に、先の書簡とは別簡と目されるが、其雫宛書簡についての言及があることから、少なくとも其雫にあて、赤穂事件の詳細を報じた書簡が存在していたことは間違いないだろう。

＊12　石川八朗他編『宝井其角全集』(勉誠出版、一九九四年)年譜編注一四九。

＊13　平林鳳二著、大西一外編『新選俳諧年表』（書画珍本雑誌、一九二三年）他

＊14　「鸝」は高麗鶯（黄鳥）のこと。例えば、秦の穆公に殉じた三人の良臣（三良）を悼んだとされる詩「黄鳥」（『詩経』「国風」では、黄鳥は三良を鎮魂する存在として登場する。曹植「三良詩」（『文選』巻二十一）は、「黄鳥」を踏まえ、

黄鳥為《タメニ》悲‐鳴《ス》。哀《ヒカナ》‐哉。傷《ヤブル》二肺《ヲ》‐肝《ヲ》一

と詠じられる。句の前書は、『五元集』では「万世のさえづり、黄舌をひるがへし、肺肝をつらぬく」となっており、今泉準一氏『五元集の研究』（おうふう、一九八一年）も指摘するように、子葉らを、主君のために殉死した「三良」に擬えて追悼したものと解される。また、「黄舌」は鳴く音がまだ幼くて整わないこと。謡曲「歌占」に「当面黄舌の囀、鶯の子は子なりけり〳〵」と出る。

＊15　さらにいえば、この子葉の句は、『一番鶏』の「送子葉七句並歌仙」中、貞佐が東下する子葉に対し、

又子葉子を送るとて

此格に江戸な思ひそ番椒《とうがらし》　　了我

と、江戸の「格《レベル》」をこの程度とあなどってはいけないぞと、唐辛子の辛さに託して戒めた句を踏まえての応答であったことも考え得る。

＊16　小島康敬「赤穂浪士討ち入り事件をめぐる論争」（今井淳・小澤富夫編『日本思想論争史』ぺりかん社、一九七九年）

＊17　赤間亮氏「最初の赤穂義士劇に関する憶説」（『歌舞伎の狂言』八木書店、一九九二年）は「曙曽我夜討」を中村七三郎作とされる「傾城阿左間曽我」かと推定する。

＊18　『江戸吉原叢刊　第四巻』（同刊行会、八木書店、二〇一〇年）に筆者による解題・翻刻がある。

＊19　杉本和寛「赤穂事件虚構化の方法と意味―享受者の視点をめぐって―」（冨士昭雄編『江戸文学と出版メディア―近世前

期小説を中心に』笠間書院、二〇〇一年十月）

＊20 長谷川強氏（「解説」『新日本古典文学大系　第七十八巻　けいせい色三味線　けいせい伝授紙子　世間娘気質』岩波書店、一九八九年）は「赤穂物」ブームの要因として、浅野家再興とともに、宝永六年〈一七〇九〉二月、家宣が綱吉廟を参詣するに際し派遣された勅使の饗応役前田利昌が、高家織田秀親を刺殺するという、浅野長矩の殿中刃傷を想起させる事件が発生したことの影響があることを指摘している。なお、『傾城武道桜』以後も、『傾城播磨石』（宝永四年〈一七〇七〉刊）や都の錦『播磨椙原』（同五年）が出板され、時代の推移とともに、わずかながら当局の監視は緩やかになっていた。其角の泉岳寺訪問と赤穂浪士追悼句を載せた『類柑子』が刊行されたのも、当の其角が没していることもあろうが、そのような情勢からの判断であったか。同五年には蘭風が亡弟涓泉の追悼句他を載せる『萱野艸』を出板している。

＊21 沾徳宛子葉書簡・「子葉をいたむこと葉」は『沾徳随筆』にも再録される。ただし、書簡中の子葉の句上五「山をさく」を「山を抜く」としており、『反古談』とは異同がある。

＊22 杉本和寛氏「『傾城武道桜』成立の要件」（『国語と国文学』第七十三巻第五号、一九九六年五月）は、「「赤穂物」を扱う上では、「忠臣」や「忠義」、そして事件の経緯をしっかり追いながら、義士としてのエピソードを積み重ね、ストーリーを膨らませる。そうした方向性が正徳以後の「赤穂物」小説を規定していると言えるだろう」と述べている。

＊23 「破軍」とは「破軍星（北斗七星柄先の星）」。戦において吉凶の占いに用いる。「破軍の団」で軍配の意としたと解される。

＊24 鳳岡の詩は『沾徳随筆』「浅野氏家滅亡之濫觴」にも掲載されるが、詩句に異同がある。参考のため、次に挙げておく。

其時分の挽詩　林祭酒

曽聞壮士皈来晩　易水風寒連袂行

炭唖変容追豫譲　韮歌滴涙挹田横

精誠石砕死何悔　義気水清性酷軽
四十七人等伏刃　上天未猶察忠情

なお、小高敏郎氏「芭蕉と三人の友―沾徳・素堂・安適伝参考―」（『連歌俳諧研究』第二十号、一九六〇年十月）によると、沾徳は林鳳岡門。ただし、鷲峰門下で、鷲峰没後に鳳岡に師礼を執ったものと推測している。

＊25　＊17中、赤間氏論文によると、芝居で定番となる赤穂浪士の火事装束が定着したのも宝永七年〈一七一〇〉頃のことである。

＊26　＊3『俳句忠臣蔵』が指摘するように、其角・子葉の句は、一般には為永春水作『いろは文庫』（天保七年〈一八三六〉刊）に載る

年の瀬や水のながれも人の身も
あしたまたるゝ其たから船

の形で知られる。この逸話は歌舞伎や講談で盛んに取り上げられている。なお、『日本戯曲全集　歌舞伎篇　第十五巻』（春陽堂、一九二八）解説によると、歌舞伎で演じられる「松浦《まつら》の太鼓」は、安政二年〈一八五五〉、江戸森田座初演の「新台いろは書初《のかきぞめ》」（三代目瀬川如皐《じよこう》・三代目桜田治助《じすけ》合作）の十一段目である。

※本章をなすにあたり、復本一郎氏には貴重なご所蔵資料の閲覧をご許可いただき、多くの有意義なご教示をいただいた。記して感謝申し上げる。

【付録】

参考として、酒田市光丘文庫所蔵『反古談』を翻刻・紹介する。書誌を以下に記す。

装幀　刊本。大本一巻一冊。袋綴じ。
表紙　縦二十四・一糎×横十六・一糎。茶色無地表紙。
題簽「反古談」（摺・中央）。
内題「反古談」。
字高　十四・三糎。（一オ三行目「主従の鑓を…沾徳」）。
丁数　全十五丁。
行数　本文八行。
序文　なし。
跋文　なし。
刊記「吉田宇右衛門板」。

［凡例］
一、旧字及び異体字・俗字等は適宜通行の字体に改めた。
一、文字の清濁は原文通りとした。

一、底本に句読点はないが、私にこれを補った。
一、底本はそれぞれ丁付が付されていないが、実丁数によってアラビア数字で丁付を付した。丁移りは、その丁の表及び裏の末尾において、丁数とオ・ウとを括弧内に示した。

［翻刻］

反古談

春帆七回忌

主従の鑓をとかひも春の草　沾徳
後をあはせ梅に泥酔　凍雲
鶯の夜は按摩に替るらん　和推
帆にまふれたる泊客とも　喬谷
木に竹に茂き世中窓の月　古璉
鯷の手にて簫ふかすへし　白雲」（1オ）
ウ山崎は油の糟のをみなへし　沾洲
をたしき牛ハ夫婦とも召せ　九皐
傘張の爰をわするなのほり階　青峩
子にたよりあり夕烟数寄　叉魚
青御座に寐付ぬ内の筆いちり　棹歌

関て鳥井も又いつと泣　千山
灯蓋を洗ふて世をや忍ふらん　序令
下司の躍の翠簾へ早速　青流」（1ウ）
爪にして甘い位の月見なり　凍
二密通に鶉かたよる　徳
名の高き神の木具きく浦の花　魚
光悦うつる築ィ地春めく　山夕
ナだうらくの使をもつて朧更　百里
干鱈を踏て世を思ふ也　洲
寒菊は手を吹迄の恋なれや　皐
鬼とおもへははつかしの蔵　宬」（2オ）
遊行にハ逢す蔓にも堀あてす　谷
平家は沖に鍋の最中　璉
饔とてもされバたゞしの空を鼸　雲
米にてひゝく大仏の脛　令
返す時端本の闇にくるふ也　山
牡丹せゝりて足袋しらぬ君　歌
指月迄はやく御こし郭公　流

環遶《クワンニウ》の入顔に百石　推」（2ウ）
ゥ俎箸のとる手わすれて故園きく　夕
　宗旦〳〵かたもなき哉　里
雁木迄櫃を揚れハ汐も干て　徳
　衣紋は花にさのミ崩れす　皐
先々の笠にもならす蝶ハ飛　同波
　手向やハらく氷冲々　仙芝」（3オ）

追悼

勇あるものは諍ひ
　義あるものハ撓ます。

しかももとの角にもあらす水の芦　凍雲
姓と名と四十八手にすミれかな　沾洲
水くきの酒屋に匂ふ梅なれや　千山
七年の昔にとけて雪寒し　序令
菜の花のさハものゝふの油あけ　百里
忠度の以後も戸敲く春も夢　山夕」（3ウ）
ましはりの苔もかうハし墓と墓　周竹

年は春まさに見たりし椵九尺　和推
磨屋へもその物語花の陰　叉魚
錦着て田を行ものか風の梅　喬谷
うとんけといふも花の名梅さくら　菊陽
鶯に渠等《カレラ》か声のひかり哉　格枝
空やそら而《ニ》雨《ウ》曼《マン》陀《タ》羅《ラ》華《ケ》梅をこそ　秋色
呼出して恋せし男山さくら　九皐」（4オ）
年は夢肩ハならふそ土筆　貞佐
薫物のひらけハ桜彼岸かな　済通
武士の円月のほる梅の上　巴人
かけろふや石にたつ名も所せき　青峩
業鏡の槌に流るゝ氷かな　一雲
ゆく水のはや行水の彼岸かな　一和
はた野出す村も弦打のこりけり　海宇
勢の根にのこるらん川柳　府文」（4ウ）
雉子啼やその七廻リ天草柄　入松
一六の裏葉も見るや梅さくら　沾竹
去ものは日々に梅か香鍔の年　子廉

雨〱を只そのまゝの木芽かな　楓江
梅さくや破軍の団年も又　棹歌
われてさへ刷毛目の姿八重霞　望月
春の日や予譲か嘶また止ぬ　連和
いとゆふや仏を雇ふ七車　沾葉」（5オ）
山科の隣もあらめよめな売　千江
咄しにも芳しき名や桜人　千泉
七とせよ持参の釬《コテ》も木瓜の花　為桂
その世越す波による海苔なつかしき　歩雀
面かけハ具足一領すミれ哉　雨亭
むかし〱今も連翹膝の海　分差
芽はり柳水せゝりなり夢の跡　白宇
又なミたかくも忍ふに梅咲か　紫香」（5ウ）
梅散てあはれ勇気の標かな　柳芳
梅か香は何所を行衛や七年忌　湖帆
七とせの味よ匂ひよ蕗のたう　居竹
それも香の人ハ梅柤《(檀)》梅の花　仙台朱白
春七ツくちぬ一露の名ハ二ツ　文推

おもかけは七年わかし柳陰　滴柳
二月や七とせとへはあらひ皃　文峰
その高き苗代水や年の淡　北川」（６オ）
呼子鳥をの〱すこき石の角　堅田千那
観梅やミな剣の字の一匂ひ　沾谷
　春帆に蹴鞠のましハりあり。
その鞠は今も雲雀に名の高し　来枝
鶯やふるき長門のもち心　素雪
七年の艾はありて春の雨　沾律
年忌毎潮煮申せ春の水　仙芝
本来の目にも鼻にも花の風　同波」（６ウ）
橋大柳七年の雪解にけり　新真
紅や曝〱て梅の痩　栢十
かくほとけあやまつ場なし蕗のたう　京仙鶴
　本所二句
鐺の鞘拾ふたとしそ桃の花　琴風
二階からみし兵そ梅の夢　古璉
鳴呼忠臣赤士墓

七年をしのふる雨や花の骨　青流」（7オ）
爰をせに泉岳寺にハ海苔吟味　青流

梱底密植の誼士、世もて忘るへからす。茲よりかミ昭易恊恰にさかのほれは、二千百五十余の烏兎はやくきのふ也。予茅庭の焉なれと、歴史の中、義士の成処を見れハ、おほえすたゝむきをまくり、まかふら宏き心地す。古今たゝ一箇の義字」（7ウ）なれは也。群霊の中、平生優句を弄するもありて、此おもむき、名とゝもに朽す。このわすれすの句叙、けたし祭文なり。口碑也。小字と云とも志をあなとるへからす。百拝白雲

比は梅の文武具茶湯手むけ山
あたゝかの狐に無心墓の鎰
天野屋も後にてそいへ土筆　」（8オ）
討死の下にくゝらぬ桜かな　露貫
東風にきほひ北斗にきをひ昔沙汰　蘭台

尚々、尤世ニさた御座候迄ハ、御沙太被成被下ましく候。以上。
其後は、かれ是御無音背本意奉存候。いつれも様御堅固ニ御座候哉。さてハ私義、所存之一筋難止、今暁存立候趣御座候。年来御懇意ニ罷成、一道御伝之御厚」（8ウ）情、彼是以生々世々ニおよひ申候事ニ御座候。
　山をさくちからも折れて松の雪
春帆・竹平も同し道にて候。涓泉ハ御存之ことくにて候。さて御恩借之御ふとんハ申請候テ、其侭打捨置

申候。御一句之御引導奉頼候〳〵。以上。

十二月十五日　　　　　　　　　　　子葉

沾徳先師　　　　　　　　　　　」（9オ）

子葉をいたむこと葉

ぬき捨ぬは雨後の簑、脱すてしハ子葉子か蒲団也。あゝなけくかな、その秋、京より来て身をひそめ、いつくにかりねせしそ。断猿の声耳にふれて、山錦たゝまくておしき夕も目につもりて、過し八とせの霜月廿日、余、おもハす机辺にき」（9ウ）たりぬ。去々年、洛下同酔の事なとかたりあひて、さて寒夜なれとも、秋より丸寐の境界、今尚しのきかたし。帋に綿入ても、綿に板つゝミても、寒風の楯となる物許借あれかしなと、たはふれなから申侍れハ、一半ノ西窓無二夕陽一といひしハ、客と眠し蒲団、閑居ハおなし場にして、今以十分」（10オ）の貧、いかゝハせむ。火燵に負し食、次ハ垢膩のあか付る蒲団也。是にても見ゆるすへきや。よしハンヤいれて静座するとも、猫も戴し、竹もうたし、其音は是ならんと徳利さし出せハ、橘叟一ふり振て、残酒耳にありと三盃得て、うす綿ほとの活計、こよひのしのきと帰るを見れハ、武士也。あミ笠也。」（10ウ）予立かへりて、合歓堂にはらはひて、仕官たる身の上をおもふに、生涯を君になけうつて、其場をわするゝ躰にあそふは希也。かれにまけ、かれにおとらしの志ハ立るとやいはむ。こゝに讎を報ふ石心は、父母の力をよはす、妻子の綱ハひくに切ることハりにして、一とせあまり時をまつ。予か」（11オ）京の傚居にあそひ、江都にかへれハぬれ草鞋を柴門にぬく事、花になり、月になり、二の竹といふ集を花洛にあらはして、誹名を世に鳴。いつまてかくてと残せしは、後にミなしるところ也。武なくハかくとはれじ、文なくはかくとはれじ。江都の誹士に七年をつけて」（11ウ）いまこゝにうたふ。

沾徳

過けりな世に白魚の七里灘
　月雪ともに解し切帋
家中茶の摘ム日に銘や極むらん
　二度引ちきれ胸弦ハなし
ころ〳〵と帰りところハ孔雀丸
　線香はさミ氷筋《ツラヽ》かゝやく」（12オ）
ウ昔あばた姉にあつたか妹にか
　ずりやうの恋は百里内外
竹の屋へ足指出して肌寒ミ
　鶉を削るくろかねの觜
また医者かほめても帰る萩の月
　古主くらへにたはけあらハれ
馬の屁も法台院へ吹まはし
　手からあかれて蒋凋《スクサ》るゝ」（12ウ）
その親も袖へ飛込玉すたれ
　海へ入ねのこと葉一貼

目もとにて城かひよろつく花か咲
　桃で蹴ちらす火燵塩梅
名美濃近江草履の土も出かハりて
　神へ人参乗うつるなり
世中は皿に敷寐の帋一重
　畠ちかさに影も姥捨 」(13オ)
長嘯の三夕出れは水鼻も
　舟こそりてそ鬢の厚薄
具足をハ入とて威すいらこ崎
　自炊の上は衆道富けり
錦木の以後ひたと出る地黄店
　班女か居たら何間ヒの宿
竜宮へ腋香かゝれてかへられし
　横から刻む俎に色 」(13ウ)
ウそれ見たか五把の渋木に二把ハ雪
　破陣楽にてもとる駒本
下纐《くゝり》も又菅笠も花の中
　嶋は尾をくゝる雉の啄ミ

呑鳶のなき日に淋しかる風もなし
　朝のしめりに鐘もうらめし　　　　　　　　」（14オ）

　竹平子をとふらふ。
はや七年七々四十うめの花　　　　　　　沾徳
茅野氏涓泉子は、のかれかたき大義ありて、志を衆に先たちて自殺せし人なり。誹心発明にして、
　勝尾寺の樋あハひ寒し荊の花といひて、今に耳底に残せり。
樋あハひは恋にこそねめ藪椿　　　　　　同　」（14ウ）

　追加
名を鳴す風七廻り芦の錐　　　　　　　　立永
酢に入て雲行客の防風かな　　　　　　　翠兄
春草やわれ方外の塵拾ひ　　　　　　　　恵探
　　　　　　　　　　　　　　　　吉田宇右衛門板」（15オ）

※翻刻にあたり、酒田市光丘文庫には貴重なご所蔵資料閲覧の便宜を図っていただき、翻刻のご許可をいただいた。記して深謝申し上げる。

第四章　昇窓湖十伝

はじめに

享保末期に江戸の俳諧宗匠組合、江戸座が組織化される。中でも初世湖十（老鼠肝）は、秋色の後、其角の点印「一日長安花」・「洞庭月」・「越雪」、隠し点「半面美人」印を付嘱《ふぞく》（『綾錦』享保十七年〈一七三二〉刊）し、〈其角正統〉の地位を得る。点印を継承した二世湖十（巽窓）、三世湖十（風窓）もまた旺盛な活動を見せ、彼らの主宰する其角座は一大勢力を形成した（第二部第三章参照）。

このように、江戸座で主要な位置にいた歴世の湖十であるが、代々同じ雅号を継承するため、事蹟や活動に混乱が生じやすく、初世、二世の事蹟を考証した白石悌三氏[*1]の論考はあるものの、三世以降の研究は全く進んでいない。また、江戸座全体の研究も、寛政・化政期に至ると手薄になっているのが現状である。そこで、木者庵、宝晋斎[*2]、江左と号した六世湖十（昇窓）の事蹟を紹介し、化政期江戸座俳人の活動について考察する礎石としたい。

昇窓の伝記資料として、東京大学総合図書館知十文庫に『六世木者庵湖十伝』（以下『湖十伝』と略記する）が所蔵される。また、著作には文化十二年〈一八一五〉から文政二年〈一八一九〉にわたる発句の書留『湖十句巣』（同洒竹文庫蔵）、紀行類に『宝晋斎江左翁記行　洛陽・熱海・麻生・防長・身延山・日光山・佐倉』（享和～天保年間、天理大学附属天理図書館綿屋文庫蔵）、『麻生紀行』（文化二年〈一八〇五〉成ヵ、知十文庫蔵）、『日光紀行』（天保三年〈一八三二〉成、同文庫蔵）があり、昇窓没後には門人によって『二世宝晋斎句集』（天保五年〈一八三四〉序）が刊行されている。『湖十伝』には、次の句が人口に膾炙したとある。

膝抱けば膝へ来にけり秋の暮

梅らしいところぐ〵よ野の朧

前者は秋の孤独な寂寥感を、後者はあちらこちらに咲く梅の朧に見える春の景を詠んだもので、いずれも軽妙な、江戸座俳人らしい句風である。本章では『湖十伝』によりながら、昇窓の活動についてまとめる。

第一節　『湖十伝』著者、佐藤信古と昇窓の出自

『湖十伝』の書誌を以下に記す。

書型　二十四・二糎×十六・八糎。
巻数　一巻一冊。
表紙　茶色無地表紙。
外題　題簽「六世木者庵湖十伝　佐藤信古自筆」と墨書。
内題　「江左翁伝」。
丁数　全七丁。
丁付　なし。
備考　稿本と見られ、朱・墨書によるミセケチ等がある。

題簽に著者として記される佐藤信古《のぶひさ》（文化四年〈一八〇七〉生、明治十二年〈一八七九〉七月二十九日没）は通称、彦吉・次左衛門。字、子老。蕉蘆・残翁・残夢・瓢渠間人と号する。小山田与清《ともきよ》門の国学者（『和学者綜覧』汲古書院、一九九一年）、また、儒者としても知られる（『広益諸家人名録』二編、天保十三年〈一八四二〉刊）。後述するように、家は代々幕府の金座人を職とし、信古も金座（金局）の官吏として勤務、『宝貨叢記』、『宝貨叢録』等、貨幣関連の書物を著している。

まず、佐藤家について述べる。『佐藤信古並僖澄稿本叢書』（百四十六冊・東北大学附属図書館蔵）収載の「芝西応寺門前盟主堀江氏実家累系（佐藤市左衛門以下系図）」を次に挙げる。

系図によると、佐藤家はもと佐渡の出身で、初代に位置付けられる市左衛門は相川三町目住。同国相の山住の佐藤次左衛門次女の婿となる。本家である次左衛門は佐渡金座人を職とした―勘定奉行の支配となる金座は、日

佐藤市左衛門――佐渡相川三町目ニ住ス。同国相ノ山佐藤次左衛門　二女ノ婿トナリテ別宗

兵十郎　廿三早世

嘉左衛門　僖尚　本家次左衛門家職、同所金座人トナル。後ニ江戸ヘ出府

長兵衛　江戸ヘ出府、麹町米田屋大和屋又兵衛方ニ仕ヘ、後ニ同所番町近江屋長兵衛入夫トナル。墓ハ小日向本法寺ニアリ

次左衛門　僖澄――安郎――次左衛門（筆者注・信古）

伴次郎　堀田氏。清水殿勘定方トナル

女子

（以下略）

本橋本町一丁目の江戸金座（後藤宗家が世襲した御金改役宅及び役所となる金局、鋳造所の吹所から成る）のほか、京、駿府、佐渡相川に支局（後に一部廃止）を設けている―が、何か事情があったと見え、市左衛門次子（長子は早世）の嘉左衛門僖尚が本家の家職を受け継いで金座人となり、後、江戸に出た。これはおそらく、日本橋の江戸金座へ移ったということであろう。嘉左衛門の長子は入婿となったため、次男の僖澄が次左衛門を襲名し、江戸金座人を継ぐ。*3 僖澄の息は、系図では安郎とあるが、享和三年〈一八〇三〉九月の「京江戸金座人由緒書」*4 の連名十名の内に「佐藤安次郎」との名が見えることから、「安次郎」の誤と推察される。そして、その子の次左衛門が信古にあたる。なお、系図には記されていないが、信古の長子、僖由も金座で出納権大属を務めた人物（谷中瑞林寺、僖由墓碑銘）。金座に深く関係する一族で、それらの縁故からか、僖澄の弟、伴次郎は御三卿清水家の勘定方となっ

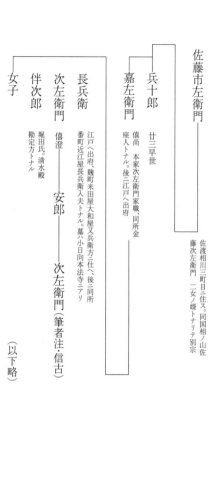

ている。

さて、そこで次に挙げる『湖十伝』冒頭部分を見てみたい。

吾叔父なりける宝晋斎江左翁（筆者注、昇窓）は、祖父次左衛門僖澄《ヨシ》の三郎にて、名を秀盈といふ。相貌尋常ならず、耳高く額広し。心ざまゆたけく、才かしこし。算術、柔術はことにたけたり。いとけなき頃より、僖澄の弟、堀田伴次郎に養はる。伴次郎は、清水殿の家司也。

『湖十伝』によると、昇窓は信古の叔父にあたり、信古の祖父僖澄の三男として生まれた秀盈で、幼少時にその叔父（信古からすると大叔父）、清水家に仕えた堀田伴次郎の養子になったとある。先の系図を見ると、次左衛門僖澄、伴次郎が兄弟であることが確認でき、前述のように、伴次郎が清水家の勘定方であることも明記されている。系図では信古の叔父らは省略され、秀盈（昇窓）の名も見えないが、『湖十伝』の記事はこれらの記述と一致するものである。

次に、昇窓の生没年について整理する。没年、享年は泉光山蓮華寺（現・中野区大和町。目白より移転）に現存する昇窓の墓碑裏に「天保四年癸巳　法性院衣宝日円居士　十月二十日」とあり、『湖十伝』にも「その年（筆者注・天保四年）の十月廿日、やみてうせぬ」とあることから、天保四年〈一八三三〉として問題はない。ただし、『湖十伝』には享年六十才、先哲の墓石の写し約千四百を収める『夢跡集』（天保四年〈一八三三〉頃成）には享年六十二才とあり、食い違いが見られる。前者であれば安永三年〈一七七四〉生、後者であれば明和九年〈一七七二〉生となる。『湖十伝』を信ずるべきか。

昇窓の宗匠立机までの経緯については、『湖十伝』に次のように記される。

伴次郎うせて、うけつぎてつかへ、家をもおこし、名をも揚べく心がけたりしかど、そのころ清水殿うせ給ひ、御跡しばしたえぬ。さてなん、小普請入といふにはなる。かくては翁の望もむなしくなりたれば、世をはかなみて、御暇をこひ、俳諧の宗匠になりて、あざなをも、木者庵湖十となんいひける。此時、年ははたちあまりなりし。

昇窓は養父伴次郎没後、その跡を継ぎ清水家に仕えるが、お家断絶という事態に直面する。『文恭公記』寛政七年〈一七九五〉七月八日の条に

清水中納言重好《しげよし》卿薨じ、年五十一。以後其の家老を改めて、清水勤番支配と称す。（後略）

一、清水殿逝去に付、御領知は被㆓召返㆒、御簾中には、公儀より御手当并に御附人可㆑被㆓成遣㆒候。都て御附人之分は被㆓召返㆒、抱入之分は不㆑残御本丸へ被㆓召抱㆒、何も取来本高之通、御宛行可㆑被㆑下候。尤五十日過候迄は、家中一同諸事是迄之通り可㆓相勤㆒候。

云々とある。清水家は継嗣を欠き、領地、諸子はともに公儀に召し返されて、家老は廃止、かわって清水勤番支配（家老であった柘植正寔《まさたね》が就任）がおかれる。それまでの廷臣団は清水勤番組頭、清水奥向勤番、清水表向勤番、柘植長門守支配小普請、貞章院殿（清水徳川家初代当主、重好正室）付に編成替えされる。『湖十伝』によると、昇

窓は小普請入《こぶしんいり》（小普請支配に編入された無役の旗本、御家人の総称。三千石未満）となったという。そこで、『清藩勤番雑書』（国文学研究資料館田藩文庫蔵）を見ると、八月二十九日付で、各人の所属がそれぞれ列記される中に、「同（筆者注・添勘定）介　堀田久米蔵」と、堀田姓の人物が一名だけ確認することができる。養父伴次郎が勘定方であったことも考慮に入れると、これが昇窓である可能性は高い。寛政七年〈一七九五〉は、安永三年〈一七七四〉生とすると、昇窓、この時二十三才である。

以後、清水家は同十年七月、十一代将軍家斉《いえなり》の五男敦之助が入嗣し第二代を相続するが、翌十一年五月には夭折して再度の明屋形となる。そして文化二年〈一八〇五〉八月、家斉の七男斎順《なりゆき》が第三代を相続するまで清水家は断絶する。一方で、小普請入となった昇窓は俳諧宗匠へと転身していくことになる。

第二節　其角座の状況と昇窓の宗匠立机

昇窓の名が俳壇に初めて登場するのは『俳諧觽《けい》』十五編（寛政十二年〈一八〇〇〉刊）で、其角座に木髪（昇窓／深川）とある。では、昇窓が立机した時期の其角座はどのような状況下にあったのか。寛政・化政期の動向を把握するためにも確認しておきたい。寛政期における其角座の混乱については第二部第三章で述べたが、ここでは聊《いささ》か異なる、俳風や大名との繋がりを軸とした視点から以下に見ていく。

宝暦・明和・安永期、『眉斧日録《びふにちろく》』（宝暦二年〈一七五二〉～六年）を続刊し、精力的に活動した三世湖十（風窓）の率いる其角座は着実に地盤を固めていた。安永四年〈一七七五〉に至り、風窓は老鼠（二世）に改号、歓雷（晋窓）が四世湖十を襲号する（『増補童の的』六編、同年春二月序）。改号を機として、風窓には「強弱交るべし」（『俳諧觽』

初編、明和五年〈一七六八〉刊）から「強き句作也」・「強き句におかしみを交てすべし」（同四編、安永五年〈一七七六〉刊）へと加点傾向を移行させた形跡が認められる。清登典子氏[*5]の説くように、宝暦から明和にかけて、江戸座では宗因風から蕉風へと俳風上の大転換が見られ、安永中期には蕉風復興運動と相俟って平明な叙景句・付合の重視へと傾斜していくが、それらに対し、風窓は「おかしみ」を強化し、自身の方向性を鮮明化したと考えられる。『俳諧觽』四編によると、風窓指導のもと、其角座は老鼠（風窓）・湖十（晋窓）・秋色（二世）・恋稲・宝井・鶴嶺・嵐々・石腸・沢来の九名を擁する。同書中、恋稲・宝井・嵐々らは老鼠（風窓）点の加点傾向を受け継いでおり、中でも宝井は「すべて老鼠点に仕かけて違はず」（同五編、安永八年〈一七七九〉刊）と、特に風窓の影響が強かったと見られる。同五編では、鶴嶺・嵐々が脱退するも麦袋が加入し、総計八名の宗匠が其角座に所属している。

しかし、安永九年〈一七八〇〉の風窓没後、其角座は急激に弱体化する。『俳諧觽』六編では晋窓・野菊（二世秋色）・恋稲・宝井・為裘・石腸・吉雲の七名が加盟した其角座は、同七編（天明四年〈一七八四〉刊）では晋窓と共に点印付嘱していた宝井・恋稲が離脱し、晋窓・野菊・吉雲と、当時不例（病のこと）の為裘・石腸とで五名となる。これはおそらく、晋窓の加点傾向が「高慢作りの句もある歟」（同四編）・「一躰を高慢に仕立べし」（同五編）・「いづれも句を高慢に仕立べし」（同六編）というものであり、「おかしみ」を前面に出した風窓とは著しく異なる志向性を持っていたことが一因となっていると推測される。「高慢」は、鈴木勝忠氏[*6]が『俳諧觽』の加点傾向を分析し、「いわば蕉風に近い緊張感を基盤とする句境」を示す一例として挙げている評で、晋窓の加点は、蕉風化した江戸座の時流に乗ったものであったといえる。同四編で、鶴嶺の加点傾向について、風窓と晋窓とを引き合いに出し「老鼠点を弱く湖十点の強きもの也」と解説するように、両者の違いは明らかであった。そのため、宝井や恋稲ら風窓流を支持していた有力な宗匠と軋轢が生じ、離散を招いたと捉えられる。同七編で晋窓のもとに止まったのが「附と三句のわたりを吟味すべし」と付合を重視する野菊と、「からびて老の心をもちたる句などよし」・「細かなる作意をこのむ」と評される吉雲であることからも、其角座からの宗匠離脱に俳風の問題が絡んでいたことが推察される。

さらに、同八編（天明六年〈一七八六〉刊）では宝井・恋稲ら同様点印付嘱していた野菊が姿を消す。残った者は晋窓と吉雲、そして不例から復帰した石腸のみであった。ただし、石腸は「強き方なり。中古老鼠点の意味にて少しかろき方なるべし」・「とかく強くしておかしみもあるか」と、風窓点の影響を受けた側面があり、俳風の面で晋窓と軌を一にするわけではなかった。井田太郎氏[*7]は、天明二年〈一七八二〉を境として存義はじめ有力な業俳が次々と没し、江戸座は急な世代交代が強いられ、そのために混乱を生じたと指摘する。其角座の場合も、風窓の死によって世代交代の問題が表面化したということになる。

さて、晋窓が勢力を維持できなかったもう一つの理由として、風窓の確保していた大名とのパイプラインの喪失が挙げられる。多くの江戸座俳人達は大名との接点を持ち―大名らの連句一巻を数多の江戸座宗匠らに批点させる「江戸惣評」などが典型といえる―その庇護のもとに自派の勢力を維持・拡大する側面を持っている。例えば、寛延・宝暦期には、風窓は花裡里《かりう》こと肥後熊本藩主、細川重賢《しげかた》の句会に度々顔を出している。『出水叢書（一二）俳諧集』[*8]解説によると、熊本大学附属図書館寄託永青文庫には、寛保期から天明期にかけて江戸邸内の表海楼、鸞嘯閣、雲和閣、扇の間や熊本邸内の陽春閣で花裡雨を中心に興行された点取俳諧のべ四百巻、百冊を越える資料が残されており、花裡雨の俳諧熱がいかに高かったかが窺い知れる。同書から幾つか拾ってみると、風窓は

百韻　脇起　寛延四年（宝暦元年）〈一七五一〉七月二十一日

続三百韻1・2・3　同年八月十四日会、十月六日開　表海楼
百韻　同年十月十四日　表海楼
続二百韻1　宝暦元年〈一七五一〉十二月十六日
百韻　宝暦二年〈一七五二〉正月十二日

の句会には花裏雨と一座し、

百韻　脇起　寛延四年〈一七五一〉閏六月十七日
百韻　同年八月十八日　表海楼
百韻　宝暦二年〈一七五二〉春
百韻　脇起　同年五月十四日　播州加古川駅

には点者として参加している。同書解説によると、花裡雨主催の点取は、宝暦年間までは其角座の宗匠が中核をなしているが、存義が分立した明和期以降になると、点者が専ら存義側の宗匠に限られてくるという。とはいえ、風窓と大名との接点は花裡雨に限るものではない。例えば、米翁（大和郡山藩主、柳沢信鴻《のぶとき》。第二代当主）との交流から風窓の活動の一端が確認できる。試みに米翁在任時の日記『美濃守日記』寛延元年〈一七四八〉閏十月の条を見てみると、

百員。隠市・蟾玉・雀長・桃李・**湖十**・石腸・木啓三評。　（閏十月四日）
○夜百員。**湖十**・超雪・嘉廷評。　（同十二日）
夜三百員七吟。**湖十**評。　（同十七日）
○三百員。**湖十**勝。○大久保伝蔵来。○誹諧。　（同廿七日）

以下、「湖十」の名は散見されるのであり、天理大学附属天理図書館綿屋文庫の所蔵になる翌寛延二年の米翁（浦十）歳旦帖では大尾に位置付けられている。『美濃守日記』の中でも

○春来不快。尾久へ引込。嘉廷大病。**雷鳥**、**湖十養子ニ成**。　（宝暦七年〈一七五七〉六月三十日）
此月**湖十養子雷鳥万句**。**永機ト改**。　（宝暦八年〈一七五八〉三月廿九日）

と湖十（風窓）が雷鳥を養子とし、その雷鳥が万句興行を経て永機と改号したことを特記していることは、他の江戸座俳人の記事の多くが一座した者の名を挙げる、もしくは物故した事を記述するなどに止まるため、注目される。米翁致仕後、閑居した駒込染井山荘（現六義園）での生活を記した『宴遊日記』安永二年〈一七七三〉の記事も挙げておく。

○莱駒月次五評之内**湖十**出点、峨亭勝。　（閏三月十六日）
○廻し懐帋来（百万・珠来・牛呑・万英・**湖十**・鷹吉）六評。　（七月五日）

○青峨より**湖十**・鷹吉出点来。（同十七日）

○青阿使に来、歌仙直しに来、明石侯催江戸惣評頼み来、六宗刻附*9 百万・**湖十**・沾山・寸松・宝馬・柴胡。（九月十三日）

○**湖十**・宝馬三百員出点。（十二月十五日）

右に出て来る湖十は風窓である。この後、晋窓の四世湖十襲号（風窓は老鼠と改号）もあってか、しばらく記事中に登場しないが、以後も

○七より白銀観音参詣（中略）須田町辺甚群集 昌平橋外御手伝小屋皆取払 今川橋にて祭帰りの屋台畳みたる牛車に行違ふ。直に観音参詣。此町に**老鼠**・**湖十**・秋色合宿にて住む、**老鼠**窓に腰懸居たり。（安永七年〈一七七八〉六月十五日）

○祇井持の**老鼠**・金洞・素外・柳尾・収億出点、金洞落巻。（同年七月廿六日）

○梅人会点付来る、**老鼠**落巻。（同年八月廿二日）

○宵米駒帰り出、落巻の**老鼠**懐帋持参。（同年九月七日）

○笠置・菊堂・**湖十**出点、菊堂落巻。（安永八年〈一七七九〉三月十七日）

○笠志後会、白頭・**老鼠**定め来る。（安永九年〈一七八〇〉五月三日）

○月次可因・**老鼠**点新巻を初む。（同年同月十一日）

○笠着・**老鼠**出点 条風勝。（同年六月廿六日）

○宵米駒帰り出、落巻の**老鼠**懐帋持参。（同年九月七日）

と、度々風窓（老鼠）、付随して晋窓（湖十）の名を見出すことができる。しかし、風窓没後には晋窓の名は見当たらなくなる。これはつまり、米翁との直接的な交流がなくなったことを示している。

加藤定彦氏[*10]は、『宴遊日記』に「田舎めいたる句よし」（『俳諧觽』三編、安永二年〈一七七七〉刊）と加点の傾向が評される柳居系の吾山が登場すること、天明期に江戸美濃派の中心人物である玄武坊と交流が始まることを指摘しており、米翁もまた、蕉風、郊外・地方色の濃い俳風へと興味が移っていったのだが[*11]、そのような中にあっても、「高慢」な句を標榜した晋窓との関係は形成されなかった。一方で、風窓存命中には決してなかった、一漁らの『たねおろし』（六編・安永九年〈一七八〇〉刊〜十四編・天明八年〈一七八八〉刊）への晋窓らの参加が見られるようになる。それは弱体化した一門の勢力保持のために、晋窓が江戸座俳人間での連携を求めたものとして理解できる。しかしながら、経営方針の転換に晋窓の力不足が露呈し（或いは病気などの事情があったか）、其角座は求心力を失うのである。

後ろ盾を失った晋窓一門は衰微に向い、さらに、寛政元年〈一七八九〉五月二十七日には晋窓が急逝する（『夢跡集』）。そこでも世代交代が順調に行かなかったと見え、『古事記布倶路《こじきぶくろ》』（寛政三年〈一七九一〉頃成）に「○其角は秋色より鼠肝と伝はり、其後湖十に正統連綿たりと雖も、近頃湖十にて暫く絶す」とあるように、湖十系は断絶する。そこで、『俳諧觽』十編（寛政元年〈一七八九〉刊）で一時百万座に移っていた石腸（白雪庵）が、同十一編（寛政四年〈一七九二〉刊）で湖十を継ぐが、故あって廃されてしまう（三浦若海『俳諧人物便覧』）。

この後、五世湖十を継承したのが、『俳諧觽』十二編（寛政七年〈一七九五〉序）で宝井（二世）とともに平砂側に身を寄せていた木髪（二世・九窓）であった。『屠《と》龍《りよう》之技《ぎ》』「みやこどり」（寛政五年〈一七九三〉〜八年）に

木髪が湖十と名改するに
筍やこの百性《姓》の六代め

とある。[*12]「六代め」とは其角から数えて六代目、つまり湖十としては五代目を意味する—後年、『俳諧觿』二十編（文化八年〈一八一一〉序）でも九窓は「老鼠　善哉庵　晋子六世栖隠　観九窓」と記している—。平砂側は、丁度万葉庵平砂が米翁の嗣子、月村こと大和郡山藩主、柳沢保光（第三代当主）に点印付嘱した時期にあたり、勢力を大きく盛り返していた（第二部第二章第五節参照）。十三編（寛政九年〈一七九八〉序）では、その平砂側に宝井、[*13]湖十の名が挙がっている。襲号は寛政八年〈一七九六〉前後と見られ、「みやこどり」の記事と合致する。

以後、同十四編（寛政十年〈一七九八〉刊）で平砂側を離れ、宝井、湖十（九窓）、春堂（二世）、紀逸（三世）の計四名で其角座湖十側を樹立。そして、同十五編（寛政十二年〈一八〇〇〉刊）では、宝井・湖十（九窓）・春堂・紀逸・柳尾（二世）・野菊（二世）・六蔦・還児らとともに、昇窓が木髪（三世）として登場する。同十六編（享和二年〈一八〇二〉刊）では昇窓が襲号し六世湖十（木者庵）となり、以下、春堂・紀逸・宝井・春色（二世野菊）・山夕（二世）・淡水・老鼠（善哉庵・栖隠[*14]・九窓）の計八名、同十七編（文化元年〈一八〇四〉刊）でも宝井・春堂・紀逸・湖十（昇窓）・秋色[*15]・山夕・永機（三世・前号、淡水）・木髪（四世）の計八名と、昇窓が加わる時期と並行して其角座は復興していくこととなる。昇窓は「三句のわたり第一なり」（同十五編他）と、付合重視の宗匠であった。

第三節　幕閣・大名文化圏と昇窓

其角座が勢力を盛り返した背景にも大名の存在が考えられる。四世の晋窓が構築できなかったと見られる大名文化圏との繋がりが、五世九窓による経営の中から確認されはじめ、昇窓の加入、六世湖十襲号により強化されていくからである。貴顕との交流には、清水家に仕えていた昇窓の人脈が大きかったのではないかと推測される。例えば、九窓の湖十襲号直後となる寛政九年〈一七九七〉閏七月には、既に五梅庵畔李こと陸奥国八戸藩主、南部信房《のぶふさ》に接近し、其角伝来とされる「俳諧葛藤抄下之巻」[*16]を授け、パイプラインを確保しようと試みている。また、文化初年頃には九窓・昇窓らが菊貫《きくつら》（信濃松代藩主、真田幸弘《ゆきひろ》）のサロンに出入りしていたことが、真田家の資料に確認できる。[*17]『東都判者発句集』（文化十一年〈一八一四〉写）を見ると、特に昇窓は文化元年〈一八〇四〉に四句、同二年に六句、同三年に三句、同四年に四句、同五年に十五句、同六年に九句、同七年に十句、同八年に十二句、同九年に十二句、同十年に四句、同十一年に二十五句、同十二年に七句が入集しており、真田家との関係を持続させていたことがわかる。

湖十願

ねぶの葉をみれば夜也しけふの月　（『菊貫俳諧発句集』昭和十一年〈一九三六〉写、文化七年〈一八一〇〉の項）

と、昇窓の懇請により、菊貫が句を寄せることもあった。

文化十四年〈一八一七〉には大名俳人が多数入集する桂下館沾嶺（出雲広瀬藩主、松平近貞《ちかさだ》。第六代当主）三十三回忌追善集、梅月館沾嶺（松平直寛《なおひろ》。第八代当主）編『かつらの露』（同年跋）に跋文を草するなど、大名文化圏にあって意欲的な活動を展開している。

昇窓と特に懇意であったのは、露朝（長門萩藩主、毛利斉熙《なりひろ》。第十代当主。別号、三夕堂・稲窓等）である。[*18] 露朝に昇窓からの点印付嘱があったことは第二部第三章で述べたが、昇窓との心やすい親交の一端は、『二世宝晋斎句集』に

長州の太守へ除夜に侯しけるに、白鷺一羽御捉飼のとて賜ければ
御配りに雪の貢をこよひかな　湖十
と申奉る即興なりけるを、頓に脇申さんとて
探て二もく梅の白勝
と、露朝公遊し賜りける。

とあることからも窺える。「御捉飼」とは、鷹狩で捕獲したということである。[*19] 頂戴した白鷺の白さから雪を連想して、吉兆をいう「雪は豊年の貢ぎ物」を踏まえつつ言祝ぐ昇窓に、すかさず雪から白梅を連想、囲碁の「白」に掛けて「二目の勝ち」と応酬する意気の合った露朝の付けである。
『湖十伝』には、次のような挿話も記載されている。

ある年、毛利殿と鍋島殿のみたちのさかひより火出ぬ。いづれとわかぬさまながら、まことは鍋島殿より燃出たりしよし、しるかりけれど、いかにまをしおこなひ給ひけん、毛利殿なんおひ給ひぬる。さるによりて七日といふ日数、門さしてぞこもり給ひける。

「鍋島殿」とあるのは、肥前佐賀藩主、鍋島斉直《なりなお》（肥前守）。外桜田の鍋島家の上屋敷から失火、隣接する毛利家の上屋敷に類焼するが、公には火元が毛利家にあるとされ、露朝は謹慎の身となる。この火災は文政二年〈一八一九〉の出来事で、『清徳公記』[*20]同年の項に

八月五日夜、松平肥前守長屋ヨリ発火。吾桜田邸南方類焼於是公謹慎ヲ乞ハル。既ニシテ赦免ノ命アリ

十四日ヨリ廿日ニ至ル一週間ノ遠慮也。実ハ隣邸。松平肥前守ヨリ火起ルモ吾邸火元ニナルト云

とある。文中、「松平肥前守」は鍋島斉直である。そこで、昇窓は思わぬ罪科を得た露朝を慰め、公儀に働きかけをする。『湖十伝』の続きを挙げる。

それ、いたく口をしとにはあらねど、心よからぬ事におもひゐ給ふめるを、翁、みそかに夜る〳〵まゐりてなぐさめきこえていふ、この御いきどほりは、おのれ、いかにもしてはらしまゐらせん。御心安かれとて、やがて、をしへ子なる井上帯刀は一橋儀同殿のおもと人にて、そのころのきゝものなりければ、このよしみそかにかたらひけり。帯刀すなはちまをしければ、さらばなすべき事ありと深くおもひはからせ給ひ、年臈は鍋島殿におよばせ給はざりけれど、そのとし、左近衛少将をなんかけ給ひける。まさしく彼君の御はからひとぞきこえし。かゝりければ、毛利殿御いきどほり、なごりなくはれて、湖十が忠心を賞給ひ、子一人めしつかはるべき御事ありけれど、翁、いなみまをしけり。さらば其子の料と黄金三百両をぞたまはりける。

これより、いよ〳〵翁を二なきものにおもほし、翁も此殿をこそ吾殿とあふぎつかへめと、ます〳〵ねもころにさぶらひけり。

「一橋儀同殿」とは一橋徳川家第二代当主、一橋治済《はるさだ》。十一代将軍家斉の実父である。『文恭公記』によると、治済は文政八年〈一八二五〉八月五日、准大臣の宣下を受け、儀同と称した。井上帯刀《たてわき》は「一橋大納言治済卿様御附衆」（『文化武鑑』文化九年〈一八一二〉）、「徳川民部卿斉敦《なりあつ》卿様御附衆」（同、文化十三年〈一八一六〉）、「徳川兵部卿斉礼《なりのり》卿様御附衆」（『文政武鑑』文政元年〈一八一八〉）となった人物である。昇窓は門弟の井上帯刀を介し一橋治済に陳情、結果、露朝は左近衛少将に任ぜられたという。確かに『清徳公記』文政二年〈一八一九〉十二月の項には「十六日、公左近衛権少将、二十二日、登営拝謝献物如例使者ヲ上京セシメ宣旨拝受并ニ献物如例」とある。井上帯刀の俳歴や昇窓との師弟関係を確認する資料は現在のところ見当たらず、その事実関係も定かではないが、この挿話は、露朝と昇窓との親交を示すとともに、大名文化圏に深く入り込んでいる江戸座俳人の実態を物語るものとして、興味深いものがある。

昇窓の門弟について、『湖十伝』は次のように述べている。

門人もいとさはにて、宗匠といふ者、永機等をはじめとして二十人あまりにおよべり。されば、大名・小名・御旗本の人々も、皆翁のをしへ子になりて、ゐやまはざるはなかりき。さるが中に、世にきこえたるは、長門の毛利殿齋熙朝臣　俳諧の号を露朝といふ　出雲の松平殿　弘前の津軽殿　佐倉堀田殿をはじめ、重き司人には土岐豊前守殿御側御用御所頭　榊原主計頭殿町奉行。月窓といふ　諸家の士には沼津の土方縫殿介　松前の蠣崎民部葵月といふ　豪富には石橋

弥兵衛　芦水　俳優には　市川蝦蔵　三升　皆、翁のをしへ子ならぬはなし。

永機は前号、淡水（『俳諧人物便覧』）。『俳諧觽』十六編（享和二年〈一八〇二〉刊）から黄花庵として其角座に名が見え、十七編（文化元年〈一八〇四〉刊）以後、永機と名乗る。同十九編（文化六年〈一八〇九〉刊）より螺窓とも号す。永機ら俳諧宗匠のほか、ここでも昇窓の門下には歴々の貴顕が名を連ねている。露朝については先に述べた。以下、名の挙がる大名・旗本ら武家俳人に解説を加える。

「出雲の松平殿」は出雲松江藩主、松平斉恒《なりつね》（第八代当主）。茶人として著名な不昧《ふまい》（治郷《はるさと》。第七代当主）の子で、月潭、露滴斎等と号する。俳諧点印譜『於之波奈嘉々美《おしばなかがみ》』（文化十年〈一八一三〉頃成）に「松江主　素風庵　月潭」と名や点印が載り、追善集には『俳諧八雲集』（文政六年〈一八二三〉跋）が編まれた。『文政発句合』（文政年間成。知十文庫蔵）では、判者を務めた其香（本多忠憲《ただのり》。清秋こと伊勢神戸藩主、本多忠永の息）や松花（出羽松山藩主、酒井忠礼《ただのり》）、青牛（西尾藩主、松平乗完《のりさだ》の舎弟、乗峰）らとの交流も見られる。昇窓との関係を示すものとしては、『湖十句巣』文化十二年〈一八一五〉の項に次のようにある。

月潭公へ下《くださ》れけるに、八幡法楽の句つかはしてありけるに

たのめやは神の真弓ぞ艸の春

八幡神は、古来弓矢の神として武人の尊崇の厚かった神であり、句は、武人月潭の益々の発展を、草の萌え出る春の景に重ね合わせて祈願したものである。

「弘前の津軽殿」は陸奥黒石藩主（後、弘前藩主）、津軽寧親《やすちか》。如山・栖鶴・琴亭と号する。

「佐倉堀田殿」は梅湖と号した下総佐倉藩主、堀田正時《まさとき》（第三代当主）、或いは正愛《まさちか》（第四代当主）か。『佐倉市史』[21]によると、正時は平砂（三世・万葉庵）にも師事している。また、正愛の後妻は不昧息女で、月潭の妹にあたる謙映院幾千《きち》子。月川と号し、俳諧をよくした。『湖十伝』には天保四年〈一八三三〉に昇窓が没した際の記事に「堀田殿きこして、翁のためにひと日、精進物めし給ふとなん」とあり、堀田家と昇窓との間には密接な関係があったと推測される。

なお、佐倉藩は天明期以来財政が困窮、寛政五年〈一七九三〉十月二十五日には、幕府御用達の特権米穀商人、初代石橋弥兵衛及びその実弟の栄蔵（後、養子となり二代目を継ぐ）に蔵元となるよう依頼している。[22]初代弥兵衛は寛政の改革時、江戸町会所における米穀政策遂行の中核として活躍した。先の『湖十伝』に昇窓門として名が挙がっているが、初代は寛政十年〈一七九八〉に没するので、昇窓と親交のあったのは二代目の方であろう。後、文化十一年〈一八一四〉に佐倉藩の財政は破綻、弥兵衛ら蔵元が仕送りをすることで財政がかろうじて維持された。

「土岐豊前守殿」は土岐豊前守朝旨《ともむね》。文化十四年〈一八一七〉六月晦日より側衆御用御取次を任じられる（『柳《りゅう》営補任《えいぶにん》』）。『文恭公記』同日の条に「奥勤土岐豊前守朝旨、千四百石を増、側衆となる。朝旨、尤(最)も寵任せらる。老中と雖も之を憚ると云ふ」、同年八月二十四日の条に「側衆御用取次土岐豊前守朝旨は、文恭公（筆者注、将軍家斉）の寵信厚く、一時の権勢並ぶ者なし」とあり、権勢を誇った人物である。

「榊原主計頭殿」は文政二年〈一八一九〉閏四月朔日より北町奉行を務めた榊原忠之《ただゆき》で、以後、天保七年〈一八三六〉九月二十日より大目付、同八年五月十六日より留守居に任ぜられている（『柳営補任』）。

「土方縫殿介《ぬいのすけ》」は沼津藩家老。[23]化政期には沼津藩主、水野忠友《ただとも》（初代当主）、忠成《ただあきら》（第二代当主）に仕え、文政八年〈一八二五〉に没した二代目（祐因）と、文政三年〈一八二〇〉に家督相続し、忠成、忠義《ただよし》（第三代当主）に仕えた三代目がいる。縫殿介は二代、三代ともに、文化十四年〈一八一七〉に側用人のまま老中格となった忠成の公用人として、幕政にまで関与した。文政八年〈一八二五〉の忠成上洛の折には、二代目は駕籠を天鵞織《ビロード》で包み、中に曲彔《きよくろく》（椅子）を設けるなど、華美を尽くしたことが『甲子夜話《かつしやわ》』同年八月の条に出ており、また、江戸に残った二代目は治済から葵の紋付きの羽織を拝領したという。上洛は将軍家斉が願い出ていた、一橋治済の官位昇進（従一位、准大臣）に対する朝廷との交渉のためといわれる。

「松前の蠣崎民部」は松前藩家老、蠣崎広晃《ひろあき》。松前藩主、松前資広《すけひろ》（第七代当主）の四男で、明和三年〈一七六六〉、四歳の時に蠣崎家の養嗣子となる。兄の松前道広《みちひろ》（第八代当主）、並びに章広《あきひろ》（第九代当主）に仕えた。左兵衛（『文化武鑑』文化十一年〈一八一四〉）、家督を継いでからは采女（『文政武鑑』文政四年〈一八二一〉）、民部（同文政十年〈一八二七〉）等と称す。画人・文人として著名な蠣崎波響《はきよう》（広年《ひろとし》）は弟にあたる。『於之波奈嘉々美』に「梁川藩、蠣崎左兵衛、水簾舎、葵月」と記されるのは、文化四年〈一八〇七〉、松前藩が陸奥国梁川に転封（文政四年〈一八二一〉に復領）したためである。なお、藩主松前章広も俳諧を嗜み、『於之波奈嘉々美』に「梁川主　東窓　維嶽」と出ている。

以上、昇窓の門人とされる武家について確認してきた。昇窓との交渉を裏付ける資料の乏しい人物も多いが、試みに一橋治済を頂点として『湖十伝』に登場する大名達の相関図を政治的な関係も考慮して整理すると、次のようなものになる（『湖十伝』に直接登場しない人物には括弧を付した）。

ゴシック体で表した一橋治済、将軍家斉側衆の土岐朝旨、治済の官位昇進交渉に尽力した水野忠成、土方縫殿介らが幕政の中枢に位置する人物。まず、①松前章広は文政四年〈一八二一〉の復領問題をめぐり、一橋治済に接近、水野忠成に積極的な働きかけをし、忠成はそれを独断で聞き入れている（『山海二策』）。②堀田正愛は同年、陸奥

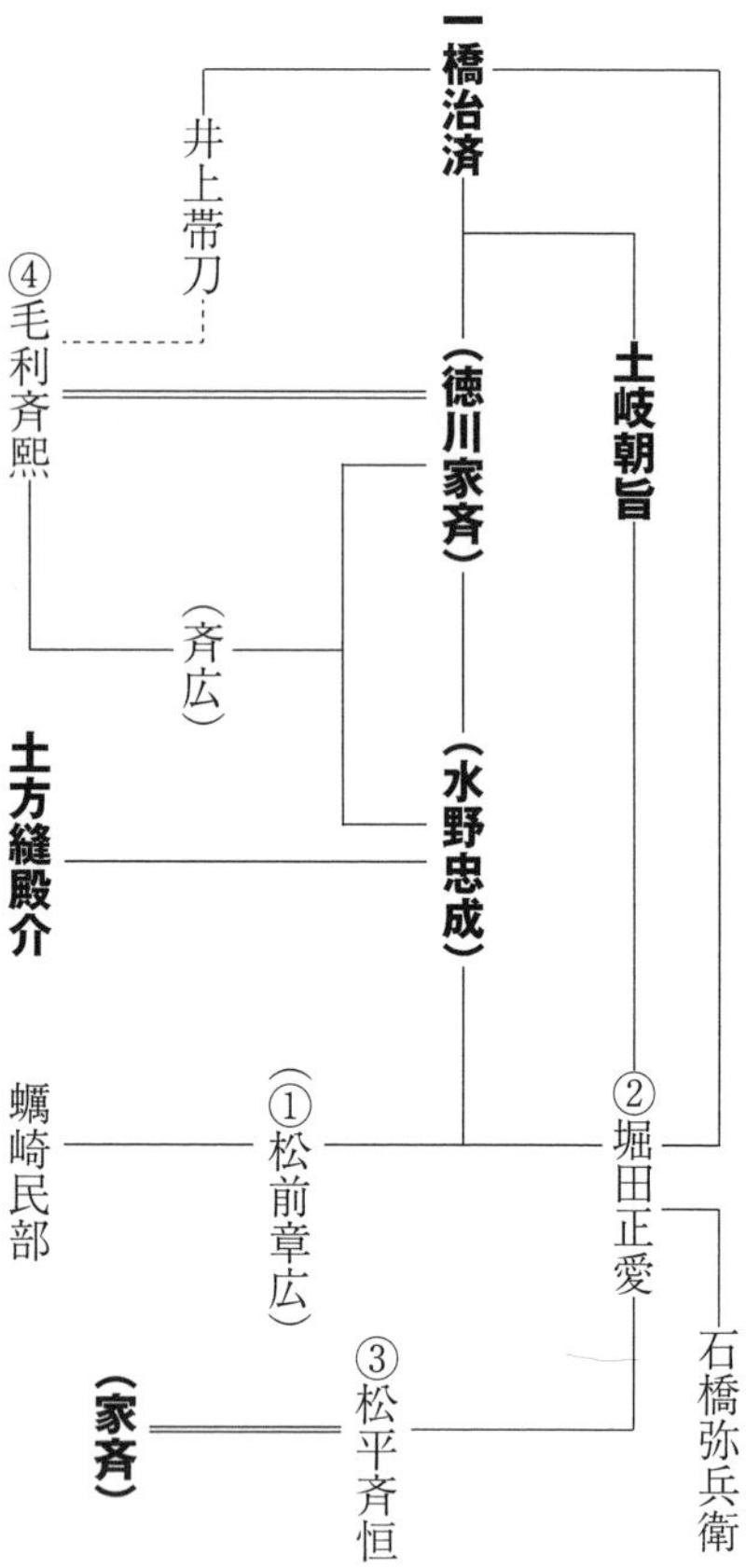

白河藩の松平定永《さだなが》が、房総海岸防備を理由に佐倉藩への転封を希望したことを受け、一橋治済や水野忠成、土岐朝旨ら幕閣要人に陳情し、事なきを得た。[*24] 後、正愛の養子、正睦《まさよし》は、天保八年〈一八三八〉四月に家慶に将軍職を譲った後も大御所として幕政の実権を握り続けた家斉に重用され、将軍継嗣問題で一橋家慶喜を推挙し、紀伊和歌山藩主徳川慶福《よしとみ》（家茂《いえもち》）を推す大老井伊直弼《なおすけ》の南紀派と対立する。その堀田家と③松平斉恒は幾千子の婚姻により縁戚関係にある。③松平斉恒・④毛利斉熙は将軍家斉から「斉」字の偏諱《へんき》を賜っている（二重線部）。

毛利斉熙の次男で長州藩第十二代当主となった斉広《なりとう》は、家斉の二十女・貞惇院（和姫）を正室に迎え、その斉広の娘、美知子は水野忠成の孫で沼津藩主、水野忠武《ただたけ》（同第九代当主）の正室となる。毛利邸火災一件について、昇窓が井上帯刀を介して一橋治済に陳情したことは『湖十伝』に記されていた（点線部）。

右は極めて単純化した図であるが、『湖十伝』によると、昇窓はこの幕政を担う大名達の間を、俳諧を通じて行き来していたということになる。それはつまり、大名の庇護を受け、サロンに出入りしていた江戸座宗匠の中でも、強大な権力を持つ幕閣とのパイプラインを繋ぎ、数多の大名の後ろ盾を得て勢力を誇った昇窓が、他の追随を許さない、別格の俳人であったことを示す。『湖十伝』は、昇窓を敬わない者はなかったと伝えている。

まとめ

大名文化圏への活路を切り開いた昇窓の活動は「賦何船俳諧之連歌」（早稲田大学図書館蔵、文政三年〈一八二〇〉二月二十六日）を見ても顕著である。三夕子（毛利斉熙）、南山子、不騫子（豊後府内藩主、松平近儔《ちかとも》）、沾嶺子（松平直寛）、似木子、栄枝子（上総久留里《くるり》藩主、黒田直方《なおかた》）ら大名俳人が参加するこの俳諧の表八句を、発句の昇窓はじめ木髪（五世）[*25]、風瓢、恋稲（二世）、宝井（三世）、春堂（二、三世ヵ）、田社（二世）、唇秋ら其角座の俳人が務めている。このような昇窓の豊富な人脈によって其角座は復興・繁栄していったと捉えることができる。『湖十伝』には、昇窓の参加した句会の様子を伝える挿話が載る。

> あるところの会に、前句、祭の獅子はそこへ来た音、といへるに、金屏にづらり居並ぶ御一門、と附たる人あり。此次はいたくむつかしと人々かしらをあつめて悩みあへりしを、そのむしろなる大名衆のうちより、湖十せよとありければ、しばし筆とりて、心にかゝる医者のため息、とつけたりしかば、一座こぞりて感《かんじ》あへりしとなん。

正月、家々を廻り祝福の舞を演じる獅子舞と、歴々の整然と並ぶ厳粛な新年の景との付合、

　　祭の獅子はそこへ来た音
　金屏にづらり居並ぶ御一門

を昇窓が

　　心にかゝる医者のため息

と転じ、主の病床の景へと一転させる。句をつけあぐね、停滞する一座の雰囲気を打開する昇窓の鮮やかな捌きに、貴顕は賞讃の声を上げるのである。この挿話のように、昇窓は次々と大名の信頼を得ていったと推察される。また、一門の隆盛は、その人格に導かれたところも多かっただろう。『湖十伝』には

翁、人をいつくしみ、あはれぶ事もはた多し。養子なる宗匠・執筆のともがら、おほかたは某の父の世をのがれて、あるはかしこの次郎、こゝの流士のはてとて、いと世をやすく見はなしたるものどもなれば、ともすれば飯櫃の底むなしくこうじたるをりなどは、いつも翁にはかりけるを、いと心やすくうけひき、あるにまかせ、それ〴〵にあたへられき。弟子ならぬも来てこへば、いつも心よくあへしらひつ。さるからに、弟

子ならぬもたふとび、ゐやまひけり。

と、昇窓が弟子に限らず、人を分け隔てなく慈しみ、養ったという記事が載っている。門葉の裾野の広さは、前節の冒頭引用部分に、武家のほか、豪商石橋弥兵衛（前出）、三升・白猿等と号した市川蝦蔵こと七代目市川団十郎の名が挙がることからもうかがえる。

門人の筆頭、螺窓永機の存在も看過できない。彼は、明治期に旧派の代表として活躍した其角堂永機の実父、螺窓鼠肝だと考えられ（『夢跡集』には「鼠肝は六世湖十の門。号を宝晋斎といふ」とある）、化政期の俳人、昇窓湖十の史的な意義が、築き上げた基盤から明治俳壇の一翼を担う門流を輩出していったことに見出せるからである。[26]

注

＊1　白石悌三「湖十覚書」（『俳文学論集』笠間書院、一九八一年）。「湖十は其角正統か」と改題して『江戸俳諧史論考』（九州大学出版会、二〇〇一年）に再録。

＊2　宝晋斎とは、もと其角の別号であるが、『湖十伝』に「四十ばかりの頃は、宝晋翁ともいへり。（中略）翁（筆者注・昇窓）、その業にかしこく、世こぞりて判をこはざる者なかりしかば、門人等すゝめて名のらしめけると也」、『湖十句巣』に

　　文化十三年三月廿四日、宝晋斎の号を弘て

　犬桜深山もめぐむ日数はあるぞ

とある。文化十三年〈一八一六〉は昇窓を安永三年〈一七七四〉生とすると四十四才。『俳諧觽』を見ても、昇窓は二十三編（文化十四年〈一八一七〉刊）以後、宝晋斎を号している。

＊3　塚本豊次郎『増補訂正日本貨幣史　別編・金座考』（財政経済学会、一九二五年）には江戸金座人として佐藤次左衛門の検極印が掲載されている。
＊4　『東京市史外篇　第五巻　徳川時代の金座』（東京市役所編、研文社、一九三一年）所収。一三七〜一三八頁。
＊5　清登典子「江戸俳壇における存義および存義側の位置」（『蕪村俳諧の研究―江戸俳壇からの出発の意味―』和泉書院、二〇〇四年）
＊6　鈴木勝忠「宝暦明和の江戸座俳諧」（『愛知学芸大学研究報告』第五輯、一九五六年一月。『近世俳諧史の基層―蕉風周辺と雑俳句―』名古屋大学出版会、一九九二年に再録）
＊7　井田太郎「江戸座の解体―天明から寛政期の江戸座管見―」（『近世文学の新展開』ぺりかん社、二〇〇四年）
＊8　井上敏幸、白石悌三、西田耕三編『出水叢書（一二）　俳諧集』（出水神社、一九九四年）
＊9　至急を要する書翰等の封紙に発信した時刻を書き記すことをいう。
＊10　加藤定彦「都会派俳諧の展開―江戸座と蕉風とのせめぎあい」（『俳諧の近世史』若草書房、一九九八年）
＊11　天明期、戯作においても、万象亭森島中良が穿ちの行き過ぎに警鐘を鳴らさんとして、田舎に取材し、方言に着目して『真女意題』（天明元年〈一七八一〉刊）、『田舎芝居』（同七年刊）を執筆するという動きが見られる。
＊12　第二部第三章注＊17参照。
＊13　宝井は『俳諧觽』十一・十二編では六蔵庵を名乗るが、九窓が湖十を襲号した際に庵号を譲り、同十三編では酒銭庵・二世風窓と改める。六蔵庵は初世宝井の庵号。「酒銭」の語も『俳諧觽』後編後訂本（安永三年〈一七七四〉刊）所収、初世宝井点譜に載る（第二部第三章第四節【図5】参照）。『俳諧觽』で庵号（六蔵庵）のみを追っていくと、一見、宝井が湖十を継いだようにも錯覚されるが、「みやこどり」の記事や、九窓の加点傾向について『俳諧觽』十四編が同十二・十三編

を参照するよう注記している――木髪は十二編から登場する――ことなどから考えると、やはり木髪が湖十を継いだとするのが妥当であろう。なお、宝井の加点は付合重視で一貫し、同十四編でも「付わたりよく第一」と評されており、十一・十二編と十三・十四編の宝井が同一人物だということが類推できる。

＊14　「栖隠」は隠居した宗匠の意。例えば退隠した春来が『江戸廿歌仙』（延享二年〈一七四五〉刊）で栖隠を称しており、また、後見といった役割を担うこともあったと考えられる。

＊15　鈴木勝忠編『雑俳集成　第三期五　江戸座高点・雑俳集3』（私家版、一九九六年）による。同書は異本には「春色」とあると注記する。

＊16　八戸市立博物館南部家文書蔵。

＊17　『菊貫俳諧発句集』、『東都判者発句集』は「近世中・後期松代藩真田家代々の和歌・俳諧・漢詩文及び諸芸に関する研究　論文篇・資料篇　第一部」（井上敏幸（研究代表者）、平成十七年度～平成十九年度科学研究費補助金　基盤研究（B）一七三二〇〇四〇研究成果報告書）による。『東都判者発句集』文化八年〈一八一一〉の項は年記を欠くが、配列の上から判断した。真田家の『御側御納戸日記』には文化四年〈一八〇七〉十一月二十七日、同五年二月十四日、同八年十一月二十二日に湖十の名が見える。なお、『新撰俳諧年表』、『古典文学大辞典』、『俳文学大辞典』は五世（九窓）の没年を文化三年〈一八〇六〉とするが、『東都判者発句集』文化六年〈一八〇九〉の項に「七十叟老鼠（筆者注・九窓）」と記載され、文化十二年〈一八一五〉の項まで老鼠の名が挙がっている。『俳諧觽』を見ても二十二編（文化十二年〈一八一五〉序）まで老鼠の生存が確認される。二十三編（文化十四年〈一八一七〉刊）以降には九窓は出てこないので、没年は文化十三年〈一八一六〉頃と考えられる。

＊18　昇窓と露朝との親交は有名で、『俳諧江戸調』（熊谷無漏編、小泉迂外《うがい》補、武田文永堂、一九一一年）にも指摘されている。

＊19　岡崎寛徳『鷹と将軍　徳川社会の贈答システム』（講談社、二〇〇九年）

＊20　大田報助編『毛利十一代史　復刻版　第九巻』（マツノ書店、一九八八年）に翻刻がある。

＊21　『佐倉市史　第一篇』（同編纂委員会、一九七一年）

＊22　山田直匡「寛政改革における「米方御用達商人」石橋弥兵衛の活動」（『金沢文庫研究』第十巻第七号、一九六四年七月）、＊21『佐倉市史　第一篇』五四九～五五〇頁。なお、『訓蒙浅語』（慶応元年〈一八六五〉成）によると、弥兵衛は江戸大坂を往来し、相場を良く読み巨万の富を得るが、大坂で十七万両余の損失を出した後、隠居したという。小野佐和子氏「江戸時代の都市と行楽」（博士論文、京都大学、一九九一年）は、弥兵衛が園地を寄進した亀戸浄光寺境内が文政十三年〈一八三〇〉には荒廃していたと『嘉陵紀行』（文政期頃成）に記されることから、この頃には既に没落していたらしいとする。

＊23　辻真澄「土方縫殿助について『公徳弁』『藩秘録』からの考察（その二）」（『伊豆史談』第百十七号、一九八八年二月）

＊24　針谷武志「佐倉藩と房総の海防」（吉田伸之、渡辺尚志編『近世房総地域史研究』東京大学出版会、一九九三年）

＊25　昇窓の湖十襲号以後、『俳諧觽』十七編（文化元年〈一八〇四〉刊）より同二十三編（文化十四年〈一八一七〉刊）まで新樹庵、犬長者と号する木髪（四世）が出て来るが、これは『東都判者発句集』享和三年〈一八〇三〉～文化元年〈一八〇四〉の項に

明方の鐘に曇やほとゝぎす　　鼎松改木髪

とあるよう、文化改元前後に木髪を襲号した人物で、同書文化八年〈一八一一〉の項に

石扣音（に脱カ）信けり夕祓　　七十翁木髪

以下、文化十二年〈一八一五〉の項に

鶯や初音の外の初音何　　七十四叟木髪

とある。新樹庵木髪は『俳諧觿』二十四編（文政二年〈一八一九〉序）にはその名が見えなくなり、同二十五編（文政四年〈一八二一〉刊）より五世木髪（霽窓）が登場する。霽窓は同二十九編（文政十一年〈一八二八〉刊）以後、浣窓と号する。

＊26　なお、昇窓門下筆頭として螺窓永機も露朝から扶持を受けていたらしく、関如来編『当世名家蓄音機』（文禄堂、明治三十三年〈一九〇〇〉）において、明治の老鼠堂（其角堂）永機が「私の先代などは長州侯から……私も幼年の時分にァ、能く往きましたが子《ね》……十二人扶持をいたゞいてたツけが俳諧は下手だツた、どうも取る者《(物)》があると上手になれませんテ」と述べている。同書では続き「しかし貧乏といツても礼義は丁重なもんだツた、モウ三万石位えの殿様の御前に出る時にァ、煙草は飲まなかツたもんで……」と、其角堂永機自身が大名俳諧に随伴した時の体験を語り、「此間なんぞ私が菊五郎と相乗で車を走らして往くと、向ふから田安様が侍一人召連れてお出なすツた、此方は車で、向ふは徒歩でいらツしやる、それでも降りなくツて其儘に御挨拶して別れたが、その位ぇ手軽になツてるから子ー」と田安家との繋がりにも言及している。

おわりに

予、高翁に対面せざる以前、晋子が方へ此頃点を乞ふ句、百四五十あり。予がよしとおもふ句には点稀にして、いひ捨の句に褒美の点あり。今日師の感じ給ふ句、大方一点の句也。然所に、師、殊の外に感じ給ふ。

（『俳諧問答』元禄十一年〈一六九八〉奥）

右は、元禄五年〈一六九二〉から六年にかけて江戸に滞留した彦根藩士、許六の言である。許六は其角に批点を頼んだところ、自信作には点が付かず、むしろ言い捨ての遣句《やりく》と思っていたものに高点が付いた。後日、芭蕉に面会する機会を得て句評を請うと、芭蕉は逆に其角が低評価を下した句を良しとしたという。『俳諧問答』では、この後に其角の「伊達」、芭蕉の「閑寂」という方向性の違いが説かれることになる。ここで重要なのは、芭蕉が其角の評を誤りとするのではなく、それはそれとして、自身とは異質の評価軸が存在することを認めている点である。

其角の志向する「伊達」には、華麗さのほか、悪所の風俗・美学という要素の含まれることが白石悌三氏[*1]により指摘されている。悪所とは、即ち其角が活動拠点とした遊廓・芝居町である。悪所における俳諧については、また稿を改めて考えねばならない大きな課題の一つだが、いわば豪奢な宴の場から、枯淡な、いわゆる〈蕉風〉とは異なる洒脱な俳諧が生み出されていった。それは一面、即興的な発想・社交的な性格を多分に有し、「一座の興にいる句」（『三冊子』「黒冊子」元禄十五年〈一七〇二〉成）の詠出に価値が置かれて、「打越の六かしき所か席のしぶりたる時に、時に宜しく付流したらば、たとへ無点の句也とも是用也」（『雑談集《ぞうたんしゆう》』元禄五年〈一六九二〉刊）といったダンディズムに貫かれている。蕪村が愛した「磊落《らいらく》」（『新華摘』寛政九年刊〈一七九七〉刊）な句の系譜である。

特に其角門流を中心とする江戸座の点取俳諧は、遊興の場における必須の嗜みとしても定着し、茶湯・挟将《はさみしよう》棊《ぎ》・琴・三絃・押絵細工とともに「六芸」に数え上げられるに至る（『禁現大福帳』宝暦五〈一七五五〉年刊）。

如雷　そんなら宗匠へ弟子入をしねェ。**存義**でも**金羅**でも**祇徳・在転**なりと、**湖十**などもよし。**菊堂**なりと、気の有にしねェ。みなおいらが心安くするから、つい出来るこつた。（『辰巳の園』明和七年〈一七七〇〉刊）

しんり▲トキニそのひらきはなんでござゐます。高▲ソレごぞんじの養老庵が立評で廓の秀民が**点印披露**サ。（中略）がふう▲おゝきにそサネ。だが又**江戸座の俳偕は種〳〵に替つてゆくから面白味がありやす**。

（『志家居名美』近世後期成）

と、各宗匠の評・点印披露・作風の変化など、事あるごとに江戸座俳諧が遊興の話題に上る。山口剛[*2]は「江戸時代の文学をとり来りて、田園生活との交渉を論ずるは易し。都会生活との交渉を議するは難し」と述べ、都会生活と密接に関わり、複雑に絡み合う江戸文芸の有り様を論じているが、それらの文芸の基層をなすものとして江戸座俳諧が存在していた。そして、江戸座は一方で前句付と作用し合いながら、川柳を派生させつつ、江戸文化を開花させていく。並行して確認されるのは

江戸っ子のわらんじをはくらんがしさ[*3]　（明和八年〈一七七一〉川柳評万句合）

との「江戸っ子」意識の萌芽・確立であり、その祖として位置付けられた其角のシンボル化である。

一、本書から見えてくるもの

本書では、その其角と都会派俳諧について、句作法（第一部）、師系伝承の制度（第二部）、社会背景・文化的事象との関わり（第三部）の三つの側面から考察してきた。

第一部で論じたのは、発句対発句、個と個との句作法としての〈唱和〉であった。延宝・天和期に芭蕉・其角が漢詩の和韻・追和を範として確立させたこの方法は、俳諧の社交的性格を具体的な句作で示したものともいえ、「野ざらし」以降、旅を通じて芭蕉が唱和を挑発することで、尾張俳壇を始め様々な雅交が結ばれていった。本論において、その共鳴・連帯が大きな力となり、蕉門の形成を促していたことが明らかとなった。押さえておく

べきは、方法としての〈唱和〉を芭蕉と其角とが共有しており、互いに深く理解し合っていたことである。両者の関係は、先の許六や、其角を非難して芭蕉に窘《たしな》められた（「贈晋氏其角書」『俳諧問答』）去来ら上方蕉門俳人のあり方とは一線を画すものであり、蕉門結成当初時における根源的な興味と方向性、「和」ということに重きを置いた理念的な問題が大きく関わってくる。芭蕉亡き後、其角はこの理知的な方法を強化・発展させ、「句兄弟」として理論化する。等類問題とも絡めて説く「句兄弟」は、難解ではあるが、いわば剽窃とオマージュ、オリジナリティという、現代においても大きく立ちはだかる問題に切り込んだ先鋭的な試みであった。そして句作者の問題にとどまらず、一面で、否定的に評価されがちな類句を生産的な〈唱和〉句へと捉え直すよう享受者に解釈の転換を迫る、極めて画期的な試みであったといえる。其角以後も、〈唱和〉の方法は江戸座俳人達に継承されていった。京では江戸座を母胎とする蕪村周辺の活動が目を引き、江戸ではパトロン層の大名文化圏にも波及している。都会派俳諧の代表的な句作法として、種々の趣向を交えながら明治まで命脈を保つ〈唱和〉の方法は、俳諧史を語る上で欠かすことのできない重要な方法であったと結論付けることができる。

第二部では点取《てんとり》と点印《てんいん》付嘱《ふぞく》について論じた。点印は其角の隠し点「半面美人」によって大流行を見せる。その其角点印の伝来を貞佐・湖十の二系統の付嘱から追うことで、付帯された正統継承者としてのステータス性が明らかとなった。注目されるのは、相伝の形式に二種あることが確認されたことである。即ち、一子相伝で委譲する貞佐系統の付嘱の形式、点印を複製し、伝授権を掌握し続ける湖十系統の付嘱の形式である。*4 さらに点印の行方を追うと、大名という文化的位相、次元の異なる文化圏へと繋がっていった。その代表格ともいえる大和郡山藩柳沢家・松代藩真田家の文事を中心として考察することで、点印趣味（作成・収集）の実態の一側面を解明し得た。特に真田家サロンでの陶淵明の世界観を演出する点印群は、点印付嘱の機能や文化的意味を考える上で興味深いものがある。今後も各派各人の印影の傾向を捉えることで、目指す風雅の世界が見えてくる可能性があろう。そして、湖十系統・貞佐系統両方の其角点印を揃えた月村（大和郡山藩主、柳沢保光《やすみつ》）の例からは、本来全く異なる師系でさえも簡単に取り込んでしまう大名文化圏のあり方が確認された。逆の視点に立つと、点印は、大名と江戸座俳人とを繋ぐ仲立ちとして、両者を様々に結びつけていた。

点印と点印付嘱の研究はまだその端緒に付いたばかりという段階である。江戸座全体を視野に入れるとともに、本論中では取り上げなかったが、柿衞文庫に点譜の残される蕪村や『点印論』を著した几董らの活動には注意を払う必要がある。また、これは点印研究に限ることではないが、江戸の俳壇状況、大名俳諧とも関連して、蓼太を筆頭に一大勢力を誇っていた雪門の動向についても把握せねばなるまい。一方、歌舞伎研究の側から、享保期以後に役者評判が複雑化する遠因として、当時大流行していた其角の点印の影響があったのではないかとの指摘[*5]がなされている。歌舞伎役者と親交を持つ江戸座俳人は少なくない。芸道・江戸文化総体との関わりについても目配りしていくことになろう。

第三部では、都会派俳諧の背後に横たわる社会状況や文化事象を踏まえ、調査・分析を行った。第一章で取り上げた「闘鶏句合」は当初から刊行される予定であったか、また、完成稿であったのかはわからない―遺稿集『類柑子《るいこうじ》』（宝永四年〈一七〇七〉跋）・『五元集』に分割して収められたことを考えると、おそらく未定稿であったのだろう―。しかし、技巧の粋を尽くし、凝りに凝った趣向は、都会派俳諧のあり方を指し示す好例であった。句評の分析においても、其角による評価軸の一側面を照らし出すことができたのではないだろうか。第三部において、元禄大地震（第一章）や赤穂事件（第三章）といった、江戸の町を騒然とさせた災害・事件、江戸の町の繁栄とともに巻き起こった稲荷社参詣の流行現象（第二章）を題材として考察してきた。人的ネットワークという点からすると、江戸俳人と大名サロン（第一章）・豪商（第二章）・赤穂浪士（第三章）らとの繋がりが見え、特に江戸座俳人昇窓湖十と化政・天保期の幕閣・大名らとのパイプライン（第四章）からは、武士の首都たる江戸を舞台とするからこそなし得る、広汎かつ密接な関係性が見て取れた。当たり前のようではあるが、都会派俳諧は、都市江戸とともにある。その拠って来たるところを捉え、読み解くことによって、其角俳諧、そして都会派俳諧は生彩な耀きを放つのである。

二、其角座の終焉　湖十系点印の行方

さて、本書を締め括るにあたり、本論では言及し得なかった一、二の事項について触れておきたい。一つ目は、江戸座（旧派）の終焉である。本論中、旧派の代表として其角堂永機を扱ったが、江戸座俳諧それ自体は、文学史からいかにフェードアウトしていったのであろうか。消えゆくものを追うことは、極めて困難な作業ではあるが、湖十系の其角座と、歴世湖十に連なる俳系の其角堂について調査し得たことを、点印の継承問題と併せてまとめておく。

第二部第三章において、其角点印の「半面美人」・「一日長安花」・「洞庭月」・「越雪」が初世湖十の手に渡り、以下、六世湖十の昇窓に付嘱されるまでを見てきた。後、昇窓から点印を付嘱された七世浣窓は、『俳諧觿』二十五編（文政四年〈一八二一〉刊）より木髪（霽窓）として登場する人物。同二十九編（文政十一年〈一八二八〉刊）以後、浣窓と号する。点印使用例は【図１】『糸萩集《いとはぎしゆう》』（上田市立上田図書館花月文庫）に確認されるが、伊勢崎上行寺にある浣窓の墓碑銘によると、付嘱の僅か四年後の天保八年〈一八三七〉十二月二十八日に没してしまう。

【図1】『糸萩集』（上田図書館花月文庫蔵）

（一日長安花・二丁表）

（洞庭月・二丁表）

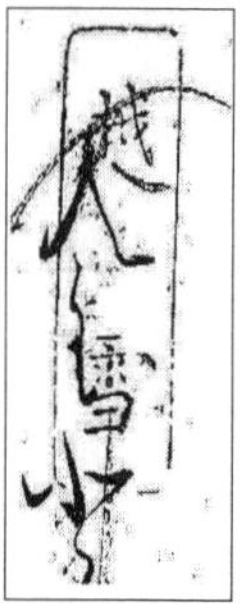
（越雪・二丁表）

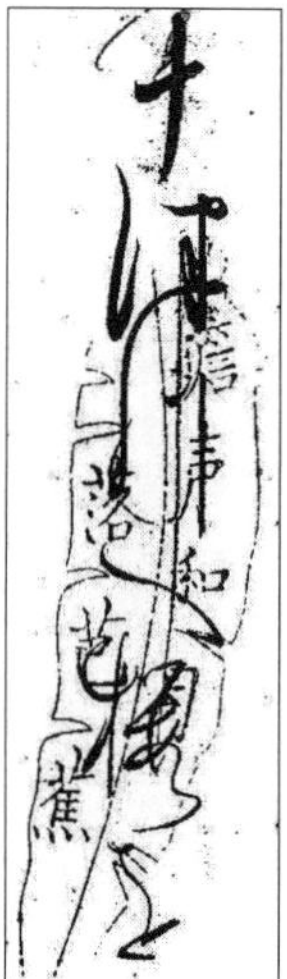
（檐声和月落芭蕉・七丁裏）

（万国衣冠拝冕旒・二丁裏）

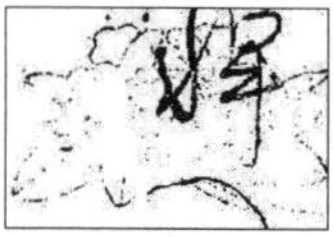
（画印「花」・三丁表）

八世を継いだのは、『奥州一覧記』（天保十年〈一八三九〉八月写）の著作の残る晴窓湖十である。松島の瑞巌寺には、万延二年〈一八六一〉二月、藤原信古（『六世木者庵湖十伝』著者の佐藤信古《のぶひさ》であろう）の識語を持つ、

夜ばかりの国さへあるにけふの月

の晴窓句碑があり、同碑の「去年の夏晴窓みまかりぬ」との記述[*6]から換算すると、万延元年〈一八六〇〉夏に没したらしい。また、晴窓は、松島来遊を悲願とした昇窓の遺志を継ぎ、天保十年〈一八三九〉、同寺に昇窓の句碑を建てている（同寺内に昇窓の「膝抱ば」句碑[*7]が現存）。ただし、嘉永再興本『俳諧觿』（嘉永元年〈一八四八〉序）を見ると、鼠肝（初世湖十の雅号を継ぐ）こと螺窓永機（昇窓門）が其角座の筆頭を務め、座の中心となっていた。同

書では、鼠肝以下、木髪（六、七世カ）、湖十（晴窓）、恋稲（三世）、山夕（三世）、永機（四世）、宝井（四、五世カ）、東呉、観夢、魯先、眠牛の計十一名の宗匠が連なる。右に挙がる永機が鼠肝の長子で、明治期に人気を博した其角堂永機である。

永機は鼠肝没（嘉永二年〈一八四九〉）後の嘉永六年〈一八五二〉に其角座を深川座と改称し（『楳口集』二編、同年刊）、明治三年〈一八七〇〉七月、其角ゆかりの三囲神社内に結庵（『対梅宇日渉』第六集、同年刊）する。鼠肝遺稿、永機編『俳諧み〻な草』（明治十四年〈一八八一〉刊）で、其角の

春の月琴に物書はじめ哉

について、「冠里公万句の褒貶を師に仰せられし時、五十点のカクシ《印》なきよしを申上けれバ、御机上の文鎮をくだされたり。それをすぐに用ヒシナリ」と注釈を付しつつ、「今草庵に伝ふ」と述べるように、この其角堂に「半面美人」印が伝来していた。永機は門弟の予雲に善哉庵、三疑に雷柱子と、其角の庵号、雅号の一をそれぞれ嗣号させ、明治十七年〈一八八四〉には、機一《きいち》、正義、孝節、機月、素直、歩月、菟好らを一挙に立机、俳壇に大きな影響力を発揮し、晋派（晋門）を名乗っていく。*8

一方、小野慎吾氏*9によると、湖十は晴窓門下の卜窓宝井が十世を継いだという（九世は不明。或いは十世は其角を含めて換算したものか）。以下、同氏の論文をまとめると、卜窓は津軽藩士、江戸定府《じょうふ》の桐淵直貞《なおさだ》。天保五年〈一八三四〉に家督を継いだ。安政年間に晴窓に俳諧を学び、藩主津軽信順《のぶゆき》（俳号、如海）の俳諧グループの中心人物となる。その故もあって信順の信用を得、嘉永五年〈一八五二〉に小姓組頭兼勘定奉行を命ぜられ、万延元

年〈一八六一〉に物頭格を賜った。文久二年〈一八六二〉の信順逝去を受けて翌三年国元に移るが、明治九年〈一八七六〉江戸に戻り、同十四年五月に十世湖十（木者庵）を継いでいる。勝峰晋風*10『明治俳諧史話』が紹介する季堂蚕二写『ふところかゞみ』（明治十五、六年頃成）には、

十世木者庵湖十　桐淵氏　老鼠肝山夕　小林氏
磔々庵石腸　野上氏　三世霜柱庵恋稲　明田氏

らの宗匠が明治期の深川座に所属していたことが確認できる。小野氏によると、卜窓は明治二十年〈一八八七〉頃に没したという。後、其角堂永機門の滔通が十一世湖十（嵐窓）を襲号（後、顧十と改号）するが、以後、深川座は晋派に統合されていくことになる。

永機門の内、明治二十年〈一八八七〉に其角堂を継承したのが機一であった。機一は其角堂伝来の印も付嘱、『其角堂累代印譜』（大正五年〈一九一六〉奥、西尾市岩瀬文庫蔵）には、それら全八十八顆の印が捺されている。【図2】は同書点印部分。「半面美人」の印影と印形を描いた画、また、印影が歴世湖十らとは異なりつつも、「越雪」・「洞庭月」・「一日長安花」などの点印を確認することができる。*11

機一の後、その長男永湖が跡目を継承、さらに永玻へと受け継がれることになるが、戦災により焼失した其角堂再建の目処《めど》が立たないまま、昭和三十二年〈一九五二〉に永玻は急逝した。其角堂に伝来した点印の行方は、現在のところ不明である。

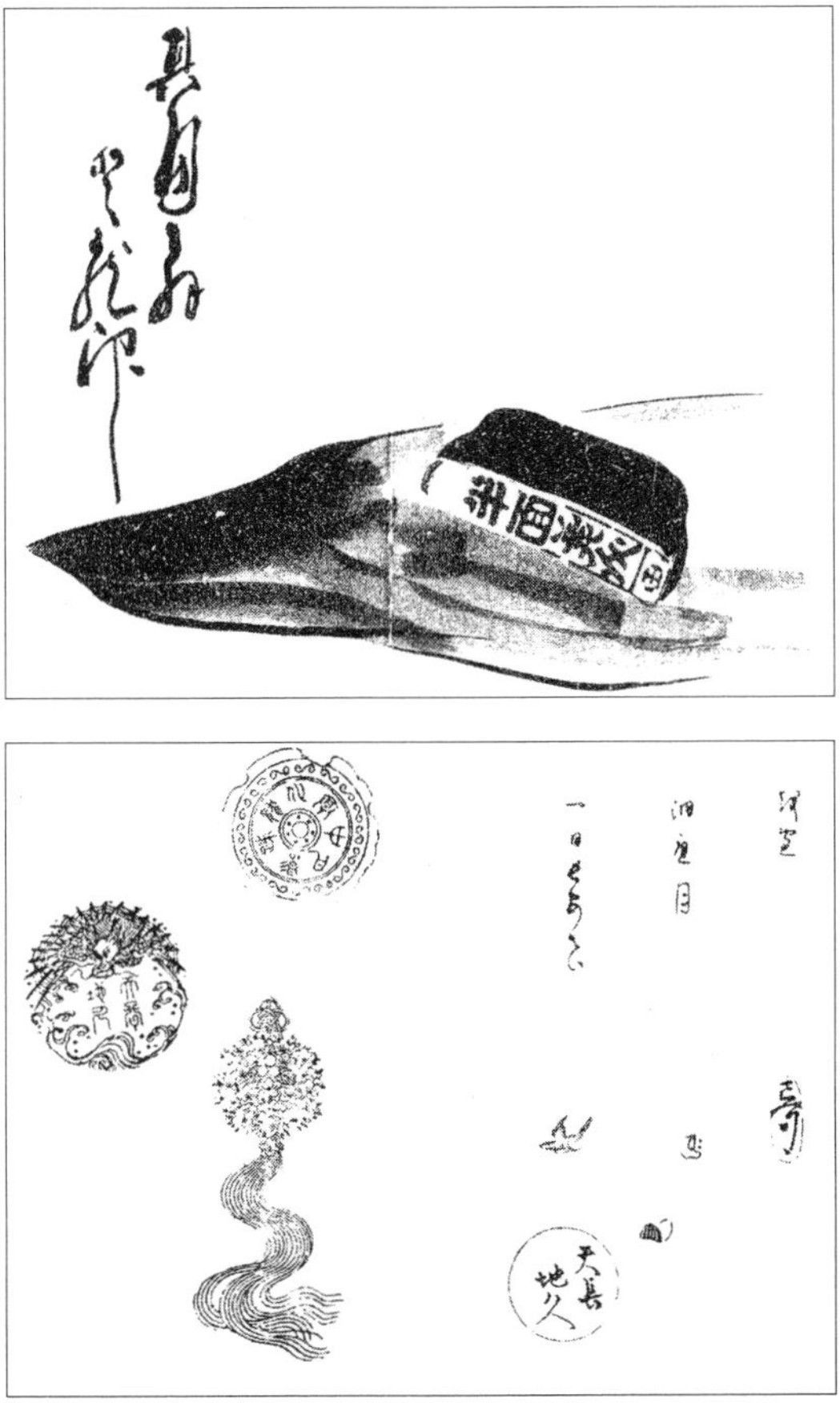

【図2】『其角堂累代印譜』（西尾市岩瀬文庫蔵）
［翻刻］「其角翁愛蔵印」

三、〈近代〉へのゆさぶり

近代に入り、新吉原を根城にした江戸のシンボル的存在としての地位、句の難解性や芭蕉との作風の違い、言語遊戯性の高さに由来する近代俳句観（子規の客観写生）との相違が枷《かせ》となり、其角（及び江戸座）が研究史の埒外に置かれたことについては「はじめに」で触れた。周知のように、子規は明治二十六年〈一八九三〉、芭蕉二百回忌を看板にした売名行為が横行することに閉口して、新聞「日本」紙上で「芭蕉雑談」（明治二十六年〈一八九三〉

十一月〜二十七年一月）を連載、芭蕉の偶像を破壊し、意味に秩序と統一のある発句を連句から独立させ、美術の一部に組み込むことで、小説、詩に比肩する〈文学〉としての新生を図る。翌二十七年、洋画家浅井忠、中村不折らに刺激を受けた子規は、絵画論から取り入れた写生の方法を実践、強調し、明治二十年代のリアリズム興隆という社会思潮にも乗じて俳句革新を成し遂げる。そして、旧派の点取俳諧を月並と罵倒し、糾弾していく。アカデミズムにおいては芭蕉を頂点とする史観が形成され、近代俳句へとシフトする過程で其角流の俳諧は駆逐される。と同時に、点取を彩り、享受者を魅了していた点印という文化もまた、消えていったと考えられる。

ただし、子規が同二十六年二月以来、句会で都会派俳諧の方法「句兄弟」を度々催し、時を経ずに「日本」紙上でも試みていたことはあまり知られていない。其角と都会派俳諧の意義、近代俳句を切り開いた子規像を考える上で注目されるので、説き残した二つ目の事項として、子規の〈近代〉について、「句兄弟」という方法から再考してみたい。

明治二十六年（一八九三）二月十八日、東京根岸鶯横町の草庵で開かれた句会に、作者として内藤鳴雪、藤野古白、子規、評者として伊藤松宇をはじめ椎の友メンバーら十人が参加する。互選による運座方式（題を出し、一人が数題ずつを即吟して出席者が選をする）を採用していたこの句会に子規は前年から参加しており、二十六年正月からは鳴雪も加わって活発な句作、批評が繰り返されていた。同日の句会に出された探題が「句兄弟」であった。

句兄弟

みの虫の古巣にそうて梅の花　　蕪村

小雀の飯粒落す梅の花　　鳴雪

雪隠に手を出す枝や梅の花　　古白

みの虫は留守かお宿か梅の花　　子規

昨秋来ぶら下がる蓑虫の古巣と梅の花という微細なところに着眼し、春の到来を詠んだ蕪村の「みの虫の」句が兄句である。この句は下五「梅二輪」として知られるが、子規の熟読した『俳諧発句題叢』（文政三年〈一八二〇〉刊）にこの句形で載る。蕪村の句をもとにして詠まれた弟句が鳴雪、古白、子規の句である。この内、最も評判の高かったのは鳴雪の句で、六票が入っている。鳴雪は、小さな蓑虫に替わる物として小雀を登場させ、飯粒という微細なものに焦点化しつつ、早春の風情と雀の躍動感を詠む。古白は季節が巡り、いつの間にか雪隠《せっちん》にまで顔を覗かせた梅の枝の生長と思いがけない風流を詠む。子規は蓑虫の古巣に注目し、その主の在不在を歌謡調で問う。三者三様に蕪村句の世界へ入り込み、想像力によって自らの世界へと発展させる。そして、兄句と弟句を並べることで、蕪村句の世界とそれぞれが紡ぎ出した連想の世界とが互いに交差して、別種の詩世界を織りなしている。探題「句兄弟」は、当時取り組んでいた俳句分類・古俳句研究から換骨奪胎の有効性に気付いた*12子規が、新進俳人としての理想と模索の中で試みたものと見え、翌月四日の対円楼即時句会でも再び出題、そして句会から時を経ずに、三月十一日、同十三日、同二十五日と、新聞「日本」紙上でも催される。

　しかし、前述したように、同年夏になって、子規は「奥の細道」の跡を訪ねる奥羽旅行で旧派宗匠の旧弊固陋《ころう》ぶりを痛感し、「発句は文学なり。連俳は文学に非ず。連俳に貴ぶ所は変化なり。変化は則ち文学以外の分子なり」（「芭蕉雑談」）と断じて客観写生の説を提唱・推進するようになる。旧派の俳諧は否定の対象*13となっていくのである。そして、「古句は参考のために読むのみとして、趣向は実景実物を見て考へ起すべし」（「俳諧反故籠」『ほとゝぎす』

第三号、明治三十年〈一八九七〉三月）と、先人の句・先行作から着想することについては次第に消極的な発言をするようになる。「歌の題」（『日本附録週報』明治三十一年〈一八九八〉六月）には次のようにいう。

座上の一興として分韻、次韻、探題、課題などを為し、或はことさらに難題を設けて技倆を競ふ事も面白かるべけれど、そは文学以外に属する所あるを以て論ずる限りにあらず。

「句兄弟」は、俳諧における次韻（和韻）にあたる。座興は〈文学〉の範疇ではなく、「論ずる限り」ではないのだ。俳句を〈近代〉の〈文学〉として戦略的に位置付けた時、句の〈唱和〉は〈文学〉の範疇から後退する。結果として、子規の〈文学〉という提言が金科玉条となり、写生を基準とした近代俳句観が構築され、其角流の理知的な〈唱和〉の方法は葬り去られていく。

だが、〈文学〉という枠を取り外した時、方法としての〈唱和〉が価値を発揮することは子規らも理解していた。明治三十年〈一八九七〉十二月二十四日、根岸庵で開かれた蕪村忌は参加者二十人。「蕪村忌」（『ほとゝぎす』第十三号、明治三十一年〈一八九八〉一月）によると、火鉢や座布団が不足するほどの、草庵第一の盛会だったという。日が暮れる頃に運座が終わり、晩餐は酒三杯蕪一皿。蕪は大阪の露石が用意した天王寺蕪である。僅かに酔って気の昂《たか》ぶってきた庵主子規がまず句を詠む。

蕪村忌に会して終に年忘　　（子規）

碧梧桐、直ちに筆を援《と》って之に和す。

会すんで酒に酔ひけり年忘
虚子、又之に和す。
天王寺の蕪喰ひけり年忘
一坐哄然として笑ふ。衆皆之に倣ふて句を成す。
（「蕪村忌」）

と、蕪村忌を終えた歳末の感慨を詠んだ子規、晩餐の酒に酔いゆったりとした気持ちで子規に「和」した碧梧桐、もてなされた天王寺蕪を賞美して碧梧桐に「和」した虚子の一連の唱和によって場は盛り上がり、「紙踊り灰飛ぶ」賑やかさである。皆々これに続けとばかり、咄嗟《とっさ》に詠吟する。高揚した座の雰囲気、その楽しさが座中を満たしていく。「天真爛漫真摯愛すべき処は却て此に在り」（同）と子規はいう。穏やかな蒼天の一日、散会した時には午後十時を回っていた。理論と実際とが齟齬《そご》しがちなのは、子規においても例外ではなかった。

注

＊1　白石悌三「伊達」（『江戸俳諧史論考』九州大学出版会、二〇〇一年）
＊2　山口剛「江戸文学と都会生活」（『山口剛著作集』中央公論社、一九八〇年）
＊3　現在のところ、浜田義一郎氏「江戸・東京人の気質・人情」（『国文学解釈と鑑賞』第二十八巻第一号、一九六三年一月）の紹介する「江戸っ子の」句が「江戸っ子」という語の初出とされている。句は、めったに江戸を離れない江戸っ子が旅に出る時は、草履を履くにも乱《らん》がしい（大騒ぎになる）との意。「江戸っ子」意識確立についての諸説は西山松之助氏『〈江戸〉選書1　江戸っ子』（吉川弘文館、一九八〇年）他に詳しい。

＊4　ただし、補修・複製の問題は貞佐系の点印にも生じている。貞佐の点印使用例として、享保十年〈一七一七〉の「川形りを」百韻（大和郡山市柳沢文庫蔵）では本論で紹介した譲り状と同じ印影と思しい「回雪」・「新月色」・「花影上欄干」・「回文錦字詩」が確認されるが、点帖『江戸桜』（享保十八年〈一七三三〉序、上田市立図書館花月文庫蔵）に捺された「回雪」・「新月色」・「花影上欄干」・「玉姿」は其角点印や譲り状のものと印影が一致しない。尤も、譲り状自体も其角印「廻雪」が「回雪」となっており、実用からの摩滅・損壊や紛失（譲り状には明和九年〈一七七二〉の大火についての記述もある）或いは複製があったと見られ、全てが其角点印そのものであるかは疑義が残る。相伝の形式としても、貞佐系は本論で見たように一子相伝であったが、『於之波奈嘉々美《おしばなかがみ》』（文化十年〈一八一三〉頃成）には、いかなる伝来か不明ながら、英窓湖龍（牧野左近）点譜に「越雪」（篆書）とともに「花影上欄干」（草書）、呑露庵鶏洲点譜に「新月色」・「華影上欄干」・「回文錦字詩」（共に篆書）の点印が掲載されており、後に湖十らのように複製し付嘱が行われた可能性を示唆している。なお、譲り状に記された点印（Ⅰ類印）は、柳沢文庫では現在のところ所在不明とのことである。

＊5　土田衛「元禄歌舞伎の花実論」（『考証元禄歌舞伎―様式と展開―』八木書店、一九九六年）

＊6　『松島町史（資料編Ⅰ）』（同編集委員会、一九八九年）による。

＊7　晴窓は同句碑背面に「我叔父江左翁」云々と刻しており、昇窓（と佐藤信古）の縁者であったらしい。

＊8　勝峰晋風『明治俳諧史話』（大誠堂、一九三四年）

＊9　小野慎吾「梧者庵宝井を語る」（『陸奥史談』第一輯、一九三五年十月）

＊10　＊8勝峰晋風『明治俳諧史話』二九一頁。

＊11　勝峰晋風は「点、批点の概念及び点印の解説」（『俳句講座　第七巻』改造社、一九三二年）で「故人永機から伝来したものは現に向島の其角堂にあり」と述べている。第二部第三章冒頭引用部分での、晋風の目にした「半面美人」印は、こ

の『其角堂累代印譜』に捺された機一の印だと考えられる。

＊12　子規は明治二十八年〈一八九五〉、新聞「日本」に連載した「俳諧大要」の中で、初学者に向けて、「古句を半分位竊み用ふるとも、半分だけ新しくば苦しからず。時には古句中の好材料を取り来りて自家の用に供する可し」と説き、換骨奪胎を奨励している。

＊13　復本一郎氏「其角堂機一著『発句作法指南』と正岡子規著『獺祭書屋俳話』」(『日本現代詩歌研究』第四号、二〇〇〇年三月。『子規との対話』邑書林、二〇〇三年に再録）によると、子規が主な攻撃対象としたのは新進の其角堂機一で、当時博識で知られた大宗匠、永機との論戦は避けていたという。このようなところにも子規の戦略性が見て取れる。

追記　二〇一四年に入り、島原蕪村忌において「句兄弟」の方法を用いた句会（宗匠、藤田真一氏「特別企画　第9回蕪村忌大句会in京都・島原」『俳句』第六十三巻第六号、二〇一四年五月）が営まれている。

主要参考資料

・穂積永機他編『俳諧文庫』博文館、一八九八年〜一九一三年
・勝峰晋風編『日本俳書大系』日本俳書大系刊行会、一九二六年〜一九二八年
・伊藤松宇他監修『俳書集覧』松宇竹冷文庫刊行会、一九二六年〜一九二九年
・俳文学大系刊行会編『校註俳文学大系』東方書院、一九二九年〜一九三一年
・日置謙校訂『加越能古俳書大観』石川県図書館協会、一九三六年
・鈴木勝忠編『未刊雑俳資料　第一期〜第五〇期』一九五九年〜一九七二年
・鈴木勝忠編『未刊江戸座俳論集と研究』未刊国文資料刊行会、一九五九年
・大礒義雄編『未刊俳諧追善集と研究』未刊国文資料刊行会、一九六二年
・村川幹太郎編『俳人一具全集』俳人一具全集刊行会、一九六六年
・今泉準一編『元禄前期江戸俳書集と研究』未刊国文資料刊行会、一九六七年
・鈴木勝忠校訂『江戸座俳諧集』古典文庫、一九六七年〜一九六九年
・藤原弘編『秋田俳書大系』秋田俳文学の会、一九七一年〜一九八三年
・中村俊定他編『古典俳文学大系』集英社、一九七〇年〜一九七三年
・中村俊定編『近世俳諧資料集成』講談社、一九七六年
・東京大学総合図書館編『洒竹文庫連歌俳諧書集成　マイクロフィッシュ版』雄松堂書店、一九七三年
・東京大学総合図書館編『竹冷文庫連歌俳諧書集成　マイクロフィッシュ版』雄松堂書店、一九七七年
・東京大学総合図書館編『知十文庫連歌俳諧書集成　マイクロフィッシュ版』雄松堂書店、一九八〇年
・井上隆明編『佐藤朝四随筆集』近世風俗研究会、一九八〇年
・尾形仂・小林祥次郎編『近世前期歳時記十三種本文集成並びに総合索引』勉誠社、一九八一年
・森川昭編『谷木因全集』和泉書院、一九八二年
・石川真弘編『夏目成美全集』和泉書院、一九八三年
・尾形仂・小林祥次郎編『近世後期歳時記本文集成並びに総合索引』勉誠社、一九八四年
・山澤英雄校訂『誹諧武玉川』岩波文庫、一九八四年

・鈴木勝忠校訂『雑俳集成　第一期～第三期』東洋書院一九八六年～一九九八年
・天理図書館綿屋文庫編『俳書叢刊』臨川書店、一九八八年
・加藤定彦編『日本書誌学大系　第七十八巻　俳諧点印譜』青裳堂書店、一九八八年
・阿部喜三男他校注『校本芭蕉全集』富士見書房、一九八八年～一九九一年
・尾形仂他編『蕪村全集』講談社、一九九二年～二〇〇九年
・加藤定彦・外村展子編『関東俳諧叢書』青裳堂書店、一九九三年～二〇〇九年
・鈴木勝忠他校注『新日本古典文学大系　第七十二巻　江戸座点取俳諧集』岩波書店、一九九三年
・石川八朗他編『宝井其角全集』勉誠社、一九九四年
・今泉準一他「「宝井其角全集」正誤表」『俳文芸』第四十四巻、一九九四年十二月
・大内初夫他校注『新日本古典文学大系　第七十一巻　元禄俳諧集』岩波書店、一九九四年
・天理図書館綿屋文庫俳書集成編集委員会編『天理図書館綿屋文庫俳書集成』天理大学出版部、一九九四年～二〇〇〇年
・加藤定彦監修『古典文学翻刻集成』ゆまに書房、一九九八年～一九九九年
・加藤定彦編『俳諧人物便覧』ゆまに書房、一九九九年
・平成十七年～十九年度文部科学省科学研究費補助金助成事業（基盤研究（B））研究成果報告書『近世中・後期松代藩真田家代々の和歌・俳諧・漢詩文及び諸芸に関する研究　資料編』井上敏幸研究代表、科研費番号17320040、二〇〇八年三月

＊

・池田四郎次郎編『日本詩話叢書』文会堂、一九二〇年～一九二二年
・伊地知鉄男編『連歌論集　上下巻』岩波書店、一九五三年～一九五六年
・佐佐木信綱・久曽神昇他編『日本歌学大系』風間書房、一九五七年～一九九七年
・佐成謙太郎『謡曲大観』明治書院、一九六三年～一九六四年
・古典研究会編『和刻本漢詩集成』汲古書院、一九七四年～一九七九年
・小池章太郎編『江戸砂子』東京堂出版、一九七六年
・芸能史研究会編『日本庶民文化史料集成　第十二巻、第十三巻』三一書房、一九七七年
・江戸叢書刊行会編『江戸叢書』日本図書センター、一九八〇年
・柳沢信鴻著『松鶴日記』ゆまに書房、一九八一年～一九八二年

・新編国歌大観編集委員会編『新編国歌大観』角川書店、一九八三年〜一九九二年
・立教大学近世文学研究会編『資料集成二世市川団十郎』和泉書院、一九八八年
・江戸狂歌本選集刊行会編『江戸狂歌本選集』東京堂出版、一九九八年〜二〇〇七年
・芳賀登編『日本人物情報大系　第五十八巻』皓星社、二〇〇〇年
・加地宏江他「玄武日記」(『城郭研究室年報』第十二号〜第二十号、二〇〇三年〜二〇一一年

※その他、国文学研究資料館マイクロフィルム等を参照しつつ、可能な限り原本資料にあたった。

掲載図版

口絵

「義士四十七図　大高源吾忠雄」（架蔵）
『句兄弟』（架蔵）
菊貫点印　『文人大名　真田幸弘とその時代』（真田宝物館、二〇一二年）より転載。
菊貫点譜・花足点譜　加藤定彦『日本書誌学大系　七十八巻　俳諧点印譜』（青裳堂書店、一九八八年）より転載。

はじめに

図1　市古夏生・鈴木健一編『新訂 江戸名所図会 第一巻』（ちくま学芸文庫、一九九六年）より転載。
図2　中村俊定・堀信夫編『俳人の書画美術　第三巻　蕉門諸家』（集英社、一九八〇年）より転載。

第一部　第二章

図1　大谷篤蔵監修『芭蕉全図譜』（岩波書店、一九九三年）より転載。
図2　岡田利兵衛解説『芭蕉・蕪村　逸翁美術館催　芭蕉・蕪村展図録』（勉誠社、一九七六年）より転載。
図3　『特別展　近江八景―湖国風景画の成立と展開―』（滋賀県立近代美術館、一九八八年）より転載。

第四章

図1　中野三敏校注『新日本古典文学大系　第八十二巻　異素六帖・古今俄選・粋宇瑠璃・田舎芝居』（岩波書店、一九九八年）より転載。

第二部　第二章

図1　公益財団法人柿衞文庫所蔵。
図2　公益財団法人郡山城史跡・柳沢文庫保存会所蔵。
図3　鈴木勝忠編『雑俳集成　第一期　第十巻　明和江戸高点付句集』（東洋書院、一九八五年）より転載。
図4　公益財団法人致道博物館所蔵。
図5　図4同。
図6　加藤定彦編『日本書誌学大系　第七十八巻　俳諧点印譜』（青裳堂書店、一九八八年）より転載。
図7　鈴木勝忠編『雑俳集成　第二期　第二巻　江戸高点付句集3』（東洋書院、一九九〇年）より転載。

第三章

図1　公益財団法人柿衞文庫所蔵。
図2　上田市立上田図書館花月文庫所蔵。

図3　鈴木勝忠編『雑俳集成　第一期　第十巻　明和江戸高点付句集』より転載。
図4　愛知県立大学長久手キャンパス図書館所蔵。
図5　鈴木勝忠編『雑俳集成　第一期　第十巻　明和江戸高点付句集』より転載。
図6　加藤定彦編『日本書誌学大系　第七十八巻　俳諧点印譜』より転載。
図7　鈴木勝忠編『雑俳集成　第二期　第二巻　江戸高点付句集3』より転載。
図8　加藤定彦編『日本書誌学大系　第七十八巻　俳諧点印譜』より転載。
図9　加藤定彦編『日本書誌学大系　第七十八巻　俳諧点印譜』より転載。

第四章

図1　大阪府立大学総合図書館中百舌鳥山崎文庫所蔵。
図2　鈴木勝忠編『雑俳集成　第二期　第二巻　江戸高点付句集3』より転載。
図3　加藤定彦編『日本書誌学大系　第七十八巻　俳諧点印譜』より転載。
図4　加藤定彦編『日本書誌学大系　第七十八巻　俳諧点印譜』より転載。
図5　加藤定彦編『日本書誌学大系　第七十八巻　俳諧点印譜』より転載。
図6　加藤定彦編『日本書誌学大系　第七十八巻　俳諧点印譜』より転載。
図7　加藤定彦編『日本書誌学大系　第七十八巻　俳諧点印譜』より転載。
図8　鈴木勝忠編『雑俳集成　第二期　第二巻　江戸高点付句集3』より転載。
図9　加藤定彦編『日本書誌学大系　第七十八巻　俳諧点印譜』より転載。

第三部　第一章

図1　福原敏男『江戸最盛期の神田祭絵巻―文政六年　御雇祭と附祭―』（神田明神選書、二〇一二年）より転載。
図2　『國華』（第一二三七号、一九九八年十一月）より転載。

第二章

図　加藤定彦・外村展子編『関東俳諧叢書　第十巻　江戸編②』（青裳堂書店、一九九七年）より転載。

第三章

図　中村俊定・堀信夫『俳人の書画美術　第三巻　蕉門諸家』（集英社、一九八〇年）より転載。

おわりに

図1　上田市立上田図書館花月文庫所蔵。
図2　西尾市岩瀬文庫所蔵。

あとがき

本書は平成二十三年度に立教大学に提出した博士学位論文を礎稿とし、その後の改訂・増補を加えて構成されている。本書を成すにあたり、多くの方々からのご教示、ご助力をいただいてきた。特に学位論文主査の加藤定彦先生、副査の加藤睦先生、楠元六男先生にはひとかたならぬご高配を賜った。渡辺憲司先生には、ご退職になるまで副査をお務めいただいた。この場を借りて御礼申し上げるとともに、謝意を込めて、自分の辿ってきた経緯についていささか述べることをお許し頂きたい。

いつからであろうか、江戸という地の特性、笑いと言語遊戯、情景描写などといったことに漠然と興味を抱くようになっていた。戦乱が治まり天下泰平となった時代、費やされていたそのエネルギーはどこに向かったのだろうか。人々にはどのような思いが去来していたのか。心の糧となったものは何か。乏しい知識ながら考えていた。國學院大学で卒業論文の対象を決定せねばならない時期に入っても、中々それらの夢想を掬い取ることができずにいたが、演習の授業で其角の句を担当する機会を得、其角を研究の視座に据えることで、まとまりのない思考が少しずつ形になっていくように感じた。そして、『猿蓑』序文での「幻術」に代表されるような、其角の理念的な部分を解読するため、芭蕉らの摂取した老荘思想などにも手を出していった。ただ、卒業論文をご指導いただいた秋葉直樹先生の「其角は難しいゾ」とのお言葉の通り、それからは難路が続くことになる。

右往左往しながら卒業論文を書き終えた後、大学院進学を志望するが、國學院大学は当時近世が休講。そこで二松學舎大学の矢羽勝幸先生をご紹介いただき、ご指導を仰いだ。徹底した資料調査に基づく矢羽先生のご研究には、ただただ圧倒され、学問の奥深さを実感した。時しも大学は九段校舎改築を行っており、大学図書館を使えず、プレハブ教室等での研究となったが、却ってそのために国会図書館・都立中央図書館や国文学研究資料館へと足を運ぶ習慣が付いたことは、今日にあってもありがたいと思っている。

博士課程に進むにあたっては、江戸俳諧をやるならと、矢羽先生より立教大学の加藤定彦先生をご紹介いただいた。加藤先生にご指導を賜ることができたのは、今以て幸甚の至りである。未熟で抽象的な自分の構想に対し、親身になって、時に厳しくご批正くださり、資料の大切さ、視野を広く持つことの重要性をお教えいただいた。研究に対する先生の真摯なご姿勢には自らの怠惰を恥じ入るばかりであるが、遅々として進まぬ研究を叱咤激励してくださり、ここに何とか本書をまとめることができた。本書内においても、先生のご研究から数え切れないご示唆をいただいており、御恩・学恩は語り尽くせるものではない。改めて衷心より御礼申し上げたい。

また、加藤先生には、論文を書くごとに、常に読者のことを考えて執筆するように、とご叱正をいただいている。果して本書では少しでも達成できているだろうか。甚だ心許なく思っているが、ささやかなものであれ、本書が其角と都会派俳諧研究の一助にでもなれば幸いである。

最後に、お一人お一人の名を挙げることはできないが、学会や研究会、調査などを通じて学恩を受けてきた全ての諸先生方や先輩・後輩各氏に厚く御礼申し上げる。また、貴重なご資料の閲覧・調査の便宜を図っていただき、本書刊行に際しても翻刻や図版の掲載許可など特別なご配慮を賜った各所蔵機関・所蔵者の皆様に特記して深謝申し上げたい。研究に関して協力を惜しまず、支えてくれた家族には感謝の一言に尽きる。本書の刊行にあたっては、笠間書院の西内友美さんに編集の労を取っていただいた。色々とご面倒をお掛けしたが、研究会で旧知の西内さんにお願いできたことは、頼もしく、大変ありがたかった。心より御礼申し上げる。

なお、本書は独立行政法人日本学術振興会平成二十九年度科学研究費補助金（研究成果公開促進費・課題番号 17HP5028）の交付を受けて出版するものである。

平成二十九年　十二月

稲葉　有祐

人名索引

〈凡例〉
・本書中の主要な人名・俳号を対象とした。ただし、書籍名・論文の題名に記載されるものは除外し、本書に頻出する其角については割愛した。
・人名は原則として代表的な俳号に基づき、別号・世代などを適宜（　　）で示した。その際、別に空見出しを掲げた。
・大名・役者など、特に名を示す必要があると判断された者については適宜（　　）で注記した。
・配列は現代仮名遣いの五十音順で示した。
・俳号が難読・不確定の場合は原則として音読みとした。
・人名・俳号が頻出する場合は、その範囲を頁数で示した。

書名索引

〈凡例〉

・本書中の主要な書名・作品名を対象とした。ただし、目次・引用凡例に記載されるものは除外した。また、書籍名・論文の題名に記載されるものは除外し、点帖は特定の書名の付けられたもののみを採った。
・見出し語は、最も一般的な呼称に基づき、本書中の別書名・略称・編数などを適宜（　）で示した。その際、別に空見出しを掲げた。なお、書名の角書は一行で示した。
・謡曲の題名は謡曲「(作品名)」として示した。
・配列は現代仮名遣いの五十音順で示した。
・書名が不確定のものは原則として音読みによって配列した。
・書名が頻出する場合は、その範囲を頁数で示した。

お

か

き

さ

し

す

せ

ひ

ふ

へ

ほ

ま

み

む

れ

ろ

わ

［著者紹介］

稲葉有祐（いなば・ゆうすけ）

1977 年東京生まれ。國學院大学文学部卒業。二松學舍大学文学研究科博士前期課程修了。立教大学文学研究科博士課程後期課程修了。博士（文学）。現在、早稲田大学教育・総合科学学術院助教。
著書に『江戸吉原叢刊』第 1･4 ～ 7 巻（共著、八木書店、2011 年～ 2012 年）、『化物で楽しむ江戸狂歌　『狂歌百鬼夜狂』をよむ』（共著、笠間書院、2014 年）、『連歌大観』第 1･3 巻（共著、古典ライブラリー、2016 年･2017 年）など。

宝《たから》井《い》其《き》角《かく》と都《と》会《かい》派《は》俳《はい》諧《かい》

平成 30 年（2018）2 月 28 日　初版第 1 刷発行

［著者］
稲 葉 有 祐

［発行者］
池 田 圭 子

［装幀］
笠間書院装幀室

［発行所］
笠 間 書 院
〒 101-0064　東京都千代田区神田猿楽町 2-2-3
電話 03-3295-1331　FAX03-3294-0996
http://kasamashoin.jp/　mail：info@kasamashoin.co.jp

ISBN978-4-305-70891-5　C0091　

印刷／製本　モリモト印刷